한국 근대문학의 궤적

지은이

김동식 金東植, Kim Dong-shik

서울대학교 국문과 및 동 대학원에서 박사논문 「한국의 근대적 문학 개념 형성 과정 연구」를 제출하였다. 계간 『문학과 사회』 편집동인을 지냈으며, 현재 인하대학교 한국어문학과 교수이다.

한국 근대문학의 궤적

초판인쇄 2023년 5월 10일 **초판발행** 2023년 5월 20일
지은이 김동식 **펴낸이** 박성모 **펴낸곳** 소명출판 **출판등록** 제1998-000017호
주소 서울시 서초구 사임당로14길 15 서광빌딩 2층
전화 02-585-7840 **팩스** 02-585-7848
전자우편 somyungbooks@daum.net **홈페이지** www.somyong.co.kr

값 35,000원 ⓒ 김동식, 2023
ISBN 979-11-5905-655-0 93810

THE TRAJECTORY OF MODERN KOREAN LITRATURE

한국
근대문학의

김동식 지음

궤적

서문

　한국 근대문학의 무의식. 한국 근대문학의 가능성의 조건들. 혹시라도 이 책을 관류하는 문제의식이 있을 수 있다면, 아마도 이 정도의 말들로 제시해 볼 수 있지 않을까 한다. 꽤나 긴 시간에 걸쳐서 조금씩 씌어진 글들이지만, 한국문학의 역사 속에 자리 잡고 있는 근대와 관련된 무의식들을 들여다보고 싶다는 욕망이, 이 책에 수록된 글들 곳곳에 산포되어 있을 것이라고 생각된다. 한국 근대문학이 산출한 자기 이미지들이 문학이라는 상상적 제도로 재귀하는 과정, 또는 한국문학사의 특정한 시기에 발현되어 한국 근대문학의 무의식으로 침전되는 과정을, 궤적이라고 불러보았을 따름이다.

　이 책은 한국 근대문학의 텍스트들을 반복해서 읽고 원문 인용과 함께 대강의 맥락을 기록해 놓은 글들에 지나지 않는다. 별다르거나 특별한 내용이 있을 리 없다. 다만, 신소설이 철도라는 에크리튀르와 나란히 놓인 평행적인 글쓰기라는 점, 달리 말하면 철도라는 교통-통신의 네트워크가 가져온 세계의 표상을 문학의 조건으로 승인한 상태에서 성립될 수 있었던 글쓰기라는 점을 어설프게나마 드러내 보이려고 했다. 또한 한국 근대문학은 스스로를 문학으로 사고하는 순간부터 세계 또는 세계문학의 표상을 대타자로 승인할 수밖에 없었고, 민족문학으로서의 조선문학은 세계문학의 표상체계에 대한 상상적인 귀속이라는 기대와 세계문학으로부터의 원천적 배제라는 불안을 왕복하는 과정에서 고안되었다는 생각도 잠시나마 가져 볼 수 있었다. 세계라는 일반적인 층위로부터 떨어져 나와 있거나 뒤쳐져 있다는 생각은, 그 타당성을 따지는 문제와는 별개로, 한국 근대문학에 자리를 잡고 있는 무의식들 중의 하나이다. 이를 두고 범박하게 후진성이라고 해도 좋다면, 한국 근대문학은 후진성에 대한 보충, 대체, 은폐, 저항, 억압 등의 장면들을 그 자신의 역사 속에 새로운 기원에 대한 욕망이라는 형태로 기입해 왔다고 볼 수도 있을 것이다. 초창기 한국 근대문학이 감정과 연애와 르네상스와 제1차 세계대전과 진화론을 반복해서 호명한 것은, 세계와 공유 가능한 글쓰기의 기원을 모색하고자 하는 몸짓이자 문학의 자기준거를 구성하기 위한 욕망이었다고 생각된다. 이 책에서는, Literature의 번역어로서의 문학과 Literature의 번역어가 아닌 문학들이 잠재적으로 공존하고 길항하는 장면들을 재구성하고, 문학이 계몽의 미디어로서 담론적으로 자기를 구성하는 과정, 더 나아가 문학이 자기 해방의 일반적으로 상징화된 미디어로서 제도화되어 가는 과정을 거칠게나마 들여다보고자 했을 따름이다. 문학 연구를 시작하면서부터 갖게 된 오래된 문제의식이지만, 여전히 한국 근대문학의 역사적 구성 과정에 대해서는 제대로 아는 것이 많지 않다.

책을 엮으면서 1930년대의 비평가들을 다시 읽게 된 것은 생각하지도 않았던 즐거움이었다. 근대문학의 주요한 특징인 자의식과 무의식에 대한 이론적 규명을 제시하고 나무처럼 자기형성적인 글쓰기 주체를 꿈꾸었던 최재서, 전파 미디어가 제시하는 동시성에 근거하여 세계라는 좌표축 위를 미끄러지듯이 움직여가는 주체를 꿈꾸었던 김기림, 발자크의 리얼리즘의 승리에 대한 집요한 독해를 통해서 리얼리즘 텍스트가 주체의 장소가 되는 이론적인 지점에까지 도달했던 김남천 등의 모습들은, 참으로 경이롭고 한없이 외경스러운 것이었다. 특히 임화의 신성한 잉여에 대한 논의는 작가의 의도를 넘어서 있는 탈주체적인 글쓰기의 지점들을 포착한 글로서, 몇 번을 다시 읽어도 떨리는 마음을 진정시키기가 어려웠다. 어쩌자고 1930년대 후반의 임화는 그처럼 대단한 글을 쓴 것일까. 보잘것없는 이 책에도 한국 근대문학에 대한 작은 발견들이, 필자의 의도를 넘어서 그 어떤 잉여처럼 자리하고 있기를 바랄 따름이다.

이 책을 만드는 과정에서 많은 분들의 도움과 격려가 있었다. 오가는 술잔 속에서 문학에 대한 가르침을 전해 주셨던 선배들, 그리고 여기저기 흩어져 있는 자료의 수집과 정리를 도와준 후배들께 감사의 인사를 드리고 싶다. 또한 출판사에 전혀 도움이 되지 않을 책인 걸 알면서도 좌고우면하지 말라며 격려해 주신 박성모 대표께도 감사를 드린다. 너절한 원고를 세심하게 가다듬어서 멋진 책으로 만들어 준 이주은 편집자에게는 미안함과 고마움을 한데 모아서 전하고 싶다.

어느덧, 봄이다. 이 책이 투병 생활 중에도 일상의 품격을 지켜 나가셨던 어머니께도 작은 보람과 추억으로 남기를 바란다. 간만에 레드 제플린을 크게 들으며 소주 한잔 하는 정도의 호사는 누려도 괜찮을 것 같다.

김동식

차례

신소설과 철도의 평행론
이인직과 이해조의 소설을 중심으로

1. 철도·근대성·식민성

1899년 9월 18일 오전 9시 노량진과 제물포 사이를 경인철도가 달렸다. 33km의 거리를 시속 22km의 속도로 달려 1시간 40분이 소요되었다. 그전까지 서울과 인천은 하루 정도 소요되는 거리였다. 개통식에서 경인선에 탑승한 『독립신문』의 기자가 "나는 새도 미처 따르지 못"할 정도로 빠르게 달려서 "대한 리수로 80리 되는 인천을 순식간에 당도하였다"[1]라고 말한 것은 결코 상투적인 과장법에 해당하지 않는다. 전통적인 수사학을 최대한 활용하여 철도가 가져온 시공간 압축을 정확하게 표현하고 있는 것이다.

철도는 근대의 표상이다. 경인철도의 객실 구분에서 알 수 있듯이, 철도는 근대와 관련된 새로운 위계가 도입되는 미디어이기도 했다. 경인철도의 객실은 3등급으로 나뉘어져 있었는데, 1등 객실은 외국인이 이용했고, 2등 객실은 내국인이 탈 수 있었으며, 여성은 3등 객실에 탑승할 수

---

[1] 「철도 개업 예식」, 『독립신문』, 1899.9.19.

있었다.[2] 외국인과 내국인의 구분에는 제국주의적 위계가, 남성과 여성의 구분에는 봉건적인 위계가 투영되어 나타난다. 근대성의 위계와 봉건적 위계가 중층적으로 겹쳐져 있는 이중적인 표상 구조가 철도와 함께 나타나고 있는 것이다.

한국의 철도는 전근대사회와 결별하고 근대의 합리적인 세계로 나아가는 통로였으며, 일상경험 영역에 밀착해 들어온 가장 거대한 근대적 테크놀로지였다. 철도는 근대문물을 배우고 확인할 수 있는 '큰 학교'로 인식되었고, 말로만 듣던 근대=개화(開化)를 경험적인 차원에서 확인할 수 있는 현실적인 근거였다. 철도의 부설과 함께 새로운 공간성이 창출되었고, 전통적인 도성과 촌락이 해체-재구성의 절차를 밟아나갔다. 또한 전신 및 우편 제도와 결합하여 교통-통신의 네트워크가 통합적으로 구성되고, 세계표준시에 근거한 새로운 시간의식을 내면화하게 되며, 교통의 네트워크에 근거하여 세계를 상상하는 동시에 민족을 상상할 수 있게 되었다. 철도는 잠자는 조선을 일깨우는 계몽(啓蒙)의 소리였다. 하지만 그와 동시에 제국주의적 수탈을 은폐하는 취몽(醉夢)이기도 했다. 철도부설권 확보를 통해서 새로운 식민지를 확보하려는 열강의 침탈이 계속되었고, 철도는 제국주의적 전쟁을 위한 병참기지인 동시에 식민지적 수탈의 통로로서의 역할을 수행했다. 한국의 역사적 경험에 비추어 보자면, 철도는 근대성의 표상이자 식민성의 표상이다. 철도 주변에는 식민적 근대성의 역사적 표정들이 중층적으로 배치되어 있다.[3]

---

2   경인일보 특별취재팀, 『인천이야기』 (상), 다인아트, 2001, 39면.
3   철도가 가져온 역사적인 변화에 대해서는 에릭 홉스봄(Eric Hobsbawm), 정도영 역, 『자본의 시대』, 한길사, 1983; 볼프강 쉬벨부쉬(Wolfgang Schivelbusch), 박진희 역, 『철도여행의 역사』, 궁리, 1999; 박천홍, 『매혹의 질주, 근대의 횡단』, 산처럼, 2003 참조.

철도가 제시하는 근대의 표상은 결코 교통수단으로서의 철도에 한정되지 않는다. 철도가 부설되고 운행된다는 것은 종전까지 없었던 새로운 교통수단이 출현했다는 의미로 환원되지 않는다. 철도는 단순히 근대에 새롭게 등장한 교통수단에 그치지 않고, 전신·우편·화륜선 등과 결합하여 통합적인 교통-통신의 네트워크를 형성하는 기축이다. 네트워크는 기본적으로 사람과 사람, 사람과 세계를 이어준다. 하지만 네트워크는 단순히 많은 사람들을 연결하는 데 그치지 않고, 다른 네트워크들과의 새로운 연결과 매개를 창출하여 통합적인 네트워크의 구축을 가능하게 한다. "말·마차·기차·자동차·배 같은 교통수단, 도로·운하·선로·항만 같은 교통 인프라, 그리고 책·봉화·전신·전화·라디오 등과 같은 통신기술의 목적인 지역과 지역을 연결해서 생산이나 소비와 같은 사람들의 활동을 매개하고 정보와 지식을 공유하게 하는 것"[4]이 네트워크이다. 철도가 부설되고 운행된다는 것은, 인간과 세계를 이어주는 방식 자체가 근원적인 변화를 겪게 되며 세계를 인식하고 시간과 공간을 감각하는 방식이 새롭게 재구조화된다는 것을 의미한다. 철도의 네트워크를 따라서 세계에 대한 그리고 국가에 대한 새로운 상상력이 작동할 수 있게 되는 것이다.[5]

철도와 신소설은 서로 나란히 놓여 있으며, 매우 독특한 평행론적인 풍경을 형성하고 있다.[6] 경인선1899, 경부선1905에 이어 경의선이 1906년 4

---

4 홍성욱, 『네트워크 혁명, 그 열림과 닫힘』, 들녘, 2002, 32면. "네트워크라는 단어는 원래 육체의 혈관이나 강이 복잡하게 연결되어 있는 것을 표현하던 단어였다. 강을 이용해서 운하와 도로가 만들어지고 도로를 따라 철도가 놓이면서, 교통 네트워크라는 개념이 18세기 프랑스에서 새롭게 등장했다."

5 에릭 홉스봄, 앞의 책, 96면; 빈프리트 뢰쉬부르크(Winfried Löschburg), 이민수 역, 『여행의 역사』, 효형출판, 2003, 198~200면 참조.

6 질 들뢰즈(Gilles Deleuze), 이진경 역, 『스피노자와 표현의 문제』, 인간사랑, 2003, 137~154면 참조. 평행론(parallelism)은 들뢰즈를 참조한 용어이다. 신이라는 실체로

월에 개통됨으로써 전 국토를 남북으로 연결하는 철도망이 구축되었다. 그리고 1906년 7월 22일부터 최초의 신소설 『혈의 누』가 『만세보』에 연재되기 시작한다. 철도가 국토 위에 씌어진 거대한 글쓰기écriture라면, 신소설은 당대의 꿈과 현실을 기록하는 글쓰기이다. 신소설은 '통합적인 교통-통신의 네트워크를 형성하는 기축'으로서의 철도를 지속적으로 관찰해 온 문학양식이다. 『혈의 누』와 「혈의 누 하편」은 교통-통신의 네트워크가 새로운 주체의 근거로서 기능하며 세계globe에 대한 공간적 인식을 새롭게 구성한다는 사실을 보여준다. 『귀의성』의 경우 축첩제도와 관련된 비극의 서사 저변에는 교통-통신의 네트워크를 재현하는 서술들이 가로놓여 있다. 또한 『빈상설』은 국제 표준시에 대한 당대의 이중적인 감각을 포착하고 있으며, 『은세계』에서는 전근대에서 근대에 이르는 이질적인 시간들의 스펙트럼이 철도를 통해서 구조화된다. 『고목화』와 『모란병』에 등장하는 철도역은 일본어가 공식어로 사용되고 조선인들에게는 흉내내기가 강요되는 식민지적 장소로 표상되며, 『쌍옥적』에서는 대중교통수단인 철도를 통해서 익명적 대중이 출현하고 열차 안에서 독서를 하는 장면이 묘사된다. 철도와 교통-통신의 네트워크는 신소설의 동시대성당대성 확보와 관련된 가장 중요한 상징적 기제이며, 신소설의 시간과 공간을 규정하는 서사플롯의 원리로 작동한다.

철도의 상상력은 신소설뿐만 아니라 한국 근대문학 전반에 걸쳐서 펼쳐져 있다. 철도와 화륜선을 이용하여 세계를 여행하는 「세계일주가」 1914,

---

부터 분기된 정신과 신체가 평행을 이루며 상응하듯이, 또는 사유의 속성과 연장의 속성이 평행을 이루는 것처럼, 근대성에서 분기된 철도의 표상과 신소설이라는 매체가 평행을 이룬다는 것이 이 글의 기본적인 구상이다.

"『무정』의 길은 철도로 되어 있다"[7]고 평가되는『무정』1917, 동경과 서울을 오가며 원점회귀의 철도 여로를 보여주는「만세전」1921 등 초창기의 근대문학은 철도와 매우 밀접한 관련을 맺고 있다. 또한 현진건의「고향」, 이상의「12월 12일」, 이기영의『고향』과『두만강』, 한설야의「과도기」, 이태준의「농군」 등 주요한 작품들은 근대성과 식민성이 혼종되어 있는 철도를 따라 한국근대사의 역사적 경험과 표상들을 제시해 왔다.[8] 한국 근대문학에 등장하는 철도의 표상은 하나의 계보학적 주제라 할 수 있다. 이 글에서는 철도와 관련된 교통-통신의 통합적 네트워크가 신소설에서 어떠한 양상으로 재현표상되고 있는지를 실증적으로 고찰하고자 한다. 그 과정에서 철도의 통합적인 교통-통신 네트워크가 신소설에게 동시대성을 부여하는 현실적 근거였으며, 신소설은 철도에 대한 상징적으로 일반화된 미디어였다는 사실을 확인할 수 있을 것이다.

2. 교통 가능한 세계globe와 네트워크 내부의 주체-『혈의 누』

철도 체험이 등장하는 최초의 작품은 이인직의『혈의 누』1907이다. 철

7 　김윤식,『이광수와 그의 시대』2, 한길사, 1986, 566~568면.
8 　철도와 문학의 관계에 주목한 연구로는 박노춘,「철도를 제재로 한 개화기 문학」,『한국철도』5(3), 철도청, 1968.3; 정재정,「20세기 초 한국 문학인의 철도 인식과 근대문명의 수용 태도」,『인문과학』7, 서울시립대 인문과학연구소, 2000; 졸고,「철도와 근대성」,『돈암어문학』15, 2002 참조. 신소설의 철도 표상을 고찰하는 과정에서 도움을 받은 글로는 최원식,「1910년대 친일문학과 근대성」,『민족문학사연구』14, 민족문학사협회, 1999; 이영아,「신소설의 개화기 여성상 연구」, 서울대 석사논문, 2000; 권보드래,「신소설의 근대와 전근대-『귀의성』을 중심으로」,『한국문화』28, 서울대 한국문학연구소, 2001 참조.

도와 관련해서 두 가지의 장면이 제시된다. 첫 번째는 여주인공 옥련이가 평양에서 오사카로 이동하는 과정에서이다. 평양에서 살던 7살의 소녀 옥련이는 청일전쟁 중에 일본군의 총에 맞아 부상을 입고, 일본군 군의관 정상井上 소좌의 양녀가 되어 오사카大阪로 가게 된다. 평양에서 교군 바탕을 타고 인천에 가서 윤선을 타고 나흘 만에 오사카에 도착한다. 옥련이 바라본 오사카의 근대적 풍경 속에 "지네같이 기어가는 기차"가 자리를 잡고 있다.[9] 두 번째는 정상 소좌가 전사한 후 양어머니의 구박에 견디지 못하고 오사카에서 이바라키茨木까지 기차를 타고 가는 장면이다. 차중에서 옥련은 조선인 학생 구완서와 만나게 된다. 그냥 그대로 헤어질 수도 있었던 두 사람은 기차의 관성 덕분에 다시 이야기를 나누게 되고,[10] 그 자리에서 구완서는 옥련에게 미국에 가서 함께 공부할 것을 제안한다. 두 사람은 요코하마에서 배를 타고 삼 주일 만에 샌프란시스코에 도착하여 워싱턴으로 가서 공부를 한다.[11] 『혈의 누』에서 철도는 근대의 핵심적인

9   이인직, 『혈의 누』, 광학서포, 1907, 27면. "옥련의 눈에는 모두 처음 보는 것이라 항구에는 배 돛대가 삼대 들어서듯 하고 저잣거리에는 이층 삼층집이 구름 속에 들어간 듯하고 지네같이 기어가는 기차는 입으로 연기를 확확 뿜으면서 배는 천동지동하듯 구르며 풍우같이 달아난다."

10 위의 책, 62면. "빠르던 기차가 천천히 가다가 딱 멈추어서면서 반동되어 뒤로 물러나니 섰던 옥련이가 넘어지며 손으로 서생의 다리를 잡으니, 공교히 서생 다리의 신경맥을 짚은지라 그 때 서생은 창밖만 보고 앉았다가 입을 딱 벌리면서 깜짝 놀라 돌아보니 옥련이가 무심중에 일본말로 실례라 하나 그 서생은 일본말을 모르는 고로 알아듣지는 못하나 외양으로 가엾어 하는 줄로 알고 그 대답은 없이 좋은 얼굴빛으로 딴말을 한다."

11 조선(평양) - 일본(오사카/요코하마) - 미국(샌프란시스코/워싱턴)에 이르는 옥련의 이동 경로는, 1885년에 조선 정부가 한미수교사절단으로 파견한 보빙사의 경로와 흡사하다. 보빙사의 대략적인 여정은 다음과 같다. 1883년 7월 중순 일본 도쿄 도착. 1883년 8월 15일 동서양기선회사(Occidental and Oriental Company) 소속 태평양 횡단 여객선 아라빅(Arabic)호에 승선. 요코하마에서 샌프란시스코까지는 22일 소요. 1883년 9월 2일 샌프란시스코 입항. 1883년 9월 7일 대륙횡단철도인 센트럴 유니언 퍼시픽 철도(the Central and Union Pacific Railroads)를 타고 대륙횡단. 1883년 9월 15일 워싱턴 도착. 1884년 5월 31일 민영익 전권대신 일행 인천항 도착. 보빙사의 활동과 여

표상 가운데 하나이며, 새로운 운명과의 만남을 가능하게 하는 계기로 제시된다.

『혈의 누』는 어린 소녀 옥련이 평양을 떠나 일본의 오사카를 거쳐 미국의 워싱턴에까지 이르는 과정을 그려내고 있다. 옥련은 학업에 대한 뚜렷한 의지나 목적의식을 가지고 있지는 않다. 다만 평양으로 돌아가 부모를 만나고자 하는 소망을 가지고 있을 따름이다. 하지만 옥련의 소망과는 달리 그녀의 몸은 조선에서 일본으로 다시 미국으로 옮겨간다. 그렇다면 옥련이 조선평양 – 일본오사카 – 미국워싱턴으로 이어지는 공간적 이동의 궤적을 밟을 수 있었던 이유는 무엇일까. 철도와 화륜선이 전지구적 차원에서 형성하고 있던 교통의 네트워크 때문이다. 최초의 신소설 『혈의 누』는 철도와 화륜선이 구축하고 있던 교통의 네트워크에 근거하여 씌어진 소설이라 할 수 있다.

(딸) 옥련이 같은 어린 계집아이도 육만 리나 되는 미국을 갔는데 내가 이까짓 데를 못 와요 진남포로 내려가서 화륜선 타고 왔소 아버지 나는 개화하였소 이 길로 미국에나 들어가서 옥련이도 만나보고 옥련의 부친도 만나보고 옥련의 남편 될 사람도 내 눈으로 자세히 보고 오겠소.[12]

「혈의 누 하편」『제국신문』, 1907.5.17~6.1은 평양에서 거주하던 옥련의 모친 최춘애가 미국에 가서 옥련을 만나는 내용을 담고 있다. 최씨 부인은 교

정에 대해서는 김원모, 『한미수교사 – 조선보빙사의 미국사행편(1883)』, 철학과현실사, 1999, 43~114면 참조.

12 이인직, 「혈의 누 하편」, 권영민 교열·해제, 『혈의 누』, 서울대 출판부, 2001, 274면.

통의 네트워크에 근거한 옥련의 공간이동이 어떠한 의미를 가지고 있는
지를 명확하게 보여주는 인물이다. 그녀는 미국으로 가기 위해 먼저 부산
으로 가서 친정아버지 최주사를 만난다. 진남포에서 부산까지 화륜선을
타고 온 그녀는 당당하게 말한다. "아버지 나는 개화하였소." 화륜선을
타고 공간적 이동을 경험한다는 것, 달리 말하면 근대적 교통 네트워크에
접속된다는 것의 의미가 이처럼 명확하게 드러나는 대목은 많지 않다.
"아버지 나는 개화하였소"라는 말은, 평범한 여인네가 화륜선을 경험하
고 내보이는 자긍심의 차원으로 한정되지 않는다. 교통의 네트워크가 근
대의 학교이며[13] 주체를 재구성하는 경험적·상상적 근거'화륜선을 탄 이후로 다
른 사람이 되었소'라는 사실을 웅변하고 있는 것이다. 근대적 교통 네트워크와
의 접속은 단순히 새로운 문물에 대한 경험에 그치는 것이 아니라, 평범
한 부녀자를 개화의 단계로 옮겨놓는 경험, 달리 말하면 근대의 프레임
속에서 주체가 재구성되는 경험이었던 것이다. 최소한 그녀는 진남포에
서 화륜선을 타는 순간, 미국까지 가는 것이 가능하다는 것을 알게 되었
던 것이다. 단순히 화륜선이라는 테크놀로지와의 놀라운 조우에 대해서
말하고 있는 것이 아니라, 기차와 화륜선이 형성하고 있는 지구적 차원의
교통의 네트워크를 상상할 수 있게 되었음을 웅변하고 있는 것이다. 달리
말하면 자신이 '교통 네트워크-내부의-주체'라는 것을 무의식적으로
감지하고 있는 것이다.

---

13 「논설-외국 신문지들에 말하기를」, 『독립신문』, 1986.7.2. "철도가 된 후에는 농민과
    상민들이 철도로 인연하여 직업들이 흥왕할 터이요 또 조선 백성들에게 철도가 큰 학교
    가 될 지라 개화의 실상을 보지 못한 조선 인민들이 철도 흥왕하는 것을 보면 개화 학문
    이 어떠한 것인 줄을 조금은 짐작할 듯하며 높은 학문과 제조법을 배우고자 하는 백성
    이 많이 생길 터이요."

『혈의 누』와 「혈의 누 하편」이 철도와 화륜선에 근거한 교통의 네트워크를 전제하고 있다는 사실은, 후속작인 『모란봉』과 대비해 보면 보다 분명하게 드러난다. 『모란봉』에서 옥련은 미국에서 돌아와 평양의 별당에 칩거하다시피 머물게 된다. 이 작품에는 교통의 네트워크가 옥련의 운명에 어떠한 영향도 미치지 않는다. 달리 말하면 『모란봉』은 교통의 네트워크를 전제하지 않은또는 못한 『혈의 누』 후속편이라 할 수 있는데, 서사의 진행이 혼사장애를 둘러싼 전형적인 갈등으로 축소되면서 급격하게 통속화된다. 교통의 네트워크와 분리된 옥련은 그녀가 가지고 있던 최소한의 근대적 자질들을 모두 박탈당하고, 혼사장애를 둘러싼 모략과 갈등이라는 전근대적인 상황에 퇴행적으로 구속되는 양상을 보인다.

『혈의 누』는 평양─오사카─워싱턴으로 공간의 이동이 펼쳐지지만 그 서술 분량에 있어서는 편차가 있다.[14] 눈여겨봐야 할 것은 오사카와 워싱턴을 대변하는 특유의 공간성이 제시되지 않는다는 점이다. 옥련은 오사카에서는 정상#上 부인의 집에 머물고, 워싱턴에서는 호텔에 체류한다. 그리고 조선의 부모를 그리워하며 꿈을 꾸고 학교에 다니며 우수한 성적을 거두는 등, 공간은 다르지만 동일한 활동을 반복할 따름이다. 오사카에서는 대판매일신보의 호외가 등장하고, 미국에서는 캉유웨이康有爲를 만나지만, 오사카나 워싱턴의 독자적인 공간성은 제시되지 않는다. 이것은 이인직의 경험이나 정보가 부족했음을 보여주는 것이기도 하지만, 오사카와 워싱턴이 철도와 화륜선으로 대변되는 교통 네트워크에 의해 소환

---

14 정선태, 「신소설의 서사론석 연구─이인직 소설을 중심으로」, 서울대 석사논문, 1994, 40면. 평양에서 며칠에 걸쳐 일어난 일이 30여 쪽, 오사카에서 4년에 걸쳐 일어난 일이 30여 쪽, 워싱턴에서 5년 동안에 일어난 일이 20여 쪽 분량이다.

된 공간적 기호임을 보여주는 것이기도 하다.[15] 이러한 사실을 방증하는 대목이 「혈의 누 하편」에 등장하는 철도정거장 장면이다.

> 사람이 구름같이 모여드는 정거장에서 오후 기차 시간을 기다려서 상항 가는 기차표 사는 사람은 최주사 부녀요, 입장권 사서 들고 최주사의 부녀더러 이리 가오, 저리 가오, 시간이 되었소, 기차가 떠나겠소 하며 가르치는 사람은 최주사의 부녀를 석별하러 온 김관일의 부녀요, 정거장에 잠간 나왔다가 학교에 동창회가 있다 하면서 기차 떠나는 것을 못 보고 먼저 들어가는 사람은 구완서요, 철도 회사 복색을 입고 이리저리 다니면서 기차를 살펴보는 사람은 장거수라. 시계를 내어 보더니 손을 번쩍 들며 호각을 부는데 호르륵 소리 한마디에 기차가 꿈쩍 거린다.
>
> 기차 속에서 눈물을 머금고, "옥련아. 아버지 모시고 잘 있거라" 하는 사람은 옥련의 모친.
>
> "어머니, 할아버지 모시고 안녕히 가시오" 하며 눈물을 씻는 사람은 옥련.
>
> 삿보를 벗어 들고 손을 높다랗게 쳐들고 기차 속에 있는 최주사를 바라보며, "만리고국에 태평히 가시오. 대한제국 만세" 소리를 지르는 사람은 김관일.
>
> 싱긋 웃으며 턱만 끄덕 하고 김관일의 부녀 선 것을 바라보는 사람은 최주사이라.[16]

---

15 기차는 역에서 역으로 비약하는 방식으로 이동하기 때문에 출발과 도착 사이의 차이는 극도로 강렬해진다. 철도 여행은 하나의 비유라 할 수 있는데, 철도 여행은 "먼 곳에 떨어져 따로 존재하는 개성들을 통합시켜, 우리를 하나의 이름에서 다른 이름으로" 데려가 주었다. 스티븐 컨(Stephen Kern), 박성관 역, 『시간과 공간의 문화사』, 휴머니스트, 2003, 527면.

16 이인직, 「혈의 누 하편」, 285~286면.

미국의 기차역에서 외치는 '대한제국 만세'란 무엇인가. 개화기에 '만세'는 황제태자, 국기國旗, 국가國歌 등 국가 표상과 관련되어 의례를 완성하거나 공적인 회의를 종결할 때 사용하는 집단적인 구호이다. 운동회, 연설회, 토론회, 낙성식, 황제의 생일, 개교 기념식 등 국가와 관련되는 의식을 행하거나 국왕의 안녕과 건강을 기원하거나 국가와 관련된 일을 토론연설하는 자리에서 '만세'라는 구호는 사용된다. 만세가 국가와 관련된 공公적인 구호라는 사실은 학부에서 황태자에게 경의를 표하는 방식으로 만세를 지시한 것만 보아도 알 수 있다. '만세'를 통해 국가 표상이 호명되고, 국가 표상에 의해 국민이라는 주체의 자리가 배분되는 의례적 과정을 전제하고 있는 것이다.[17]

그렇다면 김관일은 왜 미국 워싱턴의 기차역에서 '대한제국 만세'를 외쳤을까. 가족 모임의 성격이 짙은 지극히 사적인 회합에서 '대한제국 만세'란 어떠한 의미를 가지고 있는 것일까. 단순히 만리타국에 와 있는 조선인들이, 또는 문명국의 기차역에 5명의 조선인들이 집단적으로 모여 있었음을 기념하는 것은 아닐 것이다. 여기에는 『혈의 누』를 둘러싼 공간 의식이 반영되어 있다. 『혈의 누』와 「혈의 누 하편」에서 공간은 기본적으로 철도와 화륜선이 구축하고 있는 교통의 네트워크에 의해 호명된

---

17 만세를 황태자에 대한 예의의 표현으로 학부에서 훈령을 내린 것에 대해서는 "오늘 황태자 뎐하 떠나시는데 각 학교 학도가 남대문밧 뎡거쟝에 느러셔셔 만셰를 부르라고 학부에서 각 학교에 지휘하엿다더라"(「학도지송」, 『대한매일신보』, 1907.12.5). "독립협회의 지츠샹쇼 비답은 젼호 신문에 이왕 긔지 ᄒ엿기기로 도라간 일요일 본회 회원들이 모혀 비답을 밧들고 모도 감츅히 넉여 황샹 폐하를 위 ᄒ야 만셰를 불으며 태ᄌ 뎐하를 위 ᄒ야 쳔셰를 불으고 젼국 이쳔만 동포 형데들을 위 ᄒ야 빅셰를 불으고 셔로 길거 ᄒ엿다더라."(「만셰경츅」, 『독립신문』, 1898.7.26) 만세는 각국 대표들이 모이는 연설회나 기념식에서도 사용되었다. 대표적인 사례로는 독립관 낙성식 연회이다(「독립관연회」, 『독립신문』, 1896.11.24).

교통네트워크 : 워싱턴 – 샌프란시스코 – 요코하마 – 동경 – 오사카 – 부산 – 서울

다. 김관일의 '대한제국 만세'는, 조선이 미국과 일본을 거쳐서 연결된 세계적 수준의 교통 네트워크 속에 자리 잡고 있음을 확인하는 과정과 밀접하게 관련된다. 국가들이 형성하는 표상체계와 교통의 네트워크가 조응하고 있기 때문이다. 철도의 네트워크 내부에서 '대한제국'이 보였던 것이다. '대한제국 만세'의 공적인 성격이 이 지점에서 확인된다.

철도와 화륜선으로 구성된 교통의 네트워크 속에는 미국 – 일본 – 조선으로 이어지는 국가들의 환유적인 흐름 또는 국가들의 표상 체계가 중첩되어 있다. 대한제국의 자리는 어디인가. 대한제국은 세계적 수준의 교통 네트워크 내부에 마련된 어느 지점이다. 미국의 철도 정거장에서 조선으로 귀국하는 아내와 장인을 보며 '대한제국 만세'를 외쳤던 이유는 무엇일까. 아내와 장인이 지구적 차원에서 형성된 교통 네트워크를 통해서 조선으로 재귀/귀환하는 주체들이었고, 전 지구적 차원에 구축된 교통의 네트워크가 세계globe의 표상을 제시해 주었으며, 그 속에서 조선의 자리를 발견 또는 상상할 수 있었기 때문일 것이다. 교통 네트워크는 방대하게 확장된 공간지평을 선사했고, 그 속에서 세계는 '하나의 거대한 관계의 장'으로 드러난다.[18] 철도, 증기선, 전신은 근대의 기술적 토대인 동시

---

18 와카바야시 미키오(若林幹夫), 정선태 역, 『지도의 상상력』, 산처럼, 2006, 211면.

에 근대적 교통 통신의 네트워크를 구성한다. 철도, 증기선, 전신의 기술적인 결합에 근거할 때, 교통 가능한 공간으로서의 세계를 상상하는 일이 가능해진다. 신소설 『혈의 누』와 「혈의 누 하편」의 공간적 상상력은, 육지를 달리는 철도와 해양을 헤쳐 나가는 화륜선과 태평양을 가로지르는 전신이 형성하고 있는 교통－통신의 네트워크에 준거하고 있다.

『혈의 누』와 「혈의 누 하편」의 공간의식은 '아버지 나는 개화하였소'와 '대한제국 만세' 사이에서 규정된다. 오사카나 워싱턴 등의 외국지명은 철도에 의해 호명되는 기호들, 또는 교통－통신의 네트워크에 의해 환유적으로 구성되는 기호들이다. 실제로 워싱턴이 존재하기 때문이 아니라 철도가 워싱턴을 만들어내고 있다고 해도 결코 틀리지 않는다. 신소설의 공간은 철도의 네트워크보다 확장된 형태로는 철도-화륜선의 네트워크를 표상하며, 철도의 네트워크에 의해 실재성을 부여받는다. 『혈의 누』와 「혈의 누 하편」에서 오사카와 워싱턴은 구체적인 장소로서의 성격이 삭제된 기호이다. 미국의 정거장에서 볼 때 조선 역시 구체적인 성격이 없기는 마찬가지였을 것이다. 조선, 일본, 미국이라는 공간적 기호를 호명하고 실체를 부여한 것은 다름 아닌 철도였고 교통의 네트워크였다. 이를 두고 신소설의 공간적 무의식이 분출되는 장면이라고 해도 좋을 것이다.

3. 철도－전신의 네트워크와 『귀의 성』의 공간 표상

신소설 작가 이인직에게 교통－통신의 네트워크가 매우 중요한 의미를 지니고 있었다는 사실을 보여주는 또 다른 작품이 『귀의 성』이다. 일반적으로『귀의 성』은 축첩과 관련된 비극을 제시함으로써 봉건성에 대한 비판을 주제화한 작품으로 평가된다. 하지만 교통·통신의 측면에 주목하여『귀의 성』의 서사를 살펴보면 매우 흥미로운 특징을 발견하게 된다.『귀의 성』에서 주요한 사건들은 거의 예외 없이 교통-통신 수단들과 매개되어 있으며, 전통적인 교통-통신과 근대적인 교통-통신이 체계적으로 제시된다. 전통적인 교통수단으로는 교군 바탕가마, 도보가 등장하며, 전차, 철도, 화륜선, 인력거 등과 같은 근대적인 교통수단이 중요한 역할을 담당한다.[19] 전통적인 통신 수단으로는 편지를 인편으로 전달하는 보행 삯꾼이 제시되며,[20] 근대적인 통신 수단인 전신과 우편이 적극적으로 활용되고 있다. 또한 이 시기에 새롭게 등장한 제도인 환전도 작품에 모습을 드러낸다. 교통과 통신에 대한 작가의 관심무의식은 결코 에피소드적인 차원이 아니다. 교통과 통신에 주목할 때,『귀의 성』은 축첩제도를 둘러싼 비극을 다룬 교훈적인 서사 층위와 교통-통신의 네트워크를 재현하고 있는 서사 층위로 이루어진 이중의 구조를 보인다.[21]

---

19 조선시대의 교통수단에 대해서는 정연식, 「조선조의 탈 것에 대한 규제」, 『역사와 현실』 27, 한국역사연구회, 1998 참조.

20 『귀의 성』에는 급주(急走)와 보행 삯꾼도 등장한다. "행전노리에 편지를 집어 지르고, 저고리 고름에 갓모 차고 철대 부러진 제량갓을 등에 짊어진 듯이 젖혀 쓰고 이마에 석양을 이고 곰방담뱃대 물고 활갯짓하며 한양성 남산 바라보고 한걸음에 뛰어갈 듯이 달아나는 것은, 김승지의 편지를 가지고 가는 보행 삯꾼이라. 편지는 무슨 편지인지, 일은 무슨 일에 급주로 가는지 삯꾼은 알지 못하는 터이라. 김승지가 심란한 중에 보행 삯은 삯꾼이 달라는 대로 주었는데, 그 삯꾼은 흥에 띄어서, 그날 밤 내로 박참봉의 답장을 맡아서 회환할 작정이라." 이인직, 『귀의 성』 하, 중앙서관, 1908, 56면.

21 교통과 통신을 중심으로『귀의 성』의 서사구조를 살펴보면 다음과 같다. 굵게 표시된 부분은 교통·통신과 관련된 항목이다. ① 춘천에서 동생의 **전보**(본처가 강동지의 딸 길순을 첩을 들였다는 소식을 듣고 춘천으로 내려갈 것이라는 내용)를 받고 김승지가 상경한다. ② 서울로 간 김승지에게서 연락이 없자 강동지와 길순이 **가마**를 타고 상경한다.(4일 소요) ③ 김승지는 집으로 찾아온 길순에게 계동의 박첨지 집에 잠시 머물도록 한다. 길순이 우물에 투신하여 자살을 기도하나 실패한다. ④ 김승지가 **도동**에 길순

『귀의 성』의 기본적인 공간은 서울, 춘천, 부산이다. 서울과 부산은 경부철도에 의해 매개되는 공간이다. 경부철도를 바탕으로 최가와 점순의 도주가 이루어지고 강동지의 추격이 펼쳐진다. "길은 천 리나 되나 내왕 인편은 조석으로 있는 경상도 부산이라"[22]라고 말할 수 있는 근거 역시 경부철도로부터 주어졌던 것이다. 그렇다면, 춘천은 어떠한 공간적 상징성을 갖고 있는 것일까. 단순히 이인직의 고향이라는 이유에서만은 아닐 것이다. 춘천군수 김승지는 강동지의 딸 길순을 첩으로 삼았는데, 이 소식을 들은 본처가 춘천으로 내려간다고 소동을 부렸고, 김승지의 동생이 급하게 춘천으로 전보를 띄운다.

김승지의 실내는 서울 있다가 그 남편이 춘천 가서 첩을 두었다는 소문을 듣고, 열 길 스무 길을 뛰며 당장에 교군을 차려서 춘천으로 내려가려 하는데, 온 집안이 난리를 당한 것같이 창황한 중에, 김승지의 아우가 급히 통신국에 가서 춘천으로 전보하더니, 춘천 군수가 관찰부 수유도 못 얻고 서울로 올라가서 비서승으로 옮긴 터이라.[23]

의 거처를 마련한다. 길순이 **전차** 차선 위에 누워 자살을 시도하나 침모의 **인력거**와 부딪혀 실패한다. ⑤ 길순의 거처를 알게 된 김승지의 부인은 점순과 길순을 살해하고자 모의한다. 점순의 교사를 받은 최가는 길순과 거북(아들)을 **교군 바탕**에 태워 서울 외곽으로 데리고 가서 살해한다. ⑥ 불안한 느낌을 가진 강동지 부부는 춘천에서 **도보**로 상경한다.(2일 소요) 점순과 최가는 **경부선**을 타고 도주한다. 중간에 대전에서 가진 돈을 도둑맞는다. ⑦ 점순과 최가가 부산에서 **우편이나 환전**을 통해서 도피자금을 보내달라는 **편지**를 서울의 김승지 부인에게 보낸다. 편지는 경부철도를 통해 김승지 부인에게 전달된다. ⑧ 강동지는 살해 사실을 알게 되자 장판수를 시켜 부산에서 점순과 처가를 유인한다. 장판수는 김승지 부인에게 갈 **편지**를 강동지가 입수했고 조만간 **전보**를 받은 경찰이 경부선을 타고 부산으로 내려와 그들을 잡으러 오게 될 것이라고 말한다. 점순과 최가를 살해한 강동지는 **경부선**을 타고 상경 한다. ⑨ 강동지 부부는 경부선을 타고 부산으로 내려가 **화륜선**으로 원산에 갔다가 블라디보스톡으로 떠난다.

22 위의 책, 73면.

흥미롭게도 춘천은 전신電信에 의해서 서울과 연결됨으로써 소설의 공간 속에 자리를 잡는다. 조선에 마련되어 있던 전신 네트워크는 크게 3가지였다. ① 중국의 정치적 필요에 의해 자국의 전신 네트워크와 연접連接시킬 목적으로 건설되고 운용되었던 서로전선의주-평양-서울-인천, 1885년 ② 중국과의 정치적 대결구도 속에서 일본의 입지를 높이고 일본열도와 한반도를 잇는 해저전신케이블1884에 연접할 목적으로 건설된 남로전선서울-공주-전주-대구-부산, 1888년 ③ 남로전선 가설에 참여한 기술적 경험을 바탕으로 조선정부가 독자적인 의지로 건설한 북로전선서울-춘천-원주, 1891년.[24] 『귀의 성』에서 춘천은 1891년에 가설된 북로전선에 의해 신소설의 공간으로 소환되었던 것이다.

조선에서 근대적 교통-통신제도는 전신·우편·철도의 순으로 네트워크가 구축되었다는 특징을 갖는다.[25] 당시로서의 최신의 미디어였던 전신의 도입은 1885년부터 1891년 사이에 이루어지고, 1884년 갑신정변 이후 중단되었던 근대적 우편사업은 1895년에 재개되어 1898년에 자리를 잡게 된다. 철도는 1899년에 경인선, 1905년에 경부선, 1906년에 경의선이 완성되었다. 철도는 교통-통신 네트워크의 기축이다. 철도는 단순히 근대적 문물이나 근대적 교통수단에 그치지 않는다. 철도의 건설은 교통-통신의 네트워크가 구축되었음을 의미한다.

『귀의 성』은 전신과 철도, 가마와 인력거, 전차와 화륜선 등이 구축하

---

23 이인직, 『귀의 성』, 광학서포, 1907, 17~18면. 이 글에서 강조는 모두 인용자의 것.
24 윤상길, 「통신의 사회문화사」, 유선영 외, 『한국의 미디어 사회문화사』, 한국언론재단, 2007, 111면; 장한식, 「구한말 근대적 통신제도의 성립에 관한 연구」, 서울대 석사논문, 1989, 16~78면 참조.
25 윤상길, 앞의 책, 100면.

고 있는 교통-통신의 네트워크에 근거한 신소설이다. 소설의 주요한 장소들은 교통-통신의 네트워크에 의해서 호명되며, 교통-통신의 네트워크에 의해서 장소의 무의식이 배분된다. 『귀의 성』에서 주요한 장소들은 전신이 닿는 곳이고 기차가 도달하는 곳이다. 작품의 주요한 공간인 서울, 춘천, 부산은 교통-통신의 네트워크에 의해 장소의 성격이 부여된다. 춘천이 전신에 의해서 호명된 장소라면 철도는 서울의 공간성을 규정한다. 서울에 온 길순춘전집은 김승지 본처의 행패를 피해 계동의 박첨지 집에 임시 거처를 마련한다. 그날 저녁 길순은 자살을 결심한다. 계동 궁 담 밑 우물에 빠져죽으려는 순간 발을 헛디디게 되고 순행을 돌던 순검에 의해 구조된다. 며칠 후 김승지가 마련해 준 "남대문 밖 도동 남관왕묘 동편"[26]에 거처를 마련하고 '강소사가'라는 문패를 붙인다. 하지만 첩이 되어 아기를 가진 자신의 신세를 비관하며 전차 자살을 시도한다.

> 춘천집이 모진 마음을 먹고 전기 철도에 가서 치여 죽을 작정으로 경성 창고회사 앞에 나아가서 전기 철도에 가만히 엎드려서 전차 오기만 기다리는데. 용산에서 오는 큰길로 돌돌 굴러 오는 바퀴 소리에 춘천집이 눈을 딱 감고 이를 악물고 폭 엎드렸는데, 천둥 같은 소리가 점점 가까워지더니 무엇인지 춘천집 몸에 부딪쳤더라.[27]

전차와 죽음의 관련성은 결코 낯선 것이 아니었다. 널리 알려진 대로 서울에 처음으로 전차가 모습을 드러낸 것은 1899년 5월 17일의 일이

---

26 이인직, 『귀의 성』, 52면.
27 위의 책, 56면.

다. 서대문에서 종로와 동대문을 거쳐 청량리까지 8km에 이르는 노선이 부설되었다. 전차에 대한 놀라움과 흥미로움이 채 가라앉기도 전에 사망 사고가 벌어졌다. 1899년 5월 26일, 개통 10일 만에 전차 궤도를 건너 던 어린아이가 사망하는 일이 발생한 것이다. 성난 군중들은 전차에 석 유를 부어 불을 질렀고, 5개월 동안 전차 운행이 중지되었다.[28] 또한 당 시 서울 시민들 중에는 전차 선로를 목침 삼아 베고 잠을 자다가 끔찍한 사고를 당하는 경우가 많았다.[29] 춘천 집의 전차 자살 시도는 당시에 널 리 알려져 있던 전차 사고와 관련되어 있었던 것이다.

춘천집의 자살 시도와 관련해서 보다 눈여겨봐야 할 것은 새로 마련한 거처가 도동桃洞에 위치하고 있었다는 사실이다. 남대문 밖 도동은 예로부 터 복숭아나무가 많았던 동네이고, 현재의 행정구역으로는 후암동과 동 자동 부근이다. 흥미롭게도 『귀의 성』에서 도동의 공간성은 철도와 관련 된다.

[1903년 6월 – 인용자] 일본인이 경부철도 부설 공사를 하는데, 상중하 셋으로 구분하여 작업을 시작했다. 아래는 부산에서 시작하고, 가운데는 천

---

28 전차 부설과정과 사고에 대해서는 『서울600년사』 3, 서울특별시사편찬위원회, 1979, 985~989면 참조.

29 결핵요양소를 운영하고 크리스마스실을 도입한 셔우드 홀(Sherwood Hall)은 1899년 에 자신이 목격한 전차사고를 다음과 같이 회고한 바 있다. "그날의 첫 전차가 드디어 운행을 시작했다. 유난히 이른 아침의 짙은 안개가 자욱하게 차창을 덮고 있었다. 차장 은 앞을 볼 수가 없었다. 전차는 철로를 베개 삼아 잠자고 있던 많은 사람들의 머리 위로 지나갔다. 그들의 목은 순간에 잘려졌다. 안개가 걷히고 해가 떠오르자 참혹한 광경이 드러났다. 대단한 혼란이 일어났다. 광포해진 노동자들은 운이 나빴던 차장을 공격했으 며 전차를 전복시킨 후 불을 질렀다." 셔우드 홀, 김동열 역, 『닥터 홀의 조선 회상』, 동 아일보사, 1984, 192면.

안에서 시작하고, 위는 서울에서 시작했으며, 서울은 남대문 밖의 도동挑洞
에서 착공하였다. 가옥을 철거하고 분묘를 파내며 길을 곧게 하여 강을 끊
기도 하였는데, 분묘 1기에 3원씩 지급하여 이장비로 충당하도록 하였다.[30]

황현의 기록에서 알 수 있듯이 도동은 서울에서 경부선 철도의 공사가
시작된 기점이다. 철도의 부설은 도시의 공간성에 근본적인 변화를 가져
온다. 일반적으로 철도노선은 구도심의 비싼 땅값 때문에 주변부에 부설
되지만, 그 공간적 영향력은 전통적인 도성을 해체하며 전통적인 도성 너
머로 확장된다. 조선의 경우 1899년의 전차 부설과 1905년의 경부철도
부설 이후, 1908년 5월에 한양의 성벽이 헐리고 도로가 놓이게 된다.[31]
『귀의 성』에서 서울의 공간성은 계동으로 대변되는 전통적 도성 내부의
공간과 도동으로 대변되는 도성 외부의 공간으로 분할된다. 계동과 도동,
도성 안의 전통적인 동네와 도성 밖의 철도 기점, 우물에의 투신과 전차
자살. 그렇다면 도동으로 거처를 옮긴 춘천집이 전차 자살을 시도하게 된
이유는 어디에 있을까. 전차 자살이 우물에 투신하는 것보다 확실한 방법
이기 때문만은 아닐 것이다. 자살 방식의 차이는, 작가가 의식했던 의식
하지 않았던 간에, 서울의 철도공사 기점인 도동의 공간적 상징성과 밀접
한 관련을 갖는다.

『귀의 성』은 철도가 단순히 근대적 교통수단에 그치지 않고 우편과 전

---

30 황현, 임형택 외역, 『역주 매천야록』 하, 문학과지성사, 2005, 143면.
31 서울 성벽의 일부가 실제로 철거된 것은 1908년 3월 초순부터이다. "南大門北便城堞은
業已毁撤ᄒ얏거니와 南便城堞의 毁撤은 再昨日붓터 着手開工ᄒ얏다더라"(「毁城着
手」, 『황성신문』, 1908.3.10). "성벽쳐리소에서 의뎡홈으로 작일브터 한일 양국 역부
가 동대문 좌우 성을 헐기에 착슈ᄒ엿다더라"(「셩곽훼철」, 『대한매일신보』, 1908.3.12).

신과 함께 교통-통신의 네트워크를 형성한다는 것을 가장 잘 보여주는 신소설이다. 경부선을 매개로 점순과 최가의 도주와 강동지와 장판수의 추적이 펼쳐진다. 이때 경부선은 우편과 전신이 통합적으로 매개된 교통의 네트워크로 나타난다. 달리 말하면 도주와 추격의 장면들은 철도-우편-전신의 네트워크를 활용하는 과정과 겹쳐져 있다. 점순과 최가는 범죄가 발각되자 경부선을 이용해서 도망을 간다. 대전에서 가진 돈을 모두 도둑맞지만 기차표는 잃어버리지 않는다.[32] 부산에 내려 몸에 지닌 금반지 등으로 숙식을 하다가 돈이 떨어지자 편지 대서代書를 부탁하여 김승지 부인에게 돈을 부쳐달라고 한다. "우체이든지 전신이든지 환전 보내는 법과 점순이가 숙식하는 주막집 통수와 주막의 이름"[33]을 적어 보낸다.

① 그렇게 은밀한 편지가 나는 듯한 경부 철도 직행차를 타고 하루 내에 서울로 들이닥치더니, 우편국을 잠깐 지나서 소문 없이 삼청동 김승지의 부인의 손으로 들어갔더라.[34]

② 오늘 그 편지가 한성 재판소로 들어갔구나. 내일은 일요일, 모레 낮전에 부산 재판소로 편지가 올 터인데, 그 전보가 오면 이리로 곧 잡으러 나올걸…….[35]

---

32   『귀의 성』에서는 점순과 최가가 대전역에 내려야 할 별다른 이유가 명확하게 제시되지 않는다. 도둑은 기차표만 빼고 돈 될 만한 모든 것을 가져간다. 점순과 최가를 무일푼의 처지에 빠지게 만들어서 김승지 부인에게 편지를 하게 만들고자 하는 의도적인 설정인 것이다.

33   이인직, 『귀의 성』 하, 74면.

34   위의 책, 75면.

35   위의 책, 94면.

③ 강동지가 장님을 데리고 그길로 부산으로 내려가서 첫 기차를 기다려 타고 서울로 올라간다. 풍우같이 빨리 가는 기차가 천 리 경성을 하루에 들어가는데, 그 기차가 경성에 가깝게 들어갈수록 삼청동 김승지 부인의 뼈마디가 짜리짜리하다.[36]

인용문 ①은 점순의 편지가 하루 내에 서울의 김승지 부인에게 전달되는 과정을 보여준다. 부산에서 보낸 편지가 하루 만에 도달할 수 있었던 것은 경부철도와 우편제도가 상호매개적으로 결합되어 있었기 때문이다.[37] 인용문 ②는 강동지가 고용한 장판수가 겁에 질린 점순과 최가에게 거짓으로 점사占辭를 보는 장면이다. 그의 점사는 철도, 우편, 전신이 결합된 교통-통신 네트워크를 사고하고 상상하는 것이기도 하다. 인용문 ③은 점순과 최가를 살해하여 복수에 성공한 강동지와 장판수가 경부선을 타고 김승지 부인을 살해하기 위해 서울로 올라가는 장면이다. 위의 인용문들에서 볼 수 있듯이, 서술자의 전지적 시선은 철도, 우편, 전신의 통합적 네트워크를 들여다보고 있는 시선, 달리 말하면 교통-통신의 네트워

---

36 위의 책, 114면.
37 강동지는 두 번 서울에 올라온다. 첫 번째는 서울에 간 김승지가 소식이 없자 길순과 함께 김승지의 집으로 쳐들어가는 장면이다. "오냐. 두말 마라. 솔개 동네서 서울이 일백 구십 리다. 내일 새벽 떠나면 아무리 단패교군이라도 모레 저녁때는 일찍 들어간다."(『귀의 성』, 12면) 두 번째는 길순과 거북이 살해당한 후 불길한 기운에 사로잡힌 강동지 부부가 춘천에서 서울까지 도보로 이동하는 장면이다. "하루바삐 한시바삐 길순이를 볼 욕심으로 아픈 것을 주리 참듯 참으면서 떠난 지 이틀 만에 서울을 대어 들어가니"(『귀의 성』 하, 27면) 강동지는 서울과 춘천 사이의 거리와 이동 시간을 정확하게 알고 있다. 서울까지 가마와 함께 갈 경우 사흘이 걸리고, 도보로는 이틀이 소요된다. 전통적인 교통수단에 대한 세밀한 인식과 이동 시간에 대한 감각이 가로놓여 있다. 철도가 가져온 시공간 압축과 대비되면서. 전통적인 교통수단과 관련된 시간의식의 세밀화가 동반된 것으로 보인다.

크에 초점화된 시선이다. 『귀의 성』은 철도라는 근대적 교통수단이 아니라 철도-우편-전신이 결합된 교통-통신의 네트워크를 응시하고 있었던 것이다.

> 강동지는 김승지 부인을 죽이고 침모의 집에 가던 그날 새벽에 그 마누라를 데리고 남문 밖 정거장 앞에 가 앉았다가, 경부 철로 첫 기차 떠나는 것을 기다려 타고 부산으로 내려가서, 부산서 원산 가는 배를 타고 함경도로 내려가더니, 며칠 후에 해삼위로 갔다는데 종적을 알 수 없더라.[38]

『귀의 성』에서 교통의 네트워크는 국내에 한정되지 않는다. 철도가 화륜선과 접속되면서, 동아시아적 수준에 구축된 교통 네트워크를 향해 개방된다. 춘천집의 복수를 마친 강동지 부부는 경부선을 타고 부산으로 가서 원산 가는 배를 타고 다시 해삼위로 이동한다. 왜 강동지 부부는 서울에서 고향 춘천을 거쳐 원산으로 가는 길을 택하지 않았을까. 춘천에서 원산 가는 길이 없을 리 만무하다. 확실한 것은 강동지는 교통의 네트워크를 따라서 움직였고, 결국 교통의 네트워크 내부로 함몰되었다는 점이다. 강동지의 공간적 이동은 철도와 화륜선의 교통 네트워크에 대한 작가 이인직의 무의식을, 더 나아가서는 신소설에 내재된 역사적 무의식을 드러내고 있다.

---

[38] 이인직, 『귀의 성』 하, 124면.

4. 철도의 네트워크와 시간의 스펙트럼

널리 알려진 대로 한국 최초의 철도는 1899년에 부설된 경인선이다. 김기수, 유길준, 민영환 등은 경인선이 부설되기 이전에 사행使行이나 유학을 통해서 철도를 경험하고 기록을 남긴 바 있다. 한국인 최초로 철도를 경험한 김기수는 1876년 수신사修信使의 자격으로 일본을 방문했다. 『일동기유』에 따르면, 그는 '화륜거火輪車'를 타고 요코하마橫濱에서 신바시新橋까지 이동했다.[39] 유길준은 1881년 신사유람단의 수행원으로 일본을 방문하여 게이오의숙慶應義塾에서, 1883년 보빙사報聘使 민영익의 수행원으로 미국에서 건너가 더머Dummer 아카데미에서 수학한 바 있다. 그는 유학 시절의 철도 경험을 『서유견문』에 남겨 놓았다.[40] 또한 민영환은 1896년 특명 전권공사로 임명되어 러시아 황제 니콜라이 2세의 대관식에 참석하였다. 『해천추범』에 의하면, 인천을 떠나 상해上海・나가사키長崎・도쿄東京・캐나다・뉴욕・런던・네덜란드・독일・폴란드를 경유해서 모스크바에 도착했으며, 시베리아 횡단철도를 이용하여 귀국하였다.[41]

---

39   김기수, 『일동기유』, 부산대 한일문화연구소, 1962, 63면. "[객실의─인용자] 양쪽 가에는 모두 琉璃로서 막았는데 장식이 찬란하여 눈이 부시었다. 車마다 모두 바퀴가 있어 앞차에 火輪이 한번 구르면 여러 車의 바퀴가 따라서 구르게 되니 우뢰와 번개처럼 달리고 바람처럼 비처럼 날렸었다. 한 시간에 三四百里를 달린다고 하는데 차체는 安穩하여 조금도 요동하지 않으며 다만 左右에 山川, 草木, 屋宅, 人物이 보이기는 하나 앞에 번쩍 뒤에 번쩍 하므로 도저히 걷잡을 수가 없었다. 담배 한 대 피울 동안에 벌써 新橋에 도착되었으니 즉 九白里나 왔던 것이다."

40   유길준, 채훈 역, 『서유견문』, 양우당, 1988, 300~301면. "기차가 달리는 속도는 신속하여 화륜선에 비할 바가 아니며, 급행하는 것은 1시간에 300리를 달리기도 한다. (…중략…) 그 신기하고 경이스런 규모와 신속 간편한 방도가 족히 세상 사람들의 이목을 놀라게 했으며 마음을 뛰게 하였다. (…중략…) 이 차에 한번 타기만 하면, 바람을 타고 가거나 구름 위로 솟아오른 듯한 황홀한 기분을 맛보게 된다."

41   민영환, 이민수 역, 민홍기 편, 「해천추범─기사(記事)」, 『민충정공 유고(전)』, 일조각,

세 사람은 모두 철도의 속도와 파노라마적 풍경에 대해 감각적인 반응들을 기술하고 있는데. 철도를 경험하는 빈도나 시간에 따라 조금씩 다른 양상을 보인다. 철도에 대한 사전 지식이 없었던 김기수는 정신을 차릴 수 없어서 담배를 피워 물어야 했고, 장기간에 걸쳐 유학 내지 여행을 하며 철도에 익숙해질 수 있었던 유길준과 민영환은 철도에서 황홀한 기분이나 꿈과 같은 아늑한 느낌을 받았다고 이야기한다. 공통적인 관심은 철도의 속도이다. 세 사람 모두 단위 시간 당 거리를 제시하며 철도의 속도에 대해서 놀라움을 표현하고 있다. 시공간 압축의 놀라움을 단위 시간 당 거리를 계산함으로써 객관화하고자 한 것이다. 철도의 속도와 시공간 압축이 세 사람으로 하여금 시간에 대한 새로운 감각을 불러일으킨 셈이다.

오류월 소낙비에 천둥같이 우루루 소리가 점점 가까이 들이며 지동할 때처럼 두 발이 떨리더니 연기가 펄석펄석 나며 귀청이 콱 막게 삐익하는 한마디에 사방이 두 주 모양으로 생긴 것이 크나큰 집채 같은 륜거 대여섯을 꽁무니에 달고 순식간에 들어와 서니까 (…중략…) 평생에 신교바탕도 한번 타보지 못한 갑동이가 처음으로 기차 위에 올라앉으니 콩기름 시루 같이 사람이 빽빽한데 삐익 소리가 또다시 나더니 몸이 별안간에 훼훼 내둘려 불어질이 난다 기차 창문 밖으로 뵈이는 산과 나무들이 확확 달음질을 하야 정신이 엇듯엇듯 하고 기계간에서 석탄 내음새는 바람결에 코를 거슬러 비위가

<hr>

2000, 121면. "미시 정각에 정거장에 도착해 기차가 떠났는데 1시간에 90리를 달린다고 한다. (…중략…) 주야로 차가 달려 조금은 흔들리지만 배에 비교하면 자못 편안하다. 지나는 곳은 바다를 껴서 길이 험한데 산에는 사다리를, 물에는 다리를 놓고 쇠로 궤도를 놓아 바람이 달리고 번개가 치듯이 빠르니 보는 것이 잠깐 지나가 자못 꿈속과 같고 아득해 능히 기억할 수가 없다. 그대로 차 속에서 잤다."

뒤놓으니 두 손으로 걸상을 걸쳐 붙들고 아모리 진정하랴도 점점 견질 수가 없으며 입으로 똥물을 울걱울걱 토하고 업대었는데.[42]

『고목화』는 철도 탑승 경험에 대한 가장 자세한 묘사를 보여주는 신소설 작품이다. 철도 승차 경험과 기차 객실 내부의 풍경이 천둥, 지진, 굉음, 연기, 진동, 석탄 냄새 등을 통해서 제시되고 있다. 차창 밖의 풍경을 제대로 바라보지 못하고 자리에 쭈그리고 앉아 담배를 피웠던 김기수의 경험처럼, 교군 바탕도 타 본 적이 없는 갑동에게 철도와 관련된 최초의 경험은 몸의 모든 감각에 압도적으로 작용하는 충격으로 다가온다. 갑동은 차표 한 장을 끊으면 몇 시간 내에 서울까지 가는 기차가 있다는 것만을 알고 있을 따름이다. 갑동의 격렬한 반응은 "지금은 천리도 지척이 된 세상"[43]을 경험하는 방식, 달리 말하면 시공간의 압축을 온몸으로 경험하는 방식이다.

장안 한복판 종로 종각에서 오정 열두 시 치는 소리가 땡땡 나면서 장안 성중에 쇠푼이나 있고, 자명종께나 걸어놓은 큼직한 집에 들어 있는 사람들은 오정 소리를 듣고, 일시에 눈이 자명종으로 간다. (…중략…)

"애 점순아, 영감께서 작은 돌이를 데리고 어디로 가신지 아느냐?"

(점순) "쇤네가 알 수 있습니까."

(부인) "거참 이상한 일이로구나. 오늘 식전 일곱 시 사십 분에 떠나는 기차에 임공사가 일본 간다고, 영감께서 작별 인사인지 무엇인지 하러 가신다더니,

---

42 이해조, 『고목화』, 박문서관, 1908, 90면.
43 위의 책, 125면.

벌써 열두 시가 되도록 아니 오시니, 나를 속이고 다른 데로 가셨나 보다."[44]

철도는 그 자체로 하나의 거대한 시계이며, 일상생활 속에 근대적 시간 체계를 도입한다.[45] 오정을 알리는 종각의 종소리가 사회적 차원의 시간 공표라면, 부잣집에서는 자명종을 통해 개인적 차원에서 시간을 재확인한다. 김승지 부인의 모습에서 알 수 있듯이, 종각의 종소리와 자명종을 통해서 안정화된 시간의식은 철도의 시간표와 연동된다. 종각의 소리, 자명종의 시간 그리고 철도의 시간표가 상호 조응하고 있음을 보여주는 장면인 것이다. 근대적 시간 체계가 사회적 차원, 사적 공간가정의 차원, 개인의식 차원의 상호 조응을 통해서 제도화 및 내면화되는 양상을 상징적으로 보여주고 있다.

이해조의 『빈상설』은 근대적 교통 네트워크를 참조하고 있는 또다른 신소설 작품이다. 『빈상설』에서 작중인물들의 공간 이동은 거의 대부분 기차에 의해서 이루어진다. "경부철도를 타고 대구로 간다며 동소문으로 나아가려던지 배오개로 내려서더니"[46]라든지 "노자는 내 행장에 넉넉히 들었으니 기차를 타시든지 륜선을 타시든지 행여 중등이나 하등은 타지 말으시고"[47]라는 대목에서 그러한 정황을 확인할 수 있다. 주인공은 쌍둥이 남매 이난정과 이승학이다. 누나 이난정은 북촌의 양반집 서판서의 아들 서정길과 결혼을 했다. 하지만 서정길은 기생 출신인 평양집과 내연의

44 이인직, 『귀의 성』, 61~62면.
45 시간관념의 사회적 변화에 대해서는 정상우, 「개항 이후 시간관념의 변화」, 『역사비평』 50, 역사문제연구소, 2000, 184~199면 참조.
46 이해조, 『빈상설』, 광학서포, 1908, 78면.
47 위의 책, 69면.

관계를 맺게 되고, 평양집은 이난정을 축출하기 위해 음모를 꾸민다. 평양집의 음모를 알게 된 이승학은 누이를 피신시키고 여장女裝으로 누이의 역할을 대신해서 평양집의 음모를 무산시킨다.

『빈상설』의 중심인물들은 서울을 중심으로 세 가지의 경로를 경유한다. 첫 번째는 이승학 남매의 아버지 이시종의 경로이다. 이시종은 제주도에 유배를 갔다가 7년만에 유배가 풀려 서울로 돌아오는데, 제주도에서 부산까지의 항로와 부산에서 서울까지의 경부철도를 이용한다. 두 번째는 이난정의 경로이다. 그녀는 평양집의 모함을 피해서 경부선을 타고 부산에 가서 아버지가 있는 제주로 가려다가 풍랑을 맞은 뒤 겨우 목숨을 건져 배를 타고 인천에 온다. 세 번째는 이승학의 경로이다. 이승학은 평양집의 간교를 물리치고 인천으로 내려왔다가 축현 정거장에서 누나를 만나 서울로 돌아간다. 전체적으로 볼 때, 흩어져 있던 가족들이 경인선과 경부선을 이용해서 서울로 모여드는 공간적 이동 양상을 보여준다.

인천의 축현 정거장현재의 동인천역은 두 남매가 기적적으로 만나는 장소이다.[48] 사실 작품에는 왜 이승학이 인천에 오게 되는지에 대해서는 구체적으로 밝히지 않고 있다. 하지만 이러한 점은 오히려 『빈상설』이 철도의 네트워크에 전적으로 의존하여 서사의 기본적인 구성을 마련하고 있는 작품이라는 사실을 대변한다. 또한 철도시간표가 그 자체로 분절화된 약속시간의 목록이며. 따라서 철도역은 운명적 만남의 가능성이 현실적으로 잠재되어 있는 공간이라는 사실을, 작가가 전제하고 있었음을 역설적

---

48 위의 책, 148~149면. "[돌이가 – 인용자] 여간 별이한 돈을 아까운 줄 모르고 이씨 부인의 치행을 하여 서울로 올라가라고 축현 정거장에서 차 떠나기를 기다리는데 어떠한 표표한 소년 하나가 분주히 오는 것을 보더니 돌이는 두 눈이 둥그레지며 우두커니 섰고 이씨 부인과 영매는 깜짝 놀라 마주 나간다."

으로 보여준다. 『빈상설』의 시간의식이 철도의 네트워크와 연동되어 있다는 점은, 작품의 초반에 등장하는 시간의 묘사에서도 확인할 수 있다.

그날 거복이가 (…중략…) 남산 한 허리에서 연기가 물신 올라오며 북악산이 덜걱 울리게 땅 하난 소래가 굉장히 크게 나는 것을 듣더니

옳지 인제 오포[午砲−인용자] 놓았군 저 오포는 일본 오정이니까 우리나라 오정은 반시나 더 있어야 되겠지만 그때까지 기다릴 것 무엇 있나.[49]

왜 일본의 표준시를 기준으로 오포를 발사했던 것일까. 시계로서의 철도가 근대적 시간의식의 형성과 세밀하게 관련된다는 사실을 알려주는 장면들이 있다. 예를 들면 『추월색』의 경우 정임이 경부선을 타고 떠나는 장면에서 "하오 십 시 십오 분 부산 급행차 떠나는 때"[50]라고 분分 단위의 시간을 명시하고 있다. 『빈상설』의 오포는 단순히 기차 출발시간이 아니라 기차 시간표를 구성하고 작동시키는 국제표준시GMT : Greenwich Mean Time와 관련된다.[51] 초창기 한국 철도가 일본의 표준시를 근거로 해서 운행되었기 때문이다.

일본은 1905년 경부철도를 개통하면서 일본의 중앙 표준시를 적용했고 부산에 있던 각국 영사관에서도 이를 채택하였다. 1906년 6월부터는 통감부 및 소속 관청에도 일본 표준시를 사용하도록 했다. 한국의 독자적인

---

49 위의 책, 59면.
50 최찬식, 『추월색』, 회동서관, 1912, 35면. "남대문 정거장에서 요령 소래가 덜렁덜렁 나며 붉은 모자 쓴 사람이 "후상 후상 후산 오이데 마셍까?"하고 외는 소래가 장마속 논 꼬에 맹꽁 끓듯 하니 이때는 하오 십시 십오 분 부산 급행차 떠나는 때라."
51 세계표준시에 대해서는 스티븐 컨, 앞의 책, 40~48면; 박천홍, 앞의 책, 309~330면 참조.

표준시 제도는 1908년 4월 1일부터 시행되었다. 동경 127도 30분을 기준으로 하는 한국 표준시는 일본보다는 30분 늦고 중국 해안시보다 30분 빠른 것이었다. 종래 일본 표준시를 적용하던 경부선과 경의선의 시간도 한국 표준시를 따르게 했다. 『빈상설』의 경우 작품의 시대적 배경이 을사조약1905을 전후한 시기이며. 따라서 일본의 중앙표준시에 따라 오포가 발사되던 시대적 상황을 반영하고 있는 것이다.[52] 오포 소리에 대한 복돌의 반응은 일본의 중앙 표준시를 적용하던 철도 시간을 전제하고 있다. 일본의 표준시에 근거하여 조선의 표준시를 환산하는 복돌의 모습은, 국제표준시의 기준을 이중적으로 사고해야 했던 시대적 상황에 대한 상징, 더 나아가서는 식민성에 의해 굴절된 근대성을 대변하는 상징이라 할 수 있다

철도에 경험적으로 익숙해질 경우, 철도 차창의 파노라마 풍경을 개인적 사유를 위한 배경으로 전환하는 일이 가능해진다. 『은세계』에서 미국에서 공부하다가 귀국하는 옥순, 옥남에게는 차창의 풍경을 내면적 사고로 연결시키는 것이 가능했다.

옥순이와 옥남이가 부산에 이르러서 경부 철도를 타고 서울로 향하여 오는데, 먼 산을 바라보고 소리 없는 눈물이 비 오듯 한다. 토피 벗은 자산에 사태가 길길이 난 것을 보면 '저 산의 토피를 누구들이 저렇게 벗겨 먹었누?'하며 옛일 생각도 나고 '저 산이 언제나 수목이 울밀하게 될꼬?'하며 앞일 생각도 한다. 산 밑 들 가운데 길가에 게딱지같이 납작한 집을 보면 저것도 사람 사는

---

52 시간체제의 변화에 대해서는 정근식, 「한국의 근대적 시간체제의 형성과 일상생활의 변화—대한제국기를 중심으로」, 『사회와 역사』 58, 한국사회사학회, 2000, 161~197면 참조. 『빈상설』의 시간적 배경에 대한 논의로는 권영민, 「첩실에 빠져 집안도 망하고—신소설 '빈상설'과 축첩의 문제」(해설), 『빈상설』, 뿔, 2008, 167~169면 참조.

집인가 싶은 마음이 난다. 옥순의 남매가 어렸을 때에 그런 것을 보고 자라났지마는 처음 보는 것같이 기막히는 마음뿐이라.[53]

철도를 타는 일은 단순한 여행에 그치지 않는다. 기차는 우렁차게 기적을 토하며 기차에 탑승한 사람들의 과거와 미래 속으로 달린다. 위의 인용문에서 눈여겨 보아야 하는 것은 시간성의 두 가지 층위이다. 하나는 연대기적 시간의 층위로서, 옛일 생각과 앞일 생각이다. 기차는 과거와 미래의 경계를 절합한다. 두 번째는 풍경을 바라보는 시선의 무의식과 관련된다. 어렸을 때 보았던 친숙한_{친숙해야 마땅한} 풍경이 이제 기차의 차창을 통해서 보니 마치 '처음 보는 것' 같아서 기가 막힌다고 말한다. 과거의 경험과 기억이 투영되어 있는 조선의 모습이 낯선 것으로 느껴지면서, 오히려 옥남 남매에게 미국에서의 경험_{문명개화의 경험}이 친숙한 미래로 구성된다. 달리 말하면 낯선 과거와 친숙한 미래로 이중적으로 역설화된 시간 감각이 구조화되어 있는 것이다. 철도는 옥순 남매의 시간을 이질적인 시간의 계열 속에 놓이게 한다.[54]

철도는 새로운 시간의식의 표상이다. 기차는 어제의 세계와 내일의 세계 사이를 꿰뚫고 지나가며 과거와 미래를 절합_{분절-결합}한다. 옥남이가 미국에서 경험했던 근대의 시간과 조선에서 경험했던 전근대의 시간을 기차는 분절하는 동시에 결합하고 있다. 따라서 철도는 단순히 공간을 이동하는 교통수단에 불과한 것이 아니라 다양하면서도 이질적인 시간을 절

---

53 이인직, 『은세계』, 동문사, 1908, 130면.
54 『은세계』에 대해서는 김종욱, 「개화기소설의 구술성과 기술성 – 이인직의 『은세계』를 중심으로」, 『한국문학논총』 42, 2006 참조.

합하는 시간의 네트워크이기도 하다는 것을 보여준다.[55] 철도의 네트워크는 시간의 네트워크를 구축한다. 단순히 장소의 이동을 가능하게 하는 교통의 네트워크에 그치지 않고, 전근대에서 근대에 이르는 이질적인 시간들의 스펙트럼을 제시한다. 문명개화의 시공간과 조선의 후진적인 시공간은 기차에 의해 하나의 네트워크 안에 구조화된다.[56]

5. 식민지적인 공간으로서의 철도역

철도의 테크놀로지는 평면과 직선 그리고 소실점이 결합된 투시도법적인 풍경을 구축함으로써 자연풍경 속에 균질적인 공간 개념을 도입한다. 또한 신분제의 상징적 표상체계였던 전근대사회의 교통수단과는 달리, 철도는 탈脫신분제 또는 신분의 균질화를 대변하는 교통수단이었다. 남녀, 노소, 빈천을 가릴 것 없이 자신이 지불할 수 있는 요금에 따라서 누구나 자유롭게 이용할 수 있는 대중교통수단이기 때문이다. 하지만 철

---

[55] 시간–스펙트럼으로서의 철도가 갖는 성격은 오늘날의 철도 경험에서도 고스란히 반복되고 있다. 철도를 타고 지방으로 여행을 갈 때 우리는 장소의 이동과 함께 시간의 변화를 경험한다. 철도를 타고 여행을 하면서 과거로 나아가고 있다는 느낌, 도시의 시간과는 다른 시간대로 나아간다는 느낌을 부여받는다. 철도역이 향수의 공간으로, 철도여행이 추억 여행으로 표상되는 이유도 여기에 있다. 철도는 공간의 네트워크인 동시에 이질적인 시간들을 연접하고 있는 시간의 네트워크이다.

[56] 철도여행에서 차창의 풍경과 내면의 풍경이 오버랩되어 제시되는 것은 『무정』에 이르러서이다. "차가 산모퉁이를 돌아설 때에 저편 컴컴한 속에 조그마한 불빛이 반짝반짝한다. 그 불빛이 차가 달아남을 따라 깜박깜박 있다가 없다가 함은 아마 잎이 무성한 나무에 가리워짐인 듯 그 불은 꽤 오랫동안 형식의 차창에 보였다. (…중략…) 저 불 밑에는 누가 앉아서 무엇을 하는고, 가난한 어머니가 아들을 잠들여 놓고 혼자 일어나 지아비와 아들의 누더기를 덮는가." 이광수, 『무정』, 『이광수전집』 1, 우신사, 1979, 118면.

도와 관련된 균질적의 공간 개념과 사회 관계는, 근대 초기 한국에서 식민/피식민의 구도 속에 재배치되고 굴절되어 나타나는 양상을 보인다. 철도에 의해 자연풍경 속에 도입된 투시도법적인 풍경은 철도와 나머지 지역을 문명과 비非문명으로 구분한다. 또한 근대적 테크놀로지에 대한 경험친숙성의 위계에 따라서 문명/비문명의 구분은 식민/피식민의 구분으로 강화된다. 신소설에서 철도역 부근이 식민지적 공간으로 나타난다든지, 철도 이용객의 모습이 대중이면서 식민지인으로 나타나는 이유가 여기에 있다. 철도는 공간 개념과 사회 관계의 균질성을 도입하고 시공간압축에 근거하여 세계를 인식하게 하지만, 그와 동시에 공간의 분열과 다수화, 새로운 공간적 위계의 구축이라는 과정이 병렬적으로 진행된다.[57]

철도 및 그 관련 지역이 식민지적인 공간으로 그 성격이 확립된 데에는, 조선의 철도가 제국주의적인 침탈의 집중적인 대상이었고 부설과정에서 조선이 철도 건설의 주체이지 못했던 상황에서 가장 큰 원인을 찾을 수 있다. 경부철도의 경우 철도건설을 위한 수용지와 가옥·분묘에 대한 보상금은 시가의 1/10 또는 1/20에 불과했고 그것조차도 수용 후 4~5년이 지나서야 지급되었다. 매판관료들이 중간에서 착복하는 경우가 많아서 실소유자에게 돌아간 보상금은 매우 미미하였다. 또한 철도 부설 과정에서 철도연선 주민들은 재산 손실과 노동력 동원을 강요당했다. 철도부설은 항일의병이 곳곳에서 일어나고 자유노동자가 다량으로 배출되는 계기가 되었다. 경부철도 연선의 주민들과 노동자들은 철도 공격, 열차 운행

---

57   요시미 순야(吉見俊哉), 안미라 역, 『미디어 문화론』, 커뮤니케이션북스, 2006, 19면 참조. "철도나 비행기, 자전거, 전신이나 무선은 공간적인 거리를 단번에 축소시키고 지구의 인식적인 규모의 압축을 이루어냈지만, 그것은 동시에 공간의 다수화와 분열을 내포하고 있었습니다."

방해, 일본인 습격 등 저항운동을 벌였다. 1904년 이래 경기도, 평안도, 황해도, 충청도, 경상도 등지에서 전개된 항일의병 투쟁은 철도연선의 노동자 농민들이 벌였던 反철도투쟁들과 밀접한 관련이 있다. 반면에 일본은 한국인들의 저항운동을 철저하게 탄압하였다. 일본은 철도와 전신선이 통과하는 지역에 일본 군율을 발표하고 그 지역의 한국인 지방관을 사실상 일본군 사령관의 지휘 감독 아래 두었다. 그리고 철도부설을 방해하거나 철도와 전신선을 훼손하거나 파괴하는 사람들을 일본군의 군사재판에 회부하여 가차없이 사형에 처하였다. 이때부터 철도연선은 한국의 주권이 미치지 못하는 일본의 식민지가 된 셈이었다.[58]

새 철로를 개통하는 민간용 열차여서 기관부는 조화와 일장기로 치장되어 있었다. (…중략…) 나는 객실 창자에 서서 이 소동[기관차를 처음 본 한국인들이 호기심 때문에 기관차 근처에 모여들었다가 기적 소리에 놀라 도망가는 모습 – 인용자]을 지켜보았다. 참 흥미진진했다. 가장 웃음이 나오는 것은 키가 난쟁이처럼 조그마한 일본인 역원들이 얼마나 인정사정없이 코레아인들을 다루는가를 지켜보는 것이었다. 그들이 그런 대접을 받는 것은 정말 굴욕적이었다.[59]

---

58 정재정, 『일제침략과 한국철도』, 서울대 출판부, 1999, 639~640면 참조.
59 아손 그렙스트(Andersson Grebst), 김상열 역, 『스웨덴 기자 아손, 100년전 한국을 걷다』, 책과함께, 2005, 43~45면. 아손은 1904년 12월 24일부터 1905년 1월까지 한국에 체류했다. 경부선은 1904년 11월 10일에 완공되었고 1905년 1월 1일부터 영업을 시작했는데, 아손은 공식적인 영업 이전에 경부선을 탑승한 것으로 보인다. "서울까지 가는 기차는 아직 공식적으로 개통되지 않은 상태였다. 선로점검이 완료되지 않았던 것이다. 그렇지만 바로 오늘, 한 시간 후의 최초의 민간 전용 열차가 떠날 예정이었다." (위의 책, 38면) 그와 함께 객실에 동승한 일본군 장교는 "전략적인 면에서 이 철로의 가치는 막중한 것이고 관리권도 완전히 우리 손에 있습니다. 전역에 우리 군대들이 흩

철도연선이 식민지적 공간이었다는 사실은 여러 가지 자료들을 통해서 확인된다. 스웨덴 기자 아손 크렙스트의 글에서 알 수 있듯이, 경부선이 처음으로 운행할 때 기관차의 앞부분은 일장기로 꾸며져 있었다. 또한 부산역의 풍경은, 철도 테크놀로지에 대한 조선인들의 호기심낯섦과 일본인들의 익숙함이라는 차이가, 비문명/문명의 맥락을 형성하고 매 맞는 피식민/폭력적인 식민이라는 위계적 구분으로 이어지고 있음을 보여준다. 철도역은 일본의 자본과 폭력에 의해 배타적으로 관리되며, 민족적제국주의적 차별이 구조화되는 식민지적 장소였다. 철도노선의 개통식, 특히 군용철도의 성격이 강했던 경의선의 개통식은 일본천황을 위한 만세삼창과 일본군 장교들의 연설을 통해 한국 철도의 식민지적인 성격을 가시화하는 의례였던 것이다.[60]

철도역이 식민지적 공간이었다는 점은 『고목화』와 같은 신소설을 통해서도 확인된다.[61] 특히 철도역에서 사용되는 공식 언어가 일본어였다는 점이 부각되고 있다. 철도역은 조선의 영토이지만 일본의 자본과 권력에 의해 배타적으로 지배되며 일본어가 공식 언어로 사용되는 장소이다. 따라서 철도역에서는 조선인들을 위한 정보는 제공되지 않는다. 그 대신

어져 있으며 우리 경찰들이 치안을 담당하고 있지요."(위의 책, 53~54면)라고 말한다.

60 「義鐵開通式狀況」, 『황성신문』, 1906.4.7. "本月三日에 淸川江 交通式을 擧行ᄒᆞ얏ᄂᆞᆫᄃᆡ 今에 其時狀況을 槪擧ᄒᆞ건ᄃᆡ 伊日長谷川 司令官, 沖原 師團長, 山根 鐵道監, 農大 權重顯, 加藤 顧問 宗 伯爵 等 五白餘人이 來叅ᄒᆞ얏ᄂᆞᆫᄃᆡ (…중략…) 加藤 平壤班長은 架橋工役에 關ᄒᆞ야 演說ᄒᆞ고 山根 鐵道監과 農大 權重顯氏도 演說ᄒᆞᆫ 後에 權農大에 發聲으로 大日本天皇陛下의 萬歲를 三唱ᄒᆞ고 又長谷川大將은 架橋落成의 功을 稱頌ᄒᆞᄂᆞᆫ 意로 演說ᄒᆞᆫ 後에 同大將의 發聲으로 大韓 天皇陛下의 萬歲를 三唱ᄒᆞ고 於是에 開通式을 畢ᄒᆞ얏ᄂᆞᆫᄃᆡ."

61 『고목화』에 대해서는 최원식, 「이해조 문학 연구」, 『한국근대소설사론』, 창작과비평사, 1986, 59~62면 참조.

에 흉내내기mimicry가 요구된다.

① 오륙월 소낙비에 천둥같이 우루루 소리가 점점 가까이 들이며 지동할 때처럼 두 발이 떨리더니 연기가 펄석펄석 나며 귀청이 콱 막게 삐익하는 한 마디에 사방이 두주 모양으로 생긴 것이 큰나큰 집채 같은 륜거 대여섯을 꽁무니에 달고 순식간에 들어와 서니까 이 간 저 간에서 혹 보따리를 들고 혹 짐짝도 메인 사람들이 꾸역꾸역 나온 후 조금 잇더니 일본사람 하나이 상여 앞에서 요령 같은 것을 흔들며 무어시라고 소리를 지르고 돌아단기니까 표 사 가지고 있던 사람들이 분주히 오르는데 갑동이도 같이 탔더라.[62]

② 청주집이 할 일없어 차에 올라 한편 구석에 가 쥐 죽은 듯이 앉았으니 앞 뒤에서 천둥같은 소리는 정신을 차릴 수 없고 (…중략…) 얼마를 왔던지 살같이 나가던 차가 별안간에 뒤로 몸으청하며 뚝 그쳐 정거를 하니 어서 그렇게 예비를 했던지 대여섯살 된 아이들이 모판을 앞으로 메고 이문 저문으로 드나들며 못지가 요로시 못지가 요로시 외는 소리에 귀가 시끄럽고 기계통에 김 빼는 소리를 몇 번째 듣는 터이언만 들을 적마다 가슴이 덜컥덜컥 내려앉는다.[63]

①에서 알 수 있듯이 갑동이가 경험하는 것은 기관차가 내는 천둥 같은 기적 소리와 땅을 흔드는 듯한 진동이다. 그와 동시에 언어 소통이 어려운 상황에 돌입한다. 철도역은 요령 같은 것을 흔들며 알아들을 수 없는 일본어로 지시를 내리는 장거수에 의해 규율된다. 갑동이는 흉내내기

---

62 이해조, 『고목화』, 박문서관, 1908, 90면.
63 위의 책, 125면.

를 통해서 철도 탑승과 관련된 제반 절차를 모방적으로 학습한다. ②에서 청주집은 천둥 같은 기계 소리에 압도되어 있다. 그 와중에서도 그녀의 눈에 들어온 것은 조선 아이들임이 분명한 어린 아이들이 모판을 메고 어디선가 주위들은 일본어를 흉내 내며 모찌일본식 찹쌀떡를 사라고 외치는 장면이다. 철도역은 일본어가 공식적인 언어로 사용되는 공간이며, 그곳에서 조선인들은 흉내를 통해서 철도를 학습하고 흉내를 통해서 물건을 판매한다. 철도역이나 객실에서 조선인은 호명되지 않는다. 조선인이라는 주체는 비가시성의 영역 속에 또는 상징언어적인 배제의 프레임 속에 억압되어 있다.

『고목화』는 1906년 4월에 개통된 경의선을 소개하고 있는 소설이기도 하다. 명화적의 손아귀에서 도망친 청주집이 송도로 도피하는 과정에서 경의선 철로와 만나게 되는데, "이 길로 가는 철로는 부산철로와 달라 칠팔 일만에 한 번씩 왕래를"[64]한다고 소개한다. 청주집은 송도에서 문산포로 이동해서 경의선을 탄다.

날이 새도록 가더니 큰 길에 나서며 일본사람이 득시글득시글 하다. 여기가 어디냐 물어볼 수도 없고 일본말을 하지 못하니 전선대 느런히 서 있는 그 밑에다가 철로를 놓았는데 집모양만 보아도 정거장 같기는 하나 지명은 알 수 없더니 청주집이 전선대에 써 붙인 글자를 보고,

(청) 여보 여기가 문산포라는 곳인가 보오.[65]

---

64   위의 책, 123~124면.
65   위의 책, 138면.

철도역은 전선, 전신주, 철도선로가 함께 배치되어 있는 교통과 통신의 중심지이며, 일종의 랜드마크landmark로서 행정구역상의 지명地名이 제시되는 장소이다. 또한 일본인들이 장악하고 있어서 조선어로는 기본적인 의사소통이 어려운 곳이다. 철도 주변지역은 일본인이 가장 집중적으로 거주하는 곳이었다. 일반적으로 철도역과 선로는 구도심의 주변부에 부설되고, 철도역을 중심으로 신시가지가 형성된다. 한국의 철도 역시 마찬가지였다. 『고목화』에 포착된 문산포 철도역의 풍경처럼, 철도역 부근에 조성된 신시가지에는 일본인들이 주로 거주하였고 일본식 건물이 자리를 잡았다. 반면에 신시가지 배후 또는 주변의 한국인 거주지역은 미개발 상태를 유지하게 된다. 철도와 함께 도시는 이중적인 구조 또는 표주박형 구조를 가지게 된다.[66] 철도와 철도역 주변공간을 통해서 전통적인 공간성은 역전 또는 해체되고, 그 자리에 식민殖民이라는 말의 사전적 정의에 충실한 공간이 형성되었던 것이다.

철도가 군사적인 목적으로 활용되었음을 보여주는 작품으로 『모란병』1911이 있다. 작품의 첫 머리에 "아산 둔포에서 총소리가 퉁탕퉁탕 나더니"[67]라고 되어있는 것을 보면 러일전쟁시기로 그 시대적 배경을 추정할 수

---

66 1908년 한국에 거주하고 있던 일본인은 17만 명이었고, 그 가운데 7만여 명이 철도연선에 집중되어 있었다. 1913년에는 일본인이 27만 2천 명으로 증가하고, 그들의 70%인 19만여 명이 철도 연선에 거주했다. 일본인들은 역세권의 요지에 자리잡고 상업의 실권을 장악하고 있었다. 경성의 경우에도 남대문정거장과 용산의 철도기지국을 배경으로 충무로(본정)가 일본인 거주지이자 상업지구로 자리를 잡았고, 청계천을 중심으로 종로에는 한국인 거주지 및 소상업지구가 유지되었다. 박천홍, 앞의 책, 202~203면 참조. 식민지 도시의 표주박형 공간 구조에 대해서는 김백영, 「역사도시와 군사기지의 병립—러일전쟁과 표주박형 이중도시의 탄생」, 『지배와 공간』, 문학과지성사, 2009, 253~323면 참조.

67 이해조, 『모란병』, 박문서관, 1911, 1면.

있다. 작품의 주인공 금선은 가난한 집안 사정 때문에 인천에 시집을 가게 되었는데, 알고 보니 그것은 결혼을 빙자한 인신매매였다. 금선은 기생이 될 위기를 겪고 자살 시도가 미수에 그치는 등 온갖 어려움을 겪다가 송순검의 도움을 받게 되고 경인선을 통해서 인신매매의 마수에서 탈출하게 된다. 『모란병』에서 금선의 탈출은 경인선을 통해서 완성된다.[68] 하지만 경인선은 작품 초반에는 금선의 탈출을 가로막거나 지연시키는 장애물로 등장한다. 그 시기의 경인선이 일본 군사를 수송에만 사용되고 일반대중의 탑승을 허용하지 않았기 때문이다.

어서 밧비 집에를 들어가야 할 터인데 기차를 탔으면 불과 몇 시 동안이 되겠구면 근일에는 일본군사만 수없이 싣고 다니노라고 행객은 태우지를 아니하니 엇더케 하는 수가 있어야지.[69]

---

68 철도가 구원의 가능성으로 제시되는 양상은 신소설의 여러 작품에서 나타난다. 특히 최찬식의 『추월색』(1912)과 『금강문』(1914)에서 철도는 여성주인공의 운명을 규정하는 주요한 장치로 등장한다. 철도는 억압적인 세계로부터의 탈출과 새로운 세계와의 운명적인 만남(구원)이 분절되는 지점에 자리를 하고 있다. 일반적으로 신소설에서 혼사 장애에 처한 여주인공은 가부장적인 억압 아래에 놓이게 된다. 이 지점에서 그녀가 선택할 수 있는 가능성은 크게 세 가지이다. 하나는 아버지의 명령에 순응하여 불행한 결혼 생활을 수용하는 것, 다른 하나는 스스로 죽음을 선택하는 것, 마지막으로는 가출하여 주체성을 새롭게 정립하고 원하는 결혼을 이루는 것이다. 『추월색』과 『금강문』은 세 번째의 경로 즉 가출을 중심 플롯으로 채택한 작품인데, 이들 작품에서 철도는 가출(家出)의 형식을 완성한다. 철도는 신체적 위기와 구원의 가능성을 동시에 제시하는데, 가출한 여성들에게는 성적·신체적 위기가 집중된다. 정임은 부산역에서 색주가에 넘겨지는 위험을 겪고, 경원은 부설중인 경원선(京元線)을 따라 의정부로 가던 중에 겁탈의 위기에 처한다. 신체적 위협과 위기 상황을 변복(옷 바꿔입기), 종교에 입문하기, 구원자를 만나기 등을 통해서 벗어나게 된다. 철도는 집 밖의 세계로 나아가는 길이었고, 가부장적 질서가 지배하는 가족의 지평을 넘어서 보다 더 넓고 새로운 세계로 여주인공들을 이끈다. 그 과정에서 철도는 새로운 세계 또는 구원자의 만남을 주선한다.
69 이해조, 『모란병』, 48면.

왜 이런 일이 일어났던 것일까. 경인선이 일본군대에 의해 독점적으로 사용된 것은 러일전쟁의 발발과 한일의정서 체결 이후의 상황과 관련이 깊다. 일본군이 러시아 함대를 인천 해상에서 공격한 것은 1904년 2월 8일이고, 인천에 상륙해서 서울에 들어온 것은 그 다음 날인 2월 9일이다. 일본은 한일의정서1904.2.22 조인을 계기로 경의선을 군용철도로 부설하게 되고 임시 군용 철도감부를 설치하며, 3월 4일에는 임시 군용철도감부 소속 철도대대가 인천에 상륙하여 5일 서울로 입경한다.[70] 금선의 탈출이 지연되었던 것은 바로 러일전쟁과 한일의정서 이후 철도의 군사적 성격이 강화되었던 시기와 맞물려 있었기 때문이다. 작품의 중반에 이르면 일반인이 경인선을 다시 이용할 수 있는 길이 열리게 된다.

지금 소문을 들으니까 오늘부터 기차에 행객을 태운다 하니 아무도 모르게 슬며시 정거장으로 나아가 차를 얼풋 타고 서울로 가자 (…중략…) 금선이는 일변 감사도 하고 인변 위급도 하여 치마를 눈만 내어놓고 푹 뒤집어쓰고 송순검을 따라 청인의 조계 뒷길로 자취없이 정거장에를 당도하니 차가 방장 떠나려 하더라 병정만 싣던 기차에 마침 행인을 태우기도 별기희오 정거장을 당도하자 잠시도 지체 아니하게 차가 떠나기도 별기희더라.[71]

『모란병』에서 경인철도는 한편으로는 제국주의 전쟁의 수행을 위한

70 러일전쟁 시기 일본군의 경인선 이용에 대해서는 『철도창설 제85주년 기념 철도주요연표』, 철도청, 1984, 19면 참조. "한국의 철도는 제국주의 국가의 자본, 상품, 군대, 이민을 반입하고 원료, 식량, 자원, 노동력을 반출하는 역할을 담당했다. 또한 국내 각 지역 간의 물자 유통보다는 기본적으로 국외유통, 즉 일본-한국-만주 사이의 병참 및 상품 수송을 목적으로 하였다." 정재정, 앞의 책, 641면.
71 이해조, 『모란병』, 54~55면.

통로이기도 하고 다른 한편으로는 봉건적 악습으로부터 탈주하는 구원의 길이기도 하다. 봉건적 폐습으로부터 벗어나고자 하는 금선이 청국의 조계를 거처 일본 군사들이 타던 기차를 이용해서 서울로 도주를 한다는 설정이 인상적이다. 흥미로운 것은 치외법권 지역에 해당하는 청국 조계지와 일본이 장악하고 있는 철도역이 봉건적인 악습의 추적으로부터 금선을 은폐하거나 보호하는 기능을 하고 있다는 점이다. 철도와 인근 지역이 근대성과 식민성이 혼종적으로 또는 역설적으로 구조화되는 장소였음을 알 수 있다.

6. 철도와 관련된 풍경들―기술적 숭고와 익명성의 출현

1) 철도 자살과 기술적 숭고

철도와 관련된 시가나 산문에는 유사한 내용의 수사와 비유들이 반복적으로 등장한다. 철도가 새나 바람보다 빠르고 천둥이나 우레와 같은 소리를 내며 지축地軸을 뒤흔든다는 문장들이 그것이다. 자연과 관련된 전통적인 수사와 비유가 철도의 경험 및 수용 과정을 매개하고 있는 것이다. 철도에 비유되는 자연은 안정적으로 순환하는 자연이 아니라 폭풍우, 홍수, 번개, 화산, 해일 등의 재해災害적 수준의 자연이다. 자연재해에서나 경험할 수 있는 거대한 또는 광포한 힘이 철도에 전이되어 있는 것으로 이해했던 것이다. 철도는 자연의 광폭한 힘을 기술적으로 재현한다. 철도와 관련된 초창기의 경험에 공포나 불안과 같은 부정적인 감정이 깃들어 있는 이유도 여기에 있다.지만 철도는 자연의 계산 불가능한 불규칙성을 규칙적이고 계산가능한 역학적 운동으로 바꾼다. 철도 테크놀로지는 자연과 등치되는 거대한 힘을 예측가능하고 계산 가능한 것으로 바꾸어놓는다. 철도는 "역학적인 규칙성이 자연적인 불규칙성을 누르고 관철된 경우"[72]이며, 그 자체로 독립적인 운동을 하는 기구로 인식된다. 최남선의 「경부 철도노래」1908나 「해에게서 소년에게」1908에서 알 수 있듯이, 근대철도, 바다의 거대한 힘에 대한 숭고의 감정은 자연의 불규칙성이 역학적인 규칙성으로 전환되는 지점에서 표상된다.[73] 철도의 거대한 힘에 대한 부정적인 감정공포와 불안은, 철도가 제공하는 숭고의 감정 아래로 재배치되면서 일종의 무의식으로 구성된다. 철도를 경험한다는 것은 주체의 권한 바깥에 있는 기계적 운동에 전적으로 포섭되며, 철도의 기계적 운동에 어떠한 영향도 미칠 수 없다는 무력감을 내면화한다는 것을 의미한다. 인간은 철도의 거대한숭고한 힘 내부에서 수동적인 존재가 됨으로써 편안함든감함을 부여받는다.[74] 철도의 심리학에는 공포, 숭고, 수동적 무력감이 잠재적으로 공존한다. 일상적인 경우 철도에 내재된 거대하고 광포한 힘은 의식되지 않는다. 다만 사고만이 철도의 파괴적인 힘을 회상하게 만든다.

꿈의 형식이기는 하지만, 『혈의 누』 하편에는 철도 사고가 제시된다. 옥련의 모친 최씨 부인은 진남포에서 화륜선을 타고 부산에 도착해서는 '아

---

72 볼프강 쉬벨부쉬, 앞의 책, 36면.
73 『해에게서 소년에게』의 바다는 이성적인 자연이다. 바다가 소년에게 인자할 수 있는 이유, 소년이 바다의 품에서 편안함을 느낄 수 있는 이유는, 바다가 자연으로서의 바다가 아니라 이미 이성적인 자연이기 때문이다. 최남선의 「해에게서 소년에게」에 대해서는 서영채, 「최남선 시가의 근대성에 관한 연구」, 『민족문학사연구』 13, 민족문학사학회, 1998. 236~279면 참조. 숭고에 대해서는 김상봉, 「칸트와 숭고의 개념」, 한국칸트학회 편, 『칸트와 미학』, 민음사, 1997, 223~273면 참조.
74 철도가 강제하는 수동성에 대해서는 김종엽, 「프로이트와 기차」, 『창작과 비평』 110, 창작과비평사, 2000, 331면.

버지 나는 개화 했소'라고 외친 바 있다. 그리고 남편 김관일과 딸 옥련을 만나기 위해 미국으로 떠난다. 미국에서 전보를 받고 기다리고 있던 옥련은 철도 충돌 사건으로 최씨 부인이 사망하는 꿈을 꾼다.

> 그 날 그 때부터 옥련이는 그 어머니가 타고 오는 기차를 기다리는데 일각이 여삼추라. 생각으로 해를 보내고 생각으로 밤을 보내다가 잠이 들어 꿈을 꾸었더라. 옥련이가 혼자 기차를 타고 그 어머니 마중을 나간다. 상항에서 화성돈으로 오는 기차는 옥련의 모친이 타고 오는 기차요, 화성돈에서 상항으로 가는 기차는 옥련이가 타고 가는 기차이라.
>
> 원래 그 기차가 쌍선이 아니던지, 단선의 철도에서 오고 가는 기차가 시간을 어기었던지, 두 기차가 서로 충돌이 되었더라. 기차가 상하고 사람이 무수히 상하였는데 그중에 조선 복색한 여편네 송장이 있는 것을 보고 옥련이가 그 어머니 죽은 송장이라고 붙들고 운다. 흑흑 느껴 울다가 제풀에 잠을 깨니 남가일몽이라. 전기등은 눈이 부시도록 밝고 자명종은 열두시를 땅땅 친다.[75]

옥련의 꿈은 두 가지의 진술로 이루어져 있다. (1) 모녀 상봉의 가능성은 전적으로 철도로 대변되는 교통의 네트워크 속에 잠재되어 있다 (2) 모녀 상봉의 불가능성은 교통 네트워크 내부에 잠재되어 있는 혼란혼선으로부터 주어진다. 옥련의 꿈은 모친 상봉을 가능하게 하는 교통 네트워크의 내부로부터 모친 상봉의 불가능성을 사유 또는 상상하고 있는 것이다. 모친 상봉에 대한 강한 갈망이 강박적인 불안으로 전치되어 있다. 단선

---

[75] 이인직, 『혈의 누』하, 280~281면.

철도의 경우 두 기차가 교차할 시간이 어긋나든지 신호체계에 교란이 생기면 사고가 발생한다. 옥련의 꿈은 철도 네트워크 내부의 교란 가능성, 시스템 내부의 착란 가능성을 사유하고 있다. 그 과정에서 철도에 내재된 공포와 불안의 무의식이 포착된 것이다. 이인직 소설들에서 죽음과 관련된 무의식은 철도 주변에 배치된다. 『혈의 누』에서 옥련은 자살을 하기 위해 기차를 타고, 『귀의 성』의 춘천집은 전차 선로에 누워서 죽음을 기다리고, 『은세계』의 옥남과 옥순은 철로에 뛰어내려 자살을 시도한다.

조선학생결사미수朝鮮學生決死未遂

　재작일 오후 칠 시에 조선 학생 최옥남 연年 십삼十三, 여학생 최옥순 연 십구十九, 학비가 떨어짐을 고민苦悶히 여겨서 철도에 떨어져 죽으려다가 순사 캘라베르 씨의 구한 바가 되었다. 그 학생이 언덕 위에서 수작할 때에 순사가 그 동정을 수상하게 여겨서 가만히 언덕 밑에 가서 들으나 말을 알아듣지 못하는 고로, 먼저 동정을 살피던 차에 그 학생이 기차 지나가는 것을 보고 철도에 떨어졌는지라. 순사가 급히 쫓아가 보니 원래 그 언덕은 불과 반 길쯤 되고 철로는 쌍선이라 언덕 밑 선로線路는 북행北行차의 선로요 그다음 선로는 남행南行차의 선로인데 그 학생이 남행차 지나가는 것을 보고 그 차가 언덕 밑 선로로 가는 줄만 알고 떨어졌다가 순사에게 구한 바가 되었더라.[76]

『혈의 누』 하편이 복선複線철로의 부재와 체계 내부의 교란 때문에 생길 수 있는 사고라면, 『은세계』의 경우는 복선철로가 옥남 남매의 목숨

76　이인직, 『은세계』, 109면.

을 구한 경우에 해당한다. 그렇다면 왜 철도가 죽음의 장소가 되는 것일까. 김옥련, 최옥남, 최옥순 등 이인직 소설의 인물들은 두 가지의 공통점을 갖는다. 하나는 그들이 교통 네트워크 내부의 주체들이라는 점이고, 다른 하나는 고향으로 돌아갈 수 없는 상황 달리 말하면 교통 네트워크로부터 배제될 위기에 처한 주체들이라는 점이다. 생물학적인 고향으로 돌아갈 교통 네트워크로부터 이탈될 위기에 처했을 때 그들은 철도를 죽음의 장소로 선택한다. 충분한 자료가 주어져 있지 않기 때문에 해석에 무리가 따를 수 있겠지만, 철도에서의 죽음은 이인직 소설의 주인공들이 주체 구성의 근거를 최종적으로 확인하는 제의적 절차이다. 교통의 네트워크에 편입됨으로써 종전의 주체와 구별되게 된 주체가, 대타자로서의 근대교통의 네트워크를 소환하면서 주체의 자리를 소거하는 방식인 것이다. 고향과 관련된 근원적인 욕망이 좌절될 때, 철도로 대변되는 교통의 네트워크에서 이탈되었다고 느낄 때, 그들은 철도를 죽음의 공간으로 만든다. 그것은 교통 네트워크 내부의 주체들이 네트워크 속으로 함몰implosion되는 양상이며, 근대의 기술적 숭고와 자신의 죽음을 (재)결합 시키는 방식이다.[77] 달리 말하면 철도를 통한 죽음은 자신들을 일본과 미국에까지 이

---

[77] 토마스 휴즈(Thomas P. Hughes), 김정미 역, 『테크놀로지 창조와 욕망의 역사』, 플래닛미디어, 2008, 64~65면 참조. 역사가 데이비드 나이(David Nye)는 『미국 테크놀로지의 숭고함(*Amrerican Technological Sublime*)』(1984)에서, 초기 미국의 테크놀로지 지지자들이 에드먼드 버크(Edmund Burke)가 정의한 자연의 숭고함과 유사한 테크놀로지의 숭고함을 찬양했다고 말한다. 깊고 어두운 계곡을 흐르는 시내와 바다의 사나운 폭풍우는 사람들에게 광대함, 힘, 무한에 대한 열정적인 느낌을 불러일으켰다. 그러나 제2의 창조를 이끄는 테크놀로지적 숭고함이 경이와 관조의 대상으로서의 자연의 숭고함을 점점 대체해가고 있었다. 저녁시간에 돌진하듯 지나가는 증기기관차와 넓은 미시시피 강을 따라 위풍당당하게 나아가는 증기선, 깊은 골짜기에 걸쳐진 다리는 놀랍고 광대하며, 경이로운 숭고함을 느끼게 했다. 체계적이고 조화로운 기계 각 부분의 상호작용은 이상사회에서의 개개인의 관계와 유사하게 느껴졌다. 국토를 가로지르는 철도 테크놀로지의

끌고 온 거대한 운명적 힘을 확인하는 제의祭儀적 절차이며, 자신들의 주체성이 철도에 내재된 기술적 숭고의 전망 속에서 구성되어 있었음을 확인하고 공표하는 행위인 것이다.[78] 이인직 소설의 인물들은 철도와 죽음을 연관지음으로써 교통 네트워크가 주체 구성 원리이자 운명의 표상이라는 점을 최종적으로 확인하고자 한다.

2) 익명성의 출현과 열차에서의 독서

철도는 범죄의 공간이자 탐정소설의 공간이다. '탐정소설'이라는 표제가 붙은 『쌍옥적』1911은 철도와 관련된 범죄를 다루고 있다. 앞에서 살핀 것처럼 『귀의 성』에서 도주와 추격의 경로로서 경부철도가 활용되었지만, 『쌍옥적』에서는 기차 객실이 범죄의 장소로서 제시된다.

김라주의 아들 김주사가 친교를 들고 륜선을 출발하는 시간을 맛쵸아 인천으로 내려가 륜선을 탑승하고 목포로 내려가 자기 부친과 당숙에게 결전을 영수하야 새벽 배에 되집어 떠나오니 그 비밀한 내용을 알 사람을 쥐도 개도 없을 듯더라 김주사가 인천항에서 배를 내려 경인철로 막차를 타고 남대문밖 정거장에를 당도하야 여러 승객이 부분히 내려가는데 자기도 내려

훌륭함과 광대함을 인식하고 관조하는 것이 어떤 숭고한 느낌을 일으킨다는 것을 발견한 것이다. 19세기 초반 이후로 미국인들은 자연의 경관뿐만 아니라 숭고한 테크놀로지적 전망 속에서 살아왔다. 그들은 국가를 규정하는 정체성을 기술적 숭고함과 연관시켰다.

78 철도 자살 모티프는 이광수가 명치학원(明治學院) 재학 중에 발표한 소설 「사랑인가」(『白金學報』19, 1909.12)에도 나타난다. 일본 유학생 문길은 사랑기갈증에 빠져 있다. 우연히 운동회에서 본 마사오(操)라는 소년을 사랑하게 되지만, 그의 냉담한 반응에 수치심을 느끼며 철도 자살을 기도한다. 여기에 대해서는 김윤식, 『이광수와 그의 시대』 1, 한길사, 1986, 215~222면 참조. 「사랑인가」의 번역은 김윤식, 『한국 근대문학의 이해』, 일지사, 1973, 321~326면.

가려고 곁에 놓였던 가방을 찾으니 간 곳이 없는지라.[79]

탐정소설의 긴박성을 제공하기 위해 경인선과 인천-목포 항로의 시간표가 긴밀하게 맞물리는 일정日程을 제시하고 있음을 확인할 수 있다.[80] 객실에서 가방을 도난당한 김주사는 탐정 정순금에게 사건을 의뢰하게 되고, 정순금은 커다란 가방을 든 수상한 사람을 발견하고는 미행에 나선다. 의문의 사나이는 남대문 정거장에서 인천행 차표를 끊고 시계를 바라보며 누군가를 기다린다. 정순금은 용의자를 좇아 인천까지 내려가며 사건의 실마리를 찾기 위해 노력한다. 기차를 타고 인천에 내려간 의문의 사나이는 부두로 나가 종선從船을 타고 잠시 사라졌다가, 객주집에서 또 다른 남자와 만나 술을 마시며 이야기를 나눈다. 의문의 사나이 역시 경인선의 시간표에 맞춰서 종선을 타고 물건을 전달하고 사람을 만나고 있는 것이다.[81] 『쌍옥적』에서 용의자들이 철도를 이용하고 양복을 입고 서양식 가방을 들었다는 조건들과 함께, 경인선은 용의자를 압축하는 효과를 거두고 있다. 철도라는 공간적인 제한과 철도시간표의 시간적 제한을 통해서, 탐정소설에 자주 등장하는 밀실 효과를 부분적으로 확보하는 장치로서 경인선을 활용하고 있는 것이다. 탐정소설과 관련된 또 다른 장치는 다름 아닌 철도역에 나타나는 익명적 대중이다.

---

79 이해조, 『쌍옥적』, 보급서관, 1911, 5면.
80 철도와 일정(日程)에 대해서는 에릭 홉스봄(Eric Hobsbawm), 전철환·장수한 역, 『산업과 제국』, 한벗, 1984, 102~103면.
81 이해조, 『쌍옥적』, 17면. "아모 사색 아니 뵈이고 인천까지 내려갔는데 그 사람이 차에서 내려 축현 어떠한 객주집으로 들어가며 주인을 불러 무엇이라고 몇 마디 묻더니 바로 부두로 나아가 종선 하나를 급히 타고 방장 떠나랴 하는 화륜선으로 들어가는지라."

그 두 사람이 얼만 아니 되야 차에를 올라 여전히 정순금을 유심히 한번 보더니 못 본 체하고 있더라. (…중략…) 정순금이 남대문 밖까지 오며 삼중 단단이 작정하기를 몇 날 몇 달이 되던지 따라 다니면서 그 두 사람의 끝지는 것을 기여히 알고 말리라 하였더니, 차가 정거장에 와 딱 서며 수다한 사람들이 제각기 먼저 내리려고 너 나아오리 나 나아오리 비빔밥이 한참되야 되덤벙하는 서슬에 두 사람이 어느 겨를에 내려 어디로 갔는지 이 사람 저 사람 틈틈이 뒤지어 보아도 부지거처로 없어졌는지라.[82]

철도와 매개될 때 용의자들은 익명적인 대중들과 구분되지 않는다. 철도 객실과 철도역은 범죄의 가능성이 온축된 장소이자, 범죄자가 숨을 수 있는 은신처로 기능한다. 대중교통수단인 철도는 신분 은닉incognito의 기제로 작동하며, 철도의 탑승객은 익명적인 복수의 존재들로 제시된다. "군중은 범죄자의 은신처"[83]인 것이다. 『쌍옥적』에서 철도를 탐정소설적 공간으로 만드는 기술은 매우 거칠다. 하지만 이 대목은 작가의 의도나 인식과는 무관하게, 철도의 교통 네트워크와 소설이라는 서사양식이 만나면서 익명적 대중의 모습을 포착해낸 장면이다. "탐정소설 본래의 사회적 내용은 대도시 군중 속에서 야기되는 개인의 흔적 소멸이다."[84] 익명성의 확보는 철도역의 혼잡한 군중을 제시하는 것에 그치지 않는다. 철도 객실 내부에서 익명성을 확보하기 위한 방법이 제시된다.

82   위의 책, 20~21면.
83   발터 벤야민(Walter Benjamin), 김영옥·황현산 역, 『보들레르의 작품에 나타난 제2 제정기의 파리』, 길, 2010, 93면.
84   위의 책, 90면.

내 눈치를 보이지 말리라 하고 유연견남산悠然見南山하며 곁눈질만 하는데 그 사람은 정순금을 보았는지 못 보았는지 보고도 못 본 체하는지 못 보고 못 본 체하는지 가방 속에서 조그마한 책 한권을 내어들고 그것만 착심하야 볼 뿐이니.[85]

『쌍옥적』에서 용의자는 정순검의 시선을 회피하기 위해서 철도 여행 중에 책을 읽는다. 짐멜G. Simmel이 지적한 것처럼 전통적인 사회에서라면 같은 공간을 점유하고 있는 사람들이 몇 시간이 넘도록 아무 말도 나누지 않으면서 서로를 바라보는 상황에 놓이지 않았다.[86] 빠른 속도로 달리는 기차는 여행객이 풍경과 맺던 전통적인 관계를 해체할 뿐만 아니라, 여행자들 사이의 관계에 대해서도 새로운 규범들을 만들어 낸다. 서양의 경우 철도 여행 중의 독서는 여행자들 사이의 대화를 대체하는 행위였고, 부르주아적 취향이 반영된 새로운 여행 매너였다.[87] 『쌍옥적』의 경우 기차 안에서의 독서는 개인의 흔적을 삭제하고 익명적 존재가 되기 위한 일종의 회피 전략이다. 그가 손에 펼쳐 든 책은 병풍과도 같다. 그것은 잠

---

85 이해조, 『쌍옥적』, 16면.
86 "19세기에 승합 마차, 철도, 전차가 널리 보급되기 전에는 사람들이 몇 십 분이고, 혹은 심지어 몇 시간이고 서로 말 한마디 주고받지 않은 채 마주 보고 앉아 있는 일은 없었던 것이다." 발터 벤야민, 앞의 책, 82면에서 재인용.
87 철도 여행 중의 독서에 대해서는 볼프강 쉬벨부쉬, 앞의 책, 90~103면 참조. 한국근대소설에서 기차 안 독서장면이 처음으로 등장한 것은『무정』이라는 주장이 있다.(박천홍, 앞의 책, 379면) 영채가 기차 안에서 병욱과 만나는 장면에서 책을 읽고 있는 승객이 등장한다. "그 맞은편에서 책을 보고 앉았던 어떤 양복 입은 사람이 두 사람의 모양을 우두커니 보고 앉았더니 다시 책을 본다." 필자가 조사한 바에 따르면 기차 안 독서장면의 제시는, 『쌍옥적』이 최초인지의 여부는 더 살펴봐야겠지만, 『쌍옥적』이『무정』보다 앞선다. 실증적인 측면을 바로잡고자 하는 것은, 한국철도문화사의 맥락을 제공해 준『매혹의 질주 근대의 횡단』에 대한 고마움의 표현이다.

재된 경계심의 기호이자, 관계 형성이나 대화 및 시선 교환의 의지가 없음을 드러내는 몸짓이다. 소의 뿔에 책을 걸고 책을 읽는다는 우각괘서牛角掛書와는 확연하게 구별되는 새로운 독서 관행이 출현한 것이다.

표상으로서의 세계와 글쓰기로서의 철도

지구의 · 백과사전 · 대타자Other

世界는

나의 學校,

旅行이라는 과정에서

나는 수없는 신기로운 일을 배우는

유쾌한 小學生이다.

— 김기림, 「함경선 오백킬로 여행풍경─서시」

1. 지구의 발견과 세계의 전도顚倒

조선에서의 세계지도 제작은 천원지방天圓地方의 천지관에 따라 평평한 대지를 전제하였고 중화주의적 세계 인식을 계승하였다. 1402년에 제작된 「혼일강리역대국도지도」에는 한국, 중국, 일본 등의 동아시아뿐만 아니라 유럽과 아프리카까지 포함되어 있다. 중국 중심의 세계 인식을 표현하고 있는 지도이지만, 중국을 통해 전달된 이슬람 과학의 영향을 받아서 개방적인 세계 인식을 보여줄 수 있었던 것이다. 16세기에 제작된 「혼일

역대국도강리지도」의 경우에는 유럽, 아프리카, 아라비아가 지도상에서 사라지고 중국 중심의 동아시아로 재현의 범위가 축소된다. 이러한 변화는 성리학에 기반한 조선왕조의 통치 체제의 안정화 과정에서 중화주의적 세계 인식이 지배 위치를 점하게 되었다는 사실을 보여준다. 지도에 표상된 세계 인식에 주목할 때, 17~18세기의 세계지도는 크게 두 가지의 양상을 보인다. 하나는 중화주의적 세계 인식과 『산해경山海經』의 신화적 상상력이 결합되어 있는 원형 천지도이다. 다른 하나는 지구의 외형을 형상화하는 세계지도로서, 중국을 통해서 서양식 지도와 지리학의 영향을 받은 실학자들이 주로 작성했다. 중화주의적 세계 인식 위에 서구적 지리 지식이 중층적으로 존재하는 경향은 19세기 말까지 지속되었다.[1]

김옥균이 일찍 우의정 박규수를 방문한즉, 박 씨가 벽장 속에서 지구의 일좌一座를 내어 김 씨에게 보이니, 해의該儀는 곧 박 씨의 조부 연암선생이 중국에 유람할 때에 사서 휴대하여 온 바더라. 박 씨가 지구의를 한 번 돌리더니 김씨를 돌아보며 웃어 가로되

"오늘날 중국이 어디 있느냐. 저리 돌리면 미국이 중국이 되며, 이리 돌리면 조선이 중국이 되어 어느 나라든지 중中으로 돌리면 중국이 되나니, 오늘에 어디 정定한 중국이 있느냐?" 하니,

김 씨, 이때에 개화를 주장하여 신서적도 좀 보았으나, 매양 수백년래 유전된 사상, 곧 대지 중앙에 있는 나라는 중국이요, 동서남북에 있는 나라들은

---

1 조선시대의 지도와 세계인식에 대해서는 오상학, 『조선시대 세계지도와 세계인식』, 창비, 2011, 370~389면; 임종태, 『17, 18세기 중국과 조선의 서구 지리학 이해』, 창비, 2012, 13~34면 참조. 중화적 세계 질서를 둘러싼, 동아시아 국가의 내부적 동요와 회의에 대해서는 인하대 한국학연구소 편, 『중국 없는 중화』, 인하대 출판부, 2009 참조.

사이四夷니, 사이는 중국을 높이는 것이 옳다 하는 사상에 속박되어 국가 독립을 부를 일은 꿈도 꾸지 못하였다가 박 씨의 말에 크게 깨닫고 무릎을 치고 일어났더라. 이 끝에 갑신정변이 폭발되었더라. (…중략…)

누사漏史 가로되, 근세 농이聾耳의 벽력은 〈코페르닉스〉[코페르니쿠스—인용자]의 지동설이라 할 만하도다. 천존지비天尊地卑의 망설妄說이 깨어지매 전제군주가 근거를 잃으며, 사방정위四方定位가 무너지매 세계민족이 벽견僻見을 버리도다.[2]

신채호의 글은 천원지방의 천지관이 붕괴되고 중화적 세계 인식이 탈중심되는 장면을 인상적으로 보여준다. 중화적 세계 인식에 의하면, 중국은 세계의 중심이며 세계는 중국을 중심으로 위계화되어 있다. 하지만 지구의地球儀에 잠재된 세계 인식에 의하면, 특정한 나라가 세계의 중심일 수 없고 어느 나라라도 세계의 중심이 될 가능성을 갖는다. 중화적 세계 인식에서 지구적 세계 인식으로의 전환은, 중화적 세계 질서의 붕괴와 봉건적 정치체제의 변화를 가져온 혁명적인 사건이었다. 신채호는 갑신정변이 발생하고 국가 독립의 관념이 생겨난 사상적 배경이, 중화적 세계 인식의 해체와 지구적 세계 인식에로의 전환에 있음을 명확하게 지적하고 있다. 이 글에서 신채호는 지표면에 각자 영토를 점유하고 있는 여러 민족들의 집합을 '세계'라고 부르고 있다. 지구의로 대변되는 새로운 세계 인식과 표상이, 독립적 주체로서의 민족을 상상할 수 있는 균질적인

---

2 신채호, 「지동설의 효력」, 『단재신채호전집(하)』(개정판) 단재신채호선생기념사업회 편, 형설출판사, 1979, 384~385면. 박규수는 지구의를 직접 제작한 바 있다. 독자의 편의를 위해 한글로 표기하고 필요한 경우에만 한자를 병기함.

공간을 제공해주었던 것이다.

성상고종께서 즉위하신 지 18년째 되는 신사년1881 봄에 나는 동쪽으로 일
본에 (신사유람단의 일원으로) 시찰하러 갔는데, 그곳 사람들의 부지런한
습속과 사물의 풍성한 모습을 보니 내가 혼자 생각하던 것과 달랐다. (…중
략…) 사정을 살펴보고 실제 모습을 들여다보며 진상을 파헤쳐 보니, 그들의
제도나 법규 가운데 서양泰西의 풍을 모방한 것이 십중팔구나 되는 것을 알게
되었다.

일본이 유럽歐洲의 네덜란드和蘭와 거래를 통한 지 200여 년이나 지났지만,
그들을 오랑캐로 취급해서 변방의 관시關市나 허락했을 뿐이었다. 그러다가
일본이 서양歐美의 여러 나라들과 조약을 맺은 뒤부터 관계가 친밀해짐에 따
라 시대적인 변화를 살피고 그들의 장점을 취하여 30년 동안에 이처럼 부강
을 이루게 된 것이다. 그렇다면 붉은 머리와 푸른 눈의 (서양 사람 가운데) 재
주와 견식이 남보다 뛰어난 자가 반드시 있을 테니, 내가 예전에 생각했던 것
처럼 순전히 야만족에만 머물러 있지는 않은 것 같다.[3]

유길준은 『서유견문』1895 서문에서 두 번에 걸쳐 자신의 생각이 바뀌
었음을 고백하고 있다.[4] 첫 번째는 일본의 발전상을 직접 살펴보니 일본

---

3   유길준, 허경진 역, 「서문」, 『서유견문』, 서해문집, 2004, 17~18면.
4   유길준은 1883년 조선보빙사의 수행원으로 미국에서 체류했으며, 갑신정변 이후 유럽
     을 돌아보게 된다. 유길준의 세계 여행 일정은 다음과 같다. 제물포-나가사키-요코하
     마-도쿄-샌프란시스코-시카고-워싱턴-뉴욕-보스턴-셀렘-아일랜드-런던
     -파리-베를린-네덜란드-벨기에-포르투갈-수에즈 운하-싱가포르-홍콩-도
     쿄-나가사키-제물포. 민영익과 보빙사에 관해서는 김원모, 『한미수교사-조선보빙
     사의 미국사행편(1883)』, 철학과현실사, 1999, 21~162면 참조.

을 왜倭라고 비하해왔던 자신의 생각을 수정하게 되었다는 것이고, 두 번째는 일본이 서양을 모방하여 발전한 것을 보니 서양인을 야만하다고 여겼던 생각을 달리 가지게 되었다는 것이다. 유길준이 자신의 선입견을 수정하고 있는 두 지점들은, 일본과 서양의 발견이라고 요약할 수 있는데, 중화적 세계관이 전도되는 과정과 정확하게 대응한다. 그는 『서유견문』의 곳곳에 세계상의 전도를 충분히 짐작하게 하는 진술들을 배치해놓고 있다. "여러 나라 가운데서도 영국의 정치 체제가 가장 훌륭하고 잘 갖추어져 있어 세계 제일이라고 불린다."[5] "우리가 상세히 연구할 것은 유럽과 아메리카 두 주에 있는 여러 나라가 아시아주 여러 나라에 비하여 백배나 부강하다는 사실이다."[6] 가장 야만하다고 여겼던 서양을 일본이 모방했고, 그 결과 상당히 야만하다고 여겼던 일본은 눈에 띄는 발전을 이루었고, 더 나아가서 세계의 중심이었던 중국(청)과의 전쟁에서 승리한 상황인 것이다. '중국-조선-일본-서양'으로 대변되는 중화적 세계 인식은, 『서유견문』에서 제시한 문명개화의 등급에 의하면 '서양-일본-조선·중국'으로 뒤집히게 된다. 『서유견문』이 출간되기 1년 전에 청일전쟁1894이 있었음을 고려할 때, 세계의 전도는 놀라운 만큼이나 확실하다. 세계가 거꾸로 뒤집힌 것이다.

박규수가 지구의를 돌리며 탈중심화된 세계를 제시했고, 유길준은 『서유견문』에서 중화적 세계 질서가 거꾸로 뒤집혔음을 보여주었다. 그리고 민영익과 민영환은 태평양을 건너 지구로서의 세계를 돌아보고 왔다.[7]

---

5   유길준, 앞의 책, 177면.
6   위의 책, 173면.
7   1896년 민영환은 특명전권대사로 임명되어 러시아 니콜라이 2세의 결혼식에 참석했다. 이때 세계를 일주하는 경험을 하게 된다. 경로는 다음과 같다. 인천-상해-나가사

이러한 상황이라면 한국 소설에서의 세계 인식 또한 달라질 수밖에 없을 것이다. 『혈의 누』1906에서 옥련이 청일전쟁 와중에 가족과 헤어져 평양 -진남포-서울-제물포-나가사키-오사카-샌프란시스코-워싱턴으로 옮겨 다닐 수 있었던 현실적 근거도 세계의 전도에서 찾을 수 있다. 또한 조선-일본-미국으로 요약되는 옥련의 공간 이동은, 중화적 세계 질서가 전도되면서 발생한 원심력의 결과로 이해할 수 있을 것이다.[8]

2. 세계의 네트워크와 글쓰기로서의 철도

세계의 대국大局은 안전안전眼前에 전개하얏도다.

제물포구濟物浦口에 창래漲來하난 파랑波浪은 이미 지중해수地中海水의 염분鹽分이 혼화混和하였고 백두산白頭山 외外에 향동響動하난 기적汽笛은 오래 서비리西比利[시베리아-인용자] 풍風의 조기燥氣를 전파傳播하얏난데 종로鐘路 가구街衢에는 「사하라」 사막의 세사細沙가 흑구자黑軀子[흑인-인용자]의 화저靴底에서 낙하落下하

키-고베-요코하마-도쿄-밴쿠버-뉴욕-리버풀-플나싱(네덜란드)-베를린-바르샤바-모스크바-시베리아 횡단-연해주-조선. 민영환은 『해천추범』을, 수행원 김득련은 『환구음초』를 남겼다. 황재문, 「캐나다와 뉴욕까지 진출한 조선의 러시아 사절단-1896년 민영환 일행의 세계여행」, 『조선 사람의 세계여행』, 규장각한국학연구원 편, 글항아리, 2011, 216~251면 참조.

8   고전소설 중에 『혈의 누』와 비견할 만한 공간적 이동을 보여주는 작품으로는, 1621년 조위한이 지은 『최척전』이 있다. 정유재란을 배경으로 하는 이 작품에서 주인공 최척과 옥영의 공간 이동은 전라도 남원에서 시작된다. 전란 중에 옥영은 일본으로, 최척은 중국(明)으로 갈라지게 된다. 두 사람은 베트남(안남)의 바다에서 기적적으로 만나게 되어 중국 항주에 거주한다. 하지만 중국의 혼란으로 또다시 헤어진 두 사람은 조선에서 만나게 된다. 조선, 중국, 일본, 베트남으로 이어지는 『최척전』의 공간 표상은, 중국을 중심으로 해서 분산과 수렴이 이루어진다는 점에서, 중화적 세계 인식에 근거하고 있다고 볼 수 있다. 『혈의 누』의 옥련은 『최척전』의 공간표상의 바깥으로 미끄러져 나간다.

고 남산南山 수목樹木은 「유로파」 중원中原의 탄기炭氣를 백인白人의 구리口裏로서 수흡受吸하니, 어호於乎 우리 반도半島도 이믜 순수한 한천한지韓天韓地 하下에 잇슴이 아니로다.[9]

제물포에 밀려드는 물결에는 지중해의 소금기가 섞여 있고, 백두산 밖에는 시베리아 횡단철도의 공기가 기차 소리와 함께 꿈틀대며, 종로 거리에는 흑인의 구두 바닥에 붙어 있던 사하라 사막의 모래가 떨어진다. 세계에 대한 최남선의 감각이 무척이나 인상적이다. 이를 두고 감각의 착란이나 과장된 표현이라 치부할 수는 없다. 최남선의 박물학적 글쓰기가 세계를 대상으로 쐬어졌으며, 그의 주요한 문제의식이 세계 속에서 조선의 위치를 확인하는 데 있었음은 널리 알려져 있는 사실이다. 흥미로운 점은 조선의 정체성이 특정한 지리적 경계로부터 주어지는 것이 아니라 세계와의 연쇄 속에서 규정되고 있다는 사실이다. 최남선의 감각에 의하면, 세계는 지구표면의 연속성에 근거하여 형성된 '하나의 거대한 관계의 장場'으로 표상된다. 이를 두고 연쇄로서의 세계라 불러도 좋을 것이다. 이와 같은 감각의 저변에는 네트워크화된 세계가 가로놓여 있다.[10]

---

9 최남선, 「世界的 智識의 必要」, 『소년』 2권 5호, 1909.5, 4면.
10 철도 네트워크와 연동된 상상력의 변화에 대해서 하이네는 다음과 같이 말한 바 있다. "이제 우리의 직관 방식과 우리의 표상에 어떤 변화가 생긴 것임에 틀림없다! (…중략…) 이제 사람들은 세 시간 반 내에 오를레앙까지, 그리고 꼭 같은 시간 내에 루엥까지 여행한다. 이 노선들이 벨기에와 독일까지 연결되고 또 그곳의 철도들과, 연결된다면 어떤 일이 초래될 것인가! 내게는 모든 나라에 있는 산들과 숲들이 파리로 다가오고 있는 듯하다. 나는 이미 독일 보리수의 향내를 맡고 있다. 내 문 앞에는 북해의 파도가 부서지고 있다." H. Heine, *Lutezia* II, p. 57; 볼프강 쉬벨부쉬(Wolfgang Schivelbusch), 박진희 역, 『철도여행의 역사』, 궁리, 1999, 53면에서 재인용.

[평괴平壞] 근래 와서 조선의 종관철도縱貫鐵道가 세계의 대大교통로가 되어 여객 화물이 갈수록 이 길로 모여드니, 이 노정이 경의선京義線으로 서북형北西 向하여 경부선京釜線으로 남동귀南東歸함은 또한 세계적 대로에 처處함을 얼마만큼 자격刺激코자 함이다.[11]

최남선은 1908년 『소년』의 창간과 함께 『경부철도노래』를 발표했다. 경부선 철도가 경유하는 역 주변의 풍경과 유적, 고사古事와 현황을 창가의 형식에 담아낸 작품이다. 또한 1914년 『청춘』의 창간과 더불어 『세계일주가』를 내놓았는데, 이는 「경부철도노래」의 구성을 지구적인 차원으로 확장한 양상이다. 세계의 주요 국가나 도시와 관련된 인문지리적 사실들을 노래하고, 보충 설명이 필요한 부분에는 주석을 달았으며, 사진을 곁들여 사실성을 확보하였다.[12]

『세계일주가』는 평양에서 경의선을 타고 출발한다면 철도와 화륜선을 이용해서 세계를 일주할 수 있음을 보여주고 있다. 세계는 철도와 화륜선

---

11   최남선, 「세계일주가」, 고려대 아세아문제연구소 편, 『육당 최남선 전집』 5, 현암사, 1973, 353면.

12   『청춘』의 창간호 부록으로 발표된 「세계일주가」는 7·5조의 시가, 주요한 지명에 대한 주석, 그리고 관련 사진으로 구성되어 있다. 프랑스 파리에 대해서는 스커트를 입은 미인을 노래하며 프랑스 여배우의 사진을 실었고, 베를린을 노래할 때에는 운데르덴리덴가(街)의 도로 풍경을 담은 사진을 실었다. 『세계일주가』의 경우 철도가 핵심적인 교통수단으로 제시된 점에서는 차이가 있지만, 바이런(G. G. Byron)이 1812~1818년에 발표한 장시 『차일드 해럴드의 순례(Childe Harold's Pilgrimage)』와의 영향 관계가 고찰된 바 있다. 「차일드 해럴드의 순례」의 마지막 권인 4권에는, 「해에게서 소년에게」와의 영향 관계가 밝혀진 「대양(The Ocean)」이 수록되어 있다. 이 장시는 포르투갈, 스페인, 그리스, 프랑스, 스위스, 이탈리아에 이르기까지 고적과 풍물에 대한 감상을 기록한 것이다. 여행의 순서에 따라 구성되어 있고, 각 장 사이에 별다른 논리적 연결은 없다. 각 지역의 고적, 풍물, 정치, 외교, 미술 등에 대해 자유분방하게 이야기한다. 여기에 대해서는 김윤식, 『내가 살아온 20세기 문학과 사상』, 문학사상, 2005, 192~201면 참조.

에 기반한 교통의 네트워크가 구축되어 있으며, 세계는 철도와 화륜선의 교통 네트워크에 의해 표상된다. 세계는 이미 네트워크화되어 있다. 세계의 교통 네트워크에 이미 조선도 포함되어 있기 때문에, 평양에서 경의선을 타고 만주와 시베리아를 거쳐 유럽과 미국을 둘러보고 태평양을 횡단하여 다시 서울로 돌아오는 여정이 가능하다.[13] 『80일간의 세계 일주』1873에서 필리아스포그의 세계 일주가 신문, 철도, 전신으로 네트워크화된 세계를 입증하는 방식이었던 것처럼, 『세계일주가』는 "세계는 철도와 증기기관으로 연결되고 묶여지는 단일체"[14]라는 사실을 확인하는 문학적 제의이다.

　『세계일주가』에서 특이한 점은 작품의 화자가 철도 여행을 통해서 아무도 만나지 않는다는 것이다. 이유는 간단하다. 최남선은 『세계일주가』에 준하는 세계 여행을 다녀온 적이 없기 때문이다. 그 대신에 최남선에게는 철도의 네트워크가 상세하게 그려진 세계지도가 있었다. 근대의 세계지도는 일반적으로 메르카토르 도법이 적용되는데, 세계지도에서 세계는 단일한 연속 평면으로 표상된다.[15] 뿐만 아니라 "세계의 가장 동떨어진 곳들이 철도, 증기선, 전신과 같은 교통·통신기관에 의하여 이제 서로 연결"되어 있다.[16] 『세계일주가』의 사실성은 세계를 유람한 체험이 아니라 철도가 그려진 세계지도로부터 주어진다.

13　「세계일주가」의 여정은 다음과 같다. 서울에서 출발하여 경의선을 타고 평양과 의주를 거쳐 중국에 도달한다. 대련(大連)에서 남만철도(南滿鐵道)를 타고 장춘(長春)까지 간 뒤에, 러시아 소유의 동청선(東淸線)을 타고 하얼빈(哈爾賓)을 거쳐 블라디보스톡(海蔘威)에서 시베리아 횡단철도로 갈아 탄다. 러시아, 독일, 오스트리아, 헝가리, 발칸반도, 그리스, 이탈리아, 스위스, 프랑스의 리옹과 마르세유, 스페인, 포르투갈, 프랑스 파리, 룩셈부르크, 벨기에, 홀란드, 영국, 아일랜드, 미국(뉴욕-필라델피아-보스턴-시카고-샌프란시스코), 하와이, 일본을 경유한 뒤에 경부선을 타고 서울로 돌아온다.

14　에릭 홉스봄(Eric Hobsbawm), 정도영 역, 『자본의 시대』, 한길사, 1983, 92면.

15　와카바야시 미키오(若林幹夫), 정선태 역, 『지도의 상상력』, 산처럼, 2006, 16면.

16　에릭 홉스봄, 앞의 책, 85면.

그렇다면 『세계일주가』의 무의식 속에 잠재되어 있는 철도란 무엇인가. 최남선에게 있어서 철도란 다름 아닌 거대한 글쓰기écriture이다. 철도 노선에 표시된 수많은 역명驛名들은 거대한 글쓰기를 구성하고 있는 인접성의 기호들이다. 지도에서 철도는 하나의 점으로 존재하는 도시정거장를 연결하는 선이자, 서로 연결되고 교차하고 분기되는 선들로 나타난다. 철도는 세계의 표면 위에 그려진 원초적인 선線들이며 근원적인 글쓰기이다.[17] 이 지점에서 유념해야 할 것은, 철도와 관련된 최남선의 공간 인식이 지리학적인 공간지도의 기호 차원으로 환원되는 공간 인식에 입각해 있으며 구체적인 도시들은 기호이름의 차원으로 균질화되어 있다는 점이다. 자연 풍경과 유기적으로 결부된 공간 인식이 아니라, 좌표축 위의 일정한 시점 아래에서 통일적으로 구성되는 기하학적인 공간 인식으로 옮겨간 것이다. 『세계일주가』는, 철도라는 글쓰기로부터 분절되어 나오는 체계적인 주석이며 일종의 기호 놀이이다. 철도 노선이 그려진 세계지도를 앞에 놓고 연필로 기차역들을 따라가면서, 바로 그 지도 위에다 기차역과 관련된 사항들을 기록하는 상상력의 놀이와 같다.

3. 세계라는 이름의 백과사전, 또는 대大타자로서의 세계

그런데 말이네. 꼬마 시절에 나는 열정적으로 지도를 보는 취미를 가지고 있었거든. 여러 시간 동안 남아메리카나, 아프리카나 또는 호주니 하는 지역

---

17 자크 데리다(Jacques Derrida), 남수인 역, 「인문과학 담론에서의 구조, 기호, 게임」, 『글쓰기와 차이』, 동문선, 2001 참조.

을 살펴보면서 그곳을 탐험한 모든 사람들의 영광스러운 이야기에 몰두하곤 했었어. 그 당시만 해도 이 지구상에는 많은 빈 공간이 있었다구. (…중략…) 하기야 그래. 그 무렵 그곳이 이미 텅 빈 공간은 아니었어. 내 어린 시절 이후 그곳에는 이미 강과, 호수, 그리고 지명들이 가득 채워지게 되었던 거야. 어느새 즐거운 신비감을 불러일으키는 텅빈 공간이라든가 한 소년의 화려한 꿈을 키울 수 있는 지도상의 하얀 면은 아니었어. 그곳은 암흑의 땅으로 변해 있었어.[18]

『암흑의 핵심』1899에서 소년 말로는 지도의 거대한 빈 공간, 특히 콩고강에 매혹당한다. 하지만 성인이 되어서 찾아간 콩고는 더 이상 지도의 하얀 면이 아니었다. '즐거운 신비감을 불러일으키는 텅 빈 공간'은 더이상 남아 있지 않았다. 어떠한 일이 있었던 것일까. 15세기 말 콜럼버스가 아메리카 대륙에 도착한 이래로, 18세기 중엽에 이르면 지리상의 발견은 사실상 마감된다. 19세기 말에 이르면 새로 발견된 대륙에 대한 내부 탐사도 거의 다 이루어진다. "미국에서 행한 1890년 센서스에서는 변경frontier이 이제 닫혀버렸다고 선언했고, 19세기 말에 이르면 지배적인 세계열강들이 아프리카와 아시아의 광대한 '열린' 공간들을 차지하던 행위가 종료"된다.[19] 그리고 1885년에는 유럽의 마지막 육지 취득 문제를

---

18 조셉 콘래드(Joseph Conrad), 이상옥 역, 『암흑의 핵심』, 민음사, 1998, 17~18면. 『암흑의 핵심』에 관해서는 스티븐 컨(Stephen Kern), 박성관 역, 『시간과 공간의 문화사 1880~1918』, 휴머니스트, 2004, 413~417면 참조.
19 1488년에는 디아스가 아프리카의 희망봉을 발견했고, 1497~99년에는 바스코 다 가마가 인도 항로를 개척했다. 1492년에는 콜럼버스가 아메리카 대륙에 도착했다. 마젤란은 1519~22년에 태평양을 횡단하며 세계를 일주했다. 16세기 후반에는 그린랜드, 뉴펀들랜드, 배핀만 등이 발견되었다. 1768~80년 사이의 쿡에 의한 3차례의 세계 주항이 이루어진 후에는 새로운 세계의 발견은 거의 이루어진 상태였다. 19세기에는 발견

놓고 콩고 의정서가 체결된다.[20] 탐험의 시대가 종언을 고했고, 지구상의 빈 공간이 사라졌다. 말로가 콩고에서 느꼈던 감정은 세계가 닫혔다는 사실과 관련된다.

지리상의 발견 이래로 탐험하고 측량하고 관찰하고 기록하는 행위를 통해서 세계는 구석구석 알려졌다. 탐험은 단순히 미지의 곳에 간다는 의미에 그치지 않는다. 탐험은 어떤 장소에 다시 도달할 수 있는 지식의 생산과 결합되어야 탐험으로서 완성된다. 하나의 기록은 뒤에 같은 곳을 방문한 다른 탐험자에 의해 추확인追確認됨으로써 확정된 사실로서 인정받게 된다.[21] 그리고 탐험에서 얻은 지식은 『브리태니커』[1768], 『라루스』[1866], 『내셔널지오그래픽』[1888] 등과 같은 백과사전으로 수렴된다. 세계는 지식과 이미지의 백과사전적 배치를 통해서 통합적으로 표상된다.

그렇다면 최남선의 세계란 어떠한 것인가. 발터 벤야민의 표현을 원용하자면, 기술복제시대 이후의 세계라고 할 수 있을 것이다. 백과사전처럼 지식과 이미지가 결합된 세계였고, 교통의 네트워크가 구축되어 있는 세계였다. 철도에 근거하여 형성된 '하나의 세계'가 이미 구축되어 있었고, 세계에 대한 지식과 이미지들이 체계적으로 갖추어져 있었던 것이다. 최남선은 기술복제에 근거하여 세계의 표상을 구축하는 일이 가능한 시대를 살았다. 그는 백과사전적 설명과 함께 시각적 이미지사진를 제공함으로써

된 대륙의 내부를 탐험하는 경향이 나타나는데, 남아메리카, 오스트리아, 아프리카, 중앙아시아에 대한 탐사가 이루어졌다. 북극은 1909년에 피어리가, 남극은 1911년 아문센이 도착했다. 이진홍, 『여행 이야기』, 살림, 2004. 19~45면; 스티븐 컨, 앞의 책, 411면 참조.

20 콩고 의정서와 관련해서는 칼 슈미트(Carl Schmitt), 최재훈 역, 『대지의 노모스』, 민음사, 1995, 253~69면 참조.
21 와카바야시 미키오, 앞의 책, 170~85면 참조.

세계의 리얼리즘을 강화했고, 「로빈손 무인절도 표류기」1909.2나 극지방 탐험 수기를 번역·연재하여 독서를 통해서나마 탐험심을 배양하고자 했다. 그리고 세계에 대한 지식이 제공되는 통로이자 탐험심이 발현될 수 있는, 가능성의 공간으로 바다를 제시한다. 최남선에게 바다는 한반도의 지정학적 위치를 점검하기 위한 근거였고, 서구의 근대 문명이 조선에 전달될 수 있는 통로였다. 대륙 탐험의 시대는 종언을 고했지만, 여전히 세계에는 여백이 남아 있음을 알려주는 상징적 기호가 다름 아닌 바다였다.[22]

바다는 가장 완비한 형식을 가진 백과사휘百科事彙, Encyclopaedia라.[23]

최남선에게 세계는 바다로 표상되었고, 바다는 세계의 백과사전이었다. 무엇보다도 바다는 여백이 남아 있는 세계의 백과사전이었다. 세계의 백과사전을 조선인이 들여다보고 공부하는 데에는 별다른 문제가 없을 것이다. 하지만 세계의 백과사전에는 조선이 등재되어 있을까. 여기에는 세계 인식과 관련된 모종의 불안이 개입할 수밖에 없다. 1917년에 발표한 「노력론努力論」에서 최남선은 조선이 세계 발전에 공헌한 것이 없다고 고백한다. 근대 학문과 기술의 발전에 기여한 적이 없고, 인류에 공헌한 사람에게 주어지는 노벨상 수상자도 없다. 무엇보다도 세계적인 백과사전에는 조선에 대한 기록이 없다. 조선은 과연 세계 속에 확실히 자리 잡

---

22 바다와 관련된 최남선적인 상상력을 계승하고 있는 작품은 김기림의 장시 「기상도」 (1936)이다. 「기상도」는 태평양을 항해하는 한 척의 배를 통해 현대 문명의 방향성을 탐문하는데, 핵심은 적도에 가까이 접근함으로써 문명사의 영도(零度)를 재전유하는 데 있다.

23 최남선, 「교남홍조(嶠南鴻爪)」, 『소년』 2권 8호, 1909.9, 49면.

고 있기는 한 것일까.

오인吾人은 지력智力으로도 하등 지위가 무無함을 기억할지어다 진화론이라든지 인식론이라든지 세계학계에 신新생명을 여與한 자류者類 오인에게 일무一無함을 기억할지어다 (…중략…) 세계적 모든 백과전서에 우리 공적의 기록이 일항一項도 부재하고 아울러 오인의 집필한 항목이 일무함을 기억할지어다.[24]

세계는 백과사전에 의해 표상된다. 세계가 백과사전의 체제로 기술될 수 있다는 것은, 유길준과 최남선이 공유하고 있는 기본적인 무의식이다. 그런데 세계라는 백과사전에 조선의 항목은 빠져있다. 세계의 의미론적 지평으로부터 원천적으로 조선이 배제되어 있다는 두려움. 최남선은 "세계진운世界進運에 대大한 공물供物을 헌獻"[25]해야 세계 속에서 조선의 지위가 정연해질 것이라고 말한다. 이 지점에서 세계의 위상이 재조정된다. 세계는 일종의 제단祭壇으로 비유되는데, 여기서 세계는 조선이 등재되어야 할 대타자Other로 모습을 드러낸다. 세계와 조선의 관계는 비대칭적이다. 조선은 분명히 세계 속에 있다. 하지만 세계는 조선을 알지 못한다. 조선은 대타자인 세계의 결핍이다. 이제 대타자의 결핍을 욕망하는 일이 남았고, 최남선에게는 대타자의 결핍을 대리보충하고자 하는 욕망이 배분된다. 대타자로서의 세계, 또는 최남선의 민족주의에 내재된 그 어떤 기원.

---

24 최남선, 「노력론(勢方論)」, 『청춘』 9, 1917.7; 『육당 최남선 전집』 13, 역락, 2003, 400~401면.
25 위의 글, 403면.

연애戀愛와 근대성

1. 근대성의 숨겨진 영역으로서 연애

전前근대적 사회에서 결혼과 사랑은 별개의 영역이었다. 결혼은 개인에게 성적인 즐거움과 생물학적 재생산의 의무를 부여하는 의례儀禮적인 절차인 동시에, 성을 관리하는 사회적 제도였다. 남녀의 차이나 계급의 고하를 불문하고 한 개인이 성적으로 성숙한 나이에 이르게 되면 결혼이라는 통과제의를 통해서 성욕을 해소할 권리와 생물학적 재생산의 의무가 부여되었다. 재생산의 목표는 혈통의 순수성을 유지하고 사회적 신분을 상승시킬 수 있는 상속인을 낳는 것이었다.[1] 상층계급에게 있어서 결혼은 훌륭한 자손을 보기 위한 협상의 결과였고 가문家門의 논리가 지배하는 사건이었기에 당사자의 의사가 고려될 여지는 없었다. 『맹자孟子』「등문공편滕文公編」에 나오는 "부모의 명과 매파의 소개를 거치지 않고 벽사이로 서로 훔쳐보고 담을 넘어 사랑을 좇는 것은 부모와 국가와 세상사람들 모두가 천하게 여기는 것이다不得父母之命 媒妁之言 鑽穴隙相窺 踰牆相從 則父母

---

1   에두아르드 푹스(Eduard Fuchs), 이기웅·박종만 역, 『풍속의 역사』 2, 까치, 1986, 76~83면 참조.

國人皆賤之"라는 구절로 대변되는 전통사회의 규범이 그것이다. 반면에 하층계급은 결혼의 관습적 성격으로부터 상대적으로 자유로울 수 있었다. 이들 서민 계급에서는 개인적인 성애가 상당히 중요한 역할을 했다.

근대 이전의 개인적 삶을 기록하고 있는 고사古事들을 살펴보면, 혼전婚前의 남녀가 한 눈에 반한 후 곧바로 육체적인 사랑으로 나아가는 대담함을 보이는 경우가 의외로 많음을 알 수 있다. 또한 부모의 명령에 의해서 결혼했지만 평생 사랑하고 존경하며 살았던 부부들의 애절한 편지들이 고분에서 발견되었다는 보도를 접하고는 한다.[2] 사랑의 열정이라는 보편적인 감정에 있어 전근대사회와 근대사회 사이에 큰 차이가 있으리라고 생각되지는 않는다. 하지만 감정의 보편성이 아니라, 의사소통적 매체media의 기능분화 과정 속에서 구성되는 교제 가능성의 변화 양상에 주목한다면, 근대와 근대 이전 사이에는 역사적 단절이라고 불러도 좋을 정도의 차이가 검출된다. 사랑이라는 감정에 기반하고 있는 지속적인 의사소통 관계로서, 근대에 들어서 새롭게 등장한 사회적 관계를 지칭하기 위해 고안된 명칭이 바로 '연애'이다. 근대 이전의 고사에 나타나는 대담한 장면들을 두고 사랑이라고 할 수는 있겠지만, 연애라고 하지 않는 이유도 거기에 있다. 니클라스 루만이 지적하고 있듯이, 사랑의 열정은 감정의 영역이지만, 연애는 사랑열정이라는 감정에 근거한 사회적 · 의사소통적 관계이기 때문이다.[3] 사랑이 정념의 문제이고 인류의 보편적인 속

---

2   전통적인 사회에 존재했던 사랑의 유형은 크게 네 가지로 제시할 수 있다. ① 부부이기 때문에 존중하며 사랑한다는 의무와 책임의 애정관계, ② 부모의 명에 의해 결혼했지만 부부가 진정으로 사랑하게 되는 행복한 윤리적 사랑, ③ 혼전(婚前)의 열정적인 사랑, ④ 혼후혼외(婚後 · 婚外)의 사랑. 혼외의 사랑의 경우에는 '이중 도덕'이 적용되었다. 남자에게는 풍류의 일종이었지만 여성에게는 용서받지 못할 죄악이었다. 함은선, 「중국 고대문학에 나타난 사랑」, 『전통과 사회』 13, 2000, 96~111면 참조.

성과 관련된다면, 연애는 근대와 더불어 역사적으로 출현한 사회적 관계를 지시하는 이름이다. 전근대 사회에서 연애를 위한 교제 가능성이 전무했다고 생각하거나 주장할 근거는 어디에도 없다. 다만 남녀가 공통된 감정에 기반하여 지속적인 의사소통적 관계를 유지재생산할 수 있는 사회적 조건이 구조화코드화되는 변화는, 근대성 즉 근대의 역사적 성격과 관련된다.

서구의 경우, 근대적인 사랑 또는 연애를 특징짓는 낭만적 사랑Romantic Love은 근대적 개인성의 출현과 관련을 갖는다. 낭만적인 사랑과 새로운 라이프 스타일의 창출은 근대적인 것이며, 부르조아 계급이 자기정체성을 확립하는 정치적·윤리적 과정에서 생겨난 역사적 산물이다. 귀족계급이 부르조아 문화의 천박성으로부터 스스로를 구별짓기 위해 매너를 세련된 방향으로 발전시켜 왔다면,[4] 부르조아는 봉건귀족의 도덕적 타락과 기층 민중의 성적 방종으로부터 자신을 구별하기 위해 결혼과 사랑을 중심으로 새로운 라이프 스타일을 정립했던 것이다.[5] 낭만적 사랑의 출현과 함께, 인류는 처음으로 사랑과 결혼을 선후관계 및 인과관계 속에서 이해하고 수용하고 관습화하게 된다. 전근대 사회에서 사랑과 결혼이 별개의 영역이었고 결혼의 의무생물학적 재생산를 완수한 후에 사랑을 찾을 권리가 암묵적으로 주어졌음을 염두에 둔다면, 사랑과 결혼과 성sexuality을

---

3 Niklas Luhmann, *Love as Passion : The Codification of Intimacy*, tr. by Jeremy Gaines & Doris L. Johns, Cambridge, Mass. : Harvard University Press, 1986, pp.41~47.
4 노르베르트 엘리아스(Norbert Elias), 박미애 역, 『문명화과정』 I, 한길사, 1996 참조.
5 서구의 일부 학자들은 낭만적 사랑의 출현이 하층계급이나 프롤레타리아 계급에서 비롯했다고 주장하기도 한다. 정치적 권력이나 신분적 특권을 갖지 못하고, 그저 몸뚱아리만 가지고 있는 하층계급의 남녀들이야말로 재산이나 가문 등과 같은 외부적인 요소와 무관하게 사랑과 결혼을 연결지을 수 있었다는 주장이다. 스티븐 컨(Stephen Kern), 이성동 역, 『육체의 문화사』, 의암출판사, 1996.

하나의 코드로 통합하는 낭만적 사랑이 출현하고 사랑하기 때문에 결혼한다는 생각이 지배적인 관념으로 자리를 잡게 되는 과정은, 매우 거대한 사회역사적 변화이다. 이러한 변화가 서구에서 18세기경에 낭만적 사랑의 출현과 함께 등장한 것이고, 조선을 비롯한 동양에서는 서구의 낭만적 사랑을 연애 또는 자유연애라고 번역했던 것이다. 열렬하면서도 낭만적인 연애, 부모세대의 구속으로부터의 해방, 사랑으로 지속되는 부부생활, 친밀하면서도 민주적인 원칙이 지켜지는 공간으로서의 가정Sweet Home이 그것. 낭만적 사랑의 의미론이 확립되어 가던 시기는 인쇄술에 의한 소설의 대중적인 보급이 이루어지던 시기와 겹친다. 무수한 낭만적 사랑 이야기들이 소설의 이름으로 대중화되면서 낭만적 사랑의 신화는 재생산의 상징적 토대를 마련했다.

연애라는 말은 근년에 비로소 쓰게 된 말이다. 7, 8년 전, 혹은 10여 년 전에는 연애라는 말은 조선 사회에서는 들어보지 못하던 말이다. 그리하여 이 연애라는 말은 자유연애라는 말의 약어로 사용되어 있다. 즉 '연애'라는 두 글자 위에는 언제든지 반드시 '자유'라는 두 글자가 올라앉아 있다는 말이다.
자유연애라는 말은 "연애하는 것은 자유이어야만 한다"는 뜻이다. 그러므로 일부의 도학자들이 이상스럽게 생각하는 '자유연애'의 의의는, 기실 결코 이상할 것이 없다는 것이다. 요컨대 그들은 자유연애라는 말을 곡해한 것이다. 사랑하는 것은 자유라는 말에, 어느 구석이 이상하다는 말인가?[6]

---

6   김기진, 「관능적 관계와 윤리적 의의」, 홍정선 편, 『김팔봉 문학전집』 IV, 문학과지성사, 1989, 569면; 『조선문단』, 1927.7.

낭만적 사랑과 관련된 서양의 역사적인 경험이 18세기 이후에 집중되어 있다면, 일본의 경우에는 1870년경부터 연애가 love의 번역어로 고안되어 정착되기 시작했고,[7] 조선에서는 20세기 초반에 역사적인 변화의 징후들이 집중적으로 배치된다. 김기진의 관찰에 의하면, 서구의 낭만적 사랑을 자유연애라고 불렀고 다시 줄여서 연애라고 했으며, 연애 또는 자유연애라는 말에는 그 누구를 사랑할 자유라는 관념이 결부되어 있었다. 연애는 근대와 더불어 출현한 관념 복합체이자 사회적 관계이다.

연애는 근대로의 역사적 이행과 더불어 생겨난 새로운 의사소통적 관계이기 때문에, 연애를 가능하게 하는 사회제도적인 조건들과 연애를 정당화하는 상징적인 매체의 분화 과정을 함께 살펴야만 연애에 대한 정당한 역사적 이해에 다가갈 수 있다. 문학과의 관련성을 염두에 둔다면, 연애는 근대문학의 발생과 나란히 나아가는 역사적 현상이다. 근대문학은 연애의 일반화된 상징적 매체였고, 연애를 가능하게 하는 사회역사적 조건들은 근대문학의 조건들이기도 했다. 중요한 것은 연애소설의 문법이 아니라, 연애와 근대문학이 공유하고 있는 역사적 조건들이다. 연애는 감정의 이름이 아니라, 낭만적 사랑의 번역어이며, 조선에 등장한 근대적인 사회관계를 지칭하기 위해 고안된 명칭이며, 근대성의 숨겨진 영역이다.

7　야나부 아키라(柳父章), 「戀愛」, 『飜譯語成立事情』, 岩波書店, 1982, 87~105면. '일본에는 연애가 없었다'라는 다소 선정적인 제목으로 시작되는 이 글에서, 야나부 아키라는 일본에 戀・愛・情・色이라는 말은 있었지만 연애라는 말은 없었음을 실증적으로 고찰하고 있다. 일본에서 love라는 영어 단어에 해당하는 번역어로서 연애라는 말이 채택되고 사전에 등재된 것은 1870~71년의 일이다. 1890년대부터 연애라는 말이 유행하기 시작하면서 이 말에 지지를 받고 용기를 얻은 젊은이들 사이에서 연애라는 행위의 유행이 확산되기 시작했다.

2. 자유결혼의 의사소통적 규약들

연애는 감정의 공유에 기반하여 안정적으로 재생산되는 의사소통적 관계이다. 동시에 연애는 의사소통의 일반화된 상징적 매체N. 루만를 통해서 사회적 담론의 장 속에 하나의 주제로서 배치되며, 그 정당성이 지속적으로 문제화되는 과정을 통해서 연애의 의미론적인 코드를 재생산한다.[8] 신소설은 1900~10년대의 연애 풍속을 형상화하는 허구적 담론 양식이자, 연애와 결혼을 문제화하는 의사소통의 매체였다. 신소설이 결혼과 연애를 위한 일반화된 상징적 매체로서 기능하는 과정은 여타의 사회적 담론과 구별의 지점들을 만들어 가는 양식적 분화의 과정이기도 하다. 신소설은, 문학적 구성의 상투성과 주제의식의 통속성에도 불구하고, 당대의 삶을 문학적으로 포착하고 있다는 점만으로도 문학사적인 의미를 인정받을 수 있는 양식이다. 신소설이 담아내고 있는 당대성當代性이란 일상적인 삶의 모습을 문학적으로 반영하고 있으며 당시의 지배적인 이념인 계몽과의 관련되어 있다는 의미이다.[9] 1910년대 사회적 의사소통양식의 지형 내에서 신소설의 위상을 먼저 살펴보도록 하자.

① 어느 나라 사기를 보던지 녀인의 교육을 돌아보지 아니ᄒᆞ는 나라는 무
식ᄒᆞ고 잔약ᄒᆞ고 마츰내 망ᄒᆞ며 녀인의 교육을 힘쓰는 나라는 점점 흥왕하

---

8   Niklas Luhmann, "Love as a Generalized Symbolic Medium of Communication", 앞의 책, pp.19~26.

9   신소설의 사회적 성격과 주제의식에 대해서는 이재선, 「개화기 소설의 문학사회학」, 『개화기문학론』, 이재선·김학동·박종철, 형설출판사, 1993, 42~65면 참조. 신소설의 가출 모티브를 통한 여성 주인공의 형상화 양상에 대해서는 이영아, 「신소설의 개화기 여성상 연구」, 서울대 석사논문, 2000, 24~34면 참조.

는 것은 구미각국을 보아도 알겟도다 (…중략…) 만일 녀인교육이 성행하면 스람마다 지식있는 어머니의 교훈을 받을 것이니 성인이 된 후에 어찌 총명한 사람이 되지 아니 ㅎ리오.[10]

② 인천항 영국 영ㅅ관에서 통변ㅎ던 김종샹씨가 본항 룡동 사는 어ㄴ 관인의 첩을 잠통ㅎ야 다리고 셔울노 왓다 ㅎ니 ㅇ의 첩을 통간ㅎㄴ 것도 김씨의 힝위가 뎜잔치 못 하거니와 (…중략…) 남편을 두고 ㄸ 간부를 통간ㅎ니 그런 계집은 ㄱ와 도야지 갓흔 류라고 흘너라.[11]

인용문 ①은 여성교육의 목적이 자녀교육을 담당할 미래의 모성母性을 양성하는 데 있음을 주장하는 계몽적 논설論說이고, ②는 여성의 간통사건을 다루면서 당시의 타락한 풍속을 고발하는 있는 기사記事이다. 신소설의 위상은 계몽의 기획을 대변하고 있는 논설의 층위와 간통·야반도주·매음 등으로 얼룩진 풍속을 보여주는 기사 사이의 중간지점이라 할 수 있다. 계몽의 요구論說 및 타락한 풍속기사와의 관련양상을 상징적으로 재현하고 있는 신소설『홍도화』1908의 한 장면을 살펴보도록 하자. 여주인공 태희는 아버지의 강압적인 명령에 의해 원하지 않는 결혼을 하지만, 첫날밤도 제대로 치르지 못한 남편이 석 달 만에 죽어서 과부가 된다. 이후 과부보쌈 사건에 휘말려 윤리적인 곤경에 처하게 되자 자결을 결심하게 되는데, 죽기 전에 친정어머니가 보내준 옷 보따리를 풀어 보다가 버선을 싸고 있던『제국신문』논설을 읽게 되면서 가출을 결심하게 된다.

---

10 「논설」,『독립신문』, 1989.9.13.
11 「姦妾如獸」,『매일신보』, 1898.9.16.

것보를 글으고 속에 싼 죠희를 펴듯가 버션은 간다 보아라 ᄒ고 그 죠희만 들고 잠심ᄒ야 보니 그 죠희는 곳 뎨국신문 데이쳔오빅ᄉ십륙호라 론셜문데에 녀ᄌ의 개ᄀ가를 홀일이라 이호활ᄌ로 딕셔특필ᄒ 것을 보고.[12]

『홍도화』는,『제국신문』의 실제 논설이 직접 작품에 인용되어 있다는 사실만으로도 무척이나 흥미로운 작품인데, 신소설의 위상이 계몽의 요구와 타락한 풍속 사이에, 달리 말하면 논설의 층위와 기사의 층위가 만나는 지점에 설정되어 있다는 사실을 보여주고 있다. 신소설은 계몽의 기획에 충실하기 위해서 여성의 진취성을 담아내야 했고, 동시에 풍속에 대한 계몽을 위해서라도 타락한 삶의 모습들을 사실적으로 재현해야 했던 것이다. 태희가 선택하고자 했던 자결은 타락한 풍속이 죄 없는 희생자를 만들어내는 과정을 통합하는 은유이며, 신문의 논설을 읽고 가출을 선택하는 장면은 계몽의 이념이 신문이라는 미디어를 매개하여 개별 주체를 호명하고 있음을 환유적으로 보여준다.

신소설이 그려낸 가장 진보적인 여성상은 집을 나온 여성이다. 인류학적인 관점에서 보자면, 집은 가문의 논리가 지배하는 공간이며, 여성은 가문이 부여하는 여러 금기를 통해서 교환과 증여를 위한 잠재적인 자본으로 관리된다.[13] 아버지와 오빠로 대변되는 가문의 논리와 사회전체의 교환 메커니즘이 상호결속된 상태에서, 여성에게는 금기로 충만한 제한된 공간이 주어졌는데, 여성과 관련된 금기와 제한은 여성이라는 성적·

---

12 이해조,『홍도화』(상), 동양서원, 1911, 30면.
13 조르주 바타이유(Georges Bataille), 조한경 역,『에로티즘의 역사』, 민음사, 1998, 50면. "아버지는 딸이라는 부[富-인용자]를, 오라버니는 누이라는 부를 의식적인 교환 회로에 가담시켜야 한다. 그들[딸과 누이-인용자]은 선물로 바쳐져야 한다."

상징적 자본을 관리하기 위한 수단이었으며, 가문이 여성이라는 자본에 대한 배타적인 권리를 주장하기 위한 절차였다. 따라서 여성이 집을 뛰쳐나온다는 것은, 가문의 논리로부터의 이탈이라는 점에서 해방의 의미를 갖는다. 태희의 경우에서 보듯이 가출은 자결을 상징적으로 대체하는 행위이다. 여성의 가출은 죽음자결과 교환된 해방인 것이다.

하지만 가출을 했다고 해서 여성의 주체적인 조건들이 급작스럽게 바뀌는 것은 아니다. 가출한 여성은 사회의 교환 메커니즘에서 유효한 가치를 지니고 있지만, 어느 누구의 소유도 아닌 자본 또는 소유권 등기 이전의 자본으로서 외부세계에 노출된다. 남자가 집밖을 나섰을 때와는 달리, 집 나온 여자는 누구의 소유물도 아닌 존재가 된다. 땅에 떨어진 동전처럼 먼저 보고 줍는 사람이 임자가 된다. 가출과 함께 그녀가 가문에 소속되었을 때 누렸던 신분적 표지들은 모두 삭제되고, 여성은 성적 대상이나 노동력으로 환원되는 것이다. 성적·생물학적인 기호로 환원된 여성. 따라서 신소설과 고전소설에 등장하는 남복男服, 집을 나온 여성들이 남자의 옷으로 갈아입는 것은 성적 기호로 환원된 자신의 존재를 위장하거나 무화시키기 위한 탈성화脫性化의 전략이다. 남복 이외의 또다른 탈성화 전략으로는, 『빈상설』의 옥희처럼 병신 내지는 광인 노릇을 하거나, 『화세계』의 수정과 같이 승려가 되는 방법이 있다.

집을 나와 성적·생물학적 기호로 환원된 여성들은 겁탈의 위기라는 상황에 노출된다. 겁탈의 위기에 처한 여성을 기다리고 있는 운명의 유형은 기본적으로 세 가지이다. 하나는 겁탈을 당하고 색주가로 팔려 가는 타락의 플롯이다. 다른 하나는, 역시 인신매매의 일종이겠지만, 브로커를 만나 기생의 길로 접어드는 것이다. 신소설은 아니지만, 『무정』의 영채가 겪었던 운명이 여기에 해당된다. 마지막 유형은 학교나 종교단체 등과 연결되어 구원을 받고 유학에 나서는 경우이다. 『혈의 누』의 옥련과 『추월색』의 정임이 걸어간 경로이며, 신소설이 채택하고 있는 일반적인 플롯에 해당한다. 가부장적 가문의 논리를 뛰어넘어 집밖으로 나선 여성들은 겁탈 위기로 대변되는 시련을 지혜롭게 또는 강직하게 헤쳐 나간다. 그리고 유학이라는 생산적인 시련의 과정을 거쳐 집으로 되돌아오게 된다. 신소설의 여성들은 왜 자신들을 집 바깥으로 내몰았던 집으로 다시 되돌아온 것일까. 집으로의 복귀가 원점회귀에 그치는 것은 아니다. 가출과 유학을 경험한 여성들은 집에 돌아와서 결혼을 하고 자신의 가정을 마련한다. 부모의 명령에 의한 의무적 결혼이 아니라 결혼 당사자의 의견과 의지가 존중되는 자유결혼. 가문의 논리가 배타적으로 적용되는 공간으로서의 집이 아니라, 사랑과 친밀성에 근거하며 민주적 가치가 적용되는 가정이라는 공간적 질서가 새롭게 모색된다. 『혈의 누』에서 부모에 대한 그리움을 간직한 채 일본과 미국으로 떠돌며 근대적 지식을 습득했던 옥련의 궤적이 이러한 사실을 대변하고 있다.

한국에서 계몽이란 근대적인 국가와 각성한 개인을 동시에 산출하고자 하는 역사적인 기획을 말한다. 계몽의 담론 속에서 국가와 개인은 대우주와 소우주의 관계처럼 제유적인 상상력에 의해 통합되어 있다. 어떠한 양질量質의 변화도 겪지 않고 개인적 역량의 총합이 국가의 역량으로 이어질 수 있다고 사고했으며, 개인은 자신의 몸에서 고통을 느끼는 것처럼 국가의 위기를 감각하는 존재여야 한다고 생각했다. 근대적 국가와 각성한 개인의 동시 산출이라는 계몽의 목적을 완수하기 위해서는, 그 매개항으로서 가정이라는 범주가 필연적으로 요청될 수밖에 없었다. 가정과 관련된 논의는 이중적인 방식으로 이루어졌다. 하나는 가문의 논리가 근대적 국가 수립을 가로막는 가족 이기주의의 한 형태라는 것이고, 다른 하나는 가정은 각성한 개인을 생산 및 양육하는 기초적인 교육기관으로서 정서적인 교육을 담당해야 한다는 주장이다. 계몽의 기획은 가정을 사적이면서도 공적인 영역으로 재규정하면서, 사회구성원의 생체 에너지가 근대적 국가 수립을 위해 정상규범적으로 배치되는 과정이 가정에서 재생산되어야 함을 지속적으로 주장한다. 생물학적 세대의 연속성을 배타적으로 고집하는 것이 가문의 재생산 논리라면, 계몽의 기획은 가정의 재생산 능력을 국가의 생성과 유지라는 문제를 향해서 열어 놓는다.[14]

개념과 논리에 입각한 논설이 국가의 문제를 직접 다룰 수 있었던 것과는 달리, 일상적 삶의 모습을 담아내어야 하는 소설 양식의 특성상, 신소설은 개인과 가족의 운명을 형상화하는 데 초점을 맞춘다. 가문의 논리와 단절된 단독자로서의 개인의 모습이 신소설에 등장하게 되고, 가문에서 이탈한 개인이 교육을 통해서 지적 독립성을 갖춘 인격체로서 성장하는 과정을 그리게 된다. 가출과 교육을 거쳐서 혼인할 나이가 되어서 돌아온 개인들, 그들이 제시하는 가정의 새로운 규칙은 무엇이었을까. 『혈의 누』에서 구완서와 옥련이 자신들의 혼인문제에 대해서 논의하는 장면을 보자.

구 씨는 본래 활발하고 거칠 것 없이 수작하는 사람이라 옥련이를 물끄러미 보더니,

---

14   졸고, 「한국의 근대적 문학 개념 형성과정 연구」, 서울대 박사논문, 1999, 38~72면.

"이애 옥련아, 어— 실체失體하였구나. 남의 집 처녀더러 또 해라 하였구나. 우리가 입으로 조선말은 하더라도 서양 문명한 풍속이 젖었으니 우리는 혼인을 하여도 서양사람과 같이 부모의 명령을 좇을 것이 아니라 우리가 서로 부부될 마음이 있으면 서로 직접 하여 말하는 것이 옳은 일이다. 그러나 우선 말부터 영어로 수작하자. 조선말로 하면 입에 익은 말로 외짝 해라하기 불안하다."

하면서 구 씨가 영어로 말을 하는데, 구 씨의 학문은 옥련이보다 대단히 높으나 영어는 옥련이가 구 씨의 선생 노릇이라도 할 만한 터이라. 그러나 구 씨는 서투른 영어로 수작을 하는데, 옥련이는 조선말로 단정히 대답하더라

김관일은 딸의 혼인언론을 하다가 구 씨가 서양풍속으로 직접 언론하자는 서슬에 옥련의 혼인 언약에 좌지우지할 권리가 없이 가만히 앉았더라.

옥련이는 아무리 조선 계집아이이나 학문도 있고 개명한 생각도 있고 동서양을 다니면서 문견이 높은지라 서슴지 아니하고 혼인언론 대답을 하는데, 구 씨의 소청이 있으니 그 소청인즉 옥련이가 구 씨와 같이 몇 해든지 공부를 더 힘써 하여 학문이 유여한 후에 고국에 돌아가서 결혼하고 옥련이는 조선 부인교육을 맡아하기를 청하는 유지한 말이라. 옥련이가 구 씨의 청하는 말을 듣고 조선부인 교육할 마음이 간절하여 구 씨와 혼인언약을 맺으니.[15]

자유결혼과 관련해서 눈 여겨 보아두어야 할 장면은 크게 세 가지이다. 첫 번째는 부모의 명령이 아니라 당사자들 사이의 대화와 합의에 의해서 결혼이 결정된다는 점이다. 자신의 결혼에 대해 직접 말할 수 있는 주체가 탄생한 것이다. 옥련의 아버지 김관일은 딸의 결혼과 관련된 전통적인

15　이인직, 『혈의 누』, 광학서포, 1906, 84~85면.

권리를 박탈당하거나 스스로 포기한 상태에 있다. 두 번째는 '서양 문명한 풍속에 젖었으니'나 '서양사람과 같이'라는 구절에서 알 수 있듯이, 프로포즈의 동기와 형식이 서양 풍속에 근거를 두고 있다는 것이다. 결혼과 관련된 조선과 서양의 결정적인 차이는 결혼의 주체가 누구인가 하는 데 있다. 조선에서는 가문이 결혼의 주체이고, 부모의 명령이 결혼을 결정한다. 반면에 서양에서 결혼의 주체는 당사자들이다. 결혼 당사자 사이의 의사소통적 합의에 의해서 결혼이 결정된다. 세 번째는 옥련과 완서가 계획하고 있는 가정의 모습이다. 이들은 비스마르크를 꿈꾸는 정치가와 조선부인교육의 담당자의 결합을 지향하고 있다. 문당호대文當戶對로 대변되는 가문의 논리에 따라서 생물학적인 상속인의 재생산을 목적으로 하는 부부가 아니라, 계몽의 기획이 요구하는 사회적 의무를 압축적으로 반영하고 있는 부부와 가정의 탄생을 예고하고 있다.

흥미로운 대목은 구완서가 결혼에 대해 이야기를 할 때 조선말이 아닌 영어로 하자라고 제안하고 있는 장면이다. 결혼에 대해 논의하는 자리에서 조선어를 회피하고 영어로 이야기하자고 한 이유는 무엇일까. 여기에는 자유결혼과 관련된 중요한 의사소통적 규칙이 가로 놓여 있다. 구완서가 회피하고자 한 것은 조선어 그 자체라기보다는, 조선어에 섬세하게 발달된 존대법의 규칙이다. 혼인에 대해 논의하기 전부터, 구완서는 "남의 집 처녀더러 또 해라 하였구나"라고 말하면서 평소처럼 해라체를 사용한 것을 두고 실례로 인정하고 있다. 신분, 연령, 성별에 따라 섬세하게 발달한 조선어의 존대법에 의거할 때, 남자이고 연장자인 구완서와 여자이고 연소자인 옥련 사이의 대화는 비대칭적인 양상으로 진행될 수밖에 없다. 만약 조선어로 결혼에 대해 이야기하게 된다면, 존대법의 규약에 의해 구완서는 해라체를 쓰고 옥련은 경어를 쓰게 될 것이다. 그리고 조선어에 내재된 존대법의 규약은 구완서와 옥련에게 의사소통적으로 차등적인 지위를 배분할 것이다. 구완서가 조선어를 회피하고 영어를 선택한 이유가 여기에 있다. 결혼을 자신의 문제로서 이야기할 때 남녀의 의사소통적 위상은 대등해야 한다는 것. 따라서 영어는 서양풍속에 젖은 두 남녀의 과시적인 제스처와는 무관하다. 영어는, 결혼을 논의하는 자리에서는 대화 주체들에게 대등한 의사소통적 지위가 부여되어야 한다는 자유결혼의 규약을 상징적으로 대변하는 기호이다. 대등한 의사소통적 지위를 확보한 주체들 사이에서 이루어지는 자유로운 대화야말로, 자유결혼의 전제조건이다. 대등한 의사소통적 지위를 점유한 결혼 당사자들 사이의 자유로운 대화에 근거한 합의. 자유결혼의 규약은, 결혼 당사자가 결혼에 관한 의사소통적 주체이며, 결혼 당사자에게는 대등한 의사소통적 지위가 부여되어야 하며, 결혼은 자신의 의견을 자유롭게 피력하는 의사소통적 주체들 간의 합의라는 것으로 요약된다.

주목할 만한 또 다른 장면들은, 김관일이 딸의 혼인에 대한 전통적인 권리를 행사하지 못하는 대목과, 구완서가 공부를 끝낼 때까지는 혼인을 연기하자고 제안하는 대목이다. 일차적인 이유는 구완서와 옥련이 외국에서 유학하며 근대적인 지식을 습득했고 따라서 자신의 결혼을 스스로 결정할 수 있는 독립적인 인격이라는 점에서 찾을 수 있다. 중요한 점은 아버지로 하여금 전통적 권한에 대해 침묵하도록 만든, 자립적인 인격의 척도가 교육과 지식으로부터 주어졌다는 사실이다. 결혼에 합의한 완서와 옥련이 공부를 마치는 시기 이후로 결혼을 연기하는 장면은, 이 시기가 근대적 지식과 교육의 중요성이 강조된 시대였다는 단순한 설명만으

로는 이해하기 어렵다. 인간을 바라보는 패러다임, 또는 인간학적인 개념
틀 자체가 변화하고 있음을 보여주는 장면이기 때문이다.

조선시대에는 생식능력인 정精을 갖추고 있는 성인남자만 정상인의 범
주에 속할 수 있었다. 여자나 어린아이는 정을 갖추지 못한 결핍의 존재
또는 불완전한 존재로 규정되었고, 자식 없는 과부나 홀아비는 사회적으
로 가장 천대받는 인간의 모습이었다.[16] 생식능력을 중심으로 인간의 정
상성을 판별하는 인간관과 생물학적인 재생산을 목표로 하는 결혼의 논
리가 서로 맞물려 있었던 것이다. 이와 같은 전통적인 관점을 생물학적인
패러다임이라 한다면, 근대 계몽주의 시기의 인간에 대한 패러다임은 교
육학적인 성격을 강하게 갖는다. 인간의 성장과정이 학령學齡과 교육기관
에 따라 제시된다.

유년기幼年期 ― 유치원기幼稚園期,

오세이하五歲以下 ― 가정교육기家庭敎育期,

육세이상십삼세六歲以上十三歲 ― 소학교기小學校期·아동기兒童期,

십사세지이십일세十四歲至二十一歲 ― 중학교기中學校期·소년기少年期,

이십이세지이십오세二十二歲至二十五歲 ― 대학교기大學校期·성인기成人期[17]

인간의 성장과정이 연령·성장단계·교육기관과 함께 재구성되고 있

---

16 김호, 「조선전기의 신체」, 『이다』 2, 문학과지성사, 1997, 343~359면. "『동의보감』에
   표현된 조선전기의 완전한 인간형은 16세 이상의 남정(男精)을 가진 성인 남자였다.
   『동의보감』의 허준은 인간을 丈夫/婦人/小兒로 다시 세분하였다. (…중략…) 아이를
   출산하지 못하는 여인이 인간의 범주에 들지 못하는 것은 당연하였다. 또한 인간의 분
   류에 들지 못하는 범주로 어린이(소아)들이 있었다."(위의 글, 355~356면)
17 梁啓超, 張志淵 譯, 「教育政策私議」, 『대한자강회월보』 3, 1906.9, 17면.

다. 이를 교육학적 패러다임이라고 잠정적으로 부르기로 하자. 인용문에 나타나는 교육학적인 패러다임을 고려할 때, 유아와 아동 그리고 소년으로 성장단계가 분절화되며, 대학교육을 마친 20대 중반에 이르러서야 성인이 된다. 이러한 제안이 당대의 현실로 자리를 잡았는지의 여부를 가리는 일은 그다지 중요하지 않을 것이다. 인간을 바라보는 관점 자체가 근본적으로 변하고 있음을 보여주는 뚜렷한 징후라는 사실의 확인이면 충분할 것이다. 근대 계몽기의 교육학적 패러다임에 의하면, 학교 교육이 성인을 규정하는 기준이 된다.

인간은 생물학적인 생식능력이나 세습적 신분과 무관한 지점에서 새롭게 규정되어야 한다. 교육학적인 패러다임에 의하면, 근대의 새로운 인간주체은 학교를 통해서 만들어진다. 딸의 결혼에 대한 김관일의 예외적인 침묵은, 결혼이 근대적인 학교교육을 통해서 양성된 자립적인 인격체들 사이의 자율적인 결합이라는 사실에 대한 암묵적인 동의이다. 옥련과 구완서가 약혼만 하고 결혼을 연기한 이유 또한 교육 프로그램과 관련해서 이해할 수 있다. 구완서의 제안처럼 10년을 더 공부하게 되면, 옥련의 나이는 27세가 되고 구완서는 32세가 된다. 당대의 관습에 의하면 엄청난 만혼인 셈이다. 하지만 학교교육을 통해서 지적 성장을 매듭짓고 완미한 인격을 형성할 때까지 결혼은 연기될 수 있다. 옥련과 구완서는, 계몽과 교육의 과업을 결혼의 내부적 규약으로 통합하는 과정에서, 성적인 측면에 대한 억압을 수용하고 있는 셈이다. 『혈의 누』의 계몽된 커플은 성적인 쾌락을 지연하고 우회한다.

결혼을 논의하는 장면 이전까지 구완서와 옥련 사이를 매개하는 감정은 고마움과 친밀함이다. 『혈의 누』 후편에 해당하는 『모란봉』1913에 의하면, 옥련이 구완서에 대해서 느끼는 감정은 "교분交分으로 생긴 정이요, 품행을 서로 알고, 인격을 서로 알고, 심지가 서로 같은 것으로 부지중에"[18] 가지게 된 고마움과 친밀함이다. 연애의 기본요소라고 할 만한 사랑의 열정은 발견되지 않는다. 하지만 부모의 명령에 따르지 않고 당사자가 결혼을 결정한다는 점에서는, 구완서의 지적처럼 분명히 자유결혼이다. 자유연애 없는 자유결혼. "평등한 두 사람 간의 인격적인 관계에 대한 협상"[19]을 통해서 결혼과 자유라는 이질적인 영역을 결합하고 있는 것이다.

3. 연애를 위한 사회적 매개항—학교·기차·신문·사진

신소설에는 다양한 뚜쟁이들이 등장한다. 주로 여성 주인공의 정조를 2할 남짓한 수수료와 교환함으로써 이득을 챙기는 무리들이다. 『빈상설』의 화순집, 『목단화』의 의주집, 『산천초목』의 신마마, 『월하가인』의 또성어미 등이 대표적인 인물들이다. 반반한 인물로 젊은 시절에 오입질을 하다가 나이 들면서 매음 알선과 인신매매를 업으로 삼는다는 공통된 성격을 갖고 있기도 하다.[20] 문학적 관습에서 보자면 뚜쟁이는 타락한 가치를 대변하며 주인공을 위기에 빠뜨리는 인물이기도 하지만, 사회적인 측면에서 보자면 뚜쟁이의 존재는 전통사회에서 그리고 1910년대까지도 연애를 위한 사회적인 가능성이 확대되지 못한 상태였음을 보여주는

---

18 이인직, 『모란봉』, 범우사, 2001, 203면.
19 앤소니 기든스(Anthony Giddens), 배은경·황정미 역, 『현대사회의 성·사랑·에로티시즘—친밀성의 구조변동』, 새물결, 1996, 27면.
20 이영아, 앞의 글, 59~60면.

증거이기도 하다. 뚜쟁이는 연애 대상에게 직접 접근하는 일이 고상하지 못하다고 생각했기 때문에 필요했던 매개적 인물이다. 하지만 자유연애를 염두에 둔다면, 인격화된 뚜쟁이의 존재란 대단히 거북한 존재가 아닐 수 없다. 그렇다면 근대적 연애를 위한 새로운 뚜쟁이들의 모습은 어떠할 것인가. 근대적 제도들에 잠재되어 있는 교제가능성의 조건들에서, 근대의 탈인격화된 뚜쟁이들을 발견할 수 있을 것이다.

> 정임이는 [강습회의 회장 자리를—인용자] 억지로 사양치 못하고 회장석에 출석하야 문제를 내어 걸고 차례로 강연한 후에 장차 폐회할 터인데 이때에 어떤 소년이 서기 산본영자의 소개를 얻어 회석에 들어오더니 자기는 조선유학생 강한영이라 하며 강습회 조직하는 것을 무한히 칭찬하고 이 회에 쓰는 재정[재정財政—인용자]은 자기가 찬성적으로 어디까지든지 전담하겠노라 하고 설명하면서 우선 금화 백 원을 기부하는 서슬에 서기의 특청으로 강소년이 그 회의 재무촉탁이 되었는데 이때부터 강소년은 일요일마다 정임을 만나면 지극히 반가와 하고 대단히 정답게 굴어서 아무쪼록 친근히 사귀려고 하며 혹 어떤 때는 공원으로 놀러 가자기도 하고 야시 구경도 같이 가자기도 하나 정임의 정중한 태도는 비록 여자끼리라도 특별히 친압하지 아니 하거늘 하물며 남자와 한가지 구경다닐 리가 있으리오.[21]

『추월색』에는 연애의 시공간이 정치적 공론장public sphere의 하위양식들과 관련되어 있음을 보여주는 장면이 등장한다. 전근대 시대와 변별되

21 최찬식, 『추월색』, 회동서관, 1912, 43~44면.

는, 계몽의 역사적 표지들 가운데 가장 대표적인 것은 정치적 공론장의 형성이다. 정치적 공론장은 국가와 관련된 공동체 일반의 문제에 대해서 구성원들이 자유롭게 토론할 수 있는 담화 공간을 의미한다.[22] 『독립신문』의 발간과 만민·관민공동회의 경험은 한국에서 정치적 공론장이 형성된 역사적 사건이다.[23] 공론장은 신분·성별·지식의 차이에 관계없이 사람들이 한곳에 모이고 참여할 수 있는 담화적 공간이며, 이 시기에 사회단체와 각급 학교에서 활발하게 개최된 토론회와 연설회는 정치적 공론장의 이념이 구현된 하위양식이었다.[24] 눈여겨 봐 두어야 할 사실은, 연애를 가능하게 하는 시공간이 토론회나 연설회와 같은 공론장의 하위양식들 주변에 배치되어 있었다는 점이다. 비록 불발로 끝나기는 했지만, 강한영의 접근과 구애가 '여학생 일요 강습회'내용상으로는 강연회라는 정치적 공론장의 하위양식을 활용하고 있다는 사실은 되짚어 볼 만한 의미를 갖는다. 보다 섬세한 검토가 요청되겠지만, 강연회로 대변되는 공공성의 하위양식 주변에는 친밀성을 위한 잠재적인 계기들이 배치되어 있었던 것이다.

---

22 위르겐 하버마스(Jürgen Habermas), *The Structural Transformation of the Public Sphere*, tr. by T. Burger, Cambridge, Mass. : The Mit Press, 1989, pp.14~26.

23 역사적인 관점에서 볼 때 "사람들이 모인다는 사실 자체"는 결코 단순한 사건이 아니다. 사람들이 모일 수 있는 사회적 가능성이 존재하지 않는다면, 또는 그러한 사건을 상징적으로 대체할 수 있는 일반적인 매체가 존재하지 않는다면, 계몽의 기획은 원천적으로 불가능하다고 해도 과언이 아니다. '사람들이 모인다는 사실 자체'가 갖는 근대적인 성격에 대한 논의로는, 김종엽, 『연대와 열광 - 에밀 뒤르켐의 현대성 비판 연구』, 창작과 비평사, 1989, 300~304면 참조.

24 정치적 공공영역의 발생이 가져온 사회역사적 변화에 대해서는 졸고, 앞의 글, 8~22면 참조. 토론, 연설, 강연이 하나의 제도로서 정착되어 가는 역사적 과정에 대해서는 전영우, 『한국근대토론의 사적 연구』, 일지사, 1991; 송민호, 『언어 문명의 변동 - 근대 초기 한국의 소리, 문자, 제도』, 알에이치코리아, 2016, 117~211면 참조.

서울 계동의 명문가 출신이고 보성전문 학생인 대성과 인천의 한미한 집안 출신으로 홀어머니를 모시고 사는 인천여고생 정경자의 러브스토리를 다루고 있는 『해안』에서는, 신문과 기차가 커다란 역할을 하고 있다.

제삼면 잡보란에 여학생의 사진 동판을 놓고, '모범여학생'이라 이호 활자로 제목을 쓰고 그 옆에 오호자로 '인천여자고등학교 사년급 정경자'라 하였는지라. 그 기사를 자세 보매 대개 그 여학생의 이력과 숙덕과 과공이 우월함을 지극히 찬양한 기사라, 속마음에 매우 흠앙하여 그 사진을 도려 지갑에 넣고.[25]

신분, 경제적 수준, 거주지역 등에서 현격한 차이를 보이는 대성과 경자의 연애를 가능하게 했던 조건은 무엇일까. 연애는 신문이 형성하고 있는 소통의 네트워크와, 경인선이 구축해 놓은 교통의 네트워크 내부에서 가능한 일이었다. 그리고 무엇보다도 두 사람이 모두 학생이었기 때문에 가능한 일이었다.[26] 학교-신문-기차가 형성하고 있는 소통과 교통의 네트워크 체제는, 연애의 가능성을 매개하는 탈脫인격화된 중매쟁이의 모습을 하고 있다.[27] 보다 많은 자료에 의해서 상호입증이 되어야겠지만,

25 최찬식, 『해안』, 『한국신소설전집』 4, 을유문화사, 1968, 271면.
26 최원식, 「1910년대 친일문학과 근대성」, 『민족문학사연구』 14, 1999, 216면. "계급과 지역의 차이를 넘어선 이 공화적 결합에 근대적 제도들이 대성의 능동성을 받쳐주고 있다는 점에 주목해야 한다. 그것이 바로 학교와 신문과 기차다. 학교는 전통적 신분제를 해체하는 한편, 근대적 계급형성의 새로운 통로 구실을 하였으니" 최찬식의 작품들에 대한 분석은 이 글의 여러 부분에서 시사 받은 바가 크다.
27 현모양처 육성이라는 개화기 이래의 여성 교육이념이 주도권을 쥐고 있는 상황에서 비교적 평등한 교육과정을 구비하고 있었던 이화학당의 경우, 1908년까지도 학생들의 결혼을 학교가 맡는 일이 있었다. 이화여대 한국여성사 편집위원회(편), 『한국여성사』 II,

1900~1910년대의 연애 가능성은 학교-철도-신문으로 대변되는 소통 및 교통의 네트워크 주변에 배치되어 있었으며, 공공성에서 친밀성으로 이행하는 과정에서 연애와 관련된 최초의 그리고 최소한의 정당성이 확보될 수 있었다.

1900~10년대의 연애가 학교-철도-신문을 매개항으로 삼았다고 할 때, 눈 여겨 보아야 할 대목은 학교의 역할이다. 갑오경장[1894]을 계기로 반상의 차별이 철폐되었다고는 하지만, 중세적인 신분제를 내부에서 실제적으로 붕괴시킨 것은 학교였다. 학교는 생득적 신분이 아니라, 학생이라는 새로운 계층을 생산해 내는 제도였다. 기든스의 지적처럼, 연애가 성gender·계급·경제적 수준 등과 같은 외부적인 영향력에 의존하지 않고 그 자체의 내재적인 속성에 따라 유지되는 순수한 관계pure relationship에 기반하는 것이라면,[28] 순수한 관계로서의 연애에 가장 적합한 계층은 바로 학생이었다. 성적·계급적 차별에 근거하고 있는 기존의 사회관계로부터 학생계층이 스스로를 구별 지을 수 있는 방법이 순수한 관계로서의 연애이기도 했던 것이다. 학생들의 연애는 학교 제도와 관련된 체험의 공통성, 근대적 지식이라는 학습내용의 동질성, 더 나아가서는 세계관과 인간관에 대한 일치가능성에 근거하고 있기 때문이다.

① 태희가 학교에 가고 올 때마다 자수궁 다리를 건너오려면 소학교의 단기는 남학도 한 아해가 앞서거니 뒤서거니 한참씩 동행을 하는데 얼골은 날마다 보아 익숙하야 만나면 반갑고 허여지면 섭섭할만 하지마는 철 모르는

이화여대 출판부, 1972, 314~315면 참조.
28 앤소니 기든스, 앞의 책, 26면.

아해들이라도 교육받는 효험으로 남녀유별의 인하를 차려 말은 한 마디도 안이하고 지내던 터이러라.[29]

② 경종 소래가 땡땡 나더니 애우개 마루택으로 석양을 안고 넘어가는 마포행 전차 우에는 승객이 다만 두 사람뿐인데, 그 한 사람은 사방모자에 법 짜표 붙인 청년학생이오, 또 한사람은 히사시가미에 분홍 니붕을 꽂인 학생이라.[30]

연애의 맹아는 집과 학교를 오가는 등하교 길 주변에 잠재되어 있었으며, 학생들은 교복에 근거하여 연애 가능한 계층의 새로운 스타일을 만들어내고 있었다. 인용문 ①에서 태희는 거의 매일 소학교 등교길에서 남학도와 만나서 의도하지 않은 동행을 하며 얼굴을 익힌다. 이때의 경험은 "자수궁 다리를 막 넘어서니까 날마다 만나던 남학도가 반색을 하야 만기며 손목을 덤벅 쥐는"[31] 꿈으로 변형되어 나타나기도 한다. 학교를 오가는 공간과 시간 속에는 연애에 대한 기대와 욕망이 잠재되어 있었던 것이다. 그렇다면 거의 매일 등교길에서 남학도를 만난다는 설정은, 신소설 특유의 우연성에 불과한 것일까. 그렇지는 않다. 두 학생이 자수궁 다리 근처에서 만날 수 있었던 저변에는 학교 시간표와 전차의 배차 시간표가 가로 놓여 있다. 학교와 전차의 시간표가 중첩되는 시간대에 태희와 남학도는 등교를 했던 것이다. 이 장면은 신소설적인 우연이 아니라 신소

---

29 이해조, 『홍도화』, 7면.
30 최찬식, 『안의성』, 『한국신소설전집』 4, 3~4면.
31 이해조, 『홍도화』, 29면.

설에 포착된 리얼리티라고 해도 무방하다.

인용문 ②에서, 종소리를 울리며 달리는 전차 속에 앉아있는 남학생과 여학생의 모습은 그 자체가 하나의 근대적 풍경이다. 서울의 전통명문가 출신 김상현이 전철을 타고 마포까지 여학생 박정애의 뒤를 따라가는 『안의성』의 장면은, 학생이라는 신분이 갖는 또다른 특성을 무척 인상적으로 제시하고 있다. 학교는 기존의 사회계층들과 구별을 짓는 새로운 스타일의 가능성을 학생들에게 열어주고 있는데, 남학생이 눌러쓴 법法자가 붙은 사각모와 여학생의 히사시가미庇髮, 앞머리를 크게 부풀려 고정한 헤어스타일와 분홍색 리본이 그것이다. 남녀 학생들의 교복과 스타일링은 그 자체가 기존의 사회관계와 거리를 두고 있는 새로운 계층의 자기 표지이며, 순수한 관계에 근거한 연애가 가능한 주체들에게 부여되는 상징적 기호였다. 『장한몽』에서 가진 것 없는 고학생인 이수일이 다이아몬드 반지로 무장한 장안의 부호 김중배와 잠시나마 맞설 수 있었던 것 역시 그의 사방모자와 학생제복에 잠재되어 있던 낭만성과 장래성 때문이 아니었을까.

따라서 자유연애란 아무에게나 가능한 것은 아니었다. 무엇보다도 자신을 자유로운 의지를 가진 자율적인 존재라고 인식할 수 있는승인받을 수 있는 지적인 기반이 있어야 했다. 학교는 한 개인이 지식과 의지를 지닌 자율적인 존재라는 사실을 승인하고 증명하는 상징적 제도였다. 자유연애는 학교가 배출해 낸 근대적 지식계층이 기존의 사회적 관습들로부터 스스로를 구별 짓고 정당성을 부여하는 과정에서 만들어낸 문화적 구성물인 것이다. 연애는 학교를 통해서 새롭게 구성된 학생 계층과 그들의 스타일, 그리고 새롭게 출현한 섹슈얼리티와 관련된다. 『금강문』의 한 대목을 보자.

조선여자의 내외하는 습관이 말할 수 없이 혹독한 천지에 차차 문운이 개진하야 여기저기 여학교가 설립되매 꽃 같은 여학도들이 히사시가미에 노면露面[얼굴을 드러냄 – 인용자]을 하고 탄탄대도상으로 완완히 다니는 광경이 모든 사람의 눈에 깜짝 놀래니 (…중략…) 그중 무지몰각한 타락학생들은 그것을 무슨 좋은 세월이나 만난 듯이 길에서 여학도들을 보면 겉물로 침을 꿀떡꿀떡 삼키는 자도 있고 혹 얼바람 맞은 자는 물색없이 여학도 꽁무니를 슬슬 따라다니는 인물도 있어 저희끼리 서로 만나면 입을 모으고 하는 수작이 (…중략…).[32]

참으로 인상적인 장면이다. 여학생들의 등하교길 자체가 근대의 표상이다. 여성이 집밖을 나와서 맨얼굴을 내놓고 대로를 천천히 걸어 다니는 모습은 그 자체가 근대와 전근대를 가르는 역사적 사건이다. 히사시가미로 대변되는 여학생의 스타일은 대중의 시선에 의해서 섹슈얼리티로 구성되고, 학교는 근대적 교육 기관인 동시에 연애 가능성이 충만한 공간으로 자리를 잡는다. 맨얼굴을 드러내고 집과 학교 사이의 거리를 오가는 여학생들의 모습을 근대적 풍경이라고 한다면, 그와 같은 근대적 풍경 안과 바깥에는 연애를 향한 욕망이 잠재되어 있었을 것이다.[33] 여학생들이

---

32 최찬식, 『금강문』, 동미서시, 1914, 42~43면.
33 학교와 집 사이의 거리에 배치된 문화적 공간 또는 유흥의 공간 역시 연애의 장소이다. 극장과 공원이 대표적인 예이다. 협률사가 생기면서 고관대작, 기생, 청춘남녀 등 다양한 계층의 사람들이 몰려들었다. 그 중에는 학생들도 많아서 야간학교의 학생수가 감소한다는 소문이 돌 정도였다. 물론 이러한 기사는 연극장 출입을 소모적인 활동으로 바라보는 시각에서 씌어진 것이기에 과장의 여지가 없지는 않다. 협률사는 1903년에 영화를 걸기도 했다. "近日에 協律社라는 것이 생긴 以來로 (…중략…) 蕩子冶女의 春興을 排撥함은 例事어니와 至於 各學校 學員들도 隊隊逐逐하야 每夕이면 協律社로 一公園地로 認做함으로 其至夜學校學徒들의 數爻가 減少한다니"(「律社誤人」, 『대한매일신보』,

등하교하던 그 거리에는 기생들도 인력거를 타도 권번기생조합과 요릿집을 오갔을 것이고, 그들은 상이한 섹슈얼리티를 경쟁적으로 제시하기도 하고 때로는 서로의 스타일을 모방하거나 교환하지 않았을까.[34] 이러한 근대의 풍경 속에 경성학교 영어선생인 형식과 정신여학교 출신인 선형, 그리고 기생 신분이었던 영채도 자리하고 있었을 것이다.

4. 이광수, 연애할 시간을 계산하다

사랑은 하나의 열정이며, 일종의 질병과 유사한 상태를 경험한다. 열정적인 사랑은 파트너와의 감정적인 연루가 너무나도 강렬하기 때문에, 두 사람 사이에서 사랑은 하나의 종교가 된다. 하지만 감정이 대상에 강력하게 고착되면서 그 밖의 인간관계와 일상적인 책무에 대해서는 등한하게 되는데, 이러한 과정이 계속되면 열정적 사랑은 현실의 논리와 갈등관계에 놓이게 되고 결국 극단적인 선택과 파괴적인 결과로 치닫게 되는

1906.3.16) 이 시기의 연극과 관련해서는 유민영, 『개화기연극사회사』, 새문사, 1987, 13~67면 참조. 학생들 간의 연애는 아니고 호색한과 첩실의 사랑을 그리고 있기는 하지만, 극장이 연애의 공간이었음을 보여주는 작품으로는 이해조의 『산천초목』(1912)을 거론할 수 있다.

34 『무정』에는 기생 신분인 영채의 스타일에 대한 주목할 만한 언급이 보인다. 영채가 형식을 찾아왔던 장면에서 하숙집 노파가 전하는 말은 다음과 같다. "앗가, 석 뎜쯤 히서 엇던 어엿븐 아가씨가 선성을 차자 오셨ᄂᆞ데 머리ᄂᆞ 녀학ᄉᆞᆼ 모양으로 ᄒᆞ엿스나 아모리 보아도 기ᄉᆞᆼ ᄀᆞᆺ흡데다. 선ᄉᆞᆼ님도 그런 친구를 사괴ᄂᆞ지." (『무정』, 신문관·동양서원, 1918, 18면) 또한 이형식이 살핀 영채의 모습은 다음과 같다. "로파의 뒤를 ᄯᆞ라 엇던 젊은 녀ᄌᆞ가 들어온다. 앗가 로파의 말과 ᄀᆞᆺ히 치마 작오리에 머리도 녀학ᄉᆞᆼ 모양으로 ᄶᅩᆺ겻다." (위의 책, 20면) 보다 섬세한 조사가 필요하겠지만, 기생과 여학생 사이의 스타일 주고받기를 보여주는 한 예로서 보아도 크게 틀리지는 않을 것 같다.

양상을 보이게 된다. 따라서 "열정적 사랑이란 사회적 질서와 의무라는 관점에서 볼 때, 위험한 것이다".[35] 세상 어느 곳에서도 열정적인 사랑이 결혼의 필요조건으로 생각되었던 적은 없었다. 오히려 대부분의 문화에서 지나친 열정은 결혼이라는 사회적 관습의 골칫덩어리였을 따름이다.

열정적인 사랑과 마찬가지로 낭만적 사랑 역시 첫눈에 반하는 운명적이고 순간적인 매혹이라는 계기를 갖는다. 낭만적 사랑은, 열정적 사랑의 성적이고 에로틱한 충동과 단절하고 사랑의 감정을 이상화하는 과정을 거쳐서 자신의 규약을 구성한다.[36] 낭만적 사랑에서 타자에 대한 직관적인 포착은 한 사람의 삶을 완성에 도달하게 하는 운명적인 매혹의 과정이 된다. 사랑이란 운명의 한 형식이며, 개인의 운명은 사랑을 매개로 하여 더 넓은 우주적인 질서와 묶여 있는 것으로 생각된다. 낭만적 사랑은 사랑 속에서 우주적인 질서를 발견함으로써 자유와 사랑을 포괄하는 관념복합체를 구성한다. 자유와 사랑의 결합은 해방의 측면을 갖는다.[37] 낭만적 사랑은 새로운 자유이며, 감정에 근거해서 삶을 재再질서화하는 과정이다. 낭만적 사랑에 의해서 정서적 개인주의affective individualism라는 새로운 주체성의 원리가 확립되며, '낭만적 연애-결혼-가정'이라는 새로운 라이프 스타일이 창안된다. "낭만적인 구혼, 그리고 사랑에 의한 결혼은 자유나 민주주의적인 가치들과 결합"[38]되고, 결혼 후에 가정은 스위

---

35 앤소니 기든스, 앞의 책, 76면.

36 위의 책, 79면.

37 Robert C. Solomon, "The Virtue of (Erotic) Love", *The Philosophy of (Erotic) Love*, R. C. Solomon & Kathleen M. Higgins(eds.), University Press of Kansas, 1991, pp.505~510; 볼프강 라트(Wolfgang Rath), 장혜경 역, 『사랑, 그 딜레마의 역사』, 끌리오, 1999 참조.

38 재크린 살스비(Jacquie Sarsby), 박찬길 역, 『낭만적 사랑과 사회』, 민음사, 1985, 33면.

트 홈으로 대변되는 친밀성intimacy의 공간으로 재구성된다. "공적 영역에서 민주주의가 실현된 것과 완전히 상응하는 방식으로 개인 간의 상호작용 영역이 전면적으로 민주화되는 것을 함축한다."[39]

이 연애야말로 혼인의 근본조건이외다. 혼인 없는 연애는 상상할 수 있으나, 연애 없는 혼인은 상상할 수 없는 것이외다. (…중략…) 연애란 인생의 전 생全生에 근거를 유한 중요한 인생의 기능이다. (…중략…) 연애의 근거는 남녀 상호의 개성의 이해와 존경과, 따라서 상호간에 일어나는 열렬한 인력적引力的 애정에 있다 하오.[40]

서구의 연구들을 통해서 낭만적 사랑의 특징들을 소략하게나마 살펴본 것은 이광수의 초기 논설들 때문이다. 연애와 결혼의 문제를 다루고 있는 이광수의 초기 논설들은 인간의 삶에 있어서 연애의 중요성을 주장하고, '연애–결혼–가정'이라는 새로운 라이프 스타일을 제시하고 있으며, 가정이 부부의 사랑과 자녀에 대한 인격적 관계에 입각한 친밀성의 공간이어야 함을 역설하고, 성적인 측면과의 단절을 통해서 사랑을 이상화한다는 점에서, 낭만적 사랑의 일반적인 규약들과 많은 부분에서 공통점을 보인다. 무엇보다도 이광수의 초기 논설들은 개인의 삶이 "새로운 욕구와 새로운 불안을 만들어 내는 하나의 개방된 기획a open project"[41]으로 규정되는 역사적인 지점을 보여주고 있다. 사랑·결혼·가정으로 대변

---

39 앤소니 기든스, 앞의 책, 27~28면.
40 이광수, 「혼인에 대한 관견」, 『학지광』 12, 1917.4; 『이광수전집』 17, 삼중당, 1962, 55~56면.
41 앤소니 기든스, 앞의 책, 37면.

되는 개인적 영역에, 공적 영역에서 주장되던 민주주의적 가치가 도입되는 역사적 장면인 것이다. 감정·자유·해방으로 요약되는 새로운 주체성의 원리는, 근대적인 삶을 개방된 기획연애-결혼-가정으로 구성하는 근거인 동시에, 근대문학을 가능하게 하는 조건들이기도 했다.

> 구라파 중세기 종교의 허례를 파탈破脫하고 인생에게 무한한 자유와 쾌락을 여輿한 정情의 해방 인성의 해방은 또한 금일의 조선에 응용할지니, 자녀가 사랑스럽거든 안고 입맞출지어다. (…중략…) 흉중에 적회積懷가 유하거든 시원하게 발표하고 정의 자유를 득得할 지어다.[42]

연애나 결혼에 관한 이광수의 초기 논설들은, 유비와 제유의 수사학에 근거하여 계몽의 목소리를 담아낸다. 한편으로는 서구의 역사적 경험과의 유비적 관계를 유지하고, 다른 한편으로는 민족과 개인의 제유적 관계를 환기하면서, 연애와 결혼과 가정에 관한 계몽의 기획을 전달하고 있는 것이다. 19세기 후반 이후의 담론 지형을 고려할 때, 계몽의 이념은 1910년의 강점과 함께 정치적 공론장이 삭제되면서 현실적 근거를 상당 부분 상실하게 된다. 연애와 결혼과 가정에 관한 이광수의 초기 논설들은 공론장의 이념을 개인과 가정이라는 사적 영역으로 전이한 것이라 할 수 있다. 이광수의 초기 논설들은 계몽의 이념공공성, 민주적 가치과 개인적 가치행복, 자유, 즐거움이 교차하는 지점에 놓여 있다.

① 전가족에 관한 중요한 사건은 반드시 가족의 동의를 경經하여야 함이

---

[42] 이광수, 「조선가정의 개혁」, 『이광수전집』 1, 495면.

정당하며, 자기[가장-인용자]는 비록 하고자 하되 가족의 다수가 반대하면 다수한 가족의 의견에 경의를 표함이 가하리라.[43]

　② 조선의 가정도 위선 부자·형제·부부간을 격하는 습관적, 계급적, 진부적, 소위 예의를 타파하고, 붕우朋友와 붕우간에 유有한 듯한 순인성純人性과 순인성의 애정을 유로하여 진실로 애애靄靄[아지랑이 피어오르는 듯한-인용자]한 화기가 일가를 쇄鎖[결속하게-인용자]하게 하며 기중에서 자연히 합리한, 완전한 신예의新禮義가 생할 것이니라.[44]

　전제군주제가 붕괴되고 민주제가 정립되듯이, 전제 가장의 시대는 물러가고 자유롭고 친밀한 가정이 요청된다. 가정은 가장의 권위적이고 자의적인 판단이 아니라, 가족구성원의 합의와 인격의 상호존중이라는 민주적인 원리에 의해 유지된다. 인용문 ①의 다수결 원칙과 인용문 ②의 붕우朋友라는 용어는, 이광수의 궁극적인 주장이 단순한 풍속개량이나 관습비판에 있는 것이 아니라, 정치적 공론장의 민주적인 가치를 가정과 가족의 영역으로 이전하는 일에 있다는 사실을 보여주고 있다. 이와 같은 이광수의 논의가 당시에 어느 정도의 현실 정합성을 가졌는지를 따지는 일은 별다른 의미를 갖지 않는다. 계몽의 기획을 논의할 수 있는 정치적 공론장이 강제적으로 박탈된 상태에서, 공론장의 이념과 가치를 적용할 수 있고 계몽된 주체를 양성할 수 있는 공간은 가정이었다.
　연애는 친밀하면서도 민주적인 가정을 위한 전제 조건이었다. 이광수

43　위의 글, 491면.
44　위의 글, 496면.

는 연애가 가능할 수 있는 사회적 조건을 탐색하게 되는데, 무엇보다도 눈에 띄는 것은 결혼 연령에 대한 논의이다. 그는 결혼 연령은 생물학적 조건과 맞물려 있는 관습이 아니라 사회적으로 계산되는 것이라는 사실을 제시한다. 전통적으로는 결혼이 생물학적인 성과 결합되어 있었기 때문에, 결혼을 한다는 것은 성 경험의 주체가 된다는 것을 의미했다. 결혼을 통해 성을 경험한 개인을 두고 어른成人이라고 불렀다. 그러다 보니 "12·3세 된 아동도 혼인만 하며 관冠을 쓰고 관을 쓰면 어른이 되며 삼·사십이 된 어른도 혼인을 못하면 아동이라 하"[45]는 상황이 벌어졌다. 이광수는 결혼=성경험=어른이라는 전통적인 논리를 생식기 중심주의로 규정한다. 전통적인 관습이 결혼을 해야 어른이 된다고 말한다면, 이광수는 결혼을 해야 어른이 되는 것이 아니라 어른이 된 후에 결혼을 해야 한다고 주장한다. 결혼은 성인의 표지가 될 수 없다는 것이다. "이십이관二十以冠이라는 관冠자는 어른이 된다는 뜻이외다. 관冠이라 함은 성년成年이 되었다는 뜻이요, 결코 혼인婚姻한다는 뜻이 아니외다."[46] 결혼과 성인이 불일치하는 것이라면, 이제 개인의 삶에서 생물학적으로 생식능력은 갖추었지만 결혼을 못했거나 하지 않은 상황, 또는 교육을 통해 인격적으로 성숙했지만 결혼을 하지 않은 상황 등이 생겨날 수 있다. 그러면 결혼은 언제 하는 것이 좋을까.

③ 지식적 직업으로 독립한 생활을 하려면, 현금의 사회상태에 있어서는 불가불 남자 25세 이상 여자 20세 이상 되기를 요할 것이외다.[47]

---

45 이광수, 「혼인에 대한 관견」, 『이광수전집』 17, 147면.
46 위의 글, 147면.

④ 남자가 생生하여 칠·팔세에 소학에 입하여 중학을 과過하고 대학을 졸업하면, 어시於분 완전히 일개 당당한 '어른'이 되어 족히 자기의 의·식·주를 구득求得하며, 이후爾後 사·오년만 근로하면 족히 일·이 식구를 양養할 수입을 득할지니, 자玆에 취처娶妻할 권리가 생하였으며.[48]

이광수의 계산에 의하면, 대학졸업이 평균 23~4세이니, 결혼비용을 마련하려면 학교를 졸업하고도 3~4년은 더 소요된다. 따라서 결혼은 27세에서 30세 사이에 하는 것이 좋다는 것. 이광수는 이것이 "현대사회에 처한 인생의 상도常道"라고 말하고 있는데, 교육 기간期間을 중심으로 섬세하게 계산된 라이프 스타일을 제시하고 있는 것이다. 성인을 판별하는 기준이 학교 교육으로부터 주어지고, 결혼하는 것과 성인이 되는 것이 별개의 사건으로 사고되고, 학교 졸업 이후 경제적 자립이 결혼의 조건으로 제시되다 보니, 결혼 연령은 자연스럽게 늦추어질 수밖에 없다. 이광수가 제시하는 인생의 상도에 의하면, '어른이면서 결혼하지 않은 시기'가 20대의 대부분을 차지하게 된다. 이광수는 이 시기에 학교 공부와 경제적 자립에 주력하라고 조언하고 있다. 하지만 어른이면서 결혼하지 않은 상태로 학교에 다니고 있는 20대의 시기는, 다름 아닌 연애의 시간이기도 하다. 학교는 연애의 가능성과 연애에 대한 금지가 모순적으로 구조화된 제도이다. 학교는 연애하기에 가장 좋은 조건을 갖추고 있는 공간인 동시에,[49] 결혼이나 성경험을 억압하거나 지연시키는 탈성화脫性化의 기제이다.

---

47 위의 글, 146면.
48 이광수, 「조혼의 악습」, 『이광수전집』 1, 502면.
49 학교가 자발적인 성교육의 장소였다는 것을 보여주는 자료로는, 「앙케이트-性知識·性教育·男女交際」『동광』 28, 1931.12, 35면. "Q : 그 경험으로 보아 성교육은 어더케

생물학적으로는 성인이지만 아직 결혼을 하지 않은 학생들이 학교의 이중적인 논리탈성화의 제도이면서 연애의 가능성으로 충만한 공간 속에 놓이게 된다.[50] 논리적인 차원에서의 계산이기는 하지만, 한 개인의 일생에서 결혼 전에 연애 할 수 있는 시간 또는 연애를 해야 하는 시간이 자리를 잡았다. 이광수는 연애할 수 있는 시간을 계산했고, 낭만적 사랑의 규약은 조선의 일상적 삶으로 편입되었다.

하엿으면 좋겠습니까. A : 음담과 상소리가 많은 조선서는 특별히 '성교육'이라는 과정을 밟지 않고도 비교적 조기에 성교육에 대한 지식을 얻게 될 줄 압니다. 각층 집안 자식의 회합처인 '학교'가 '성지식 교환소'의 임무를 다하는 듯합니다.(창작가 金東仁)"

[50] 학교의 이중적인 논리가 만들어낸 히스테리적인 인간이 「B 사감과 러브레터」의 B사감이다. B사감에게 학교의 탈성화 논리는 내면성의 근거이면서 동시에 근원적인 억압의 원천이었다. 야밤의 기숙사에서 펼쳐진 B사감의 독백은 탈성화 기제로서의 학교의 논리와 낭만적 사랑의 담론이 펼치는 일종의 역할극이다. 히스테리적인 여성의 출현과 탈성화 기제로서의 학교의 관련성에 대해서는 푸코의 다음과 같은 지적이 참조될 수 있을 것이다. "신경질적인 여자, 〈짜증〉에 빠진 여자가 출현했으며, 거기에서 여성의 히스테리화가 그 거점을 발견했다. 은밀한 쾌락에 빠져 미래의 자양분을 헛되이 소모하는 젊은이, 18세기 말부터 19세기 말까지 의사와 교사들이 그토록 많은 관심을 기울인 수음하는 소년들로 말하자면, 그들은 서민의 자녀나 육체의 통제를 가르쳐 주어야 할 미래의 노동자가 아니라, 기숙사에서 생활하는 학생 · 하인 · 가정교사 · 가정부에 둘러싸여 있고 육체적 기력보다는 지적인 역량, 도덕적 의무, 그리고 자신의 가족과 계급을 위해 건강한 자손을 보존해야 할 책임에 해를 끼칠 우려가 있는 소년이었다." 미셸 푸코(Michel Foucault), 이규현 역, 『성의 역사 1-지식의 의지』, 나남출판, 1990, 134면. 학교가 지니고 있는 다양한 제도적인 측면들과 「B 사감과 러브레터」의 히스테리적 인물의 출현 사이의 관련성에 대해서는 글을 달리 해서 고찰할 계획이다.

문학文學과 계몽주의

1890~1910년대 문학 개념의 고고학

1. 동양과 서양에서 문학 개념의 역사적 변천

동양의 문화적 전통에서 문학이라는 말은 오랫동안 사용되어 왔다. 멀리는 『논어論語』 「선진先進」편의 '문학文學, 자유子游 자하子夏'라는 구절에서부터[1] 가깝게는 정조의 문집 『홍재전서弘齋全書』의 체제를 구성하는 하위 항목의 이름에 이르기까지,[2] 동양의 학문적 전통 속에서 문학이라는 말은 지속적으로 사용되었다. 일반적으로 동양에서의 문 개념은 현실에서 사라져 버린 이상적 가치의 표상 또는 우주와 인간의 근본 원리에 대한 표상이라는 믿음을 바탕으로 하고 있다. 따라서 문은 사라져 버린 이상적 가치를 자기 시대에 구현할 수 있는 통로로 인식되었다.

중국의 경우 선진先秦 시기에 처음으로 문 또는 문학 개념이 출현한 것으로 알려져 있다. 이때의 문이나 문학 개념은 "문학비평의 대상으로서의 순문학純文學 그것이 아니고 문장文章과 박학博學의 삼의三義를 겸유兼有하고

---

1   『論語』, 「先進」, "子曰 從我於陳蔡者 皆不及門也. 德行, 顔淵 閔子騫 冉伯牛 仲弓. 言語, 宰我 子貢. 政事, 冉有 季路. 文學, 子游 子夏".
2   정옥자, 『조선후기문화운동사』, 일조각, 1988 참조.

있는 광막무한廣漠無限한 개념概念으로 사용使用된 것으로 일절一切의 서적書籍과 일절一切의 학문學問을 내포內包하는 것"[3]이다. 이 경우에 문학은 범위가 아주 넓어서 문화文化와 전적典籍 내지는 '문六經에 관한 학문이나 지식'이라는 의미를 지닌다. 주진周秦시대까지도 문학이라는 말은 문장과 박학이라는 두 가지 뜻을 동시에 겸유하고 있는 용어였다. 따라서 문학이라는 말에서 문文과 학學은 구분될 수 있는 개념이 아니었다. 문은 곧 학이며 문과 학은 구분되지 않는다는 생각은 가장 넓은 의미에서의 문학 개념을 보여준다.[4] 하지만 양한兩漢시대에 이르면 문文과 학學이 분리되고 문학文學과 문장文章을 구별하게 된다. 이때 문학은 '학술學術' 또는 '유교의 경전 및 그 밖의 학술 저작'을 지칭하며, 문장은 시와 사부辭賦처럼 문체를 통해 정情이나 미감美感을 표현하는 작품을 가리킨다. 송대宋代에 이르면, 성현의 사상이 문을 논하는 표준이 되고 문이재도文以載道의 문학관이 정립된다.[5]

일률적으로 규정하기에는 곤란한 점이 있겠지만 동양적인 문 또는 문학 개념은 '성리학의 경전에 대한 학습과 수양'이라는 의미와 '미적·지적으로 고급스러운 문장'이라는 영역을 포괄하는 것으로 이해할 수 있다.[6] 문학에서 문은 진리를 담고 있는 책인 경전을 지칭한다. 문학을 경전에 대한 학습과 수양으로 본다는 것은, 문학이 보편학문 또는 학문 일반으로 이해되었음을 의미한다. 아울러 미적인 문장은 정연한 형식미를 갖춘 한시 및

3   민병수, 「조선전기의 문학관에 대하여」, 『관악어문연구』 1, 1976, 63면.
4   위의 글, 65면.
5   陳必祥, 심경호 역, 『한문문체론』, 이회문화사, 1995, 9면; 이종민, 「근대 중국의 시대 인식과 문학적 사유」, 서울대 박사논문, 1998, 59~74면 참조.
6   스즈키 사다미(鈴木貞美), 『日本の文學槪念』, 作品社, 1998, 127면. "19세기 중엽에 있어서 중국어와 일본어의 문학은 고급스런 언어에 의한 저술을 가리키는 말이었으며 영어에 있어서는 polite literature에 거의 상응한다는 판단이 공통적으로 있었다고 말할 수 있다."

산문들이었고 지적인 문장은 유학의 경전과 그에 대한 탁월한 주석서들이었다. 유학의 전통이 강한 동양에서 문학 개념이란 경전과 한시 및 산문을 중심으로 구성되어 있었던 것이다. 특히 소설의 경우, 『시경』이 엄연히 존재하던 시와는 분류범주가 달랐다. 하찮은小 글說인 소설은, 경전과의 관련성을 확보하고 있던 시와는 달리, 경전과의 관련성이 인증되기 어려웠다. 따라서 지괴, 전기, 강담, 백화 소설, 원곡 등은 전반적으로 많은 사람이 즐기기는 하였으나 비속하다고 평가되어 문이나 문장의 분류체계에서 배제되어 있었다.[7]

서구에서 문학이 고급스런 언어예술이라는 의미를 핵심적인 층위로 갖게 된 것은 19세기 후반과 20세기 초반의 일이다. 상상력·창조성·허구성으로 대변되는 근대적인 문학관이 제도화되기 이전에는, 고급스러운 언어 예술을 중심으로 지적인 저술을 포함하는 polite literature가 문학과 관련된 일반적인 관념이었다. 세련된 표현과 문학적 형식을 갖추고 지적인 주재를 다루고 있는 '위대한 책'이야말로, 문학에 대한 근대 이전의 관념을 구성하는 중심적인 이미지였던 것이다.[8] 널리 알려진 바와 같이, 리터래처는 문자라는 뜻의 리테라litera를 어근으로 하는 라틴어 리테라투라literatura에서 파생된 말이다. 리테라투라는 글에 관한 교양 혹은 박학博學을 의미했다. 리터래처는 14세기 경에는 독서로부터 얻은 박학이라는 뜻으로 정착되었는데, 그 어의의 결정적인 변화는 근대에 와서 이루어졌

---

7   Lydia H. Liu, *Translingual Practice : Literature, National Culture, and Translated Modernity—China, 1900-1937*, Stanford : Stanford University Press, 1995 참조. 국역본은 민정기 역, 『언어횡단적 실천』, 소명출판, 2005.

8   René Wellek, "What is Literature?", *What is Literature?*, Paul Hernadi (ed.), Bloomington : Indiana University Press, 1978, pp.16~23.

다. 18세기에 이르면 박학이라는 일반적인 의미에서 일정한 종류의 저작이라는 의미로 제한적으로 사용되기 시작한다. 하지만 이 시기까지도 상상적이며 창조적인 종류의 저작이면서 동시에 시, 소설, 극 등의 장르를 포괄하는 리터래처 개념은 출현하지 않았다.[9] 서구의 경우, 문학과 관련된 말들은 '독서 능력과 경험'이라는 의미를 지니고 있었으며, "인쇄의 발전이라는 물질적인 상황에서 활자 특히 책으로 특수화된 것"과 관련을 맺고 있었다. "서구에서 근대적인 문학은 18세기쯤 되어서야 생겨났고 19세기를 넘어서야 비로소 완성되었다."[10]

> 동일同一한 어語로도 지방地方과 시대時代를 수隨하여 상이相異한 의의意義를 취取함이 다多하다. (…중략…) 고故로 어語의 외형外形이 동同하다 하여 기기其 의의意義까지 동同한 줄로 사思하면 오해誤解할 경우境遇가 다多하니, 금일今日 조선朝鮮에서는 차등此等 어의語義의 오해誤解가 파다頗多하니라. 여차如此히 시대時代와 지방地方을 수隨하는 외外에 상용常用과 학술學術을 수隨하여도 상이相異하나니, 가령假令 법률法律이라는 어語는 재래在來로 사용使用하는 바이로되, 법학상法學上 법률法律이라는 어語와 대상부동大相不同하다. (…중략…)
>
> 여차如此히 문학이라는 어의語義도 재래在來로 사용使用하던 자者와는 상이相異하다. 금일今日 소위所謂 문학이라 함은 서양인西洋人이 사용使用하는 문학이라는 어의語義를 취取함이니 서양의 Literatur 혹或은 Literature라는 어語를 문학이라는 어語로 번역飜譯하였다 함이 적당適當하다. 고故로 문학이라는 어語는 재래

---

9   황종연, 「문학이라는 譯語」, 『동악어문논집』 32, 1997, 457~463면.
10   레이먼드 윌리엄스(Raymond Wiliams), 이일환 역, 『이념과 문학』, 문학과지성사, 1982, 61면.

在來의 문학文學으로의 문학이 아니요, 서양어西洋語에 문학이라는 어의語意를 표表하는 자者로의 문학이라 할지라. 전에도 언급하였거니와 여차如此히 어동의 이어同意異한 신어新語가 다多하니 주의注意할 바이니라.[11]

한국에서 문학이 Literature의 번역어라는 점이 언명된 것은 이광수의 「문학이란 하오」1916에서이다. Literature로서의 문학이란, 상상적·창조적·예술적이라는 내적 가치를 중심으로 시·소설·극·비평 등의 하위분류체계를 갖추고 있는 서구의 문학을 말한다. 이광수는 어동의이語同意異한 신어 즉 말은 같지만 뜻은 다른 신어가 여러 영역에서 동시적으로 발생하고 있음을, 달리 말하면 서양 학술용어의 번역어가 도입되면서 기존에 사용되던 언어 사이에서 역사적 불연속이 구조화되고 있음을 지적하고 있다. 이광수가 문학이라는 말을 Literature의 번역어로 사용한다고 말했다고 해서, 조선에서 문학이 Literature의 미적 가치와 분류 체계에 따라 저절로 제도화되는 일은 일어나지 않았을 것이다. 다만, 이 글에서는 문학이 Literature의 번역어로 채택될 수 있었던 사회문화적 조건들을, 1880~1910년에 이르는 시기 동안 문학이라는 말의 다양한 용례들을 통해서 가늠해 보고자 할 따름이다.

---

11   春園生(이광수), 「文學이란 何오」, 『매일신문』, 1916.11.10.

2. 보편 학문 또는 학문 일반

1883년 9월 28일 최초 근대적 학교인 원산학사元山學舍가 설립되었는데 입학자격에 있어서 신분적인 제약은 없었다. 이 학교에는 문학의 양성을 위한 문예반文藝班과 무사의 양성을 위한 무예반武藝班이 있었다. 문예반의 기본적인 수업내용은 경학經學과 경의經義에 있었다. 경학을 먼저 배우고 그 다음에 시무時務에 해당하는 산수와 격치 등의 과목을 공부했다. 서당 중심의 전통적인 교육방식에서 탈피해서 근대적 학교를 설립했지만, 경학과 경의가 문예반 수업의 기본이었다.[12] 문文은 성리학의 경전이거나 그와 관련된 서책들을 의미했다. 성리학 경전과의 관련성 속에서 문 또는 문예의 개념을 이해하는 지적 분위기가 최초로 설립된 근대적 학교인 원산학사를 감싸고 있었던 셈이다.[13]

태서문학수파분다문泰西文學雖波分多門 요개천산격화등학要皆天算格化等學 개기원출어동방蓋其源出於東方 특서인추광이류전이이特西人推廣而流傳耳已 화학본어중토지방사설로련점化學本於中土之方士設爐煉點換 각술산학본어애급各術算學本於埃及 천문본어파비륜天文本於巴比倫 개어희랍인이서전언皆於希臘人而西傳焉.[14]

한국 최초의 근대적 신문 『한성순보』가 발행된 것은 1883년 10월 1일

---

12 신용하, 「우리나라 최초의 근대학교 설립에 대하여」, 『한국사연구』 10, 1974, 191~204면.
13 문(文)/무(武) 또는 정신/육체의 구분을 전제로 문학을 논의한 글로는 「문무겸전」(『대한매일신보』, 1908.11.6 잡보)이 있다. 일본에서 공부하고 있는 황태자의 근황을 소개하는 글이다. "황태자께서는 문학만 공부하실 뿐 아니라 무학과 체육학에도 대단히 친취되샤 말 타기와 방식체조 하시기에 한숙"한다는 내용이다.
14 「泰西文學源流考」, 『漢城旬報』 14호, 1984.3.8, 12면.

의 일이었다. 문학이라는 용어와 관련해서 눈에 띄는 『한성순보』의 기사로는 1884년 3월 8일의 「태서문학원류고泰西文學源流考」가 있다. 서구 학문의 원류가 동방에 있음을 이야기하면서 천문학, 격치학格致學, 중학重學, 화학, 산학算學, 동식물학生物學을 간략하게 설명하고 있으며, 린네林尼와 라마르크賴摩의 업적과 다윈達爾溫의 『종의 기원』『물류추원(物類推原)』이라고 번역됨을 소개하고 있다. 따라서 기사 제목에 나타나는 '문학'이라는 말은 화학化學, 천문天文, 기하幾何, 산학算學, 대수代數, 물리物理, 생물生物 등의 개별학문을 포괄하는 유개념으로 사용되었음을 알 수 있다. 달리 말하면 문학은 학문 일반 또는 보편적인 학문이라는 의미였다. 19세기 말에 한국 최초의 근대적 신문은 서구의 학문을 문학이라는 용어로 소개하고 있었던 것이다.[15]

동양의 학문적 전통, 원산학사의 교과목, 그리고 『한성순보』의 문학 관련 기사 등을 살펴볼 때, 19세기 말에 문학이라는 용어는 성리학의 경전에 대한 학습과 수양이라는 의미와 개별 학문영역을 아우르는 학문 일반이라는 의미를 동시에 내포하고 있었다고 할 수 있다. 문학은 유가의 경전에 대한 학습과 수양을 의미하는 말이었고, 조선의 학문적 전통에서는 학문 일반이라는 의미와 관련되는 말이었기에, 서양의 학문을 총칭하는 말로써 '문학'이 선택된 것은 당연한 일이었다. 문학의 위상이 학문의 보편성과 관련되어 있었기 때문에, 문학이라는 말을 통해서 성리학의 보편성과 서구 학문의 보편성이 등가의 관계 속에서 포착할 수 있었다.

원산학사나 『한성순보』로부터 20년가량 지난 시점인 1900년대의 신문과 학술지에서도 문학과 관련된 전통적인 의미망이 여전히 유지되고

---

15 임화는 19세기 후반에 사용된 문학이라는 말이 학문일반이라는 의미를 가지고 있음을 지적한 바 있다. 임화, 「개설 신문학사」, 『조선일보』, 1939.9.2.

있음을 확인할 수 있다. 문학은 경전에 대한 학습과 수양이며 보편학문 또는 학문 일반과 관련된다는, 전통적인 의미를 내포하고 있는 용례로는 다음과 같은 글들이 있다.

①-1 일본인 오촌직강이가 일전에 일본에서 왔는데 해씨는 문학지사라 한국의 예전 학문을 묻고자 하야 학무부장 윤치오 씨를 소개하고 김윤식 신기선 김학진 윤용구 김성근 제씨를 차례로 심방하였다더라.[16]

①-2 예산군에 사는 전 참판 이남규 씨는 본시 문학재상으로 여러 해에 두문불출하고 있는 고로 사림에서도 흠앙하더니.[17]

①-3 수백년래에 경기와 충청도가 어떤 지위에 있었던가 본조에서 왕도도 이에 세웠으며 인재도 이에서 취하였고 서원도 많이 설시하였으며 학문도 이에서 권장하였으므로 일체의 정치와 문학과 미술과 실업 등의 중심점이 되어.[18]

①-4 (넷재는) 문학과 도덕학은 한문이 아니면 빅호지 못호다 호야 이런 엿흔 소견 이 잇는 까닭이니.[19]

---

16 「문학사심방」, 『대한매일신보』, 1908.10.9. 이하의 인용문들에서 사용되는 강조 표시는 모두 인용자의 것.
17 「이씨피해」, 『대한매일신보』, 1907.10.2.
18 「기호선비의제일첫거름」, 『대한매일신보』, 1908.1.28.
19 「사숙 개량할 의론」, 『대한매일신보』, 1910.5.7.

개념적 사고가 중요시되는 논설뿐만 아니라 세간의 소식을 전달하는 잡보에서도 문학의 전통적인 관념이 유지되고 있음을 확인할 수 있다. 인용문 ①-1에서 문학은 '학문'이라는 의미와 의미맥락을 형성하며 사용되고, ①-2에서는 초야에서 경학에 매진하는 문학재상이 사림의 존경을 받고 있음을 이야기 하고 있다. 문학은 성리학의 경전을 학습하고 수양하는 사람들과 관련이 있다는 것을 전제로 하여 씌어진 셈이다. 또한 ①-3에서도 문학이라는 용어는 학문 및 서원과의 의미 연관성 아래 놓여 있다. ①-4에서는 전통적 문학 관념을 유지한 상태에서 경전에 대한 학습은 문학으로, 경전에 대한 수양은 도덕으로 나누어 설명하고 있다. 이러한 용례들은 문학이라는 말이 경전에 대한 학습과 수양이며 보편학문 또는 학문 일반과 관련된다는 전통적인 의미 맥락의 연장선 위에 놓여 있음을 보여준다.

전통적인 문학 개념의 의미망에 허虛/실實의 의미망이 결합될 경우, 성리학의 경전을 중심에 둔 전통적인 문학에 대한 비판적 맥락이 구성되기도 한다. 이 경우에 전통적인 문학은 나라를 위기에 빠트린 허문으로 규정되었고, 중국의 역사만 알고 자국의 역사를 망각한 노예의 문장으로 비판을 받았다.[20]

교제의 성함과 사물이 번화함이 다시 옛적과 같지 아니한즉 어찌 옛 규모

20　허문에 대한 비판으로는 「동국에 제일영걸 최도통전」, 『대한매일신보』, 1910.3.6. "고구려 발해의 끼친 산업을 다 풀어 없이 하고 얼개 큰 지옥을 조성하여 그 안에 노예가 되어 앉아서 (…중략…) 나는 정치가ㅣ라 너는 외교가ㅣ라 하며 나는 시를 잘 한다 너는 **문학**을 잘 한다 하여 태평무사할 때는 되지 못한 입으로 노예 노릇하는 말을 익히고" 여기서 문학이라는 말은 경학과 관련된 학문을 말한다.

만 지켜서 능히 성명을 보전하고 나라를 지키겠느뇨 하물며 쌓인 폐단이 고질이 되야 문학이라 하는 것은 다만 조박만 알뿐이요 법도라 하는 것은 다만 껍질만 남아서 백 가지 문구만 알고 있고 한 가지도 실사는 없으니 이 같이 하고야 그 능히 스스로 세계 가운데 서겠느뇨 인생이 도탄에 빠짐과 국운이 비색하게 된 것이 다 이것으로 말미암음이니.[21]

성리학 경전에 대한 학습과 수양으로서의 문학이 변화의 시대를 따라가지 못하고, 옛 사람이 밝혀놓아 새로움이 없는 것糟粕만을 반복하고 있다는 비판이다. 이 글에서는 문학에 대한 폐해를 지적하면서 전통적인 문학과의 단절을 구성하고 있다. 하지만 여전히 문학은 성리학 경전과 관련된 학문 일반이라는 커다란 범주를 전제하고 있다.

또한 학문 일반으로서의 문학性理學 經典을 구학문으로 파악하는 맥락도 등장한다. 학문 일반 또는 보편 학문이라는 전통적인 의미망 위에, '신新/구舊'라는 시대적인 맥락이 결합되면, 문학은 구학문이라는 의미를 지니게 된다. "수백 년 문학을 숭상하던 호서[湖西-인용자]가"[22] 다른 지역에 비해 상대적으로 학교 설립이나 신학문 수용에서 뒤쳐져 있음을 지적하는 글이나, 영남지방을 두고 "고대에 문학이 극히 성하야 명현의 배출함이 중국에 추나라 노나라 희랍에 아뎐[아테네-인용자]과 같이 굉장하던 교남"[23]이라고 평가하는 글에서, 문학이라는 말은 모두 학문 일반 또는 보편 학문이라는 의미로 사용되고 있다. 전통적인 문학경전에 대한 문장박학에

21 「대황제폐하께옵서 인민에게 효유하신 글」, 『대한매일신보』, 1907.11.20.
22 「호서 학생부형에게 권고함」, 『대한매일신보』, 1909.1.13.
23 「각 학회의 전도」, 『대한매일신보』, 1908.3.17.

서 신학문으로서의 문학으로 연결될 수 있기를, 문학을 숭상하던 전통적인 분위기가 새로운 학문을 받아들이는 원동력으로 전환되기를 소망하고 있는데, 이러한 소망이 가능했던 것은 문학이 성리학의 경전과 서구 근대 학문을 포괄하는 학문 일반의 의미로 사고되었기 때문이다.

> 남부 리동 거하는 이익로 씨가 학부에 장서를 제정하였는데 근래 교육정황을 살펴보면 이십세 이하된 학생들이 신학문의 근본도 아지 못하고 언필칭 구학문은 쓸데없다고 망령되이 말하는 자가 많은 즉 지금 형편으로 보건대 몇 해만 지나면 사천년 문학국의 명칭이 일조에 없어질 터이니.[24]

이 글에는 문학과 학문의 겹침과 어긋남이 드러난다. 문학은 학문 일반이며, 그 아래에 구학문(성리학 경전과 관련된 학문)과 신학문(서구의 근대적 학문)이 배치되어 있다. 문학은 학문 일반의 의미인데, 성리학의 경전과 관련된 학문 일반 또는 보편 학문이라는 전통적인 의미가 온전하게 유지되지 않는다. 문학은 구학문과 신학문을 아우르는 학문 일반의 명칭이다. 그런데 성리학과 관련된 학문은 이제 문학이 아니라 구학문으로 불린다. 이 글은 전통적인 성리학을 옹호하고 있지만, 성리학 경전과 관련된 문학이 더 이상 보편 학문으로서의 지위를 지니지 못함을 은연중에 보여주고 있다. 이 지점에서 조금 더 나아가게 되면, 문학은 학문 일반이라는 의미를 유지할 수 없게 되고, 학문 일반은 과학 또는 학문으로 불리게 될 것이다.

---

24 「이씨의 장서」, 『대한매일신보』, 1910.1.26.

3. 바깥에 있는, 그 어떤 문학

1900년대의 신문과 잡지에 등장하는, 문학 담당자 또는 문학 관련 인사에 대한 명칭으로는 어떠한 것이 있었을까. 문학가와 문학사가 가장 많이 발견되는 호칭이다. 문학가文學家와 문학사文學士는 같은 시기에 사용되었지만, 『대한매일신보』의 용례들을 보면 미세한 차이가 있다. 먼저 문학가의 용례를 살펴보자.

②-1 이럼으로 한국 내에 문학가는 지리와 역사 등서에[등에서의 오식-인용자] 청국의 산천구역과 세계사적과 풍토물산은 다 입으로 흐르는 듯이 외오고 눈으로 손바닥 같이 밝히 보되 제 나라의 산천구역과 세대사적과 풍토물산은 저마다 캄캄하니 차 소위 노예의 학문이라.[25]

②-2 자래로 인순고식의 습관을 인하야 스스로 만홀[漫忽-인용자]한 습관이 너무도 많으니 그 실상을 들어 말할진대 (…중략…) 문학가는 먼지 앉은 책상에 좀먹은 책권의 련주와 댓귀를 좌우로 벌여놓고 칠언시와 육자부로 알성과와 식년과에 과거보던 옛 시대만 자랑하며.[26]

②-3 남촌에 있는 모모 재산가와 문학가 제씨가 합동하야 국민교과○○를 편집하기로 지금 계획하는 중이라더라.[27]

---

25   「국문신보발간」, 『대한매일신보』, 1907.5.23.
26   「만홀한 자를 경성함」, 『대한매일신보』, 1908.2.9.
27   「교과서편집경영」, 『대한매일신보』, 1909.8.25.

"대개 선비라 함은 문학이 있는 자를 이름이오"[28]라는 당시의 표현에서 알 수 있듯이, 문학사라는 말의 저변에는 선비와 관련된 의미망이 가로 놓여 있다.[29] 널리 알려진 대로 선비는 학식은 있으나 벼슬하지 않고 학문과 수양에 힘쓰는 사람이며 생계노동 대신에 경전 읽기를 사회적 기능으로 삼았던 유교적 지식계급을 지칭하는 말이다. 인용문에서 보듯이 문학가는 지리와 역사에 대한 지식이 있는 사람이고, 책상 위의 오래된 책을 읽으며 한시와 과거에 대한 그리움을 간직하고 있는 사람이며, 지역 유지와 함께 교과서를 편집할 지식을 가진 사람이다. 문학에 대한 비판적인 태도를 취하든 아니면 문학에 대한 그리움의 정서를 전제하든 간에, 문학가는 선비의 전통적인 의미와 관련을 맺으면서 지식담당계층이라는 의미로 사용되고 있었던 것이다. 조선시대의 선비가 과거를 통해서 정치에 참여할 가능성을 가지고 있었다면, 갑오개혁 이후 과거제도가 폐지된 시대의 선비는 문학가라고 신문에서 호명되었다.

이 시기에 사용된 문학사라는 말은, 문학가와 유사한 의미를 지니면서도, 학교교육과의 관련성을 보다 강하게 드러내고 있다. 몇 가지의 예를 살펴보도록 하자.

③-1 근일에 성홍열병이 성히 유행하는데 철도원 기사 일인 내전 공학사

28　「사민의 순서를 개량함」, 『대한매일신보』, 1910.5.27.
29　문학가의 저변에 선비의 의미망이 놓여 있음을 보여주는 글로는 「영웅과 세계」(기서), 『대한매일신보』, 1908.1.5 참조. "그 외에 종교가와 정치가와 실업가와 문학가와 철학가와 기술가 등에는 비록 기이하고 기걸한 인물이 혹 있을지라도 반드시 명칭을 구별하야 혹 성현이라고 하고 혹 꾀 있는 선비라 하며 혹 부자ㅣ라 하고 혹 호걸이라 하며 또는 높은 선비 혹 재조있는 선비라 하고." 글의 문맥상 문학가와 철학가는 '높은 선비'와 '재조있는 선비'에 대응한다. 문학가란 학식이 높은 선비라는 의미였던 셈이다.

와 및 중학교장 문학사 폐원탄 씨가 이 병에 걸렸는데 내전 씨는 드디어 사망하였더라.[30]

③-2 오늘 저녁 칠점종에 문학사 강도가길 씨가 청년회관에서 연설할 터인데 문제는 국가와 인물로 하고.[31]

③-3 중학교 교사 폐원탄 씨가 학부 고문관으로 전임한 데에 일인 문학사 고교 씨가 고빙이 된다더라.[32]

③-4 오늘 하오 팔시에 청년회관에서 그 회 학관 총교사 문학사 심애도 씨가 인도국 산천을 환등으로 연설한다더라.[33]

여러 인용문에서 확인할 수 있듯이 문학사라는 말의 사용은 임의적이거나 일회적이지 않다. 문학사는 학문과 지식을 갖춘 사람이라는 의미에 국한되지 않고, 교육과 관련된 일을 수행할 수 있는 능력과 의지를 가진 사람이라는 의미로 사용되고 있다. 또한 문학사라고 호명된 대부분이 일본인인데, 일정 수준의 학교 교육을 이수하고 그 자격을 인정받은 사람을 문학사라고 부르고 있다. 문학사는 일정 수준의 학교 교육을 이수하여 교사가 되거나 행정가가 될 역량이 인증된 사람에 대한 일반적인 존칭인 셈이다. 주목할 것은 문학이라는 말이 근대적 학교 교육과 관련성을 형성

---

30 「성홍일병」[원문대로 – 인용자], 『대한매일신보』, 1904.9.6.
31 「청년회연설」, 『대한매일신보』, 1908.1.14.
32 「중학교사」, 『대한매일신보』, 1905.1.27.
33 「청년회환등회」, 『대한매일신보』, 1908.5.26.

하고 있다는 점이다.

1900년대 신문의 기사를 살펴보면 문학과 관련된 직함을 가진 외국 인사들에 관한 소식들을 접할 수 있다. 눈에 띄는 것은 문학박사라는 용어이다.

④-1 신임한 사내 통감의 비서관은 일본 문학박사 삼도의 제자 대성호가 피임하기로 내정이 되었다는데 김윤식 김종한 려규형 제씨가 발기하여 환영회를 준비하고 참여관 국분과 국장 구방과 번역관 천엽을 교섭하여 한국문학회를 조직할 차로 지금 협의중이라더라..[34]

④-2 일본대학교 교수 문학박사 덕야유시는 한국 안에 학교를 시찰하기 위하여 일작에 한국으로 왔다더라.[35]

④-3 영국 문학박사 리데마태 씨가 한국교육계를 시찰하고 (…중략…) 종로청년회에 돈 일백환을 보내어 유교와 예수교의 관계라는 문제로 한국에 있는 박학사에게 저술함을 청구하였다더라.[36]

일본 문학박사 삼도의 제자 대성호가 배운 '문학'과 김윤식 등이 조직하려고 했던 한국문학회의 '문학'은 같은 것이었을까. 그리고 일본과 영국의 문학박사들은 어떤 교과목을 배웠고 어떤 내용을 가르친다고 상상

---

34 「문학회조직」, 『대한매일신보』, 1910.6.16.
35 「학사가 왔다지」, 『대한매일신보』, 1909.11.14.
36 「저술청구」, 『대한매일신보』, 1909.2.25.

했을까. "학부에서 일본유학생 조사함을 거한 즉 관비생은 법제와 경제학에 십일 명이오 교육과 문학에 팔 명이오 물리와 화학에 이 명이오 군사학에 일 명이오 보통학에 육 명이오 의학에 삼 명이오."[37]이라는 유학생 통계를 접했을 때, 당시의 신문 독자들은 한국의 유학생이 배우는 문학이 어떤 내용이라고 생각했을까. "청국은 대학교에 여덟 과정을 두었는데 경제과 법률과 이과 농과 문학과 의학과 상업과 공업과이라더라."[38]라는 기사를 접했을 때는 어떠했을까. 비슷하지만 분명히 다른 그 어떤 문학을 상상하지 않았을까. 문학박사는 근대적 교육제도와 관련되며, 이때의 문학은 광의의 인문학에 가깝다.

⑤-1 희랍국의 철학을 수입하는 것이 한국을 홍왕케 할 계책이 될까 이태리의 미술을 옮겨오는 것이 한국을 홍왕케 할 계책이 될까 영국의 헌법정치를 강론하며 법국의 문학을 모범하는 것이 한국을 홍왕케 할 계책이 될까 덕국의 군제를 연구하며 미국의 부강을 생각하는 것이 한국을 홍왕케 할 계책이 될까.[39]

⑤-2 법률에는 라마국말을 배우는 것이 적당하고 문학을 알고자 하는 자는 희○니어를 배울 것이오 의학과 군제를 연구코자 하는 자는 덕국어를 배울 거시오 노래ㅅ곡조를 알고자 하는 자는 이태리어를 배울 것이오.[40]

서양의 여러 나라에서 특별하게 발전된 사회문화적 영역을 제시하며

37 「한국유학생」, 『대한매일신보』, 1909.8.19.
38 「청국대학교」, 『대한매일신보』, 1909.4.22.
39 「한국을 홍왕케 할 계책」, 『대한매일신보』, 1910.3.12.
40 장우생, 「어학의의론」, 『대한매일신보』, 1909.3.2.

모범으로 삼기를 권유하고 있는 글들이다. 이처럼 외국의 문물제도와 관련된 맥락에서 문학이라는 말은 전통적인 의미에서 벗어나 조선의 '바깥에 있는, 그 어떤 문학'을 막연하게나마 지시하게 된다. 위의 인용문들에서 사용된 문학이 고전에 대한 연구를 의미하는지 또는 대중적인 차원에서 사상을 표현할 수 있는 영역을 의미하는지는 막연하다. 하지만 문학이 배울 수 있거나 배워야 하는 영역으로 설정되어 있는 것은 분명한 사실이다. 보다 중요한 것은 이 지점이 문학과 관련된 전통적인 의미작용의 잠정적인 정지 상태에 해당한다는 것이다. 독일 문학의 존재를 인정하는 데는 어려움이 없을 것이다. 하지만 성리학 경전과 관련된 학문 및 수양이라는 전통적인 문학 개념에 근거해서 그 독일 문학의 내용을 상상하거나 가설적으로 추론하기는 어려웠을 것이다. 성리학 경전과 관련된 문학과 서양의 문학이 마주 보고 있는 상황. 희랍의 철학, 이태리의 미술, 영국의 헌법정치, 덕국의 문학으로 이어지는 환유의 수사학에는 문학과 관련된 낯선 분류 체계가 어른거린다.

4. 보통교육의 이념과 문학

1900년대에 문학이라는 용어는 보통교육의 이념과 밀접하게 관련을 맺으며 사용된다. 지식의 공공성, 달리 말하면 지식은 모든 사람에 의해 공유되어야 하며 사회적으로 축적되어야 한다는 계몽의 이념이, 이 시기의 문학 개념에 커다란 영향을 주고 있었던 것이다. 계몽, 보통교육, 지식의 공공성과 관련을 맺을 때, 문학은 읽고 쓰는 기본적인 학습능력이라는 의미를 지니게 되며, 읽고 쓰는 능력을 함양하는 과정과 관련된 문자, 문장, 표기법, 텍스트교과서 등이 중요하게 다루어진다. 문학이 성리학 경전의 구심성에서 벗어나 있고, 학문 일반이나 보편 학문이라는 의미와도 떨어져 있으며, 오늘날과 같은 시, 소설, 희속 등의 허구적 양식으로서의 문학이라는 의미와도 아무런 관련이 없다. 문학이 계몽의 이념과 교육 체제에 접합된 지점들을 보여준다.

⑥-1 세종대왕世宗大王씌 읇셔 국가國家의 전장典章과 오례의五禮儀와 음악기音樂器와 측후기測候器를 친제親製ㅎ시고 국문國文을 창제創製ㅎ사 경리역효更利易曉ㅎ 문학文學으로 일반국민一般國民을 보통교육普通敎育ㅎ엿스니.[41]

⑥-2 전국인민全國人民의 문학정도文學程度를 평균수平均數로 총계산總計算ㅎ야 위연爲然홈이라 아한我韓과 지사支邪는 매每 백인중百人中의 식지識字혼 자者가 일삼인一三人에 불과不過ㅎ니.[42]

문자, 식지識字 또는 문자 해독 능력으로서의 문학. 인용문 ⑥-1는 세종대왕이 국문을 창제하여 편리이효更利易曉한 '문학'으로 일반국민을 보통교육을 할 수 있었다는 맥락에서 알 수 있듯이 문자 내지 글자라는 의미에 매우 근접한 의미로서 사용되었다. 한글이 일반국민의 보통교육에 사용될 수 있는 쉬운 문자라는 의미인데, 문학이라는 말은 글자 또는 글자 운영의 방법이라는 의미까지 포함하는 것으로 이해할 수 있다. ⑥-2

---

41 一惺子, 「我韓育敎歷史」, 『서북학회월보』 16, 1908.3, 3면.
42 金文演, 「宗敎와 漢文」, 『대동학회월보』 19, 1909.8, 9면.

는 전 국민의 '문학' 정도를 파악하겠다며 조선과 중국의 문자해독계층이 1~2%라는 통계를 제시하고 있는 글이다. 따라서 문학이란 결국 글자를 아는 것識字과 동의어로 사용되었음을 확인할 수 있다.[43]

⑦-1 해주군에 사는 장원태 씨는 문학도 있고 일어도 아는데 법률 견습하기를 청원한 지라 해도 재판소 판사 박이양 씨가 법부에 인허하라고 보고하였다더라.[44]

⑦-2 무식한 사람들은 비록 빈한한 소치로 문학에 종사치 못하고 노동으로 생애를 삼 아 아침에 벌이하야 저녁에 먹으나 순량한 천성과 정직한 본심은 추호도 변치 않고 자기의 힘대로 그 직분을 다 하니 만일 이 사람들로 일찍이 보통학문이 있었더면 어찌 각국 사람 아래에 처하리오.[45]

기초적인 지식 또는 일반적인 학습능력으로서의 문학. 이러한 의미 역시 보통교육과의 관련을 갖는다. 인용문 ⑦-1에서 알 수 있듯이 문학이 있는가 없는가 하는 문제는 글을 읽을 줄 알고 일반서적을 이해할 수 있는 능력과 연관되어 있다. 달리 말하면 보통교육을 통해서 습득된 일반지식과 학습능력을 문학이라는 말로 표현하고 있는 것이다.

---

43 「千字文」과 방각본 서적을 중심으로 한 전통적인 문자 교육에 대해서는 이응백, 『국어교육사』, 신구문화사, 1975; 유탁일, 『한국문헌학연구』, 아세아문화사, 1989 참조. 적어도 17세기부터는 서민계층에서도 문자해독능력에 대한 필요성을 상당 부분 인식하고 있었다.
44 「견습청원」, 『대한매일신보』, 1907.10.6.
45 「사립국문학교 취지서(속)」, 『대한매일신보』, 1907.11.2.

⑧-1 시고是故로 문학지사文學之事는 치국자治國者에 일절직분중최요지단세一切職分中崔要之端世라 (…중략…) 범금악벌죄凡禁惡罰罪와 장권공예裝勸工藝와 통상무역通商貿易과 보국어적保國禦敵의 제단諸端이 개불능급어문학지돈품려행皆不能及於文學之敦品勵行ㅎ니 (…중략…) 고故로 문학지공효文學之功效는 기능증장민인지명리유덕자其能增長民人之明理有德者 (…중략…) 태서泰西가 취치부강驟致富强은 무일비유전무문학無一非有專務文學이니 (…중략…) 대비분력大悲奮力을 용출어당세문학勇出於當世文學ㅎ야 (…중략…) 흥학興學이 기불위국지급무호豈不爲國之急務乎아.⁴⁶

⑧-2 혹왈或曰 현세각국現世各國의 문명부강文明富强이 개蓋 문학발달文學發達로 이以ㅎ거놀 금今에 문승文勝의 폐해弊害를 통론痛論홈이 여차如此ㅎ즉 목하目下 교육계教育界에 대對ㅎ야 문학文學 발달發達을 주의注意치 아니홈이 가호可乎아 왈曰 현재문학現在文學은 구일문학舊日文學과 성물性物이 부동不同ㅎ야 공상적空想的 문학文學이 아니오 질질적質質的 문학文學이며 활발진취적活發進取的 문학文學이오 흠장퇴축欽藏退縮적 문학文學이 아니며 보통교육적普通教育的 문학文學이오 전공자구적專攻字句的 문학文學이 아니라 고이故以로 현시대現時代 문학文學 발달發達은 부강富强의 기초基礎가 되는 바니 문학발달文學發達을 요구要求할진디 전국인민全國人民으로 ㅎ야곰 국문國文과 급及 타국문학他國文學의 보통문자普通文字을 보통학식普通學識을 균배均配ㅎ야 신문잡지新聞雜誌와 통상서적通常書籍 등을 해독解讀케 홀만ㅎ고.⁴⁷

학습 일반 또는 지식 일반의 의미로서의 문학, 흥학興學이라는 계몽적

---

46 安鍾和, 「興學이 爲國之急務」, 『기호흥학회월보』 12, 1909.7, 8~9면.
47 「文勝의 弊害를 痛論홈」, 『황성신문』, 1910.6.8.

인 주제의식과 관련될 때 문학이라는 말은 학습 일반 또는 지식 일반이라는 의미로 사용되었다. 이러한 경우 문학이라는 말은 보통교육과 밀접한 관련성을 갖는다. ⑧-1에서 문학은 교육된 또는 학습된 지식이라는 말과 대치되어도 무방하며, ⑧-2에서 문학은 사회의 일반적 교육 수준 또는 지식수준이라는 의미로 사용하면서 신문·잡지와 일반서적을 해독할 수 있는 보통학식의 보급을 주장하고 있다. 문학과 보통교육의 관계가 광범하면서도 밀접하게 연결되어 있지만, 그 핵심적인 주장은 '보통 교육적 문학'이라는 말로 압축될 수 있다. 보통교육과의 관련이 강조될 때 문학이라는 말은, 교육을 통해서 축적된 지식이라는 의미를 지닌다. 계몽의 이념이 가장 강력하게 작용하는 용례라고 할 수 있다.

⑨-1 아국我國이 이래以來 한문漢文만 숭상崇尚한 결과結果로 금일今日 정신精神의 부패腐敗를 초치招致하엿는데 근래近來에는 차此의 반동反動으로 한문사상漢文思想은 전폐全廢한 경境에 지至하고 신문학新文學은 발흥發興치 못하야 금후今後 청년青年은 여하如何한 학식學識을 수득修得홀지라도 자기自己의 사상思想을 십분十分 문장文章으로 표시表示키 불능不能홀 섄 아니라 통상通常 서신書信을 자서自書치 못하게 되리니 엇지 한심寒心치 아니리오.[48]

⑨-2 중학정도中學程度 이상以上되는 학교學校에셔는 (…중략…) 자국문학自國文學을 일층一層 더 연구研究하야 자국문학自國文學의 진수眞髓를 완미翫味하며 특질特質과 묘미妙味를 감득感得케 하야 연설演說과 문장상文章上에 정교精巧를 극極하게 무

---

48 孫榮國, 「隨感」, 『태극학보』 3, 1906.10, 49면.

도務圖ㅎ는 거시라.[49]

문장文章 또는 표현양식으로서의 문학. 인용문 ⑨-1에서 보듯이 문학은 문장이라는 의미이다. 새로운 사상과 이념을 표현할 수 있는 표현양식문장 작성 방법이 마련되어 있지 않음을 지적하고 있다. 또한 ⑨-2에서는 자국어로 씌어진 교육적 텍스트자국문학를 공부하여 자신의 생각을 표현할 수 있는 연설과 문장의 기교를 정밀하게 다듬을 수 있게 하자고 말하고 있다. 전통적으로 문학이라는 말이 문장학술이라는 의미와 결부되어 있었지만, 계몽의 시대 그리고 보통교육의 시대를 맞아서 표현의 새로운 가능성을 모색하고 있다는 점에서 주목의 대상이 된다. 문학은 글과 문장을 만드는 능력을 교육하는 일이거나, 글과 문장을 만드는 능력을 교육할 수 있는 텍스트의 의미로도 사용되었다.

5. 학문의 분화와 문학의 위상

1900년대는 지식과 학문 영역에 대한 관념이 분화되는 시기였다. 근대적 공공성이 정치원리로 자리 잡게 되면서 왕실과 국가의 구분이 이루어지고, 국가를 정당화하기 위해 법률 영역이 학문지식의 개별적인 영역으로 자리를 잡게 된다.[50] 법률의 공적인 측면은 도덕과 윤리의 사적인 측면과 대조되는 과정을 거쳐 엄밀하게 구분된다.

---

49 張膺震, 「敎授와 敎科에 對ㅎ야」(前號續), 『태극학보』 14, 1907.10, 28면.
50 全永爵, 「立法司法行政의 區別과 其意義」, 『태극학보』 12, 1907.7, 18~22면.

연이然而 미개未開한 사회社會에셔는 도덕道德과 법률法律이 혼효混淆하야 도덕道德

이 주主가 되고 법률法律은 오직 도덕道德이 무無한 자者의게 가可히 시施할 제재製

裁를 규정規定함에 불과不過하야 (…중략…) 근세近世에 지至하야 법률과 도덕이 각

각各各 분리독립分離獨立하얏나니 어시평於是乎 계한界限이 명정明定하고 영역領域이 각

수各殊지한지라.[51]

또한 종교의 개념 역시 제도화되는데, 처음부터 종교의 형태로 수입된
기독교를 논외로 한다면, 성리학유학의 변화는 학문과 종교의 기능적 분화
를 보여주는 가장 뚜렷한 예가 될 것이다. 성리학은 보편 학문으로서 권
위를 어렵게 유지하다가, 진화론적인 세계 속에서 지식으로서의 부적합
성을 노정하면서, 보편 학문의 위상을 서양 학문을 지칭하는 과학 또는
학문에 내어주게 된다. 그리고 유교 또는 공자교라는 명칭으로 불교, 기
독교, 회교 등과 함께 나란히 놓이면서 종교의 길을 걷게 된다.[52] 국왕과
국가의 분리, 정치와 법률의 분화, 도덕과 종교의 구분, 학문영역 내부의
분화가 이 시기에 복잡한 양상으로 진행된다. 문학이라는 말 역시 학문
체계의 분화 과정 속에 놓여져 있었는데 학과 또는 교과목의 이름으로
정착되는 양상을 보인다.[53]

1895년 7월의 「소학교령」에 의하면 소학교 심상과의 교과목은 "수신,
독서, 작문, 습자, 산술, 체조"이며, 때에 따라 체조를 제외하고 "본국지

---

51 李昌煥, 「法律과 道德의 區別」, 『대한유학생학보』 1, 1907.3, 37면.

52 유교의 종교화 과정, 유학에서 유교로의 변화 과정에 대해서는 박찬승, 『한국근대정치
    사상상연구』, 역사비평사, 1992, 76~82면 참조.

53 「유림의 큰 개명」, 『대한매일신보』, 1908.11.5. "수원군에 사는 맹보순씨는 (…중략…)
    학교를 설립하고 문학, 실업, 법률, 유치 사부[4개의 영역─인용자]로 분설하였는데 지
    금 학원이 백여 명에 달하였다더라."

리, 본국역사, 도화圖畵, 외국어의 1과 혹 수과數科를 가加하고 여아女兒를 위하야 재봉을 가함을 득得함"으로 되어 있다. 평남에 소재한 창신彰新중학교처럼 어학, 문전, 작문 등을 교과목에 편성해서 작문 교육을 명시적으로 제시한 학교가 있기는 하지만,[54] 문학이라는 말은 적어도 1906년까지는 공식적인 법령이 정해 놓은 교과목 이름에는 올라 있지 않다.

주목할 만한 변화를 보이는 것은 배재학당의 교과목이다. 1900년 배재학당의 교과목은 "영어英語, 한문漢文 · 문법文法, 독서讀書 · 작문作文, 지지地誌, 역사歷史, 산술算術, 이학理學 · 화학化學"[55]이었다. 그런데 1908년에 이르면 어학, 문학, 지지, 수학, 과학, 도화圖畵, 체조, 성경聖經으로 교과목이 제시되는데, 그 가운데서 문학에는 독본, 문법, 서찰, 사자寫字, 작문, 회화 등의 세부 항목이 마련되어 있다.[56] 1900년의 교과목 중 문법, 독서, 작문이 1908년의 교과목에서 문학으로 통합된 셈이고, 문학이라는 교과목에는 읽기, 문법, 글씨 쓰기, 글짓기 등이 포함되는 양상이었다. 문학이 글자 그대로 글공부 또는 글 배우기가 된 셈이다. 읽기, 쓰기, 말하기의 학습영역을 통괄하는 문학이라는 교과목. 문학은 책이나 문자와 관련된 학습능력을 배양하는 교과목이다.

기자는 이 문법 통일이라는 말을 들어 각 학교의 문학과를 설립하는 제군자에게 깊이 권면하는 바ㅣ로다.[57]

---

54 『대한매일신보』, 1908.10.16.
55 『황성신문』, 1900.9.21.
56 『대한매일신보』, 1908.9.2.
57 「문법을 마땅이 통일할 일」, 『대한매일신보』, 1908.11.7.

비슷한 시기의 신문의 논설에서도 학생의 정신을 통일하고 지식을 균일하게 개발하기 위해서 문법을 통일해야 함을 주장하면서, 문법통일을 위해 학교의 문학과 설립을 권장하고 있다. 학교 교육에서 문학이 책이나 문자와 관련된 학습능력을 배양하는 교과목이었기에, 문자와 관련된 학습의 기초가 되는 문법 통일을 위해 문학과를 설립하자는 것이다. 보편학문 또는 학문 일반의 의미를 가지고 있었던 문학이, 보편 학문 또는 학문 일반이라는 의미망이 제거되고, 학교 교육의 기초 교과목으로 이야기되고 있는 것이다. 전통적으로 문학에서 문은 경전이었지만, 학교의 교과목 문학에서 문은 글자 또는 책을 지시한다. 계몽의 이념이 성리학의 아우라를 밀어내고, 미디어로서의 글 또는 문자가 전면화된다.

> 글이라 ᄒᆞᄂᆞᆫ 거슨 그림 그리는 쟈의 지필묵과 칙싴 ᄀᆞ흘거시오 사진관의 사진긔계와 ᄀᆞ흔거시라 화공이 안져 그림홀 새 무슴 물건에 형상을 그리던지 ᄌᆞ긔 본거슬 ᄆᆞ음에 쟈단[장단의 오기 — 인용자]과 광협의 다소를 맛게 렴량ᄒᆞ여 그림에 그 경륜빈포를 다 나타내ᄂᆞ니.[58]

이 글이 당시의 언어관 전체를 보여주고 있는 것은 아니지만 글에 대한 새로운 인식을 보여주고 있어서 주목의 대상이 된다. 글은 화가의 지필묵이나 사진사의 사진기와 같다는 것이다. 쉽게 말하면, 언어나 문자글는 인간의 마음을 표현하는 도구라는 사실이다. 도道와 글文의 이념적 근접성을 강조하던 사유체계에서 벗어나, 이념은 인간의 언어를 매개하여

---

58 「한문글ᄌᆞ와 국문글ᄌᆞ에 관계」, 『대한크리스도인회보』, 1900.1.17.

표현된다는 것으로 변화한 것이다. 이 글의 "글은 학문을 그리는 긔계"라는 표현에서 알 수 있듯이, 문자나 언어는 중립적·중성적인 매체로서 파악되고 있다. 이러한 언어관은 당시의 변화하는 문 또는 문학 개념과 밀접한 관련을 가질 수밖에 없는 것으로 보인다.

교과목으로서의 문학이란 것은, 문학이라는 말이 학문 일반 내지는 지식 일반의 의미가 강했음을 염두에 둘 때, 상당히 커다란 변화를 보이고 있는 것이다. 문학이 학식과 관련된 일반명사라는 관념이 유지되는 가운데, 학문과학의 일부 영역으로 재규정되는 지점이기 때문이다. 이러한 변화는 결코 배재학당에 국한된 예외적인 것은 아니다.

> 디금 세상世上은 전업시대專業時代라 (…중략…) 일인一人의 신신身으로 의례依例히 수제치평修齊治平, 학문훈도學問訓導에 무일불의無一不宜ᄒ든 고시古時와는 형이회이迥異ᄒ니, 정치가政治家와 학자學者가 기택其澤은 상몽相蒙ᄒᆯ디 언뎡 기其 도道는 각별各別ᄒᆯ 쓴더러 학자學者라 ᄒ여 만유과학즉萬有科學卽 온긋 학문學問을 통통統히 수습연구修習硏究ᄒᄂᆫ 것이 아니라 문학文學은 문학가文學家, 리학理學은 리학가理學家ᄒ야 각각전문가各各專門家가 유有ᄒ고 (…중략…) 가령假令 문학일과文學一科라도 취즁就中에 혹或 사학史學을 전구專究ᄒ고 혹或 철학哲學을 전수專修ᄒ며 혹或 언어학言語學을 주主ᄒ고 혹或 순문학純文學을 주主ᄒ야 일부일분一部一分을 각분궁구各分窮究ᄒ되 차유此猶 미흡未洽ᄒ민 드듸여 철학哲學 일과즁一科中에셔도 순정철학純正哲學, 심리학心理學, 논리학論理學, 생리학生理學, 윤리학倫理學, 종교학宗敎學, 사회학등社會學等을 경분연수更分硏修ᄒ고 차此 즁中에셔도 심리학心理學의 아동심리兒童心理와 병적심리病的心理며 논리학論理學의 연역演繹과 귀납歸納 등等과 갓흔것을 세분분장細分分掌ᄒᄂ니 차개정익구정此蓋精盆求精ᄒᄂᆫ 저의底意라.[59]

이 시기의 글 가운데 이 글처럼 학문의 분화과정을 명료하게 설명하고 있는 글은 발견하기란 쉽지 않다. '만유과학'으로 대변되는 학문 분류체계에서 문학은 자연과학을 의미하는 이학理學과 대등한 범주이며, 그 하위 영역으로 사학, 철학, 순문학을 포괄한다. 문학은 학문일반의 의미가 아니라 학문과학의 하위 개념으로 설정되어 있다.[60] 특히 이 시기에 발간된 학술지에서는, 일반 신문과는 달리, 학문이나 고등교육이 상위범주에 놓이고 문학이 다른 학문영역과 대등한 위치의 하위범주로 자리잡는 진술들을 여러 곳에서 만나게 된다. 근대적 학문과 관련될 때 또는 외국의 문물제도와 관련될 때, 문학이라는 말은 글쓴이가 상정하고 있는 지식의 분류체계 내부에서 위상을 부여받는다.

⑩-1 학문學問이라 ㅎ는 것은 (…중략…) 연구상研究上 편리便利를 위爲ㅎ야 구별區別ㅎ면 즉卽 물리物理, 화학化學, 수학數學, 정치政治, 법률法律, 심리心理, 의학醫學, 농학農學, 공학工學, 상학商學, 병학兵學, 문학文學 등 과학科學이니.[61]

⑩-2 소청所請 고등교육高等敎育은 법률法律, 경제經濟, 상업商業, 공업工業, 문학文學, 의학醫學, 이학理學, 농학農學 등의 전문적專門的 학과學科를 운云홈이니.[62]

---

59 崔生, 「地理學雜記」, 『대한유학생회학보』 2, 1907.4, 45면.
60 權補相, 「法學用語解」, 『대동학회월보』 2, 1908.3, 22~27면. 이 글은 禮伊萬(노이만)의 분류법에 따라 과학의 분류체계를 표를 그려서 제시하고 있다. 과학을 '자연과학'과 '정신적 과학'으로 양분하고, 문학은 사회과학에 해당하는 국가적 과학과 함께 정신과학의 양대 범주가 된다. 문학은 다시 협의의 문학과 철과로 나누어진다. 협의의 문학 아래에는 언어학, 수사학, 동작학, 교육학, 미술학, 각종 응용과학(농업·임업·공업·상업·의술·건축술), 역사학 등이 포함된다.
61 朴有秉, 「數學의 遊戲」, 『태극학보』 16, 1907.12, 38면.
62 李東初, 「少年國民의 養成」, 『태극학보』 16, 1907.12, 9면.

이러한 변화는 1900년에서 1908년에 이르는 동안 학문의 체계에 대한 인식이 정돈되어 갔음을 반증하는 것이다. 문학은 실용문 쓰기와 문법, 읽기, 말하기 영역을 포괄하는 것으로 나타나 있다. 이러한 문학 개념이 교육영역에 한정되는 것이라 하더라도 커다란 변화를 보여주는 것이다. 문학이라는 용어가 적어도 보편 학문이 아니라 학문의 한 영역으로 자리 잡고 있음을, 또한 문학이라는 말이 차지하고 있던 보편 학문의 자리를 과학이라는 말이 대체하게 되고 문학은 그 하위영역을 지칭하는 말로서 새로운 위상을 부여받고 있음을 보여주는 장면이기 때문이다. 이러한 지점은 문학이라는 말의 의미가 지식 일반 내지는 학문 일반이라는 포괄적인 의미에서 점차 제한적이며 특수한 용법으로 변화해 가는 과정에서 중요한 계기가 된다.[63]

6. 문학과 계몽주의, 그리고 계몽주의 이후의 문학

19세기 말~1900년대에 문학이라는 말이 다양한 의미로 사용되고 있었으며, 또한 의미변화의 과정에 있었다는 사실이 결코 놀라운 일은 아닐 것이다. 문학이라는 기표는 변하지 않고 유지되었지만 그 기의는 격렬하게 변화하고 있음을 확인할 수 있다. 문학이라는 말은 학문일반을 의미하는 광의의 유개념으로도 사용될 수 있었고, 지식·교육·문장 등과 관련된 협의의 하위개념으로도 사용될 수 있는 용어였다. 이러한 상황을 두고

---

63 근대적 문학 개념의 형성에 있어 중요한 의미를 갖는 예술 또는 미술 개념에 관해서는 윤세진, 「근대 '미술' 개념의 형성과 미술 인식」, 서울대 석사논문, 2000 참조.

문학 개념이 마구잡이로 사용되었다고 파악해서는 안 될 것이다. 문학이라는 용어와 관련된 당시의 복잡하고 다양한 의미맥락이 그 배후에 가로 놓여져 있기 때문이다. 전통적으로 유지되어 왔던 문 또는 문학 개념의 포괄적인 성격은 이 시기에도 큰 변화 없이 유지된다. 하지만 경전을 중심으로 하는 문학관이나 전통적으로 승인되던 지적·미학적 가치 체계는 더 이상 보편적인 지위를 유지하지 못한다. 문학이라는 말은 그 포괄적인 성격을 유지하는 상태에서, 유교 경전의 탈중심화·정치적 공공영역의 발생·계몽의 기획 등으로 대변되는 역사적 변화를 겪으며, 지식 또는 학식과 관련된 일반명사로 변모된다. 보통교육의 이념과 지식의 공공성에 대한 계몽주의적 요구가 강하게 반영되었기 때문이다.

앞에서 살핀 것처럼 이 시기의 문학 개념은 의미론적으로 유동하면서 변화하고 있다. 또한 1910년까지는 문학이라는 말이 시·소설·희곡 등과 같은 하위 분류체계를 지니고 있는 특정한 글쓰기 양식을 통칭하는 말로 사용된 용례가 거의 발견되지 않는다. 그러나 이러한 사실로부터 시·소설·희곡 등이 문학이 아니었다거나 문학 범주 바깥에 놓여져 있었다는 결론을 내리는 것은 성급한 일이다. 문학이라는 말의 일반적이고 포괄적인 의미를 고려할 때, 시·소설·희곡 등이 문학의 범주에 속하지 않았다거나 문학으로 인정되지 않았을 가능성은 아주 희박하다. 임화의 지적처럼 "이 '문학' 가운덴 시, 소설, 희곡, 비평을 의미하는 문학, 즉 예술문학까지가 포함되어 있는 것은 물론이다".[64] 다만 특정한 글쓰기 양식을 지칭하는 말로서 제한적으로 사용되기에는, 문학이라는 말은 너무나도 다층적인 의미

---

64 임화, 「개설신문학사」, 『조선일보』, 1939.9.3.

와 활동들을 포괄하는 말이었다고 보는 것이 가장 정확할 것이다. 문학이라는 말은 시·소설·희곡 등을 포괄하는 말이었지만, 시·소설·희곡 등을 하위양식으로 지니고 있는 용어로 주제화·특수화되어 있지 않았다. 그렇다면 시·소설·희곡 등의 양식을 통합하던 용어는 무엇이었을까. 당시의 문헌자료에 의하면 사적 영역을 지시하는 풍속이나 여항과 같은 말들이다. '풍속'으로 대변되는 사적 영역과 시·소설·희곡 등과 같은 양식의 관계를 파악하기 위해서는 계몽의 기획이 지니는 역사적인 성격을 다시 살피는 일이 불가피하다.

> 부夫 소설자小說者는 감인感人이 최역最易하고 입인入人이 최심最深하여 풍속계급風俗階級과 교화정도敎化程度에 관계關係가 심거甚鉅한지라.[65]

계몽이란 근대적 국가와 계몽된 개인을 동시에 산출하고자 하는 역사적인 기획을 말한다. 정치적 공공영역은 계몽의 이념적인 토대였고, 근대적 인쇄복제기술은 계몽의 기술적 토대였다. 정치적 공공영역이란 사회구성원이 사회의 일반적인 문제에 자신의 비판적 이성을 가지고 참여할 수 있는 토론의 장담화영역을 말한다. 하버마스의 지적처럼, 공공영역의 발생은 근대로의 역사적 변화에 있어 큰 전환점이다. 정치적 공공영역은 만민공동회·관민공동회와 같은 새로운 유형의 대중참여를 창출했고, 국왕 중심의 수직적 의사소통의 양식에서 일반백성 중심의 수평적 의사소통양식으로의 전환을 가져왔으며, 토론과 연설이라는 새로운 의사소통방식을

---

65 박은식, 「서사건국지 서」, 『백암 박은식 전집』 5, 동방미디어, 2002, 185면.

학습하고 내면화하는 계기가 되었다. 공공영역의 출현과 더불어 '사회 전체를 향해서 말을 한다'는 새로운 의사소통양식이 정립될 수 있었으며, 사회민족라는 공동체를 상상할 수 있는 집합적인 이해지평이 마련될 수 있었다. 또한 근대적 인쇄복제기술은 신문·잡지와 같은 정기간행물을 통한 여론 형성을 가능하게 했으며, 계몽의 이념을 지식의 공공성·탈경전화·어문일치 등의 형태로 확대재생산했다. 지식이 모든 사람에 의해 공유되어야 하며 사회적 차원에서 축적되어야 한다는 지식의 공공성, 전통적으로 권위를 인정받던 경전이 탈중심화되고 다양한 영역의 교과서가 주도적인 모습으로 등장하는 탈脫경전화 현상, 쓰기와 읽기 그리고 말하기를 하나의 언어사용 방법으로 통일하고자 하는 어문일치에의 노력 등은 그 자체가 커다란 역사적 변화이다.

　　장인정사莊人正士가 장엄莊嚴한 고비皐比에 림림臨하여 천연정대天然正大한 면목面目으로 심성사물心性事物의 오리奧理를 담담談하며 고금흥망古今興亡의 역사歷史를 설설說함에는 기其 방방傍에서 환청環聽할 자者, 일기개一幾個 유문유文 식자識者에 불과不過할뿐더러 차차且此로 유由하여 다소간多少間 지식智識은 계啓하더라도 기其 기질氣質을 전이轉移하여 악자惡子를 선선케하고 흉자凶者를 순순케하기는 난難할지요, 피彼 리담속어俚談俗語로 선출選出한 소설책자小說冊子는 불연不然하여 일절壹切 부유주졸婦孺走卒의 혹기酷嗜하는 바인데, 만일萬一 기其 사조思潮가 초기稍奇하며 필력筆力이 초웅稍雄하면 백인百人이 방관傍觀에 백인百人이 갈채喝采하며 천인千人이 방청傍聽에 천인千人이 갈채喝采하되, 심지甚至 기 정신혼백精神魂魄이 지상紙上에 이이移하여 비처悲悽한 사사事를 독독讀함에 루루淚의 방타滂沱를 부각不覺하며 장쾌壯快한 사사事를 독독讀함에 기其의 분용噴湧을 불금不禁하고 기其 훈도릉염薫

陶凌染의 기구既久에 자연自然 기其 덕성德性도 감화感化를 피被하리니, 고故로 왈曰 사회社會의 대추향大趨向은 국문소설國文小說의 정定하는 바라 함이니라.[66]

개략적으로 볼 때 계몽의 기획은 크게 3가지의 층위를 갖는다. 첫 번째는 의회 설립이나 입헌군주제 수립을 목표로 하는 정치적 계몽이며, 두 번째는 사회구성원 전체를 대상으로 하는 보통교육의 이념을 내세운 계몽교육, 세 번째는 풍속이나 여항으로 지칭되던 사적 영역을 개량해 나가는 풍속교화이다.[67] 계몽의 기획이 풍속개량에 지대한 관심을 가지게 된 이유는 무엇일까. 풍속으로 대변되는 사적 영역이 사회의 재생산을 담당하는 기초적인 영역이며, 계몽의 기획은 개인들의 집합적인 동의와 연대에 의해서만 정치적 정당성을 확보할 수 있기 때문이었다. 계몽의 이념을 보다 멀리 그리고 보다 깊은 곳까지 전달하기 위해서는 사적 영역풍속에 대한 제도화를 전략적으로 수행하지 않을 수 없었던 것이다. 이 지점에서 고려된 것이 종교, 소설, 시가, 연극 등이었다. 이들 영역은 개인에게 주어진 선택가능성의 공간이었지만 광범한 사회적 영향력을 지니고 있었으며, 또한 규범적으로 강제하지 않더라도 자발적으로 열광하는 영역이었다. 따라서 이념적 정당성을 확대재생산하고자 하는 계몽의 기획으로서는 종교·소설·시가·연극 등에 대한 위계적 접합linkage을 시도할 수밖에 없었다.[68]

---

66 신채호, 「近今 國文小說 著者의 注意」, 『대한매일신보』, 1908.7.8.
67 이와 같은 구분은 연대기적인 순서와는 무관하며, 실제적으로는 동시적으로 공존하며 추진되던 영역이었다.
68 Jean-Francois Lyotard, *The Differend : Phrases in Dispute*, tr. G. Van den Abbeele, Minneapolis : University of Minnesota Press, 1983.

계몽의 시선을 통해서 소설·시가·연극 등이 관찰되기 시작하며, 계몽의 시선 아래에 놓인 소설·시가·연극 등은 정치적 공공영역 내부의 공적인 매체로서 자신들의 위상을 설정하게 된다. 의사소통양식으로서의 중요성을 인정받아왔던 시가의 경우는 상대적으로 감동이 덜했겠지만, 소설과 연극의 경우 처음으로 사회적인 존재의의를 획득하는 순간이었던 셈이다. 하지만 분명하게 기억해야 할 것은 시가·소설·연극 등과 같은 양식들이, 문학 또는 문예의 범주가 아니라 풍속교화의 범주로 또는 사적 영역을 구성하고 있는 중요한 의사소통양식미디어으로 포괄되었다는 사실이다. 계몽의 기획에 의하면, 우리가 문학이라고 생각하는 이들 양식은 공적인 매체 또는 의사소통양식 일반으로 파악되었다. 계몽의 고민은 광범한 독자층을 형성하고 있는 소설이라는 의사소통양식을 둘러싼 소통의 왜곡을 바로잡고 계몽의 기획을 전달할 수 있는 방법에 있었다. 이 시기에 발표된 시가·대화체·정치소설 등은 집합적 경험을 매개하고, 집단적인 기억역사을 재구성하고, 국가의식을 가진 국민을 산출하기 위한 것이었다. 소설이 이 시기의 문제적인 양식이었던 것은 공적인 기억과 집단적인 경험을 산출할 수 있는 소통적 매개항미디어이었기 때문이었다.[69]

시가·소설·연극 등을 주제화하는 문학이라는 용어는 적어도 1910년까지는 발견되지 않는다. 그렇다면 시·소설·희곡을 하위범주로 갖는 문학, 또는 예술로서의 문학이라는 개념은 외국에서 수입되어 이식된 것일까. 서구나 일본의 압도적인 영향을 무시할 수는 없다. 하지만 시 소설 희곡을 하나의 범주로 묶을 수 있게 해 준 것은, 사적 영역풍속의 교화라는 관

---

69 계몽의 기획과 문학 양식들의 역사적 관련성에 대해서는 졸고, 「한국의 근대적 문학 개념 형성과정 연구」, 서울대 박사논문, 1999 참조.

점에서 이들 양식들을 관찰했던 계몽주의였다. 문학이라는 용어는 여러 학문을 아우르는 유개념의 자리를 학문이라는 용어에게 내어주고, 학문의 분류 체계 내부에 개별적인 학문영역으로 잠시 자리를 잡았다가, 학교 중심의 계몽이 제도화되자 학교 교육 바깥에 자신의 자리를 마련한다.[70]

---

[70] 1915년을 전후로 해서 근대적인 문학 개념이 제도화되기 시작한다. 이광수를 비롯한 유학생 계층에 의해서 주도된 문학 개념 정립과정은 기존의 문학적 전제들에 대한 이교도적 단절이라 할 만하다. 이 시기의 문학은 생명의 직접적인 표출인 정이라는 인간적인 감정을 주제화함으로써 보편적인 인간에 대한 존재론적인 관심을 촉발했다. 거시적으로 볼 때, 문학을 정립한다는 것은 비예술적인 사회에 예술적인 중심(사회를 미학화할 수 있는 근거)를 마련하는 일이다. 근대문학을 만드는 일은 하나의 사회적인 기획이다. 1915년경부터 새롭게 규정되는 문학은 지식 일반이 아니라 생명 감정과 관련된 것이며, 교양이 아니라 예술과 관련된 것이며, 학문체계의 한 부분이 아니라 학문체계의 밖에 나와 있는 것으로 스스로를 정립한다. 근대 문학 개념의 형성 과정은 자폐적이지도 않았고, 또한 완전히 자율적인 문학 개념을 구성해 낸 것도 아니었다. 한국 근대문학은 낮은 수준에서 문학의 자율성을 제도화했으며, 이를 통해서 문학이라는 기획은 계몽의 실패를 보상하고 정치적 공공영역의 부재상황을 대신할 수 있는 것으로 스스로를 정립할 수 있었던 것이다.

진화 · 후진성 · 제1차 세계대전

『학지광』을 중심으로

1. 후진성後進性에 대한 고찰

─「헤겔 법철학 비판을 위하여─서설」과 관련하여

만약 사람들이 독일의 현 상태 그 자체에서 시작하려 한다면, 비록 유일하게 알맞은 방식으로, 즉 부정적으로 시작한다 하더라도 그 결과는 여전히 시대착오에 머무를 것이다. 우리의 정치적 현재의 부정조차도 이미 현대 민족들의 역사적 헛간 속에서 먼지투성이의 사실로서 발견된다. 내가 분바른 편발을 부정하다 해도, 나는 여전히 분바르지 않은 편발을 가지고 있는 것이다. 내가 1843년의 독일의 상태를 부정한다 해도, 프랑스적 시간 계산에 따르면 1789년에도 있을까 말까 하고, 하물며 현재의 초점에는 더더욱 있지 않다.

정말이지, 독일의 역사는 역사상 어느 민족도 시범을 보인 적이 없고, 모방하지도 않을 하나의 움직임에 대해 우쭐해 하고 있다. 요컨대 우리는 현대 민족들의 혁명을 공유함이 없이 그 민족들의 복고를 공유하였다.[1]

---

[1] 칼 마르크스(Karl Marx), 최인호 역, 「헤겔 법철학의 비판을 위하여─서설」, 『칼 맑스 프리드리히 엥겔스 저작 선집』 1, 박종철출판사, 1991, 2~3면. 굵은 글자의 강조는 원 저자의 것이다. 이 글은 「헤겔 법철학 비판 서문」으로 통용되어 왔는데, 이 글에서는 혼동을 피하기 위해 번역본의 제목을 사용한다.

1843년에 씌어진 「헤겔 법철학 비판을 위하여 – 서설」 미간행 원고에서 마르크스는 독일의 사회적 상황을 고찰하면 그 결과는 언제나 시대착오적인 것으로 나타날 것이라고 말한다. 여기서 시대착오라는 말은 독일의 현재 상황이 세계사적 시간의 현재와 불일치한다는 의미이다. 세계사의 시간에는 공간적인 준거가 설정되기 마련인데, 1843년의 마르크스에게 세계사의 시간을 위한 준거는 영국과 프랑스였다. 프랑스의 시간을 기준으로 삼을 경우, 독일의 현재인 1843년은 프랑스의 1789년에 해당될지 말지 하는 수준이다. 연대기의 시간에 근거한다면 독일과 프랑스는 1843년이라는 동시성을 공유하고 있다. 하지만 세계사의 시간에 비추어볼 때 1843년의 독일은 프랑스의 1789년 이전에 대응한다. 연대기의 숫자에 근거한 동시성은 주어져 있을지 모르지만, 공간적으로 인접한 나라일지는 모르지만, 독일과 프랑스의 시간은 결코 동시적이지 않다. 따라서 "프랑스와 영국에서는 끝나가기 시작하고 있는 것이 독일에서는 지금 시작되고 있다".[2] 프랑스와 영국에서는 독점의 모순들을 지양하는 것이 문제라면, 독일에서는 독점의 모순이 나타나는 지점까지 끌고 가는 것이 문제이다.

고대 민족들이 그들의 전사前史를 상상 속에서, 신화 속에서 체험한 것처럼 우리 독일인들은 우리의 후사後史를 사유 속에서, 철학 속에서 체험하였다. 우리는 현대의 역사적 동시대인들이지 않은 채, 그 철학적 동시대인들이다. 독일 철학은 독일 역사의 이념적 연장이다.[3]

---

2   위의 글, 6면.
3   위의 글, 6~7면.

영국과 프랑스의 혁명적 경험들, 달리 말하면 독일의 역사적 미래에 해당하는 사건들을, 독일은 단지 철학적 사유 속에서 경험한다. "독일의 법철학 및 국가 철학은 공식적인 현대적 현재와 동급으로 서 있는 유일한 독일 역사이다."[4] 하지만 정치, 경제, 사회적 현실은 근대 민족국가 즉 영국이나 프랑스에 비할 때 현저하게 뒤떨어져 있다. 독일은 "역사의 수준 이하에 있고, 모든 비판[의 수준] 아래"[5]에 있다. 독일의 상황은 비판의 대상으로 구성되지도 못하는 후진적인 수준에 놓여 있다. 독일의 후진성, 달리 말하면 영국과 프랑스가 가까스로 견디고 있는 현실을 독일은 아침 노을과 같은 미래로 받아들이는 상황이, 1843년의 마르크스에게는 명확하게 관찰되었던 것이다. 독일의 후진성에 근거하여 마르크스는 프롤레타리아에게 내재된 혁명적 가능성을 추론하고, '목숨을 건 도약'으로 비유되는 혁명을 사고할 수 있었다. 독일의 후진성은 혁명을 사고할 수 있도록 하는 근거들 가운데 하나였다.

그러나 독일은 현대 민족들과 동시에 정치적 해방의 중간 단계들에 올라가지 못하였다. 독일은 자신이 이론적으로 극복한 단계조차 실질적으로는 아직 도달하지 못하고 있다. 어떻게 독일은 한 번의 목숨을 건 도약으로 자기 고유의 한계뿐만 아니라 동시에 현대 민족들의 한계들, 독일이 현실 속에서 자신의 현실적 한계들의 해방이라고 느껴서 추구해야만 하는 바의 한계들도 뛰어넘을 수 있을까? 근본적 혁명은, 바로 그것의 전제들과 탄생지들을 결여하고 있는 것처럼 보이는 근본적 욕구들의 혁명 이외의 것일 수 없다.[6]

4　위의 글, 7면.
5　위의 글, 3면. [ ] 안의 내용은 번역본에서 제시된 것임.
6　위의 글, 10면.

근대의 역사철학적 상상력은, 지금까지 존재하지 않았던 상태를 향한 하나의 이행, 즉 역사의 진보를 향한 이행의 운동에 준거하여 스스로를 구성한다. 인류가 만든 역사의 과정에서 최초로 출현한 중요한 장면들. 마르크스가 세계사의 시간 좌표를 구성하고 진보와 후진을 구분한 근거도 바로 이러한 장면들이다. 영국과 프랑스가 비극적으로 걸어간 길을 독일이 희극적으로 반복할 수밖에 없는 그 어떤 힘 속에서, 또는 독일이 영국과 프랑스의 역사적 궤적에서 벗어날 수 없는 그 어떤 관계 속에서, 인류사세계사는 실재로서 자신을 드러낸다. 후진성이라는 관념징후·무의식은 보편사로서의 인류사를 전제한다. 마르크스가 말하고 있는 후진성의 문제는 '진보의 단계적 차이와 괴리에 근거한 비동시적인 것의 동시성' 또는 '지구상에 존재하는 비동시적인 것의 동시성Gleichzeitigkeit des Ungleichzeitigen'과 관련된다.[7] 코젤렉이 지적하듯이, 역사철학의 주도적인 동기는 진보의 가설적 주체das hypothetische Subjekt인 인류의 정립에 있다.

마르크스의 글에서 알 수 있듯이, 후진성은 사회역사적 현실의 총체적인 비참 속에서 스스로를 드러내며, 총체적인 비참을 벗어나기 위해서는 '목숨을 건 도약' 즉 근본혁명적인 문제 해결이 요구된다. 후진성에 대한 인식은 인간 해방의 문제를 제기하게 만드는데, 이와 관련해서 마르크스는 "독일민족의 인간으로의 해방"이라고 말한 바 있다. 마르크스가 명시적으로 말하고 있지는 않지만, 후진성은 독일민족을 진보의 가설적 추체

---

7   라인하르트 코젤렉(Reinhart Koselleck) 외, 황선애 역, 『코젤렉의 개념사 사전 2 - 진보』, 푸른역사, 2010, 94~97면. 비동시적인 것들의 동시성은 18세기 이후 인류학적 보고들을 통해서 지구상에 서구의 문명과 원시부족들의 문화가 함께 존재한다는 사실을 알게 된 것과 관련된다. 이 글에서 후진성이라는 용어를 사용하는 것은, 비동시적인 것의 동시성이 갖는 평균적이고 균질적인 퍼스펙티브를 적절하게 제어하면서, 후진성을 경험하고 있는 민족의 관점과 경험들을 포착하기 위함이다.

에서 벗어난 비–인간 또는 비–인류의 범주로 분류하는 기제로 작동한다. 따라서 후진성의 극복은 인간 해방이라는 근본적인 문제를 제기하며, 그 과정에서 비非–인류의 범주최종적으로 배제되고 억압당하는 자들, 그들의 존재가 모든 억압을 대변하는 자들, 독일의 프롤레타리아의 발견에 근거하여 인류의 범주를 새롭게 재구성한다. 후진성은 비–인류의 장소이자 새로운 인류의 장소이다.

이 글은 마르크스의 글에 빗대어 1910년대 후반의 식민지 조선이 끌어안고 있었던 후진성의 무의식을 고찰하고자 하는 시론이다. 독일의 경우에는 프랑스와 영국의 역사적 경험을 성찰하는 과정에서 형성된 독일철학이 있었다. 마르크스도 인정하고 있듯이 독일철학은 독일의 세계사적 동시성을 입증하는 상상적·상징적 근거였다. 그런데 독일철학과 같은 세계사적 동시성을 위한 최소한의 근거도 가지지 못한 비서구사회에서, 후진성은 어떠한 방식으로 발현될까. 역사적 진보에 대한 기대지평이 있을 뿐이고 경험적 근거를 가지 못한 조선의 경우는 어떠했을까. 진보의 경험과 담론에 개입하는 그 어떤 실재, 기대지평과 경험공간 사이의 괴리로부터 구성되는 무의식, 후진성, 또는 비서구사회가 구성하는 근대의 또다른 무의식, 이 글에서 거칠게나마 점검하고자 하는 문제들이다

2. 진화라는 초월적 기호와 전면적 결핍의 상황

금今에 조선朝鮮을 관찰觀察하건대 우리의 정신상精神上 위안慰安을 여與하며, 이상理想을 원대遠大히 하며, 사상계思想界를 지배支配할 만한 종교宗敎 철학哲學 문예文藝 예술藝術도 무無하고 범백凡百 언행言行에 일정一定한 표준標準이 될 만한 윤리倫理

도덕道德도 무無하고, 우리 조상祖上의 참을 알니워 줄 만한 역사전설歷史傳說도 업스니 (…중략…) 약^若 순서順序를 차자 우리의 부족^{不足}한 점點을 다 쓰랴면 비록 수천數千 장狀을 쓴다 하더라도 오히려 그 지면紙面이 부족不足하리다.[8]

무차별적인 결핍. 1910년대 재일 유학생 기관지 『학지광』에 나타나는 조선에 대한 인식이다. 사회적으로 없는 것이 너무 많은 상황이어서 어떤 것이 있어야 할지 또는 어떤 것을 해야 할지 판단이 서질 않는 상황.[9] 종교, 철학, 문학, 예술, 산업, 역사 등등 없는 것이 많아서 순서를 따져서 부족한 점을 쓴다면 수천 장을 쓰더라도 지면이 부족한 상황. 조선사회가 보여주는 무차별적인 결핍의 상황은, 당시의 지식인들에게 특히 외국 여행이나 유학의 경험이 있는 사람들에게는, 외상적인 실재에 해당하는 것이었다. 정치, 경제, 산업, 문화, 예술 등 어느 것 하나 제대로 갖춰진 것이 없는 상태였던 것이다.

이 문제는 단순히 당시의 조선이 지독하게 가난했다든가, 그래서 결국 식민지가 되었다든가 하는 사실들을 확인하는 수준을 넘어선다. 보다 근원적으로는 조선사회의 내부에 변화의 가능성이 잠재있는가 또는 발전의 근거를 확인할 수 있는가 하는 문제에 부딪히게 되면 그 심각성은 엄청난 수준에 이르게 된다. 1900년 이래로 조선사회의 변화를 추동할 방도는 몇 가지 되질 않았다. 첫 번째는 교육 및 계몽에 의한 의식의 각성, 두 번

8　負朝陽, 「先後取捨」, 『학지광』 14, 1917.11, 56면.
9　조선의 상황을 무차별적인 결핍으로 파악한 것은 1900년 이후로 지속되어 온 것이다. 極雄, 「최근의 문명소식」, 『학지광』 14, 1917.11, 63면. "우리 社會를 둘너보자─업는 것도 하도 만흐닛가, 엇던 것이 업다, 엇던 것이 잇서야겟다, 엇더한 것을 해야 하겟다 하기도, 容易히 말이 아니 나온다, 그러나, 업는 것도 만혼 중에 더욱 업는 것이 내가 말하랴는 科學─이것이 아닌가 한다."

째는 동심결同心結로 대변되는 집합적 의지 또는 정서의 육성, 세 번째는 서구의 제도 문물 학문에 대한 학습과 수용, 네 번째는 내부의 건전한(상호착취를 하지 않는다는 선에서의) 경쟁을 통한 민족적·사회적 역량의 축적 등이었다. 진화론은 경쟁 또는 생존경쟁이라는 화두를 조선사회에 던져주었는데, 경쟁 또는 생존경쟁은 1900년대의 담론에서 이중적으로 사용된다. 한편으로는 조선사회 내부에 적용될 때에는 변화와 성장의 계기로서 제시되었고,[10] 다른 한편으로는 제국주의적 논리가 관철되는 국제질서를 환기하며 조선이 식민지 또는 노예의 상태에 떨어질 수 있다는 위기의식을 촉발하는 계기로 사용된다.[11] 진화는 세계의 구성과 운영이 어떠한 방식으로 이루어지는 지를 보여주는 법칙인 동시에 조선사회에도 변화가능성이 잠재되어 있음을 안정적으로 전제할 수 있도록 하는 초월적 기호였다.

물론 생존경쟁·우승열패·적자생존·약육강식·자연도태 등 진화론의 테제에 의하면, 조선이 식민지로 전락한 것이 당연하면서도 자연적인 귀결이라는 인식에 도달하게 되는 문제가 생겨난다. 하지만 진화론이 아

---

10 경쟁은 사회발전의 동력이다. "然而 文明進步에는 競爭이 必要不可缺할 者라, 彼 西洋諸國의 今日 文明은 결코 偶然이 아니라. 다 四五百年間 奮鬪努力의 結果며, 競爭不已한 結果라. (…중략…) 相互競爭不已한 結果로 西洋에 今日 文明이 잇나니라."(徐椿, 「比較하라」, 『학지광』 15, 1918.3, 22면) "社會의 文明進步에 競爭이 必要不可缺할 者라 하노라."(위의 글, 1918.3, 23면)

11 일본에서 '진화'라는 번역어가 사용된 것은 가토 히로유키(加藤弘之)의 『人權新說』(1882)부터이다. 그는 evolution의 번역어로, 진보와 개화를 조합하여 진화를 제시한 바 있다. 19세기 후반 일본에서는 진화론에 관한 두 가지의 해석이 존재했다. 하나는 단세포생물에 인류에 이르는 계통수에 근거하여 진화를 백인종 중심주의로 견인해갔던 해켈(E. H. Haeckel) 류의 해석이고, 다른 하나는 진화의 과정에서 하등동물이 생존할 여지는 사라지지 않으며 고등동물과 하등동물의 생존방식은 다른 것임을 주장한 오카아사 지로(丘淺次郞)의 해석이다. 와다 토모미(和田明美), 「이광수 소설의 '생명' 의식 연구」, 서울대 박사논문, 2007, 12~22면 참조. 참고로 1916년에 발표된 「東京雜神」에서 이광수는 7권의 도서를 추천하고 있는데 여기에는 오카아사 지로의 『進化論講義』가 포함되어 있다.

니라면 조선사회 내부에서 변화의 근거와 가능성을 전제할 수도 발견할 수도 없는 상황에 있었던 것 또한 사실이다. 진화론을 참조할 때, 외부적으로는 약육강식의 세계 논리에 맞서서 힘을 합쳐 독립을 유지하자고 주장할 수 있었고, 내부적으로는 조선 사회도 생존경쟁을 통해서 발전의 계기를 마련할 수 있다고 말할 수 있었다. 식민지 시대의 진화론 이해가 대단히 복잡하면서 모순적인 맥락 위에 놓여 있었던 현실적인 이유를 여기에서 찾을 수 있을 것이다. 진화는 상상된 현실로서 식민지 조선 사회에 도입되었고, 조선사회의 과거와 미래를 통합적으로 사고하는 개념틀로서 작동했다. 특히 진화론에 의할 때, 조선의 자기인식과 관련된 물음, 달리 말하면 세계에서 조선의 위치와 위상을 묻는 질문이 구성될 수 있었다.

세계世界의 문명文明은 실實로 일진월보日進月步하야 침침연불식駸駸然不息하나니 차此 일천구백십사년一千九百十四年 중中 오인吾人의 이목耳目을 경동驚動케 하는 기사묘예奇事妙藝가 실實노 부소不少하거니와 우리 반도半島의 금일今日은 과果 하여何如한 지위地位에 재在한고, (…중략…) 제군諸君이여 금일今日 아我 반도半島에 청신淸新한 사조思潮가 유유有한며 생명生命잇는 예술藝術이 유유有한가, 산업産業이 흥기興起하며 학문學文이 진보進步하는가? 왈曰 무無라 하노니 희嘻라 차此는 개皆 과거過去의 인과因果이라. 오인吾人은 과거를 탄嘆하야 수성遂成에 동경憧憬코져 함은 아니나 연然이나 세계世界가 일보一步를 진進하면 반대로 일보一步를 퇴退하는 반도半島를 대안對岸의 회록시回録視함은 실實로 오인吾人의 부인不忍하는 바 아닌가. (…중략…) 여余는 반도半島에 충일充溢한 것은 사死뿐이 사思하노니 산업産業이 사死하엿고 생활生活이 사死하엿스며 정신精神이 사死하엿고 반도半島 자신自身이 사死하엿스니 차此가 사死의 통일統一이 아니고 하何라 위謂하리오 (…중략…) 세계인류상世

界人類上 견지見地로 시視할진대 조선민족朝鮮民族 갓흔 사회社會의 약자弱者난 전연全然 멸망滅亡함이 도로혀 이익利益이 아닐넌지!, 조선민족朝鮮民族이 세계世界에 공헌貢獻하난 바난 다만 퇴보退步의 기록記錄과 멸망滅亡의 역사歷史 뿐이고 무위無爲한 이천만二千萬 민족民族이 광활廣闊한 삼천리三千里 강산江山을 점유기거占有起居하야 천연天然의 부원富源로[으로—인용자] 이용利用치 아니하고 타인他人 활동活動에 장해물障害物이 될뿐이어날 니이체로 하여곰 평評하라 할진대 차此와 여如한 민족民族은 전전全全 멸망滅亡함이 초인超人 출현出現에 필요必要하다 단언斷言할지로다.[12]

『학지광』에 발표된 주종건의 글은, 진화론의 공리에 대단히 충실하다. 조선의 무차별적인 결핍의 상황을 신랄하게 제시하고 있다. 조선에는 산업과 생활과 정신이 죽어 버려서 죽음 말고는 다른 아무 것도 없다는 자기인식. 따라서 '세계인류상의 견지'에서 보자면 조선 같은 약자는 차라리 멸망하는 것이 오히려 이익 될 것이라는 주장을 펼치고 있다. 진화론의 견지에 근거할 때, 약자弱者와 열성劣性과 퇴보退步는 진화론적 세계상에서 생존의 근거를 찾을 수 없으니 멸망하는 것이 당연하다. '세계가 일보一步를 진進하면 반대로 일보一步를 퇴退하는 반도'에서 확인할 수 있듯이 조선에 대한 자기인식이 구성되는 과정에서 후진성이 함께 구축되고 있음을 확인할 수 있다.

사회진화론의 구도 속에서 생물학적 진보와 문명사적 진화를 하나의 맥락에서 파악하는 것은, 구스타프 르 봉Gustav Le Bon의 『민족진화의 심리학적 법칙』1894에서 알 수 있듯이, 이 시기의 일반적인 특징이었다. 사

---

12 朱鐘建, 「新年을 當하야 유학생제군에게 呈함」, 『학지광』 4, 1915.2, 28~29면, 이하 강조는 모두 인용자의 것.

회진화론적 구도 속에서 조선의 후진성에 대한 인식은 지속적으로 강요되었다. 하지만 보다 더 공포스러운 것은 '과연 조선이 세계에 존재하고 있는가'라는 물음이었다. 이 물음은 인류 진화와 문명 진보의 과정에 과연 조선민족이 인류라는 가설적 주체에 포함되어 있는가라는 물음이기도 하다. 이 물음은 진화론과 후진성 사이에 마련된 외상적 실재와 관련된 것으로서, 최남선, 이광수, 현상윤 등 당대의 논자들의 글 속에 빈번하게 등장하고 있다.[13] 세계의 의미론적 지평으로부터 원천적으로 조선이 배제되어 있다는 두려움.

① 오인吾人은 지력智力으로도 [세계문화사에서의－인용자] 하등何等 지위地位가 무無함을 기억記憶할지어다 진화론進化論이라든지 인식론認識論이라든지 세계학계世界學界에 신생명新生命을 여여與한 자류者類ㅣ 오인吾人에게 일무一無함을 기억記憶할지어다 (…중략…) 세계적世界的 모든 백과전서百科全書에 우리 공적功績의 기록記錄이 일항一項도 부재不在하고 아울러 오인吾人의 집필執筆한 항목項目이 일무一無함을 기억記憶할지어다.[14]

---

13 이광수는 「신생활론」(1918.9~10)에서 모든 것이 변화하는 진화론적 세계상 속에서 진화의 원리만은 변화하지 않는다고 역설한 바 있다. 그렇기 때문이었을 것이다. 「신생활론」에서 이광수는 진화의 법칙이 조선민족을 비껴가지 않을 것이라고, 진화의 보편적인 행정(行程)은 조선민족에게도 고스란히 적용될 수밖에 없다고 믿었다. 왜냐하면 진화의 적용범위는 세계와 인류이고 인류에는 조선이 포함되는 것이 당연하기 때문이다. 하지만 과연 조선이 진화의 적용범위에 포함되는가라는 물음이 제기될 수밖에 없다. 「부활의 서광」(1918.3)에서는 조선이 진화의 범위에서 벗어나 있을지도 모른다는, 또는 조선은 정신의 영역에서 진화의 계기를 스스로 마련하고 있지 못한 것일지도 모른다는 위기의식이 분출되고 있다. 여기에 관해서는 졸고, 「민족개조와 감정의 진화－1920년대 이광수 문학론에 대한 예비적 고찰」, 『한국학연구』27, 2013, 29~52면 참조.
14 崔南善, 「努力論」, 『청춘』 9, 1917.7; 『육당 최남선 전집』 13, 역락, 2003, 400~401면.

② 아직까지 우리 조선朝鮮 민족民族은 세계世界에 향향하야 아모 교섭交涉이 업섯고 아모 관계關係가 업섯다. 다시 말하면 대영백과전서大英百科全書나 세계문화사상世界文化史上에 우리는 아모 것도 실어다나고 할만한 특별한 공적功績이 업섯다.[15]

세계라는 백과사전에 조선은 등기entry되어 있지 않다. 세계와 조선의 관계는 비대칭적이다. 지리적으로 조선은 분명히 세계 속에 있다. 하지만 세계는 조선을 알지 못한다. 조선은 즉자적으로만 존재하고 있다. 세계라는 대타자의 응시 바깥에 조선의 자리가 마련되어 있는 것이다. 조선의 지식인의 시선에서 보자면, 조선은 대타자인 세계의 결핍이다. 이제 대타자의 응시를 욕망하며 대타자의 결핍을 충족시키고자 하는 주체의 자리가, 상상적인 차원에서 마련된다. 세계라는 대타자의 결핍을 대리보충하고자 하는 욕망과 세계라는 대타자의 응시바깥에 놓여있다는 불안 의식 사이에서, 1910년대 중후반 후진성과 관련된 조선 지식인들의 무의식이 구성된다.

3. 후진성, 또는 비동시적인 것의 동시성에 대한 감각들

① 오인吾人 인류人類 생활상生活上에 의식주衣食住로부터 기타其他 일용품日用品까지 필요必要함은 물론勿論이어니와 세世의 발달을 수隨하야 차此에 대對한 욕망慾望도 점점漸漸 상진上進홈은 금일今日의 현상現象이라 연然이나 현금現今 반도사회半嶋社會의 소위所謂 생활상生活上 상태狀態를 고찰考察할진대 기其 암흑暗黑 유치幼稚홈

---

15   玄相允, 「李光洙 君의 「우리의 理想」을 讀함」, 『학지광』 15, 1918.3, 56면.

실實로 이십세기二十世紀 문명인류文明人類의 생활生活이라 자칭自稱키 불능不能한 바이언이와 차此를 발달상진發達上進케 하기는 고사姑舍하고 차此 유치幼稚한 생활生活도 유지키 불능不能함은 과연果然 엇더한 원인原因이고.[16]

② 우리의 반도半島 사회社會을[를 – 인용자] 회상回想할진대 과연果然 여하如何한 지위地位에 처處하엿스며 여하如何한 현상現狀에 재在한가? 희희噫噫라 아我 반도半島 사회社會는 기기旣이 이십세기二十世紀 무대舞臺 위에서 추락墜落하엿스며 실패失敗한지라. 과도시대過渡時代의 여간 구문명舊文明은 시세에 지완遲緩되여 현대現代 신문명新文明에 염착厭窄되고 유지보수維持保守키 불능不能하며 이십세기二十世紀의 신문명新文明은 시간時間에 촉박促迫되야 흡수발전吸收發展의 여가餘暇가 무無한지라. 시고是故로 일반一般의 정도程度는 과도시대過渡時代에 재在하나 과도시대過渡時代의 직職을 다하지 못하며 사회社會의 지위地位는 이십세기二十世紀에 처處하엿스나 이십세기二十世紀의 문명文明을 이루지 못하고 수수遂히 사회社會의 조직組織이 동요動搖되여 비참悲慘한 암흑시대暗黑時代에 추락墜落되엿도다.[17]

③ [사회의 체제가 정비된 – 인용자] 일본日本 청년靑年은 학자學者가 되고 사무가事務家가 되면 그만이로대 우리는 선지자先知者가 되어야 하고 도사導師가 되어야 할 것이외다. 우리는 현대現代의 일본日本 청년靑年과 갓흘 것이 아니라 사오십년전四五十年前의 일본日本 청년靑年과 갓하야 할 것이외다. 우리의 고통苦痛이 여기 잇거니와 우리의 행복幸福과 자랑이 또한 여기 잇난 것이외다.[18]

---

16   眉湖生, 「謹告我半島父兄」, 『학지광』 3, 1914.12, 7면.
17   金利埈, 「반도청년의 각오」, 『학지광』 4, 1915.2, 23면.
18   「네 責任」, 『학지광』 15, 1918.3, 6면.

위의 인용문들에서 보듯이 조선은 20세기의 무대에 던져지기는 했으나 20세기의 문명을 이루지 못한 상태에 있으며, 사회의 발달은 고사하고 기초적인 생활을 유지하기도 어려운 상황에 있다. 조선은 연대기 상으로는 20세기에 놓여 있지만 인류문명의 역사를 고려할 때 20세기에 미달한 상태이다. 1918년의 조선은, 메이지유신明治維新이 진행되던 19세기 중반의 일본과 유사한 상황이다. 20세기와 비동시적인 조선이 20세기의 세계와 동시에 존재하고 있는 것이다. 조선이 후진성의 상황, 또는 비동시적인 것의 동시성이라는 조건 속에 놓여있음을 스스로 확인하고 있는 글들은 매우 많다.

안확은 「이천년래二千年來 유학留學의 결점缺點과 금일今日의 각오覺悟」『학지광』 5, 1915.5에서 유학생 파견과 귀환의 관점에서 조선의 역사를 고찰한다. 갑오년1894 이래로 유학생이 많았지만 조선에 불러온 긍정적인 결과는 그다지 많지 않았다고 평가한다. 조선의 상황에 대한 인식이 동반되지 않은 상태에서 유학을 하며 배운 근대적인 학식을 적용하다보니, 긍정적인 결과들을 가져올 수 없었다는 것이다. 안확은 유학생들에게 '상식'을 닦으라고 권한다. 흥미로운 점은, 안확이 말하는 상식이 근대적 학교 교육에 근거한 상식이 아니라 조선의 "정도程度"에 근거한 "인사적士的 상식"이라는 점이다. 이것은 단순히 유학생의 이상과 조선의 현실 사이의 괴리를 포착하는 수준이나, 유학생이 이상을 펼치려면 조선의 상황을 고려해야 한다는 수준을 훌쩍 뛰어넘은 진술이다.

현금現今 문명文明을 수입收入하야 제반諸般 사업事業을 개척開拓하며 혁신革新함은 우리의 목적目的이나 연然이나 제자諸子가 조선朝鮮의 정도程度를 부지不知하고 단도

직입적單刀直入的으로 파괴破壞를 시施할진대 도리혀 조선사정朝鮮事情의 배척排斥을 수受하야 쟁란爭亂을 기起히기 이易하며 우又 제자諸子가 조선朝鮮의 인사구습人事舊習을 다 비시卑視하고 확청신축적廓淸新築的으로 건설建設을 도圖할진대 이속만풍夷俗蠻風의 동화同化를 여與하야 정신精神까지 멸멸滅하기 이易함이니 차此가 실實로 위험危險한 조건條件이라 엇지 금일今日 세계적世界的 지식知識을 수受하는 제자諸子의 각오覺悟할 바이 아니리오

(…중략…) 제자諸子가 방금方今 소학所學은 이십세기식二十世紀式이오 조선朝鮮 사정事情은 십오육十五六 세기世紀 정도程度에 불과不過하거늘 제자諸子가 차此를 파괴破壞하고 당장當場에 이십세기식二十世紀式을 용用코자 할진대 엇지 기공其功을 가득可得할까 고故로 제자諸子가 월월越하야 이십일二十一 세기世紀 지식智識을 포포抱하얏슬지라도 조선朝鮮에 대對하야는 기其 형세를 수隨하야 십오육세기적十五六世紀的 정책政策을 시施한 후後 점진漸進을 도圖치 않으면 불가不可하니라. 고故로 제자諸子가 세계적世界的 상식常識을 학學하는 동시同時에 조선인사적朝鮮人事的 상식常識을 수修하야 절장보단折長補短의 수단手段, 곤세이도困世以導의 방책方策을 용用하기를 무務함이 가可하니라.[19]

안확은 근대적 학문이 포괄하기 어려운 조선의 현실이 엄연히 존재함을 지적하면서, 조선의 현실을 후진성의 범주로 구성해 내고 있다. 그 괴리 또는 후진성의 구도를 안확은 다음과 같은 명제로 제시하고 있다. 유학생이 배우고 있는 학문은 20세기이지만 조선의 사정은 15~6세기에 놓여있다. 후진성의 구도 속에서 보자면 조선에는, 비록 의도하거나 계획

---

19 安廓, 「二千年來 留學의 缺點과 今日의 覺悟」, 『학지광』 5, 1915.5, 31면.

한 것은 아니지만, 계몽의 기획에 저항하는 그 어떤 힘이 자리잡고 있다. 20세기적 지식과 15세기적 현실이라는 후진성의 구조로부터 생겨날 수밖에 없는 저항의 지점들이라고 할 것이다. 따라서 조선의 현실에 대한 비평적 글쓰기는, 마르크스가 1843년의 독일에 대해 말한 바 있는 '시대착오'를 지속적으로 참조하면서 또는 지속적으로 생산하면서 씌어질 수밖에 없다. 글쓰기의 시간의식은 이중화되고, 글쓰기 주체또는 계몽의 주체는 15세기와 20세기를 동시에또는 분열증적으로 살아가야 한다.

후진성에 대한 인식은 단순히 인류문명사에서 조선의 위치를 연대적으로 가늠하는 과정에서도 분출하지만, 조선인에 대한 자기인식에서도 그 징후를 확인할 수 있다. 사회진화론적인 관점, 달리 말하면 물질문명의 발전 단계를 생물학적 진화의 단계와 상동적인 것으로 파악하는 관점에 설 때, 조선인은 세계사적 진보의 가설적 주체das hypothetische Subjekt로서 제시되는 인류의 범주 바깥에 놓이게 된다. 보다 구체적으로 말하면 조선인은 생물학적으로 인류에 속하지만 인류 내부에서는 진화가 덜 된 상태로 규정된다.

서양인西洋人이 자사自思하되 동양인東洋人으로 말하면 비록 인형人形을 가지엇으나, 그 두뇌頭腦와 수완手腕은 기선汽船, 기차汽車, 전신電信, 전화電話, 발동기發動機, 비행기飛行機 등等을 연구硏究 발명發明함에 부적不適하니 동양인東洋人의 대다수大多數는 사람인 듯하나 기실其實은 우리[서양인─인용자]와 동종류同種類의 사람이 아니오 수계단數階段을 떨어지는 종류種類들이라고 멸시蔑視함에 기인基因한 것이 아니라 하리오.[20]

조선인의 경우 진화론적으로 보았을 때 인류의 범위에는 들지만 진화가 덜 된 인류로 파악되고 있다. 서양인인 하늘과 육지와 바다까지 점령했을 때 조선인은 이제 겨우 사지만을 가지고 땅에서 꿈틀대는 무리에 불과하다고까지 말하고 있다. 또한 진화의 정도는 손과 두뇌의 발달에 의해 알 수 있는데, 과연 조선인의 손과 두뇌가 어느 정도 발달했는지 문명인과 비교해 보라는 진술까지 등장하고 있다.[21] 동물과 인간의 생물학적 경계를 겨우 넘어선 인류, 인류라고 하기 어려운 인류, 또는 비非 - 인류 내지는 사이비似而非 - 인류의 자리에 조선인들의 위치가 마련된다. 물론 이러한 인식은 생물학적 진화를 사회역사적 차원에 대입할 때 생기는 문제들을 전혀 고려하지 않은 것이다. 하지만 생물학적 진화의 관념이 역사적 진보의 관념과 결합되었을 때, 그리고 다시 후진성의 구조와 연동되었을 때, 어떠한 자기인식을 산출하는지를 잘 보여준다.

4. 후진성과 진화론 사이에 마련된 자아의 장소들

20세기의 세계에서 15~6세기를 살고 있는 조선인이라는 자기의식은 대단히 아슬아슬한 것이다. '무정한 철칙' 또는 '만세불변'의 황금률로 이야기되었던 진화론의 확고함을 고려할 때 더더욱 그러하다. 이 지점에

---

20 余辰于, 「常識과 科學」, 『학지광』 17, 1919.1, 25면.
21 余辰于는 서양인의 눈에 조선인을 포함한 동양인은 금수와 같은 모습(禽獸同樣)으로 인식된다고 말하고 있다. "인류경쟁의 승패는 전혀 두뇌와 손의 발달 여하로 결단되는 것이라. 뭇노라 鮮人아? 제군의 두뇌는 何程度까지 발달하엿스며 제군의 손은 何程度까지 발달하엿는고? 청컨대 그 머리와 그 손을 가지고 문명한 사람한데 가서 비교하라, 그리하야 암만해도 못한 점이 만커드란 크게 각성함이 잇스며 분발함이 잇스라."(위의 글, 37면)

서 두 가지의 자아 이미지가 도출되는데 하나는 자기의식적 모델이고 다른 하나는 의지주의적 모델이다.

① 지력智力은 법칙法則을 발견發見하야 세계世界를 자기自己 장중掌中에 융해融解하나니 생존경쟁生存競爭 우승열패優勝劣敗 장리場裡에 승리勝利를 득得할 자者가 뉘뇨? (…중략…) 생물학生物學를[을—인용자] 부지不知하난 자者는 생물生物의 진화進化와 자연도태自然淘汰의 어름갓치 무정無情한 철칙鐵則을 부지不知하리로다.[22]

② 만일 생활生活의 방법方法에 만세이불변萬世而不變하는 황금률黃金律이 있다 하면 그것은 「생활生活의 부단不斷의 유동변화流動變化라」하는 것뿐일 것이외다. (…중략…) 인류人類의 특색特色은 자기自己가 자기自己의 이상理想을 정定하고 자기自己의 노력努力으로 자기自己를 진화進化시킴에 있읍니다. 즉卽, 다른 만물萬物은 자연自然의 법칙法則을 따라 무의식적無意識的으로 진화進化하는 것이로되, 인류人類, 그 중中에도 문명文明을 가진 인류人類는 자기自己의 노력努力으로 자기自己가 의식意識해 가면서 진화進化하나니, 이것을 인위적人爲的 진화進化라고 할 수 있읍니다.[23]

장덕수는 진화론적 세계에서 살아남기 위해서는 진화론에 대해서 알아야 한다고 주장한다. 진화의 철칙이 관철되는 세계에서 살아남는 법은 진화를 공부하는 것이다. 달리 말하면 세계의 법칙과 주체구성 원리의 공약가능성을 진화론으로·수렴시킨 것이다. 이러한 인식은 이광수에게 오면 진화론의 내면화 또는 자기의식화의 차원으로 심화된다. 이광수는 '진

---

22 張德秀, 「新春을 迎하야(生命이 充實하고 光明이 遍在하라)」, 『학지광』 4, 1915.2, 7면.
23 李光洙, 「신생활론」, 『이광수전집』 17, 518면.

화(론)에 대한 자기의식'을 문명을 가진 인류의 표징으로 제시하고 있다. 이광수의 입장에서 보자면 진화를 의식하며 진화를 도모하는 것, 또는 자신의 진화를 스스로 디자인하는 것이야말로 문명한 인류의 표식인 것이다. '진화(론)에 대한 자기의식'은 자연과 문명의 구별, 즉 자연 속에서 일어나는 무의식적인 진화와 문명 속에서 이루어지는 자기의식적 진화의 구별로 이어진다. 진화에 대한 자기의식은 진화를 자신의 목적으로 설정하는 것과 진화를 합목적적으로 조정 및 설계해 나가는 것을 함축한다. 이광수가 진화에 대한 자기의식을 강조하는 것은 진화론의 슬로건인 약육강식, 자연선택自然淘汰, 생존경쟁, 적자생존 등에 근거하여 조선의 상황을 살펴볼 때 진화론의 세계 속에서 조선이 살아남을 수 있는 충분한 가능성을 확인할 수 없기 때문이다. 달리 말하면 이광수는 진화론의 논리인 약육강식, 자연선택自然淘汰, 생존경쟁, 적자생존에 함몰되는 상황을 회피하면서, 진화에 대한 자기의식이야말로 자연에서 문명으로의 진화를 보여주는 표식임을 내세우고 있는 것이다. 약육강식으로 대변되는 진화론적 세계 속에서 조선민족은 도태되거나 멸종될지도 모른다는 위기의식을, 이광수는 진화론에 대한 자기의식으로 대체해 나가고자 했던 것이다.

　문화文化의 정도程度는 공통점共通點에서, 일개一個의 선선線을 획획할 수 있는 것이니, 현시現時 열국列國의 상태狀態가 다수多數 상등相等한 점에 의依하야, 소위所謂 문명文明의 선선을 획획하고 보면, 각국의 인민은 차此 계선界線 이외以外에서 활약活躍함을 가지可知할 것이다. 종족種族 간間의 진보進步는 선선의 단위單位로부터, 혹或 십여간十餘間 혹或 이십여간二十餘間의 거리距離를 표시表示하야 삼차부제參差不齊하나 유공불급猶恐不及하야 전력全力으로 선두先頭를 경쟁競爭하는 바이니 (…중략…) [미국 대통령 윌슨은—인용자] 세계世界에서 희망希望하고 표식標識하는 점點까지 달달하라면, 합리적合理的 진행進行의 예정豫定보다, 이배二倍 속도速度의 요구要求함을 절규絶叫하얏다.

(…중략…) 보라, 우리의 위치位置는 여하如何한 지점地點에 있나……. 저這들은 문명文明의 선線에서, 더 나은 문명文明 더 높은 문명文明을 구求함이어니와, 우리는 더 못한 문명文明, 더 얏흔 문명文明의 선線까지 가기에도 전도前途가 상원尙遠하얏고, 문명선文明線 이내以內 — 제이선第二線의 출발점出發點에도 아즉 도달到達치 못하였다. (…중략…)

하면 우리는 이 선線 이 점點에서, 그 선線 그 점點을 들러 최고급선最高級線까지 달달하기에, 기배幾倍의 속도速度를 요구要求하겠는가.—적어도 십배十倍의 속速으로 질치疾馳하여야 한다.[24]

최승구는 후진성과 관련된 기하학적 구도를 제시하면서 진화와 진보의 문제가 가속도와 관련된 것임을 지적한다. 최승구에 의하면, 세계는 서로 다른 진보의 속도를 가진 점나라들로 구성된다. 문명의 기준선으로부터의 거리에 따라서 각국의 위상이 점으로 표시되며, 각국은 문명의 선에 도달하기 위해 나아가고진보하고 있다. 서구 문명인들이 대학운동회의 회원이라면, 조선인은 중학 도보경주에서도 낙선한 수준이다. 최소한 두 단계는 뒤떨어져 있는 것이다. 따라서 이와 같은 격차를 따라잡으려면 최소한 10배의 속도로 질주하지 않으면 안 된다. 진화와 진보를 가속도의 차원에서 의식하면서 최승구가 제시하고 있는 슬로건은 '너를 혁명하라rev-

---

24 崔承九, 「너를 革命하라」, 『학지광』 5, 1915.5, 17면.

olutionize yourself', 즉 자기의 혁명이다. 조선의 객관적인 상황에서는 10배의 가속도를 기대하기 어렵다. 하지만 자아의 생물학적 동력 또는 생명적 힘을 10배까지 끌어올려야 한다는 주장을 제시하고 있다. 이를 두고 의지주의라고 할 수 있을 것이다. 진화·진보·혁명을 자아로 수렴하면서 자아를 급진화하는 전략을 취하고 있다.

5. 후진성에 의해 요청된 기원 또는 문예부흥Renaissance
─ 서구의 역사를 어디서부터 전유할 것인가의 문제

서양사西洋史를 독讀ㅎ신 제씨諸氏는 아르시려니와 금일今日의 문명文明이 과연果然 하처何處로 종종從ㅎ야 래來ㅎ엿는가. 제씨諸氏는 추왈曰「뉴-톤 의 신학설新學說(물리학物理學의 대진보大進步), 다윈의 진화론進化論 왓트의 증기력발명蒸氣力發明, 이며, 기타其他 전기공예등電氣工藝等의 발전진보發展進步에셔 래來ㅎ엿다」하리라. 실實노 연然ㅎ도다 누가 능能히 차此를 부인否認하리요, 만은 한번더 기원其源을 소구溯求ㅎ면 십오륙세기경十五六世紀頃 「문예부흥文藝復興」이 유有ㅎ을 발견發見홀지라. 만일萬─ 이 문예부흥文藝復興이 무無ㅎ야 인민人民이 기其 사상思想의 자유自由를 자각自覺디 안이하엿든덜 엇디 여차如此흔 발명發明이 유有ㅎ엿스며 금일今日의 문명文明이 유有ㅎ여시리요. 연칙然則 금일今日의 문명文明을 부정否定ㅎ면 이무가론以無可論이어니와 만일萬─ 차此를 인정認定ㅎ며 차此를 찬양讚揚하면 문예불여文藝復與의 공功을 認定홀디요.[25]

---

25   李寶鏡, 「文學의 價値」, 『대한흥학보』 11, 1910.3, 17~18면.

1915년부터『학지광』에서는 문예부흥, 산업혁명, 종교개혁 등 서구의 근대를 추동한 혁명들에 대한 본격적인 또는 단편적인 고찰들을 발견할 수 있다. 그 이전에도 다른 매체들을 통해 문예부흥, 산업혁명, 종교개혁 등 거대사건에 대한 소개가 없었던 것은 아니다. 하지만 이 시기의『학지광』에서의 논의는 종전과는 구별되는 문제의식을 제시하고 있는데, 그것은 후진성의 구도 속에서 조선은 서구의 역사를 어디에서부터 전유할 것인가라는 물음으로 요약가능하다. 조금은 도식적으로 이야기하자면 현상윤은 산업혁명을, 전영택은 종교개혁을, 이광수와 이병도 등은 문예부흥에 주목하고 있다. 외견상으로 보자면 인류사의 시간에서 5세기 가량 뒤처져 있는 조선이 나아가야 할 방향성을 서구의 역사적 경험과 사건 가운데에서 선택하여 제시하고 있는 것으로 보인다. 하지만 제1차 세계대전을 목전에 두고 인류서양인과 조선인이 모두 포함된가 다시 되돌아가야 할 기원은 어디인가를 논의하고 있는 것이기도 하다. 조선의 전면적인 결핍 상황을 고려할 때 문예부흥, 산업혁명, 종교개혁 중에서 어떤 것이 먼저 수행되더라도 별다른 문제는 되지 않는다. 이 지점에서 보다 중요하게 고려된 것은 제1차 세계대전이라는 미증유의 사건을 눈앞에 두고, 인류사의 시간에서 500년이 뒤떨어진 조선과 진보의 끝에서 폐허를 경험하고 있는 서구가 모두 함께 공유할 수 있는 기원을 상상하는 일이다.

현상윤은 「강력주의와 조선청년」에서 조선민족에게 필요한 세 가지 항목으로 무용적 정신, 과학 보급, 산업혁명을 제시하고 있다. 특히 산업혁명에 대해서는 "목하目下 조선에 있어 시대성時代聲 중의 시대성時代聲"[26] 이라고

<hr />

26 玄相允, 「强力主義와 朝鮮青年」, 『학지광』 6, 1915.7, 47면.

말하고 있는데 그 실질적인 내용은 공업화에 해당한다. 또한 전영택은 「종교개혁의 근본정신」에서 기독교도다운 견식을 드러내면서 현재의 조선에서는 사회의 통합을 위해 종교개혁의 의미를 다시 생각해야 한다고 역설한 바 있다.[27] 하지만 산업혁명의 경우 서구의 역사적 경험을 고스란히 반복하는 일이어서 초월의 가능성이 제한되어 있고, 종교혁명의 경우 다종교적 양상을 보이는 조선사회에 적용되기에는 무리가 따를 수밖에 없다. 전체적으로 보자면 문예부흥으로 강조점이 두어지는 양상을 보인다. 심각한 결함을 노정한 현대의 문명과 시대에 너무나도 뒤떨어진 조선에게, 문예부흥은 최소한의 공약가능한 기원으로 요청될 수 있었기 때문이다.

이상以上과 여如히 우리는 대문예大文藝의 근본과 원천을 유有한 자者이오 또 자연계自然界의 대보大寶를 장藏한 자者 ㅣ라 고故로 그리피스씨의 말삼과 갓치 우리의 문예와 연구가 비록 중간에 은일隱逸되고 두절杜絶되엿을지라도 한번 멱색覓索하면 광채를 구득求得할 수 잇고 착굴鑿堀하면 천류泉流를 작출作出할 수 잇도다.

차此의 적호適好한 예例를 거擧하기 위하여 서양사에 징간徵看하여 보면 십오세기 이태리를 중심을 하고 궐기蹶起한 문예부흥은 처음 세계역사로 하여금 불火니러함과 갓치 바람니러남과 갓치 맨드럿다. 그 원인인즉 물론 고전의 연구와 대학의 창립과 사라센 문명의 접촉이오 또 그 영향인즉 미술의 부흥 신대륙 신항로의 발견 기타제반 과학상의 발명 급及 현재 구주문명을 산출함에 재在하다 위謂할지라. 환언換言하면 즉 여사如斯한 제종諸種의 신발견 신발명 급 신문명이 근원업시 아연俄然히 중간에서 용출湧出한 배 아니오 실은 고대 그리스 로

---

27   田榮澤, 「宗敎改革의 根本精神」, 『학지광』 14, 1917.11, 9~15면.

마의 찬란한 고전을 연구하고 이해하여 경갱히更 정사곡직正邪曲直을 판지判知하여 의疑을[를-인용자] 파破하고 이理를 추推한 소이所以로다.[28]

이병도는 그리피스W. E. Griffis의 저서 『은국隱國, Corea, The Hermit Nation』을 참조하면서 오늘날 조선에는 문예의 전통이 두절되었다고 진단한다. 하지만 서구의 문예부흥을 참조한다면 조선이 잃어버린 문예의 원천을 되찾을 수 있다는 주장을 제시한다. 이병도의 글은 조선과 서양 사이에 상상된 강력한 유비에 근거해 있다. '그리스 로마 전통의 단절 : 이슬람 문화와의 접촉 : 문예부흥'='문화적 전통의 단절 : 서구 근대문화와의 접촉 : 조선의 문예부흥'. 조선의 현재와 서구의 문예부흥을 유비적으로 연결시킴으로써 조선 사회에 인류사적 기원을 마련하고자 하는 무의식이 작동하고 있다고 보아도 크게 틀리지 않을 것이다.

학식사상學識思想은 두뇌에 차고 예기묘술藝妓妙術은 사지四肢에 찬 필업畢業 제군諸君을 모토母土로 보내는 금일을 당하야 오인은 몬져 여제라麗濟羅 삼국시대의 당唐나라 유학을 연상하며 져 서양문예부흥시대의 구주 제국 유학생을 연상하노라.[29]

문예부흥은 유학생의 자기인식과도 관련이 있다. 「졸업생을 보냄」은 유학생이 사회적 역사적 의미를 지녔던 세 가지의 장면을 유비적으로 관련짓고 있다. 세 가지 장면이란 ① 최치원으로 대변되는 당나라 유학, ② 메이지 초기의 일본의 서구 유학, ③ 문예부흥기의 이탈리아 유학을 말한

28 李丙燾, 「讀書偶感」, 『학지광』 15, 1918.3, 44면.
29 「졸업생을 보냄」, 『학지광』 17, 1919.1, 1면.

다. 이 글은 서구의 르네상스와 조선의 20세기를 유비에 의해 연관 짓고 있다. '기독교의 속박 : 서구의 문예부흥 : 개인의 자유와 사회의 발전' = '유교의 속박 : 조선의 문예부흥 : 개인의 자유와 사회의 발전'이라는 유비적인 도식이 가로 놓여있다. 또한 서구적 근대의 기원에는 문예부흥이 있으며 문예부흥이 서구 근대문명의 기원이 된 데에는 유학생들의 매개적 기능이 매우 중요했다는 지적을 담고 있다.[30] 역사적 발전의 계기이자 역사적 변화의 기원으로서의 유학생. 이 지점에서 문예부흥은 유학생을 매개로 하여 조선사회의 근대적 기원으로 내면화된다.

서양사 연구에서 이미 르네상스가 서구 근대의 기원으로 지목되고 있다는 것은 상식 중의 상식에 해당한다. 그렇다면 이광수, 이병도 등 많은 사람들은 서양문화사의 상식을 복창하고 있는 데 지나지 않는 것일까. 그렇지만은 않다. 그들은 서구와의 유비 속에서 자기 내면화의 계기와 서구와의 동일시를 위한 계기를 마련하고 있다. 서구의 혁명적 과거문예부흥을 조선의 현재와 유비적으로 연계함으로써, 후진성의 구도 속에서 무한 퇴행하지 않아도 되는 준거를 마련하고, 조선의 현재를 근대를 향한 기원으로 설정하는 효과를 가져올 수 있게 된 것이다. 더구나 제1차 세계대전과 관련될 때 문예부흥은 단순히 조선의 근대적 기원이라는 의미에 국한되지 않고 인류 문명이 다시 참조해야 할 기원이라는 의미를 함께 구성할 수 있었다. 문예부흥은 조선의 지식인들에게는 제1차 세계대전이 가져온 사상의 영도와 가장 부합하는 상징이었다. 인간성개성, 인생, 생활 등의 재발견

---

30 "금일 구주에 물질적으로나 정신적으로나 如彼 赫赫한 문명이 有함은 다 문예부흥시대의 사상의 결과라, 즉 기독교의 속박을 버서나서 만반 사상과 만반 사물를[을-인용자] 자유로 연구하게 된 까닭이오, 又 一方으로는 諸國의 유학생이 서로 닷토아 가면서 自國에 이 사상을 수입한 결과니 이를 엇지 우연이라 하리오."(위의 글, 2면)

에서 출발하는 새로운 사상적·도덕적 가능성. 전쟁을 겪은 서양도, 식민지가 되어버린 조선도 역사의 그 어딘가로 되돌아가서 다시 시작해야 한다면 그것은 문예부흥이 될 것이다. 1910년대 후반 조선의 지식인들에게 문예부흥은 조선의 후진성에 대한 승인인 동시에 인류사와 조선의 유비적 동형성을 확보하는 하나의 방식이었다. 또한 다른 무엇보다 세계사적 동시성으로의 '도약'을 내재하고 있는 상상적 문턱이기도 하다.[31]

6. 세계사적 사건에의 공속共屬과 진화론의 상대화

세인世人이 공지共知하는 바와 갓치 금일今日 구주대전쟁歐洲大戰爭이 전세계全世界 경제계經濟界에 미증유未曾有의 파란波瀾을 기起하엿으며, 우又 부富의 분배分配를 평등平等케 하야 부자富者가 빈자貧者가 되며 약자弱者가 강자强者가 되엿소, 이것

---

31 문예부흥의 의미를 현재화하는 담론의 영역이 문학일 것이다. 문예부흥의 중요성을 제시하고 있는 1920년대의 대표적 문학론으로는 김억과 염상섭의 소론을 들 수 있다. "한데 본론으로 들어가기 전에 먼저 설명의 순서로 반듯이 한마디 하여야 할 것이 잇습니다. 그것은 다른 것이 아니고, 고대의 문학은 어떠하던 것이 근대에 와서는 어떠케 되엇다 하는 것을 말하기 위하야 멀리 「끄릭」, 「라틴」은 그만두고 문예부흥기 즉 역사상 유명한 Dark age 암흑시대에서부터 발아된 바 Renaissance부터는 반듯이 알아주어야 하겟습니다. (…중략…) 근대의 모든 思潮의 근본정신, 그 활동은 어찌 되엇거나 문예부흥 즉 Renaissance에서 그 근원이 잇습니다."(岸曙, 「근대문예」(1), 『개벽』 13, 1921.7, 115면) "中世紀의 所謂 暗黑時代라는, 教權主義의 絶對的 威壓下에서 呻吟하야 오든, 自己沒却狀態의 夢幻的 이면서도 暗澹하고 荒涼한 奴隷의 生活을 一蹴하고, 儼然히 자기의 尊貴를 主張하며, 人間의 本然性에 돌아왓다는 事實은, 아모리 하야도 人類의 新記錄이라고 아니 할 수 업슬 것이다. 教權이라는 鐵扉가 굿게 다치운, 그윽하고도 쓸쓸하며, 沈重하고도 졸음 오는, 저-僧院의 死와 가티 神秘롭은 牢門을 排하고, 피 잇고 고기 잇스며, 눈물 잇는 動的 世界, 진정한 人間답은 生命이 躍動하는 現實世界에 一大 飛躍을 斷行한 것이, 이 文藝復興의 運動이요, 自我恢復, 或은 發見의 偉業이엇다."(염상섭, 「個性과 藝術」, 『개벽』 22, 1922.4, 1~2면)

은 일본日本이 구주열강歐洲列强의 군사비軍事費 조달調達에 일책원지一策源地가 된 것이며, 영경英京 륜돈倫敦의 금융중심점金融中心點이 뉴욕紐育으로 이전移轉된 것이 올시다.[32]

제1차 세계대전에 대한 당시의 반응을 살펴보자. 눈에 띄는 변화는 국제 금융의 중심지가 런던에서 뉴욕으로 이전된 것, 세계 경제의 기조가 자유주의에서 보호주의로 방향전환을 한 것, 일본이 승전국에 포함되면서 강대국의 반열에 올랐다는 것 등이다. 일시적으로 금융, 미곡, 광산, 염색 등의 분야가 일시적으로 활기를 띠었지만 식민지 조선에 끼친 긍정적인 영향은 미미한 수준이었다. 오히려 조선에서는 면화, 미곡, 공산품 등의 가격이 폭등하면서 기초적인 생활경제가 매우 힘든 상황을 겪어야 했다. 제1차 세계대전은 식민본국과 식민지의 경제 사이에 구조적 괴리가 존재한다는 것을 경험적으로 깨달은 사건이었던 셈이다. 그럼에도 불구하고 "사상상思想上 일대一大 자극刺戟"[33]을 준 커다란 사건이었다.

볼지어다 황금黃金만 잇스면 사死할 자者―생生하며 약弱한 자者ㅣ 강强하며 패敗한 자者― 다시 승勝하나니 속담俗談에 유전有錢이면 가사귀可使鬼라는 말이 진실眞實로 금일今日 현상現象을 정면正面으로 간파看破한 바 격언格言이 아닌가 여사如斯한 현상現象이 인류人類의 타락墮落인지 진보進步인지는 알 수 업스나.[34]

---

32 盧翼根, 「現下의 經濟界와 及 其今後變遷에 對하야」, 『학지광』 14, 1917.11, 32면.
33 위의 글, 34면.
34 金明植, 「道德의 墮落과 經濟의 不振」, 『학지광』 14, 1917.11, 21면.

무엇보다도 제1차 세계대전은 진화론적 세계상에 대한 이해에 있어서 새로운 변수가 도입되는 사건이었다. 그것은 통칭해서 자본주의라고 할 수 있는 것이었다. 죽을 자는 죽고 약한 자는 패하는 것이 진화론의 공리라고 한다면, 황금=자본은 이러한 진화론의 공리를 흐트러트리는 요인이었다. 황금에 의해 죽을 자가 살고 강한 자가 패하는 일이 벌어지고 있다고 느꼈던 것이다.[35]

비교적比較的 문명文明의 정도程度로 나리는[낮은-인용자] 조선朝鮮사람인 나로[도의 오기-인용자] 평화극복平和克復을 바래는 맘이 이러틋 간절懇切하다 하면 문명文明의 패왕覇王인 그들이야 평화平和를 바래는 맘이 엇더하겟는가, (…중략…) 왈曰 연칙然則 그러틋 슬퍼하며 그러틋 애통哀痛하며 그러틋 울면서도 이제 오히려 그 비참悲慘한 전쟁戰爭을 계속繼續함은 하고何故오 또 전전前에도 말하엿거니와 개전開戰한지 이제 사성상四星霜이나 되엇는데 그들은 오히려 전쟁戰爭은 지금只今부터 시작始作이라 하면서 업든 무기武器를 새로 발명發明하며 화근禍根인 총검銃劍을 일일日日이 주조鑄造함은 하고何故오 그들이 다른 점點에 대對하야는 우리보다 지식知識이 만치마는 특特히 이 점點에 대對하야만은 우리보다 무식無識한 소치所致일가, 다른 데는 다 총명聰明하나 이 점點에 대對하야만은 우리보다 암매暗昧한 까닭일가.[36]

제1차 세계대전은 진화론적 세계상에 균열이 생겨나는 경험이었다. 더

35 제1차 세계대전의 경험이 당시 조선 사회의 자본주의 인식에 어떠한 영향을 미쳤는가는 앞으로 보다 세밀하게 고찰해야 할 문제로 삼고자 한다.
36 徐春, 「歐洲戰亂에 對한 三大疑問」, 『학지광』 14, 1917.11, 16면.

욱 심각한 균열은 도덕적인 측면이었다. 서춘은 묻는다. 후진성의 구도에 사로잡혀 있는 조선인도 평화를 바라는 마음이 간절한데, 문명의 패왕인 서구가 슬퍼하면서도 전쟁을 계속하는 이유는 무엇인가. 그러면서 서구 인들이 과학 기술 등의 분야에서는 지식이 많지만 도덕적인 측면에서는 조선인보다 어리석지 않은가라고 반문한다. 서춘은 두 가지의 의문을 추가로 제기한다. 하나는 전쟁 초기에는 독일의 군국주의에 대한 영국의 평화주의의 대결 구도였는데 전쟁이 계속되면서 영국이 독일의 군국주의를 따라가고 있다는 점이다. 다른 하나는 1917년의 시점에서 아직 영국이 독일의 국경을 공략하지 못했다는 소식에 근거한 것인데, 독일이 보여주는 '과능적중寡能敵衆'와 '소능승대小能勝大'의 상황이다. 이 두 구절은 우승열패와 약육강식에 대한 일종의 패러디인 셈이다.

세계대전과 관련해서 진화론에 대한 이의 내지는 반론이 제기되는데, 약육강식의 세계에서 강자의 도덕이 그대로 약자의 도덕이 될 수 없다는 주장이 나타난다. "고故로 강자强者의 도덕道德은 약자弱者의 도덕道德이 아니며 갑甲 민족民族의 도덕道德은 을乙 민족民族의 도덕道德이 아님으로 강자强者의 법法을 약자弱者가 준수遵守함도 죄악罪惡이요 갑甲 민족民族의 법法을 을乙 민족民族이 준수遵守함도 죄악罪惡이라 할지로다."[37] 제1차 세계대전을 살펴보니 종전까지 강자들의 도덕이 가졌던 압도적인 우위성을 인정하기 어렵다는 것이다. 강자의 도덕은 상대화되었고, 새로운 도덕을 논의할 가능성과 필요성이 개진된 것이다.

---

37 李相天, 「새 道德論」, 『학지광』 5, 1915.5, 21면.

① 다시 눈을 드러 복잡複雜한 인류사회人類社會을[를 - 인용자] 살펴보니 어제까지 평화平和를 가장假裝하고 열국列國의 동정同情을 집중集中하며 세계世界에 안온安穩을 주장主張하야 야심野心을 질타叱咤하고 인도정의人道正義를 주창主唱하든 구주열강歐洲列强은 일성총포一聲銃砲에 엄연嚴然이 기개 평소平素의 주장主張을 포기暴棄하고 어젠날 평화平和의 무대舞臺를 오늘날 살육殺戮의 혈와血渦로 변變하야 역사상歷史上 미증유未曾有한 저 참상慘狀을 연출演出하는도다. 아 — 차此가 독오獨墺의 죄罪인가 노불露佛의 죄罪인가 독역가의獨亦可矣요 노역가의露亦可矣라. 각자各自 민족民族 발전發展의 필요必要며 세력확장勢力擴張의 충돌衝突이니 약육강식弱肉强食하며 우승열패優勝劣敗하는 이십세기二十世紀의 특특特特한 현상現象이라 위謂할지로다.[38]

② 금번今番의 대전란大戰亂은 모든 사람이 말하는 바와 갓치 전고前古 미증유未曾有의 대활극大活劇이니 그 병원수兵員數의 과다夥多함과 입참入參한 국國의 강强하고 또 다多함과 또 그 무대면舞臺面의 광대廣大함이 엇의로 보든지 고인古人의 경험經驗하지 못하든 대역大役이라. 우리는 이따금 이따금 역사상歷史上에 기재記載된 대사건大事件 혹或 대전란大戰亂을 소상溯想하면서 그와 갓혼 대사건大事件과 시대時代를 함께 하얏드면 하는 마음이 불무不無하노라. 그러나 우리도 남부럽지 아니하게 독특獨特의 경험經驗을 할 줄을 누가 측지測知하얏스리오 금차今次의 대란大亂은 참으로 이십세기二十世紀의 인人이 아니면 경험經驗하지 못할 큰일이로다. 장구長久한 세월歲月을 비費한 모든 과학적科學的 연구硏究, 물질적物質的 문명文明은 한아 빼지 아니하고 다 이용利用되지 아니함이 업스니 위로는 비행기飛行機 비행선飛行船 밋호로는 잠함정潛艦艇 수뢰포水雷砲 뵈게는 이십사산지포二十四珊知砲 안

38 金利埈, 「出陣하는 勇士諸君에게」, 『학지광』 6, 1915.7, 28면.

뵈게는 무선전신無線電信 보느니 기막히고 듯느니 놀납도다. 참으로 이십세기二
十世紀의 과학발달科學發達 물질문명物質文明은 이 아마 금일今日의 대사大事의 준비準備가
아니런가를 의심疑心하노라.[39]

거듭 말하게 되지만 제1차 세계대전은 진화론에 대한 모종의 회의를 불
러일으킨 경험이었다. 인용문들에서 알 수 있듯이, 진화론적 세계상은 세
계대전이라는 미증유의 비참을 불러온 주요한 원인은 아닌가, 20세기 서
양의 물질문명의 발달이 거대한 전쟁의 준비로 귀결된 것은 아닌가 등과
같은 물음이 명시적으로 제기되고 있다. 물론 진화론적 세계상이 원천적
으로 무효화된 것도 아니고 물질문명의 발전이 갖는 인류사적 의미가 감
소한 것도 아니다. 세계대전을 통해서 명확해진 것은 서구가 주도적으로
제시한 세계상에 매우 근원적인 결핍 또는 결함이 존재한다는 사실이다.

흥미로운 것은 인용문 ②의 감각이다. 눈여겨 봐두어야 할 대목은 제1
차 세계대전을 세계사적인 사건으로 직감하고 있다는 것이다. 제1차 세계
대전은 옛날 사람들은 경험하지 못한 엄청난 규모의 전쟁 즉 세계사적 사
건이며, 20세기를 살아가는 사람만이 경험할 수 있는 사건이다. 역사서를
읽으며 거대한 역사적 사건과 동시적인 경험을 한다면 얼마나 좋을까 상
상해본 적이 있는데, 바로 그와 같은 상상이 지금 사실로서 펼쳐지고 있다
는 것이다. 세계사적 사건과 공속共屬되어 있다는 느낌, 제1차 세계대전이
라는 세계사적인 사건과 동시성을 확보하고 있다는 감각.

제1차 세계대전 이후 진화론적 세계상과 역사적 진보에 대한 낙관적 전

---

39   T.C.生, 「潛航艇의 勢力」, 『학지광』 3, 1914.12, 33면.

망을 유지하기 어려워졌다는 것은 많은 사람들이 인정하는 바이다.[40] 제1차 세계대전은 그 자체로 진화론적 세계상의 극한을 보여준 경험인 동시에 진보의 목적에 대한 재검토가 요청되는 사건이었다. 그렇다면 여전히 진화론에 근거하면서도 세계대전과 같은 폭력을 회피할 수 있는 가능성은 어디에 있을까. 조선의 지식인들의 입장에서 보자면 기존의(성리학에 근거한) 도덕을 대체할 새로운 도덕을 진화론에 근거하여 수립해야 한다는 요구를 부여받고 있는 상태였다. 진화론에 근거한 도덕은 여전히 모색의 과정 중에 있었다. 그런데 제1차 세계대전과 함께 진화론에 근거하는 동시에 진화론의 부정적 측면을 넘어서는 도덕이 요청된 것이다. 그것은 조선에 국한되는 요청이 아니라 세계 또는 인류의 차원에서 호명되는 요청이었다. 세계사적 사건과의 공속, 진화와 퇴화를 구별하기 어려운 세계대전, 그리고 여전히 자리하고 있는 조선의 후진성. 막스 노르다우Max Nordau의 저서 『퇴화Degeneration』의 상징성을 원용해도 좋다면, 제1차 세계대전을 둘러싸고 진화와 퇴화와 후진성이 모종의 영도零度를 형성하고 있었던 것은 아닐까.[41] 적어도 식민지 조선의 지식인들은 그렇게 느끼고 상상하고 있었던 것이 아닐까.

40　알랭 바디우(Alain Badiou), 박정태 역, 『세기』, 이학사, 2014, 38면. "왜냐하면 1914~1918년의 전쟁 이후 이제 어느 누구도 더 이상 역사 운동의 가정된 진보에 빠져들 만큼 역사에 신뢰를 보낼 수 없게 되었기 때문입니다."

41　이 지점에서 참조하고 있는 영화는 로베르토 로셀리니 감독의 「독일 0년」(1947)이다. 널리 알려진 것과 같이 제2차 세계대전 이후의 베를린을 배경으로 인간 정신의 황폐함을 그린 영화이다. 0년은 제2차 세계대전이 끝난 시점을 은유하는 기호인데, 유럽 문명이 퇴화한 지점이자 유럽 문명이 다시 출발해야 하는 지점을 상징하는 기호로 읽을 수 있다. 제1차 세계대전에 대한 감성 역시 영도(零度) 내지는 영년(零年)과 유사한 방식으로 분할 내지 구성될 수 있지 않을까 하는 생각이다.

① 우리 조선민족朝鮮民族은 세계문화사상世界文化史上에 거의 아모 지위地位도 없다고 하야 가可합니다. (…중략…) 어디로 보든지 우리는 과거過去에는 세계문화世界文化에 아모 것도 공헌貢獻한 것이 없고 현재現在 무론毋論 과거過去만도 못하다고 보는 것이 가장 정당正當하고 그리고 만일 조선민족朝鮮民族이 존재存在의 가치價値를 얻을 여망餘望이 있다하면 그것은 자금自今으로 세계문화상世界文化上에 영광榮光스러운 지위地位를 획득獲得함인가 합니다.[42]

② 더구나 이번 구주대전歐洲大戰은 현대문명現代文明의 어떤 결함缺陷을 폭로暴露한 것인데 이 전란戰亂이 끝남을 따라 현대문명現代文明에는 대혼란大混亂 대개혁大改革이 생길 것이외다. (…중략…) 그런데 이러한 문제問題를 해결解決함에는 현대문명現代文明에 너무 심취深醉하야 그것에 대對하야 일종一種 편견偏見과 미신迷信을 가진 서양인西洋人보다도 도로혀 아직도 이어한 편견偏見과 미신迷信을 아니 가진 동양인東洋人이 가장 냉정冷靜하게 공평公平하게 궁구窮究할 이익利益을 가진 듯 합니다.[43]

③ 조선민족朝鮮民族도 이 기회機會를 타서 한번 세계문화사상世界文化史上에 일대활약一大活躍을 시示하여야 할 것이오 만일萬一 이 기회機會만 노치면 조선민족朝鮮民族은 영원永遠히 조선민족朝鮮民族으로의 존재存在의 의의意義를 찾지 못하고 말 것이니 이 기회機會야 말로 조선민족朝鮮民族에게 천재일우千載一遇의 호기회好機會요 아울러 사생여차死生如此가 달린 위기危機라 합니다.[44]

---

42 이광수, 「우리의 이상」, 『학지광』 14, 1917.11, 3면.
43 위의 글, 5면.
44 위의 글, 6면.

이광수의 「우리의 이상」은 당시 지식인들에게 제1차 세계대전이 상상적·담론적 차원에서 세계적 동시성을 확보할 수 있는 기회로 다가왔음을 명시적으로 보여주는 텍스트이다. 흥미롭게도 그는 조선의 후진성이 제1차 세계대전의 문명사적 혼란을 극복하는 긍정적 계기로 작용할 수 있음을 이야기하고 있다. 후진성을 활용하여 세계적 동시성 확보하기가 그것이다. 제1차 세계대전 이후 세계적 수준의 사상의 영도零度에 조선민족이 개입할 수 있다는 것, 조선적 후진성에서 세계적 동시성보편성으로의 도약 내지는 초월이 가능하다는 것. 흥미로운 점은 새로운 도덕이나 이상을 논하는 글들이, 식민지배 아래에 놓여 있는 조선인뿐만 아니라 전쟁의 포화에 휩싸여 있는 구주인까지를, 달리 말하면 인류를 청자 또는 대상으로 삼는다는 점이다.

조선의 후진성에 대한 인식, 문예부흥에 대한 참조, 후진성의 구도 하에 서구와의 유비적 관계 구축, 제1차 세계대전의 경험 등을 통해서 조선의 지식인들이 꿈꾸었던 것은 무엇이었을까. 단지 우리도 인류다 또는 조선은 세계 속에 있다는, 상상적 차원의 승인투쟁에 국한되는 것은 아닐 것이다. 후진성과 관련된 참담한 무의식 속에서 끊임없이 식민지 지식인들을 견인해 나갔던 것은, 아마도 새로운 인간의 기원과 함께 자신의 주체를 구성하는 사람들이 느끼는 매혹이었을 것이다. 제1차 세계대전의 세계사적 의미와 관련해서 알랭 바디우가 말한 바 있는 '새로운 인간의 역사성'을 상상하는 자리에, 그들도 자리하고 있었다는 것.

세기의 주체들, 투사들을 매혹시킨 것은 오히려 새로운 인간의 역사성입니다. 왜냐하면 우리는 [역사적] 시작이라고 하는 실재의 순간 속에 존재했기 때문입니다. (…중략…) 바로 이것이 내가 실재에 대한 열정으로 부르자고 제안하는 것입니다. 나는 이 실재에 대한 열정을 세기에 대한 모든 이해의 열쇠로 만들어야 한다고 생각합니다. 시작이라고 하는 실재에 소환되었다는 감동적 확신이 사람들에게 존재하는 것입니다.[45]

7. 세계사적 동시성의 잠정적인 확보와 조선을 포함하는 인류의 현현

후일담일 수도 있겠지만 제1차 세계대전이 끝난 후의 감각을 살펴보도록 하자. 정밀하게 통계를 낼 수 있으면 좋겠지만, 가장 중요한 의미를 가지고 빈번하게 사용되는 단어는 '인류'와 '신시대'로 보인다. 새로운 역사의 시대가 열렸다는 감각이 분출하고 있다.

① 군비액軍費額으로나 전투원수戰鬪員數로나 인류人類의 역사歷史가 잇슨 이후以後 처음되난 세계대전世界大戰은 종식終熄되고, 장차將次 신생면新生面을 보려하난 이때, 즉卽 인류人類 전체全體가 타락墮落에서 버서나고, 모든 부자연不自然한 상태狀態가 자연自然한 상태狀態로 회복回復 되여가난 경신更新시대가 신시대新時代일 것이다. 전후戰後 무수無數한 신사조新思潮의 발흥勃興은 신시대新時代가 온 것을 증명證明하기에 넉넉할 것이다. 과연果然 우리의 과거過去난 타락墮落이엿고, 부자연不自然이엿다. 이로부터난 이 모든 결함缺陷을 업새려고 하난 것이 우리의 최대最大 급무急務가 안이고 무엇이냐, 제군諸君이나 내가, 중화인中華人이나 일본인日本人이나, 황인종黃人種이

---

45 알랭 바디우, 앞의 책, 68면. 바디우는 19세기와 20세기 사이에 "새로운 인간의 역사성"이 놓여 있다고 말한다. 강조는 원저자의 것.

174   한국 근대문학의 궤적

나 백인종白人種이나를 물론勿論하고 일반一般일 것이다. 나난 현금現今을 경계境界로 삼아 과거過去를 구시대舊時代라 하고 장래將來를 신시대新時代라고 하려 한다.[46]

② 우리는 시대사조時代思潮의 변천變遷하는 바를 따라서, 이에 순응順應하는 바가 잇서야 되겟습니다. (…중략…) 전全 인류人類는 깨엿습니다. 적어도, 깨여가는 도정道程에 잇습니다. 깰 것도 명백明白한 사실이려니와, 또한 참 의미意味로 깨지 안으면 아니 되겟습니다. 우리 인류人類는 자기자신自己自身을 속히고, 형제동포兄弟同胞를 속히고, 질투嫉妬, 증오憎惡 가운대서 인습因襲과 소위所謂 전통傳統의 노예奴隷가 되야 개념槪念을 조차서 생활生活해내려 오던 여러 만년萬年 된 줄을 끈코, 다시 근본根本으로 도라가서, 옷버슨「사람」으로 도라가서, 인류人類의 생활生活을 인류의식人類意識 가운대서 다시, 새로 시작하려 합니다.[47]

③ 하여간에, 말세末世가 되엇는지 끗까지 진화進化한 신세계新世界가 되엿는지 알 수 없지만, 마치 극장劇場의 무대舞臺가 핑 도라가서 한번 변變한 것가치 세계世界는 겨우 수년數年 동안에 괄목상대刮目相對할 만콤 새로워짓다. 전前에 보지 못하든 새 희곡戲曲의 막幕이 전개展開되엇다. 이러한 희곡戲曲을 당대當代에 안저서 구경할 수 잇는 우리는 얼마나 행복幸福스러운지 모르겟다. 엇잿든 나는 현대現代의 세계世界를 이상적理想的 신세계新世界라고 부르겟다.[48]

세계대전이 막을 내린 1918년경에는 매우 자연스럽게 '우리 인류'가

---

46 「신시대」, 『학지광』 19, 1920.1, 1면.
47 朴錫胤, 「자기의 개조」, 『학지광』 20, 1920.7, 7면.
48 田榮澤, 「凡人의 感想」, 『학지광』 20, 1920.7, 45면.

맞이한 새로운 세계를 이야기하고 있다. 기껏해야 아한我韓동포, 아한유학생, 아한청년, 아한의 부형에게 말을 하는 방식으로 글이 씌어지던 상황과는 크게 달라진 양상을 보인다. 제1차 세계대전 이전에 조선민족은 후진성의 구도 아래에서 비非-인류의 위치를 점하고 있었다. 제1차 세계대전이 끝난 상황에서 조선민족은 인류로서 등기를 마친 것으로 보인다. 세계대전과 함께 인류사의 새 희곡의 막이 올랐다. 서구인과 조선인, 백인종과 황인종은 모두 '우리 인류'라는 범주에 자연스럽게 포괄된다. 이제 인류는 옷 벗은 사람 또는 벌거벗은 사람으로 대변되는 근본기원, 영도으로 돌아가 다시 자신을 새로운 인류로 만들어야 한다. 따라서 조선인이 포함된 인류를 주어주체로 삼아서 세계실질적으로 서구의 역사를 써내려가는 일이 가능하다. 세계사의 가설적 주체인 인류에 조선인이 포함되는지, 또는 조선은 자신이 쓰고 있는 인류사적인 경험을 공유한 바 있는지에 대해서 조금도 회의하지 않는다.[49]

④ 그럼으로써 나는 의심疑心업시 이와 갓치 말하고저 합니다. 조선朝鮮사람은 세계世界사람과 교제交際 안 할 수 엄습니다. 조선朝鮮사람은 세계世界사람과 운명運命을 동일同一히 안 할 수 엄습니다, 조선朝鮮사람은 세계世界사람이, 하는 사업事業을 안 할 수 엄습니다. 또한 우리는 이와같은 중대重大한 사명使命과, 고상高尙한 이상理想을 가지고, 세계무대世界舞臺에 출연出演할 운명運命을 타고, 이십세기二十世紀에 나왓습니다.[50]

---

49 이 지점은 보다 심층적인 후진성을 구조화하는 기반이 된다. 한국사회에서 후진성에 대한 인식이 가장 첨예하게 드러난 것은 1980년대의 사회구성체논의라고 생각된다. 그 이전까지 한국의 지식인들은 후진성에 대한 인식, 세계적 동시성을 위한 노력, 다시 후진성에 발목 잡히기와 같은 과정을 반복해 왔다고, 개인적으로는 생각하고 있다.

⑤ 우리의 물질문명은 남의게 넘우 느젓다. 일천칠백십년 유월 이십이일에 젬스, 하그리브스 씨는 제사기계를 시작하엿다. 젬스, 하그리브스 씨는 연국 산업혁명의 선구자이엇섯다. 우리는 물질문명상 아즉 십팔 세기의 영국의 능력이 업다. 우리의 물질문명은 현금 문명 諸國보다 이삼백년이 뒷젓다. 그런 고로 우리는 이 물질적 방면에도 다대한 노력을 하지 안이 하면 안이 되겟다. 그러하나 몬저 각성하여야 할 것은 정신적 방면이다. 하ᄂᆞ님을 사랑하고 니웃사람을 사랑하는 사랑 우에 물질적 문명을 싸어야만[쌓아야만─인용자] 그 문명이 반석 우에 세운 집과 갓치 안전할 것이다 그럿치 안이하면 사상에 지은 누각과 갓치 극히 불완전함을 면치 못할 것이다. 이점에 잇서서 나는 현금문명의 약점을 발견하엿노라.[51]

제1차 세계대전의 전승국이었던 일본과 달리 조선인은 제1차 세계대전을 직접적으로 경험한 적이 없다. 하지만 제1차 세계대전이라는 세계사적 사건과 동시대에 존재했다는 사실, 동시대를 살고 있다는 사실보다 명확한 것은 없다. 그것은 세계라는 지평에 조선이 등재되어 있으며 세계사적 동시성의 구조에 공속되어 있음을 보여주기 때문이다. 그렇다면 세계와 조선을 이어준 동시성의 매체는 무엇일까. 김준연의 경험에 의하면, 기도와 동정同情이 그것이다.

---

50 高志英, 「시대사조와 조선청년」, 『학지광』 20, 1920.7, 32면.
51 金俊淵, 「旅行雜感」, 『학지광』 19, 1920.1, 55면. 1919년 11월 동경대생이었던 김준연은 '海法講義' 시간에 군함을 승선할 기회를 갖게 된다. 제1차 세계대전과 관련된 군함 '日向'을 타고 150명의 학생이 도쿄, 요코하마, 고베까지 가는 여정이었다. 그는 고베에서 배를 내려 교토를 방문했다. 교토제대 청년회관에서 기도회가 있었고 임종순 목사가 기도를 했다. 그때의 감상을 기록해 놓은 글이다.

[세계대전의 고통을 – 인용자] 당당(當)하지 아니하는 제삼자(第三者)라도, 아무리 영악하더라도, 이 참혹(慘酷)한 모양(模樣)을 보고야 누가 동정(同情)하는 눈물을 아니 흘릴가? 전세계(全世界) 십육억(十六億) 만인(萬人)의 가슴으로부터 나오는, 뜨거운 기도(祈禱)는, 여긔서 시작(始作)되얏다. 전세계(全世界) 십육억인(十六億人)의 손을 합(合)하고, 하날을 울어다보고, 부르지지는 소래는, 불기(不期)하고 일치(一致)하얏다.

우리의 죄(罪)를 용서(容恕)하여지이다. 악마(惡魔)를 우리의게서 떠나게 하여주소서. (…중략…) 우리를 영원(永遠)한 평화(平和)로! (…중략…) 우리는 승리(勝利) 업는 평화(平和)를 원(願)하나이다. (…중략…) 이런 기도(祈禱) 소래가 십육억(十六億) 만(萬)[인의 오기 – 인용자]의 입에서 의식적(意識的)으로 혹은 무의식적(無意識的)으로, 부르지지게 되엿다.[52]

세계대전의 비참에 대한 동정과 기도가, 조선인이 포함된 인류를 만들었다. 동정은 세계와 조선을 이어준 매개적 감정이며, 기도는 서양인 선교사로부터 배운 성경의 말씀을 세계서구에 되돌려주는 의례이다. 상상적인 차원에서나마 서구와 조선이 대화적 관계를 구축하게 되었다. 따라서 "다시 말하면, 세계대전쟁은, 우리에게 세계를 개조 아니 하면 아니 되겠다 하는 것을, 통절하게 가르쳐 주었다"[53]는 언급이 별다른 자의식 없이 자연스럽게 제시된다. 세계적 동시성의 시간을 살아가는 조선민족이 발명된 것이다. 보다 정확하게 말하면, 세계적 동시성의 시간을 살아가는 조선민족을 상상할 수 있는 조선민족의 자리가 발명된 것이다.

이 지점에서, 비록 지극히 상상적인 차원에서이기는 하지만, 조선이

---

52 金俊淵, 「세계개조와 오인의 각오」, 『학지광』 20, 1920.7, 21면.
53 위의 글, 22면.

세계에 등재될 가능성, 비－인류의 차원에 놓여 있던 조선민족이 자신이 포함된 인류를 상상할 수 있는 가능성, 조선민족의 새로운 도덕과 인류의 새로운 도덕이 일치될 가능성, 조선민족이 인류를 향해 말할 수 있는 가능성 등이 하나의 지점으로 수렴된다. 이후의 지성사 또는 문학사의 전개를 고려한다면 일종의 에피파니epiphany이라고도 할 수 있겠지만, 상상적인 차원에서나마 조선이 처음으로 세계사적 동시성을 확보했다는 것은 분명한 사실이다. 아마도, 이때의 세계사적 동시성은 후진성에 대한 보다 심오한 인식을 가능하게 하는 조건으로 작동하게 될 것이다.

이광수의 문학론과 한국 근대문학의 기원들
기능분화, 감정의 관찰, 세계문학

1. 1910년, 조선이라는 텅 빈 기호

이광수가 처음으로 조선을 표제에 내세운 글은, 1910년 6월에 발표한 「조선朝鮮사람인 청년靑年에게」이다.[1] 그 이전에 발표된 「아한청년我韓靑年과 정육情育」1910.2, 「일본日本에 재在한 아한류학생我韓留學生을 논論함」1910.4, 「금일今日 아한청년我韓靑年의 경우境遇」1910.6에서 알 수 있듯이, 이광수는 지속적으로 대한이라는 국호를 사용해 왔다. 러일전쟁·을사보호조약·한일신협약 등 일련의 사건들을 통해서 대한제국의 운명이 내다보이는 상황이기는 했지만 명목상으로는 여전히 대한제국의 명패가 걸려있는 시기였다. 「조선사람인 청년에게」의 앞부분에서 이광수는 조선과 대한이라는 명칭을 둘러싼 당시의 감각을 다음과 같이 드러내고 있다.

여余가 일본에 있을 때에, 일본인들이 여余를 조선인朝鮮人이라고 칭호稱號하면 여余는 모욕을 받는 것같이 불쾌하고, 한인韓人이라 하면 우대를 받는 것 같

---

1   대한에서 조선으로의 명칭 변화에 대해서는 김윤식, 『이광수와 그의 시대』 2, 한길사, 1986, 273면 참조.

이 쾌족快足하더라.[2]

일본인들이 조선인이라고 부르면 모욕을 받는 것 같아서 불쾌한 감정이 들었던 이유는 무엇일까. 조선인은 조선왕조의 백성이라는 의미라서 불쾌했고, 한인은 대한제국의 국민이라는 의미이기에 듣기에 좋았을 수도 있다. 만약 그렇다면 이광수는 대한이라는 명칭을 계속 유지했어야 할 것이다. 이광수가 조선이라는 명칭에서 불쾌함을 느꼈던 것은 조선왕조가 가져온 파탄 때문이다. 단군의 고조선에서 비롯하는 자랑스러운 조선의 역사가, 제3조선에 해당하는 조선왕조에 이르러 역사적 파탄에 이르렀기에 조선이라는 명칭을 부끄럽고 불쾌하게 여기게 되었다는 진단을 스스로 내린다. 그렇다면 왜 이광수는 스스로 치욕스럽게 여겼던 조선이라는 명칭을 굳이 사용하고자 하는 것일까. 대한에서 조선으로의 명칭 변화는 어떤 의미를 갖는 것일까.

대저大抵, 우리의 대황조大皇祖 단군檀君께옵서 이 무궁화세계無窮花世界에 처음 국가國家를 세우실 때, 그때의 국명國名이 무엇이더냐. 조선朝鮮이러니라. 이리하여 우리 민중民衆은 다른 민족民族들이 아직 야만野蠻의 상태에 있어 이름도 없던 사천삼백사십삼년전四千三百四十三年前부터 조선민족朝鮮民族이란 이름을 가졌었도다. 국가國家의 명칭名稱은 비록 천千으로 변變하고 만萬으로 변變한다 하더라도 조선민족朝鮮民族이란 이름은 영겁永劫 무궁無窮히 변變치 아니하리라. 변變하려고도 아

---

2   이광수, 「조선사람인 청년에게」, 『이광수전집』 1, 삼중당, 1963, 484면; 『소년』 3권 6호, 1910.6. 앞으로 『이광수전집』의 경우 『전집』으로 약칭하고 권수를 병기하며, 본문 중에 인용된 경우에는, (1 : 450)처럼 괄호 속에 전집의 권수와 인용면수를 표기하고자 한다.

니할 것이요, 설혹設或 변變하고자 하여도 얻지 못할 것이니라. 조선민족朝鮮民族이란 이름, 실實로 우리 민족에게는 정답고 명예名譽로 운 이름이니라. 나로 하여금 죽게는 할 수 있을지언정 조선민족朝鮮民族이란 이름은 벗기지 못하리라.[3]

조선이라는 말에는 국가, 민족, 왕조라는 세 가지의 의미 층위가 중첩되어 있다. 최초의 국호도 조선이고, 민족의 이름도 조선이고, 망해버린 왕조도 조선이다. 조선이라는 말에는 국가의 기원에 대한 기억과, 민족의 영원성에 대한 희구와, 망해 먹은 왕조에 대한 원망이 각인되어 있는 것이다. 이광수가 조선이라는 용어를 사용하게 된 배후에는 민족의 기원을 재전유하고자 하는 의지가 가로 놓여 있다. 국호나 왕조는 조선에서 대한제국으로 바뀌거나 사라지거나 할 수 있는 것이지만, 조선이라는 민족의 명칭은 영원하며 불변하다는 논리가 그것이다. 예견되는 국가 부재의 상황을 상징적·상상적으로나마 넘어서기 위해서, 민족의 이름이자 최초의 국호였던 조선을 의식적으로 선택하고 재전유하고자 했던 것이다.

조선은 국가의 현실적인 부재를 환유하는 기호이자 국가의 부재에 대한 상상적 보충을 은유하는 기호이다. 조선이라는 명칭을 수락하는 데에는 크게 두 가지의 조건이 필요했다. 하나는 조선이라는 이름과 관련된 자긍심의 회복이다. "다른 민족들이 아직 야만의 상태에 있어 이름도 없던" 시대에 "조선민족이란 이름을 가졌었"다는 것이다. 다른 하나는 조선왕조의 파탄이 가져온 자기모멸감이다. "제삼조선국의 조선민족의 후를 이은 우리들이 번뜩 눈을 뜨니 코에는 똥내가 받"[4]친다고 말하면서, 조선

---

3   위의 글, 484면. 이후 강조는 모두 인용자의 것임.
4   위의 글, 485면.

왕조에 대해 극단적인 혐오감을 표현한다. 조선왕조가 남겨 놓은 것은 똥 내밖에 없으며 조선청년들은 "아무 것도 없는 공공막막한 곳"[5]에 서 있다고, 이광수는 말한다.

> 우리들을 교도敎導할 부로父老가 있겠는냐, 학교學校나 있겠느냐, 사회社會가 있겠느냐, 보지報紙가 있겠느냐. (…중략…) 아아, 우리들은 준비準備할 아무 기관機關과 편의便宜도 가지지 못하였고, 설혹設或 가졌다 하더라도 완전完全치 못한 것이로다.[6]

이광수의 관점에서 보자면, 조선왕조의 역할은 전면적이면서 무차별적인 결핍의 상황 아래에 청년들을 남겨놓은 것에 지나지 않는다. 국가 부재가 예견되는 상황에서 조선청년들에게는 이끌어 줄 부형도 없고, 제대로 된 학교도 없고, 사회와 단체도 없고, 신문과 같은 미디어도 없다. 무無, 결핍, 불완전성으로 대변되는 상황, 현실의 전면적 결핍이 조선민족에 대한 부정적 허무주의를 강요하는 상황만이 주어진 것이다. 이 지점에서 이광수는 민족의 생명 유지를 궁극의 윤리로 설정한다. 조선왕조의 파탄이 조선민족의 종언과 등치될 수도 없고 등치되어서도 안된다는 것.

조선이란 무엇인가. 1910년의 이광수에게 조선은 민족의 생물학적 운명을 최저수준에서 암시하는 기호였고, 청년들이 스스로 둘러써야 할 집단적 주체의 이름이자 삶의 현실적 지평이었다. '조선'은 민족의 이름이

---

5   위의 글, 486면.
6   위의 글, 486면.

고, 따라서 초월적인 상징이었다. 하지만, 그래서 그 배후에 무엇이 있는 지 알 수 없는 기표였다. 조선은 유명론唯名論적인 지위를 갖는다. 적어도 이광수에게는 그러했다. 1910년의 이광수와 그의 세대들에게는 조선이 라는 기호만 덜렁 주어져 있었다고 해도 과언이 아니다. 조선이라는 기호 를 통해서 민족의 기원과 역사를 아득하게 소환할 뿐이고, 조선민족을 본 질적인 실체로 승인할 수 있는 근거를 갖지는 못했다. 기호 또는 표상으 로 겨우 존재하는 조선이라는 이름과, 무차별적인 결핍으로 대변되는 조 선의 현실적인 상황이 상호조응하고 있었을 따름이다. 1910년대의 이광 수는 '아무 것도 없는 공공막막한 곳'에서 조선이라는 이름을 붙들고 민 족의 재생산 즉 민족의 사회적 재구성을 욕망하고자 했던 것이다. 이광수 의 초기 문학론은 조선이라는 텅 빈 기호를 대상으로 하는 자기구성의 담론적 기획으로 자리를 잡는다.

> 표준標準으로 할 것은 다른 아무 것도 아니요 오직 '생生'일지니라, 천부天賦
> 된 양심良心의 명命을 좇아 '생生'의 보지保持·발전發展에 필요必要한 사위事爲의
> 온갖에 대對하여 정성精誠스러이 있는 힘을 다하여 생각하고 노력努力하면 그
> 는 모두 선善이니라, 정의正義니라.[7]

그렇다면 조선이라는 전면적인 결핍의 상황에서 민족의 사회적 재구 성을 위한 출발점은 어떻게 마련될 수 있을까. 생명, 즉 생물학적 소여에 근거한 자연발생적 가능성에서 그 출발점을 마련할 수밖에 없다. 이광수

---

7   위의 글, 488면.

가 생명을 발견한 영역이 정情이며, 정은 생명의 분절적 표현으로 주제화 된다. 주목해야 할 점은 정을 주제화하는 방식이다. 이광수는 지정의知情意 삼분론에 근거한 기능분화를 통해 정을 주제화하고, 정을 문학 일반과 조 선문학의 자기준거로 제시한다. 그리고 세계문학이라는 표상체계 속에 조선문학을 등재시키고자 한다. 달리 말하면 조선이라는 결핍의 기호에 이광수가 도입한 생물학적 자기근거가 정생명의 자기발현의 영역이고, 담론적 근거가 근대성의 일반적 원리로서의 기능분화이며, 조선문학이라는 기호 에 세계globe적 수준의 위상을 부여해준 표상체계가 다름 아닌 세계문학 인 것이다. 민족문학으로서의 조선문학은 감정의 영역, 기능분화, 세계문 학이라는 층위가 중층결정 되는 지점에서 구성된다. 기능분화 · 감정의 영역 · 세계문학은, 조선문학의 담론적 구성을 통해서 민족의 재생산과 사회적 재구성을 욕망할 수 있게 했던 기원들이다.

2. 근대성의 원리로서의 기능분화

널리 알려진 대로 이광수의 「문학의 가치」는 문학에 대한 최초의 본격 적인 논의이다. 1900년대에 문학과 관련된 대부분의 용례가 일반교육과 관련되어 있었음을 감안한다면, 「문학의 가치」는 문학의 특수성을 그 자 체로 고찰하고 규정하고자 했다는 점에서 비평사적 의의가 참으로 큰 글 이다.[8] 이 글에서 이광수는 문학의 유래와 정의 그리고 사회적 의미에 대

---

8   1900년대 문학이라는 용어의 의미에 대해서는 졸고, 「1900~1910년 신문 잡지에 등장 하는 문학의 용례에 대하여」, 『미학예술학연구』 20, 2004 참조.

해서 요령있게 기술하고 있다.

> 「문학文學」이라는 자字의 유래由來는 심甚히 요원遼遠하여 확실確實히 기其 출처出處와 시대時代는 고攷키 난難하나, 여하如何튼 기其 의의意義는 본래本來 「일반一般 학문學問」이러니, 인지人智가 점진漸進하여 학문學問이 점점漸漸 복잡複雜히 되매, 「문학文學」도 차차次次 독립獨立이 되어 기其 의의意義가 명료明瞭히 되어 시가詩歌·소설小說 등等 정情의 분자分子를 포함包含한 문장文章을 문학文學이라 칭칭稱하게 지至하였으며(이상以上은 동양東洋), 영어英語에 「literature」문학文學이라는 자者도 또한 전자前者와 략동略同한 역사歷史를 유有한 자者라.[9]

「문학의 가치」에서 이광수는 동양의 역사적 맥락을 중심에 두고 학문의 분화 과정 속에서 '문학의 독립'을 개략적으로 설명한다. 서양의 lite-rature도 동양에서 발견되는 문학의 분화 과정과 유사한 경로를 경험했을 것이라고 말한다. 달리 말하면 문학을 literature의 번역어로 파악하지 않고 있는 것이다. 동양의 문학文學을, 서양은 literature를 각자의 문화권에 근거해서 만들어냈다. 동서양을 막론하고 문학은 학문 일반에서 정의 분자를 포함한 문장으로 분화되었다는 설명에는, 문학의 독립과 관련된 보편성에 대한 믿음이 가로놓여 있다.

> 오인吾人의 정신은 지정의知情意 삼방면三方面으로 작作하나니, 지知의 작용作用이 유有하매 오인吾人은 진리眞理를 추구하고, 의意의 방면이 유有하매 오인吾人은

---

9 「문학의 가치」, 『이광수전집』 1, 504면; 『대한흥학회보』 11, 1910.3.

선善 우又는 의意를 추구하는지라. 연칙然則, 정情의 방면이 유有하매 오인吾人은
하何를 추구하리오. 즉 미美라. 미美라 함은, 칙則 오인吾人의 쾌감快感을 여與하는
자者이니.[10]

문학을 literature의 역어譯語로 규정하고 문학의 분화과정을 체계적으
로 설명하게 된 것은 「문학이란 하오」에 이르러서이다.[11] 「문학이란 하
오」가 「문학의 가치」와 구별되는 점은 문학에 대한 인식지평의 확대에서
찾을 수도 있겠지만, 가장 중요한 것은 근대의 기능분화functional differen-
tiation에 따라서 문학을 설명하고 있다는 사실이다. 이광수는 지정의知情意
삼분론에 근거하여 '진眞 — 지知 — 학문學問(과학科學)', '선善 — 의意 — 도덕
道德(종교宗敎)', '미美 — 정情 — 문학文學(예술藝術)'의 계열을 제시하며, 각각
의 기능과 가치가 독립적이라는 점을 분명하게 밝힌다.

근세近世에 지至하여 인人의 심心은 지知 · 정情 · 의意 삼자三者로 작용作用되는 줄
을 지知하고 차此 삼자三者에 하우何優 · 하렬何劣이 무無히 평등平等하게 오인吾人의
정신精神을 구성構成함을 각覺하며, 오吾의 지위地位가 아俄히 승昇하였나니, 일찍
지知와 의意의 노예奴隸에 불과不過하던 자者가 지知와 동등同等한 권력權力을 득得
하여, 지知가 제반과학諸般科學으로 만족滿足을 구求하려 함에 정情도문학文學 · 음
악音樂 · 미술美術 등等으로 자기自己의 만족滿足을 구求하려 하도다. 고대古代에도
차등此等 예술藝術이 유有한 것을 관觀하건대, 아주 정情을 무시無視함이 아니었으

---

10 「문학이란 하오」, 『전집』 1, 510면; 『매일신보』, 1916.11.10~23.
11 이광수의 초기 문학론에 대해서는 황종연, 「문학이라는 역어(譯語)」, 『한국어문학연
구』 32, 1997; 권보드래, 『한국근대소설의 기원』, 소명출판, 2000 참조.

나, 차此는 순전純全히 정情의 만족滿足을 위爲함이라 하지 아니하고, 차此에 지적知的 · 도덕적道德的 · 종교적宗敎的 의의意義를 첨添하여, 즉 차등此等의 보조물補助物로, 부속물附屬物로 존재存在를 향享하였거니와 약約 오백년五百年 전前 문예부흥文藝復興이라는 인류정신人類精神의 대변동大變動이 유有한 이래以來로, 정情에게 독립獨立한 지위地位를 여與하여 지知나 의意와 평등平等한 대우待遇를 하게 되다[원문대로─인용자]. 실實로 오인吾人에게는 지知와 의意의 요구要求를 만족滿足케 하려는 동시同時에 그보다 더욱 간절懇切하게 정情의 요구要求를 만족滿足케 하려 하나니 오인吾人이 주酒를 애愛하고, 색色을 탐貪하며, 풍경風景을 구求함이 실實로 차此에서 생生하는 것이니 문학예술文學藝術은 실實로 차此 요구要求를 충充하려는 사명使命을 유有한 것이니라.[12]

지정의 삼분법은 단순히 인간의 심리에 대한 분류체계 또는 인간학적인 설명에 그치는 것이 아니라 근대의 역사철학적인 측면을 포착하고 있는 논변이다. 종교로부터 과학이 분화되고 다시 취향과 감정의 영역이 분화되는 과정은, 그 자체로 서구 근대의 역사적 경험을 요약하고 있다. 이광수는 르네상스에서 기원하는 서구의 역사적 경험을 근대의 일반적 원리로 추상화하여 조선의 현실에 적용하고자 하는 것이다. "일찍 지知와 의意의 노예에 불과하던" 정은 "문예부흥이라는 인류정신계의 대변동이 유有한 이래로 정情에게 독립한 지위를 여與하여 지知나 의意와 평등한 대우를 하게 되"었다. 문학이 과학과 도덕의 보조물이나 부속물과 같은 노예적 지위에서 벗어나, 정의 만족과 관련되는 자립적이며 대등한 영역으

---

12 「문학이란 하오」, 『전집』1, 508면.

로 분화되었다는 것이다. 정의 기능분화는 등가성과 재귀성을 성취하는 과정이며, 그 자체로 해방의 과정으로 이념화된다. 물론 문학의 기능분화가 자율성 미학에 대한 주장으로 곧바로 이어지는 것은 아니지만, 정을 문학의 자기준거로 설정하고 있으며 정의 만족을 자신의 목적으로 승인하고 있다.[13]

그래서 우리는 정치의 독립분화를 하나의 부분체계 형성으로 다루어야 하며, 이는 16세기 이후 사회의 다른 영역에서도 관찰되는 일이다. 정치의 사례에서 제시된 것은 필요한 변경을 가하면 다른 사회 영역에 대해서도 유효하다. 예를 들자면, 교육과 교육학은 교육 고유의 의미론이 수립됨과 동시에 계층적 질서 모델로부터 떨어져 나와 세속화된다. 학문만의 고유한 코드가 독립 분화되고, 가족이라는 사적 영역과 특화된 사랑의 코드가 형성된다. 법이 정치로부터 떨어져 나오고, 경제가 종교와 도덕으로부터 분리되어 경제적 관계의 완전한 화폐화가 이루어진다. 사회의 상이한 영역들이 의미론적으로 자율화됨으로써 주된 사회 분화의 새로운 형식이 성립한다. 그 부분체계의 경계는 더 이상 분절적으로 분화된 사회처럼 함께 사는 지역을 기준으

---

13 게어하르트 플룸페(Gerhard Plumpe), 이연우 역, 「체계로서의 문학」, 『문학동네』 14, 1998년 봄호, 292면. "분화란 기능의 차별화를 뜻하는 말이지, 소위 문학의 자율성(Autonomie)에 대한 여러 과도한 구상들이 암시하고자 하는 바처럼 기능의 상실을 말하는 것이 아니다." 분화가 곧바로 자율성을 의미하지는 않는다. 문학의 기능분화가 곧바로 자율성 미학을 의미하지는 않는다. 이광수의 초기 문학론에서 확인할 수 있듯이 한국 근대문학의 경우 문학을 둘러싼 기능분화가 곧바로 자율성 미학의 확립으로 이어지지는 않았다. 이러한 양상은 비서구 사회에서 나타나는 일반적인 양상이기도 하다. 서구에서 후발주자로서 근대화를 추진했던 그리스의 근대문학 형성 과정을 고찰한 G. 주스대니스도 그리스 근대문학의 기능분화가 자율성 미학에 견주어 볼 때 그다지 자율적이지 않았거나 낮은 수준에서 자율적이었다고 지적한 바 있다. Gregory Jusdanis, *Belated Modernity*, Minneapolis : University of Minnesota Press, 1991, pp.100~113 참조.

로 그어지거나 계층화된 사회처럼 상대적을 넘어서기 어려운 계층을 기준으로 그어지지 않는다. 그 경계는 이제 배타적이며 다른 것으로 대체될 수 없는 사회적 기능들에 의해 그어진다. 사회의 기능적 분화가 바로 현대 사회의 주된 분화형식이다.[14]

기능분화는 혈연, 지역, 계층에 근거한 사회적 분화가 아니라 대체될 수 없는 사회적 기능에 근거하여 이루어지는 분화이다. 사회의 기능적 분화는 근대사회의 중심적인 분화형식인 동시에 근대성의 기본적 원리들 가운데 하나이다.[15] 이광수의 지정의 삼분론은 단순히 심리적 설명에 그

---

14 게오르그 크네어(Georg Kneer) · 아민 낫세이(Armin Nassehi), 정성훈 역, 『니클라스 루만으로의 초대』, 갈무리, 2008, 171~172면. 루만의 체계이론에 의하면 각 사회 유형에 특징적인 주된 분화 형식들은 다음과 같이 제시된다. 가장 단순한 분화 원리는 분절적 분화(segmentäe Differenzierung)이다. 분절적 분화는 사회체계를 가족, 혈통, 부락 등과 같은 동등한 부분체계들로의 독립분화이다. 이 경우 낮은 수준의 노동분업이 형성되며, 호혜성에 근거한 교환이 중요한 규범으로 기능하지만, 기대 가능성과 변화가능성의 폭은 미리 제한된다. 두 번째의 분화원리는 중심과 주변의 분화(Differenzierung nach Zenturm und Peripherie)이다. 분절된 하위체계들 사이에 중심과 주변이라는 불평등 관계가 성립한다. 좁게는 부족장이 되는 혈통과 그렇지 못한 혈통 사이의 분화를 예로 들 수 있다. 호혜성의 관계가 붕괴되며, 중심부에서 위계 형성이 강화되면 계층적 분화가 발생한다. 세 번째는 계층적 분화(stratifikatorische Differenzierung)이다. 계층적 분화는 위/아래라는 위계적 구별에 근거하여 불평등한 계층들로 분화하는 것이다. 신분제적인 위계는 도덕의 일반화 또는 종교적 일반화를 통해 공고화된다. 종교를 통한 보편적 의미부여를 통해 위계구조의 불안정성(복잡성 증가)를 해소하는 것이다. 하지만 현대사회로 전환되면서 복잡성 증가를 감당하지 못하게 된다. 네 번째로 사회의 기능적 분화(funktionale Differenzierung)는 현대 사회의 주된 분화형식이다. 사회는 더 이상 모든 체계들에 공통된 근본 상징구조에 의해 통합될 수 없는 부분체계들로 분화된다. 개별 기능적 부분체계들—경제, 정치, 법, 종교, 교육, 학문, 예술 등—로 분화된다. 정치는 여당/야당, 경제는 지불/미지불, 법은 합법/불법이라는 이원적 코드에 의해 자신의 대상을 구축하고 자기자신을 자율적인 기능체계로 재생산한다. 정성훈, 「루만의 다차원적 체계이론과 현대 사회진단에 관한 연구」, 서울대 철학과 박사논문, 2009, 171~180면; 게오르그 크네어 · 아민 낫세이, 앞의 책, 163~183면 참조.

15 위르겐 하버마스(Jürgen Habermas), 이진우 역, 『현대성의 철학적 담론』, 문예출판사, 1994, 40면. 루만과 논쟁을 벌인 하버마스도 서구의 합리화 과정을 기능분화의 관

치는 것이 아니라, 기능분화라는 근대성의 주요한 원리를 조선의 담론 공간에 도입하고 있는 것이다. 분화는 종전까지 존재하지 않았던 영역 내지는 제도가 새롭게 생겨난다는 것을 의미하지 않는다. 분화는 종전까지 기능했던 활동영역과 제도에 근거해서 생겨난다. 따라서 하나의 체계가 기능분화를 거쳐 구조화된다는 것은 사회전체의 전반적인 변화와 재편성이 이루어지고 있음을 의미한다고 보아도 크게 틀리지 않는다. "자기지시적 소통 영역과 행위 영역의 분화 과정은 체계형성을 가리킬 수밖에 없다."[16] 이광수의 초기 논설에서 사회적 기능분화의 관점은 매우 일관되게 적용된다. 지정의 삼분론은 문학의 체계분화를 추동하는 원리일 뿐만 아니라, 근대성의 기본적 원리인 사회적 기능분화에 대한 은유이다.

① 국가國家의 공무公務를 직접直接으로 보輔하는 관리官吏의 임任이 중重치 아님이 아니요, 귀貴치 아님이 아니어니와, 관리官吏가 사회社會의 전체全體는 아니라. 문명文明이 발달發達하여 사회社會의 조직組織이 복잡複雜하게 된 금일今日에는 관계官界는 사회활동무대社會活動舞臺의 일국부一局部에 불과不過하나니, 실업계實業界, 교육계敎育界, 문학계文學界, 종교계宗敎界, 학자계學者界, 정치계政治界가 다 관계官界와 대등對等한 지위地位를 유有한 것이라.[17]

점에서 설명한 바 있다. "18세기 말까지 과학, 도덕, 예술은 활동영역으로서 제도적으로도 분화되었다. 이 영역들 내에서 진리의 문제, 정의의 문제, 취미의 문제들은 자율적으로, 즉 각기 특수한 타당성의 지배를 받으며 작업되었다. 이 지식의 영역 전체는 한편으로는 신앙의 영역과 분리되었으며, 다른 한편으로는 법적으로 조직된 사회적 교통의 영역과 일상적 공동생활의 영역으로부터 분리되었다."

16 게오르그 크네어·아민 낫세이, 앞의 책, 171면.
17 「동경잡신」, 『전집』 17, 478~479면; 『매일신보』, 1916.9.27~11.9.

② 적어도 당장 천재天才 열 명名은 나야 되겠소. 시급時急히 열 명名은 나야

되겠소. 경제적經濟的 천재天才, 종교적宗敎的 천재天才, 과학적科學的 천재天才, 교육

적敎育的 천재天才, 문학적文學的 천재天才, 예술적藝術的 천재天才, 철학적哲學的 천재天

才, 공학적工學的 천재天才, 상업적商業的 천재天才, 정치적政治的 천재天才—이 열 명은

시급時急히 나야겠소. (…중략…) 이 열 명이 나면 조선신문명朝鮮新文明의 어리

가리는 되겠고, 그 뒤에는 그네들이 또 새끼를 칠 터이니 아무 염려念慮가 없

을 것이요.[18]

1910년대에 발표한 논설에서 이광수는 조선 사회를 개념적으로 재현하

고자 할 때 병치법 또는 열거법을 지속적으로 사용한다. 실업계, 교육계,

문학계, 종교계, 학자계, 정치계 등을 호명하는데, 조선 사회 내부에 기능

적으로 구별되는 영역들을 병치시키고자 함이다. 이광수의 병치법은 모든

---

18 「천재야 천재야」, 『전집』 17, 52면; 『학지광』 12, 1917.4. 이광수의 기능분화에 대한
감각은 적성 또는 관심에도 적용되고 있다. 똑같은 소나무를 보더라도 인식을 주도하는
관심에 따라 예술적, 공업적, 윤리적 반응이 도출된다. 예술적 적성(관심)을 가진 사람
은 공업적 관심을 가진 사람의 말을 할 수 없으며, 한 사람이 두 가지의 적성(관심)을
동시적으로 가질 수도 없다고 말한다. 이러한 언급들은 체계이론의 기본적인 공리를 충
분히 연상하게 한다. 체계이론에 의하면 어떠한 기능체계도 다른 기능체계에 의해 보충
되거나 대치되지 않는다. 이광수에 따르면 특정한 천재(장기)는 다른 천재와 중복되거
나 대치되지 않으며 자립적인 성격을 갖는다. 이는 사회적 기능분화에 대한 이광수의
관점이 천재로 대변되는 재능과 적성의 영역으로 소급되어 들어간 것이라 할 수 있다.
"이제, 여기 한 큰 솔나무가 있다 합디다. 갑은 그것을 보고 「에, 그 크기도 크다. 그 가
지의 붙은 모양이며 그 잎의 성한 모양이며…… 참 아름다와.」 하고, 을은 「에, 그 소나
무 크기도 크다. 그 놈을 찍었으면 보나 하나 하고 기둥이나 두어 감 날까보군」 하고,
병은 「아아, 장하다. 상설에도 변치 않는 네로구나!」 하면, 이 삼인의 성정이 각각 어떠
할까요? 아마도 같다고는 할 수 없겠지요? 이것은 나는 천재가 있는 연고라, 그리고 각
각 다른 연고라 하오. 갑이란 사람은 예술에 천재를 가졌음이요, 을이란 사람은 공업에
천재를 가졌음이요, 병이란 사람은 윤리에 천재를 가졌음이라 하는 말이오. 갑은 도저
히 을의 한 말을 못할 것이요, 을은 도저히 갑의 한 말을 못할 것이오. (…중략…) 그러므
로 사람이란 것은 각각 천재(즉 장기)가 있는 동시에 두 가지를 겸할 수는 없다는 말이
오.", 「천재」, 『전집』 1, 481면; 『소년』 3권 6호, 1910.6.

영역에 걸쳐 무차별적인 결핍 상황에 놓여 있는 조선 상황에 대한 논리적 대응인 동시에, 기능분화된 사회라는 관점에서 조선사회를 상상하고 재현하고자 한 것이다. 그렇다면 문학은 어떠한 방식으로 분화되는가. 먼저 종교와 도덕윤리과의 구별로부터 주어진다.

③ [종교개혁 이전의-인용자] 교회敎會는 만반사萬般事에 인류人類를 관섭管攝할 것이라 하였소. 그러나 자연과학自然科學과 국가주의國家主義의 발달發達함을 따라 십구세기十九世紀 후반後半 이래以來로는 종교宗敎는 정치政治, 경제經濟, 과학科學, 문학文學 등等과 같이 문명文明의 분과分科에 불과不過하다는 사상思想이 보급普及되었소. 즉卽, 인생人生이란 종교宗敎 하나만으로 사는 것이 아니라 정치政治, 경제經濟, 과학科學, 문학文學 등等 제분과諸分科를 하여야 사는 줄을 자각自覺하였소. 그러므로 교육敎育이나, 학술學術이나, 기타其他 문명文明의 제분과諸分科는 완전完全히 교회敎會에서 독립獨立하였고 교회敎會도 전전과 같이 분외分外의 간섭干涉을 아니하게 되었소.[19]

④ 권선징악勸善懲惡이 무론毋論 좋지 아니함이 아니지요. 그러나 권선징악勸善懲惡의 임무任務를 다하기 위하여서는 수신서修身書와 종교적宗敎的 교훈서敎訓書가 있읍니다. 문학文學은 결코 수신서修身書나 종교적宗敎的 교훈서敎訓書도 아니요, 그 보조補助는 더구나 아니요, 문학文學에는 뚜렷이 문학文學 자신自身의 이상理想과 임무任務가 있읍니다. (…중략…) 만인萬人이 그것[문학-인용자]을 보고 교

---

[19] 「今日 朝鮮耶蘇敎會의 欠點」, 『전집』 17, 21면; 『청춘』 11, 1917.11. "문명은 종교 외에 정치, 법률, 실업, 과학, 철학, 문학, 예술 급 각종 기계로 성립된 것이니, 종교는 실로 차등 제분과의 일에 불과 하는 줄을 부지하고."(같은 면)

훈敎訓을 삼는다 하더라도 그것은 문학文學의 일- 활용活用, 일- 부산副産에 지나지 못하는 것이외다. 우리 인생人生은 교훈敎訓만으로 살아가는 것이 아니니, 윤리적倫理的 교훈敎訓은 인생人生 일부분一部分에 불과不過하는 것이외다.[20]

지정의 삼분론에서 '선-의-도덕종교 · 윤리'로 표상된 계열과 문학이 어떻게 기능적으로 구별되는지를 보여주고 있는 대목이다. 종교라는 근본적 상징구조에 의해 위계적으로 통합되어 있던 전前근대사회와는 달리, 근대에 이르면 사회는 더 이상 모든 체계들에 공통되는 근본적 상징구조 종교에 의해 통합되지 않는다. 정치, 경제, 과학, 문학 등의 영역은 종교와 같은 위계적 통합원리로는 제어할 수 없는 복잡성을 대변한다. 문학은 종교와 구별되는 기능 영역이며, 수신서나 교훈서의 보조적 역할을 담당하지 않는다. 무엇보다도 문학에는 그 자신만의 이상과 임무가 있다. 문학의 사회적 기능분화의 과정을 거쳐 자율적 체계로 스스로를 형성한다.[21]

또한 문학은 '진-지-학문과학' 계열과 밀접하게 관련된 학교 교육과도 분명히 구분된다. 1910년대 문학담론에서 학교 교육과 문학 사이의 기능분화는 매우 중요한 의미를 갖는다. 19세기 후반, 1900년대 계몽의

---

20 「懸賞小說考選餘言」, 『전집』 16, 373면; 『청춘』 12, 1918.3.

21 이광수는 문학과 종교의 구분과 함께 문학과 오락의 구분도 제시하고 있다. 「문학의 가치」에서 이광수는 과거의 문학이 오락적 문학이었다면 현재의 문학은 "인생문제 해결의 담임자"와 같은 중요한 의미(기능)을 가지게 되었다고 말한다. 문학과 오락의 구분은, 지와 의와의 구별과는 달리, 정의 만족 내부의 분화 및 구분이다. 고상한 행복/저속한 재미라는 이원적 코드의 적용을 통해서, 문학과 오락을 구분하고 있다. "종교가 무한 민족이 무함과 如히 문학, 미술, 음악이 무한 민족도 무하나니, 고상한 종교를 有한 민족이 無한 민족보다 행복될 것과 如히 고상하고 풍부한 문학, 미술, 음악을 유할수록 其민족은 행복이 多할 것이니라 오락이라 함은 博奕, 活動寫眞, 遊山 등이니다.", 「교육가 제씨에게」, 『전집』 17, 76면; 『매일신보』, 1916.11.26~12.13.

기획은 사회적 차원에서의 전반적인 지식 축적을 통해 계몽의 가치와 이념을 전파하고자 했다. 이광수의 관찰에 의하면 1910년 이후 지식의 축적은 학교 제도로 그 주요한 기능들이 수렴되는데 학교 교육은 계몽의 가치와 이념을 배제하는 방식으로 기능분화되는 양상을 보인다. 따라서 학교 교육에 의해 배제된 소통 가능성의 영역, 즉 민족 계몽과 관련된 소통 영역을 유지하고 활성화시킬 수 있는 기능영역이 요청된다. 달리 말하면 학교가 제공하는 단편적인 지식이 아니라 민족적 생명의 보존이라는 이념과 사상을 제시할 수 있는 소통영역이 필요하게 된 것이다. 그렇다면 그와 같은 소통 가능성은 어디에서 발견될 수 있을까. 학교 바깥에서 마련될 것이며, 그 이름은 문학일 것이다.[22]

문명보급文明普及의 제삼도第三途는 학술잡지學術雜誌와 서적書籍의 간행刊行이니, 현하現下 조선의 문단文壇 급及 학계學界를 관관觀觀하건대 실로 적막寂寞하기 그지없도다. (…중략…) 문명국文明國의 청년靑年을 관관觀觀하건대, 청년시대靑年時代의 인격人格의 수양修養과 지식知識의 획득獲得은 과반過半이나 선량善良한 잡지雜誌와 서적書籍에서 하고, 타일반他一半을 학교學校에서 득得하는 듯하다. 연然하거늘 조선학생朝鮮學生은 대개大槪 불완전不完全한 학교교육學校敎育만 수수受受할 뿐이요, 유력有力한 보조기관補助機關이 무無하니, 선량善良한 잡지雜誌와 서적書籍으로 피등彼等의 독서욕讀書慾을 계발啓發하며, 우又 차此를 만족滿足시킴이 필요必要하도다. 여사如斯히 하

<hr>

22 「조선사람인 청년에게」, 『전집』 1, 489면; 『소년』 3권 6호, 1910.6. "學識이란 것도 精神 혹은 主義을[를의 오기-인용자] 運動함에 쓰기 위하여 있는 것이니, 이것이 없고 다만 學識만이야 白頭山 같이 있다 한들 썩어져 구더기나 끓었지 무슨 쓸데가 있으리오. (…중략…) 「朝鮮사람인 靑年」이 되려면 主義를 세워라. 그리하여 學識으로 하여금 主義의 奴隷가 되게 하여라."

여 일면一面 청년靑年에게 지식知識을 공급供給하는 동시同時에 청년靑年의 사상思想
의 원천源泉을 계발啓發하여서 차此를 발표發表하게 하면 점차漸次로 조선문단朝鮮文
壇이 수립樹立되어 자玆에 조선인朝鮮人의 사상思想과 생활生活의 내용內容이 발로發露
되며, 병並하여 차此를 향상向上하게 할 지나, 신조선문학新朝鮮文學의 성립成立이
불원不遠한 장래將來에 재在하리로다. 문학文學은 일민족一民族을 대표代表하는 표
현表現이니, 야매野昧치 아니한 민족民族이 유有한 처處에 어찌 문학文學이 무無하
여 가可하리요.[23]

문학은 정에 근거한 소통영역으로 기능분화됨으로써 사회적 차원의
소통을 재생산한다. 이광수는 학교 바깥에 학교 교육과 뚜렷하게 구분되
는 소통 영역이 수립되어야 함을 강조하고 있다. 이광수가 말하는 '조선
문단'은 문학자들의 사회가 아니라 출판 저널리즘에 근거한 문학적 공론
장에 가깝다.[24] 출판 저널리즘에 근거한 문학적 공론장의 형성. 문학의
기능분화는, 학교가 제공하는 단편적인 지식을 통합하고 사상과 생활을
계발하는 소통 영역의 분화 과정과 병렬적으로 진행된다. 이러한 생각은
1910년에 발표된 「문학의 가치」에서도 확인된다.

일국一國의 흥망성쇠興亡盛衰와 강부빈약强富貧弱은 전全히 기其 국민國民의 이
상理想과 사상思想 여하如何에 재在하나니, 기其 이상理想과 사상思想을 지배支配
하는자일者一 학교교육學校敎育에 유有하다 할지나, 학교學校에서는 다만 지智나

23   「동경잡신」, 『전집』 17, 480~481면.
24   문학적 공론장에 대해서는 위르겐 하버마스(Jürgrn Habermas), 한승완 역, 『공론장의
      구조변동』, 나남, 2001 참조.

학學할지요, 기외其外는 부득不得하리라 하노라. 연칙然則, 하何오. 왈曰 「문학文學이니라.」[25]

이 지점에서 확인할 수 있는 것은, 이광수가 근대성의 원리로서 사회적 기능분화를 담론영역에 도입하여 문학을 담론적 대상으로 정립하고 있음에도 불구하고, 국민 또는 민족과의 사회적 연관성 달리 말하면 정치적·사상적 관련성에 대해서는 기능분화를 적용하고 있지 않다는 사실이다. 학문이나 도덕종교과는 체계적으로 기능분화를 수행해 나가면서도 민족과의 사회적·사상적 소통가능성에 대해서는 탈분화脫分化를 적용하고 있는 것이다. 통치권력에 근거한 정치 영역과 구별되는 정치적인 것들, 또는 식민통치체제와 기능을 달리하는 의사소통적 정치성을, 이광수는 내밀하게 문학의 영역에 도입하고 있는 것이다.

「문학의 가치」에서 이광수는 문학의 개념 아래에 시가와 소설로 대변되는 문예의 범주를 설정했고[26] 「문학이란 하오」에서는 논문· 소설·극·시의 순서로 문학의 여러 형식들을 소개한 바 있다. 그렇다면 왜 문학 아래에 문예시가와 소설를 별도의 하위범주로 설정하였을까. 문학＝문예+α. 문학은 시와 소설의 문예로 한정되지 않으며, 문학에는 문예와는 다른 가능성들이 공존하기 때문일 것이다. 그렇다면 문학의 하위범주들을 소개하며 논문을 가장 앞머리에 내세운 이유는 무엇일까. 이광수는 자신이 말하는 논문이 과학학문의 학술적 글쓰기 양식을 의미하지 않는다는 점을

25　「문학의 가치」, 『전집』 1, 506면.
26　위의 글, 505면. "詩歌·小說 等도 文學의 一部分이니 此等에는 特別히 文藝라는 名稱이 有하니라."

분명하게 밝히고 있다. 왜 오해의 소지가 많은 논문을 첫 머리에 내세웠던 것일까.

이광수의 설명에 의하면 논문은 "소설과 시의 기교적 형식을 취하지 않고 '말하듯이' 발표"하는 것이며 "소설, 시, 극 등에 표현된 주지主旨를 자가自家의 두뇌頭腦 중中에 일단一트 용입溶入하였다가 경갱히更히 자가自家의 논문으로 발표"하는 것이다. 논문의 예로서 도연명의 「귀거래사」, 소동파의 「적벽부」, 카알라일과 에머슨의 저서 등을 거론하고 있다. 논문의 영역에는 비평과 에세이가 포함되는 것이다.[27] 문학의 입장에서 보자면 논설은 문학에 대한 문학적 소통, 달리 말하면 문학의 재귀적 소통구조와 관련되는 글쓰기 양식이다. 문학에 대해 문학적으로 소통한다는 것은, 문학이 자신의 요소를 재생산하는 자기생산적인 체계이며 자율적인 체계라는 것을 보여주는 것이기 때문이다.[28]

다른 관점에서 보면 논문의 성격은 또다른 의미를 갖는다. 물론 이광수는 논문을 설명하면서 "정치적政治的 우又는 과학적科學的 논문論文을 지指함이 아니라"(1 : 513)는 점을 분명히 하고 있지만, 그가 제시하는 논설의 성격은 세계와 인간과 자연과 문학에 대해서 작가가 자유롭게 쓸 수 있는 산문을 말하고 있다. 정치적 또는 과학적 논문을 의식적으로 지향하지는 않겠지만, 논문을 통해 문학적인 방식으로 정치적 또는 학문적 주제를 다룰 수 있는 가능성을 스스로 제한하고 있는 것은 아니다. 「문학의 가치」와 「문학이란 하오」에서 이광수가 말하고 있는 문학이란 시가와 소설

---

27   「문학이란 하오」, 『전집』 1, 513면.
28   김현정, 「니클라스 루만의 예술체계 이론에 관한 연구」, 서울대 석사논문, 2005, 50~53면 참조.

로 대변되는 문예의 영역뿐만 아니라 계몽과 포괄적으로 관련될 수 있는
정적 분자의 문장까지 포함한다. 정적 분자에 포괄적으로 관련되는 계몽
의 담론은 이제 '문학'이라는 기호와 관련을 맺으며 사회 속에 배치된다.
이광수에게는 이 사실만큼 중요한 것이 없었을 것이다. '논문'의 존재는
이광수의 문학담론이 문학의 자율적 기능분화를 설명하는 동시에, 민족
계몽과의 내밀한 탈분화를 통해 사회적・사상적 연관성비정치적인 정치성을
유지하고자 하는 소산임을 알 수 있다. 문학은, 정에 근거한 소통영역으
로 기능분화됨으로써, 사회 전체의 소통을 활성화하고 재생산한다.

3. 정情의 관찰양식으로서의 문학

「문학의 가치」에서 이광수는 문학이란 "정적情的 분자分子를 포함包含한
문장文章"[29]이라고 말한다. 이 글이 발표되기 전에 「아한청년과 정육」을
통해서 이미 정육의 중요성을 설파한 바 있다. 이광수의 정육론이 의미를
갖는 것은, 1890년대 후반부터 1910년까지 지속된 계몽주의 운동에 대
한 모종의 '관찰'을 내포하고 있기 때문이다.[30]

> 지식智識에 기시其是함을 지知할 뿐이요, 능能히 만족滿足하며 열악悅樂치 못하
>
> 고 도덕道德에 기합其合함을 지知할 뿐이요, 능能히 만족滿足하며 열악悅樂치 못하

---

29 「문학의 가치」, 『전집』 1, 504면.
30 이광수의 계몽주의에 대해서는 서영채, 「이광수의 사상에 대한 한 고찰」, 『한국 근대문
    학 연구의 반성과 새로운 모색』, 새미, 1997; 정선태, 「이광수의 「농촌계발」과 '문명조
    선'의 구상」, 『상허학보』 12, 2004 참조.

므로 어시호於是乎 지이불행知而不行이란 구어句語가 오인吾人 평범자류平凡者流의 언행言行을 표시表示하나니.[31]

외견상 위의 인용문은 행동으로 이어지지 않는 지식이나 도덕이 무용하다는, 전통적인 교훈을 반복하고 있는 듯이 보인다. 하지만 시대적 상황과 맥락을 고려할 때 이전 시기 계몽 운동의 한계를 지적하고 있음을 확인할 수 있다. 이광수의 관찰에 의하면 계몽의 기획 아래에서 지식과 도덕은 아는 수준에 멈추고 사회적 변화를 가져오는 행동으로 나아가지는 못했다. 지식과 도덕이 정의 만족이나 즐거움과 매개되어야 행동의 차원이 개진될 수 있는데, 종전의 계몽운동은 정의 심리적 차원과 자발적 성격을 몰각하고 있었다는 지적인 것이다. 전통적인 수사학의 외장을 하고 있지만 1910년대 계몽운동의 한계에 대해 관찰하고 있는 지점이라 할 수 있다.

「아한청년과 정육」은 계몽의 기획과 관련된 주요한 방향전환을 제시하고 있는 글이다. 첫 번째는 계몽의 무게중심을 발신자에서 수신자 쪽으로 옮겨 놓았다는 점이다. 계몽의 기획은 지식과 도덕을 발신해 왔지만 수신자를 단지 아는 주체로 만들었을 뿐이지 스스로 행동하는 주체를 구성해내지는 못했다. 이유는 무엇일까. 계몽의 기획이 수신자의 본성에 대한 이해, 달리 말하면 "정적情的 동물動物"(1 : 474)로서의 인간 본성에 대한 이해를 몰각하고 있었기 때문이다. 그러다보니 계몽을 통해 전달되는 메시지가 수신자에게 외부적 억압으로 작용하는 역설적인 상황이 나타날

---

31   「금일 아한청년과 정육」, 『전집』 1, 473~474면; 『대한흥학보』 10, 1910.2.

수밖에 없었다. 이광수는 계몽의 의사소통은 수신자의 수용 가능성에 기반을 두어야 한다고 주장하고 있는 것이다.

> 현시現時 오인상태吾人狀態를 관찰觀察하건대 상하上下 귀천貴賤을 물론勿論하고 소위所謂 의무義務라 도덕道德이라 하여 일시一時 사회社會의 제재制裁와 공중公衆 면목面目에 좌우左右한 바가 되어 거의 한책적寒責的 우又는 표면적表面的으로 순차苟且히 행동行動할 뿐이요, 능能히 자동자진自動自進으로 자유자재自由自在하여 자기심리自己心理를 불기不期하고 도덕道德 적的 범위範圍 내內에 활동活動하는 자者가 무無하고 사회제재社會制裁의 노례奴隸가 되어 신성神聖한 독립적獨立的 도덕道德으로 행동行動을 자률自律치 못하나니.[32]

두 번째는 외부적이고 강제적인 의무에서 내재적이며 자발적인 의무로의 전환이다. 계몽의 메시지는 '-을 해야 한다'는 정책명제의 형식으로 수신자에게 전달된다. 문제는 당위적 메시지가 주체의 변화나 행동을 이끌어내지 못한다는 점이다. 계몽의 메시지가 수신자에게는 외부적 강제의 형식으로 전달되었고 그러다보니 내면의 자발성을 억압하는 결과를 가져왔기 때문이다. 이 문제의 해결을 위해서는 정에 대한 고려와 정육에 대한 관심이 요청될 수밖에 없다. "정情은 제諸 의무義務의 원동력原動力이 되며 각各 활동活動의 근거지根據地"(1 : 475)이기 때문이다. 달리 말하면 정은 계몽의 이념을 자발적으로 내면화할 수 있는 주체적 근거와 소통적 토대를 제공한다. 이제 계몽의 소통은 정에 근거해야 한다. 이를 두고 교회敎化

---

32 위의 글, 『전집』 1, 474면.

化에서 감화感化로의 방향전환이라고 할 수 있으며, 1910년의 이광수는 정육을 통해 계몽의 의사소통과 관련된 방향전환을 제안하고 있는 것이다.

거시적인 차원에서 보자면 정의 주제화는 1896년 『독립신문』의 창간 이후 한국사회에 마련된 정치적 공론장이 구한말의 억압과 일제 강점으로 인해 점진적으로 약화되어간 상황과 밀접한 연관성을 갖는다. 정치적 공론장은 공동체의 구성원들이 사회의 공통 관심사에 대해 토론할 수 있는 담화적 공간을 말하는데, 정치적 공론장이 위축된다면 이를 보완하거나 대체할 소통영역이 요청될 수밖에 없다.[33] 정의 범주가 문제적인 지점에 놓인다는 것은 계몽의 소통 전략에 있어서 그 어떤 변화가 일어나고 있음을 암시한다. 특히 강점 이후 정치적 공론장이 박탈 또는 삭제된 상황에서 정에 근거한 감화는 가장 중요한 의사소통방식으로 자리를 잡을 수밖에 없다. 정은 강요되지 않은 의지형성이라는 보다 차원 높은 상호주관성을 제공한다.[34] 따라서 정에 근거한 의사소통은, 자유롭고 평등한 사람들 사이에서 강요없이 이룩한 합의의 일반성을 통해서 개인들의 의지를 사회의 공동의지로 구체화 또는 제도화할 수 있는 가능성을 가져다 준다. 서구나 일본의 영향이 없었던 것은 아니겠지만, 정이 의사소통의 근거로 주제화되는 과정의 문제의식들은 계몽의 담론과 운동 내부에서 지속적으로 성찰되어 왔고 또한 제기될 수밖에 없는 것이었다.

그렇다면 1910년대 이광수의 논설과 문학론에 등장하는 정은 어떠한 의미들을 가지고 있는 것일까. 이광수의 글에 등장하는 정의 성격을 항목

---

33 19세기 후반부터 1910년까지 문학적·정치적 공론장의 변화에 대해서는 졸고, 「한국의 근대적 문학 개념 형성 과정 연구」, 서울대 박사논문, 1999, 8~23면 참조.
34 위르겐 하버마스(Jürgen Habermas), 『현대성의 철학적 담론』, 63면 참조.

화하면 다음과 같다. ① 정은 생명의 표현이며, 심리적 상태와 관련된 다.[35] 정은 생명에 대한 개인적 자각을 통해 개인을 발견하게 하는 매개미디어이며 정서적 개인주의의 토대로서 기능한다.[36] ② 정은 상호주관적이며 도덕의 토대가 되는 감정이다. 도덕감정의 성격을 부각하고자 할 때 이광수는 동정同情이라는 용어를 주로 사용한다.[37] ③ 정은 자발적인 행동의 토대가 되는 감정이다. 지식이나 도덕을 아는 것만으로는 행동으로 이어지지 않을 수 있지만, 정은 내면적 동의를 형성하고 자발적인 행동을 가능하게 한다.[38] ④ 문학과 관련될 때 정은 인간에게 소여된 보편적인 능력이다.[39] 정은 '확이충지擴而充之'되면 사회와 국가 그리고 인류를 향해 확장된다.

---

35 「문학의 가치」, 『전집』 1, 505면. "금일의 시가·소설은 결코 不然하여 인생과 우주의 진리를 闡發하며, 인생의 행로를 연구하며, 인생의 情的 狀態(卽, 心理上) 及 변천을 연구하며."

36 「문학이란 하오」, 『전집』 1, 508면. "古昔에서는 何國에서나 情을 賤히 여기고, 理知만 重히 여겼나지, 此는 아직 人類에게 個性의 認識이 明瞭치 아니하였음이다."

37 「同情」, 『전집』 1, 557면; 『청춘』 3, 1914.12. "同情은 나의 몸과 맘을 그 사람의 處地와 境遇에 두어 그 사람의 心思와 行爲를 생각하여 줌이니, 實로 人類의 靈貴한 特質 中에 가장 靈貴한 者다. 人道에 가장 아름다운 行爲 ―慈善, 獻身, 寬恕, 公益 等 모든 思想과 行爲가 이에서 나오나니, 과연 人類가 다른 萬物에 向하여 소리쳐 자랑할 極貴極重한 寶物이로다." 동정은 인도주의의 기초가 되는 감정이며, 가난한 고학생에 대한 동정, 공사장에 다친 노인에 대한 동정 등을 말한다. 흥미로운 것은 「同情」에는 '정'과 관련된 논변이나 수사 등이 등장하지 않는다. 이광수가 정과 동정을 구분하고 있음을 보여주는 글이다.

38 「금일 아한청년과 정육」, 『전집』 1, 475면. "情은 諸 義務의 原動力이 되며, 各 活動의 根據地니라."

39 "실로 다소의 차이가 有함은 지엽에 불과하는 것이요, 감정의 大幹에 至하여는 전혀 不變코 共通한 듯하도다. 大文學의 입각지는 실로 此點에 在하니 何時에 讀하여도, 何處에서 讀하여도, 何人이 讀하여도 「재미있는」 문학은 즉 大文學이라."(「문학이란 하오」, 『전집』 1, 517면) "人類가 生存하는 以上에, 人類가 學問을 有한 以上에는 반드시 文學이 存在할지니, 生物이 生存함에는 食料가 必要함과 같이, 人類의 情이 生存함에는 文學이 必要할지며 또 生할지라."(「문학의 가치」, 『전집』 1, 505면)

궁촌벽항窮村僻巷에 생어장어生於長於하여 문자文字의 지식智識과 도덕道德의 함양涵養이 멸여蔑如한 자者라도 능能히 진정眞正한 효심孝心으로 부모父母를 사사事하며 열렬熱烈한 동정同情으로 향리鄕里를 대待하나니 인리鄰里에 동정同情을 표表 하는 심법心法은 확이충지擴而充之하면 사회社會를 애애愛할 것이요, 국가國家를 애애愛할 것이요, 우又는 세계인世界人 류類를 다一애호愛護하리니.[40]

이광수가 논의하고 있는 정은 매우 복합적이고 다층적인 성격을 갖는다. 정은 생물학적으로 소여된 생명의 자기표현이다. 정은 개인적인 동시에 보편적인 영역이며, 개인들 사이의 상호주관적인 감정이자, 사회–국가–인류로까지 확장될 수 있는 감정이다. 따라서 정에 근거할 때 민족을 사회적 차원에서 구성하는 일이 가능할 수 있다.[41]

정은 국가·도덕·종교 등과 같은 외부적 억압기제와 인간의 보편적 본성 사이의 근원적인 차이가 생겨나는 영역이다. 지가 진리/비진리의 구분에, 도덕의 코드가 선/악의 구분에 근거하여 구성된다면, 정은 쾌/불쾌의 구분에 근거한다.[42] 따라서 인간이 불쾌를 줄이고 쾌를 증대시켜야

---

40 「금일 아한청년과 정육」, 『전집』 1, 474면.

41 1920년대에 이광수가 민족의 사회적 구성과 관련하여 제시하는 기하급수적 모델도 정의 확장적 성격에 근거하고 있다. "만일 제1년에 이십인을 얻는다 하고 각인이 매년 1인의 동지를 구한다 하면, 제2년에는 사십 인이 될 것이요 제3년에 팔십 인이 되어 2를 公差로 하는 기하급수로 증가될 것이니, 제7년에 일천이백팔십 인이 되고, 제9년에 오천일백이십 인이 되고, 제10년에는 일만이백사십 인이 될 것이외다. 사상의 전파가 기하급수적이라 함은 사회심리학의 일법칙이외다."(『전집』 17, 198면; 「민족개조론」 『개벽』, 1922.5) 기하급수적 모델은 「소년에게」(『전집』 17, 246면; 『개벽』, 1921.11~1922.3)와 「조혼의 폐해」(『전집』 1, 503면; 『매일신보』, 1916.11.23~26) 등에서도 제시된 바 있다.

42 「금일 아한청년과 정육」, 『전집』 1, 473~474면. "人은 智識을 是好하며 건강을 是好하며 도덕을 是好하나 好함은 樂함만 같지 못한지라, 智識에 其是好함을 知할 뿐이요, 능히 만족하며 悅樂치 못하고 건강에 其 필요함을 知할 뿐이요 능히 만족하며 열락치 못하고 도덕에 其 合함을 知할 뿐이요 능히 만족하고 열락치 못하므로 於乎 知而不行이란 語句

한다면 인생의 목적은 쾌의 증대인 행복을 지향하게 된다. 정은 인간을 행복하게 하지 않는 억압적 조건제도에 대한 부정적인 관찰을 수반하게 되며, 정이 가진 해방적 가능성을 반성적으로 사고하고 자각하는 일이 가능해진다. 억압적 외부와 자발적 내부를 구분하는 차이의 논리가 정에 의해서 제시된다. 정은 국가·도덕·종교 등과 같은 외부적 억압기제와 인간의 보편적인억압 이전의 내부적 본성을 구분하는 차이를 발생시킨다. 그리고 정의 자유로운 만족에 근거한 사회적 체계를 욕망하게 한다.

> 인人은 실實로 정적情的 동물動物이라, 정情이 발發한 곳에는 권위權威가 무無하고, 의리義理가 무無하고, 지식智識이 무無하고, 도덕道德·건강健康·명예名譽·수치羞恥·사생死生이 무無히나니 명호鳴呼라 정情의 위威요 정情의 방方이여 인류人類의 최상最上 권력權力을 악握하였도다.[43]

정은, 정치적 권위와 도덕적 의무와 학문적 지식의 힘이 미치지 못하는 영역을 스스로 만들어낼 수 있다. 정은 차이구별의 논리이자 체계의 논리이다. 이광수는 정을 통해서 억압적 기구들로부터의 해방의 가능성을 보고 있으며, 그와 동시에 정을 통한 사회기구의 형성 가능성을 모색하고 있다. 정을 통해서 억압적인 기구들을 허물고 그와 동시에 새로운 제도들을 구축하고자 한다. 이광수에게 정은 심리적 측면이라는 성격을 갖는다. 하지만 개인의 심리적 측면만으로 환원되지는 않는다. 지정의 삼분법에 대한 논의에서 살펴보았듯이 이광수에게 정은 근대성의 동향을 파악할

가 吾人 平凡者類의 言行을 表示하나니 試思하라."
43 위의 글, 474면.

수 있게 하는 역사적 이념적 범주이며, 사회로서의 민족을 상상하거나 형성할 수 있게 하는 매체적 또는 매개적 정서이다.

> 정情이 이미 지知와 의意의 노예奴隸가 아니요, 독립獨立한 정신작용精神作用의 일 一이며, 종從하여 정情에 기초基礎를 유유有한 문학文學도 역시亦是 정치政治 · 도덕道德 · 과학科學의 노예奴隸가 아니라, 차등差等과 병견竝肩할 만한, 도리어 일층一層 오인吾人에게 밀접密接한 관계關係가 유유有한 독립獨立한 일一 현상現象이다.[44]

그렇다면 정이 문학과 관련되는 지점은 어디일까. 많은 경우 정에 관한 이광수의 논의에서 내면성에 이르는 통로를 지적하지만, 이광수에게 정은 개인의 내면적 심리만으로 환원되지 않는다.[45] 이광수가 정을 통해서 마련하고자 했던 것은, 개인적 내면성의 발견만이 아니라, 정이라는 매개적 정서에 근거하여 작동하는 사회영역emotional sphere의 발견이기도 하다. 이 지점에서 문학은 개인의 정서와 지각이 소통되는 글쓰기이자, 감정에 의해 작동되는 사회영역을 관찰하는 글쓰기로 체계화된다. 달리 말하면 문학은 개인의 내밀한 정서와 지각이라는 소통불가능성의 영역을 소통가능한 영역으로 전환시키는 글쓰기이며, 정치 · 종교 · 학문 등의 체계로는 관찰할 수 없는 사회영역을 기록하는 관찰양식이다. 따라서 정은, 정치적 논설이나 종교적 교훈 또는 학문적 논문과는 구별되는, 문학이라는 글쓰

---

44 「문학이란 하오」, 『전집』 1, 509면.
45 동정에 주목한 연구로는, 김성연, 「한국 근대문학과 동정의 계보」, 연세대 석사논문, 2002; 손유경, 「한국 근대 소설에 나타난 '동정'의 윤리와 미학에 관한 연구」, 서울대 박사논문, 2006; 김행숙, 「이광수의 감정론」, 『상허학보』 33, 2011; 이수형, 「이광수 문학에 나타난 감정과 마음의 관계」, 『한국문학이론과 비평』 54, 2012 참조.

기를 기능분화하는 준거가 된다.

문학과 관련될 때 정은 새로운 관찰대상을 정립하는 원리로서 기능한다. 문학이 정에 자기준거를 마련할 때, 도덕과 종교와 지식의 지배원리가 작용되지 않는 사회영역, 달리 말하면 도덕이나 종교로서는 관찰될 수 없는 지점들을 발견할 수 있게 된다. 정은 기존에 비가시성의 영역으로 남겨져 있던 사회적 영역을 가시성의 영역으로 분할하는 새로운 감성이다.[46] 현실에 잠재되어 있다가 사회적으로 발현되는 정의 영역을 관찰하는 문학, 이 지점에서 이광수가 발견한 것은 다름 아닌 현실의 복잡성이다.[47]

① 실實로 오인吾人에게는 지知와 의意의 요구要求를 만족滿足케 하려는 동시同時에 그보다 더욱 간절懇切하게 정情의 요구要求를 만족滿足케 하려 하나니 오인吾人이 주酒를 애愛하고, 색色을 탐貪하며, 풍경風景을 구求함이 실實로 차此에서 생生하는 것이니 문학예술文學藝術은 실實로 차此 요구要求를 충充하려는 사명使命을 유有한 것이니라.[48]

② 현대인現代人의 결코 가공적架空的 이상세계理想世界로써 만족滿足하지 못합니다. 고대인古代人은 어떤 규구規矩에 맞춰 혹은 공자孔子만 사는 세계世系 혹은 석가釋迦만 사는 세계世界, 또 혹은 도척盜拓이나 야차夜叉만 사는 세계世界를 그

---

46 자크 랑시에르(Jacques Ranciere), 오윤성 역, 『감성의 분할』, 도서출판b, 2008, 13~23면 참조. 감성의 분할은 "새로운 지각 양식들을 존재하게 하며 정치적 주체성의 새로운 형태들을 초래하는 경험의 배치들로서의 미학적 행위"(7면)와 관련된다.

47 "혼인문제에 대하여 우유부결하는 것도 현실적이요 (…중략…) 만일 재래의 필법대로 쓰면, 「부모의 명령을 좇는 것이 효지니까」 하고 쾌하게 결단하든지, 「혼인은 내 일이요 부모의 일이 아니니까 내 자유로 하지」 할 것이언마는, 현실은 결코 그렇게 단순하게 가는 것은 아니외다'(「懸賞小說考選餘言」, 『전집』 16, 376면)

48 「문학이란 하오」, 『전집』 1, 508면.

려 놓고 만족滿足하였으나, 현대인現代人은 공자孔子와 도척盜拓과 석가釋迦와 야차
夜叉와를 한데 버무려 놓은 현실세계現實世界를 사랑하고 거기 집착執着합니다. 그
러므로 우리의 문학文學과 예술藝術은 현실現實에 즉即한 것이라야 됩니다.[49]

정에 의해 관찰된 현실의 복잡성은, 정치적 권위와 종교적 의무와 학
문적 지식 등이 자신의 경계를 가지고 있지 못한 세계에 다름 아니다. 공
자와 도척과 석가와 야차를 한데 버무려 놓은 세계, 복잡성이 증대한 세
계가 그것이다. 그렇다면 문학자에게 요구되는 것은 무엇인가. 현실의 복
잡성과 마주하는 '관찰'이다. 이광수에게 소설이란 복잡한 세계를 관찰하
는 관찰양식이다. 학문공자, 종교석가, 비도덕과 무지도척과 야차 등이 뒤섞여
있는 복잡한 현실세계를, 정에 근거하여 기능분화된 문학의 영역이 관찰
하게 된다. 문학은 현실의 복잡성을 관찰하는 양식으로 기능분화된다.

그렇다면 관찰은 어떠한 방식으로 이루어져야 하는가. 관찰observation
은 내부적 규칙을 준수observation할 때 비로소 관찰로서 성립된다.[50] 이광
수는 관찰을 코드화하는 규약으로 순수한 시선 중립적 시선 또는 시선 그
자체가 목적인 시선자기목적적인 시선을 제시한다.

③ 질투嫉妬를 재료材料로 하되 반드시 질투嫉妬를 없이 하리라는 목적目的으로
함이 아니요, 충효忠孝를 재료材料로 하되 반드시 충효忠孝를 장려獎勵하려는 의
미意味로 하는 것이 아니라, 질투嫉妬라는 감정感情이 근본根本이 되어 인생생활人生

---

49   「懸賞小說考選餘言」, 『전집』 16, 375면.
50   관찰의 규약에 관해서는 조나단 크래리(Jonathan Crary), 임동근 역, 『관찰자의 기술
      ―19세기의 시각과 근대성』, 문화과학사, 2001, 11~45면 참조.

生活에 어떠한 희비극喜悲劇을 일으키는가. 충효忠孝라는 감정感情의 발로發露가 어떻게 아름다운 인정미人情味를 발휘發揮하는가를 여실如實하게 묘사描寫하여 만인萬人의 앞에 내어놓으면 그만이외다. 만인萬人이 그것을 보고 교훈敎訓을 삼는다 하더라도 그것은 문학文學의 일一 활용活用, 일一 부산副産에 지나지 못하는 것이외다. 우리 인생人生은 교훈敎訓만으로 살아가는 것이 아니니, 윤리적倫理的 교훈敎訓은 인생人生 일부분一部分에 불과不過하는 것이외다.[51]

④ 「무엇이라는 소설이 좋습니다」하고 권勸하면 흔히, 『그 소설小說의 주지主旨가 무엇인가요?」하고 묻는다. 이것은 마치 「금강산金剛山이 좋습니다」할 때에, 「금강산金剛山은 무슨 주지主旨로 되었는가요」하는 것과 같다. 이것은 소설小說을 교훈적敎訓的으로 하든지 자기自己의 주의主義・주장主張을 발표發表하는 방편方便으로 보는 말이며, 소설小說 중에 나오는 인물人物을 보고는, 「그 사람이 무엇이 그리 장妝하고?」하니, 이것은 소설小說이란 이상적理想的 인물人物을 그리는 것으로 오해誤解하고 하는 말이다. 작가作家가 교훈敎訓이라든가, 자기自己의 도덕상道德上・종교상宗敎上 또는 정치상政治上의 주의主義・주장主張이라든가를 목적目的으로 하는 것이 아니니까, 독자讀者도, 「금강산金剛山을 보는 모양」으로 보아 주어야 할 것이다. (…중략…) 그 우세憂世의 고충苦衷은 동정同情하는 바로되, 이는 문학文學의 임무任務가 아니외다. 문학文學은 천박淺薄한 교훈敎訓보다도 교훈敎訓의 원천源泉되는 령靈의 소리라야 할 것이외다.[52]

문학은 교훈이나 윤리로 환원될 수 없는 독자적인 가치를 스스로 구성

51　「懸賞小說考選餘言」, 『전집』 16, 373면.
52　위의 글, 『전집』 16, 375면.

하는 관찰양식이자, 개인의 내밀한 정서와 지각이라는 비가시적인 영역을 가시적인 영역으로 전환하는 소통양식이다.[53] 이 대목이 이광수가 정에 근거하여 기능분화된 문학을 발견하는 지점이다. 정에 준거하여 문학적 체계와 외부적 환경을 구분하고, 환경의 복잡성에 대한 관찰양식으로서의 문학을 사회적 체계로서 구성하고 있는 것이다. 따라서 독자에게도 문학작품에 대한 새로운 시선을 요구하게 된다. 작가에게 요구되었던 것과 동일한 순수한 시선 또는 중립적 시선이 그것이다. 이광수는 작품의 교훈이나 주제에 주목하지 말 것을 독자와 작가 모두에게 주문하고 있는데, 문학소설은 독자에게 도덕적 교훈이나 정치적 주장을 전달하기 위한 목적을 갖지 않기 때문이다.

    제문명국諸文明國에서는 사회인생社會人生의 방면方面이란 방면方面과 기미機微란 기미機微를 거의 다 발굴發掘하여 태怠히 개척開拓할 여지餘地가 무無하므로 신재료新材料를 갈구渴求하되, 난득難得하거니와 조선朝鮮은 산야山野에 금은동철金銀銅鐵이 발굴지發掘者를 대待함과 여如히, 조선사회朝鮮社會의 각방면各方面과 인정풍태人情態의 만반상萬般相이 대시인大詩人 대소설가大小說家를 고대고대苦待苦待하도다. (…중략…) 가령假令 조선귀족朝鮮貴族의 생활生活, 신식가정新式家庭의 생활生活, 신구사상新舊思想의 충돌衝突. 조선朝鮮 야소교인耶蘇敎人의 사상思想과 생활生活, 기생妓生, 방탕放蕩한 귀공자貴公子, 빈민貧民의 생활生活, 서북간도西北間島의

---

53 체계이론에서는 문학을 분화된 의사소통의 관습으로 이해한다. "이미 이전에도 말하고 듣고 쓰고 읽기는 했으나, 특정한 관찰 양식과 의사소통 양식(Beobachtungs und Kommunikationsstil)으로서의 문학은, 기능적으로 잘 분화된 사회의 맥락 속에서, 즉 유럽의 18세기에 와서야 비로소 생겨날 수 있었다." 게어하르트 플룸페, 「체계로서의 문학」, 『문학동네』 14, 1998년 봄호, 292면.

생활生活, 경성京城, 평양平壤, 개성開成 등 고도古都의 미味, 각성覺醒한 신조선인新朝鮮人의 심사心思와 감상感想 등 조선인朝鮮人의 수手로 하여 가능可能할 호제목好題目이 실失로 무진장無盡藏이 아뇨 어차於此에 분려일실奮勵一悉하여 조선문학朝鮮文學 건설建設의 영예榮譽를 획획獲獲할지어다.[54]

그렇다면 관찰양식으로서의 문학은 조선이라는 환경과 어떠한 방식으로 만나게 될 것인가. 「문학의 가치」에서 정이 있는 곳에 문학이 생겨날 수밖에 없다고 했을 때, 단순히 영탄적인 노래나 감정을 토로하는 문학만을 의미하지는 않는다. 또한 정적 분자를 포함한 문장이 서정적인 문장 또는 내면성의 문학만을 지시하는 것도 아니다. 이광수의 논의에 따른다면, 문학은 정이 발현되는 생활 영역人情風態에 대한 관찰양식이다. 그렇다면 정에 근거할 때 조선문학은 어느 지점에서 발견되는가. 조선문학은 근대에 접어든 조선의 삶을 관찰하는 문학이다. 신식가정의 생활, 기생과 빈민의 생활, 신新조선인의 사고와 감정 등 조선의 근대적 삶의 풍경 속에 내재되어 있고 발현되고 있는 정을 관찰하는 문학이 다름 아닌 조선문학인 것이다.

이광수는 조선이 있으니 당연히 조선문학이 있을 수밖에 없다는 주장을 승인하지 않는다. "일언이폐지하면 과연 조선인의 문학이라 할 만한 조선문학이 있을까"[55]라고 스스로에게 물음을 던질 수밖에 없는 상황, 달리 말하면 조선문학의 부재 상황을 지속적으로 참조하고 있었다. 이광수

---

54 「문학이란 하오」, 『전집』 1, 519면.
55 「부활의 서광」, 『전집』 17, 27면; 『청춘』 12, 1918.3. "적어도 이씨 조선 오백 년간에는 오인은 「우리 것」이라 할 만한 철학, 종교, 문학, 예술을 가지지 못하였다." 위의 글, 28면.

에 의하면, 조선은 문학이라는 관찰양식에 의해 발견되고, 조선문학은 조선을 관찰하는 관찰양식으로 구성되며, 조선민족은 문학조선문학을 통해서 소통한다. 이 장면은 정이라는 보편적 감정 영역을 자기준거로 설정하고, 관찰과 소통이라는 기능을 매개하여, 조선의 발견과 조선문학의 구성에 이르게 되는 과정을 압축적으로 보여준다. 이를 두고 한국 근대문학의 기원적인 장면이라고 해도 크게 틀리지 않을 것이다.

4. 표상으로서의 세계문학과 조선문학의 위상

1910년대에 이광수는 근대성의 원리로서 기능분화를 담론영역에 도입하고, 지정의의 등가성에 근거하여 정이 가진 해방의 가능성을 제시하며, 문학의 자기준거를 정의 영역에 마련함으로써 문학을 기능분화된 영역으로 구성한다. 이 지점에서 문학이라는 보편성의 층위와 조선문학이라는 특수성의 층위를 절합articulation할 수 있는 또다른 지평이 요청된다. 달리 말하면 조선문학의 특수성이 연역되고 조선문학에 상징적 위상을 부여할 수 있는 일반적인 지평이 필요하게 된 것이다. 당대 현실을 감안할 때, 1910년대 조선에서 지정의의 기능분화 및 문학의 기능분화가 현실로서 가시화되고 있는 상황은 아니었다. 그럼에도 불구하고 이광수가 근대성의 원리로서 기능분화를 강력하게 주장하고 조선문학을 담론적 대상으로 구성해 갈 수 있었던 상상적·상징적 근거는 무엇일까. 이 부분은 지금까지의 이광수 문학론 연구에서 소홀하게 다루어진 측면인데, 1910년대 이광수의 문학론에서 대문학大文學이라는 용어로 제시된 바 있다. 표상체계로서의 세계문학이 바로 그것이다.

> (…중략…) 고故로, 문학文學은 국경國境이 무無한 동시同時에 시간時間이 무無하
> 다 하나니라. (…중략…) 실實로 다소多少의 차이差異가 유有함은 지엽枝葉에 불과
> 不過하는 것이요, 감정感情의 대간大幹에 지至하여는 전全혀 불변不變코 공통共通한
> 듯하도다. 대문학大文學의 입각지는 실로 차점此點에 재在하니 하시何時에 독독讀하
> 여도, 하처何處에서 독독讀하여도, 하인何人이 독독讀하여도「재미있는」문학은 즉 대
> 문학大文學이라. 희랍인希臘仁 호메로스의「일리아드」는 적례適例니, 차此는 거금
> 距今 삼천여년전三千餘年前의 작작作이로되, 기其 미미味는 여신如新하며, 시경詩經 중의
> 기부분幾部分도 여신如新하나니라.[56]

이광수가 생각하는 대문학 즉 세계문학은 인간의 감정이 가진 보편적
층위에 근거한다. 『일리어드』나 『시경』은 시간, 공간, 인종의 차이를 넘어
서 후세의 인간들에게 감동을 준다. 세계문학은 감정의 보편성에 근거하
며, 인간 감정의 공통성은 세계문학의 존재를 통해서 보증된다. 세계문학
은 인간의 감정이 가진 보편성이 세계적 수준에서 소통될 수 있음을 보여
준다. 세계문학의 관점에서 보자면 인간의 감정은 시간, 공간, 인종의 차
이를 넘어 문학적 소통을 가능하게 하는 일종의 매체미디어인 것이다. 따라
서 세계문학이 인류의 감정에 일어난 변화를 징후적으로 대변한다면 그와
같은 변화는 조선에서도 충분히 일어날 수 있고 일어나야만 하는 것이다.
「문학의 가치」에서 이광수는 서구의 역사적 과정에서 근원적인 사회

---

56   「문학이란 하오」, 『전집』 1, 517면.

변혁을 가져온 세 가지의 사례를 제시한다. 이광수의 소론에 의하면, 문예부흥은 서구 근대문명의 기원이며 인민의 사상의 자유를 자각하게 된 역사적 사건이다. 프랑스 혁명은 "혁신문학자 루소의일— 기필技筆의 력力"[57]에서 나온 것이며, 미국의 남북전쟁은 "노예 애린하는 정情을 동動케 하여 격전 수년에 다수 노예로 하여금 자유에 환악歡樂케 한 자者 스로, 포스터 씨등 문학자文學者의 력力"[58]을 빈 것이라고 평가한다. 세계문학은 인류사의 혁신과 인류의 해방을 가져왔으며, 인류의 해방은 정의 해방 또는 정적 영역=문학의 기능분화와 밀접하게 관련되어 있다. 세계문학과 관련 지어서 고찰할 때 인류의 해방은 정의 영역에서 일어난 역사적 변화개성의 자각이며 문학작품을 매개된 정서적 소통에 근거하여 일어난 역사적 변화이다. 정적 영역의 기능분화 및 사회적 변화는, 서구의 역사적 경험이자 근대성의 일반적 원리인 것이다. 따라서 세계문학은 이광수의 문학론에서 정의 기능 분화라는 세계사적 변화, 또는 근대성의 일반원리를 조선에 도입할 수 있는 근거였던 것이다. 조선은 세계문학을 참조해야 한다. 조선은, 비록 뒤처지기는 했지만 인류사의 변화를 반복하면서 인류사의 흐름에 등재되어야 한다.

이광수에게 있어 문학의 형성은 그 자체로 조선에 도입된 보편사적인 변화이며 사회적 혁신을 가져올 수 있는 가능성의 영역을 구축하는 일이다. 세계문학에서 확인할 수 있듯이, 정의 기능분화를 통한 개성의 자각과 문학을 통한 사회의 변혁이 조선에서도 반복될 것이며 반복되어야 한다고 믿는 것. 그런 의미에서 이광수 문학론에서는 세계문학은, 경험적

---

57 「문학의 가치」, 『전집』 1, 506면.
58 위의 글, 506면.

으로는 확인되기 어렵다고 하더라도, 이념적으로 요청되고 있는 것이다.

그러면 1910년대의 문학담론이 상상했던 세계문학의 성격을 구체적으로 살피기 위해 세계문학 개념에 대해 잠시 살펴보도록 하자. 일반적으로 세계문학은 다음과 같은 다양한 의미로 이해되거나 상상된다. ① 세계적인 수준에서 정전canon으로서의 지위를 획득한 작품들의 집합, ② 개개의 민족문학들이 배출한 작품 중 우수하다고 인정되는 작품들의 집합, ③ 인류의 보편타당한 진리를 표현하고 있는 작품(들).[59]

널리 알려진 대로 괴테는 에커만P. Eckermann과의 대화를 수록한 「괴테와의 대화」1827년 1월 31일의 기록에서 중국소설에 대한 자신의 느낌을 이야기하면서 세계문학 개념을 제시한 바 있다. 괴테의 세계문학Weltliteratur 개념은 자본주의가 세계적 수준으로 확장되는 시점에 제기되었으며, 민족문학을 넘어서는 세계문학의 이념을 정립했다는 점에서 의미를 갖는다.

요즈음 들어서 더욱더 잘 알게 되었지만 시라는 것은 인류의 공동재산이며, 어느 나라 어느 시대를 막론하고 수백의 인간들 속에서 생겨난 것이네. (…중략…) 그래서 나는 다른 나라의 책들을 기꺼이 섭렵하고 있고, 누구에게나 그렇게 하도록 권하고 있는 걸세. 민족문학이라는 것은 오늘날 별다른 의미가 없고, 이제 세계문학의 시대가 오고 있으므로 모두들 이 시대를 촉진시키도록 노력해야 해.[60]

---

59 세계문학의 일반적인 의미에 대해서는 장원영, 「괴테의 세계문학 개념 형성」, 『독일어문학』 30, 2003, 137~140면 참조. 세계문학과 관련된 최근의 논의에 대해서는 박성창, 「최근 세계문학론의 쟁점과 의미」, 『한국민족문화』 37, 2010, 469~475면; 박상진, 「문학 문화-세계문학의 과제와 보편의 문제」, 『비교문화연구』 23, 2011, 81~100면; 윤지관, 「'경쟁'하는 문학과 세계문학의 이념」, 『안과 밖』 29, 2010, 34~55면 참조.
60 요한 페터 에커만(J. P. Eckermann), 장희창 역, 『괴테와의 대화』 1, 민음사, 2008,

괴테는 중국소설을 읽으며 전혀 낯설지 않았다고 말한다. 같은 인간이기 때문에 생각, 느낌, 행동에서 독일인과의 차이를 느낄 수 없었기 때문이다. 괴테에 의하면 인간이 사는 곳이면 어느 때 어느 곳에서나 문학이 생겨나며, 문학은 인류 전체가 함께 즐겨야 할 공유물이다. 문학은 인간 감정의 공통성과 보편성의 산물이기 때문이다. 괴테는 세계문학이 시간과 공간을 초월하는 것이기에 민족문학의 차원을 넘어서는 것으로 제시한다. 따라서 각각의 민족문학 속에 들어 있는 이념과 사상을 교환·번역·수용하는 과정이 수반되어야 한다.

나는 독일 민족을 생각할 때 가끔 쓰디쓴 고통을 느껴왔습니다. 개개인으로는 실로 존경할만한 사람인데도 전체로서는 그처럼 비참한 민족입니다. 독일 민족을 다른 민족과 비교할 때 유쾌하지 않은 감정이 일어납니다. 그 감정을 나는 갖가지 방법으로 참고 견디어 가려고 했습니다. 그러나 학문과 예술에서 우리에게 그런 고충을 극복할 수 있는 날개를 나는 발견했습니다. 왜냐하면 학문과 예술은 세계 전체에 속하는 것이고 국적의 제한은 이 앞에서는 소멸하여 버리기 때문입니다.[61]

괴테의 세계문학은 국가·언어·종족·시간 등의 경계를 초월하는 보편적인 문학이며, 화폐에 근거해서 상품이 교환되듯이 민족문학들 사이

323~324면. 괴테의 세계문학에 분석으로는 David Damrosch, *What is World Literature?*, Princeton : Princeton University Press, 2003, pp.1~36; 장원영, 앞의 글, 137~159면 참조.

61   R. 프리덴탈(Richard Friedenthal), 곽복록 역, 『괴테-생애와 시대』, 평민사, 1985, 680면.

의 소통과 번역에 근거하는 문학의 지평이다. 흥미로운 사실은 괴테의 세계문학 개념이 독일의 후진성과 관련된다는 점이다. 괴테는 그리스 로마 이래의 고전에 대한 풍부한 독서를 했고, 이탈리아 · 스위스 · 프랑스 등을 여행하며 세계시민적 삶을 살았다. 그 과정에서 정치적 경제적 문화적으로 후진국이었던 독일의 학문과 예술이 세계적 차원으로 발전하기를 희망했다. 세계문학이 민족문학의 지양止揚이라는 계기를 내포하듯이, 괴테는 독일의 후진성을 지양하는 중요한 방법으로 세계문학을 사고했던 것이다. 괴테는 학문과 예술에서 독일의 후진성을 넘어설 수 있는 가능성을 발견했고, 국가의 후진성에 제약되거나 환원되지 않을 가능성을 학문과 예술에서 보았다.[62]

후진적인 상황에서 세계문학을 구상 또는 상상하는 것은, 1910년대 조선의 최남선과 이광수의 글에서도 발견된다. 1917년에 발표된 최남선의 「노력론」을 잠시 살펴보도록 하자. 이 글에서 최남선은 현대를 두 가지의 측면에서 정의한다. 하나는 현대가 진화론약육강식, 적자생존이 지배하는 힘力의 시대라는 것이고, 다른 하나는 세계사는 민족이 역사적 주체가 되어 연출하는 연극이라는 것이다. 문제는 민족 단위의 역량이 무엇보다도 중요한 시대에 조선은 세계에 내세울 만한 것을 가지고 있지 못하다는 사실이다. 제반 산업이 부진한 것은 말할 것도 없거니와, 근대적 학문진화론과 기술증기기관에 기여한 바도 없다. 인류에 공헌한 사람에서 수여되는

---

62   괴테의 경우에서 알 수 있듯이 세계문학은 서구와 비서구를 아우르게 된다. 하지만 서구에서 배출된 탁월한 작품들의 집합이 세계문학의 기본적인 영역으로 인정되고, 비서구 지역에서 제출되는 소수의 탁월한 작품들이 참여할 수 있는 가능성의 공간이 덧붙여지는 양상으로 구성된다. 비서구 사회의 작가들은 개성과 민족성에 충실한 작품을 써야 하는 동시에 민족문학을 넘어 세계문학이 지닌 일반성에 도달해야 한다는 이중의 요구 사이에 놓이게 된다.

노벨상 수상자도 없고, 세계적인 백과사전에는 조선에 대한 기록이 없으며, 성균관을 두고 조선의 캠브리지나 하버드라고 말하기도 남우세스러운 상황이다. 문학의 경우에는 어떠할까. "「춘향가」, 「심청전」으로써 오인吾人의 「파우스트」오 「하믈레트」오 「미세라블」이오 「신곡」이로세 하도록 오인吾人의 면피面皮가 완후頑厚치 아니함"을 스스로 다행스럽게 여기는 수준이다. 단적으로 말해서 조선은 "지력智力으로도 하등何等의 지위地位가 무無"하며 "인류생활人類生活에 대복리大福利를 기庇한 자류가者類歌 오인吾人에게 일무一無"하다 세계의 발전에 기여한 바 없는 조선민족을 두고 최남선은 "치욕恥辱을 배면背面에 대자특서大字特書한 자者"라고 말한다.[63]

> 이제부터는 고독孤獨이 아니라 세계적世界的으로 숙홀倏忽이 아니라 항구적恒久的으로 세계진운世界進運에 대大한 공물貢物을 헌軒하며 인생요구人生要求에 대大한 만족滿足을 여與하기에 혼동전일混同專一이 매정노력勱精努力할진대 오인吾人의 지위地位가 세계世界에 정연挺然할 것이오.[64]

1910년대 최남선의 논의에 따르면 조선은 세계에 대해서 즉자적으로 존재하는 민족이다. 지구상에 한 모퉁이를 차지하고는 있지만 세계사의 운동 바깥에 놓여 있는 상태인 것이다. 세계사의 관점 또는 대자적 관점에서 보자면 조선의 존재는 승인 여부를 확인할 수 없는 상태에 있다. 따라서 '조선의 자리吾人의 地位'가 과연 세계 속에 마련되어 있는가라는 물음이 절박하게 제기된다. 세계 속에 조선의 표지를 등재하는 일은 결코 단

63 　최남선, 「努力論」, 『육당 최남선 전집』 13, 역락, 2003, 400~402면; 『청춘』 9, 1917.7.
64 　위의 글, 403면.

순한 문제가 아니다. 세계 속에는 조선이라는 표지 또는 조선의 자리가
아예 없을 수도 있기 때문이다. 최남선은 세계의 지평에 조선을 등재시킬
작은 가능성을 철학, 문학, 예술의 영역에서 겨우 찾을 수 있을 따름이라
는 사실을 고통스럽게 인정하고 있다.

그렇다면 최남선은 어떠한 방식으로 조선을 세계에 등재시키고자 했
던 것일까. 1926년에 발표된 최남선의 평문 「조선민족문학으로의 시조」
를 잠시 살펴보도록 하자. 제목과는 달리 '시조=조선문학의 대표적 양
식'이라는 주장을 천명하고 있는 글은 아니다. 시조를 통해서 조선문학에
대해 논의하는 맥락을 살펴보면 세계문학에 대한 1910년대의 인식이 여
전히 유지되고 있음을 확인할 수 있다.

조선朝鮮의 시詩는 조선인朝鮮人의 시詩는 아무것보담도 몬저, 무엇보담도 더
조선인朝鮮人의 사상감정思想感情, 고뇌희원苦惱希願, 미추애악美醜哀樂을 정직正直하게
명백明白하게 영탄상미詠嘆賞昧한 것이래야 하며 그런데 그 제일조건第一條件, 근
본조건根本條件으로 무엇으로든지 「조선朝鮮스러움」이래야 할 것이다. 이러한
시詩래야 조선인朝鮮人의 생활내용生活內容 우又 생활상生活上 간요품簡要品으로 의의
意義와 가치價値가 있을 것은 무론毋論이오 진進하야 세계문학世界文學·세계시世界時
의 일부一部를 지음에도 세계世界가 본대부터 조선朝鮮에게 요구要求하는 그것인 이
러한 조선적朝鮮的의 시詩래야 할 것이다. (…중략…) 세계世界란 집─그 예술전당藝
術殿堂의 역사歷史가 조선朝鮮에 대對하야 찾는 것이 돌이라 하면 조선朝鮮은 돌 그것
을 공급供給함으로써 거긔 요용要用을 일우는 동시同時에 가치價値있는 지위地位를 가
지게 될 것이다. (…중략…) 조선인朝鮮人은 세계世界에서 조선朝鮮이라는 부면部面
을 마튼 사람이오, (…중략…) 「조선朝鮮」이라는 것에 현현顯現되는 우주의지宇

宙意志의 섬광閃光을 주의注意하야 붓잡을 의무義務를 질머진 사람임은 문학文學에서도 시詩에서도 똑가틀 따름이다.[65]

무척 단순한 주장을 하고 있는 것처럼 보이지만 최남선의 글에는 이중적인 맥락이 서로 충돌하고 있다. 외면적으로는 '조선스러움'이 표현된 시를 가지고 세계문학에 참여해야 한다는 주장이 두드러지게 제시되고 있다. 하지만 최남선의 논의에 따르면, 조선스러움은 조선민족의 자기 주장만으로는 확정되지 않는다. 세계가 본래부터 조선에게 요구하는 조선스러움일 때, 조선은 '세계의 예술전당'에서 가치있는 지위를 갖게 될 것이기 때문이다. 조선스러움은 조선인의 사상 감정과 생활 내용으로부터도 제출되어야 하겠지만, 조선스러움의 지위 또는 위상에 대한 승인은 세계라는 초월적인 지평으로부터 주어진다. 이 글에서 분명한 것은 세계를 관장하는 우주의지가 조선을 호명하고 있으며, 세계문학의 표상체계에는 조선의 자리가 마련되어 있을 것이라는 사실이다. 하지만 조선이 세계문학의 표상체계 속에 등재되어 있는지의 여부는 불확실하거나 의문스럽기까지 하다. 최남선이 생각할 때 조선민족이 세계문학에 참여할 권리와 능력이 있음을 입증할 수 있는 최소한의 근거가 바로 시조이다. 그리고 세계문학과의 관련성과 조선문학의 위상 확보라는 의미맥락에서 볼 때 시조는 조선민족문학이라 할 수 있다는 것이다.

최남선이 조선문학의 대표적인 양식이 시조라고 말할 때, 시조가 이미 조선문학의 대표로서 자리를 잡고 있다는 의미가 아니라, 세계문학에 조

65　최남선, 「조선민족문학으로의 시조」, 『육당 최남선 전집』 4, 89면: 『조선문단』, 1926.5.

선문학을 등재할 최소한의 근거로 또는 조선에도 문학이 있음을 알리는 징표로 시조를 내세울 수 있다는 것이다. 최남선이 시조로서 "새로운 출발점"[66]을 삼자고 말하는 이유도 바로 여기에 있다. 세계문학에로의 진입 가능성을 고려하는 맥락에서 시조는 조선문학민족문학으로 규정되고 있는 것이다. 시조를 조선문학민족문학으로 호명해 낸 것은 세계문학의 지평이었던 것이다.

조선문학의 위상은 세계문학과의 상상적·상징적 지평 속에 마련된다. 그렇다면 조선의 세계 내ㅊ 위상을 상상하는 과정에서 왜 철학이나 종교가 아니라 문학이 요청될 수밖에 없었던 것일까. 이광수는 1918년에 발표한 「부활의 서광」에서 세계문학에 대한 자신의 생각을 구체적으로 드러내고 있다.

세계민족世界民族 중中에 철학哲學을 산출産出한 자者는 인도印度, 희랍希臘, 좀 부족不足하나마 중국中國 합合하여 삼자三者에 불과不過하고, 영英이니 불佛, 독獨이니 하는 당대當代 쟁쟁錚錚한 민족民族들도 철학哲學을 산산産하지는 못하였으니 조선인朝鮮人이 특유特有한 철학哲學을 산산産하지 못하였다고 나는 그다지 비관悲觀하지 아니한다. 종교宗敎로 말하면 조선고대朝鮮古代(아마 단군檀君때부터) 일종一種 조선고유朝鮮固有의 종교宗敎가 있었던 듯하다. 불교佛敎나 야소교耶蘇敎 모양으로 조직적組織的·세계적世界的 종교宗敎가 되도록 발달發達하지 못하고 한 원시적原始的·전설적傳說的 종교宗敎에 불과不過하였거니와, 대종교大宗敎는 반드시 민족民族마다 산출産出하는 것이 아닌즉 그것이 없음으로도 나는 비관悲觀하지 아니한다.

---

66 위의 글, 90면.

그러나 문학文學이 없는 것은 비관悲觀 아니하려 하여도 부득不得하겠다. 차且히 정신문명精神文明이 있는 자者로 어찌 문학文學이 없으리요. 영英에 영문학英文學이 있고, 불佛에 불문학佛文學이 있고, 독일獨逸에 독일문학獨逸文學이 있고, 일본日本에 일본문학日本文學이 있고, 꼬리 떨어진지 얼마 아니 된다 하여도 아라사에까지 찬연燦然한 아라사 문학文學이 있는데, 어찌해 조선朝鮮에 조선문학朝鮮文學이 없었는지.[67]

철학, 종교, 문학은 정신문화를 대변하는 영역이다. 하지만 철학, 종교 문학이 세계라는 지평과 맺는 의미론적 관계는 판이하게 다르다. 종교나 철학은 민족 단위와 대응하는 표상체계를 형성하지 않는다. 이광수에 의하면, 세계철학은 고대문명의 발상지를 의미하며, 세계종교는 세계적인 수준의 영향력과 조직력을 갖춘 종교이다. 철학과 종교는 인류사적인 영향력을 발휘할 때 세계라는 말과 결합된다. 하지만 철학과 종교는 국가 state 또는 민족nation 단위의 표상체계를 구성하지 않는다. 반면에 문학은 국가 또는 민족 단위의 표상을 형성할 뿐만 아니라, 세계적 수준의 표상 체계를 상상하는 일이 가능하다.

눈여겨 봐두어야 할 것은 이광수가 호명하고 있는 국민국가들이다. 그는 영국, 프랑스, 독일, 일본, 아라사를 거론한다. 정치적인 관점에서 보자면 이 들은 국민국가nation-state의 표상체계에 해당한다. 하지만 세계가 국민국가들로 분화되어 있다고 보는 것은 세계에 대한 정치적 관찰일 뿐이다.[68] 이광수는 영국·프랑스·독일·일본·아라사로 환유되는 국민국가의 체계에다가 국가 부재 상태에 있는 조선민족을 덧붙이고 있다. 이를

67 「부활의 서광」, 『전집』 17, 30면.
68 게오르그 크네어·아민 낫세이, 앞의 책, 196~197면.

두고 국가와 민족 범주에 대한 이광수의 이해가 흐릿했기 때문이라고만 볼 수는 없을 것이다. 오히려 이광수가 세계문학의 이념에, 달리 말하면 괴테가 말했듯이 문학은 인류의 공유물이며 세계문학 앞에서 국적의 제한은 소멸되거나 지양된다는 관념에, 충실했기 때문이라고 할 수 있다. 만약 세계문학이 국민국가의 표상체계를 기계적으로 반복하는 것이라면, 국가의 경계를 초월하는 보편문학으로서의 세계문학 이념과는 심각한 모순이나 불일치를 노정할 수밖에 없다. 국민국가에 포섭되어 있지 않은 인류는 세계문학에의 참여가 원천적으로 배제된다고 한다면, 문학은 인류의 공동재산이라는 세계문학의 근본적인 이념은 유지될 수 없게 된다. 세계문학은 국민국가들뿐만 아니라 비非국민국가의 양상들도 포함해야 자신의 고유한 보편성을 확보할 수 있다. 이념적인 차원에서 세계문학은 국민국가에 근거하여 사유되는 동시에, 국민국가의 경계의 초월지양을 사유해야 하기 때문에, 세계문학에는 국가 부재의 식민지 상태에 있는 조선민족의 자리가 상상적 차원에서 또는 상징적 차원에서 마련될 수 있는 것이다. 조선문학은 바로 이 지점에서 사고되고 상상된다. 조선문학은, 단순히 민족주의적 상상력의 산물이 아니라, 세계문학의 지평을 상상하는 과정에서 민족문학으로서의 의미론을 구성하게 된다.[69]

앞에서 살펴본 것처럼 19세기 초반 괴테는 개별 민족문학의 경계를 지양함으로써 형성되는 세계문학을 구상한 바 있다. 괴테에게 세계문학은 문학의 국가적 경계를 넘어설 때 펼쳐지는 보편적인 문학의 지평이었다.

---

[69] 에티엔 발리바르(Étienne Balibar), 「모호한 동일성들」, 윤소영 역, 『대중들의 공포』, 도서출판b, 2007, 429면. "이렇게 해서 우리는 매우 중요한 어떤 것을 알게 된다. 민족주의는 행정적 또는 문화적 실체들에 준거하는 [민족국가보다] 상위의 "세계적" 차원들에서도 기능할 수 있다는 점이다."

하지만 20세기 초반 조선의 이광수와 최남선에게 세계문학은 조선문학보다 먼저 존재한다. 조선문학의 경우 지양할 국가의 경계가 없다. 오히려 조선과 조선문학에게 정체성을 부여하는 최소한의 표지로서의 외부적 심리적 경계가 세계문학의 표상체계로부터 주어진다. 1910년대의 이광수와 최남선에게 세계문학은, 민족문학을 지양하고자 하는 괴테의 경우와는 달리, 민족문학을 사고하는 원천적 준거로서 요청된다. 이 지점은 한국 근대문학의 특수성인 동시에, 비서구사회의 근대문학형성과정에서 나타나는 일반적인 경험일 수 있다.

ⓢ 소설小說에는 『구운몽九雲夢』이라든지, 『창선감의록彰善感義錄』, 『사씨남정기謝氏南征記』, 『옥루몽玉樓夢』 등等의 조선인朝鮮人의 창작創作이 있었으나, 이것도 시詩와 같이 조선인朝鮮人이 잠시暫時 중국인中國人이 되어서 지은 것이요, 내가 조선인朝鮮人이라는 자각自覺으로 지은 것은 아니다. (…중략…) 그네는 자신自身의 속屬한 조선인朝鮮人의 생활生活은 무시無視하고 백색白色 조선복朝鮮服을 입고 조선朝鮮의 국토國土에 있으면서도 정신적精神的으로 중국中國의 고대古代에 들어가 살았다. 그러하므로 오인吾人은 이러한 소설小說을 조선문학朝鮮文學이라고 허許할 수는 없다 (…중략…) 조선인朝鮮人이 작作하고 조선인朝鮮人이 독讀한 연고緣故로 조선문학朝鮮文學이라고 할 수 있으랴. 조선인朝鮮人의 진정신眞精神, 진생활眞生活에 촉觸하고사 비로소 조선문학朝鮮文學이라 칭稱할 것이다.[70]

ⓢ 만일萬一 조선문학朝鮮文學의 현상現狀을 문問하면 여余는 울긋불긋한 서사書肆

---

70 「부활의 서광」, 『전집』 17, 28~29면.

의 소설을 지칭指稱할 수밖에 없거니 일제—齊 하몽何夢 제씨諸氏의 번역문학翻譯文學은 조선문학朝鮮文學의 기운氣運을 촉진促進하기에 의미意味가 심심深할 줄로 사思하노라.[71]

세계문학이 국민국가와 민족또는 종족의 단위가 혼성적으로 배치되어 있는 표상체계라고 한다면 세계문학에 참여할 수 있는 가장 주요한 근거는 무엇일까. 다름 아닌 문학어의 문제이다. 이광수는 「문학이란 하오」와 「부활의 서광」을 통해 조선문학의 규정과 범위에 대한 논의를 집중적으로 제시한다. 이광수는 "조선문학朝鮮文學이라 하면 무론毋論 조선인朝鮮人이 조선문朝鮮文으로 작作한 문학文學을 지칭指稱"[72]한다고 명확하게 규정하고 있다. 이광수가 제시하는 조선문학의 기준은 크게 두 가지이다. 첫 번째 기준은 조선인으로서의 자각이다. 조선문학이 조선인의 사상과 감정을 표현하는 문학이라고 할 때, 조선인의 사상과 감정은 조선인으로서의 자각에 근거를 두어야 한다는 것이다. 따라서 김만중은 혈통상으로는 조선인이지만 '조선인이라는 자각'이 없었기에 그의 작품 『구운몽』은 조선문학의 범위에 포함되지 않는다. 두 번째 기준은 문학어로서의 한글이다. 「문학이란 하오」에서 이광수가 조선문학으로 거론한 것은 ① 이두로 씌어진 향가, ② 시조 「하여가」와 「단심가」, ③ 『용비어천가』, ④ 경서와 『소학』 등의 번역물, ⑤ 『춘향전』, 『심청전』 등의 전설적 문학, ⑥ 중국소설의 번역, ⑦ 시조·가사, ⑧ 국문소설, ⑨ 예수교 문학의 번역, ⑩ 신소설, ⑪ 조중환·이상협의 번안소설 등이다.

이광수는 조선문학의 문학어문학표기문자로 이두와 한글을 인정할 뿐이고

---

71 「문학이란 하오」, 『전집』 1, 518면.
72 위의 글, 『전집』 1, 517면.

한문은 철저하게 배제한다. 하지만 한글로 번역된 문학은 모두 조선문학이다. 번역문학은 조선문학이라는 이광수의 입장은 일관되게 관철되고 있다. 그는 사서삼경과 『소학』의 번역, 『삼국지』로 대변되는 중국소설의 번역, 예수교의 번역문학, 『매일신보』의 번안소설 등을 모두 조선문학으로 인정하고 있다. 성리학의 경전과 중국의 소설은 중국인의 사상과 감정을, 예수교 번역문학은 서양인의 사상과 감정을 표현하고 있는 텍스트들이다. 또한 『매일신보』의 번안소설의 경우, 원작의 국적은 다양하겠지만, 조선인의 사상과 감정을 담아내고 있는 작품들은 아니다. 하지만 조선인의 사상 감정을 전혀 담아내고 있지 않은 외국문학의 경우에도 한글 번역이라는 조건만 충족된다면 조선문학의 범주에 포함된다고, 이광수는 말하고 있는 것이다.[73]

이광수의 조선문학 논의는 두 가지의 진술이 모순적인 관계를 형성하고 있다. ① 조선문학은 조선인으로서의 자각을 가지고 조선인의 사상감정을 표현한 것이다. ② 중국소설, 예수교문학, 서양소설 등과 같은 외국문학이 한글로 번역되었을 경우에는 조선문학에 포함된다. 왜 이광수는 이와 같은 모순적인 논리를 조선문학 규정에서 지속적으로 반복하고 있는 것일까. 이광수가 한자로 표기된 한시와 『구운몽』과 같은 한문소설을 조선문학의 범주에서 배제하고, 성서 번역과 『매일신보』의 번안소설을 조선문학의 범주에 포함시켰던 것을 두고, 단순히 민족주의적 계몽주의나 언어민족주의와 관련지어 이해하거나 설명할 수는 없다. 이 대목은 1910년대의 이광수가 세계문학에 대해 가지고 있었던 무의식을 고려하지 않고

---

73   이광수의 조선문학 논의에 대해서는 졸고, 「한국문학 개념 규정의 역사적 변천에 관하여」, 『한국현대문학연구』 30, 2010 참조.

서는 설명이 불가능하다.

세계문학이란 번역을 통해서 소통 또는 유통되는 영역이다. 따라서 타국의 민족문학을 번역할 문학어를 가지고 있어야, 세계문학의 표상체계 속에서 민족문학으로서의 변별성을 가질 수 있다. 한자 또는 한문에 대한 그의 부정적인 입장은, 민족적 자각과도 분명한 관련이 있지만, 세계문학의 표상체계 속에서 국가부재 상태의 조선문학이 자신의 변별적 위상을 확보하기 위한 전략적 태도이기도 한 것이다. 『일리어드』와 셰익스피어와 괴테와 『시경』을 번역 할 수 있는 언어와 문체를 가지고 있다는 것은, 세계문학이라는 지평에 등재될 수 있는 가장 중요한 조건이었던 것이다. 조선인의 사상과 감정을 표현해야 조선문학이라고 정의해 놓고 성경 번역과 번역소설을 조선문학의 범주에 포함시켰던 이광수의 모순적 논법은, 세계문학이라는 층위를 고려할 때 이해가능한 것이 된다. '조선문학은 조선인으로서의 자각을 가지고 조선인의 사상감정을 표현한 것이다'라는 규정이 민족적 자각 또는 정체성의 문제와 관련된 것이라고 한다면, '중국소설, 예수교문학, 서양소설 등과 같은 외국문학이 한글로 번역되었을 경우에는 조선문학에 포함된다'라는 규정은 세계문학과의 소통가능성과 관련된 것이다. 번역된 외국문학은 조선문학이라는 이광수의 일관된 주장에는, 세계문학과 조선문학의 관계에 대한 이광수의 무의식이 가로 놓여 있다. 번역에 대한 이광수의 일관된 입장은, 세계문학에 대한 무의식을 대변하는 은유이다. 세계문학의 번역에 대한 일관된 태도 또는 세계문학과의 소통적 가능성에 대한 무의식은, 한국 근대문학의 기원적 장면에 해당한다.

5. 결론을 대신하여—문학과 도덕의 탈분화

1910년대 이광수의 문학론의 목표는 조선민족의 생존을 상징적으로 대변하는 조선문학의 건설이었다. 이광수는 조선문학을 건설하기 위해 세 가지의 담론적 계기를 도입한다. 첫 번째는 생명의 자기발현으로서의 정情의 영역이고, 두 번째는 근대성의 일반적 원리로서의 기능분화functional differentiation이며, 세 번째는 조선문학이라는 기호에 세계적 수준의 위상을 부여해준 표상체계로서의 세계문학World Literature이다.

이광수는 지정의 삼분법을 통해서 지나 의와 구별되는 정을 기능분화하고 정을 문학의 자기준거로 제시한다. 학교의 지식이나 종교의 교훈과 구별되는 문학의 기능을 담론적 차원에 마련한 것이다. 하지만 이광수는 기능분화에 근거해서 문학을 체계화하면서도 민족과의 사상적 관련성만큼은 문학으로부터 분화시키지 않는다. 문학을 정에 근거한 소통양식, 달리 말하면 통치제도로서의 정치와 구분되는 의사소통적인 정치성의 영역으로 규정하고자 한 것이다. 또한 정을 문학의 일반적 미디어로 설정함으로써 문학을 소통양식이자 관찰양식으로 제시한다. 그 과정에서 조선문학은 조선인의 감정과 지각의 비가시성을 소통가능성으로 전화하는 문학이자 근대의 역사적 과정에 있는 조선을 관찰하는 문학으로 그 기능과 위상을 마련하게 된다. 이 지점에서 이광수는 세계문학과의 상상적·상징적 연관성을 확보함으로써 조선문학을 통해 세계 속에 조선의 자리를 마련한다. 세계문학이라는 표상체계 속에 조선문학의 위상을 상상할 수 있게 됨으로써, 국가 부재를 상상적인 차원에서 보충할 수 있게 된 것이다. 그런 의미에서 민족문학으로서의 조선문학은 세계문학과 동시에 상상되며 동시적으로 구성된다.

1910년대의 이광수가 제시한 조선문학은 기능분화, 정의 영역, 세계문학이라는 민족주의와 무관한 기원들로부터 구성된 것이다. 일반적으로 이광수의 문학론은 계몽적 민족주의로 요약되며, 민족주의적인 기원을 가졌기에 민족주의 문학론을 제기하게 된 것으로 평가된다. 하지만 1910년대의 이광수 문학론은 조선이라는 결핍의 상황 속에서 비민족적인 지평들에 근거하여 조선문학을 상상하고 구성해낸다. 비민족적인 차원을 사유하지 않으면 또는 경과하지 않으면 조선문학은 가시성의 영역에 출현하지 않는다. 이 지점을 두고 한국 근대문학의 비민족주의적 기원들이라고 불러도 좋을 것이다. 이러한 비민족주의적 기원들이 은폐되고 전도되는 역사적 지점들을 경과하면서, 민족주의의 기원들이 본질적인 실재 또는 선험적인 실체로서 자리를 잡게 될 것이다.

1922년 3월 『개벽』에 발표된 「예술과 인생」에서 "도덕과 예술은 하나이니, 도덕적 아닌 예술은 참 예술이 아니요, 예술적 아닌 도덕은 참 도덕이 아니외다"[74]라고 말한다. 문학과 도덕의 기능분화를 주장했던 1910년대의 입장을 철회하고 있는 것이다. 이광수의 문학론에 등장하는 단절에 가까운 변화는 어디에서 연원하는 것일까. 또 다른 고찰이 필요할 것이다.

---

[74] 「예술과 인생」, 『전집』 10, 360면; 『개벽』, 1922.1.

민족개조와 감정의 진화

1920년대 이광수 문학론에 대한 예비적 고찰

1. 진화의 압축─진화에 대한 자기의식을 수반하는 진화

"나는 교육가가 될랍니다. 그러고 전문으로는 생물학生物學을 연구할랍니다."

그러나 듣는 사람 중에는 생물학의 뜻을 아는 자가 없었다. 이렇게 말하는
형식도 무론 생물학이란 참뜻을 알지 못하였다. 다만 자연과학自然科學을 중히
여기는 사상과 생물학이 가장 자기의 성미에 맞을 듯하여 그렇게 작정한 것
이다. 생물학이 무엇인지도 모르면서 새 문명을 건설하겠다고 자담하는 그
네의 신세도 불쌍하고 그네를 믿는 시대도 불쌍하다.[1]

『무정』에서 경성학교의 영어교사였던 이형식은 두 번째 유학길에 나서
면서 '생물학'을 전공하겠다고 공언한다. 생물학을 공부하겠다고 포부를
펼쳐 보이고 있지만, 정작 그는 생물학의 참뜻을 알지 못한다. 생물학의 참
뜻을 알지도 못하면서 생물학을 전공하겠다고 한 근거는 어디에 있을까.
생물학, 즉 진화론이 이형식이라는 주체를 호명하고 있었기 때문일 것이

---

1   이광수, 『무정』(125회), 『매일신보』, 1917.6.13, 현대표기로 조정함.

다. 이광수는 「그의 자서전」『조선일보』, 1936.12.22~1937.5.1에서 1915년의 2차 일본 유학에서 진화론과 만났던 장면에 대해 인상 깊게 술회한 바 있다. 진화론의 슬로건인 생존경쟁과 우승열패를 외치고 다녔던 1915년경의 이광수가, 1917년의 『무정』에 이르러 생물학의 이름으로 이형식을 호명한 것이리라.

> 나는 다아윈의 진화론이 마땅히 성경聖經을 대신할 것이라고 생각하고 헤에겔의 〈알 수 없는 우주〉라는 책을 읽을 때에는 비로소 진리에 접한 것처럼 기뻐하였다.
> "Struggle for life실려는 싸움"
> "Survival of the best잘난 자는 산다"
> 이러한 진화론의 문구를 염불 모양으로 외우고 술이나 취하면 목청껏 외쳤다.[2]

다윈의 진화론이 기독교의 『성경』을 대신할 것이라고 생각했다는 진술에서, 이 당시의 이광수에게 진화론이 어느 정도의 압도적인 모습으로 다가왔는지를 충분히 짐작할 수 있다. 이광수의 논설과 소설에서 진화론의 흔적이 감지되는 것은 1916년부터이다. 1916년에 발표된 「동경잡신」에서 이광수는 7권의 도서를 추천하였는데 이 중에는 오카아사 지로丘淺次郞의 『진화론강의進化論講義』가 포함되어 있다.[3] 그 후에 발표된 「부활의 서

---

2 이광수, 「그의 자서전」, 『이광수전집』 9, 삼중당, 1966, 432면. 「그의 자서전」의 『조선일보』 발표문과 『이광수전집』의 원고를 비교한 와다 토모미의 고증에 의하면, '헤에겔'은 철학자 헤겔(Hegel)이 아니라 생물학자 해켈(E. H. Haeckel)의 오식이다. 와다 토모미 (和田明美), 「이광수 소설의 '생명' 의식 연구」, 서울대 박사논문, 2007, 7~10면 참조.

광」과 「신생활론」 등을 살펴보면 이전과는 달리 진화론의 색채가 매우 짙게 나타남을 확인할 수 있다.

여차如此히 오인吾人 인류人類의 생활生活은 시시각각時時刻刻으로 변천變遷하는 것이니, 고故로 고대古代 희랍인希臘人이 「우주宇宙는 변화變化라」 함과 같이 실實로 「생활生活은 변화變化라」 할 것입니다. 란卵으로써, 유충幼虫으로써, 용蛹에 용蛹으로써, 완전完全한 성충成虫에 달達하는 모양模樣으로 오인吾人 인류人類의 생활生活은 부단不斷의 변화變化를 경經하여 완전完全을 향向하고 진화進化하는 것이외다.[4]

이광수에게 진화론은 세계의 근본적인 원리였다. 중요한 것은 그의 진화론 이해에 나타나는 사유의 이미지들인데, 이광수는 진화를 변화, 변태, 완성, 자기의식과 관련해서 사고하고 있다. 만물유전설萬物流轉說을 암시하면서 부단한 변화로 진화를 이해하기도 하고, 알에서 나와 유충과 번데기를 거쳐 성충이 되는 생물학적 변태變態의 과정에 빗대어 진화를 설명하도 한다. 또한 진화의 목적과 방향이 완성에 있다고 말함으로써, 진화를 완성에 이르는 발달 과정으로 사고하고 있음을 드러내고 있기도 하다. 부단한 변화로서의 진화와 완성에 이르는 과정으로서의 진화 사이에는 모순이 개재해 있지만, 이 대목에 대해 이광수는 자각적이지 않다. 이광수에 의하면, 진화는 부단한 변화이기도 하고 성충이 되는 변태의 과정

---

3   이광수, 「동경잡신」, 『이광수전집』 17, 삼중당, 1962, 513면. 앞으로 본문 중에 이광수의 글을 인용한 경우에는 괄호 속에 이광수전집의 권수와 인용면수를 표시하는 것으로 대체한다.

4   이광수, 「신생활론」, 『이광수전집』 17, 516~517면. 이하 강조는 모두 인용자의 것.

이기도 하고 완성에 이르는 성장의 과정이기도 하다. 모순적인 계기를 끌어안고 있는 관념 복합체처럼, 이광수에게 진화는 끝이 있을 수도 있고 없을 수도 있는 과정이며, 목적 없는 부단한 변화인 동시에 완성을 향해 나아가는 과정이다.

> 인류人類의 특색特色은 자기自己가 자기自己의 이상理想을 정定하고 자기自己의 노력努力으로 자기自己를 진화進化시킴에 있읍니다. 즉即, 다른 만물萬物은 자연自然의 법칙法則을 따라 무의식적無意識的으로 진화進化하는 것이로되, 인류人類, 그 중中에도 문명文明을 가진 인류人類는 자기自己의 노력努力으로 자기自己가 의식意識해가면서 진화進化하나니. 이것을 인위적人爲的 진화進化라고 할 수 있습니다. 화학化學의 힘과 전기電氣의 힘으로 식물植物의 생장生長을 속速하게 하는 모양模樣으로 사상思想, 학술學術, 교육敎育, 정치政治의 힘으로 인류人類의 생장生長(즉即, 문화文化)을 속성速成하나니, 차此 소위 촉진促進이외다.[5]

부단한 변화를 거쳐 완성에 도달하는 과정으로 진화를 사고하는 것이 진화론 이해의 한 축이라면, 또 다른 축은 진화론에 대한 자기의식을 동반하는 진화이다. 진화에 대한 자기의식을 동반하는 진화는, 이광수의 진화론 이해를 특징짓는 중요한 사유 이미지이다. 이광수에 의하면 진화(론)에 대한 자기의식은 문명을 가진 인류의 표식이다. 진화는 자연 속에서 일어나는 무의식적인 진화와 문명 속에서 이루어지는 자기의식적 진화로 구별된다. 진화를 의식하며 진화를 도모하는 것, 또는 자신의 진화

---

5   위의 글, 518면.

를 스스로 디자인하는 것이야말로 문명한 인류의 표식이다. 진화에 대한 자기의식에 근거할 때 진화를 자신의 목적으로 설정하고 진화의 과정을 합목적적으로 조정 및 설계해 갈 수 있다. 흥미롭게도 이광수는 자기의식적 진화를 속성 및 촉진의 계기로 생각하고 있다. 달리 말하면 이광수는 자연적으로 이루어지는 무의식적인 진화의 속도와는 구별되는 또다른 속도의 진화가 진화에 대한 자기의식에 의해서 주어질 수 있다고 상상하고 있는 것이다.

> 인류사회人類社會도 아직 문명文明이 유치幼稚한 시대時代에는 타他 만물萬物과 같이 자연自然의 진화進化에만 방임放任하였으나 인지人智가 대개大開한 금일今日에 지至하여는 인력人力을 가加하여 수백년數百年에 얻을 진화進化를 수년數年에 얻도록 하는 것이외다.[6]

이광수가 진화에 대한 자기의식을 강조한 것은, 약육강식·자연선택·생존경쟁·적자생존 등으로 대변되는 진화론적인 세계 속에서 조선이 살아남을 수 있는 가능성을 확인하거나 확보할 방법이 없었기 때문이다. 약육강식으로 대변되는 진화론적 세계 속에서 조선민족은 도태되거나 멸종될지도 모른다는 진화의 위기의식을, 이광수는 진화론에 대한 자기의식으로 대처해 나가고자 했던 것이다. 진화의 위기는 조선민족이 진화의 속도에서 다른 민족에게 뒤져서 생겨난다. 그렇다고 해서 진화의 위기를 극복할 수 있는 방법을 진화의 바깥에서 찾을 수는 없다. 그렇다면 진화의

---

6   위의 글, 518면.

위기를 극복할 수 있는 가능성을 진화의 과정 내부에서 찾을 수 있을 것인가. 여기에 대한 이광수의 답변이 진화에 대한 자기의식이다. 진화에 대한 자기의식은 진화의 과정에 대한 진화된 태도이며 진화의 역사적 과정에서 생겨난다. 생물학적 종種에 비유를 하자면 자기의식적인 진화는 자연적인 진화와는 종을 달리하는 또다른 진화이다. 이광수가 상상하는 자기의식적 진화는, 자연적인 진화의 과정에 인간의 자기의식에 개입함으로써 진화의 속도가 빨라지고 진화의 시간이 단축되는 진화를 말한다. 진화의 압축 또는 자기의식적 진화는, 이광수의 진화론 이해에 드리워진 근원적인 무의식이자 사유의 이미지이다.

2. 끈질기게 살아남는 열성 유전자—자연도태의 역설

> 만일萬─ 생활生活의 방법方法에 만세이불변萬世而不變하는 황금률黃金律이 있다 하면 그것은 「생활生活의 부단不斷의 유동변화流動變化라」하는 것뿐일 것이외다.[7]

이광수는 부단히 변화하는 인간의 생활 속에서 결코 변하지 않는 원리는 인간의 생활이 변화한다는 것뿐이라고 역설한다. 모든 것이 변화하는 진화론적 세계상 속에서, 결코 변화하지 않는 유일한 법칙이 있다면 그것은 진화의 원리이다. 그랬기 때문이었을 것이다. 「신생활론」에서 이광수는 진화의 법칙이 조선민족을 비껴가지 않을 것이라고, 진화의 보편적인

---

7   위의 글, 518면.

행정行程은 조선민족에게도 고스란히 적용될 수밖에 없을 것이라고 믿었다. 왜냐하면 진화의 적용 범위는 세계와 인류이고 인류에는 조선이 포함되는 것이 당연하기 때문이다. 하지만 과연 조선이 진화의 적용범위에 포함되는 것일까. 위생을 중심으로 생활의 변화를 모색하고 종교 비판을 통해 새로운 정신적 준거를 마련하고자 했던 「신생활론」1918.9~10과는 달리, 비슷한 시기에 씌어진 「부활의 서광」1918.3에서는 조선이 진화의 범위에서 벗어나 있을지도 모른다는 불안의식 또는 조선은 정신의 영역에서 진화의 계기를 스스로 마련하고 있지 못한 것일지도 모른다는 위기의식이 분출하고 있다.

「부활의 서광」은 정신적인 면에서의 진화 가능성을 조선이 가지고 있는지를 추궁하고 있는 글이다. 이 글의 1장 소제목은 '정신생활의 정지停止'이고, 2장의 소제목은 '조선인은 정신생활의 능력이 있는가'이다. 조선의 정신생활에 혹시 진화의 가능성이 고갈되거나 고사한 상태에 있는 것은 아닌가라는 물음이 배치되어 있는 것이다. 이광수의 입장은 무엇일까. 조선의 상황이 정신생활의 정지 상태에 가깝다는 지적에 공감하며, 현상황에서는 조선에 진화의 가능성이 남아있는지의 여부를 장담하기는 어렵다는 입장이다. 그렇다면 진화의 가능성 유무를 확인할 수 있는 방법은 무엇일까. 조선문학근대문학의 출현 여부가 그것이다. 조선에 진화의 가능성이 남아있다면 조선문학이 출현할 것이고, 진화의 가능성이 전무하다면 조선문학은 출현하지 않을 것이다. 이광수는 시마무라 호게츠島村抱月의 글을 인용하면서 다음과 같이 말하고 있다.

[시마무라 호게츠는-인용자] 나종那終에 『조선朝鮮에 문예文藝가 생생生하고 아

니 생生하기로 조선朝鮮에 정신문명精神文明이 일어나고 아니 일어날 것을 판단判斷할 것이라.』고 단언斷言하였다. 「전설傳說을 관貫하여 현대現代에 사는 영혼靈魂」이라 함은 조상祖上 적부터 전전傳傳하여 오는 것이면서 현대現代에도 생명生命을 가질 만한 민족의식民族意識을 가르치는[가리키는 - 인용자] 것이니, (…중략…) 비록 조상祖上 적부터 전전傳傳하여 오는 민족정신民族精神이라도 현대現代에 생명生命을 가질 자격資格이 없는 것은 버린다 함이니 이 구절句節은 극極히 의미심장意味深長한 것인가 한다.[8]

시마무라의 말은, 조선에 문학과 예술이 새롭게 등장하게 된다면 조선의 정신생활이 정지 상태에서 벗어나서, 진화의 가능성을 스스로 입증하는 일이 된다는 것이다. 조선문학의 성립은 조선의 정신적 진화 가능성을 입증할 수 있는 리트머스지인 동시에, 조선의 정신적 진화를 촉발하는 자극의 경로인 것이다. 현대에 생명을 가질 만한 것과 현대에 생명을 가질 자격이 없는 것이라는 말에서 알 수 있듯이, 진화는 단순히 적자생존이나 우승열패가 관철되는 외부 환경의 논리로 환원되지 않는다. 자기를 구성하는 내부의 요소들에 대한 선택과 도태가 수반되어야 하는 것이다. 진화는, 새로운 집단적 주체를 생물학적으로 관찰하는 시선의 자리권력를 제시하는 동시에, 새로운 집단적 주체의 자기구성 논리로서 제시되고 있다. 이광수는 진화의 관점을 채택함으로써 수정 가능한 또는 조합 가능한 민족을 발견한다. 문학은 이광수의 관점에서 보자면 진화에 대한 자기의식이 조선민족에게 있음을 입증하는 징후이자, 조선민족의 내부에서 진화

---

8   이광수, 「부활의 서광」, 『이광수전집』 17, 34면.

의 지점들을 생성시킬 수 있는 가능성의 중심이었다.

> 주역周易은 조선朝鮮의 인생철학人生哲學의 근본根本이라 할 수 있소. 그리고 주
> 역周易이 조선朝鮮에게 가르친 것은(그것이 과연果然 주역周易의 본지本旨인지
> 아닌지는 물론勿論하고) 실實로 일종一種의 숙명론宿命論이외다. 대大하게는 우주
> 宇宙·국가國家와 소小하게는 일초일목一草一木에 이르기 모두 일정一定한 명命과 수
> 數를 비비하여 일호一毫의 자유自由도 없다 함이오.[9]

하지만 진화의 문제가 자기의식의 문제로만 해소될 수 있는 것은 아니
었다. 「신생활론」, 「부활의 서광」과 함께 1918년에 씌어진 「숙명론적 인
생관에서 자력론적 인생관에」1918.8를 살펴보자. 이 글에서 이광수는 주
역周易에 대한 이야기부터 시작한다. 이광수가 주역을 비판한 것은 숙명론
이자 운명결정론이기 때문이다. 숙명론은 자신의 힘에 대한 자각을 결여
하게 만들고, 좋은 운과 만나기만을 기다리는 요행의 심리를 양성한다.
진화론적 원리가 지배하는 현대는 자신의 힘에 대한 자각이 필연적으로
요청된다. "현대의 문명은 인류의 「력力의 자신自信」에서 나온 것이외다."
(17:63) 숙명론은 전前근대적인 사고방식이며 미개함의 표식이다. 문제
는 대부분의 조선인은 숙명론적 인생관에 젖어있다는 점이다.[10] 이 지점
에서 이광수는 숙명론에서 자력론으로 인생관을 전환할 것을 주장한다.
하지만 숙명론은 결코 만만하지 않다.

---

9   이광수, 「숙명론적 인생관에서 자력론적 인생관에」, 『이광수전집』 17, 62면.
10 위의 글, 63면. "大抵 宿命論的 人生觀은 오직 朝鮮人에게만 있는 것은 아니요, 아직 自
    己의 力을 自覺하지 못한 未開한 民族, 또 오래 人의 支配下에 신음한 殘弱한 民族에게
    共通한 것이외다."

① 소위所謂 신교육新敎育을 받았다는 우리 청년靑年들도 임사대물臨事對物에 이 사상思想[숙명론－인용자]이 튀어나오나니, 누구든지 자기自己를 내성內省하면 가증가악可憎可惡한 미신迷信(그렇지 미신迷信이요)이 뿌리 깊이 박힌 것을 보오리다.[11]

② 종終에 임臨하여 야소교耶蘇敎의 숙명론宿命論에 대對하여 일언一言할 필요必要가 있소. 숙명론적宿命論的 인생관人生觀을 전습傳襲한 조선인朝鮮人은 신래新來한 야소교耶蘇敎에서도 그 숙명론적宿命論的 요소燎所를 중중하게 취취取取하여 자래自來의 숙명론宿命論을 더욱 고조高潮하였소. 우리 야소교인耶蘇敎人은 걸핏하면 「하나님의 뜻」이라 하여 모든 것을 단념斷念하오. (…중략…) 이밖에 우리 야소교인耶蘇敎人은 빈부貧富, 귀천수천貴賤壽天 성패成敗를 온통 「하나님의 뜻」이라 하나니, 이것이 온통 독신瀆神이요, 겸겸兼하여 열패자劣敗者의 사상思想이외다.[12]

이광수가 대안으로 제시한 인생관의 전환은, 기대와는 달리 그다지 효과적인 해결책이 되지 못한다. 숙명론은 신교육을 받은 청년의 정신에도 이미 깊숙이 뿌리를 내리고 있고, 조선에 새로운 정신적 자극을 가져다준 기독교를 휘감아 열패자의 사상으로 바꾸어 놓았다. 숙명론은 진화에 대한 자기의식을 가로막는 장애물로써 작용한다. 보다 구체적으로 말하자면, 숙명론은 진화에 대한 자기의식을 가로막는 장애물로서 진화해 온 것이다.

이것이 다만 그 부인婦人만의 심리상태心理狀態일까요 이 부인婦人의 사상思想은

---

11 위의 글, 62면.
12 위의 글, 64면.

현대조선민족現代朝鮮民族의 사상思想을 대표代表한 것인가 합니다. 조선민족朝鮮民族의 인생관人生觀의 기초基礎를 성성成成한 근본사상根本思想은 팔자설八字說입니다. 왕공王公에서부터 서민庶民에 이르기까지 그 사상思想의 근본根本의 근본根本을 캐어보면 숙명론宿命論인 팔자설八字說입니다.[13]

진화의 장애물로서의 숙명론. 이광수가 유학을 접고 상해上海를 거쳐 귀국한 시점인 1922년에 씌어진 「팔자설을 기초로 한 조선인의 인생관」 1922.8에서도 숙명론이 다시 등장한다. 이 글에서는 수태가 되지 않아서 자궁수술을 생각하는 어느 조선부인이 사례로 제시된다. 그 부인은 자궁수술을 두고 여러 번 망설이다가 수술을 하더라도 결국 수태 여부는 팔자에 달린 것이라고 말하고 만다. 이광수는 팔자타령을 늘어놓는 부인의 모습에서 '표신이구表新裏舊의 이중생활二重生活'을 하고 있는 조선의 상황을 상징적으로 읽어낸다.

철도鐵道가 깔리고, 전선電線이 놓이고, 아스팔트 도로道路가 되고, 전등電燈 밑에서 윤전輪轉 인쇄기印刷機에 박아낸 신문新聞을 보게 되었지마는 이 민족民族의 정신생활精神生活은 아직도 구시대舊時代외다. 기차汽車 타고 명복名卜이나 명찰名刹 찾아 다니고, 전등電燈 켜고 고사告祀 지내는 형편形便입니다. (…중략…) 철도鐵道와 조선민족朝鮮民族의 생활生活과 어떠한 것을 생각하기보다 철마래시鐵馬來嘶 한수빈漢水濱의 예언豫言이 맞은 것을 신통神通히 여깁니다. 남대문통南大門通이니,

---

13 「八字說을 기초로 한 조선인의 인생관」, 『이광수전집』 17, 160면. 팔자설(운명론)이 조선시대 사람들의 생활과 사고에 미쳤던 막대한 영향력에 대해서는 신동원, 『조선사람의 생로병사』, 한겨레신문사, 1999 참조.

태평통太平通이니 하는 길들은 이십세기식二十世紀式이지마는 주민住民의 중문中門을 들어 서면 모든 배치配置와 활동活動이 다 구조선식舊朝鮮式인 것과 같이 우리의 정신적精神的 생활生活도 표신이구表新裏舊의 이중생활二重生活을 하는 중中입니다.[14]

이광수의 관찰에 의하면, 조선사람들은 이름난 점장이를 찾아다니는 데에 기차를 활용하며, 문학을 통해 정신적 자극을 받은 청년들조차 서양의 운명론에 심취해 있다. 생활 속에 철도와 전기 등 근대적 문명이 자리를 잡았고 서구의 문학과 과학이 소개되고 번역되는 상황에서도, 숙명론적 인생관은 끈질기게 유지되고 있는 것이다. 이광수는 과학사상과 실용주의를 널리 보급할 것을 제안하고 있지만, 그 실효성은 기대하기 어려운 상황이다. 근대적 문명이 일상에 배치된다고 해서 인생관의 변화가 저절로 수반되지 않는다. 인생관은 근대적 문명의 배후로 숨어들거나 저변에 자리를 잡고 근대적인 것을 전근대적인 것으로 감싸 안는다. 그리고 운명론을 자극할 만한 요소가 주어지면 활로를 찾아서 솟아오른다.[15] 숙명론은 진화에 대한 자기의식을 가로막는다.

이광수의 관찰에 의하면, 숙명론은 새롭게 도입된 근대적 문물과 사상을 근대 고유의 논리로부터 탈맥락화시키고 근대적 문물과 사상 배후에

---

14 「八字說을 기초로 한 조선인의 인생관」, 『이광수전집』 17, 163면.
15 이 지점에서 이광수는 구스타브 르 봉의 민족심리학과 만난다. 진화와 민족의 관계에 대한 탐색이 집단무의식의 영역으로 이어지고 있는 것이다. 여기에 대해서는 글을 달리하여 고찰하고자 한다. 기존 연구로는 이재선, 「'민족개조론'의 읽기와 반복, 다시 읽기 ─러셀, 르봉과 관련하여 다시 보기」, 『이광수 문학의 지적 편력─문학론의 원천과 형성』, 서강대 출판부, 2010; 하타노 세츠코((波田野節子), 최주한 역, 「이광수의 「민족개조론」과 귀스타브 르봉의 '민족진화의 심리학적 방법'에 대하여」, 『일본 유학생 작가 연구』, 소명출판, 2011, 150~170면 참조.

자신의 자리를 끊임없이 마련한다. 계몽·진화·발전의 관점에서 보자면, 숙명론은 조선을 위기에 빠트린 가장 주요한 원인 가운데 하나이다. 따라서 조선민족의 개조·진화·발전·신생을 위해서는 위기의 원인인 숙명론을 제거하거나 다른 항목으로 대체하는 일이 필요하다. 하지만 외과수술과는 달리 숙명론만을 제거하거나 절제할 수도 없고 다른 것으로 대체할 수도 없다.

숙명론은 진화와 관련된 의식을 혼돈에 빠트린다. 진화론의 관점에서 보자면 숙명론은 당연히 자연도태되었어야 한다. 당시의 진화론에 대한 이해에 의하면, 자연도태選擇는 적자適者를 생존하게 하는 방향으로 이루어지기 때문이다. 그렇다면 그토록 오랜 시간 유지되었고 현재에도 끊임없이 재생산되는 숙명론이 오히려 자연선택의 결과는 아닐 것인가, 오히려 숙명론이야말로 우성이거나 강자이거나 적자는 아닐 것인가 하는 의문이 제기될 수밖에 없다.

> 대저大抵 신교육新敎育이나 신환경新環境은 인생人生의 생활生活의 외피外皮를 변邊하나, 그 심오心奧의 성격性格은 수십백대數十百代의 유전遺傳의 축적蓄積을 통通하지 아니하고는 변變키 어려운 것입니다.[16]

진화와 관련된 이광수의 고민, 민족의 생존과 진화의 법칙을 함께 고민하던 이광수의 문제는 바로 이 지점이다. 분명한 것은 숙명론으로 대변되는 유전자는 외부에서 끌어들인 문물이나 사상에 의해 대체될 수도 없

---

16 「八字說을 기초로 한 조선인의 인생관」, 『이광수전집』 17, 162면.

고, 외과수술과 같은 절제를 통해서 외부로 적출해낼 수도 없다는 사실이
다. 이 지점에서 이광수의 진화는 내부를 향해 응축된다. '유전의 축적'을
통한 민족의 개조가 그것이다.[17]

3. 민족개조의 진화론적 과정—변이·재생산·도태

이광수의 논설에서 민족개조라는 용어가 분명한 의미를 지니고 등장
한 것은 「중추계급과 사회」[1921.7]를 통해서이다. "수양동맹修養同盟, 수학동
맹修學同盟을 다시 말하면 민족개조운동民族改造運動이라 할 수 있으니, 각각各
各 자기自己부터 개조改造하여 개조改造된 개인個人의 공고鞏固한 일단一團을 지
어 그 일단一團으로 하여금 전민족全民族의 중심계급中心階級이 되게 하여 써
점차漸次로 전민족全民族을 개조改造하여 무력無力하던 민족民族으로 하여금
유력有力한 민족民族을 이루게 하는 운동運動이외다."[18] 자기개조, 중심계급
의 형성, 힘을 가진 민족의 구성으로 이어지는 민족개조의 과정이 제시되
어 있다. 이러한 논의는 1년 후에 씌어질 「민족개조론」[1922.5]의 기본적인
구상과 거의 동일한 것이다.

그 동안 「민족개조론」은 도산島山 사상과의 관련성, 1920년대의 개조사
상의 유행 등과 같은 관점에서 고찰되어 왔다. "1910년 한국이 일본에 합

---

17   유전적 축적이라는 말은 「민족개조론」에서도 사용된다. "前에 引用한 르 봉 博士는 民
      族的 性格과 附屬的 性格 二部가 있다 하여 附屬的 性格은 可變的이나 根本的 性格은
      거의 不可變的이니, 오직 遺傳의 蓄積으로 遲緩한 變化가 있을 뿐이라 합니다." 「민족개
      조론」, 『이광수전집』 17, 187면.
18   이광수, 「중추계급과 사회」, 『이광수전집』 17, 156면.

병된 이후, 한국 민족주의 운동의 흐름은 이전과는 다른 방향으로 전개되어 사회진화론은 더 이상 당시 지식인들의 의식과 실천에서 큰 역할을 담당하지 못하였다"[19]는 평가가 나와 있기도 하지만, 「민족개조론」의 논리를 지탱하고 있는 것은 이광수 특유의 진화론적 상상력이라고 말할 수 있을 정도로 「민족개조론」과 진화론의 관련성은 매우 뚜렷하게 나타난다. 제1차 세계대전과 3·1운동 이후 다양한 변혁사상과 전위예술들이 소개되는 상황이었지만, 1920년대 초반의 이광수는 '유전의 축적'을 통하여 민족을 개조하는 핵심적인 방법으로 진화론을 원용하고 있다. 「민족개조론」에서 이광수는 20세기 조선민족이 수행해야 할 개조는, 자연적인 시간의 흐름에 따른 변천이나 우연성에 근거한 변화가 아니라, "의식적意識的 개조改造의 과정過程"(17 : 171)이어야 한다고 말한다. "문명인文明人의 최대한最大限 특징特徵은 자기自己가 자기自己의 목적目的을 정정定定하고 그 목적目的을 달達하기 위爲하여 계획計畫된 진로進路를 밟아 노력努力하면서 시각時刻마다 자기自己의 속도速度를 측량測量하는 데 있읍니다."(17 : 170) 「신생활론」에서 논의된 바 있는, '진화에 대한 자기의식' 또는 '진화에 대한 자기의식을 동반하는 진화'가 「민족개조론」에서도 유지되고 있음을 알 수 있다.

---

19 전복희, 『사회진화론과 국가사상』, 한울, 1996, 11면. 진화론과 관련해서는 이광린, 「구한 말 진화론의 수용과 그 영향」, 『한국개화사상연구』, 일조각, 1979; 윤홍로, 「개화기 진화론과 문학사상」, 『동양학』 16, 1986; 정용재, 「구한말 진화론의 수용」, 『찰스다윈』, 민음사, 1988; 주진오, 「독립협회의 사회사상과 사회진화론」, 『손보기 정년기념 한국사학논집』, 1988; 신연재, 「동아시아 3국의 사회진화론 수용에 관한 연구」, 서울대 박사논문, 1991; 양일모, 「동아시아의 사회진화론 재고」, 『한국학연구』 17, 2007 참조. 3·1운동을 전후한 시기 사상의 지형 변화에 대해서는 이철호, 「한국 근대문학의 형성과 종교적 자아 담론」, 동국대 박사논문, 2006; 권보드래, 「진화론의 갱생, 인류의 탄생」, 『대동문화연구』 66, 2009 참조.

근본적根本的 성격性格이 좋지 못한 민족民族이라고 그 민족民族의 각各 개인個
人이 다 좋지 못한 사람일 리는 만무萬無하니, 그 중中에도 소수少數나마 몇 개個
의 선인善人이 있을 것이외다. 마치 부패腐敗한 유태인猶太人 중中에서 예수 같은
이가 나시고 그의 사도使徒들 같은 이들이 난 모양으로. 이 소수少數의 선인善人
이야말로 그 민족부활民族復活의 맹아萌芽이외다.[20]

그렇다면 민족개조의 절차와 과정은 어떠할 것인가. 크게 세 단계로
나누어 볼 수 있다. 첫 번째는 몇 사람의 선인善人이다. 소수의 선인은 생
물학적 진화에서는 '변이의 조건'에 해당하는 것이다. 만약 민족 전체의
근본적인 성격이 약하고 열劣하다면, 그 민족에게는 개조나 진화의 가능
성을 찾을 수 없다는 막다른 골목에 도달하게 된다. 하지만 아무리 근본
적 성격이 열劣한 민족이라고 하더라도 그 민족의 내부에는 민족의 근본
적 성격에서 벗어나 있는 변이들이 존재한다는 것이다. 진화론적인 전제
를 고려하지 않는다면, 이광수가 말하는 소수의 선인은 우연성에 근거한
논리로 보이는 것이 당연하다. 하지만 소수의 선인은 근거 없는 우연이
아니라 변이에 관한 진화론적 설명에 근거하고 있는 것이다. 다윈이 말한
진화의 필요충분조건 가운데 가장 중요한 것이 바로 '변이의 조건'이다.
변이가 없으면 '선택'의 여지도 없다. 진화론에 의하면 자연계에 현존하
는 형질에는 진화를 위한 충분한 변이가 존재한다.[21] 조선 민족 내부에는

---

20   「민족개조론」, 『이광수전집』 17, 188면.
21   최재천, 「최재천의 다윈 2.0 (3)－돌연변이 맹신의 허점」 참조. http://navercast.nav-
     er.com/contents.nhn?rid =21&contents_id=131
     진화론의 역사적 전개과정에 대해서는 스티브 존스(Steve Johnes), 김혜원 역, 장대익
     감수, 『진화하는 진화론－종의 기원 강의』, 김영사, 2008 참조.

자연계의 변이에 해당하는 소수의 선인이 존재한다고, 이광수는 말하고 있는 것이다.

두 번째는 재생산이다. 진화론의 형성 과정에 인구는 기하급수적으로 늘어난다는 맬서스T. R. Malthus의 『인구론』1789이 큰 역할을 했음은 널리 알려져 있다.[22] 인구의 기하급수적 증가와 식량의 산술급수적 생산의 불균형 때문에 인간은 생존투쟁의 상황 속에서 살아야 한다는 맬서스의 주장은 너무나도 유명한 이야기이다. 이광수는 맬서스 이론에서 인구증가와 관련된 부분을 도입하여 소수의 선인이 어떠한 방식으로 확대재생산될 수 있는지를 설명한다.

> ① 만일萬一 제第 1년年에 20인人을 얻는다 하고 각인各人이 매년每年 1인人의 동지同志를 구求한다 하면, 제第 2년年에는 40인人이 될 것이요, 제第 3년年에는 80인人이 되어 2를 공차公差로 하는 기하급수幾何級數로 증가增加될 것이니, 제第 7년年에 1280인人이 되고, 제第 9년年에 5,120인人이 되고, 제第 10년年에는 10,240인人이 될 것이외다. 사상思想의 전파傳播가 기하급수적幾何級數的이라 함은 사회심리학社會心理學의 일一 법칙法則이외다. 그러나 동지同志의 선택選擇을 극極히 엄중嚴重히 할 것, 동지同志 중中에 사망死亡, 제명除名, 기타其他의 사고事故가 있을 것 등等을 작량酌量하여 넉넉히 잡고, 그 시간時間을 삼배三倍하여 30년에 10,000인人을 얻는다고 보면 가장 확실確實하리라고 생각합니다.[23]

---

22   『인구론』과 진화론의 관계에 대해서는 전복희, 앞의 책, 17~18면 참조.
23   이광수, 「민족개조론」, 『이광수전집』 17, 198면. 한자로 표기된 숫자는 아라비아 숫자로 바꿈.

② 가령假令, 2인사이 이러한 동맹同盟을 시작始作하여 제第 1년年에 20인사의 동맹원同盟員을 얻었다 하고, 그로부터 매년每年에 1인사이 1인사씩만 새 동맹원同盟員을 얻는다 하면 제第 2년年에는 40인사, 제第 3년年에는 80인사, (…중략…) 제第 21년年에는 20,331,520인사의 동맹원同盟員을 얻어 조선朝鮮 전민족全民族을 덮게 됩니다.[24]

민족개조에 동의하는 집단의 형성은 기하급수에 근거한 재생산자기증식 체제의 구축을 통해서 가능하다. 만약 사망이나 사고가 없다고 가정한다면, 첫해에 20명에서 시작해서 산술급수적으로 동맹원을 확대해 가면 21년째 되는 해에는 당시 조선민족의 인구수와 비슷한 20,331,520명에 달하게 된다고, 이광수는 계산한다. 조선민족의 구성원을 완전히 바꾸는 데 걸리는 시간, 달리 말해서 민족개조의 시간은, 산술적으로는 21년인 것이다. 하지만 민족개조를 이끌어갈 각계각층의 전문가 집단의 양성을 목표로 할 때, 그리고 여러 사고와 변수를 고려할 때, 민족개조를 위한 최소한의 준비를 갖추는 데에 30년이 소요된다.

민족개조는 결국 민족의 사회적 재구성으로 귀결되는데, 여러 직능영역의 전문가집단을 확보하고 그들을 통해 민족개조의 가치를 확대재생산하는 것으로 귀결된다.[25] 그런 의미에서 보자면 기하급수에 근거한 재생산 체제

---

24 이광수, 「소년에게」, 『이광수전집』 17, 246면. 한자로 표기된 숫자는 아라비아 숫자로 바꿈.

25 다양한 직능영역에 근거한 사회의 재구성은 1910년대 후반의 천재론에서도 이미 선보인 바 있다. "적어도 당장 천재 열 명은 나야 되겠소 시급히 열 명은 나야 되겠소 경제적 천재, 종교적 천재, 과학적 천재, 교육적 천재, 문학적 천재, 예술적 천재, 철학적 천재, 공학적 천재, 상업적 천재, 정치적 천재—이 열 명은 시급히 나야겠소. (…중략…) 이 열 명이 나면 조선신문명의 어리가리는 되겠고, 그 뒤에는 그네들이 또 새끼를 칠 터이니 아무 염려가 없을 것이요." 「천재야 천재야」, 『이광수전집』 17, 52면; 『학지광』 12, 1917.4.

는 준비론의 이론적 또는 상상적 토대라 할 수 있다. 이광수는 스테이트state 없는 네이션nation의 구성을 민족개조론에서 상상하고 있었던 것이다.

이리하여 10년年이나 20년年을 지나면 개조改造된 개인個人이 1, 2 천인千人에는 달達할 것이니, 그네는 모두 신용信用과 능력能力이 있는 인사人士이겠기 때문에 사회社會의 추요樞要한 모든 직무職務를 분담分擔하게 되어 자연自然 전민족全民族의 중추계급中樞階級을 성성成成하게 될 것이요, 이리 되면 자연도태自然淘汰의 이리理로 구성격구性格을 가진 자者는 점점漸漸 사회社會의 표면表面에서 도태淘汰되어 소리 없이 칩복蟄伏하게 되고, 전민족全民族은 이 중추계급中樞階級의 건전健全한 정신精神에 풍화風化되어 세월歲月이 가고 세대世代가 지날수록 민족民族은 더욱 새로와져 50년年이나 100년年 후後에는 거의 개조改造의 대업大業이 완성完成될 것이외다.[26]

세 번째는 사회적 도태로부터 촉발되는 자연도태이다. 도태는 '쌀 일 도淘'와 '일 태汰'가 합쳐진 말로서 '물에 넣고 일어 쓸데없는 것들을 가려낸다'는 뜻을 지닌다.[27] 이광수는 나쁜 변이가 도태되는 과정을 통해서 민족개조 즉 민족의 진화를 이루어내고자 한다. 민족개조는 사회적 도태에 의해 촉발되는 자연도태를 통해 민족의 전 개체를 바꾸어내는 기획이다. 문제는 사회적으로 결정된 우열이 자연도태에도 고스란히 적용될 수 있는 것인지, 사회적 도태와 자연도태가 도태의 기준을 공유하면서 연속적으로 진행될 수 있는 것인지 등에 대해서는 검토하고 있지 않다는 점이다.[28]

---

26 「민족개조론」, 『이광수전집』 17, 189면.
27 최재천, 앞의 글 참조.
28 사회적(또는 문화적) 가치체계에 의해 우월하다고 인정되는 속성이 생물학적으로는 열성인 경우도 많다. 반면에 생존에 불리하다고 여겨지는 형질이 환경의 급격한 변화에

안으로는 행복幸福을 누리는 인민人民이 되게 하고, 밖으로는 세계문화世界文化
에 공헌貢獻하는 민족民族이 되게 함이 개조사업改造事業의 완성完成이라 할지니,
그러므로 이는 50년年, 100년年, 200년年의 영구永久한 사업事業이외다. 이 사업
事業에는 끝이 있을 것이 아니라, 조선민족朝鮮民族으로 하여금 영원永遠히 새롭
게, 젊게 하기 위하여 영원永遠한 개조사업改造事業을 영원永遠히 계속繼續할 것이
외다.[29]

　마지막으로 이광수는 민족개조가 종결을 갖지 않는 영구한 사업이 될
것임을 말한다. 생물학적 진화가 유전자의 보전 이외의 목적을 가지지 않
듯이, 이광수는 민족개조 그 자체를 목적으로 설정한다. 이광수의 진화
모델은, 종분화種分化, speciation를 통해 다양한 종들이 공존하는 상황으로
진행되는 것이 아니라, 한 종이 다른 종으로 점진적으로 변형되는 계통적
형질전환phyletic transformation에 가깝다.[30]

　하나의 민족이 의식적인 진화 또는 진화에 대한 자기의식을 수반하며
진화를 추구하여 점진적으로 다른 민족으로 변형되는 과정이 바로 민족
개조이다. 민족개조의 시간을 이광수는 200년도 넘게 걸리는 사업, 또는

　　적응하는 요인이 되기도 한다. 갈라파고스에서 서식하는 핀치에 대한 연구에 의하면,
　　작은 몸집과 낮은 부리를 가진 핀치는 먹이 획득에 불리할 것으로 보이지만, 건기가 지
　　속되어 작은 먹잇감이 작은 풀씨만 남게 되는 상황이 되면 큰 부리를 가진 핀치(이들은
　　크고 단단한 열매를 주식으로 함)보다 생존에 유리한 지위를 획득하게 된다. 조너던 와
　　이너(Jonathan Weiner), 이한음 역, 『핀치의 부리』, 이끌리오, 2001, 35~52면 참조.
29　이광수, 「민족개조론」, 『이광수전집』 17, 199~200면.
30　종분화와 계통적 형질전환에 관해서는 데이빗 라우프(David M. Raup), 장대익·정채
　　은 역, 『멸종』, 문학과지성사, 2003, 30면 참조. 찰스 다윈이 『종의 기원』에서 초점을
　　맞춘 것도 진화 계통의 갈라짐이라기보다는 하나의 종이 다른 종으로 점진적으로 변형
　　되는 것이었다.

언제 끝날지 계산 불가능한 영구사업으로 제시한다. 민족개조를 위한 진화의 시간이 참으로 더디다. 적어도 이광수와 동시대의 사람들이 살아서 민족개조의 완성을 보기란 현실적으로 어려울 것이다. 그렇다면 이광수가 주장하던, 자기의식을 동반하는 목적론적인 진화가, 무한대의 차원으로 확장되어 버린 민족개조=민족 진화의 시간을 견뎌낼 수 있을까.

4. 문학과 도덕의 탈분화, 그리고 진화의 정지 상태

> 오늘날 조선의 시인은 조선인을 이전 조선인보다 높고 아름답고 선하고 힘 있고 용기 있고 일심하고 사랑하는 조선인으로 승격을 시켜야만 한다. 그러기에 시인이 가치가 있는 것이지, 그렇지 아니하면 시인은 유해무익이다.[31]

1910년대의 이광수는 지정의 삼분론에 근거하여 정의 해방을 주장하고 문학의 준거로서 정의 독자적 위상을 주장했다. 하지만 1920년대에 접어들어 진화론을 민족개조에 적용하면서, 문학론의 양상이 눈에 띄게 변모한다. 문학은 자율성의 영역을 지향하기보다는 민족의 개조=진화에 기여하는 것을 목적으로 삼게 된다. 오늘날의 조선 시인은 과거의 조선인보다 뛰어난 조선인으로 '승격'하는 데 기여할 것을 말하는 데서 알 수 있듯이, 문학은 민족개조 및 민족의 진화라는 관점에서 관찰된다.

1910년대 이광수의 문학론이 정을 문학의 자기 준거로 삼고 문학을

---

31 「중용과 철저」, 『이광수전집』 16, 147면; 『동아일보』, 1926.1.2~3.

기능분화하는 데 초점이 맞추어져 있었다면, 1920년대의 이광수의 문학론은 「민족개조론」에 의해서 재구성되며 민족개조의 기획 내부에 문학의 위상을 배분한다. 진화론이 「민족개조론」으로 이어졌고, 「민족개조론」에 근거하여 문학론이 재구성되었다고 보면 크게 틀리지 않을 것이다. 문학의 영역에서 민족개조 및 진화의 관점은 여러 지점에서 위계구조를 산출할 수밖에 없는데, 특히 두드러지게 나타나는 것은 감정의 영역에서이다.

「민족개조론」에서 이광수가 제기한 것은 "조선민족이 어떻게 이처럼 쇠퇴하였느냐 하는 문제"[32]였다. 조선민족이 쇠퇴한 근본원인은 민족성의 타락에 있다.[33] 따라서 민족개조가 요구되는 바, 민족개조는 민족성개조이다. 민족성은 무엇인가. 민족성은 한두 개의 근본 도덕으로 구성되어 있기에, 민족성의 개조는 민족성을 구성하는 근본 도덕의 개조를 통해서 가능하다.[34] 따라서 민족개조는 도덕적 방면에서 시작될 수밖에 없다.[35] 그렇다면 조선민족의 근본적인 성격은 무엇인가. 이광수가 제시하는 민족성근본도덕의 계열은, 시기상으로 맞지 않는 말이겠지만, 유전자의 염기서열을 연상하게 한다.

① 조선민족朝鮮民族의 근본성격根本性格은 무엇인고. 한문식漢文式 관념觀念으로 말하면 인仁과, 의義와, 예禮와, 용勇이외다. 이것을 현대식現代式 용어用語로 말하

---

32 「민족개조론」, 183면.
33 위의 글, 184면. "要컨대 朝鮮民族 衰頹의 根本原因은 墮落된 民族性에 있다 할 것이외다."
34 위의 글, 181면. "민족개조라 함은 민족성개조라는 뜻이외다. (…중략…) 모든 생활의 양식과 내용은 그 민족성의 여하에 의하여 결정되는 것이요, 민족성은 극히 단순한 일, 이의 근본 도덕으로 결정되는 것이외다." 널리 알려진 대로 이광수는 구스타브 르 봉(Gustave Le Bon)의 민족성 이론을 원용하고 있다. 르 봉에 이광수의 소개로는 「팔자설을 기초로 한 조선인의 인생관」, 166면 참조.
35 「민족개조론」, 180면. "민족의 개조는 도덕적 방면으로부터 들어가야만 할 것이다."

면 관대寬大, 박애博愛, 예의禮儀, 금욕적禁慾的 염결廉潔, 자존自尊, 무용武勇, 쾌활快活
이라 하겠습니다.[36]

② 나의 사론史論이 만일萬一 정확正確하다 하면 조선민족朝鮮民族 쇠퇴衰頹의 근
본원인根本原因이 도덕적道德的인 것이 더욱 분명分明하지 아니합니까. 곧 허위虛
僞, 비민주적非民主的 이기심利己心, 나태懶怠, 무신無信, 겁나怯懦, 사회성社會性의 결핍
缺乏 — 이것이 조선민족朝鮮民族으로 하여금 금일今日의 쇠퇴衰頹에 빠지게 한 원
인原因이 아닙니까.[37]

이광수에 의하면, 조선민족의 근본성격은 관대·박애·예의·염결·자
존·무용·쾌활 등이 하나의 계열의 이루고 있다. 하지만 근본성격의 반
면反面이 발현되면서 허위·비민주적 이기심·나태·무신·겁나·사회성
의 결핍 등의 계열로 대체되었고, 민족성근본도덕의 타락이 심화되면서 결
국 민족의 쇠퇴에 이르렀다는 것이다. 민족개조는, 허위, 비민주적 이기
심, 나태, 무신, 겁나, 사회성의 결핍 등으로 대변되는 민족성근본도덕을 정
반대의 방향으로 전환하는 것이다.[38] 조선민족의 근본도덕을 전환하는 과
정에서 요구되는 것이 정의情意의 영역이다. 민족개조는 도덕적 지식의 주
입으로는 성취되지 않으며, 오랜 시간의 축적을 통해서 정의적 습관을 형
성하는 데서 가능하기 때문이다.[39] 민족성을 구성하고 있는 도덕들을 점

---

36 위의 글, 192면.
37 위의 글, 186면.
38 위의 글, 202면. "이런 意味로 보아 이 改造는 朝鮮民族의 性格을 現在의 狀態에서 正反
對 方面으로 轉換하는 것이라 할 수 있습니다."
39 위의 글, 195면. "性格이란 情意的 慣習인 故로 그것을 造成함에는 徐徐한 蓄積作用을
要求하는 것이외다."

진적으로 바꾸어가기 위해서는 감정과 의지의 영역을 통한 습관 형성이 요구될 수밖에 없다. 이 지점이 민족개조론 내부에 배분되어 있는 문학의 자리이다. 또한 바로 이 지점에서 이광수가 주장한 바 있는, 인생의 도덕화와 인생의 예술화가 요청되고 있다.

> 각개인各個人이 행복幸福되려니 인생人生의 예술화藝術化가 필요必要하고, 각개인各個人이 사회적 활동活動을 하려니 인생人生의 도덕화道德化가 필요必要한 것이다. (…중략…) 그러므로 도덕화道德化한 생활生活과 예술화藝術化한 생활生活이란 것도 결決코 이종二種의 생활生活이 아니요, 단일單一한 생활生活의 양면兩面이라 하겠습니다. (…중략…) 도덕道德과 예술藝術은 하나이니, 도덕적道德的 아닌 예술藝術은 참 예술藝術이 아니요, 예술적藝術的 아닌 도덕道德은 참 도덕道德이 아니외다.[40]

「예술과 인생」1922.1은 「민족개조론」보다 먼저 씌어지기는 했지만 민족개조의 틀 안에서 문학의 문제를 사고하고 있는 글이다. 개조의 문학적 방법론, 또는 문학을 통한 민족개조의 구체적 방향과 방법을 모색하고 있다. 이 글이 내세우는 주장은 크게 두 가지이다. 첫째는 민족개조의 출발점으로서의 자기개조와 관련된 것이다. "네가 너부터 개조하여라"(16 : 39). 스스로 자신을 개조하여 "신인新人"(16 : 39), 즉 새로운 민족을 구성할 새로운 인간으로 거듭날 것을 요청하고 있다. 두 번째는 인생의 도덕화와 예술화이다. 예술작품을 통해서 정의 만족을 얻듯이, 예술작품 보는 것처럼 생활을 바라봄으로써 생활로부터 정의 만족 즉 기쁨과 즐거움을 도출

---

40   이광수, 「예술과 인생」, 『이광수전집』 16, 30면.

해내는 삶의 태도를 갖게 하자는 것이다.[41] 조선인들에게 예술을 줌으로써 쾌락을 느끼는 주체가 될 수 있도록 하는 것인데, 인생의 예술화라는 주장의 배후에는 예술을 매개하여 조선인들로 하여금 자신이 생명의 담지자라는 사실을 자각하게 하자는 의미를 담고 있다. 달리 말하면 예술은 생명의 자기 확인을 가능하게 하는 매개물로서 정위定位되어 있는 것이다.

민족개조를 위한 출발점으로서 자기개조가 요청되고 인생의 도덕화와 예술화가 주장되는 지점에서, 이광수의 문학론은 1910년대와는 근본적인 변화를 보이게 된다. 의意에 근거한 도덕과 정情에 근거한 문학 사이의 기능분화를 주장하고, 문학은 과학이나 도덕과 구별되는 독자적인 영역이라는 점을 강조하던 것과는 달리, 1920년대의 이광수는 문학과 도덕종교의 재통합, 문학과 도덕의 탈분화脫分化를 주장하게 된다.[42]

> 이 의미意味에서 종교宗教는 예술藝術과 일치一致되는 것이외다. 본연本然한 인성性性을 도덕적道德的 견지見地에서 볼 때에 그것이 종교宗教가 되고 우리 생활生活의 기쁨의 견지見地에서 볼 때에 그것이 예술藝術이 되는 것이다.[43]

그렇다면 인생의 도덕화와 예술화를 동시적으로 수행하는 방법은 무엇인가. 이광수는 인생이 예술화 및 도덕화를 위해 결국은 감정의 영역으

---

41 "그[생활의-인용자] 목적은 안락하게 생을 향락하는 것, 곧 예술적 생활을 하는 것이라 하겠읍니다."(위의 글, 40면) "조선인에게 예술을 주어라. 예술은 그네에게 쾌락을 주고 활기를 주고, 향상을 주고, 그 모든 것보다도 창조와 표현의 새 힘을 주리라. 조선이라는 사막을 변하여 예술의 화원을 지어라."(위의 글, 41면)

42 탈분화에 관련해서는 게어하르트 플룸페(Gerhard Plumpe), 홍승용 역, 『현대의 미적 커뮤니케이션』 1, 경성대 출판부, 2007, 154~219면 참조.

43 이광수, 「예술과 인생」, 40면.

로 들어간다. 눈여겨 봐두어야 할 대목은 1910년대에 여러 글을 통해서
감정의 보편성을 주장하던 이광수가 감정들 사이의 우열을 적용하고 있
다는 사실이다.

첫째는 개인의 육적肉的 개조, 즉 주관적 개조외다. 여기도 무론無論 도덕적
급 예술적의 양방면이 있는데, 도덕적으로는 허위虛僞와 궤적詭謫과 증오憎惡・분
노憤怒・원혐怨嫌・시기猜忌를 버림이니. 이 중에 허위와 궤적은 지적知的이요, 기
타其他는 감정이외다. 그런데 행위의 동력은 지知보다도 정의작용情誼作用이기
때문에 도덕적 수양의 중심은 열등감정劣等感情의 억압에 있는 것이외다. 대체
허위나, 궤적이나, 기其 상기上記한 모든 열등감정은 동물계의 생활이나 금일까지
의 열등한 문화를 가진 인류의 생활에는 도리어 자기의 생존을 유지하게 필요한
것이었읍니다마는, 인생이 신성神聖에 가까운 행복된 신세계를 건설함에는 위선爲
先 이것을 개인의 마음에서 근제根除해야 합니다. 인생의 불행의 원인原因은 주관
적으로는 내심內心의 평정平靜을 깨뜨림이요, 객관적으로는 남과의 갈등인데,
이것을 없이 하려면 그 근본되는 내 마음 속의 악마를 벗어 버려야 할 것이
외다.[44]

이광수는 단순히 감정의 우열이나 서열을 제시하는 차원을 넘어서 열
등한 감정을 억압하고 뿌리째 제거根除해야 함을 역설하고 있다. 사회적
갈등의 해소는 열등감정의 억압을 통해서 가능하다고 보았기 때문이다.
감정의 계열에 진화론의 도태를 적용하고 있는 것인데, 이 지점에서 문제

44　위의 글, 31면.

가 없는 것은 아니다. 이광수가 정확하게 언급하고 있듯이, 증오·분노·원혐·시기와 같은 열등감정은 지금까지 인류가 생존을 유지하는 데 필요한 감정이었다. 달리 말하면 생존경쟁에서 살아남는 데 있어 필요한 감정이었다. 그렇다면 왜 증오·분노·원혐·시기와 같은 감정들이, 「문학이란 하오」1916에서였다면 지극히 문학적이라고 여겨졌을 법한 감정들이, 왜 지금에 와서는 열등감정으로 규정되어야 하는 것일까. 이광수는 남과의 갈등 내지는 싸움을 피하는 것, 내 마음의 평정을 유지하는 것 등을 이유로 들고 있을 따름이다.

이광수의 논의에 의하면, 우성의 감정은 비폭력과 관련되며 간디의 비폭력주의로 이어진다. 반면에 열등한 감정은 폭력과 관련되며 레닌의 폭력혁명으로 이어진다. 열등감정은 계급문학이 추구하는 폭력혁명의 정서적 토대이며, 신흥문예예술을 위한 예술, 상징주의, 데카당 등가 민중에게 제공하는 병적인 정서이다. 감정에는 우열이 있으며, 열등하고 병적인 감정을 뿌리째 제거해 나갈 때 감정의 진화는 가능하다. 문학은 정의 표현이며, 석가와 예수와 도척과 야차가 활동하는 인정세태를 있는 그대로 그려서 독자에게 제공하면 그만이라고 이야기했던 1910년대의 이광수에 비하면 너무나도 큰 변화이다. 하지만 과연 감정에 우열이 있을 수 있을까, 열등감정은 왜 생겨나는가, 열등감정은 감정의 영역에서 소거될 수 있을까, 만약 열등감정의 억압이 민족개조와 관련해서 신인新人을 만드는 방법이라고 한다면 그 과정에서 감정의 잉여저주의 몫가 생겨나지 않을까 등등의 문제는 여전히 남는다.

이광수는 1920년대에 들어서 정을 본능과 관련짓고, 열등감정의 억압을 통해서 주체의 개조를 수행하고자 한다. 감정은 인류의 보편적인 것이다라는 주장에서, 감정에는 우열이 있으며 열등감정은 소거되어야 한다는 주장으로 옮겨 온 것이다. 이와 같은 변화 속에서 보편성의 위기가 노정될 수밖에 없다. 그렇다면 어떠한 방식으로 감정의 보편성을 보충할 것인가. 1929년에 이르러서 이광수는 감정의 불변성, 매우 느리게 진화하는 감정, 신구의 구별이 없는 감정, 더 나아가서는 인성의 제일성齊一性, uniformity을 주장하게 된다.

> 인성人性의 본질本質은 그 변화變化를 무시無視하리만큼 진화進化의 걸음이 더디다. 더구나 정의생활情意生活이 그러하다. 지知에는 신구新舊가 있으나 정情에는 거의 없다고 할만하다. 수백년數百年의 장세월長歲月을 두고 생각하면 인성人性이 몰라보게 근본根本까지 변變할는지 모르지마는 오五, 육십년六十年의 우리 일생一生으로 보면 정지상태靜止狀態에 있다고 보아도 망발이 아니 될 만큼이다. 그러므로 문학적文學的 작품作品(다른 모든 부문의 예술품藝術品도)을 지을 때에 우리는 인성人性을 만인공통萬人共通인 것으로 만세불변萬世不變인 것으로 알아서 큰 실수가 없을 것이요.[45]

"인성의 본질은 그 변화를 무시하리만큼 진화의 걸음이 더디다." 이광수는 감정들의 도덕적인 도태를 통해서 감정의 진화가 가능할 것이라고 생각했고, 놀랍게도 그 마지막 단계에 이르러 인성의 본질은 그 변화를 무시해도 좋을 만큼 진화의 걸음이 느리다라고 말하고 있다. 또한 지식에는 신구가 있을지 모르나 정에는 신구의 구별을 적용할 수 없다고 말하

---

[45] 이광수, 「문학에 대한 所見」, 『이광수전집』 16, 185면; 『동아일보』, 1929.7.23~8.1.

고 있다. 감정의 영역에서는 변화 내지는 진화가 일어나지 않는다는 고백인 것이다. 진화의 정지 상태. 왜 이런 일이 벌어진 것일까. 이를 두고 이광수가 보여준 진화의 역설이라고 불러도 좋을 것이다. 인간은 매순간 진화하고 있을지도 모른다. 하지만 진화의 현재적 진행과정은 진화에 대한 자기의식에는 현전하지 않는다. 민족개조가 영구적인 개조사업임을 주장하고 감정의 도덕적 도태를 통해 감정의 진화가 가능하다고 역설한 이광수이지만, 결과적으로는 감정은 진화하지 않는다고 보아도 문제가 없다고 말하는 지점에 이른 것이다. 진화의 장구한 시간이 이광수의 자기의식적 진화를 잠식한 것이다.

이광수는 진화에 대한 자기의식에 근거해서 민족개조가 가능하다고 믿었다. 진화를 자각하며 자신의 진화를 조정할 수 있다고 믿었던 것이다. 그는 민족의 진화민족개조를 위해 민족 구성원 전체가 완전히 바뀌게 될 시간을 계산했고, 민족의 진화를 위해서 열등감정을 뿌리 채 제거하고자 했다. 그리고는 진화의 정지 상태 내지는 진화의 불가능성에 도달했다. "인성의 본질은 그 변화를 무시하리만큼 진화의 걸음이 더디다"라는 이광수의 고백은, 민족의 진화를 꿈꾸었던 민족개조론이 도달한 사상적 곤경이자, 문학과 도덕의 통합을 주장한 1920년대 문학론이 맞닥뜨리게 된 허무의 심연이다. 무엇보다도 1915년 이래로 이광수가 견지해 왔던 진화론이 무화되는 장면이기도 하다. 이광수가 맞닥뜨린 진화의 정지 상태, 이 장면에 그 어떤 사상사의 가능성이 잠재해 있다고 볼 수는 없을 것인가. 다른 맥락에서 이광수를 다시 읽어나가는 일이 필요할 것이다.

한국문학 개념 규정의
역사적 변천에 관하여

1. 들어가는 말—한국문학의 자기규정

상식적인 이야기가 되겠지만 한국문학의 개념과 그 외연이 특정한 인물이나 제도에 의해서 확정된 것은 아니다. 시대에 따라 다양한 준거를 가진 문학인이나 문학제도들 사이에서 지속적인 대화논쟁가 이루어졌고, 또한 기존의 한국문학 규정과 부합하지 않는 특이한 현상들이 참조되었다. 그 과정에서 무언의 합의들이 문학제도의 무의식으로 침전되면서 오늘날에 이르렀다고 보아야 할 것이다. 물론 오늘날이라고 해서 한국문학의 개념 규정이나 그 범위에 대한 전반적인 동의가 구조화되어 있는 것은 아니다. 오히려 한국문학의 개념은 무엇이고 그 범위는 어디까지인가를 괄호 속에 넣어 두고 있다고 보는 편이 현재 진행되고 있는 연구의 실상에 가까울 것이다. 보다 구체적으로 말하자면, 한국문학의 개념과 범위와 관련된 커다란 변화가 지금—여기에서 일어나고 있기 때문에 한국문학의 개념과 범위에 대한 물음이 잠시 비가시적인 상태에 놓여 있는 것이라고 생각된다.

오늘날 한국문학의 새로운 정체성에 대해서 고민해야 한다면 한국문학이 걸어온 자기규정의 역사를 되돌아보는 것은 그 자체로 의미를 지닐 것으로 생각된다. 이 글에서는 기존 연구와 현대문학 관련 자료들을 폭넓게 참조하면서 역사적으로 한국문학의 자기규정이 어떠한 방식으로 주제화되었는지를 고찰하고자 한다.[1] 그 과정에서 한국문학의 개념과 범위를 감싸고 있는 역사적 맥락이 조금이나마 재구성될 수 있기를 바랄 따름이다.

2. 역사적 단절과 영도零度의 담화 공간—안확

1915년 7월 재일 유학생들의 기관지 『학지광』에 「조선의 문학」을 발표한 안확과, 비슷한 시기에 「문학이란 하오」1916라는 문제적인 평문을 발표한 이광수. 두 사람의 문학론에서 공통적인 점은 유교에 대한 저주에 가까운 인식을 가지고 있다는 것이다. 달리 말하면 조선을 식민지배 아래에 놓이게 하고 근대적 문물에 뒤떨어진 후진사회로 만든 근원적인 이유가 유교에 있다고 본 것이다. 이러한 역사적 인식은 조선문학을 규정하는 데에도 커다란 영향을 미치고 있다.

안확의 「조선의 문학」은 조선과 문학이라는 두 범주를 하나의 맥락에서 사고하고 그 역사적 흐름을 개관하고자 한 최초의 글 가운데 하나이다.[2] 이 글에서 안확은 2개의 장을 할애해서 조선문학의 발달 과정을 고

---

1 대표적인 기존 연구로는 김홍규, 「한국문학의 범위」, 황패강 외, 『한국문학연구입문』, 지식산업사, 1982; 조동일, 「국문학의 개념과 범위」, 장덕순 외, 『한국문학사의 쟁점』, 집문당, 1986.
2 안확의 문학론 및 국학연구에 대해서는 최원식, 「안자산의 국학」, 『민족문학의 논리』, 창작과비평사, 1982; 류준필, 「自山 安廓의 국학사상과 문학사관」, 서울대 석사논문, 1991 참조.

찰하고 있는데, 그가 구성한 조선문학의 역사적 맥락은 한문학에 의한 민족심성의 훼손의 과정에 해당한다. 한자의 수입 및 한문학의 발달이 조선의 역사에서 가장 중요한 문화사적 사건 가운데 하나인 것은 분명하다. 하지만 "이我 조선민족朝鮮民族이 한문漢文 유교儒敎에 염염染하야 백폐百弊가 구출俱出에 필경畢竟 참상慘狀을 작作하"[3]게 되었다는 구절에서 알 수 있듯이, 유교와 한문학은 조선민족의 심성을 왜곡시키고 자연성장을 억제한 역사적 장애물이다. 안확은 "유교정벌儒敎征伐"이라는 극언까지도 서슴지 않으면서, 한문학과 유교로 점철된 역사를 봉인하고자 노력한다.

「조선의 문학」에서 발견되는 흥미로운 사실은 한문학에 대한 방대한 지식과 자료가 한문학을 부정하고 신문학을 대망하기 위해서 사용되고 있다는 점이다. 한문학과 관련된 지식을 한문학의 역사적인 봉인을 위해 활용할 수밖에 없는 역설적인 상황은, 전통적 지식인이 근대적 상황에서 겪어야 하는 정체성의 혼란과 고민을 고스란히 대변하고 있다. 또한 안확의 글쓰기에 나타나는 역설적인 양상 자체가 전근대와 근대의 역사적 불연속성을 표상하고 있는 것이라고 보아도 무방할 것이다.

> 금금今 아한조선我韓朝鮮의 문운文運은 일신一新에 제회際會하야 구서歐西의 문명文名을 초래招來하매 구문학舊文學의 운명運命도 역역亦 차시此時를 이이以하야 홍구鴻溝를 획획劃치 안이키 부득不得한지라.[4]

---

3   안확, 「조선의 문학」, 『학지광』 6, 1915.7, 72면. 이후로 본문에서 위의 글을 인용하였을 경우에는 괄호 속에 인용면수만 명기함.
4   위의 글, 72면.

분명한 사실은 안확에게 '문학'이라는 단어가 역사의 혁명적인 단절을 사고하고 유표화할 수 있도록 해주는 기호였다는 점이다. 그는 역사적인 층위에서 한문학을 봉인하고, 신/구의 날카로운 대비 속에서 구문학한문학을 부정하고 신문학을 대망하고 있다. 지금의 허난성河南省에 있었던 전국시대의 운하인 '홍구'와 관련된 고사鴻溝爲界를 들어, 역사적 경계 또는 단절의 지점들을 분명하게 제시하고 있는 것이다. 신문학의 시대는 구문학의 시대에 대한 역사적 단절 또는 배제를 통해서 시대적 가능성으로 자리를 잡는다. 안확이 말하는 신문학은 동서양의 사상을 조화롭게 종합하면서 조선민족의 특성을 발휘하는 문학을 말한다. 보다 정확하게 말하면, 아직까지 구체적인 모습으로 성립된 것은 아니지만, 동서양의 사상을 조화롭게 종합하면서 조선민족의 특성을 발휘하는 담화적 공간으로 설정된다. 신문학은 성리학과 한문학이 차지하고 있는 담론의 공간을 배제·단절했을 때 생기는 일종의 여백의 공간이자 영도의 공간이며 가능성의 담화 공간인 것이다.

　금금今에 문학과 정치와 비견比肩하면 정치는 인민人民의 외형外形을 지배하는 자者오 문학은 인민의 내정內情을 지배하는 자者라 고故로 일국민一國民의 문명文明을 고考함에는 정치의 변천보다는 문학의 소장消長을 찰찰察함이 대大하며 또한 정치를 부흥코쟈 할진대 몬져 인민의 이상理想을 부흥하여야 기공其功을 가득可得하나니라.[5]

5　위의 글, 64면.

안확은 「조선의 문학」이나 『조선문학사』한일서점, 1922에서 문학에 대한 일반적인 정의만 내리고 있으며 조선문학에 대한 특별한 규정은 내리고 있지 않다. 그의 글들을 통해서 조선문학에 대한 안확의 사유를 재구성해 볼 수 있다. 안확에게 있어 조선문학이란 무엇인가. 그에게는 새로운 문학이 진정한 조선문학이다. 새로운 문학은 조선의 인민의 내면에 도달할 수 있는 사회적 미디어이고, 따라서 새로운 정치성의 영역을 구성할 수 있는 가능성의 공간이다. 문학을 정치와 구별하면서도 정치에 견주어 말하고 있는 까닭이 여기에 있다. 문학과 관련된 이러한 인식에는 19세기 후반 이래로 문학이라는 말을 중심으로 형성되어 온 담론과 무의식이 응축되어 있다. 그와 더불어 정치 부재의 식민지 상황에서 문학이 예술을 지향하는 동시에 정치의 기능적 등가영역으로 자리를 잡을 수밖에 없는 상황을 상징적으로 보여주고 있다.[6]

3. '조선문학은 한글문학이다'라는 원칙—이광수

1910년대의 이광수 역시 문학을 음악, 미술과 함께 예술의 한 영역인 동시에 사회적 의사소통을 담당하는 미디어로서 파악한다. 이광수는 정치와 문학을 기능적으로 구분하면서도 문학에 근거한 정치의 가능성을 반복해서 그리고 내밀한 방식으로 강조하고 있다. 이광수가 처음으로 조

---

6 황종연, 「문학이라는 譯語」, 『동악어문논집』 32, 1997; 김동식, 「한국의 근대적 문학 개념 형성 과정 연구」, 서울대 박사논문, 1999; 권보드래, 『한국근대소설의 기원』, 소명출판, 2000 참조.

선문학에 대한 규정을 내린 것은 「문학이란 하오」1916에서이다. 그가 조선 문학으로 거론한 것은 ① 이두로 씌어진 향가, ② 시조 「하여가」와 「단심가」, ③ 『용비어천가』, ④ 경서와 『소학』 등의 번역물, ⑤ 『춘향전』, 『심청전』 등의 전설적 문학, ⑥ 중국소설의 번역, ⑦ 시조·가사, ⑧ 국문소설, ⑨ 예수교 문학의 번역, ⑩ 신소설, ⑪ 조일재·이상협의 번안소설 등이다.[7] 이광수는 아주 단순한 원칙을 조선문학 개념 규정에 적용하고 있는데, 그 원칙은 한글이었다. 조선문학은 한글로 씌어진 것만을 의미한다. 따라서 한자로 표기된 한문학은 조선문학에 포함되지 않는다.

조선문학은 한글로 씌어지거나 번역된 것이어야 한다는 이광수의 견해가, 개인적인 의견 개진의 차원을 넘어서 사회적인 맥락을 구성한 것은 1929년 일이다. 이광수는 「조선문학의 개념」을 통해서 경성제대 조선문과의 강사 정만조鄭萬朝를 정면으로 비판한다. 경성제대의 조선인 강사가 조선문학 강의 교재로 『격몽요결』을 사용하다가 『구운몽』으로 바꾸었는데 이는 조선문학이 무엇인지를 모르고 벌인 처사라는 것이다. 경성제대에 조선문과가 설립되면서 조선인 강사로 누가 임명될지가 사회적 관심이었던 점을 감안할 때,[8] 경성제대 조선문과의 한국인 강사가 조선문학을 모르니 내가 알려주겠다며 춘원이 나선 상황인 것이다.

---

7   이광수, 「문학이란 하오」, 『매일신보』, 1916.11.10~23; 『이광수전집』 1, 삼중당, 1963, 518면.
8   「경성제대에 조선문과 특설」, 『동아일보』, 1925.7.14. "내년 오월부터 개교되는 경성제국 대학은 개교 당초에는 의학부와 법문학의 두 부를 둘 터인데 법문학부에는 특히 조선문과를 두기로 하고 그 안에 조선사(朝鮮史)와 조선어(朝鮮語)와 조선문학(朝鮮文學)의 세 강좌를 두기로 작정되어 방금 학제와 담임교수와 강사 등에 대하야 학무국에서 전형중이라는 데 최고학부에 조선문과를 둔다는 것은 천대를 밧는 조선문학 갱생에 신기원이라 할 만한 학계의 중대한 소식으로 (…중략…) 담임교수에는 일본인 한 사람을 두거나 겸임으로 하고 강사 중에 이삼인의 조선학자를 전형하여 임명하게 되리라더라."

위에 말한 모교수某敎授는 년전年前보다는 장족長足의 진보를 하여 조선문학 연습으로 「구운몽」을 쓴다고 한다. 「격몽요결」보다 그 목적에 접근한 것은 물론이니, 대개 「구운몽」은 분명히 소설이요, 따라서 제일의적第一義的인 문학 이다. 그러나 이 교수가 아직도 어떤 국민문학의 기초요건이 그 국문이라는 원리를 깨닫기에는 전도요원前途遙遠한 모양이다. 그의 가엾이도 어리석은 머리는 「구운몽」은 조선인이 쓴 문학이니 조선문학이라고 추리하는 모양이다. 문학은 결코 그 작자作者의 국적國籍을 따라 어느 국문학國文學에 속屬하는 것이 아니요, 오직 쓰이어진 국문國文을 따라 어느 국적國籍에 속屬하는 것이다. 말하 자면, 문학의 국적國籍은 속지屬地가 아니요, 속인屬人(작자作者)도 아니요, 속문屬 文(국문國文)이다. (…중략…)

그러면 「구운몽」은 어느 나라 문학인가. 그것은 무론毋論 중국문학이다. 그 취재取材가 중국에서라 하여 중국문학이 아니라 그 문이 중국문中國文이기 때 문에 중국 문학이다. (…중략…)

그와 반대로, 조선문으로 번역된 「삼국지」·「수호지」며 해왕성·부활 같 은 것이 도리어 조선문학이다. 조선어로 쓰인 까닭으로 그러면 우리 선인先人 들의 한우충동汗牛充棟할 시문詩文은 전혀 중국문학일까? 무론毋論! 도저히 조선 문학은 될 수 없을까? 있다. 조선문으로 번역함으로! 그러하기 전에는 그것 은 다만 조선의 국토에서 생生한 중국문학이 될 뿐이다.[9]

이 장면은 결코 하나의 해프닝이 아니다. 이광수의 글은 크게 두 가지 사실을 암시적으로 보여주고 있어서 문제적이다. 첫 번째는 1929년까지

9　이광수, 「조선문학의 개념」, 『신생』 2권 1호, 1929.1; 『이광수전집』 16, 176~177면.

조선문학을 규정하는 최종적인 기준에 대해 사회적인 합의가 애매한 상태에 있었다는 점이다. 두 번째는 조선문학과 관련된 물음들―조선문학은 무엇인가, 누가 조선문학을 규정할 것인가―을 정교화하는 계기가 되었다는 것이다. 조선문학 수업에 『격몽요결』과 『구운몽』을 가르치는 것이 문제가 되지 않는다는 경성제대의 입장과, 『격몽요결』은 아예 문학이 아니며 『구운몽』은 한자로 씌어진 중국문학이라는 입장의 대결. 또는 조선인이 쓴 훌륭한 글은 표기문자와 상관없이 조선문학이 아니겠는가라는 입장과, 아무리 조선인이 썼다고 하더라도 중국글자인 한문으로 씌어진 글은 조선문학일 수 없다는 입장의 대결. 또는 속인주의와 속문주의의 대립. 이광수는 이와 같은 대립을 구성해 내면서 속문주의만이 문학의 국적을 정하는 기준이며, 따라서 '조선문학은 조선문으로 씌어진 문학'이라는 원칙을 선명하게 내세우고 있다.

1920년대 이래로 이광수는 세 부류의 문학집단과 대결하며 조선문학에 대한 원칙을 지켜나간다. 첫 번째는 김동인과 염상섭으로 대변되는 동인지 문단이다. 춘원은 신감각파문학의 유행이 병적 개인주의로 치달을 가능성을 염려하면서 조선문학은 민족에 근거한 문학이어야 함을 주장한 바 있다. 두 번째는 카프로 대변되는 계급주의 문학이다. 그는 계급보다는 민족이 우월한 가치임을 주장하며, 구전되는 민요나 이야기에서 기층 민중의 문학적 역할을 재발견하고자 한다. 이 지점에서 이광수는 구비문학을 배제했고 기록문학만을 인정했던 기존의 문학관을 내밀하게 수정한다. 세 번째가 경성제대 조선문학부와의 대결이다. 경성제대를 상대로 하는 논쟁은 그 자체로 하나의 사건이다. 동인지 문학이나 카프문학과의 논쟁은 문학관의 차이로 환원될 수 있지만, 무엇이 조선문학이며 누가 조선

문학을 정의할 것인가의 문제는 문학관의 차이를 논하는 것과는 차원을 달리 하는 것이었기 때문이다.[10]

한글 표기 및 한글 번역을 기준으로 하는 춘원의 조선문학관은 「조선의 문학」『삼천리』, 1933.3, 「조선소설사」『사해공론』, 1935.5, 「조선문학의 개념」『삼천리』, 1936.8 등에 이르기까지 흔들림 없이 유지된다. 조선문학＝한글문학이라는 주장을 확고하게 내세운 만큼, 이제 문제는 한글문학만으로 조선문학의 역사를 구성할 수 있겠는가 하는 것이다. 달리 말하면 신라시대부터 조선시대까지 지속되어 온 한문학을 제외하고 한글문학만으로 조선문학의 역사를 구성할 때 문학사의 연속성이 확보될 수 있겠는가라는 물음에 직면한 셈이다. 이광수는 「조선문학의 개념」에서, 문학이 인간의 감정을 표현하는 것이라면 조선인의 정서를 전승하여 온 문학담당계층은 누구인가라는 문제에 대해 답변을 제시한다. 한문학을 조선문학에 편입하고자 하는 사람들은, 조선의 한문학이 중국글자를 빌어 조선인의 사상과 감정을 표현하고 전승해 왔다고 말할 것이다. 하지만 이광수는 조선인의 정서를 전하여 온 공은 중국의 글자인 한문으로 기록을 남긴 성균관의 대제학이 아니라 입에서 입으로 민요와 사설을 전승시켜 온 무당과 기생에게 있다고 단언한다.[11] 「문학이란 하오」에서 한글로 씌어진 기록문학만을 조선문학으로 인정했 이광수가, 1930년대에 이르러 조선문학의 역

10 조선문학에 대한 춘원의 주장은 당시의 위기의식 및 가치지향과 맞닿아 있는 것이기에 정당성을 가질 수 있는 것이기도 했다. 국가부재의 상태에서 조선민족을 대변하는 근원적인 표상은 조선어와 한글이며, 양자는 신문학＝조선문학을 통해서 지켜지고 있다는 의식이 그것이다. 실제로 춘원의 「문학쇄담」에서는 조선어문의 위기(학교 교육에서 조선어 교과가 배제되고 일반인들이 외국어에 비해 조선어를 외면하는 현상)에 맞설 수 있는 대안으로 문학을 제시하고 있는 실정이다. 이광수, 「문학쇄담－신문예의 가치」, 『동아일보』, 1925.11.2~12.5;『이광수전집』 16, 106~107면.
11 이광수, 「조선문학의 개념」, 『신생』 2권 1호, 1929.1;『이광수전집』 16, 177~178면.

사적 연속성을 확보하기 위해 구비문학의 층위를 도입하고 있는 것이다.

「조선소설사」에서 이광수는 한글 표기와 한글 번역이라는 기준에 따라 조선문학을 정의하고 조선소설의 역사적 맥락을 구성하고자 한다. 이광수는 글의 초반에 설화·전설·민담과 같은 이야기가 소설의 모태가 됨을 자세하게 설명하고 있는데, 매우 흥미롭게도 소설사를 논하는 자리에서 신라시대의 가집『삼대목』과 한문으로 씌어진『삼국유사』를 조선소설사의 맥락에 편입시키고 있다.[12] 향가집『삼대목』을 소설사에서 다루는 이유는 "노래보다도 더 보편적인 소설이 없을 리가 없"[13]기 때문이고,『삼국유사』는 한문으로 기록되기는 했지만 소설의 모태인 설화·전설·민담과 같은 이야기를 담고 있기 때문이라고 밝히고 있다. 조선소설사의 연속성을 확보하기 위해서, 구비문학의 층위가 도입되고 한자 배제라는 원칙에 대한 예외가 허용되고 있음을 확인할 수 있다. 조선시대 이후의 소설들 가운데 이광수가 인정하는 작품은, 한문소설『금오신화』,『구운몽』의 한글 번역본, 한글소설이자 판소리계 소설인『심청전』과『춘향전』, 갑오경장 이후의 신문학이인직, 이광수, 김동인, 염상섭, 계급주의 문학 등 정도이다.

「조선소설사」는 제목의 거창함에 비하면 분량도 소략하고 논리도 치밀하지 못하다. 반드시 거론되어야 할 작품의 제목을 제시하는 수준에 그치고 있다. 그만큼 조선문학=한글문학이라는 규정에 근거하여 조선문학사를 구성하고자 할 때 연속성의 확보에 어려움을 겪을 수밖에 없다는 사실의 방증이기도 하다. 이광수의 입장에서 보자면, 한글문학=조선문학이라는 최종 심급을 마련한 것이 중요할 뿐이고, 근대 이전의 문학사가

---

12 이광수, 「조선소설사」,『사해공론』, 1935.5;『이광수전집』16, 207면.
13 위의 글, 207면.

빈약하게 구성되는 것은 별다른 의미가 없었을지도 모른다. 하지만 조선 문학=한글문학 규정과 조선문학사의 구성 사이의 간극은 이후에도 문제가 될 수밖에 없었다.

4. 한문학을 응시하는 경성제대 내부의 시선들 - 조윤제와 김태준

널리 알려진 것처럼 경성제대는 1924년에 예과2년가 설립되었고 1926년부터 본과3년가 운영되었다. 조선어문학부의 제1강좌 교수는 다카하시 토오루高橋亨, 제2강좌 교수는 오구라 신페이小倉進平이었고, 강사는 정만조와 어윤적魚允迪이었다.[14] 도남 조윤제는 경성제대 조선어문학부의 유일한 1회 입학생이었다.

조윤제는 1929년 2월에 「조선문학과 한문과의 관계」『동아일보』, 1929.2.10 ~2.23를 발표한다. 이 글은 '학문연구의 대상으로서 조선문학'을 규정하기 위한 최초의 본격적인 논의라는 점에서 의의를 갖는다. 그는 한문학 포함 여부를 둘러싼 조선문학의 규정문제가 조선문학 연구자 사이에서 민감한 문제로 제출되었고, 이 문제가 해결되지 않으면 향후 조선문학 연구가 표류할 수도 있을 정도로 중차대한 문제라는 사실을 고백하고 있다.[15] 눈여겨 봐두어

---

14 경성제대 재학 시절 조윤제는 정만조와 어윤적이 강의한 다수의 조선문학과 관련 강좌를 수강한 바 있다. 여기에 대해서는 김명호, 「陶南 趙潤濟의 國文學 硏究 方法論」, 서울대 석사논문, 1977; 김윤식, 「이념과 형식 - 조윤제론」, 『한국근대문학사상연구』 1, 일지사, 1984, 23~26면. 일본인 교수들과 조선인 학생들 사이의 관계에 대해서는 박광현, 「경성제대 '조선어학조선문학' 강좌 연구 - 다카하시 토오루(高橋亨)를 중심으로」, 『동악어문논집』 41, 2003 참조.

15 조윤제, 「조선문학과 한문과의 관계」, 『동아일보』, 1929.2.10~23, "오늘날 와서는 조선문학의 범위라는 것은 어떠케 하여야 되느냐 한문으로 표현한 것을 조선문학으로 표현한

야 할 것은 경성제대 조선어문학부의 수업교재에 대한 이광수의 비판인 「조선문학의 개념」1929.1로부터 한 달이 지난 시점에 도남의 글이 발표되었다는 사실이다. 도남의 글에 직접적으로 춘원이 거명되거나 인용된 구절은 없지만, 도남의 글 「조선문학과 한문과의 관계」가 대결하고 있는 대상이 춘원으로 상정되어 있다는 사실은 쉽게 알 수 있다.

간접적이고 암시적인 방식으로 서술되어 있기는 하지만, 도남의 논의는 이광수의 주장과 크게 두 가지의 지점에서 대립하고 있다. 첫째는 신문학의 토대와 관련된 것이다. 신문학은 한문학과의 단절 위에서 수립되어야 한다는 이광수의 소론을 염두에나 둔 듯이, 도남은 "흔히 「조선문학은 지금부터이다」 한다 그러나 지금부터가 아니다 「조선문은 네전부터이다」 토대가 업는 곳에 어찌하야 조선문학을 건설하겟는가."[16]라고 분명하게 자신의 입장을 밝히고 있다. 또한 이광수가 신문학=한글문학의 규정에 근거하면서 무당과 기생의 역할에 주목했던 것과는 달리, 도남은 한문학 및 한문학 연구가 신문학을 위한 토대가 될 것이라는 '한문학 토대론'을 제시한다. "한문학 폐지는 지금부터이지만 조선문학의 토대를 위한 한문학 연구는 지금부터이다"[17] 두 번째는 조선어로의 번역 문제이다. 조상들이 남긴 한문학 자료들은 그 자체로는 중국문학일 뿐이며 조선어로의 번역 과정을 거쳐야만 조선문학으로 자리 잡을 수 있다고 주장한 이광수와는 달리, 도남은 한문학의 조선어 번역이 학문적인 문학 연구의 대상으로서는 부적절하다는 점을 분명하게 밝히고 있다. 그는 최치원의

것을 조선문학으로 취급하겟느냐 아니 하겟느냐 하는 문제가 조선문학연구자 간에 제출하게 되었다"(조윤제, 「조선문학과 한문과의 관계 (2)」, 『동아일보』, 1929.2.11).

16 조윤제, 「조선문학과 한문과의 관계 (13)」, 『동아일보』, 1929.2.23.
17 위의 글.

한시를 예로 들면서 조선어로는 번역되지 않는 한문학의 의미와 뉘앙스를 제시하며 한문학 번역불가능성을 내세운다.

그렇다면 한문학에 대한 도남의 입장은 무엇인가. 도남은 한문학과의 절연을 주장하는 소극론과 한문학과의 분리불가를 주장하는 적극론으로 구분하고 양자를 비판적으로 검토한다. 도남의 논의는 한문학을 포함하는 것이 불가피함을 주장하는, 한국 한문학의 특수성론으로 집약된다. 그 요점은 다음과 같다. ① 문학사의 연속성 문제 : 조선문학사에서 한문학이 배제된다면 2천 년 조선문학의 역사에서 신라 말의 향가 몇 수가 있을 뿐이고 고려시대 5백 년은 문학전무全無시대로 기술되다가 갑자기 비약하여 조선 세종 때에 들어와 새롭게 문학시대를 이룬다는 것은 우습지 않느냐는 지적이다.(3회) ② 한문=준準국문=동아시아의 공통문어 : 고유문자가 없던 시대에 한문은 사상표현의 유일한 도구였으며 당시 사람들은 한문을 외국문이 아니라 국문으로 인식했다. 한문은 동양 제국諸國의 공통문어로 보아야 하며, 따라서 한문학이 지니고 있는 역사적 특수성을 감안해야 한다.(2회)[18]

> 조선문학연구에서 한문작품을 단연히 구축驅逐하야 버리지 아니하면서 이를 서자庶子의 지위에 두고 그 안에 심재深在하야 잇는 조선문학이라는 정체를 보자하는 것이다.[19]

---

18 조윤제, 「조선문학과 한문과의 관계(2)」, 『동아일보』, 1929.2.11. 도남의 글 2회 수록 부분 바로 옆에는 정만조가 고선(考選)한 한시가 게재되어 있고 바로 아래쪽에는 시제를 회춘(懷春)으로 하여 오칠언 율시를 모집한다는 동아일보의 광고가 실려 있다.

19 조윤제, 「조선문학과 한문과의 관계(13)」, 『동아일보』, 1929.2.23.

도남의 해결책은 한글문학＝적자, 한문학＝서자라는 이원론적인 구상이었다. 한문학 서자론으로 요약되는 도남의 입장은 일종의 절충론이라고 볼 수 있는데, 이광수로 대변되는 조선문학＝한글문학이라는 규정이 당대에 어느 정도의 영향력을 가지고 있었는지를 잘 보여주는 대목이라 할 것이다. 조선문학＝한글문학 규정이 한문학 서자론과 같은 이원적 구상과 절충적 입장을 강제한 것이기 때문이다. 정만조로 대변되는 경성제대의 학문적 분위기와 이광수로 대변되는 민간학의 담론 사이에서, 조윤제의 입장이 조선문학 범위에 대한 이원론적 구상으로 구조화된 것이라고 보면 크게 틀리지 않을 것이다. 하지만 조윤제의 논의는 절충론에서 그치지 않는다. 그는 한글이냐 한문이냐 하는 표기문자의 문제 자체를 뛰어넘고자 한다. '한문학에 심재深在해 있는 조선문학을 보자'는 도남의 주장에는, 조선문학은 표기문자라는 표층의 차원을 넘어서 존재하는 것이기 때문에 속문주의에 근거해서는 조선문학을 규정할 수 없다는 입장이 분명하게 나타나 있다. 한문이라는 가면 또는 격막을 걷고 그 배후에 심재해 있는 조선문학을 느끼자는, 도남 특유의 해석학적인 '이해'의 방식이 적용된 지점이라고 할 것이다.

경성제대 출신의 연구자 중에서 한문학에 대한 또다른 입장을 제시한 사람은 김태준이다. 김태준은 경성제대 출신인 조윤제, 이희승, 김재철, 이숭녕, 방종현 등과 함께 '조선어문학회'1931의 핵심 멤버였다. 김태준의 『조선한문학사』1931와 김재철의 『조선연극사』1933가 조선어문학회총서로 간행된 바 있다.[20] 조윤제가 한문학 특수성론에 근거하여 한문학이

20   김태준에 대해서는 박희병, 「天台山人의 국문학연구(상·하)」, 『민족문학사연구』 3~4, 1993; 류준필, 「형성기 국문학연구의 전개양상과 특성－조윤제·김태준·이병기를 중

신문학에 역사적 연속성을 부여하는 토대가 될 것이라고 주장하였다면, 김태준은 한문학은 역사의 골동품으로 자리를 잡았고 오히려 결산 또는 청산됨으로써 자신의 역사적 역할을 다하게 될 것이라는 생각을 가지고 있었다. 따라서, 지적 배경이나 맥락에서 차이는 있겠지만, 김태준이 생각하는 조선문학의 규정은 이광수의 주장과 매우 유사한 양상으로 나타난다.[21] "조선문학이란 것이 순전히 조선문자인 「한글」로서 향토 고유의 사상·감정을 기록한 것이라고 할진대 다만 조선어로 쓴 소설·희곡·가요 등이 이 범주 내에 들 것이요 한문학은 스스로 구별될 것이다."[22] 조선문학이란 한글로 씌어진 문학작품만을 말하는 것이니 자연스럽게 한문학은 조선문학의 범주에 들지 않는다는 말이다.

세종 28년에 제정된 훈민정음이 소설사 내지 문학사상文學史上에 가장 큰 공적을 끼쳤다. 진정한 의미의 조선소설 내지 문학은 훈민정음의 제정 이후에

심으로」, 서울대 박사논문, 1998; 김용직, 『김태준 평전』, 일지사, 2007 참조.

21 김태준과 이광수의 유사점은 크게 3가지 측면에서 두드러진다. 첫 번째는 한글문학만이 조선문학이라고 주장하고 있다는 것이다. 두 번째는 번역의 중요성에 대한 인식이다. 이광수가 성경 번역이 신문학 수립에 중요한 역할을 담당했다고 보았듯이 김태준 역시 백화문으로 씌어진 중국현대문학의 번역을 중요한 사업으로 여기고 있다. 세 번째는 문학을 지정의(知情意)의 심리체계와 관련지어서 파악하고 있다는 점이다. 이광수가 문학은 정적 분자를 포함한 문장이라고 정의하면서 지와 의의 영역과 구분하고 있듯이, 김태준 역시 『조선한문학사』에서 그와 같은 논의를 제시하고 있다. "그러면 문학이란 무어냐? 심리학상으로 따져보면 一切 學術의 성질을 三者에 分하야 科學－「知」적 학문이여서 「眞」을 구코저함. 文學－「情」적 학문이여서 「美」를 구코저함. 哲學－「意」적 학문이여서 「善」을 구코저함. 그럼으로 문학이란 미적 감정을 具有한 것－다시 말하면 실생활의 利害를 따라서 예술화한 것이여야 한다. (…중략…) 고대의 박물학과 천문학이 문학에 屬치 아니함과 같이 經術道德에 관한 소위 倫理哲學이라는 것도 문학의 범주에 屬치 아니할 것을 잘 알으실 줄로 믿는다." 김태준, 김성언 교주, 『교주 조선한문학사』, 태학사, 1994, 10면.

22 위의 책, 10~11면.

기원을 두었다는 것이다. (…중략…) 서구문화의 동점과 함께 갑오경장의 날을 보내게 되며 태극을 상징한 깃발이 반도半島에 비침에 모든 문학의 혁명을 보게 되어 현금에 이르렀다.[23]

김태준의 조선문학관에서 가장 중요하게 고려해야 할 점은 '문학혁명'이다. 단순히 한글이 조선민족 고유의 문자이기 때문에 한글문학=조선문학이라는 주장을 펼치고 있는 것은 아니다. 김태준은 「문학혁명후의 중국문예관」1930에서 중국의 문학혁명에 대해서 고찰한 바 있는데, 그는 호적胡適·진독수陳獨秀·주작인周作人 등이 『신청년』을 중심으로 데모크라시와 사이언스를 높이 외치며 한문학에서 백화문학으로 역사적 전환을 이끌어간 것을 두고 문학혁명이라고 말하고 있다.[24] 달리 말하면 본고장인 중국에서도 한문학의 역사적 사명이 끝난 만큼, 한문학은 조선문학의 발전 과정에서 안티테제에 해당하는 '반反'의 역할을 할 수밖에 없다는 것이 김태준의 생각이었다. 한문학에 관한 방대한 지식을 한문학의 역사적 단절과 봉쇄를 위해 사용했던 안확의 경우처럼, 김태준 역시 한문학에 대한 자신의 지식을 한문학의 역사적인 결산을 위해서 사용하고 있다. 또한 조선문학의 연속성을 고려하면서 한문학을 신문학의 역사적 토대로 생각하는 조윤제의 입장과는 달리, 김태준은 역사의 변증법 속에서 한문학의 지양止

---

23 김태준, 박희병 교주, 『증보조선소설사』, 한길사, 1997, 27면.

24 천태산인, 「문학혁명 후의 중국문예관」, 『동아일보』, 1930.11.14. "민국혁명의 정치적 경제적 대변혁을 딸하 생활이 복잡하야젓다 신시대의 요구는 진부를 배척하고 새롭고 간편한 것을 요구하는 추세에 잇서서 신사상과 신생활을 표현하는 새로운 방법을 구하지 아니하면 말지 아니할 형세에 잇섯다 이에 백화문학으로 문학의 정종(正宗)을 삼고 구문학의 전당을 부서버리고 새로운 형식으로 새로운 내용을 긔록하자는 운동-이것이 문학혁명운동의 의의이다."

절과 극복을 사고하고 있다.[25]

중국민족의 정신적 유동流動을 볼 수 있는 문학은 전혀 중국 현대의 구어체인 백화에 있음으로 인제는 고대古代의 문언체文言體의 시문詩文은 한 골동품을 구경하는 셈밖에 되지 아니하며 나의 이 제목도 한낱 고전연구에 끝이 나니 문언체의 한문을 배와서 한문을 짓는 시대는 완전히 살아저 버려슨즉 이러한 연구는 고대문화의 결산정리에서만 의미가 있고(한문학사의 사명 ─ 특히 조선한문학) 독자讀者 편으로 보면 박물관에 가서 석기시대의 부족斧鏃이나 선영先塋의 분묘墳墓 앞에서 촉루髑髏를 발견한 늣김이나 되지 아니할가 둘여워한다. (…중략…) 이 점에서 나의 한문학사는 조선 한문학의 결산보고서가 된다.[26]

『조선한문학사』에서 김태준은 한학과 한문학을 구별하고 한문학에서 성리학적윤리철학적 요소들을 소거함으로써 문학으로서의 한문학을 역사적으로 구성한다. 이것은 "공맹정주노장孔孟程朱老莊 등의 철학적 요소를 버리고 순전히 조선에서 한자로 쓴 문학적 방면인 시가·문장의 내용 혹은 형식의 변천"[27]을 역사적으로 살피는 데 목적을 두었다고 밝힌 것과 같다.

25　김태준의 한문학에 대한 태도의 저변에는 출신지역과 관련된 역사적 감각이 개입하고 있다. 그는 조선한문학의 특징으로 3가지를 들면서 "조선한문학사는 이조 이후에는 京畿·三南 사람들의 産物이며 더구나 西北 一路는 전혀 관계가 없다"(『교주 조선한문학사』, 14면)는 점을 분명하게 밝히고 있다. 조선한문학과 교섭이 없는 평북 운산에서 태어난 김태준이 최초의 한문학사를 썼다는 사실 자체가 의미심장하다고 할 것이다. 이러한 감수성은 서북지역 출신인 이광수가 조선왕조에 대해서 가졌던 역사적 감각과 상동적인 것이라 여겨진다.

26　김태준, 『교주 조선한문학사』, 태학사, 1994, 13~14면.

27　위의 책, 10~11면.

따라서 『조선한문학사』는 한문학 청산론인 동시에 한문학사 구성론이기
도 하다. 그렇다면 한문학이 역사적 소임을 다한 시점에서 한문학을 대체
할 문학적 담론은 무엇일까. 현대중국의 신문학 달리 말하면 문학혁명 이
후의 현대중국문학이 그것이다. 일제의 식민지배 이후 단절된 중국과의
지적·문화적 통로를 복원하고 중국의 신문학과의 대화적 관계를 마련해
갈 것을, 김태준은 강력하게 소망하고 있다.

5. 조선문학을 바라보는 낯선 표정들—『삼천리』의 집단 설문

1934년 6월 종합지 『삼천리』는 김동환의 주재 하에 「문학문제평론회」
를 개최한다. 박영희, 주요한, 현진건, 양백화, 김동인, 김억 등이 참여한
회의의 첫머리에서 다룬 문제는 해외문단진출과 관련된 것이었다.

> 출제出題의 요점要點＝최근最近 작가作家 장혁주씨張赫宙氏가 「개조改造」를 첫
> 출발점出發點으로 하고 문예수도文藝首都, 문예춘추文藝春秋 행동行動 등等 동경문
> 단東京文壇에 성성盛히 진출進出하고 잇스며, 미국美國서는 강용흘씨姜鏞屹氏가 「초
> 가草家집」을 위시爲始하야 수數 편篇의 창작創作을 영미문단英米文壇에 내어 노코
> 잇고 또 불란서佛蘭西 파리巴里의 서영해徐影海[서령해徐嶺海의 오기─인용자]씨
> 氏가 소설小說과 시조時調를 혹或은 창작創作 혹或은 번역飜譯하야 불문단佛文壇에
> 내어 노앗스며, 더욱 막사과莫斯科에서도 모씨某氏가 노서아문단露西亞文壇에 진
> 출進出하고 잇고 그 박게 중국中國의 상해문단上海文壇 등等, 세계世界의 각처문단
> 各處文壇에 조선朝鮮 사람 이제 나랏말 아닌 혹或은 영문英文, 혹或은 독문獨文, 혹或

은 노문露文, 혹或은 중국中國 백화어白話語 등等을 가지고 성盛히 진출進出하고 잇는데 이것은 조선문학朝鮮文學의 수준水準이 세계문학世界文學과 억개를 가치할 수 잇게 되엇다는 증좌證左도 되고 조선朝鮮사람 작가作家의 역량力量이 이제는 세계적世界的으로 웅비雄飛할 계제階悌에 이른 것으로도 간주看做되야 대단大端히 깁분 현상現象이겟스나 한편 해외海外로 해외海外로! 하고 작고 박갓흐로만 다르려 하는데 따라서 고국故國의 문단文壇을 멸시蔑視하고 고국故國의 문단文壇을 고적孤寂케 하는 서급흔 경향傾向이 따르지 안켓습니까.(김동환金東煥)[28]

1930년대 초반부터 장혁주,[29] 강용흘,[30] 서영해[31] 등의 번역 및 창작활동이 국내에 알려지게 되면서 관심이 집중된 터였다. 주요한, 현진건에 이어 발언을 한 김동인은 조선작가의 해외진출과 관련되는 문제로서 조선문학의 정의 문제를 제기한다.

김동인金東仁 ─ 여기에 따라 다니는 문제問題는 그러면 조선사람이 「영문英文」

---

28 「문학문제평론회」, 『삼천리』 6권 7호, 1934.6, 205면.
29 일어로 쓴 「아귀도(餓鬼道)」가 1932년 『개조(改造)』의 현상문예에 2등 입선하여 문단에 본격적으로 진출하게 되었다.
30 이광수는 「姜鏞訖氏의 草堂」(『동아일보』, 1931.12.10)을 독후감으로 발표한 적이 있다. 강용흘의 『초당』에 대한 당시의 관심을 보여주는 기사로는 「紐育大學講師 姜鏞訖氏의 『草家집웅』 米國文壇에서 相當한 好評」(C記者 譯), 『동아일보』, 1931.4.27; 「姜鏞訖氏의 草堂(Grass Roof)」, 『동아일보』, 1931.12.17~18.
31 서영해(徐滇海, 1902~?)는 3.1 운동 이후 일본 경찰의 수배를 받게 되자 중국 상해(上海)를 거쳐서 1920년부터는 프랑스에서 유학했다. 1929년에는 파리에 고려통신사(高麗通信社)를 설립하여 상해 임시정부의 특파원으로 활동했으며, 1945년에는 임시정부 주불 예정대사로 임명되었다. 프랑스 거주 시절에 역사소설 『어느 한국인의 삶과 주변』, 한국민담집 『명경(明鏡)의 불행』 등을 번역·출간하여 화제가 되었다. 서영해의 불어 소설 출간 소식에 관해서는 이헌구의 「북 리뷰 ─ 파리에서 출판된 서영해씨의 『명경의 불행』」(『조선중앙일보』, 1935.1.11), 「조선민요집 『명경의 불행』 불국 파리에서 출판」(『동아일보』, 1930.1.11) 등 참조.

으로 써도 그것이 조선문학朝鮮文學일가 조선작가作家가 영미불로독英米佛露獨 각
국인各國人에게 읽히기 위하야 영불로독英米佛露獨 각국어各國語로 작품作品을 발표發
表한다면 그것이 그대로 우리 문학文學일가 이 규정規定이 선결문제先決問題인줄
알어요. 장혁주씨張赫宙氏의 문학文學이 조선문학朝鮮文學이요 강용흘씨姜鏞屹氏 문
학文學이 또한 조선문학朝鮮文學일가요. 여기 대하야 춘원春園은 박지원朴趾源이 여
러 문예작품文藝作品이 잇스나 그는 한문漢文으로 되엇기에 한문학漢文學이지 조
선문학朝鮮文學이 아니라고 즉卽 표현表現된 국어國語에 의依하야 자국自國 타국他國
의 문학文學이 구분區分된다고 하엿스나 나는 생각하기를 상대相對하는 독자讀者
의 구분區分에 따라 결정決定될 줄 알어요.[32]

이광수 소설을 비판한『춘원연구』의 저자답게 조선문학 규정에 대한 춘
원의 소론을 인용하고 있음이 눈길을 끈다. 김동인은 이광수의 속문주의
와 거리를 두면서 대상독자야 말로 조선문학 규정의 근거라는 입장을 밝
히고 있다. 작품의 대상독자에 근거할 때, 장혁주와 강용흘의 작품은 제재
만 조선에서 취했을 뿐 조선인 독자를 대상으로 한 것이 아니니 조선문학
이 될 수 없고, 박지원의 한문소설은 조선인에게 읽히기 위해 당시의 보편
적인 문자를 사용한 것이니 조선문학에 포함되어야 한다는 것이다. 여기
에 대해 김억은 속인주의屬人主義를 내세운다. 조선을 취재하여 조선인의 심
성에 근거하여 쐬여졌다고 평가되었던 나카니시 이노스케中西伊之助의 소설
『너희의 배후에서汝等汝等の背後より』가 조선문학이 될 수 없음을 분명하게 지
적하며,[33] 작가의 국적민족, 혈통에 근거할 때 강용흘과 장혁주의 작품 역시

---

32 「문학문제평론회」,『삼천리』6권 7호, 1934.6, 207면.
33 나카니시 이노스케는 일본의 사회주의자이며 조선에 대한 관심이 많은 작가였다. 1925

조선문학에 편입되어야 함을 주장한다. 이 문제는 「조선문학의 정의 문제」를 차후에 중요하게 다루겠다는 사회자의 중재로 일단락된다. 김동인과 김억의 발언을 통해서 조선어문, 조선작가, 조선의 독자, 작품의 취재 대상 등과 같은 다양한 기준이 검토될 수 있게 된 것은 주목할 만한 일이다.

조선문학 규정문제는 1935년에 이르면 당시 문단의 화제로 자리를 잡게 되며,[34] 『사해공론』 창간호에서는 조선문학의 개념을 묻는 기획을 마련한다.[35] 1936년 『삼천리』에서는 조선인 작가의 해외진출 문제를 두 가지의 방향에서 검토하게 되는데, 하나는 조선문학이 세계문학의 수준에 이르렀는가를 묻는 것이었고, 다른 하나는 조선문학의 개념 규정을 어떻게 해야 할 것인가를 논의하는 것이었다.[36]

년 그가 조선에 방문했을 때 국내의 사회주의 단체들이 합동강연을 요청할 정도로 커다란 환영을 받았다. 그의 『汝等の背後より』는 1926년 이익상의 번역으로 문예운동사에서 출간된 바 있다. 「思想大講演會 – 시내 네 사상단체에서 일본 사회주의자 中西伊之助氏와 奧무메오氏를 초빙하야」, 『동아일보』, 1925.8.13; 「신간서평」, 『동아일보』, 1926. 9.17 참조.

34 「조선문학은?」, 『동아일보』, 1935.1.27. "A, 「조선문학은 조선말로 씨여진 것이라야 한다」 B, 「그러면 영어로 씨여진 姜龍訖의 諸作, 일어로 씨여진 張赫宙의 諸作은 조선문학이 아니란 말인가」 A, 「물론 그러타. 그러고 외국인의 손으로라도 그것이 조선말로 씨여 젓으면 조선문학이다」 B, 「그러면 그것은 그러타 하고 한문으로 씨여진 우리 先人의 詩文도 다 조선문학이 아니라 할 것인가」 A, 「그것도 섭섭하지만 우리 문학이라 할 수는 없다 선인의 作中에서도 우리말로 씨여진 鄕歌나 時調만이 우리 문학인 것이다」 B, 「어쩨 그럴 듯도 하면서 또 그러치 얀흔 듯도 하이 우리 선인의 漢詩 漢文까지 모두 우리 것이 아니라 하자니 「내 것」을 남 주는 것 같은 아까운 생각이 나네」 A, 「그러면 姜張 兩氏의 諸作도 우리 것이 아니라 하기는 아깝단 말이지」 B, 「물론 그러타」 C, 「자네들의 이론이 다 그럴 듯하면서도 정곡을 얻지 못했네. 나는 이러케 생각하네 – 조선문학은 조선인을 대상으로 하고 씨여저 대다수 조선인에게 감상된 것 또는 되는 것이라야 한다. 그러므로 우리 선인의 한시 한문은 다 조선문학에 內包되는 것이오 姜張 兩氏의 日英語 諸作은 섭섭하나마 다 조선문학에 내포시킬 수 없는 것이다」 이것은 최근 어느 문인회합에서 주고받긴 談片."(행갈이 조정은 인용자의 것)

35 이광수, 「朝鮮文學의 槪念」, 『사해공론』 1, 1935.5; 정원석, 「朝鮮文學의 對한 管見」, 『사해공론』 1, 1935.5.

36 「朝鮮文學의 世界的 水準觀」, 『삼천리』 8권 4호, 1936.4; 「『朝鮮文學』의 定義 이러케

대체로 정설定說대로 쫏는다면 조선문학朝鮮文學이 되자면 의례依例히

A, 조선朝鮮「글」로 B, 조선朝鮮「사람」이 C, 조선朝鮮 사람에게 「읽히우기」

위하야 쓴 것만이 완전한 조선문학朝鮮文學이 될 것이외다. 그러타면 역설逆說

몃 가지를 들어 보겟습니다.

A, 박연암朴燕岩의 「열하일기熱河日記」 일연선사一然禪師의 「삼국유사三國遺事」 등

등은 그 씨운 문자가 한문이니까 조선문학朝鮮文學이 아닐가요? 또 인도印度 타

―골은 「신월新月, 끼탄자리」 등을 영문英文으로 발표했고 「씽그, 그레고리, 이

에츠」도 그 작품을 영문英文으로 발표했건만 타―골의 문학은 인도印度문학으

로, 이에츠의 문학은 애란愛蘭문학으로 보는듯 합데다. 이러한 경우에 문학과

문자의 규정을 엇더케 지어야 올켓습니까.

B. 작가가 「조선朝鮮 사람」에게 꼭 한限하여야 한다면 중서이지조中西伊之助의

조선인朝鮮人의 사상 감정을 기조基調로 하여 쓴 「汝等の背后より」라든지 그 밧

게 이러한 류類의 문학은 더 일고一顧할것 업시 「조선문학朝鮮文學」에서 제거除去

하여야 올켓습니까.

C. 조선朝鮮 사람에게 「읽히우기」 위하야 써야 한다면 장혁주張赫宙씨가 동경

문단東京文壇에 루루屢屢 발표發表하는 그 작품과 영미인英米人에게 읽히우기를 주

안主眼삼고 쓴 강룡흘姜龍訖씨의 「초가草家집」 등은 모도 조선문학朝鮮文學이 아님

니까, 그러타면 또 조선朝鮮 사람에게 읽히우기 위하야, 조선朝鮮 글로 훌융히

씨워진 저 「구운몽九雲夢」 「사씨남정기謝氏南征記」 등은 조선문학朝鮮文學이라고 볼

것임니까.[37]

規定하려 한다!」, 『삼천리』 8권 8호, 1936.8.

37 위의 글, 82면.

이 설문은, 푸코의 용어로 말하자면, 사건으로서의 언설이라고 할 만하다. 그동안 『삼천리』에서 시행된 설문이라는 점 때문에 중요하게 다루어지지 않은 것이 사실이다. 하지만 임화가 「신문학사의 방법」에서, 박영희가 「현대문학사」의 앞머리에서, 이병기가 『국문학전사』의 기존 견해 검토 부분에서 다시 논의를 했을 정도로, 『삼천리』의 설문은 하나의 '사건'으로 내면화되어 있는 양상을 보인다. 이러한 사실은 『삼천리』의 앙케트가 조선문학의 개념을 묻는 본격적인 첫 자리였으며, 이전까지 자명했던 조선문학의 개념과 범위가 갑자기 불확정적인 것으로 표상되었던 역사적 지점을 보여준다. 『삼천리』는 1930년 이래로 새롭게 출현한 특이한 문학현상들을 분류하고, 기존의 암묵적인 조선문학 개념과 서로 대립시키고, 그러면서도 조선문학과의 인척관계를 암시하는 방식으로 설문을 구성하고 있다. 『삼천리』의 설문은, 비록 저널리즘적인 감각에 의해 구성된 것이기는 하지만, 그동안 조선문학을 둘러싸고 있던 암묵적인 전제들을 가시성의 영역으로 끌어올려 전경화하는 효과를 거두고 있다.

설문에 응한 사람은 이광수, 박영희, 염상섭, 김광섭, 장혁주, 서항석, 이헌구, 이병기, 박종화, 임화, 김억, 이태준 등 모두 12명이다. 전반적으로 보자면, 작가의 개성을 중요하게 여긴 염상섭을 제외하고는, 대부분 장혁주·강용흘의 작품도, 나카니시 이노스케의 작품도 조선문학의 범주로 인정하지 않는다. 장혁주도 "조선朝鮮 글로, 조선朝鮮 사람이, 조선朝鮮 사람을 글인 문학을 조선朝鮮 사람에게 읽히기 위해 쓴 것이 정당한 「조선문학朝鮮文學」"[38]이라면서, 자신의 일부 작품 역시 조선문학에 넣을 수 없

---

38 위의 글, 86면.

다는 답변을 제시한다. 다만 『열하일기』와 『사씨남정기』와 같은 한문고 전에 대해서는 속문주의와 속인주의의 관점에 따라 의견들이 엇갈리고 있을 따름이다.[39]

흥미로운 점은 조윤제나 김태준과 같은 경성제대 출신의 문학연구자 들은 호명되지 않고, 문단과 저널리즘에 기반해서 활동하고 있는 문학인 들만 참여했다는 사실이다. 조선문학을 규정한다는 것은 제한의 심급을 마련한다는 것이다. 조선문학을 규정하는 문제에 있어서 제한의 심급들 은 현장에서 직접 문학을 담당하는 문학인들로부터 주어진다는 무의식 이, 『삼천리』의 설문에 작동하고 있었던 것이다. 이러한 양상은 경성제대 조선문학부의 한국인 강사가 문학을 모르니 내가 가르쳐주겠다며 나섰던 이광수의 도발적인 모습이 가능했던 사회문화적 맥락과 닿아있는 대목이 기도 하다.

조선문학 규정문제에 대한 다양한 응답들의 저변에는 식민지 출신의 노벨문학상 수상자들에 대한 당대의 감각이 가로 놓여 있다. 식민지 시대 의 문학인들에게 세계문학의 지평을 감각적인 차원에서 제공해 준 것이 노벨문학상이(며 현재까지도 그 영향력이 남아있다)라는 사실을 감안한다면, 식민지 출신의 노벨문학상 수상 작가들의 국적과 문학어 사이의 불일치 는 문제적인 지점으로 인식될 수밖에 없었다. 여러 답변들에서 헨리크 시 엔키에비치1905년 수상, 라빈드라나트 타고르1913년 수상, 윌리엄 버틀러 예이

---

39 한문학을 조선문학으로 인정할 수 있는가 하는 문제는, 1930년대 후반의 고전론 및 고 전 출간 등과 관련되면서 '한문고전시비' 등의 제목으로 1940년까지 그 논의가 이어진 다. 『문장』의 「신춘좌담회─문학의 제문제」(1940.1)에서 이원조와 임화는 "眼點을 문 학이라는 大局에 둔다면 물론 조선문학이라 할 수 있"(188면)다는 입장이고, 김기림과 양주동은 한문학 및 한문고전에 대해서 회의적인 태도를 보인다.

츠[1923]년 수상 등이 거론되고 있는데, 영국과 독립 투쟁을 벌이고 있던 아일랜드와 영국의 식민지 상태에 놓여 있었던 인도의 경우는 특별히 참조의 대상이 될 수밖에 없었다. 그런 의미에서 예이츠나 타고르의 경우는 축복이면서 동시에 불길한 조짐이기도 했다. 식민지배의 결과 모어母語와 문학어가 분리되는 현상이 구조화될 것이라는 불길한 예감이 한쪽에 마련되어 있었다면, 제국의 언어로 문학어를 삼게 될 경우 세계문학의 영역에 진입할 수 있을지도 모른다는 막연한 기대감이 다른 한쪽에 자리를 잡고 있었던 것이다.[40]

현재에 잇어서「조선朝鮮 글」이라하면「가나다라」를 지칭指稱하는 것이다 함에 이의異議를 휘揮할 사람이 없을 것이다. 그러나 과거 천년 또는 이 천년 전에도「가나다라」가 조선朝鮮 글 이엇느냐 하면 누구나 아니라 할 것이다. 또 미래 천년 또는 이 천년 후에도「가나다라」가 조선朝鮮글 일 것이냐 하면 아마 보증保證할 사람이 없을 것이다. 섭섭하게도 현재의 우리는 이 예측豫測을 더욱 어렵게 하는 사정하事情下에 처하여 잇는 것이다. 혹은 조선朝鮮 말의 연원淵源이 오랜 것과 또 그 생명의 길 것을 말하는 사람이 잇으리라. 그러나 오늘날과 같이 언言과 문文이 일치한 때를 과거 어느 적에 우리가 가젓으며 미래 언제까지나 우리가 가질 것이냐. …… 만일 우리가 금후今後 몇 세기를 지난 뒤에 우리의 통용문자가 모어母語와 일치하지 안는 시대가 온다면(물론 우리

---

40 「『朝鮮文學』의 定義 이러케 規定하려 한다!」, 『삼천리』 8권 8호, 1936.8, 88면. "英文으로 발표한 타고르의「新月」,「끼탄자리」가 인도문학으로, 또 英文으로 발표된 예이츠의 작품이 愛蘭 문학으로 인정되는 것은 오늘날 인도나 愛蘭이 그 不運 때문에 교육, 출판 모든 방면에 잇어 영어를 母語보다 더 廣範圍로 사용하게 되어 잇으므로 해서 문학표현용으로 英文을 쓰게 되어가지고 잇다는 사실을 念頭에 두고 보면 곧 수긍될 일이다."

는 모어母語의 순수성純粹性의 보지保持와 및 모어母語와 통용문자와의 일치를 위하야 적극적으로 노력하여야 하겠지만) 그때에 이른바 조선朝鮮 글이라는 것은 또 어떠한 문자가 될는지 모를 것이다. 세계공통어에 ○○한 문자가 될넌가, 또는 장혁주張赫宙씨의 제작諸作이나 강용흘姜鏞訖씨의 제작諸作이 그 시대의 통용문자와 같은 문자를 사용 하엿든 관계로 조선문학朝鮮文學에 편입編入되는 때가 올넌가.[41]

12명의 응답자들 가운데 서항석의 답변은, 문학어로서 조선어의 위상에 대한 논의를 제시하고 있어서 주목의 대상이다. 서항석에 의하면, 조선문학 정의 문제의 저변에는 조선어와 관련된 위기의식 또는 조선어문의 운명에 대한 불안이 가로 놓여 있다. 교육과정에서 조선어 수업이 제외되면서 조선어와 관련된 위기의식이 심화되고 있었고, 1930년대 후반의 억압적인 정치현실 속에서 조선어의 미래를 장담하기 어려운 상황이었다. 과연 문학어로서의 조선어의 위치는 안정적인가. 일상어로는 조선어를 사용하겠지만, 문학어로서는 조선어가 아닌 다른 언어를 사용할 가능성은 없는가. 조선의 근대문학이 어문일치를 만들었고 어문일치에 근거해서 정체성을 유지해 왔다면, 이제 어문분리 또는 일상어와 문학어가 분리되는 이중의 언어생활에 대한 가능성을 예견하고 있는 것이다. 1936년의 조선문학 규정문제는, 문학어와 일상어의 분리가능성과 내밀하게 대응하고 있었던 것이다.

---

41 위의 글, 88면.

6. 조선문학전사全史의 구상과 신문학사의 위상—임화

카프의 해산이 가시화되었던 1935년, 임화는 당시의 비평적 화두였던 조선문학 또는 조선적인 것에 대해 비판적으로 고찰한 바 있다.

'조선문학'이란 말이나 '조선적'이란 개념적 용어가 금일과 같이 여러 작가의 입으로부터 제종의 문학평론 상에 나나[나타의 오식—인용자]났던 것을 과연 우리는 우리나라의 신문학 성립 이후 어느 시대에 보았을까?[42]

임화의 지적은 정확하다. 1930년대 중반에 이르러 '조선문학'은 문학 담론의 대상으로, 달리 말하면 문학의 자기관찰적 대상으로 자리를 잡은 것이다. 카프의 서기장이었던 임화의 관점에서 보자면, 조선문학이나 조선적인 것에 대한 논의는 계급의 차원을 몰각하거나 은폐하려는 시도에 불과했고, 또한 30년이라는 짧은 기간에 이기영의 『고향』에까지 도달한 신문학의 수준을 「흥부놀부전」의 수준으로 되돌리려는 퇴행적 복고주의로 보였다. 민족은 계급적 현실을 은폐하는 이데올로기였고, 조선은 퇴행적 복고주의에 대한 사회문화적 승인을 유표화하는 기호였다. 조선과 민족은 카프 해산 이후의 임화가 가장 경계해야 했고 적극적으로 비판해야 하는 대상이었다. 임화로서는 역사가 계급적인 현실에 내재한 모순을 극복하며 변증법적으로 발전한다는 믿음을 내려놓을 수 없었던 것이다. 『삼천리』의 설문에 대한 임화의 답변 역시 이와 같은 기본적인 입장에

---

42 임화, 「역사적 반성에의 요망」, 임규찬 편, 『문학사』(임화문학예술전집 2), 소명출판, 2009, 348면.

근거한 것이었다. 그 직후에 자신의 답변이 계급적인 기반에 확고하지 못했음을 스스로 비판한 것 또한 이러한 측면에서 이해될 일이다.[43]

임화의 신문학사는 바로 이 지점에 놓인 것이다. 그의 문학사에 대한 요구가 카프 해산 이후 역사적 방향성을 객관적으로 인식하고자 하는 의도에서 고안되었으며 30년의 역사를 갖게 된 조선 신문학의 변증법적 운동을 역사의 차원에서 확인하고자 한 시도였다는 것은 널리 알려져 있다. 신문학사를 경험이나 회고의 차원이 아니라 과학적인 방법사적 유물론을 통해서 역사적 구성물로서 제시하는 것이 목적이었다. 따라서 무엇보다도 조선이라는 말이 지칭하는 복고적인 차원과 신문학이 열어 놓았던 발전적 차원을 역사적으로 구분하고 단절의 지점을 마련할 필요가 있었다. "조선의 신문학은 서양 근대문학의 이식이다"라는 악명 높은 테제가 제시된 맥락도 이러한 지점에서 이해될 수 있다. 이식문학론 테제에 대해서는 다양하면서도 포괄적인 접근이 필요하겠지만, 한 가지 분명한 사실은 역사의 퇴행 또는 역사의 역류를 선제적으로 방지하고자 하는 무의식이 반영되어 있다는 점이다. 일반적으로 이식문학론은 전통 단절론 또는 자생적 근대화 부정론 등의 측면에서 이해되곤 한다. 하지만 이식문학론은 신문학의 역사적 불연속단절과 연속의 공존을 유표화하는 기호로 이해될 수 있는 측면이 많다. 적어도 이식문학론이 조선의 문학적 전통과의 변증법적 교섭 자체를 부정하고 있는 것은 아니다. 이러한 해석을 뒷받침하는 것이 일반 조선문학전사全史에 대한 임화의 견해이다.

---

43 『삼천리』의 설문에 대한 답변 이후 임화의 자기반성에 대해서는 와타나베 나오키(渡邊直紀), 「'조선문학'이란 무엇인가—1930년대 중·후반의 임화의 견해를 중심으로」, 『중한인문학연구』 9, 2002 참조.

1935년부터 씌어진 『개설 신문학사』에서도, 그리고 1940년에 씌어진 「신문학사의 방법」에서도, 임화는 조선문학의 개념 규정문제를 매우 중요하게 다루고 있다. 임화는 신문학사의 대상을 확정짓는 문제와 당시에 논의되던 조선 문학의 개념 규정문제를 하나의 동일한 지평에 놓고 사고하고 있었다. 1936년 『삼천리』의 설문 이후 조선문학의 개념에 대한 논의가 어떠한 양상으로 반복 및 전개되고 있는지에 대해서 매우 자세하게 파악하고 있었다.[44]

　　이 문제[신문학사와 그 이전의 조선문학과의 관계를 규명하는 일 — 인용자]를 취급함에 있어 또한 당연히 상정되는 것은 신문학사 이전의 조선문학에 대한 평가의 문제다. 즉 그것도 조선문학이라고 볼 수 있느냐 하는 것이다.[45]

　　신문학사 서술을 목표로 하는 임화의 입장에서 보자면, 조선문학 정의 문제에서 가장 골치 아픈 문제인 한문학에 대해서 굳이 거론하지 않아도 상관이 없었다. 그럼에도 불구하고 임화는 문학사의 '대상'을 확정하는 자리에서 한문학의 문제를 다루고 있으며 한문학이 조선문학의 범주 안으로 들어와야 한다는 입장을 밝히고 있다. 그 이유는 다음과 같다. ① 문학사의 단절 : "이두문학과 언문문학만을 연결하여 조선문학사를 생각한다면

44　임화, 「신문학사의 방법」, 신두원 편, 『문학의 논리』(임화문학예술전집 3), 소명출판, 2009, 647면. "신문학 연구가 자기의 대상을 명확히 하는 데 있어 처리하지 아니하면 아니 될 문제는 일반으로 무엇이 조선문학이냐 하는 문제다. 연전 모 잡지가 이러한 질문을 각 방면의 문학자에게 발하여 회답을 받은 일이 있고 춘원이 구인회 강좌를 비롯하여 1~2 처에 조선문학관을 발표한 일이 있다. 가까이는 『문장』 신년호 좌담회에서도 한문문학을 조선문학사에 편입할 것이냐 여부를 문제삼은 일이 있어, 이 문제는 기회 있을 적마다 되풀이 되고 있다."

45　임화, 「개설 신문학사」, 『문학사』(임화문학예술전집 2), 19면.

우리는 약 천년에 궁亘하여 조선인이 영위한 문학적 작품을 자기의 역사로 부터 포기해야 한다. 이 결과 문학사는 거의 중단되다시피 한다."[46] ② 신문학과 이전 문학과의 교섭 : "신문학사의 대상 가운데는 물론 직접적으로 한문문학이 들어가지는 않는다. 그렇지만 신문학과 그 전의 문학과의 접촉을 연구하고 나아가서는 그 정신적 또는 형태적 교섭을 천명함에 있어 한문문학은 초대의 언문문학과 더불어 신문학사와 곧 연결된다."[47]

임화는 「개설 신문학사」에서 조선문학의 전체 역사 속에서 신문학사가 차지하게 될 위상을 분명하게 제시하고 있다. 일반 조선문학 전사全史의 구도 속에서 신문학사의 시대는 한문학과 언문문학이 병존했던 시대와 변증법적으로 상호 관련된다. 이러한 생각은 신문학의 안테테제로 한문학을 생각했던 김태준의 입장을 연상하게 한다.

조선문학 전사全史의 범위와 내용을 규정하는 마당에선 불가불 '언어 즉 문학'의 공식은 약간 개변될 필요가 있다. 단적으로 말하면 조선문학 전사는 향가로부터 시조, 언문소설, 가사, 창곡에 이르는 조선어문학사를 중심으로 하여 강수, 김대문, 최치원으로부터, 강추금, 황매천, 김창강 등에 이르는 한문학사와 우리 신문학사를 첨가한 삼위일체일 것이다. 그렇지 않으면 조선반도에서는 수천 년간의 역사를 가진 한 겨레의 문화로서의 문학의 역사는 기대할 수 없다.

따라서 신문학사와 일반 조선문학의 전사와의 관계는

---

46 임화, 「신문학사의 방법」, 648면.
47 위의 글, 649면.

라는 도식으로 표현할 수 있다.

　말하자면 신문학사는 신문학의 선행하는 두 가지 표현 형식을 가진 조선인
의 문학 생활의 역사의 종합이요 지양이다. 그런 의미에서 신문학사는 일반
조선문학 전사 가운데 최근의 일 시대로서 씌어져 무방한 것이다.[48]

　임화가 위와 같은 도식을 제시하며 신문학사의 위상을 마련한 데에는,
여러 가지 이유가 있겠지만, 다른 무엇보다 「개설 신문학사」를 집필하던
시기가 여러 문학사 서술들이 집중적으로 간행되던 시기와 겹친다는 사실
과 무관하지 않다. 김태준의 『조선소설사』와 『조선한문학사』, 조윤제의
『조선시가사강』, 김재철의 『조선연극사』, 양주동의 『여요전주』 등이 속
속 발표되고 있었다.[49] 그뿐 아니라 도남의 『교주 춘향전』박문서관, 1939, 김
태준의 『원본 춘향전』학예사, 1939, 이희승의 『역대조선문학정화』인문사, 1938
등 고전문학 작품들이 출간되고 있었으며, 한국문학전집이 기획되어 출간
되고 있는 상황이었다.[50] 임화는 자신의 신문학사와 여러 고전문학사 저
술들이 변증법적으로 교섭하며 조선문학전사를 축조하는 모습을 머릿속

48　임화, 「개설 신문학사」, 20~21면.
49　임화는 자신이 주관하던 학예사에서 김태준의 『조선소설사』를 다시 펴내기도 했다. 학
　　　예사를 중심으로 한 임화와 김태준의 관계에 대해서는 방민호, 「임화와 학예사」, 『상허
　　　학보』 26, 2009; 장문석, 「전형기 임화와 조선의 발견」, 서울대 석사논문, 2009 참조.
50　『朝鮮文學全集』(中央印書館, 1936), 『現代朝鮮文學全集』(조선일보사, 1938) 등을 대
　　　표적인 예로 들 수 있다.

에 그리고 있었는지도 모른다. 그렇다면 이식문학론에 대한 주장은 조선소설사나 조선한문학사에 대한 부정이라기보다는, 신문학사의 특수성과 일반성을 함축하기 위한 메타포로 이해하는 것이 타당할 것으로 보인다.

7. '조선문학=한글문학'의 재확인—해방공간

1946년 2월에 있었던 조선문학자대회의 기조연설에서 임화는 1930년대의 조선문학에 대해 다음과 같이 말한 바 있다.

조선의 문학은 일제히 공포와 위협과 가속화하는 박해의 와중으로 몰려들어가면서 대략 다음의 세 가지 지점에서 공동전선을 전개하는 태세를 갖추었다.

첫째 조선어를 지킬 것.

둘째 예술성을 옹호할 것.

셋째 합리정신을 주축으로 할 것.

조선어의 수호는 우리나라의 작가가 조선어로 자기의 사상, 감정을 표현할 자유가 위험에 빈瀕하고 있었던 것이 당시의 추세였을 뿐만 아니라 모어의 수호를 통하여 민족문학 유지의 유일한 방편을 삼고 있었기 때문이다.[51]

해방공간의 정치적 과제가 나라 만들기에 있었고 문학의 과제가 민족

---

51 임화, 「조선 민족문화 건설의 기본과제에 관한 일반보고」, 『건설기의 조선문학』, 조선문학가동맹, 1946; 하정일 편, 『평론』 2(임화문학예술전집 5), 소명출판, 2009, 422~423면.

문학의 건설에 있었음은 주지의 사실이다. 임화의 연설은, 과연 식민지 시대의 문학이 해방을 맞이하여 나라 만들기에 걸맞은 민족문학을 수립할 정당성이 있는가라는 물음에 대한 답변이라고 보아도 크게 틀리지 않을 것이다. 식민지시기에 조선문학은 무엇을 했던가. 예술성의 옹호는 비정치성을 통한 정치성의 실천, 즉 일제의 선전문학이 되기를 거부하는 수단이었다. 합리정신은 파시즘의 비합리주의에 맞서서 비평정신을 옹호하는 근거였다. 하지만 민족문학의 건설과 관련지을 때 가장 중요한 대목은 문학을 통해서 조선어를 옹호했다는 점에 있다. 이 대목은 해방공간에서 조선어(의 옹호)가 어떠한 의미를 지니고 있었는지를 잘 보여준다. 정치적 이념에 따라, 계급과 민족 중 어디에 준거하는가에 따라, 민족문학의 구상은 다를 수 있겠지만, 민족문학이 조선어에 근거해야 한다는 것은 불변의 조건에 해당하는 것이었다.[52] 민족문학은 한글문학이고 국문문학이다.

조선사람이 지은 영문이나 영시가 우리 문학이 못 되듯이 아무리 조선사람의 작이라도 한문학이나 한시는 국문학이라고는 말할 수 없을 것이다. 이같이 국어로 표현된다는 것은 국문학에 있어서 필수의 조건이 된다.[53]

경성제대 조선문학부 출신들과 서울대학교 사범대학교 교수진들이 대거 포진한 우리어문학회는, 교재로 펴낸 『국문학사』와 『국문학개론』에

---

52 1946년 10월 9일은 한글 반포 500주년 기념일이었다. 이 해의 한글날은 공식적인 공휴일로 지정되었고, 조선어학회와 진단학회가 중심이 되어 덕수궁에서 다양한 기념행사를 벌였다. 「한글 반포 500년 기념, 거족적으로 성대 축하」, 『자유신문』, 1946.10.6.
53 우리어문학회, 『국문학사』, 수로사, 1948; 정병욱, 「국문학의 개념규정을 위한 제언」, 『국문학산고』, 신구문화사, 1959, 17~18면에서 재인용.

서 한글 창제를 가장 중요한 문화사적인 사건으로 파악하고 국문학은 국문으로 씌어져야 한다는 주장을 제시한 바 있다.[54] 또한 우리어문학회 회원은 아니지만, 김사엽은 『조선문학사』1950에서 "아무리 조선인다운 감정의 표현이며 문맥일지라도 한문으로만 쓰여진 것을 가지고 우리 문학이라고 말할 수 없으니 오늘날 남아있는 산적한 문집 잡서 등 한문으로 기록된 것 따위는 우리 문학 울타리 넘어 쓰레기통에 버려야 할 무용지물들이다"[55]라고까지 말하고 있다.

하지만 한문학의 특수성과 관련된 문제는 여전히 해결되지 않은 채로 남아 있었다. 고정옥과 박영희의 논의에서 살펴 볼 수 있듯이, 조선문학=한글문학이라는 원칙에 적극적으로 동의하면서도 이원론적인 구상을 위한 여지를 마련하는 입장들이 조심스럽게 제기되고 있다.

조선문학은 조선민족의 생활이 조선말로 조선사람의 손에 의해서 기록된 문학이다. 이 기본조건에 벗어난 그 밖의 모든 문학은, 조선문학의 외곽을 다채롭게 장식하는 역할을 하고 조선문학의 폭을 넓히는 사명은 걸머질지 모르나 엄정한 의미의 조선문학은 아니다. (…중략…)

근본적으로는 의연히 언어란 문학에 있어서 생명의 핵심이다. 유럽에서처럼 외국에의 이주, 외국에서의 활동이 자유자재한 나라들에서는, 더구나 문학의 궁극의 국가적 단위는 언어에 의지할 수밖에 없으니, 언어야말로 문학의 종족을 규정짓는 표준이 될 것이다.[56]

---

54   우리문학회에는 정학모·정형용·손낙범·방종현·김형규·구자균·고정옥 등이 참여했다. 우리어문학회의 성립과 활동에 대해서는 김형규, 「'우리어문학회' 그리고 개정된 '한글 맞춤법'에 대하여」, 『국어학』 2, 1991, 3~11면 참조.
55   김사엽, 『조선문학사』, 정음사, 1950; 정병욱, 위의 글, 18면에서 재인용.

『조선민요연구』1949에서 고정욱은 조선문학의 개념을 "조선민족의 생활이 조선말로 조선사람의 손에 의해서 기록된 문학"으로 규정한다. 따라서 조선사람이 남겨 놓은 한문학, 외국인의 조선에 대한 기록, 조선사람이 외국어로 쓴 작품 등은 조선문학의 범주에 들어오지 않는다. 다만 한문학의 경우 조선인의 문학적 재능을 확인하는 증거로 사용되거나 조선 문학작품의 성립 과정을 연구하기 위한 학문적 연구를 위한 자료로서는 충분한 가치를 인정할 수 있다는 것이다.

이러한 사정은 박영희의 『현대문학사』1948/1958에서도 확인된다.[57] 박영희는 조선문학의 개념 및 범위 규정문제와 관련해서 『삼천리』의 1936년 집단 설문을 중요하게 인용하고 있으며, 춘원·염상섭·이병기·박종화·김태준·문일평 등의 견해를 폭넓게 고찰한다. 그는 조선어문과 조선민족이라는 두 가지의 기준, 달리 말하면 속문주의와 속인주의를 동시에 적용해서 한국문학의 범위를 규정하고자 한다. "한국문학이라고 하면 원칙적으로 한국사람이 한국말과 글로 표현한 작품을 뜻할 것이다."[58] 박영희는 '순수한 한국문학'과 '광범한 한국문학'으로 나눌 것을 제안하면서, 고유문자가 없던 시기의 한문학과 한국사람이 외국어로 쓴 작품을 광범한 한국문학에 넣고 있다.

---

56 고정욱, 『조선민요연구』, 동문선, 1998, 53면.
57 이 글은 회월이 해방공간에 출간하려던 원고인데 사정이 있어서 출판을 하지 못하고 출판인 김진구(金振求)의 수중에 있다가 백철에게 전달되었다. 전광용의 노력으로 『사상계』에 지면을 얻었다. 백철은 이 글이 쓰여진 시기가 "1948년 중간에서 그 全篇이 끝났던 것으로 알고 있다"며 회월의 문학사에 대해서 그 집필시기를 밝히고 있다. 백철, 「회월의 문학사가 발표되는 데 앞서서」, 『사상계』 57, 1958.4, 1면.
58 박영희, 「현대문학사」, 『사상계』 57, 1958.4, 5면.

현대 한국문학은 한국어문으로 쓴 데 限한다. 그러나 한국문학을 역사적으로 이해함에는 그 시대적 환경을 이해해야 할지니, 한국의 글이 없었을 때의 한문학은 한국인의 저서에 한하여 시인되어야 할 것이다. 따라서 한국문학사에는 선사에는 한문학부를 설치함도 타당하니, 이것을 순수에 대한 광범廣泛한 한국문학이라고도 할 수 있다. 그러나 한국문학에는 그 내용에 반드시 한국 민족의 정신, 한국민족의 특이성이 표현되어야 하겠다. 외국문학이 한국말로 번역되었다고 한국문학이 아니며, 한국사람이 외국어로 표현하였다고 곧 외국문학이 되지 않는 것은 한국적인 특이성이 있는 까닭이다.[59]

8. 표기문자의 균질성과 한문학의 전면적 수용—정병욱

1950년대에 접어들면 한국문학 개념 및 범위의 규정은 문단의 차원에서 대학의 차원으로 그 무게중심이 옮겨가는, 일종의 역전현상을 보인다. 단순히 개념을 규정하는 수준이 아니라 문학사의 맥락에서 한국문학의 개념과 범위를 다루는 것이 실증적인 근거를 갖기 때문이며, 그러기 위해서는 대학을 중심으로 하는 연구자들의 논의가 중요해 질 수밖에 없었다. 또한 한국문학의 개념과 범위에 대한 논의는 고전문학 영역으로 무게중심이 이동하는 현상을 보이게 되는데, 이는 대학에서 현대문학의 위상이 고전문학에 비할 때 상대적으로 불안정했기 때문이기도 하다. 식민지 시대에 경성제대를 중심으로 축적된 학문적 역량이 고전문학 영역에 집중

---

[59] 위의 글, 8~9면.

되었을 뿐만 아니라, 해방 이후의 대학에서 고전문학은 학문적·제도적 안정성을 확보하고 있었다.

한국전쟁 중에 발표된 정병욱의 논문 「국문학의 개념규정을 위한 제언」1952은 식민지 시대에 논의되었던 한문학의 국문학 포함 문제를 다시 거론하고 있는 글이다.[60] 앞에서도 살핀 것처럼 한문학 문제는 한문학＝중국문학이라는 이광수의 견해, 한문학에 서자의 지위를 부여하자는 조윤제의 견해, 한문학은 역사적으로 봉인하고 중국의 백화문학과의 교섭을 확대해야 한다는 김태준의 견해 등 다양한 양상을 보였다. 이 가운데 한문학에 대해 가장 옹호하는 입장을 취했던 사람은 조윤제였고, 그의 선별적 절충론은 한글의 중요성을 전폭적으로 승인했던 해방공간에서 한문학을 옹호하는 논리로 참조되었다. 한문학 옹호론은, 국문문학이 국문학의 본령이라는 입장을 유지하면서, 필요에 따라 한문문학을 부수적으로 포괄할 근거를 제공해 주었다. 선별적 절충론에 근거할 때, 한문학은 광의의 국문학에 속하게 되며, 문학적 기준이나 민족적 가치에 따라 차등을 두어 처리될 수 있었다.[61] 여기에 비하면 정병욱의 논의는 한문학을 있는 그대로 국문학에 포함시켜야 한다는 주장을 담고 있다. 그의 논의는 한국전쟁 이후에 한문학과 국문학의 관계를 재규정하는 데 있어 매우 중요한 역할을 담당했다.

정병욱의 글은 대단히 논리적이다. 제목에서 뚜렷하게 제시하고 있듯이 '국문학의 개념 규정'을 목표로 삼고 있다. 그는 먼저 이광수의 조선문

60 　정병욱, 「국문학의 개념규정을 위한 제언」, 『국문학산고』, 신구문화사, 1959. 이 글은 1952년 8월 『자유세계』에 발표된 것이다.
61 　김흥규, 황패강 외, 「한국문학의 범위」, 『한국문학연구입문』, 지식산업사, 1982, 12면.

학 규정한글문학=조선문학≠한문학이 해방 이후에 다양한 양상으로 부활하고 있음을 지적한다. 그가 비판을 위해 인용하고 있는 글들은 한글창제를 민족문학의 기원으로 제시한 우리어문학회의 『국문학사』1948와 『국문학개론』1949, 한문학은 쓰레기장에 버려야 한다고 주장한 김사엽의 『조선문학사』1950 등이다. 정병욱은 조선문학 규정한글문학=조선문학≠한문학이 한국문학사의 일반적인 원리로 적용될 때 생겨나는 난점들을 입증해 보인다. 예를 들면 고정옥은 한글문학만이 조선문학이라는 주장을 내세운 바 있는데, 『조선민요연구』1949에서 소설사를 제시하는 장면에 이르러서는 박지원의 한문소설들을 예외적으로 편입시킬 수밖에 없었다. 한글문학만이 조선문학이며 한문학은 조선문학에서 배제되어야 한다는 규정을 일률적으로 적용하여 문학사를 서술할 경우에는 필연적으로 논리적 모순에 처할 수밖에 없고 예외를 지속적으로 허용할 수밖에 없음을 지적한다. "국문학의 개념은 제가끔 특수성을 갖춘 역사상의 각기 시기의 시대성이란 기반을 토대로 하여 형성될 수 있다는 결론으로 도달할 수 있으리라고 본다."[62]

> 이에 국문학의 범위를 표기문자表記文字에 의하여 설정할진대,
> 첫째로 정음문학正音文學 즉 국어國語로 표기表記된 모든 문학적文學的인 재고財庫.
> 둘째로 차자문자借字文字 즉 훈민정음訓民正音 반포頒布 이전以前의 리독식吏讀式 문자文字에 의하여 전승傳承되어온 모든 문학적文學的인 유산遺産.
> 셋째로 한문문학漢文文學 즉 한문漢文을 통하여 이루어진 과거의 모든 문학적文學的인 노작勞作의 삼종三種으로 나눌 수 있겠다.

---

62 정병욱, 앞의 글, 26면.

이에 국문학의 개념을 한 마디로 표현하려면,

『국문학國文學이란 한국韓國사람의 생활生活을 역사상歷史上의 각기各其 시기時期에 있어서 그 시대적時代的 특수성特殊性에 상응相應하는 표현방법表現方法인 정음正音 · 차자借字 · 한문漢文을 통하여 형상적形相的으로 창조創造한 문학文學이다.』[63]

이러한 범위 설정은 그 동안 거의 절대적인 의미를 부여받았던 한글문학정음문학의 위상을 이두문학이나 한문문학과 대등한 수준으로 평균화 또는 상대화하고 있다는 점에서 주목의 대상이다. 이와 더불어 기존의 한글문학＝국문학＝민족문학의 주장에서 한글문학의 출발점을 세종대왕 한글 창제로 보았던 것과는 달리, 과거제를 폐지하고 국한문혼용체를 사용하도록 규정한 갑오경장 이후로 보아야 한다고 제언한다. 문학사의 맥락에서 볼 때 한글이 문학작품과 관련해서 중요한 의미를 띄는 것은 한글 창제 이후부터가 아니라 갑오경장 이후부터이기 때문이다. 그리고 갑오경장 이후의 근대문학에 대해서 "모든 것을 이 민족의식에 호소하고 그 기준을 또한 이 민족의식과 언문일치에 집중시켜야 할 단계"라고 그 역사적 성격을 규정한다. 이로부터 종전까지 한국문학의 정의와 범위를 논의하는 자리에서 거론되지 않았던 새로운 문제가 제기된다. 다름 아닌 친일문학의 문제이다.

그러므로 이 시기[갑오경장 이후의 근대문학─인용자]의 모든 문학적인 활동 가운데에서 반민족적인 의식이나 반민족적인 언어로써 영위된 것은

---

63   위의 글, 26~27면.

단호히 국문학의 권외에 방축放逐하여야 할 것이며 나아가서는 매국문학으로서 규정지어야 할 것이다. 따라서 과거에는 국문학의 일원일 수 있었던 한문문학도 이제 와서는 완전히 그 자격을 상실하게 될 것이고 꼭 같은 의미에서 일제말기의 부일문사들이 끄적거린 소위 국민문학이라는 것도 국문학일 수 없는 것은 물론이요 또한 영어로 쓴 「초당」을 비롯한 다른 어떠한 외국어로 쓴 작품도 비록 그것이 한국인이 한국인의 생활과 감정을 아무리 형상적으로 표현했다 할지라도 그것은 국문학일 수는 없는 것이다. 따라서 이 시기의 국문학이야말로 그 표기문자가 비로소 문제에 오를 수 있는 것이요 또한 비로소 그 기준이 될 수도 있는 것이다. 이런 관점에서 아무리 애국애족적인 내용일지라도 그것이 외국어로 제작된 이상 그것은 국문학일 수 없는 것이요 또한 아무리 국어로 기록된 작품일지라도 그 내용이 매국매족적인 것이면 그도 또한 국문학일 수 없는 것이다. 이것이 즉 근대문학의 지닌바 그 역사적인 특수성인 것이다.[64]

등가성의 논리에 근거한 정병욱의 논법은 대단히 정밀하다. 한문학이 표기 문자 선택에 있어 민족의식과 배치되기에 국문학의 영역에 들어올 수 없다면, 일제말의 부일문학 또는 국민문학 역시 국문학의 영역에 들어올 수 없다는 것이다. 또한 '민족의식과 언문일치'에 근거하는 근대문학에 비추어볼 때 외국어로 씌어졌거나 매국매족적인 내용의 작품은 국문학의 범위에서 제외해야 한다고 주장하고 있다. 정병욱의 논지는 한국문학의 범위에 역사적 특수성을 지닌 한문학은 편입되어야 하며[65] 근대

---

64 위의 글, 25~26면.
65 정병욱은 한문학의 역사적 특수성론에 근거하여 한문학을 국문학의 일원으로 인정할 것

문학 가운데 외국어일어로 씌어진 작품과 민족의식을 훼손한 문학은 배제되어야 한다는 주장으로 귀결된다. 정병욱의 이와 같은 지적은 그 논리 전개의 예리함과 함께 1940년대의 특수성일제 말기와 해방 공간에 대한 논리적 대응이라는 점에서 주목을 요한다.

9. 국문학의 두 가지 논리

한국전쟁 이후 1950년대의 한국문학사 서술은 한국문화의 고유한 과거를 보여주는 문서들의 보존 공간이라는 역할을 담당하거나, 민족문화의 동일성의 증거로서 활용될 수 있는 모든 텍스트들의 누적이라는 성격을 갖는다. 이병기와 백철의『국문학전사』가 문학적 문서들의 보존공간이라는 성격을 표방하고 있다면, 조윤제의『국문학개설』과『한국문학사』는 민족문화의 동일성을 확인하는 문학사에 가깝다고 할 것이다. 또한 두 문학사는 각각 국문학에 대한 두 가지의 중요한 이해 방식을 보여주고 있는데, 이병기와 백철이 국민국가에 기반하는 국문학을 말하고자 했다면, 조윤제는 국문학을 통해서 시원에 자리하고 있는 민족의 표상을 이해하고자 했다.

을 주장한다. 그 주장은 도남의 1929년의 주장과 연장선상에 놓여 있다. 한문의 위상은 유럽에서 라틴어 및 라틴어 문학이 차지하는 고전적인 위상과 등가이며, 근대 이전의 한자표기는 선택가능한 상황이 아니라 소여된 상황이라는 점이 강조된다. 또한 중국한문학과 구별되는 한국한문학의 특징으로, 한문을 사용하지만 그 음이 한국화된 음을 사용하며 현토에 이르면 반 한글문학에 육박하고 있다는 점을 제시하고 있다.

1) 근대 국민국가와 국민문학 – 이병기·백철의 『국문학전사』

이병기와 백철이 함께 저술한 『국문학전사』[1959]는 1950년대의 시대적 분위기를 대변하고 있는 문학사이다. 『국문학전사』는 일제시대부터 해방 이후까지 직접적으로 문학 활동을 해 온 현대문학 비평가와 고전문학 연구자의 만남이라는 점에서, 또한 두 사람의 문학사적 체험과 실증적인 자료수집에 토대를 두고 있다는 점에서, 그 상징성 자체가 결코 가벼운 것이 아니었다.[66] 물론 고전문학과 신문학근대문학의 기계적인 결합이라는 비판을 비켜가기가 쉽지는 않았겠지만, 한국전쟁 이후 한국문학 관련된 자료들이 산일되어 있는 상황에서 고전문학과 현대문학의 주요한 자료들을 담고 있는 책이라는 점에서도 의미가 각별하다.[67] 문학사 서술을 통한 한국문학 자료의 제시 및 공유가 『국문학전사』의 중요한 집필 동기 가운데 하나인 것이다.

『국문학전사』의 저자들은 한국문학의 개념 규정과 관련해서 토론과 합의의 과정을 거쳤음을 밝히고 있다. "국문학의 개념을 순수하게 규정하려고 할 때에 그것은 본질적으로 우리말과 우리민족의 글자에 의한 표현이어야 한다는 점에서는 완전히 일치되고 있는 것이다."(3) 여기에 다

---

66 이 점에 대해서는 백철이 책의 말미에서 스스로 밝혀 놓았다. "고전문학자와 현대문학인 이 협력하여 본격적인 국문학사를 저술한 것은 이번이 첫 번 사실이란 것이다." 이병기·백철, 『국문학전사』, 신구문화사, 1959, 555면.

67 위의 책, 9면. "완전한 의미로서의 본격적 국문학사의 체계화를 잠시 보류하고, 우선 자료의 광범한 소개에 그 중점을 두지 않을 수 없었음을 유감되이 생각한다. 그러나 사실상 우리의 문학사는 엄격한 의미로 보아 자료 정리의 단계를 아직도 넘어서지 못하고 있으며, 특히 6·25 동란을 계기로 우리가 얻은 하나의 교훈은 자칫하면 우리의 소중한 문화재가 편협한 장서가의 서고에 사장되었다가 회신(灰燼)될 위험을 많이 느꼈기 때문에, 우리의 문학사는 우선 미공개된 자료, 즉 역사적 문헌으로서의 작품의 소개에 우선적인 관심을 환기함으로써 엄정한 고전의 설정을 완수하여야 한다는 과제부터 해결시키고자 하는 데에 그 목적을 두어야 할 것으로 믿게 되었다."

시 두 가지의 기준을 설정하여 국문학의 개념과 위상을 설정하고 있는데, 첫 번째 기준은 근대국가와 국민이다.

> ①-1 국문학이란 국민문학인데 그것은 근대적 국가와 국민을 전제로 해서만 성립이 된다.[68]

> ①-2 국문학이란 그 국민의 감정 사상을 내용으로 삼은 조건과 함께, 그 형성에 있어서 반드시 그 국민어 그 글자로써 표현 형성하는 조건이 동반되어야 하는 것이다.[69]

'국문학=국민문학'이며 근대적 국가와 국민을 전제로 해서만 성립된다는 테제를 이처럼 선명하게 제시한 경우는 쉽게 찾아보기 어렵다. 따라서 『국문학전사』에서 국문학, 근대적 국민국가nation-state, 국민어라는 세 가지의 요건을 한국문학을 규정하는 요소로서 제시하고 있다. 서구의 역사적 경험에 비추어 볼 때 근대국가 형성기에는 중세적 특징인 세계어라틴어, 한문에서 국민어·지방어로의 대전환이 나타나며, 개인성·지방성·국민성이 발원하여 근대문학의 특징을 이룬다는 생각이 저변에 놓여 있는 것이다.

두 번째의 기준은 민족이다. 여기에 근거해서 국민문학과 민족문학의 동일성이 제시된다.

---

68 위의 책, 3면.
69 위의 책, 4면.

② 현대적 의미의 국가 개념은 차츰 그 민족과 그 국가에 일치하는 것이 아니지만, 그러나 우리나라의 경우에는 이 두 개는 잘 일치되는 개념이다. 국문학 즉 민족문학이요, 민족문학 즉 국민문학으로 된다고 본다.[70]

왜 국문학=민족문학인가. '국문학=국민문학'이라고 정의했을 때 근대 국민국가의 성립이 중요한 규정이 되기 때문에 근대 이전의 문학에 대해서는 논의를 할 수 없는 상황에 처하게 된다. 따라서 고전 연구의 부흥을 일으키고 전통을 추구하는 의미에서 국문학의 개념과 민족문학의 개념을 등치시키고 있는 것이다.

그렇다면 '국문학=국민문학=민족문학'을 내세운 『국문학전사』에서 한문학은 어떠한 위상을 점하게 되는 것일까. 한학에 조예가 깊은 가람 이병기가 참여한 문학사임에도 불구하고 한문학은 '별편別編'으로 처리되고 있다. 한문학은 "근대적인 국민 형성의 역사적인 조건"(5)과 어긋나기 때문이다. 국문학=국민문학=민족문학이라는 기본 조건에서 국문國文이나 국민國民은 언어 역사 문화 공동체인 민족이 아니라 근대적 국민국가에 근거해 있다. 백철과 이병기의 논의는 종전까지의 한문학 배제론과는 성격을 달리 한다. 한문학은 민족주의적인 근거한문은 조선의 문자가 아니다에 의해서 배제되지 않고, 근대 국민국가라는 역사적 조건에 의해서 주변화 된다. 그렇다면 이두문학과 한문문학은 어떻게 할 것인가. 한글 창제 이전의 이두문학은 "준準국문학적 자료"이고, 한문으로 민족의 사상과 감정을 표현한 경우에는 "국문학사의 보충자료"로 취급하겠다고 두 저자는 말한다.[71]

---

70 위의 책, 4~5면.
71 이러한 태도의 저변에는 문학사는 작품에 근거해야 한다는 방법론적인 원칙이 가로놓

2) 민족의 '생명선生命線'과 국문학사 서술의 대은 양상 - 조윤제의 『국문학개설』

조윤제가 집필한 『한국문학사』1963에서 제1장 제1절의 소제목은 '국문학사의 사명使命'이다. 국문학사 서술을 통해서 구현해 내어야 할 그 어떤 숭고한 가치가 있음을 문학사의 첫 머리에 제시해 두었던 것이다.

> 그러면 국문학사는 먼저 현실에 요구되는 과학적인 부동의 입장에 서서 과거에서 현대에 이르는 국문학 사상事象을 통해 그 변천 발달된 자취를 고구考究하되 사상事象 상호의 관계를 끊지 않으면서 현대에 종결終結시켜 그것이 그대로 현실의 우리의 생명과 완전한 한 생명체가 되지 않으면 아니 될 것이다.[72]

조윤제에 의하면 국문학사 서술의 사명은 문학적 현상들의 변화 속에서도 유지되는 연속성, 민족이 존재했던 최초의 순간부터 우리가 살고 있는 현재까지 연결되어 있는 연속성을 확인하는 데 있다. 도남은 이를 "일련一連의 생명선生命線"[73]이라는 말로 제시한 바 있다. 그가 말하는 민족의 생명선은 민족의 시원과 함께 형성된 불변의 속성으로부터 연역되며, 다른 민족과 구별되는 민족의 고유한 특성과 전통을 구성한다. 문학사의 사명이 기원에서부터 현재에 이르기까지 민족적 생명의 연속성을 확인하고 구성하는 것이라면, 한문학을 민족문학의 영역에서 배제하는 것은 근원적으로 불가능하다.

여 있다. "문학사가 문학의 역사적 발전과정을 구명하는 학문인 바에는 문학사는 「작품」이라는 「문헌」을 구명함으로써만 이해되는 것이라 하겠다. 따라서 작품을 읽는다는 것이 곧 문학사 연구의 전제가 되지 않을 수 없다.", 위의 책, 7면.

72　조윤제, 『한국문학사』, 동국문화사, 1963, 3면.
73　조윤제, 『국문학개설』, 동국문화사, 1955, 62면.

많은 문학사가들 중에서 조윤제보다 문학사의 연속성에 대해 고심한 사람을 찾기란 결코 쉽지 않다. 1929년 이래로 이어져 온 그의 고민은 다음과 같다. 한글문학만이 한국문학이라는 개념 규정으로부터는, 한국문학사의 연속성과 조선민족의 생명선이 구성되지 않는다는 것. 한글문학 =한국문학의 규정에 근거할 때에는 한 줄로 이어지는 민족의 생명선= 연속성이 구성되지 않고, 문학사의 연속성을 구성하기 위해 한문학을 전폭적으로 수용하게 되면 한글문학=한국문학의 규정과 모순의 관계에 놓이게 된다. 이와 같은 딜레마를 해결하기 위한 방법은 크게 두 가지이다. 하나는 문학사의 실제 서술을 통해서 연속성을 확보하는 것이고, 다른 하나는 국어와 국문학의 일체를 주장하여 언어와 민족의 동일근원성 속에서 모순을 해소하는 것이다. 먼저 문학사의 실제 서술을 살펴보도록 하자.

조윤제에 의하면, 시가사詩歌史의 경우 한글로 표기된 작품들로도 연속성이 확보되지만, 소설사의 경우에는 한문으로 표기된 작품이 제외되면 최소한의 연속성조차 확보되지 않는다. 따라서 조윤제는 국문문학의 갈래 가운데 시가사는 한글 작품으로만, 소설사는 한글 작품에 한문 작품을 더하여 구성하자는 제안을 한다. 도남의 한문학 절충론이 한 걸음 진화하여 한문학과 한글문학의 융합에 이른 것이다.

그러면 한국한문학은 국문학과 엄연히 이를 구별하되, 한문표기로 인해 한문학으로 생각될 설화 소설류의 부분은 이를 한국한문학에서 떼어서 국문학 부문에 넣어 버리자는 것이 되겠다. 이를 바꿔 말하면 국문학에서는 시가나 가사 같은 것은 국어로 표현된 것만을 취급한다 하겠지마는 소설류는 비록 한문으로 표기된 것까지도 이를 국어로 표기된 것과 한데 묶어서 고찰하

자는 것이 되겠다.[74]

그렇다면 한문학과 한글문학의 융합을 가능하게 한 근거는 무엇일까. 도남에게 본질적인 것은 표기문자와 같은 표층의 차원이 아니라 조선민족의 생명과 생활이라는 심층의 차원이다. 문제는 표기문자의 상이함에 주목할 때 한국문학사의 연속성은 언제나 위기에 빠질 수밖에 없다는 것이다. 따라서 도남은 문자의 차원이 아니라 말언어의 차원으로 옮겨감으로써 문학사의 연속성을 확보하고자 한다. 국어언어와 민족과 문학의 동일근원성 속에서라면 문학사의 연속성 문제는 최소한 해소 가능하기 때문이다.

결국 국어와 국문학은 불가분리의 관계에 있다. 즉 국어는 민족마음의 거울이요 국문학은 민족생활의 표현이라 하였는데, 생활이라 할지라도 마음의 현현顯現인 바 다름없으니 국문학을 이해함도 곧 국어요, 국문학을 창작함도 곧 국어다. 환언하면 국어를 떠나서 국문학이 존재할 수 없다. 그러니까 그 관계는 「국어와 국문학」의 정도가 아니고 곧 「국어국문학」이라 하여 가可할 것이다.[75]

도남이 "국문학은 조선사람의 사상과 감정 즉 심성생활을 언어와 문자에 의하여 표현한 예술이다"[76]라고 했을 때, 한글 또는 훈민정음이라고 정의하지 않고 '언어와 문자'라고 표현했던 이유가 여기에 있다. 도남에게 한글이나 한문과 같은 표기문자의 구분은 오히려 민족문학의 연속성

---

74 위의 책, 40~41면.
75 위의 책, 31면.
76 조윤제, 『한국문학사』, 1면.

을 근원적으로 위협하는 것에 불과하다. 본질적인 문제는 조선민족의 생명이 연속성을 유지해 왔다는 사실을 문학사를 통해서 증명하는 것이다. 도남에 의하면 국어언어는 표기문자에 의한 문학사의 균열들을 넘어서 민족성을 끊임없이 환기한다. 그런 의미에서 국문학은 국어로 표현한 문학이기에 '국어국문학'이다.

10. 문학의 '바깥'을 사고하는 문학사－'언어 의식'과 '말=문학'

1970~80년대에 나타난 주요한 문학사들에서는 언어와 말에 대한 관심이 두드러진다. 김윤식과 김현의 『한국문학사』에서는 자생적 근대의 지표를 한국사회의 모순과 대결하는 '언어의식'에서 찾고 있으며, 조동일의 『한국문학통사』는 '말'이 문학의 원천적 근거임을 천명하면서 구비문학에 근거하여 한국문학사를 재구성하고 있다. 『한국문학사』와 『한국문학통사』에서 말 또는 언어에 대한 관심은, 시·소설·희곡 등으로 대별되는 전통적인서구적인 문학양식의 체계를 초극하려는 움직임으로 이어진다. 『한국문학사』와 『한국문학통사』는 문학의 범위를 시와 소설 등의 허구적 양식에 국한하지 않고 일기, 서간, 담론, 기행문, 신문 칼럼 등으로까지 확장할 것을 제언하고 있다. 말 또는 언어를 근본적으로 성찰하는 과정을 통해서, 『한국문학사』와 『한국문학통사』는 '문학의 바깥을 사고하는 문학사'라는 새로운 지평에까지 도달할 수 있었던 것이다.

1) 자생적 근대의 지표로서의 언어 의식 - 김윤식 · 김현

김윤식과 김현의 『한국문학사』 민음사, 1973는 한국문학 자체를 반성적 재구성의 대상으로 삼고자 한 시도이다. 종전까지의 문학사가 한국문학에 대한 실증적인 재구성에 주안점을 두었다면, 『한국문학사』는 한국문학에 대한 역사적 인식을 반성적으로 첨예화하는 특징을 보인다. 달리 말하면 문학사란, 문학 현상의 복원이나 집합이라는 차원을 넘어서, 과거에 있었던 문학과 미래에 꿈꾸는 문학 사이를 매개하는 반성적이며 전략적인 글쓰기라는 인식에서 출발하고 있다. 『한국문학사』에 대한 평가는 다양하게 이루어지고 있지만, 한국문학사 전체를 반성적 의식에 근거해서 구성되는 수행적 대상으로 파악하고자 한 본격적인 시도라는 점에서 역사적 의미를 갖는다.

『한국문학사』의 저자들이 문제 삼고 있는 것은 한국 근대문학사에 역사적 무의식으로 구조화되어 있는 서구중심주의서구=보편이다. 임화가 서구문학의 이식으로 신문학사의 근본적인 성격을 규명했고, 백철이 근대문학의 원형은 서구에 있음을 반복해서 밝혔고, 조연현이 한국 근대문학의 특징으로 후진성 · 미성숙성 · 혼잡성 등을 제시한 바 있다.[77] 근대의 합

---

77 조연현, 『한국신문학고』, 을유문화사, 1977, 13~18면. 서문에 의하면 1966년에 문화당에서 1천부 한정판으로 발간하여 대학교재로 사용하던 책이었는데 출판사를 바꾸어서 재출간하게 되었다고 한다. 따라서 1960~70년대 조연현의 문학사적 견해를 대변하는 것으로 보아도 무방할 것으로 판단된다. 참고로, 『한국현대문학사』에서 조선문학 개념 규정에 대해 별다른 언급이 없었던 조연현은 『한국신문학고』에서는 기왕의 논의를 매우 간명하게 요약하여 제시하고 있다. "한국문학에 대한 정의를 내린다는 것은 간단한 것이 아닐지 모르나, 대체로 「한국 사람이 한국의 언어와 문자를 통하여 한국 사람의 생활과 사상을 표현한 문학」이라고 말할 수 있을 것이다. 여기에서 「한국 사람」이란 것이 주체적(主體的) 조건이 된다면, 「한국의 언어와 문자」는 그 형식적(形式的) 조건이 되며, 「한국 사람의 생활과 사상」이라는 것은 그 내용적 조건이 된다고 볼 것이다."(위의 책, 10면) 강용흘에 대해서는 영어로 쓰여졌기에 조선문학에 들 수 없지만, 한문은 이미 한국문자화

리화 과정은 서구의 고유한 경험이라는 생각이 한국 근대문학의 역사적 무의식인 동시에 자기인식의 근거였던 것이다. 이와 같은 서구중심적 사고는 '서구=보편=정상=중심'이라는 생각과 함께 '조선=파생=왜곡= 주변'이라는 사고를 동시에 구조화한다. 또한 서구중심주의는 새것 콤플렉스와 조선의 후진성에 대한 의식을 재생산하는 원천이며, 한국 근대문학을 이식문학론과 전통단절론의 틀 속에서 파악하게 하는 인식론적 장애물로 기능한다. 따라서 김현과 김윤식은 한국 근대문학 및 그 역사를 둘러싸고 있는 역사적 무의식이 서구 지향 콤플렉스서구=보편=정상=중심, 한국=파생=왜곡=주변에 있음을 지적하고, 이를 넘어서기 위해서 근대의 자생성에 대한 논의를 집중적으로 펼쳐나간다. 문학사 기술의 방법과 이념의 차원에 주목한다면, 『한국문학사』는 한국 근대문학사의 근원적인 무의식을 해방하려는 의식적인 노력 또는 정신분석학적인 자기 치유의 노력이라고 할 수 있다.

『한국문학사』에서는 한국문학의 개념이나 범위에 대해서는 특별한 규정을 내리지 않고 있다. 문학사 기술 방법론과 관련해서 논의된 주요한 테제는 다음과 같다.

　① 한국문학은 개별문학이다.[78]
　② 한국문학은 주변문학을 벗어나야 한다.[79]

　되어 있는 상태이기 때문에 한문학은 한국문학의 범주에 넣어야 한다고 말한다.
78　김윤식·김현, 『한국문학사』, 민음사, 1973, 36면.
79　위의 책, 21면.

한국문학이 개별문학이라는 명제는, 한국문학이 한국역사의 내재적인 맥락에 근거해서 해명되어야 한다는 의미이다. 달리 말하면 한국문학은 서구문학과의 포괄적인 유비 관계 속에서 논의되는 것이 아니라, 한국사회의 내재적인 발전 과정과 법칙에 근거해서 논의되어야 한다는 것이다. 하지만 종전까지 한국문학이 자신의 역사적 맥락 속에서 스스로를 담론적으로 구성하지 못하고 서구와의 서열화된 유비 관계 속에서 자신을 이해해 왔기 때문에 한국문학은 자기자신에 의해서 주변문학으로 자리매김될 수밖에 없었다. 따라서 한국문학이 주변문학을 벗어나야 한다는 명제는, 근대화를 서구화와 등치시키며 스스로를 주변화해왔던 한국문학의 역사적 무의식에 대한 근본적인 성찰로 이어지게 된다.

> 한국문학 연구가로서는 서구라는 변수를 한국문학에 강력한 영향을 준 것으로 이해하여야지 그것을 한국문학의 내용으로 이해해서는 안 된다. 서구화를 근대화로 보는 미망에서 벗어나, 자체 내의 구조적 모순과 갈등을 이해하고 그것을 극복하려는 정신을 근대의식이라고 이해하지 않는 한, 한국문학 연구는 계속 공전할 우려가 있다.[80]

그렇다면 근대의 자생성을 어느 지점에서 확인할 것인가. 문학사의 시대 구분과 관련해서는 근대문학의 기점을 영·정조시대까지 끌어올리는 것도 방법일 것이고, 김용섭의 『조선후기농업사연구』1970에 근거하여 근대 자본주의의 맹아를 조선후기에서 찾는 것도 방법일 것이다. 하지만 문

---

80 위의 책, 33면.

학과 관련해서 자생적 근대를 문제 삼고자 한다면, 한국의 근대 또는 한국사회의 "모순을 언어로 표현하겠다는 언어 의식의 대두"(33)만큼 중요한 것은 없다. 김현은 이러한 언어 의식이 유럽적 장르에 갇힌 사고방식을 넘어서게 만든다고 말한다. 사회적 모순을 표현하는 언어 의식은, 시·소설·수필 등으로 대변되는 장르의 체계를 탈영토화한다. 장르 이전의 영역이면서 장르 이후의 영역이 펼쳐지는 것이다. 따라서, 『한국문학사』의 실제 서술이 이러한 차원에 도달했는가에 대한 판단을 잠시 보류한다면, 한국문학의 반성적 재구성은 글쓰기에크리튀르의 차원을 향해서 개방된다.

언어 의식은 장르의 개방성을 유발한다. 현대시, 현대소설, 희곡, 평론 등 현대문학의 장르만이 문학인 것은 아니다. 한국 내에서 생활하고 사고하면서, 그가 살고 있는 곳의 모순을 언어로 표시한 모든 글이 한국문학의 내용을 이룬다. 일기, 서간, 담론, 기행문 등을 한국문학 속으로 흡수하지 않으면, 한국문학의 맥락은 찾을 수 없다. 그것은 광범위한 자료의 개발을 요구한다. 그러나 그 개발을 통해 한국문학이 얻을 수 있는 것은 동적 측면이다. 그것만이 이식문학론, 정적 역사주의를 극복할 수 있게 해준다. 그런 의미에서 우리는 조선사회의 구조적 모순을 문자로 표현하고 그것을 극복하려 한 체계적인 노력이 싹을 보인 영·정조 시대를 근대문학의 시작으로 잡으려 한다.[81]

---

81 위의 책, 33면.

2) 구비문학의 연구와 확장된 문학사의 기획 – 장덕순 · 조동일

한문학이 한국문학 개념 및 범위 규정에 있어 초창기부터 중요한 화두였던 것과는 달리, 구비문학을 한국문학에 포함시킬 수 있는가 하는 문제는 상대적으로 뒤늦게 제기되었다. 이광수가 문학사의 연속성을 확보하기 위해 민요나 이야기와 같은 구비문학적 전통을 참조한 바 있었고, 해방 이후에는 고정옥의 『조선민요연구』1949와 같은 선구적인 연구가 있었지만, 초창기 한국문학 연구에서 구비문학은 문헌에 기록된 경우 국문학에 포함시켜 다루고 구전되는 경우에는 민속학의 영역으로 분류하는 것이 일반화된 관행이었다.[82] 1961년 서울대학교에서 '구비문학론'을 교과목으로 개설한 후 여러 학교에도 퍼져나 가게 되었고,[83] 1971년 설화신화 · 전설 · 민담, 민요, 무가巫歌, 판소리, 민속극, 속담, 수수께끼 등 구비문학의 세부 주제들을 구명한 『구비문학개설』이 출간되면서 한국문학의 중요한 연구영역으로 자리를 잡았다.

최초의 기록문학은 단지 구비문학을 문자로 기재하는 데서 시작되었다.[84]

한국문학의 개념과 범위를 다룰 때 이전의 문학사와 관련 저술들에서는 '조선어'라는 규정을 중요하게 여기면서도 말과 글을 구분하지 않고 애매한 상태에 두거나 말을 글과 동일한 것으로 생각하는 경우가 많았다. 또한 문학담당계층에 있어서도 문자해독능력을 갖춘 지식인 계층을 중심

---

82 조동일, 장덕순 외, 「국문학의 개념과 범위」, 『한국문학사의 쟁점』, 집문당, 1986, 18면.
83 장덕순 · 조동일 · 서대석 · 조희웅, 『구비문학개설』, 일조각, 1971, 1면.
84 위의 책, 222면.

에 두고 사고하는 것이 일반적인 양상이었다. 하지만 구비문학은 말을 통해서 자신의 감정과 생각을 표현한 '민중'을 재발견하면서, 글과 문자를 중심에 둔 지식인 계층 위주의 문학관을 비판한다. 그리고 표기문자와 기록문학을 우위에 둔 문학관을 비판하면서, 말이 글보다 시원적이고 근원적이라는 점을 전복적으로 제시한다. 따라서 문학사의 구성과 관련될 때 구비문학의 위상은 단순히 구전되는 문학으로서가 아니라 국문 문학의 발생론적 근거이자 토대로서 제시된다. 한국문학사가 구비문학을 중심으로 재분절화되는 것이다.

한국에는 세 가지 문학이 있어 왔다. 구비문학, 국어로 된 기록문학, 한문학이다. 이 중 국어로 된 기록문학은 홀로 국문학을 대변하는 듯한 대접을 받기 일쑤이나, 사실은 구비문학과 한문학 사이에서 태어난 자식이라 할 수 있다. 국어로 된 기록문학은 한문학에서 큰 영향을 받았고, 그 작가들은 한문학의 작가를 겸하는 경우가 많았으며, 한문학에서 문학 의식이나 문학적인 견해를 키웠다고 해도 무리가 아니다. 그러나, 그들은 한문학으로 만족할 수 없기에 국어로 작품으로 쓰고자 했고 국어 문학의 전례를 구비문학에서 찾았다. 귀족적인 편견 때문에 구비문학이 천하다고 하면서도, 한문학으로는 기대하기 어려운 민족적인 쟝르나 형식을 구비문학에서 발견하고 이를 세련시키는 과정에서 국어로 된 기록문학이 성립되었다.[85]

구비문학의 기획이 문학사에 전체적으로 반영된 대표적인 경우가 조

---

85 위의 책, 219~220면.

동일의 『한국문학통사』1권, 1982이다. 조동일은 "문학의 기본적인 요건은 글이 아니고 말"이라고 전제하면서, "문학은 언어로 이루어진 예술이며, 예술은 형상과 인식의 복합체"라고 정의한다.[86] 문학의 기본 요건을 '말' 이라고 규정함으로써 구비문학으로까지 지평을 넓히게 되었고, '인식'을 예술의 구성요소로 규정함으로써 허구적 양식서정·서사·희곡을 넘어 사상· 철학·실용문 등의 '교술'양식까지 포함하게 되었다. 따라서 다음과 같은 포괄적인 규정이 가능하게 된다. "개인생활 역사, 사상 따위를 다룬 글이 라 하더라도 이러한 조건을 갖추었으면 형상이면서 인식이니까 문학이라 고 해야 마땅할 것이다. 문학의 범위는 시, 소설, 희곡 따위로 한정되지 않는다."[87]

그렇다면 6권에 달하는 방대한 문학사에서 상정하고 있는 한국문학의 범위는 어느 정도일까.[88] 조동일은 "국문문학에 정통성을 부여하게 된 전 환은 정당한 것으로 평가해야 마땅하다"(15)고 평가하며 국문문학이 한 국문학의 정통이라는 점을 승인한다. 하지만 국문문학만이 한국문학이라 는 국문문학 극단론을 경계하며, 구비문학과 한문학으로 한국문학의 범 위를 확대해 나가야 할 필요성을 역설한다. "국문문학이 정통임은 재론 의 여지가 없이 분명해졌으니, 구비문학이나 한문학을 국문문학과 같은 비중으로까지 다루어도 혼란이 생길 염려가 없다"(15) 조동일에 의하면,

---

86 조동일, 『한국문학통사』 1, 지식산업사, 1982, 11면.
87 위의 책, 15면.
88 한국문학 개념 및 범위에 대한, 『한국문학통사』의 기본적인 입장은 다음과 같다. "국문 학은 이른바 고전문학과 현대문학의 연속체일 뿐만 아니라, 구비문학과 한문학까지 포 괄한 총체이다."(위의 책, 머리말, vi) "국문학에는 세 가지 문학이 있다. 말로 된 문학인 구비문학, 문어체 글로 된 문학이기만 한 한문학, 구어체 글로 된 문학인 국문문학이 그 셋이다."(위의 책, 14면)

한문학은 유럽의 라틴문학처럼 보편문어로서의 성격을 가지며, 한문학의 공간은 동양고전의 규범과 우리말의 구어가 습합하는 공간이다.

『한국문학통사』에서는 그 동안 문학사의 영역에서 다루지 않았던 발해의 문학을 편입시키고 한국문학 연구의 지평을 제3세계로 확장할 것을 제안하고 있다. 또한 「국문학의 개념과 범위」에서는 디아스포라 문학과 현대의 교술문학각종 실기, 신문 칼럼, 정치적 유언비어에 대해서도 한국문학의 영역에 편입될 가능성을 열어두고 있다.[89]

역사의 여명기 이래로 여러 차례에 걸쳐 일본열도로 이주한 사람들이 가져가고 또한 거기서 다시 창조한 문학을 국문학에 포함시키는 것은 연구의 진척을 기다려 고려할 과제이다. 신라시대 이래로 역대 문인들이 중국에 가서 지은 시문은 작가가 귀국하지 않고 그곳에서 세상을 떠난 경우라도 국문학의 일부로 취급한다. 최근에 와서 중국, 소련, 미국 등지로 이주한 사람들이 국어로 창작한 작품도 국문학으로 받아들여야 할 것이다. 특히 중국과 소련에 거주하는 교포들은 민족어의 공동체를 이루고 있으며 문학 활동도 비교적 활발하게 하고 있어서 깊은 관심을 가질 필요가 있다. 그러나 해외 교포가 국어가 아닌 거주국의 말로 쓴 작품은 국문학에서 제외된다. 일제 말기에 국내의 작가들이 일본어로 내놓은 문학은 국문학이라고 할 수 없고, 일본문학의 일부로 보아 마땅하다.[90]

---

89 "다른 민족이 사는 지역으로 이주한 사람들의 문학을 어떻게 처리할 것인가"(위의 책, 21면) "각종 실기, 신문 칼럼, 구전되는 것으로는 정치적인 유언비어 등이 문학으로 인정되지 않는 가운데 문학의 구실을 하고 있는 데 대해서도 관심을 가질 필요가 있다. 그러고 보면 오늘날의 문학은 전문적인 작가가 담당하는 문단의 문학과 누구든지 창작에 관여할 수 있는 더 넓은 문학의 이중적인 구조를 가지고 있다고 할 것이다."(위의 책, 22면)

90 장덕순 외, 앞의 책, 조동일, 「국문학의 개념과 범위」, 21면.

디아스포라 문학과 관련해서, 해외교포가 한국어가 아닌 거주국의 말로 쓴 작품과 일제말기의 일본어로 쓴 작품은 한국문학이 아니라고 규정하고 있다. 신라시대 이래로 역대 문인들이 중국에 가서 한문으로 지은 시문을 한국문학의 범위에 포함시킨 것과는 달리, 해외교포의 거주국 언어 문학과 일제말기의 일본어 문학에 대해서는 속문屬文주의를 내세워 한국문학에서 배제하는 입장을 취하고 있다. 이 지점은 디아스포라 문학과 일제말 이중어 글쓰기와 관련해서 중요한 쟁점을 제기한다.

11. 1980년대 이후 한국문학연구의 새로운 장소들

1982년 김흥규는 한국문학의 개념 및 범위와 관련된 그 동안의 논의를 종합적으로 정리하는 자리에서 한국문학의 체계를 다음과 같이 도형화하여 제시한 바 있다.

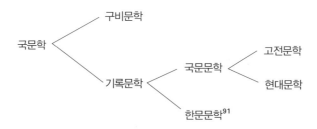

1980년대 초반에 한국문학은 정의, 범위, 분류체계 등에 있어서 일정 수준 이상의 안정성을 확보했던 것으로 보아도 큰 문제는 없을 듯하다.

---

91 김흥규, 「한국문학의 범위」, 15면.

한국문학의 전반적인 연구역량이 양과 질에 있어서 많은 발전을 가져왔고, 한문학과 구비문학이 대학에서 안정적으로 제도화되었기 때문이다. 하지만 1980년대 이후 한국 근대문학연구는 한국문학의 또 다른 '장소'들을 논의하게 된다. 그것은 다름 아닌 북한문학, 디아스포라 문학, 이중어 문학공간 등으로 크게 나누어 볼 수 있는데, 이들 문학들은 한국문학을 자국문학으로 삼는 독자들에게는 일종의 외국문학 내지는 준準외국문학으로 다가올 수밖에 없다는 공통점을 갖고 있다. 또한 이들 문학이 한국문학의 범위에 포섭될 것인지, 단지 한국문학연구의 대상으로서 정립된 것인지 등등에 대해서는 향후 논의가 필요할 것으로 보인다. 하지만 북한문학, 디아스포라 문학, 이중어 문학 공간 등을 통해서 한국문학/연구의 외연이 넓어지고 한국문학을 바라보는 중층적인 시선을 갖추게 된 것은 분명한 사실이다.

1) 북한문학[92]

1989년 북한문학 및 납·월북 작가들의 작품에 대한 해금이 이루어졌고 북한문학에 대한 연구성과들이 본격적으로 제출되기 시작했다. 한국문학에 대한 기본적인 규정이 조선인이 조선민족의 생활과 감정을 조선어문으로 쓴 것이라고 할 때, 북한주민이 조선민족의 일원이라는 사실에 대한 합의가 흔들리지 않는다면, 북한문학은 당연히 한국문학의 범위에 들어올 수밖에 없다고 할 것이다. 이처럼 북한문학의 수용 문제는 개념

---

92 권영민 책임편집, 『북한의 문학』, 을유문화사, 1989; 민족문학사연구소, 『북한의 우리문학사 인식』, 창작과비평사, 1991; 김재용, 『북한문학의 역사적 이해』, 문학과지성사, 1994; 신형기·오성호, 『북한문학사—항일혁명문학에서 주체문학까지』, 평민사, 2001; 김용직, 『북한문학사』, 일지사, 2008 등 참조.

적용에 있어서는 자명한 문제이지만, 문학수용주체들이 공유하는 경험이나 기억의 차원을 문제 삼게 되면 그 사정이 달라진다. 휴전 이후 남과 북이 각기 상이한 정치 체제를 갖추고 독자적으로 발전해 왔고, 작품들에 대한 수용의 기억이나 경험을 집합적인 차원에서 공유하고 있지 못하기 때문이다. 따라서 경험과 기억의 차원에서 보자면 북한문학은 조선민족의 일원이 조선민족의 생활과 감정을 조선어로 썼지만 조선민족의 일부다수는 공유하는 경험을 갖지는 못한 문학이라는 독특한 성격을 부여받게 된다. 달리 말하면 한국문학의 요건을 갖춘 외국문학에 해당하는 것이다. 남한의 문학 역시 북한주민들에게 마치 외국문학처럼 낯설게 경험될 수밖에 없을 것이다. 이러한 복잡한 상황에서 북한문학을 어떻게 수용할 것인가와 관련된 논의가 제기될 수밖에 없다.[93]

　북한문학을 수용하고 연구하는 것이 당위론에 해당한다면 문제는 그 구체적인 방법과 구상에 있을 것이다. 일제시대에 활동하던 근대문학인들의 문학 활동에 대한 연구, 주체사상 수립 이후의 북한문학 전개양상에 대한 연구, 북한사회의 이해를 위한 준비작업, 통일 이후 민족동질성의 회복을 위한 상호 이해의 기반 마련 등등 다양한 시각과 관점이 적용되었다. 현재 북한문학 연구는 남과 북의 문학이 통합된 통일문학사의 가능성, 분단 체제 60년 동안의 독자적인 발전을 반영한 남북한 병행 문학사, 통일문학사와 남북한 병행 문학사를 절충한 준 통일문학사 사이에서 많은 고민을 하고 있다.

93　임헌영, 「북한문학의 수용문제-민족문화의 지평확장을 위하여」, 『대학신문』, 1989. 4.10.

2) 디아스포라 문학[94]

문학연구의 측면에서 볼 때 1990년대 중반 이후 디아스포라 문학 또는 재외동포 문학에 대한 관심이 대단히 높아졌다. 그 이전에도 강용흘, 이미륵, 김은국 등의 작품이 번역되어 있었고, 재일동포 작가 김석범·이회성·이양지 등의 작품이 소개되어 주목의 대상이 된 바 있다. 1989년 해외여행 자유화가 이루어지고 88올림픽 이후 한국사회가 국제화를 지향하면서 디아스포라 문학 또는 재외 동포 문학과의 소통과 교류가 활발하게 이루어졌고 그 관심이 확대되었다. 1990년대 중반 이후에는 김학철의 『최후의 분대장』, 이창래의 『네이티브 스피커』, 차학경의 『딕테』등 다양한 작품이 소개되면서 연구의 대상으로 자리를 잡는다.

1990년대 중반 이후 디아스포라 문학 연구는 한국사회가 역사적으로 다양한 양상의 디아스포라유민, 교포, 광부, 망명인사, 간호사, 입양아 등를 지속적으로 산출해 왔으며 오히려 망각이라는 폭력을 통해서 이들을 타자화해 왔음을 성찰하는 데서 출발하고 있다. 디아스포라 문학은 한국사회의 억압적이고 배타적인 구조를 외부의 시선에서 성찰할 수 있게 하는 지점이자, 이질적인 두 문화의 경계선에 위치한 혼종성과 탈경계의 존재라는 점에서 주목을 받아왔다. 디아스포라 문학은 그 양상이 대단히 복잡하기 때문에, 한국문학으로의 귀속 문제를 논의한다는 것 자체가 무의미할 수도 있다. 하지만 한국문학이란 무엇이며 그 범위는 어디까지인가라는 물음을

---

[94] 김현택, 『재외한인작가연구』, 고려대한국학연구소, 2001; 김종회, 『한민족 문화권의 문학』 1, 국학자료원, 2003; 장사선·우정권, 『고려인 디아스포라 문학 연구』, 월인, 2005; 김종회, 『한민족 문화권의 문학』 2, 국학자료원, 2006; 강진구, 『탈식민·역사·디아스포라』, 제이앤씨, 2007; 정은경, 『디아스포라 문학』, 이룸, 2007; 전북대 재일동포연구소 편, 『재일 동포문학과 디아스포라』 1-3, 제이앤씨, 2008; 최강민, 『탈식민과 디아스포라 문학』, 제이앤씨, 2009 등 참조.

제기하는 근원적인 지점들이라는 점만큼은 분명하다.

3) 이중언어 문학공간

2000년 이후에 본격화된 이중어 글쓰기에 대한 논의 역시 한국문학의 개념과 범위에 대한 또 다른 논쟁거리를 제기하고 있다. 이중어 글쓰기가 일제 말기에만 적용되는 것이 아니라, 일본어로 습작기를 거쳤던 이인직, 일본어 소설 「愛か 사랑인가」를 발표했던 이광수, 소설의 구상을 일본어로 한다고 했던 김동인, 그리고 '그/그녀'라는 한글 인칭대명사를 두고 일본어 '피彼/피녀彼女'를 가져다 썼던 염상섭, 카프문학과 친일문학에 이르기까지 한국 근대문학 전반에 적용되는 문제이기 때문이다. 이러한 문제의식은 전통적으로 친일문학으로 규정되던 부분을 글쓰기의 혼종성 또는 혼종적 글쓰기(호미 바바)로 대변되는 탈식민주의 이론의 관점에서 바라보는 관점을 부각시키게 된다. 따라서 다음과 같은 문제의식이 제기될 수밖에 없다.

① 한·일 문학의 관련양상으로 바라볼 때 제 3단계의 경우로, 이른바 '친일문학'을 검토할 수 있다. 어떻게 '친일문학'을 규정할 것인가에 따라 논의의 범주가 크게 달라질 수 있음은 새삼 말할 것도 없다. 일어로 작품을 쓴 경우를 통틀어 친일문학이라고 할 것인가. '신체제新體制'에 영합하는 것만을 지칭할 것인가.[95]

---

95 김윤식, 「이중어 글쓰기의 역사성」, 『일제말기 한국 작가의 일본어 글쓰기론』, 서울대
출판부, 2003, 47면.

② 일어로 창작하는 것을 싸잡아 친일문학=반민족적이라는 견해 쪽에 이태준이 서 있었다면(이태준 자신도 최소한의 것이겠으나 친일문학작품인 「第一号船の挿畵」가 있다), 어떤 상황에서도 글쓰기에 나아감이 작가라는 견해 쪽에 김사량이 서 있다고 하겠거니와, 실상 이 논의의 연장선에 놓인 것이 바로 '민족문학성'과 '세계문학성'이라 할 것이다. (…중략…) 이인직, 이광수가 첫 번째로 이를 실천해 보인 바 있는 '이중어 글쓰기'란 새삼 무엇이뇨. 이 물음은 지구화 시대로 규정되는 21세기에 접어든 한국 근대 문학 연구진이 안고 있는 한 가지 과제와 무관하지 않을 것이다.[96]

이중어 글쓰기에 대한 관심은 한국문학의 개념과 범주에 대한 또다른 태도를 요청한다. 이중어 글쓰기는 1940년대 초반 한국문학의 역사성 및 특수성과 관련된 것인 동시에, 1990년대 후반 이후 급격하게 다문화 사회로 진입하고 있는 한국사회의 변화와 동시에 조우하고 있다.

12. 결론을 대신하여

한국문학의 개념과 범위에 대한 논의들이 역사적으로 전개되어 온 과정은, 한국문학이 객관적인 사회적 범주가 아니라 문화적 역사적 담론적 구성물이라는 점을 보여준다. 1910년대 중반의 안확의 논의에서부터 2000년대의 이중언어 공간에 관한 연구에 이르기까지 한국문학이 확고

---

96 위의 글, 52면.

한 실체였던 적은 없었다고 해도 그다지 틀린 말은 아닐 것이다. 동시에 한국어문, 한국인 작가, 한국인 독자 등으로 대변되는 한국문학의 기본적인 규정들이 심각하게 흔들리거나 대대적인 수정을 필요로 했던 적도 없었다. 한국문학은, 근대의 다른 제도나 담론 구성물들과 마찬가지로, 자신의 역사적 과정 속에서 스스로를 발명하고 유지하는 동시에 지속적으로 모순을 생산해왔던 것이다. 다만 조금이나마 분명한 사실이 있다면, 한국문학의 자기규정의 역사 속에서 한국문학이 중층적으로 구성되어 왔으며 그 과정에서 자신의 내부와 외부에 걸쳐 복잡성을 증대시키는 쪽으로 움직여왔다는 것이다. 달리 말하면 한국문학은 자기동일성과 자기모순을 동시적으로 재생산해 온 상징적 기제였으며, 한국문학의 개념과 범위에 대한 규정은 그와 같은 이중의 움직임들이 침전과 탈침전을 거듭하며 형성된 잠정적 결과들이라 할 수 있다.

이와 같은 맥락에서 보자면 1936년의 『삼천리』의 집단설문은 한국문학의 자기규정과 관련된 근본적인 이미지를 제공해 준 담화적 사건이었다. 『삼천리』의 집단설문은, 한국문학에 대한 기본적인 규정이 어떻게든 유지되어야 한다는 절박한 심리와, 한국문학에 대한 규정을 위협하는 예외적인 사례들이 집단적으로 출현하는 상황이 절묘하게 만나는 지점에 놓여 있다. 한국문학이 자기 재생산과 자기모순의 이중적 움직임이 격렬하게 부딪히고 있는 영역이라는 점을 극명하게 보여준 사건이었을 뿐만 아니라, 한국문학의 자기규정 문제가 단순히 한국문학인가 아닌가를 판별하는 문제에 국한되지 않고 한국문학을 가능하게 하는 조건들에 대한 성찰로 이어질 수밖에 없다는 점을 보여주었다. 오늘날 다시 한국문학의 정체성을 묻고 새로운 정체성을 모색하는 자리에서, 1936년 『삼천리』의 집단설문이 갖는 역사적인 의미를 점검해야 하는 이유도 바로 거기에서 찾을 수 있다.

한국문학의 개념과 범위에 관하여 스스로 어떠한 규정을 내려왔는가에 대한 역사적 고찰이 21세기를 맞이한 한국문학의 새로운 정체성과 관련될 수 있다면, 그것은 다른 무엇보다도 한국문학이란 무엇인가라는 물음의 저변에는 한국문학을 둘러싼 역사적 무의식을 점검하고 재조정하고자 하는 의지가 가로놓여 있기 때문이다. 안확, 이광수 조윤제, 김태준, 임화, 정병욱, 이병기, 백철, 김윤식, 김현, 조동일, 권영민 등 주요한 문학연구자들의 논의에서 알 수 있듯이, '한국문학이란 무엇인가'라는 물음은 한국문학의 역사적 무의식에 대한 성찰과 한국문학의 미래에 배려담론적 기획과 실천를 동시적으로 요청한다. 한국문학의 자기규정 방식들이 한국문학의 역사적 무의식들을 드러내 보여줄 뿐만 아니라 한국문학에 대한 자기배려의 의지를 생성하는 계기였다는 사실은, 이 글에서 얻을 수 있는 수확균형감각 가운데 하나일 것이다.

「가마귀」와 계몽의 변증법

남포lamp에 관한 몇 개의 주석

1. 「가마귀」 또는 우회의 텍스트

「가마귀」는 1930년대 중반의 대표적인 작가인 상허尙虛 이태준李泰俊의 단편소설이다. 단편 「가마귀」는 『조광朝光』 1936년 1월호에 처음 발표되었고, 상허의 2번째 소설집 『가마귀』한성도서, 1937에 표제작으로 수록되었다.[1]

발표되었을 당시 「가마귀」에 대한 반응은 상찬과 비난의 양극단을 오가는 양상을 보였다. 김문집은 1936년도 상반기에 발표된 25편의 작품들 중에서 「가마귀」를 최고로 꼽으면서, 다만 작품 말미에 영구차가 등장하는 것을 옥의 티로 지적한 바 있다.[2] 반면에 안회남은 작품의 여기저기에서 우연이 맨얼굴을 불쑥불쑥 내밀기 때문에 작품을 읽는 사람으로 하여금 웃게 만드는 경박한 작품이라고 혹평을 하기도 했다.[3] 보다 포괄적인 검토는 최재서에 의해서 이루어졌는데, 그는 이태준의 소설이 사회적

---

1 이 글에서는 『돌다리-이태준 문학전집』 2(깊은샘, 1995)에 수록된 「까마귀」를 텍스트로 사용했다. 제목은 발표 당시의 표기를 존중해서 「가마귀」로 유지했다. 독립된 단락으로 인용하였을 경우에는 주석을 달았고, 본문의 서술과 함께 제시되는 인용의 경우에는 괄호 속에 인용한 면수를 기입했다.
2 김문집, 「상반기 문단 총결산」, 『중앙』, 1936.7, 124~129면.
3 안회남, 「현대소설의 성격」, 『조선중앙일보』, 1936.8.15~16.

으로는 현실과 교섭을 갖지 않는 사람들과 '인생의 그늘 속에서 움직이는 희미한 존재들'에 대한 예술적인 표현에 도달했음을 지적한다. 죽어가는 사람의 고독한 심리를 정밀하게 묘사한 점을 높이 평가하면서, "인생의 아이로니컬한 리아리티"와 대면하고 있음을 「가마귀」의 특징으로 제시한 바 있다.[4]

납·월북 작가 해금조치1989 이후 이태준의 문학세계에 대해서 많은 연구가 축적되었고, 단편 「오몽녀」, 「가마귀」, 「복덕방」, 「달밤」 등이 1930년대 한국 근대 단편소설의 예술적 가치를 높이는 데 크게 기여했다는 문학사적인 평가가 주어졌다.[5] 하지만 비슷한 시기에 발표된 다른 단편들에 대한 관심과는 달리, 「가마귀」에 대해서는 소략하게 다루어진 경우가 많고 의미 있는 맥락을 구성하는 경우도 찾아보기가 쉽지 않다. 까마귀에 대한 관습적인 선입견처럼, 「가마귀」에 대한 인상 역시 그다지 좋은 것이 아니었던 것일까. 이유가 없지는 않을 것이다. 잠시 눈을 돌려, 「가마귀」 내용을 살펴보도록 하자.

괴벽한 문체를 고집하여 생활비조차 마련하지 못하는 소설가가 있다. 남포lamp의 등피 닦기가 취미이자 습관이다. 궁여지책으로 친구의 별장

---

4   최재서, 「단편 작가로서의 이태준」, 『문학과 지성』, 인문사, 1939, 175~180면.
5   「가마귀」와 관한 기존 연구로는 김현숙, 「이태준 소설의 기호론적 연구」, 이화여대 박사논문, 1991; 민충환, 『이태준연구』, 깊은샘, 1988; 강진호, 『이태준소설의 이해』, 백산출판사, 1992; 장영우, 『이태준 소설연구』, 태학사, 1996; 이병렬, 『이태준 소설 연구』, 평민사, 1998; 이명희, 「이태준문학연구」, 숙명여대 박사논문, 1992; 상허문학회, 『이태준문학연구』, 깊은샘, 1993; 박헌호『이태준과 한국 근대소설의 성격』, 소명출판, 1999; 장양수, 「이태준 단편 '가마귀'의 탐미주의적 성격」, 『한국문학논총』 13, 한국문학회, 1992; 서영채, 「두 개의 근대성과 처사의식」, 상허문학회, 『이태준 문학연구』, 깊은샘, 1993; 송인화, 「이태준 소설 연구」, 연세대 박사논문, 1999; 박진숙, 「이대준의 '까마귀'와 인공적인 글쓰기」, 한국현대소설학회, 『현대소설연구』, 2002 참조.

에서 방 하나를 빌려 겨울을 지내고자 한다. 그곳에서 밤에는 남포불을 밝혀 창작에 몰두하고, 낮에는 근처에 무리를 지어 서식하는 까마귀 소리를 듣곤 한다. 요양이나 집필을 목적으로 호젓한 산사나 별장에 잠시 거처를 정하게 되면, 상당한 매력을 가진 이성異性이 등장해서 사건을 만들어 가게 마련이다. 한 눈에 보더라도 도시적인 세련미와 이지적인 매력을 갖춘 여성이, 소설가가 거처하는 별장의 정원에 산보를 다녀간다는 사실을 알게 된다. 놀랍게도 여성이 먼저 소설가의 독자임을 자처하고 나서며 인사를 한다. 괴벽한 문체 때문에 지명도가 없었을 작가를 알아보고 먼저 인사를 해왔다면, 뜻하지 않은 로맨스는 시간문제일 것도 같다. 하지만 여성이 산사나 별장 같은 곳에 혼자 와 있는 경우라면, 무슨 말 못할 사연이 있거나 병이 있거나 할 터이다. 그녀는 폐병 환자였고, 치료차 요양을 와 있었던 것이었다. 그들 사이에 만남과 대화가 이어지면서 소설가는 자연스럽게 연정을 품게 된다. 괴벽한 문체의 소설가답게 애드거 앨런 포 E. A. Poe의 「갈가마귀Raven」를 연상하고 그녀를 '레노어'라고 부르며 사랑의 열정에 휩싸인다.

며칠 만에 만난 그녀는 그 동안 각혈을 해서 죽음의 그림자가 완연하다. 소설가답게 우회적이고 간접적인 방식으로 접근해 간다. "지금이라도 만일 (…중략…) 진정으로 사랑하는 사람이 있다면 그 사람의 말만은 곧이 들으시겠습니까?"(30) 하지만 그녀에게는 이미 사랑하는 사람이 있으며, 자신의 사랑을 입증하기 위해 폐에서 나온 피를 반 컵이나 마시기까지 했다는 고백을 듣는다. 소설가가 자신의 어리석음을 탓하며 심정을 추스르는 동안, 까마귀가 나무껍질을 쪼아대는 소리가 들려온다. 여자는 꿈에서 부적·칼·시퍼런 불 등이 들어있는 까마귀의 뱃속을 보았다며 무서워한다. 소설가는 까마귀를 잡아서 배를 갈라 다른 새와 조금도 다르지 않다는 걸 보여주어 여자의 근거 없는 공포를 근절시키겠다고 다짐한다.

여자가 돌아간 뒤 그는 나무를 꺾어 활과 화살을 만들고 큰 못으로 촉을 박고 여러 번 예행연습을 한다. 그리고 먹이로 유인하여 까마귀 한 마리를 아주 잔인한 방법으로 잡는다. 까마귀 시체는 정자지기를 시켜 나뭇가지에 매어두게 했다. 여자가 나타나면 그 검은 시체를 멋지게 해부하여 보일 생각을 하며 시간을 보낸다. 달포가 넘도록 여자는 나타나지 않았고, 어느 날 검은 색 영구차와 그녀의 애인을 멀리서 보게 된다. 까마귀들은 이 날 저녁에도 그저 "이따금씩 까르르 하고 그 GA 아래 R이 한없이 붙은 발음을 내곤 하였다".(34)

실제적으로 작품을 검토해 보면, 작가론이나 문학사적 연구에서 「가마귀」가 애매한 지점에 놓일 수밖에 없었던 까닭을 어느 정도는 짐작해 볼 수 있을 듯도 하다. 1930년대 후반의 사상사적인 고민에 다가간 것도 아니고, 비슷한 분위기의 소설인 「소나기」황순원처럼 도저한 서정성에 도달한 것도 아니고, 상황의 아이러니만이 압도적으로 부각된 형국이다. 또한 소설가인 남자주인공의 모습이 다소 희극적이어서 예술가적 고뇌의 진솔한 육성에 육박한 것도 아니다. 묘한 여운을 남기며 허망한 몇몇 사건들이 일어나는 듯 마는 듯 했다는 것 말고는 별다른 주제를 발견하기가 결코 쉽지 않다. 「가마귀」는 과연 삶과 죽음의 비극적 아이러니를 그려낸 단편소설에 불과한 것일까. 결국 괜한 까마귀만 때려잡고 말았다는 것일까.

「가마귀」를 다시 읽고자 하는 이유는 무엇인가. 이태준 스스로 예술적 단편들을 모았다고 자부하는 두 번째 작품집의 표제작 「가마귀」의 의미를 부각하고자 하는 생각도 없고, 그 동안 이태준 문학 연구에서 상대적으로 푸대접을 받았기 때문에 한번 정도 주목해 보자는 의도도 가지고 있지 않다.[6] 다만 문학사의 흐름이나 작가론의 맥락과 잠시 거리를 두고, 「가마귀」에 대한 세밀한 읽기에 집중함으로써, 텍스트에 내재되어 있는 계몽과 근대에 관한 무의식의 면모를 살펴보고자 할 따름이다. 이 글에서 「가마귀」는 우회의 텍스트이다.

2. 습관으로서의 회의懷疑와 회의되지 않는 습관—무의식으로서의 근대

앞에서 살핀 대로 「가마귀」는 묘한 상징성과 평면적인 상투성을 왕복하는 작품이다. 친구의 별장에서 폐병 걸린 여자를 만났고, 그녀를 사랑하려 했지만 그녀에게는 이미 애인이 있었고, 까마귀를 잡아 배를 갈라 그녀에게 보여줄 생각이었지만, 우연히 여자의 장례식 소식을 마치 풍문처럼 전해 들었다는 이야기이다. 「가마귀」는 이태준 특유의 문체미학이 빚어낸 잘 빚어진 항아리와도 같은 단편소설에 불과한 것일까. 까마귀의 검은 날개처럼 드리워져 있는, 「가마귀」의 상투적인 상황이야말로 가장

6 　이태준은 두 번째 작품집 『가마귀』의 의미를 머릿글에서 다음과 같이 밝히고 있다. "그간 장편도 몇 쓴 것이 있다. 그러나 나는 아직은 이 적은 작품들에게 더 애정을 느낀다. 저널리즘과의 타협이 없이, 비교적 순수한 나대로 쓴 것이 이 단편들이기 때문이다. 내가 쓰고 싶은 것을 내가 쓰고 싶은 때에, 내가 쓰고 싶은 투로 쓰는 것은 나의 생활에서 가장 즐겁고 가장 안전하고, 가장 신성하기도 한 일이었다."(이태준, 「가마귀」, 15면) 상업적인 목적을 가진 장편과는 달리 예술적인 단편만을 모았다는 고백이다. 예술적 단편을 모은 작품집의 표제작이 「가마귀」라고 한다면, 「가마귀」는 "내가 쓰고 싶은 것을 내가 쓰고 싶은 때에, 내가 쓰고 싶은 투로" 쓴 작품에 근접해 있다는 추론도 가능하다. 어쩌면 이태준에게 「가마귀」는 그 어떤 각별한 의미를 가진 작품이었을 지도 모른다. 이 글에서는 「가마귀」에 내재된 텍스트의 무의식에 관심을 제한하고자 한다.

문제적인 대목일지도 모른다. 등장인물의 성격부터 살펴보도록 하자.

"호—"

새로 사온 것이라 등피에서는 아직 석유내도 나지 않는다. 닦을 것도 별로 없지만 전에 하던 버릇으로 그렇게 입김부터 불어 가지고 어스레해진 하늘에 비춰 보았다. 등피는 과민하게도 대뜸 뽀오얗게 흐려지고 만다.

"날이 꽤 차졌군……."[7]

남자 주인공은 소설가이다. 그는 남포의 등피燈皮를 닦기 위해서 집 바깥에 나와 있는 상태이다. 등피를 닦기 위해 입김을 불고 유리로 된 등피가 결로현상을 보이며 뽀얗게 흐려지자, 그제서야 그는 "날이 꽤 차졌군……."이라고 말을 한다. 소학교의 이학理學 시간에서나 하게 되는 초보적인 자연과학 실험을 하고 있었던 것이다.[8] 말줄임표는 단순한 실험을 통해서 날씨가 차다는 객관적인 사실을 추론해낸 자기 자신을 음미하는 과정을 표현하고 있는 것이다. 그렇다면 집밖에 나와서 등피를 닦고 있는 동안에는 날이 차다는 걸 알아차리지 못했던 것일까.

인용문에서 남자 주인공의 성격과 관련된 두 가지 사실을 확인할 수 있다. 하나는 램프의 등피를 닦는 것이 주인공의 오래된 습관이라는 사실

---

7   이태준, 「가마귀」, 『돌다리─이태준 문학전집』 2, 깊은샘, 1995, 19면. 이 글에서 사용된 강조 표시는 모두 인용자의 것임.
8   초보적인 이학(理學) 실험에서 의미나 재미를 발견하는 작품으로는 이상의 「날개」가 있다. '나'는 거울로 빛의 반사를 즐기고, 아내의 화장품 병으로 빛의 산란을 실험하고, 돋보기로 화장지를 태우면서 빛의 굴절을 확인한다. 실험을 놀이로 전환하는 장면의 배후에는, 신기함과 지루함을 거쳐 온 무의식화한 근대(익숙해져서 놀이의 대상이 된 근대적인 것)가 배후에 자리 잡고 있다.

이다. 그는 새로 사와서 한 번도 사용하지 않은 램프의 등피를 닦는다. 굳이 깨끗한 등피를 닦는 이유는 무엇일까. "전에 하던 버릇으로"라는 구절에서 알 수 있듯이, 램프의 등피 닦기는 그의 오랜 습관이다. 새로 사온 남포의 등피를 닦는 모습에는 왠지 모를 반복강박의 그림자가 드리워져 있다. 다른 하나는 남자 주인공에게는 경험보다는 실험이 우선한다는 사실이다. 남자 주인공에게 사실은 감각적 경험을 통해서 주어지는 것이 아니라, 실험과 관찰 그리고 추론에 의해서 구성된다. 온도의 차이에 의해서 등피가 뽀얗게 흐려지는 모습을 보며 평범한 자연현상이라고 치부할 수도 있을 것이다. 하지만 그는 실험을 통해서 자연과학의 법칙을 재확인하고 있다. 아무리 단순하더라도 실험은 과학적 법칙을 반복적으로 확인하는 절차이다. 근대적 지식과학의 암묵적인 전제들이 반복적으로 재생산된다.

①"까마귀!"

까치나 비둘기를 본 것만은 못하였다. 그러나 자연이 준 그의 검음과 그의 탁한 음성을 까닭 없이 저주할 필요는 느끼지 않았다. 마침 정자지기가 올라와서, (…중략…)

"네, 이 동네 많습니다. 저 낡에 늘 와 사는걸입쇼."

"그래요? 그럼 내 친구가 되겠군……"

하고 그는 웃었다.[9]

---

9   이태준, 「까마귀」, 21면.

② 배가 고팠다. 그는 또 그 어느 학자의 수면습관설睡眠習慣設이 생각났다. 사람이 밤새도록 그 여러 시간을 자는 것은 불을 발명하기 전에 할 일이 없어 자기만 한 것이 습관으로 전해진 것뿐이요, 꼭 그렇게 여러 시간을 자야만 될 리는 없다는 것이다. 그는 이 수면습관설에 관련하여 식욕이란 것도 그런 것으로 믿어보고 싶었다. 사람은 하루 꼭꼭 세 번씩 으레 먹어야 될 것처럼 충실히 먹는 것이나 이것도 그렇게 먹어야만 되게 되어서가 아니라, 애초에는 수효 적은 사람들이 넓은 자연 속에서 먹을 것이 쉽사리 손에 들어오니까 먹기만 하던 것이 습관으로 전해진 것뿐이요 꼭 그렇게 세 끼씩이나 계획적으로 먹어야만 될 리는 없을 것 같았다. 그런데, 사람이 잠을 자기 위해서는 그처럼 큰 부담이 있는 것은 아니나 먹기 위해서는, 하루 세 번씩 먹는 그 습관을 지키기 위해서는 얼마나 큰, 얼마나 무거운 부담이 있는 것인가. (…중략…) 그는 쓴웃음을 지으며 지금 자기의 속이 쓰려 올라오는 것과 입속이 빡빡해지며 눈에는 자꾸 기름진 식탁이 나타나는 것을 한낱 무가치한 습관의 발작으로만 돌려버리려 노력해보는 것이다.[10]

남자 주인공의 성격에서 발견할 수 있는 가장 중요한 특징은, 관습이나 습관에 대해서 매우 회의懷疑적인 태도를 가지고 있다는 것이다. 회의의 대상은 크게 두 가지이다. 먼저, 관습적인 상징 또는 선입견에 대한 회의를 들 수 있다. 그는 별장 근처에서 서식하는 까마귀에 대해서 "까닭 없이 저주할 필요는 느끼지 않"(21)는다. 오히려 "그래요? 그럼 내 친구가 되겠 군……"(21)이라고 말하며, 오히려 대범하게 대응한다. 까마귀에 덧씌워

---

10   위의 글, 21~22면.

져 있는 관습적인 상징성까마귀=흉조을 인정하지 않겠다는 의지를 우회적으로 표현하고 있다. 회의와 관련된 또 다른 대상은 수면과 식욕이다. 그는 인간이 밤새도록 자는 것은 고대인의 습관이 전해진 것일 뿐이라는 수면습관설을 신뢰한다. 그리고 "수면습관설에 관련하여 식욕이란 것도 그런 것으로 믿"(21)어 보고자 한다. 수면습관설에 근거해서 식욕습관설을 유추하고자 하는 것인데, 이것은 수면습관설의 타당성을 인정하기 때문에 가능한 일이다. 그는 인간이 하루에 세끼를 먹어야 할 필연성이 없듯이 밤이 되면 잠을 자야할 필연성이 없지 않느냐고 반문하고 있다. 반드시 그렇게 해야 할 필연성이 없는 것은 습관 내지는 관습의 범주로 분류되고 회의의 대상이 된다. 인간의 본능적인 차원까지도 회의의 대상으로 삼고 있는 것이다.

남자 주인공의 태도에서 배어나는 회의적인 태도는 무차별적이며 때때로 히스테리컬하기까지 하다. 관습이나 습관에 대한 그의 회의는 관습적인 상징뿐만 아니라 인간의 본능에까지 그 추를 드리우고 있다. 본능이란 누가 가르쳐주지 않더라도 개체 보존을 위해서 생명체 스스로가 발현하게 마련인 생득적인 행동능력이다. 그는 식욕이나 수면욕과 같은 본능적인 욕구까지도 습관으로 해석한다. 그에게 식욕은 "한낱 무가치한 습관의 발작"(22)에 지나지 않는다. 습관에 대한 무차별적인 회의는, 주인공의 간헐적인 포즈가 아니라, 이미 구조화된 태도인 동시에 태도를 구조화하는 무의식이다.

남포의 등피를 열심히 닦는 모습에서 계몽주의와 관련된 빛의 상징성을 어렴풋하게나마 엿볼 수 있다면, 경험보다 실험을 우선하는 모습에서 근대자연과학에 대한 무의식화한 신념을 감지할 수 있다면, 본능에까지 이르는 무차별적인 회의에서는 데카르트로 대변되는 근대주의의 편린을 발견할 수 있다. 눈여겨 봐두어야 할 것은 계몽주의·자연과학·근대주의와 관련된 편린들이 인물의 외적 표지가 아니라 남자 주인공의 무의식 또는 무의식적인 태도와 관련되어 있다는 사실이다. 「가마귀」의 남자 주인공은 근대성을 무의식적인 태도습관로 구조화하고 있는 인물이다. 근대가 관념적 사고나 이념적 구호나 새로운 사물에 관한 경험 등으로 나타나는 것이 아니라, 태도의 무의식 또는 무의식화한 태도를 통해서 드러나고 있는 것이다. 계몽기부터 1930년대 중반에 이르는 역사적 과정이 그의 무의식을 만들어 냈다고 보아도 크게 틀리지 않을 것이다. 남자 주인공에게 근대적인 것은 무의식에 자리 잡은 자연과도 같은 것이어서 처음부터 반성의 대상이 될 수 없는 것이기도 하다.

　난 배가 고파할 줄 아는 그 얄미운 습관부터 아예 망각시켜 보리라. 잉크는 새것이 한 병 새벽 우물처럼 충충히 담겨 있것다. 원고지도 두툼한 게 여남은 축 쌓여 있것다![11]

경험을 대체하고 있는 실험, 과학의 합리성과 객관성에 대한 신뢰, 습관과 관습에 대한 회의와 거부 등으로 요약되는 남자주인공의 태도는 가치의 공백상태를 만든다. 실험이 경험을 대체하고, 근대적인 지식이 관습적인 선입견을 대체한다면, 남자주인공의 지독하면서도 엉뚱한 회의에 의해서 공백상태가 되어버린 수면과 식욕은 무엇으로 채울 것인가. 이 지

11　이태준, 「가마귀」, 22면.

점에서 절대적인 가치가 제시되는데, 그것은 다름 아닌 예술이다. 배고픔에 대해서 문학예술잉크와 원고지로 맞서고 있는 자의 표정이라고나 할까. 그는 배가 고프면 빵을 훔치고 사람을 죽일지도 모르지만 결코 글쓰기예술를 버리지 않겠다고 다짐한다. 또 한 쌀값과 석탄으로 대변되는 세속적 가치로부터 "십 리나 떨어져서" "남폿불을 돋우고 글만을 생각"할 수 있는 상황을 "살이 찔 듯한 행복"(22)이라고 말한다. 도덕적 가치보다는 예술적 행위를 우위에 두고, 세속적인 가치에 대해서는 금욕적인 태도를 취하는 모습은, 가히 전형적인 예술지상주의자라 할 만하다.

뒤에서 보다 명확하게 밝혀지겠지만, 무차별적인 회의로 무장한 그에게도 결코 회의의 대상이 될 수 없는 대상이 존재한다. 근대적 지식과학과 문학예술은 어떠한 경우에도 회의의 대상이 되지 않는다. 관습이나 습관일 수 없기 때문이다. 그는 근대과학과 문학예술을 제외한 모든 것을 습관 또는 관습으로 의심하고 탈신화화한다. 하지만 램프의 등피를 닦는 그의 오래된 습관에는 근대과학과 문학예술에 대한 그 어떤 신화화의 몸짓이 드리워져 있다. 습관에 대해 무차별적으로 회의하는 자에 의해서, 결코 회의되지 않는 습관 또는 관습. 또는, 실재의 작은 조각들.

3. 남포lamp처럼 구조화된 무의식

남자 주인공의 성격을 지탱하는 중추적인 원리를 근대주의계몽주의와 예술지상주의의 결합으로 파악할 수 있다면, 근대과학과 문학예술을 통합할 수 있는 근원적인 표상은 무엇일까. 다름 아닌 '남포lamp'가 그것이다.

램프는 석유용기 위에 흡입를 놓고 면시綿絲로 만든 심지를 세운 다음 그 주위에 유리로 만든 등피를 씌운 조명기구이다. 「가마귀」에서 제시된 가장 중요한 표상이, 등잔도 아니고 촛불도 아니고 남포라는 사실은 참으로 의미심장하다.

앞에서 살핀 것처럼 「가마귀」의 남자 주인공은 새로 구입해서 한 번도 사용하지 않은 남포의 등피를 "전에 하던 버릇"(19)으로 닦는다. 남포의 등피를 닦는 습관은 습관으로 인식되지 않는다. 습관이나 관습을 혐오하고 회의하는 그의 성격을 감안할 때, 등피를 닦는 자신의 습관을 습관으로 인식하지 못하고 회의하지 않는 것은 문제적인 장면이라 하지 않을 수 없다. 남포를 닦는 버릇이 남자 주인공의 무의식을 대변하고 있다면, 남포에 내재된 상징적인 의미를 통해서 그의 무의식에 접근할 수도 있을 것이다. 남포의 빛을 따라가다 보면 근대계몽주의와 예술지상주의로 가득한 그 어떤 내면을 발견할 수 있을 지도 모른다.

자연의 빛 또는 이성의 빛이 계몽의 대표적인 메타포라는 것은 너무나도 널리 알려진 사실이다. 영어 Enlightenment에서 확인할 수 있듯이, 계몽은 빛을 비추다 또는 어둠을 밝히다 또는 빛으로 어둠을 밝혀 꿈에서 깨어나게 하다라는 의미를 담고 있다. 빛을 비추어 어둠을 밝히면 꿈에서 깨어나 현실을 있는 그대로 바라보게 된다. 계몽의 빛은 어둠에 대한 공포를 몰아내고 현실세계를 발견하게 한다. 이 지점에서 문제되는 것은 계몽의 빛에 대한 원론적인 이해가 아니라, 한국 근대문학에서 빛이라는 이미지가 갖는 역사성일 것이다.

계몽의 기획에 대한 희망이 존재하고 있었던 19세기 후반~1900년대에 빛은 초월적이고 집합적인 성격을 가졌다. 어느 누구도 계몽의 빛을 제대로 경험한 적은 없었지만, 개화라는 말이 발 없는 유령처럼 도처에서 출몰하고 있었다. 이 시기의 빛은 '개화開化/반개화半開化/미개화未開化'『서유견문』로 대변되는 문명사적인 구분 위에 놓여 있었다.

> 죠션 사름들이 지금 힘 쓸거시 무슴 일이든지 공사 간에 문 열어 놋코 ᄆᆞᆷ 열어 놋코 서로 의론ᄒᆞ야 만ᄉᆞ를 작뎡하야 컴컴ᄒᆞᆫ 것과 그늘진 거슨 업서 ᄇᆞ리고 실샹과 리치와 도리를 가지고 희빗 잇ᄂᆞᆫ ᄃᆡ셔 말도 ᄒᆞ고 일도 ᄒᆞᄂᆞᆫ 거시 나라에 즁흥ᄒᆞᄂᆞᆫ 근본인 줄노 누리[우리의 오기-인용자]는 싱각ᄒᆞ노라.[12]

사회역사적인 개방성과 관련된 빛, 정치적 공론장을 비추는 이성적·계몽적 원리로서의 빛의 이미지. 빛은 집단적이고 집합적인 것이어서 사회 전체를 골고루 비춘다. 빛이 도달하는 범위는 신문이 유통되는 범위와 겹치는데, 민족이라는 상상의 공동체를 비추는 빛이기도 하다. 전근대의 어둠을 걷어내는 빛, 공동체의 구성원들을 잠에서 깨어나게 하는 빛, 이를 두고 계몽이라고 할 것이다.[13] 그렇다면 1930년대 중반 「가마귀」가 보여주는 남포의 빛은 어떠한 것인가. 시간의 격차가 있는 만큼 변화가 없을 수 없다. 남포의 빛은 개인적이고 경험적인 영역의 빛이다. 동시에 어둠에 대한 경험과 무의식을 은폐하고 있는 빛이다. 거칠게나마 빛의 이미지와 관련된 흐름을 검토해 보도록 하자.

> 아아, 춤을 춘다, 춤을 춘다, 싯벌건 불덩이가, 춤을 춘다. 잠잠한 성문城門

---

12 「논설」, 『독립신문』, 1896.6.30.
13 졸고, 「한국의 근대적 문학 개념 형성 과정 연구」, 서울대 박사논문, 1999, 38~47면 참조.

우에서 나려다 보니, 물냄새, 모랫 냄새, 밤을 깨물고 하늘을 깨무는 횃불이 그래도 무엇이 부족ズ足하야 제 몸까지 물고 뜨들 때, 혼차서 어두운 가슴 품은 절믄 사람은 과거過去의 퍼런 꿈을 찬 강고물 우에 내어던지나, 무정無情한 물결이 그 기림자[그림자－인용자]를 멈출 리가 이스랴?

(…중략…) 사랑 일혼 청년의 어두운 가슴 속도 너의게야 무어시리오, 기름자 업시는 「발금」도 이슬 수 업는 것을—. 오오 다만 네 확실確實한 오늘을 노치지 말라.[14]

시대와 사회의 어둠을 배경으로, 내면의 어둠을 발견하고 고백한 작품은 주요한의 「불노리」1919였다. 내면은, 외부의 횃불과 대비되며, 가슴 속의 어둠으로부터 생겨난다. "혼자서 어두운 가슴 품은 젊은 사람"은 드라마틱한 심리변화 끝에 "그림자 없이는 밝음도 있을 수 없는 것"이라는 인식에 도달한다. 「불노리」에서 불빛 내지는 밝음은 이성과 관련된 것이 아니라 죽음의 의지를 삶의 의지로 치환하는 과정에서 발생하는 정념情念이다.

차간車間 안의 공기空氣는 담배연기煙氣와 석탄石炭재의 먼지로 흐릿하면서도 쌀쌀하다. 우중충한 램프불은 웅크리고 자는 사람들의 머리 위를 직히는 것 가트나, 묵직하고도 고요한 압력壓力으로 삽븟히 내리누르는 것 갓다. 나는 한번 획 돌려다본 뒤에, (…중략…)

이 방房안부터 어불업는 공동묘지共同墓地다. 공동묘지共同墓地에 잇스니까 공동묘지共同墓地에 드러가기를 실혀하는 것이다. 두덱이가 득시글득시글하는

---

14   주요한, 「불노리」, 『창조』 1, 1919.2, 1~2면.

무덤 속이다. 모두가 구뎅이다. 너도 구뎅이, 나두 구뎅이다. 그 속에서도 진화론적進化論的 모든 조건條件은 한 초秒 동안도 걸으지 안코 진행進行되겠지! 생존경쟁生存競爭이 잇고 자연도태自然淘汰가 잇고 네가 잘 낫느니 내가 잘 낫느니 하고 으르렁대일 것이다. 그러나 조만간早晚間 구뎅이의 낫낫이 해체解體가 되어서 원소元素가 되고 흙이 되어서 내입으로 드러가고, 네 코로 드러갓다가 네나 내나 걱구러지면, 미구未久에, 또, 구뎅이가 되어서 원소元素가 되거나 흙이 될 것이다. 에ㅅ 되어저라! 움도 싹도 업서젓버려라! 망亡할대로 망亡햇버려라! 사태가 나든지 망亡햇버리든지 양단간兩端間에 끗장이 나고보면 그 중中에 혹或은 조금이라도 나흔 놈이 생길지도 모를 것이다…….[15]

「불노리」가 내면의 압도적인 어둠의 발견과 관련된다면, 시대와 사회의 차원에서 무차별적인 어둠을 발견한 작품은 염상섭의 「만세전」1923이 아닐까 한다. 계몽의 빛을 만나기 위해서 『무정』1917의 주인공들이 유학을 떠난 지 6년 정도 되는 시점에서, 「만세전」의 유학생은 조선의 현실 전체를 죽음과도 같은 어둠으로 파악한다. 어둠을 밝혀 밝은 세상을 만든다는 계몽의 약속은 압도적인 어둠 앞에서 망각되고, 무덤과도 같은 어둠을 발견한 계몽의 빛은 스스로 어둠의 공포에 빠져든다. 어둠을 밝히는 것이 아니라 오히려 어둠에 잡아먹힐지도 모른다는 공포스러운 무의식이 그것이다. 촛불처럼 스스로를 소진하더라도 어둠을 물리칠 수 있다고 믿을 때 비로소 계몽은 가능하다. 하지만 몇 자루의 촛불로는 어둠을 물리칠 수 없을 때, 우중충한 램프불이 웅크리고 사람들의 머리를 비출 때, 어둠에 대

---

15 염상섭, 『만세전』, 고려공사, 1924, 147~148면.

한 공포가 극단적인 환멸의 감정으로 분출할 것은 자명한 이치이다.

빛의 상징성이 겪어온 변화를 개략적으로나 살펴본 이유는, 「가마귀」의 남포에 다가가기 위함이다. 적어도 빛의 이미지가 이성의 빛으로만 환원된다고 단정해서는 안 된다는 사실을 확인하고자 했을 따름이다. 에이브럼즈M. H. Abrams의 지적처럼 인간의 마음내면에 대한 비유는 역사적으로 변화해 왔다.[16] 인간의 마음은 거울에서 촛불과 램프로, 다시 그것과 유비적인 관계에 있는 다른 비유들에서 표현을 얻었다. 「가마귀」에 등장하는 남포 또한 마음mind 또는 무의식에 대한 비유어이다. 촛불과 달리 남포는 자기소진적인 열정을 갖지 않는다. 심지와 연료가 소진되기는 하지만 기본적으로 보충과 대체가 가능하다. 남포에는 유리로 만든 등피가 있어서 내부를 하나의 공간으로 제시한다. 유리라는 매개물의 일반적인 성격이 그러하듯이 등피는 시각적으로 연속성을, 공간적으로 단절의 경험을 제공한다. 또한 남포는 등피를 통해서 불꽃을 안정적으로 보호하고, 심지의 높이를 바꿈으로써 밝기를 조절할 수 있다. 따라서 상징적인 차원에서 남포의 불빛은 이성과 매개된 열정, 또는 이성에 의해서 조절 가능한 감정을 표상한다. 유리로 된 등피를 닦는 습관은 이성의 투명함에 대한 무의식적인 요청을 반영하고 있다. 앞에서 남포에 대한 남자주인공의 습관이 다분히 문제적임을 암시한 바 있지만, 등피를 닦는 습관은 작품의 다른 곳에서도 인상적으로 제시된다.

저녁마다 그는 남포에 새 석유를 붓고 등피를 닦고 그리고 까마귀 소리를 들으

---

16 M. H. Abrams, *The Mirror and The Lamp*, London : Oxford University Press, 1953/1979, pp.57~60.

면서 어둠을 기다리었다. 방 구석구석에서 밤의 신비가 소근거려 나올 때 살며시 무릎을 꿇고 귀한 손님의 의관처럼 공손히 남포갓을 들어올리고 불을 켜는 것이며 펄럭거리던 불방울이 가만히 자리 잡는 것을 보고야 아랫목으로 물러나 그제는 눕든지 앉든지 마음대로 하며 혼자 밤이 깊도록 무얼 읽고 무얼 생각하고 무얼 쓰고 하는 것이다.[17]

이토록 매일 저녁마다 반복적으로 등피를 닦는 심사란 무엇인가. 새로 사와서 기름도 한번 안 넣은 등피마저도 닦아야만 하는 마음이란 무엇인가. 그는 어두워서 남포를 켜지 않는다. 오히려 남포를 켜기 위해서 밤이 오기를 기다린다. 저녁마다 등피를 닦고 석유를 붓고 밤이 오기를 기다렸다가 귀한 손님을 대하듯이 무릎을 꿇고 공손한 태도로 남포에 불을 붙인다. 불이 안정적으로 자리를 잡은 후에야 책을 읽고 글을 쓰고 생각을 한다. 그의 일상이 남포의 빛으로 어둠을 밀어내고 문학예술로 나아가는 것이라면, 그의 일상은 근대계몽주의와 예술지상주의의 연계성을 상징적으로 대변하고 있다. 남포의 등피 닦기에 대한 반복강박과, 남포의 불 켜기에 도입된 종교적 엄숙성은, 등피 닦기가 단순한 습관이 아니라 근대계몽주의와 예술지상주의를 자신에게로 불러들이는 일상의 제의祭儀라는 사실을 명확하게 보여준다. 남포의 등피는 거울처럼 자신을 비추어보는 일을 가능하게 하는 거울이자, 이성의 투명성을 확인하고 이성적인 빛의 확장을 가능하게 하는 미디어이다. 남자주인공에게 등피 닦기는 무의식적인 습관인 동시에, 주체 형성의 원리를 확인하는 신성한 제의였던 것이

---

17 이태준, 「까마귀」, 22면.

다. 그는 등피를 닦고 남포의 불빛을 보면서 근대과학과 문학예술에 대한 신념을 내면화하는 제의를 수행하고 있었던 것이다.

① 오래간만에 켜 보는 남폿불이다. 펄럭하고 성냥불이 심지에 옮기더니 좁은 등피 속은 자옥하게 연기와 김이 서리었다가 차츰차츰 밝아지는 것이었다. 그렇게 차츰차츰 밝아지는 남폿불에 삥 둘러앉았던 옛날 집안사람들의 얼굴이 생각나게, 그렇게 남폿불은 추억 많은 불이다.[18]

② 그는 문풍지 떠는 소리에 덧문을 닫고 남포에 불을 낮추고 포의 슬픈 시 「레이벤」을 생각하면서,

"레노어? 레노어?"

하고, 포가 그의 애인의 망령亡靈을 부르듯이 슬픈 음성을 소리쳐 보기도 하였다.[19]

남포는 이성의 빛에 국한되지 않는다. 남포의 빛은 낭만적 몽상과 환상과도 관련된다. 남포는, 남포불을 둘러싸고 앉았던 고향 사람들에 대한 낭만적인 몽상으로 이어지는 매개적 통로이며, 마치 무당이라도 된 듯이 죽은 자의 영혼을 부르며 연극적인 자아를 연출하게 하는 예술적 환상의 매개물이기도 하다. 남포의 불을 낮추자 광기에 가까운 열정이 예술적 환상이 펼쳐진다. 심지를 돋운 남포가 이성의 빛에 해당한다면, 심지를 낮춰 어둠을 불러들인 남포는 몽상과 환상의 무대를 마련한다.

남포는 심지의 높이를 달리 하여 빛의 양을 조절할 수 있는 기구이다.

---

18 위의 글, 20면.
19 위의 글, 28~29면.

「가마귀」에서 남포는 두 가지의 계열을 통합한다. 하나는 이성의 빛이 상징하는 근대적·과학적 지식의 계열이고, 다른 하나는 낭만적 열정·몽상·환상과 관련된 예술의 계열이다. 남포의 심지를 올린 상태가 이성의 빛과 관련된다면, 심지를 내린 상태의 은은한 불빛은 예술적 열정을 불러일으킨다. 남자 주인공의 성격이 근대계몽주의와 예술지상주의가 결합된 양상일 수 있었던 이유가 남포에 있다. 그리고 그가 매일 저녁 남포의 등피를 닦았던 이유도 여기에 있다. 남포의 표상은 근대계몽주의와 예술지상주의를 결합한다. 남포는 남자 주인공의 자기 이미지이다.

앞으로 살피게 되겠지만, 남포에서 연원하는 이성·근대·계몽이라는 빛의 계열은 시체의 내부를 밝히고자 하는 해부학적 열망으로 이어진다. 하지만 어둠을 기다려야 남포를 켤 수 있듯이, 해부학에 이르기 위해서는 시체를 만들고 시체의 배를 가르는 폭력을 거치지 않으면 안 될 것이다. 그렇다면 낭만적 몽상이나 환상과 관련된 예술은 어느 지점에서 가능한가. 죽음을 대속代贖하는 지점에서, 달리 말하면 죽음을 희생양으로 삼는 한바탕의 제의를 통해서 가능할 것이다.

4. 가면 쓴 마귀의 주술과 은유로서의 질병

「가마귀」의 여자 주인공을 특징짓는 요소는 세 가지이다. 근대적 학교 교육에 근거한 교양, 도시적인 감수성을 대변하는 패션, 메타포로서의 결핵이 그것이다. 남자주인공은 여자의 전체적인 인상을 "장정裝幀 고운 신간서新刊書"(23)에 비유하며, 구체적으로 "새 양봉투 같은 깨끗한 이마"(24)

와 "누여 쓴 영국 글씨 같이 채근"(24)한 눈결을 읽어낸다. 근대적인 학교 교육에 근거한 교양과 세련된 문화적 감각을 소유하고 있는 사람임을 한 눈에 알 수 있다. 그녀의 근대적 교양과 문화적 감각은 패션과 결핵을 통해서 보다 내밀하게 표현된다.

> 머리는 틀어올리었고 저고리는 노르스름한 명주빛인데 고동색 스웨터를 아이 업듯 두 소매는 앞으로 늘어뜨리고 등에만 걸치었을 뿐, 꽤 날씬한 허리 아래엔 옥색 치맛자락이 부드러운 물결처럼 가벼운 주름살을 일으키었다.[20]

수전 손택이 지적한 것처럼, 근대에 접어들면서 사람들은 의복패션을 둘러싼 새로운 관념과, 질병을 대하는 새로운 태도를 통해서 자신의 재산과 신분을 드러낸다. "의복신체 밖을 둘러싸는 외피과 질병신체의 내부를 감싸는 일종의 장식은 자아를 대하는 새로운 태도의 비유가 되기 시작했다."[21] 「가마귀」의 여주인공은 자아를 외부적으로 표현하는 패션과, 내면의 낭만적 태도를 보여주는 질병이라는, 두 가지의 근대적 메타포를 통해서 구성된 독특한 인물인 셈이다. 그녀를 주인공의 반열에 올려놓은 힘, 달리 말하면 주변 환경에 비해 도드라진 개별적인 존재로 만들어주는 요소는 패션과 결핵의 상징성이다.

> "전 병을 퍽 행복스럽다 했어요. 처음엔⋯⋯"

---

20 위의 글, 23면.
21 수전 손택(Susan Sontag), 이재원 역, 『은유로서의 질병』, 이후, 2002, 47면; 가라타니 고진(柄谷行人), 박유하 역, 『일본근대문학의 기원』, 민음사, 1997.

"……"

"모두 날 위해 주고 친구들이 꽃을 가지고 찾아와 주고 그리고 건강했을 때보다 여간 희망이 많지 않아요. 인제 병이 나으면 누구헌테 제일 먼저 편지를 쓰겠다. 누구헌테 전에 잘못한 걸 사과하리라…… 참 별별 희망이 다 끓어 올랐예요…… 병든 걸 참 감사했어요. 그 땐……"

"지금은요?……"

"무서와졌예요. 죽음도 첨에는 퍽 아름다운 걸로 알았더랬예요. 언제든지 살다 귀찮으면 꽃밭에 뛰어들 듯 언제나 아름다운 죽음에 뛰어들 수 있는 걸 기뻐했어요."[22]

결핵은 병든 자아를 상징하는 질병인 동시에, 세계를 낭만적으로 보는 데 도움을 준 질병이었다.[23] 여자 주인공의 경우 결핵균에만 전염된 것이 아니라, 결핵과 관련된 낭만적 이미지 즉 메타포로서의 결핵에도 동시에 감염되어 있다. 풍부한 감수성, 귀족적 이미지, 미학적인 죽음에 대한 낭만적 동경 등과 같은 결핵의 상징성이 고스란히 표현되어 있다. 낭만주의적 감수성은, 소설가인 남자 주인공과 마찬가지로, 근대적인 지식과 제도가 마련해 준 것이기도 하다. 괴벽한 문체의 소설 독자로 자처할 만한 문학적 교양과, 결핵과 관련된 낭만주의적 감수성은 동전의 앞뒷면인 셈이다.

「가마귀」의 남녀 주인공들은 지적·문화적 차원에서 동일한 코드를 공유하고 있다. 두 사람이 다른 길을 걷게 되는 결정적인 계기는 죽음이다. 근대과학과 문학예술에 대한 신념을 자신의 내면 속에서 양립가능한 관

---

22   이태준, 「가마귀」, 26~27면.
23   수전 손택, 앞의 책, 101~103면.

계로 설정하고 있는 남자주인공과는 달리, 폐결핵과 죽음이라는 막다른 골목과 맞닥뜨린 여주인공의 심리는 지극히 퇴행적이다. 학교에서 까마귀는 까치, 황새, 참새 등과 다를 바 없는 조류의 일종이라고 분명히 배웠을 텐데, 그녀의 심리상태는 까마귀와 관련된 전통적인 상징인 흉측한 새라는 관념에서 한 발자국도 벗어나지 못한다. 보다 정확하게 말하면 '꿈'으로 대변되는 계몽근대 이전의 상태, 또는 탈주술화 이전의 주술적인 세계로 스스로 찾아 들어간 형국이다. 그녀의 모습은 계몽적 이성이 봉착한 한계죽음와 그 퇴행의 흔적들을 보여주는 한 편의 드라마이다.

> "싫어요. 그것[까마귀–인용자] 뱃속엔 아마 별별 구신딱지가 다 든 것처럼 무서워요. 한번은 꿈을 꾸었는데 까마귀 뱃속에 무슨 부적이 들고 칼이 들고 시퍼런 불이 들고 한 걸 봤어요. 웃지 마세요. 상식은 절 떠난 지 벌써 오래요……."[24]

'꿈'에서 보았던 내용을 전면에 내세우며 상식근대적 학교 교육에 근거한 지식과 교양을 부정하는 여자의 모습이 참으로 인상적이다. 꿈에서 본 까마귀의 뱃속에 들어있다는 부적·칼·시퍼런 불 등은 무속이나 주술적인 샤머니즘에서 즐겨 사용되는 도구들이다. 까마귀는 여자에게 있어서 단순히 흉조라는 관습적 관념이 아니라, 근대적인 것과 대립적인 관계에 놓인 전前근대적인 것들의 주술적인 표상이다. 여자 주인공에게 있어 까마귀는 자신에게 폐결핵이라는 주술을 건 검은 '마귀'일 따름이다. 주술적인 단계에

---

24   이태준, 「가마귀」, 32면.

서 꿈과 형상은 사물의 단순한 기호가 아니라 유사성과 이름에 의해 사물과 직접 결합한다. 주술은 이름에 결부되어 있는 무의식을 환기시키는 과정이다.[25] 그렇다면 배울 만큼 배운 여자가 까마귀와 관련된 주술적 사유에 빠져든 이유는 무엇일까. 까마귀를 마귀로 규정하고자 하는 숨은 의도는 무엇일까. 까마귀를 가면 쓴 또는 변장한 마귀로 규정함으로써 여자 주인공은 스스로 마귀의 주술에 걸린 특별한 존재임을 내밀한 방식으로 고백한다. 그녀가 생각하고 있는, 자기 이미지는 과연 어떠한 것이었을까.

> "조선 상여는 참 타기 싫어요. 요즘 금칠 막한 자동차도 보기도 싫어요. 하아얀 말 여럿이 끌구 가는 하얀 마차가 있다면…… 하고 공상해 봤어요. (…중략…) 그리고 무덤도 조선 무덤들은 참 암만 해도 정이 가질 않아요. 서양엔 묘지가 공원처럼 아름답다는데 조선 산수들야 어디 누구의 영원한 주택이란 그런 감정이 나요? (…중략…) 까마귀나 모여들게 떡쪼가리나 갖다 어질러 놓고……."[26]

백마가 몰고 가는 하얀 마차는, 그녀의 자기 이미지가 공주, 보다 정확하게 말하면 가면 쓴 마귀의 주술에 걸린 공주princess라는 사실을 고백하기 위한 비유이다. 여자주인공의 관점에서 보자면, 「가마귀」는 가면 쓴 마귀의 주술에 빠진 공주를 구하려다 실패한 왕자그녀의 애인와, 스스로 왕자인 줄 알았는데 잘해야 기사騎士였던 사람소설가이 엮어내는 한 편의 드라마인

25 막스 호르크하이머·테오도르 아도르노(M. Horkheimer & Th. W. Adorno), 김유동 외역, 『계몽의 변증법』, 문예출판사, 1995, 34면. 이들은 또한 "주술은 무엇보다 이름으로서의 언어에 따라다닌다"(225면)고 말한 바 있다.
26 이태준, 「가마귀」, 31면.

셈이다. 그렇다면 그녀는 왜 근대적 교양과 지식의 소유자에서 주술적인 관념의 세계로 퇴행할 수밖에 없었을까. 자기 이미지를 마귀의 주술에 걸린 공주로 정립하기 위해서일 것이다. 왜 공주가 자기 위안의 메타포로 선택된 것일까. 근대적 교양과 지식은 '왜 하필이면 내가 폐병에 걸려 죽어야 하는 것인가'라는 절박한 물음에 대해서 어떠한 대답과 위안도 제공하지 않는다. 인과론적인 설명이 아무리 객관적으로 제시된다고 하더라도, 그 설명은 죽어가는 개별자에게는 어떠한 위안도 되지 못한다. 죽음에 대한 근대적 지식이나 설명은 죽어가는 자가 아니라, 멀찍이 떨어져서 죽어가는 자를 바라보는 제3자를 위한 설명이기 때문이다.[27] 결핵균이 발병의 원인이라는 병원체설病原體說은 병에 걸려 죽어가는 사람에게는 아무런 의미가 없다. 오히려 그녀에게는 가면 쓴 마귀의 저주에 걸린 공주라는 자기 이미지가 더욱 절실할 따름이다. 남자주인공에게 계몽근대적 지식과 예술이 아슬아슬하게 봉합되어 있었다면, 여자주인공에게 근대적 지식은 자신 죽음 바깥에서 무기력하게 서 있을 따름이다. 여자주인공에게 죽음은 반복 불가능한 고유한 경험이며, 일회적인 사건이다. 하지만 계몽은 죽음을 균질화하며, 죽음을 탈신비화해서 하나의 일반적인 사실로 만든다.

5. 문학이라는 신화와 희생제의적 현실

메타포로서의 결핵은 정념의 질병이다. 낭만주의적 가치에서 보자면

---

27 노르베르트 엘리아스(Norbert Elias), 김수정 역, 『죽어가는 자의 고독』, 문학동네, 1998 참조

질병이란 정념으로 가득 차 있을 때에 나타나는 것이다. 결핵은 내면에서 일어나고 있는 격렬함의 신호였고, 결핵환자는 열정을 통해서 육체의 소멸소진에 도달하게 될 사람이었다. 열정과 소진의 이미지는 질병으로서의 사랑이라는 이미지와 자연스럽게 결합되었고, 낭만주의 이후에 결핵은 사랑이라는 질병의 변형으로 여겨졌다.[28] 소설가인 남자주인공이 여자를 보았을 때 그녀를 둘러싸고 있는 결핵의 신화들도 함께 읽어낸 것이리라. 스스로의 격정에 못 이겨 '내가 사랑하리라!'고 외치던 때, 남자주인공의 내면에서는 어떠한 드라마가 펼쳐지고 있었을까.

> 그는 문풍지 떠는 소리에 덧문을 닫고 남포에 불을 낮추고 포의 슬픈 시 「레이벤」을 생각하면서,
> "레노어? 레노어?"
> 하고, 포가 그의 애인의 망령ㄷꟿ을 부르듯이 슬픈 음성을 소리쳐 보기도 하였다.[29]

남포의 불을 낮춘 것은 포의 혼을 불러들이려는 제의적인 몸짓이었을까. 남포의 불을 낮추자 놀라운 일이 벌어진다. 포의 혼령이 주인공의 몸에 빙의된 것은 아니겠지만, 남자주인공은 자기가 연출한 환상 속에서 포의 역할을 연기하고 있다. 강철 같은 회의로 무장한 그에게 어째서 이런 일이 벌어진 것일까. 장시 「갈가마귀」Raven와 관련된 포의 전기적 사실을 검토하는 일이 필요할 것이다.

---

28   수전 손택, 앞의 책, 36면 참조.
29   이태준, 「가마귀」, 29면.

널리 알려진 바와 같이 포는 근대적 단편소설의 형식을 완성한 소설가이며, 탐정소설·환상소설·추리소설의 개척자이며, 미적 구조와 음악적 운율의 조화를 추구한 낭만주의·상징주의 시인이며, 예술을 위한 예술을 주창한 선구적인 이론가이다. 포가 사촌동생 버지니아와 결혼한 것은 1836년 그의 나이 27세 때의 일이다. 버지니아의 각혈은 1842년부터 시작되었고, 27살이 되던 1848년에 결핵으로 숨을 거둔다. 장시 「갈가마귀」는 버지니아의 병세가 악화되었던 1845년에 발표되었다.[30] 포는 「작품창작의 철학」에서 아름다움과 감상을 시적으로 결합시키는 것이 자신의 목표였으며, 「갈가마귀」는 인간의 보편적 이해에 비추어 가장 감상적인 주제인 죽음과 아름다움의 결합 또는 아름다운 여인의 죽음을 표현한 작품이라고 밝힌 바 있다.[31]

---

30 「갈가마귀」와 관련된 포의 전기적 사실에 대해서는, Arthur Hobson Quinn, *Edgar Allan Poe : a critical biography*, Baltimore : Johns Hopkins University Press, 1998, pp.405~450 참조.

31 Edgar Allan Poe, "The Philosophy of Composition", *The Selected poetry and pose of Edgar Allan Poe*, New York : Random House, 1951, pp.368~369. "나는 자문해 보았다. "모든 감상적인(melancholy) 주제들 중에서 인간의 보편적 이해에 비추어 가장 감상적인 것은 무엇인가?" 죽음이 명백한 답이었다. 나는 말했다. "그렇다면 언제 가장 감상적인 주제가 가장 시적인 것이 될까?" 앞에서 내가 이미 길게 설명했듯이, 여기에 대한 대답은 명백하다. "죽음이 아름다움과 가장 밀접하게 결합될 때"이다. 그렇다면 아름다운 여인의 죽음은 의심의 여지없이 세상에서 가장 시적인 주제이다. 그리고 그 주제를 전달할 최적의 인물은 의심할 나위 없이 애인과 사별한 연인이다./ 나는 두 개의 주제, 죽은 애인을 애도하는 연인과 nevermore라는 말을 계속해서 반복하는 갈가마귀를 결합시켜야만 했다." 「갈가마귀」의 대략적인 내용은 다음과 같다. 사랑하는 여인 레노어와 사별한 남자가 슬픈 가슴을 달래려고 서재에서 이런 저런 책들을 뒤적이고 있다. 갑자기 밖에서 창문을 두드리는 듯한 소리가 나고, 그는 그 어떤 예감에 사로잡혀 "레노어?"라고 묻는다. 자신의 어리숙함을 깨닫고 방으로 돌아온 그의 귀에 다시 문을 두드리는 소리가 들려온다. 그가 문을 열자 갈가마귀 한 마리가 위엄있게 날아 들어와 문 위에 놓인 팔라스(Pallas)의 흉상 위에 앉는다. 남자는 레노어와의 사랑과 관련된 질문들을 던지지만, 갈가마귀는 어떠한 물음에 대해서든지 'nevermore'라는 말만 되풀이 한다. Edgar Allan Poe, "Raven", *The Selected poetry and pose of Edgar Allan Poe*, pp.33~37.

「갈가마귀」에서 포가 표현하고자 했던 것은 죽음과 아름다움의 시적 결합이었다. 반면에 「가마귀」의 남자 주인공은 「갈가마귀」의 레노어와 포의 연인 버지니아를 완전하게 동일시하면서, 「갈가마귀」를 둘러싼 포의 상황을 신화적인 사실로 받아들이고 있다. 「가마귀」의 남자주인공이 포를 떠올린 이유는 세 가지이다. 하나는 그가 보기에는 포와 자신이 모두 예술가라는 것, 다른 하나는 주변에 폐병으로 죽어가는 여자가 있다는 것, 마지막으로 포에게는 「갈가마귀」가 있고 그에게는 별장 주변의 까마귀가 있었다는 것. 우연의 일치가 운명의 표정을 짓고 있지 않았겠는가. 따라서 포의 신화와 주인공의 현실 사이에 유비 가능성이 펼쳐졌고, 남포의 불을 낮추자 낭만적이고 예술적인 환상이 생겨났던 것이다. 물론 완벽하게 대칭적인 관계를 갖는 유비는 아니다. 「가마귀」의 남녀 주인공이 연인관계에 있어야 한다는 요구사항이 여전히 미결정의 상태에 있다.

남자주인공이 꿈꾸는 환상의 핵심은 무엇일까. 자신이 포에 필적할 만한 진정한 예술가라는 사실을 입증하는 것이다. 각혈을 하며 죽음을 맞았던 포의 레노어버지니아처럼, 폐병에 걸린 여자 주인공이 자신을 사랑하기만 한다면, 그는 포의 신화를 현실 속에서 재현하게 될 것이다. 그렇게만 된다면 그는 포의 신화를 직접 자신의 삶으로 경험하게 되는 셈이다. 따라서 여자를 사랑하겠다고 공언한 그의 낭만적 열정은 사실상 일종의 책략이다. 그것은 여자를 위로하는 방법이면서, 죽음을 승화시키는 예술가의 반열에 자기 자신을 올려놓고자 하는 전략이다. "어떻게 하면 그 여자에게 죽음이 다시 한 번 꽃밭으로 보일 수 있을 까?"(28)라는 고민을 스스로에게 부여하기는 했지만, 결론은 "슬픈 아가씨여, 죽더라도 나를 사랑하면서 죽어다오!"(28)로 귀결되는 이유가 거기에 있다.

「가마귀」의 남자 주인공은 「갈가마귀」와 포를 둘러싼 신화 속에서 예술의 대속代贖가능성을 발견한다. 그는 전염병의 공포와 위험에 자신을 내어던짐으로써, 여자주인공의 죽음을 작품 창작의 배경으로 설정함으로써, 자신을 진정한 예술가의 반열에 올려놓고자 한다. 이것은 교환인 동시에 희생이며 희생제의이기도 하다. 낭만적 경험과 열정이 선행하고 그 다음에 문학이 씌어지는 것이 아니라, 비극적인 사랑 이야기文學가 신화처럼 먼저 존재하고 그 이야기에 따라서 실제의 삶과 경험이 배치된다. 신화文學와도 같은 이야기가 지상의 경험으로 강림하며 반복되는 것, 이것이 예술적 환상의 본질이다. 포에게는 지독한 현실이었겠지만, 포의 작품과 전기적 사실은 이미 하나의 신화이다. 삶을 신화적 이야기의 틀 속에 밀어 넣는 순간, 예술적 환상이 탄생한다. 그리고 그 지점에서 예술과 문학은 이미 하나의 신화이다.[32]

그는 예술의 신화를 현실 속에 불러들여 반복하고자 하는 제사장이다. 예술이란 죽음을 보상하고 승화시킬 수 있으며, 동시에 사랑하는 대상의 상실을 대속代贖하는 그 무엇이기 때문일 것이다. 근대적 지식에 입각해서 본능까지 회의하며 탈신화화하고자 했던 남자주인공은, 자신의 삶 속에서 문학과 예술의 신화를 반복하고자 한다. 그가 설정하고 있는 예술의 모델은 그 자체로 주술적이고 신화적이며 비계몽적이다. 이를 두고 계몽의 타락이라고도 할 수 있을 것이다. 계몽의 관점에서 보자면 죽음과 맞바꾸는 예술이란 영락없는 비非계몽이며 또다른 신화 만들기이기 때문이다. 하지만 예술이라는 제도의 관점에서도 그러할까. 부르디외의 지적처

---

32 피에르 부르디외(Pierre Bourdieu), 하태환 역, 『예술의 규칙』, 동문선, 1999 참조.

럼, 예술은 물질적인 생산과 더불어 가치와 신념의 재생산이 동시에 이루어질 때 제도로서 유지된다. 그리고 예술 제도를 재생산하는 내적 동력은 제도에 관여하고 있는 주체의 열정으로부터 주어진다. 이 지점은 계몽과 예술이 날카롭게 분화되는 장면이어서 참으로 문제적이다. 소설가가 보여주는 제의적인 몸짓들은 계몽의 관점에서 보자면 비계몽 또는 반계몽적인 것이다. 하지만 예술적인 환상illusion이 존재하지 않을 때 예술이라는 제도는 스스로를 재생산하지 못한다. 이전까지 행복한 상태를 유지해 왔던 계몽과 예술의 동거상태는, 죽음의 문제 앞에서 서로의 고유한 내적 규범을 드러내며 분화될 수밖에 없다.

6. 세계의 탈脫신화화와 근대의 재再신화화

「가마귀」의 남자 주인공이 여자의 죽음을 위로할 수 있는 방법은 두 가지이다. 하나는 예술적인 신화를 현실에서 재현반복하는 일이고, 다른 하나는 근대적인 지식을 총동원해서 죽음을 설명하는 것이다. 앞에서 보았듯이 예술적 신화를 반복하는 일은 실패로 돌아갔다. 남포의 불을 낮추고 포의 신화를 불러들이며 한껏 고양되었던 낭만적 환상은, 각혈한 피를 반 컵이나 마시는 엽기적인 애인이 있다는 사실 앞에서 어이없는 파탄을 맞는다. 하지만 한껏 고양되었던 열정은, 예기치 않았던 억압그녀의 애인과 결부되면서, 공격성의 양태로 응축된다. 이제 그에게는 근대적 지식을 동원하여 그녀의 죽음을 설명하는 방법이 남아 있을 따름이다.

"어떤 상여를 생각하십니까?"

그는 대담하게 이런 것을 물어 주었다. 그렇게 하는 것이 그 아가씨의 세계를 접근하는 것이 될까 하였다.[33]

낭만적 환상을 완전히 포기한 후, 그에게는 이성주의자 또는 근대주의자의 면모만이 남아있다. 그의 공격성은 일차적으로 여자주인공을 향한다. 하지만 곧바로 공격성은 방향을 바꾸어서 까마귀에게로 집중된다. 여자주인공을 죽음의 공포로 몰아넣은 주범이, 뱃속에 귀신딱지·부적·칼·시퍼런 불 등을 담고 있는 까마귀였기 때문이다. 이 지점에서 그는 해부학을 떠올린다. 근대주의자라면 당연한 선택이 아니겠는가. 이제 그의 공격성은 까마귀에로 집중될 것이다.

그는 웃고 속으로 이제 까마귀를 한 마리 잡으리라 하였다. 그 배를 갈라서 그 속에는 다른 새나 조금도 다를 것이 없는 내장뿐인 것을 보여주리라, 그래서 그 상식을 잃은 여자의 까마귀에 대한 공포심을 근절시키고 그래서 죽 에 대한 공포심까지도 좀 덜게 해 주리라 마음먹었다.[34]

계몽의 빛이 세계와 자연을 향할 때 백과사전과 도서관을 만나고, 계몽의 빛이 사회나 국가와 만나게 될 때 다양한 혁명적 기획들과 결합되며, 계몽의 빛이 우리의 몸으로 구부러져 들어올 때 포르노그라피와 해부학이 제시된다. 계몽은 인간에게서 공포를 몰아내고 인간을 주인으로 세

---

33 이태준, 「가마귀」, 31면.
34 위의 글, 32면.

운다는 목표를 추구해왔다. 계몽의 프로그램은 세계의 탈마법화·탈신비화였으며, 인간의 지성이 마법과 신비를 극복하고 탈마법화한 자연 위에 군림해야 한다는 것이었다. 탈마법화·탈신비화란 은폐되어 있는 내부의 힘과 요소들을 바깥으로 드러나게 하는 것이다. 숨겨져 있던 것이 아무 것도 아니라는 것을 보여주는 것. 그가 선택한 탈마법화·탈신비화의 방법이 다름 아닌 해부였다. 해부는 분석적인 방법론인 동시에 기본적인 내부요소들로의 환원을 보여주는 가장 실증적인 방법이다. 따라서 소설가의 해부학은 다음과 같이 말한다. 까마귀는 새다. 그리고 까마귀의 죽은 몸 안쪽으로까지 파고 들어간 해부학의 빛줄기는, 까마귀의 시체에서 진리의 장소를 발견한다.[35] 까마귀는 새다. 까마귀의 배속에는 귀신딱지·부적·칼·시퍼런 불 등과 같은 것은 없다. 그것이 죽음의 진리다.

문제는 진리의 장소에 도달하기까지의 과정이 만만치 않다는 것이다. 멋진 모습으로 해부를 하는 외과의가 되기 위해서는 먼저 까마귀의 시체를 구하거나 만들어야 한다. 진리가 거기에 있기 때문이다. 따라서 그는 해부의가 되기 전에 사냥꾼부터 되어야 한다. 그런데 사냥에 나서는 그의 모습은, 근대적 지식으로 무장하고 멋진 해부의를 꿈꾸는 소설가와는 잘 어울리지 않는다. 고대의 사냥꾼을 연상시킬 정도로 원시적이고, 심지어 는 야만적이기까지 하다. 그는 갑자기 원시인이라도 된 것처럼, 물푸레나무로 활을 매고 싸리로 화살을 만든다. "끝에다가는 큰 못을 갈아 촉을 박고 여러 번 겨냥을 연습하여 보고 까마귀를 창문 가까이 유혹"(32)하여 한 놈을 쏜다. "신화를 파괴하기 위한 모든 소재를 계몽은 신화로부터 받아

---

35 미셸 푸코(Michel Foucault), 홍성민 역, 『임상의학의 탄생』, 인간사랑, 1993 참조.

들인다"[36]는 아도르노의 말이 너무나도 선명하게 다가오는 장면들이다.

그는 슬그머니 겁이 나기도 했으나 뭉우리돌을 집어 공중의 놈들을 위협하여 도랑에서 다시 더풀 올려솟는 놈을 쫓아들어가 곧은발길로 먹투시를 차 내던졌다. 화살은 빠져 떨어지고 까마귀만 대여섯 간 밖에 나가떨어지며 킥하고 뻐들적거렸다. 다시 쫓아가 발길을 들었으나 그때는 벌써 까마귀는 적을 볼 줄도 모르고 덮어누르는 죽음과 싸울 뿐이었다. 그는 두근거리는 가슴으로 (…중략…) 처녀의 임종을 상상해 보았다. 슬픈 일이었다.[37]

까마귀는 그에게 잘못한 것이 전혀 없고, 그 또한 까마귀를 나쁘게 생각한 적이 없다. 생물학의 분류체계에 따르면 까마귀는 재수 없는 새가 아니라 단지 조류의 일종일 뿐이다. 그렇다면 까마귀에 집중된 원시적이고 미개하며 야만적인 폭력의 원천은 무엇일까. 헛다리를 짚은 데 대한 분풀이일까. 적어도 남자주인공의 개인적인 기질과는 무관한 문제라는 점은 분명하다. 남자주인공의 모습은 '새로운 종류의 야만상태'아도르노이다. 이성을 통한 계몽해부학을 통해서 죽음의 진리 발견하기은 역설적이게도 새로운 종류의 야만까마귀 때려잡기으로 귀결되고 말았다. 또한 그는 까마귀의 배를 열어 아무 것도 없음을 보여주는 일이 과연 여자를 치유할 수 있는 방법인가에 대해서는 조금도 회의하지 않는다. 수면과 식욕까지도 회의의 대상으로 삼았던 사람이 아니던가. 이유는 간명하다. 그는 근대 또는 계몽이라는 신화의 주술에 걸려 있는 존재이기 때문이다. 그의 폭력성은 개인

---

36   막스 호르크하이머·테오도르 아도르노, 앞의 책, 35면.
37   이태준, 「가마귀」, 33면.

적인 기질의 문제가 아니라, 계몽과 이성에 내재되어 있는 신화적 불안을 타자에게 전이시켜 해소하는 과정에서 생겨날 수밖에 없는 것이다.

남포는 빛을 만드는 동시에 그림자를 만든다. 남포에 불을 켜는 순간 빛이 어둠을 밝히지만 그와 동시에 남포의 몸체는 또다른 어둠그림자를 만들어낸다. 그는 그토록 오래도록 남포를 닦았지만 남포가 빛과 어둠을 동시에 만든다는 사실을 알아차리지 못했다. 남포로 대변되는 계몽의 빛이 그에게 종교이자 신화였기 때문이다. 근대를 신화화하는 과정에서 까마귀는 제물로서 봉헌되었고, 그는 한낱 제사장이었을 따름이다. 까마귀 때려잡기는 계몽이 필연적으로 요청하는 희생제의였던 것이다.

막스 베버의 말처럼, 근대는 탈신비화·탈마법화·탈주술화의 과정이다. 하지만 신화는 이미 계몽이었고, 계몽은 다시 신화로 돌아간다. 신화와 계몽은 연대기 위에 순차적으로 등장하는 역사적 시기가 아니다. 신화와 계몽은 뒤엉켜 있기 때문에 서로를 완전하게 대체할 수도 없다. 따라서 계몽의 탈신화화 과정은 결코 완료형이 아니다. 탈신화화의 과정을 스스로 신화화 또는 재再신화화하고 있기 때문이다. 계몽의 빛은 세계를 탈신화화하지만, 탈신화하는 자기자신은 하나의 신화로 만든다. 그리고 새로운 야만에 도달한다. 이를 두고 계몽의 변증법이라고 한다면, 「가마귀」는 계몽의 변증법에 대한 탁월한 문학적 알레고리가 아니겠는가. 이 글은 「가마귀」에 내재된 텍스트의 무의식을 들여다보고자 했을 따름이다.

'끼니'의 유물론과 사회계약의 기원적 상황

최서해와 김팔봉

1. 끼니와 혁명

역사학의 연구에 따르면, 조선시대까지 한국인들은 하루에 2끼의 식사를 했다. 여름처럼 노동량이 많은 경우에는 3끼를 먹었지만, 조석朝夕이라는 말에서 알 수 있듯이 일상적으로는 2끼를 먹었다. 점심點心이라는 말이 시간에 구애받지 않는 가벼운 식사라는 의미에서, 낮에 먹는 식사中食라는 의미로 변하게 된 것은 18세기 후반의 일이다. 18세기 후반에 들어서야 하루 3끼를 먹는 식사 관행이 일반화되었지만, 빈곤 계층 경우 형편이 좋으면 3끼를 먹었고 형편이 안 좋으면 2끼를 겨우 먹었다.[1]

극성스런 한국의 어머니들은 그의 어린 자식에게 밥을 먹일 때 선 위치에서 더 이상 먹일 수 없으면 띠를 둘러 아이를 등에 업은 채 다시 먹이고, 다시 위를 넙적한 숟가락으로 토닥거려가며 억지로 밀어넣을 수 있는 한까지 먹인다. (…중략…) 아주 가난한 사람들은 단지 하루 두 끼의 식사로 만족해

---

1 끼니와 관련된 역사적 고찰에 대해서는 정연식, 「조선시대의 끼니」, 『한국사연구』 112, 2001, 63~95면.

야 했고 여유가 있는 사람들은 세 끼나 네 끼를 들었다. 이런 식탐 경향은 어느 계층이나 마찬가지였다. 한국 식사의 큰 특징은 질보다 양이라는 것이었다. 어릴 적부터 체득된 인생의 목적은 가능한 한 많이 배부르게 먹는 것이어서 매일 1.8킬로그램의 밥을 먹는 것도 그다지 위에 부담이 되지 않는다.[2]

전통사회의 한국인들이 대식大食을 했다는 것은 널리 알려진 일이다. 한 끼에 성인이 7홉420g, 어린아이가 3홉180g 정도를 소비했다고 하니 오늘날의 1인분160g에 비할 때 매우 많은 양이다. 비숍이 기록처럼, 제사나 잔치에 간 부모들이 아이들이 토할 때까지 음식을 먹였다는 관찰 보고가 여러 곳에서 확인된다. 일제시대까지 소화기 계통 질환이 한국인의 사망 원인 가운데 1, 2위를 차지하고 있었던 것도 한국인들의 대식의 습관과 무관하지 않다.[3] 대식의 습관이 음식물의 항상적인 부족에서 온 것인지 또는 다른 이유가 있었는지에 대해서는 아직 명확하게 밝혀진 바가 없다. 하지만 한국인들이 먹는 것에 대해 절박할 정도의 중요성을 부여하고 있었다는 것은 분명한 사실이다. "식사하셨습니까?"라는 인사말에서 알 수 있듯이, 한국인의 심성mentality에는 '끼니'와 관련된 집단적 무의식이 자리잡고 있다.

한국어에서 먹거리를 지칭하는 단어들로는 밥, 음식, 끼니, 식품 등이 있다. 밥은 물을 부어 불에 익힌 쌀이나 곡식을 의미하지만, 음식 전체를

---

2   이자벨라 버드 비숍(I. B. Bishop), 이인화 역, 『한국과 그 이웃 나라들』, 살림, 1994, 184면.
3   백희영 외, 『한국인의 식생활과 질병』, 서울대 출판부, 1997, 34~35면. 비숍도 대식의 습관 때문에 "한국사람들에게 소화불량, 위장병, 대장염, 치질 등의 고질병이 널리 퍼져 있"(비숍, 앞의 책, 185면)다고 말한 바 있다. 최서해의 경우 그의 사인(死因)은 위문확장증이었다. 결식과 대식이 교차하는 생활을 하게 되면서 생기는 병이다.

환유적으로 지시하는 말로도 널리 사용된다. 음식과 식품은 말 그대로 먹고 마실 수 있는 것 전체를 의미한다. 끼니의 사전적 의미는 '아침, 점심, 저녁과 같이 날마다 일정한 시간에 먹는 밥. 또는 그렇게 먹는 일'이다.[4] 밥, 음식, 식품 등의 말과 비교할 때, 끼니에는 시간과 관련된 의미맥락이 상대적으로 두드러지게 나타난다. 끼니는 하루라는 시간 단위를 전제하며, 하루를 먹는 행위에 따라서 분절하고 있는 언어적 지표이다. 끼니라는 말을 듣는 순간, 하루 동안에 먹어야 하는 식사의 횟수나 순서를 연상하게 된다. 그런 의미에서 끼니는 하루 동안 시간에 맞추어서 먹어야 하는 생물학적 음식 요구량이라 할 수 있다.

일반적으로 끼니와 관련해서 잇는다/잇지 못한다라는 표현들이 사용된다. 끼니를 잇는다고 해서 곧바로 부유함을 의미하지는 않는다. 하지만 끼니를 못 잇는 경우는 사정이 다르다. 끼니를 지속적으로 이어가지 못하는 상황은 가난함 또는 적빈赤貧의 상태를 나타낸다. 또한 끼니는 함께 끼니를 해결하는 사람들, 즉 가족과도 관련을 맺는다. 한국어에서는 가족을 식구食口라고도 하는데, 식구는 집이라는 공간에 함께 살면서 끼니를 같이 하는 사람들이라는 의미를 갖는다.[5] 어떤 한 사람이 끼니를 잇지 못한다는 것은, 단순히 개인적 차원의 궁핍만을 가리키지 않는다. 끼니를 잇지 못하는 사람이 있다는 것은 그 배후에 끼니를 잇지 못하는 가족이 존재한다는 것을 의미한다. 끼니의 공유는 가족이라는 관계 또는 관념을 전제하거나

---

4   끼니의 어원과 관련해서는 김민수, 『우리말 어원 사전』, 태학사, 1997, 169면; 서정범, 『국어어원사전』, 보고사, 2003, 123면 참조. 중세어에서는 ᄢᅵ니/ᄭᅵ니가 단순히 때[時]를 의미하는 말이었다. 『용비어천가』, 『월인석보』, 『두시언해』 초간본과 중간본, 『훈몽자회』 등에서 용례를 확인할 수 있다. ᅳ니의 경우, 김민수는 정확히 본질을 알 수 없는 접사로, 서정범은 날[日]과 관련이 있다고 본다.

5   주영하, 「식구론ᅳ한국사회에서의 음식관습」, 『정신문화연구』 25권 1호, 2002, 3~28면 참조.

생산한다. 밥은 가족이 아닌 사람과도 함께 먹을 수 있지만, 아무하고나 끼니를 공유하지는 않는다. 끼니를 같이 하는 경우는 대부분 가족 또는 유사가족이다.

끼니는 먹는다/굶는다의 경계선에 놓인 기호이며, 음식의 최저 또는 최소 수준을 표현하는 기호이다. 끼니와 함께 관습적으로 사용되는 동사로는 때우다와 거르다가 있다. 때우다는 다른 무엇으로 대신하여 막는다는 의미이다. 제대로 갖추어지지 않은 음식으로 대체될 수 있음을 의미한다. 또한 거르다는 차례대로 나아가다가 중간에 어느 순서나 자리를 빼고 넘어간다는 의미이다. 끼니라는 말이 하루 동안의 식사 횟수를 암묵적으로 전제하고 있기는 하지만, 시간의 급박함이나 음식의 부족과 같은 외부적 상황에 따라서 얼마든지 불안정할 수도 있고 생략하도록 강요받을 수도 있다. 끼니가 걱정의 대상이 되는 이유, 끼니가 해결해야 할 일상의 문제로 설정되는 이유도 여기에 있다. 끼니라는 말에는 최저 수준의 보충, 불안정성, 생략 가능성, 임시성 등의 의미가 함께 주어진다. 그런 의미에서 끼니는 그 자체로 결핍에 관한 무의식을 동반하는 기호이며, 최소 수준으로 수렴되는 음식을 지시하는 기호이다.

언어사용에서 끼니와 관련된 집단적 무의식이 자리를 잡고 있는 데 반해서, 근대문학 초기의 소설이나 비평에 음식이나 끼니와 관련된 장면이 두드러지게 나타나지는 않는다. 신소설 『혈의 누』1907에는 여주인공 옥련이 조선의 평양, 일본의 오사카, 미국의 워싱턴을 경유하지만 음식을 먹는 인상적인 장면이나 일상적인 식사 장면은 등장하지 않는다. 다만 이노우에 소좌의 사망 후 그 부인이 고민을 하며 포도주를 할미하인와 함께 나눠 마시는 장면이 있을 따름이다.[6] 『혈의 누』의 후속작 『모란봉』1913에는 조선으로 돌아가게 된 옥련이가 미국의 호텔에서 완서와 이별하는 장면에 먹을거리가 등장한다.

① 옥련이가 침대에 내려서 구 씨를 인도하여 테블 앞 교의椅子에 앉게 하고, 옥련이는 그 맞은편 교의에 걸터앉으며 손으로 초인종招人鐘을 꼭 눌러서 뽀이를 부르더니 커피차와 부란데와 과자를 갖추어 놓는다.[7]

② 이전 같으면 오늘 이러한 잔치에 취하고 배부르면 무슨 걱정 있으리까마는, 지금 시대가 어떠한 시대며 우리 민족은 어떠한 민족이요? (…중략…) 우리 삼사인이 모였든지 오륙인이 모였든지 어찌 심상한 말로 좋은 음식을 먹으리까? 승평무사할 때에도 유의유식은 금법이어든 이 시대에 두 눈과 두 귀가 남과 같이 총명한 사람이 어찌 국가 의식만 축내리까? 우리 재미있게 학리상으로 토론하여 이날을 보냅시다.[8]

인용문 ①에서 확인할 수 있듯이 커피, 과자, 브랜디, 포도주 등이 『혈의 누』와 『모란봉』에 등장하는 음식물들이다. 일상적인 식사와는 무관한 것들이고 접대를 위한 기호식품에 해당한다. 또한 인용문 ②의 『자유종』1910에서는 이매경 부인의 생일 모임에 여러 부인들이 모였지만, 그들은 간단한 생일잔치도 벌이지 않는다. 잔치 음식을 의식적으로 배제하고

---

6 이인직, 권영민 교열·해제, 『혈의 누』, 서울대 출판부, 2001, 33면. "부인이 할미더러 포도주 한 병을 가져오라 하면서 (…중략…) 포도주 한 병을 둘이 다 따라 먹고 드러눕더니 부인과 노파가 잠이 깊이 드는 모양이더라."
7 이인직, 『모란봉』, 『매일신보』 1913.2.11; 현대어 표기는 위의 책, 77면.
8 이해조, 『자유종』, 광학서포, 1910, 1~2면. 현대어 표기로 바꿈.

그 자리를 연설로 대체하고 있다. 음식 대신에 학리적인 토론으로, 잔치의 시공간을 연설회의 시공간으로 바꾸어놓고 있다. 『혈의 누』에서는 서구 ＝문명이라는 이념적 지향성이 일상적인 식사를 회피하고 커피, 과자, 브랜디, 포도주 등 접대를 위한 음식의 계열을 구성해냈다면, 『자유종』에서는 계몽주의와 관련된 이념적 지향이 음식향락에 대한 금욕주의적인 태도를 구성하고 있다는 사실을 확인할 수 있다.

③ 형식은 밥상을 앞에 놓고 아무리 생각하여도 알 수 없어 좀 지나면 온다 하였으니 그때가 되면 알리라 하고 저녁을 먹었다. 저녁을 먹고 나서 신문을 볼 즈음에 대문 밖에 찾는 사람이 있다.[9]

④ 노파는 벌써 조반을 차려 놓고 사오차나 형식의 방을 엿보았다. 형식이가 두루마기를 입은 채로 자리도 안 펴고 자는 것을 보고 노파는 「웬 일인고?」하였다. 그러나 노파는 어제 저녁 형식이가 늦게 잔줄을 알므로 깨우려고도 아니하고 모처럼 만들어 놓은 된장찌개가 식는 것을 근심하였다. (…중략…) 노파의 만드는 된장찌개는 그다지 맛있는 것은 아니었다. 그러나 노파는 자기가 된장찌개를 제일 잘 만드는 줄로 자신하고 또 형식에게도 그렇게 자랑을 하였다.

형식은 그 된장찌개에서 흔히 구더기를 골랐다. 그러나 노파의 명예심과 정성을 깨뜨리기가 미안하여, "참 좋소" 하였다. 그러나 "참 맛나오" 하여 본 적은 없었다.[10]

---

9 이광수, 『무정』, 『이광수전집』 1, 삼중당, 1962, 16면.
10 위의 책, 119~120면.

그나마 『무정』1917에서는 여러 가지의 음식이 거론된다. 일상적인 끼니, 사교 또는 접대를 위한 음식, 향락을 위한 음식, 수재민 구호를 위한 음식 등이 배치되어 있다. 청요리와 비루麥酒, 하숙집의 밥, 요릿집의 요리, 수재민 구호품 등이 제공되거나 공유될 상황이 제시됨으로써, 사회적 관계에 있어서 음식이 갖는 의미를 일정 정도는 포착하고 있는 것이 사실이다. 하지만 음식들이 등장할 수 있는 상황이 제시될 뿐이고, 식사 장면에 묘사의 초점이 맞추어지지는 않는다. 이형식은 하숙집에서 끼니를 해결하고 있고, 구더기가 있는 된장찌개를 별다른 투정 없이 먹는다. 남들이 요릿집에 다닐 때 책 사는 데에만 돈을 쓰고 남는 월급으로는 장학금을 주는 이형식의 모습에서 알 수 있듯이, 『무정』에서 음식은 책과 대립되면서 향락反啓蒙과 계몽의 대립항을 구성하고 있다.[11] 음식에 대한 금욕주의적인 태도가 계몽주의의 윤리와 결합되어 있는 것이다.

반찬찬합饌盒가티 각따군이를 여기저기 함부로 버려노코 꼭꼭 끼어나젓는 틈에서, 겨오 잠이랍시고, 눈부첫다가 깨이니까, 아즉 동東이[원문대로─인용자] 트라면 한두 시간時間이나 잇서야 할 모양. 차간車間은 야기夜氣에 선선하면서도, 입김과 권연연기卷烟煙氣에 혼탁하얏다. 다시 눈을 감아 보앗스니 좀처럼 잠이 들 것 갓지도 안코, 외투外套자락을 걸친 억개가 으스스하야, 니러

---

11 "동경서 돌아온 지가 벌써 4, 5년이니, 매삭 10원씩만 저축하였더라도 5, 6백 원의 저축은 있으련마는 형식은 아직도 이 생활을 자기의 진정한 생활로 여기지 아니하고 임시의 생활, 준비의 생활로 여기므로 몇 푼 아니되는 월급을 저축할 생각은 없어 제가 쓰고 남는 돈은 가난한 학생에게 나누어주고 말았다. (…중략…) 남들이 기생집에 가는 동안에, 술을 먹고 바둑을 두는 동안에, 그는 새로 사온 책을 읽기로 유일한 벗을 삼았다. 그래서 그는 동배간에도 독서가라는 칭찬을 들었고 학생들이 그를 존경하는 또 한 이유도 그의 책장에 자기네가 알지 못하는 영문·독문의 금자 박힌 것이 있음에서였다."(위의 책, 65면)

나 안즈며 담배 한 개個를 피어 물고 나서, 선반에 언진 정지靜子가 준 보자褓子를 끄러내렷다. 아까 바다 언질 때에 잠간暫間 보니까 과자상지菓子箱子 우에 술병瓶 가트 것이, 두두룩히 언처잇는 것 가타야서 그리한 것이다. 네 귀를 살짝 접어서 싼 자紫지 모사보자毛紗褓子귀를, 들치고 보니까, 과연果然 갑에 너흔 휘스키중병中瓶이 언치어 잇다.[12]

『창조』와 『폐허』로 대변되는 1920년대 초반의 주요한 작품에도 일상적인 식사 장면이 묘사의 대상으로 초점화되는 경우는 찾아보기가 쉽지 않다. 염상섭의 「만세전」에서 볼 수 있듯이, 실존적인 고민에 휩싸여 있는 주인공은 기본적인 식사에 대해서는 무관심한 태도를 취하면서 기호품인 커피, 과자, 담배, 위스키를 선택하여 소비한다. 기본적인 식사에 대한 무관심적인 태도는 고민스러운 내면의 존재를 간접적으로 표상하며, 기호품인 과자나 위스키에 대한 선택적 소비를 통해 스스로를 고민의 주체로 구성한다. 계몽주의적 문학관에서 벗어나 인생과 개성을 표현하는 예술을 지향하는 과정에 있었기 때문에, 기본적인 섭생의 문제는 주변적이거나 부차적인 주제로 다루어질 수밖에 없었던 것으로 보인다.[13] 일상

---

12 염상섭, 『만세전』, 고려공사, 1924, 31~32면.
13 김동인이 빈민의 문제를 다룬 작품은 「감자」(1925)이다. 또한 1929년 『신소설』 창간호에 발표한 국내 최초의 창작 과학소설 「K박사의 연구」에서 과학자 K박사는 인류의 기아(식량 문제)를 해결하기 위해 인분으로 대체 식량을 만들었다가 시식회 때 봉변을 당한다. 「K박사의 연구」에 등장하는 인조식량은 단순히 과학소설의 장치라기보다는 1920년대 후반 대공황기의 식량위기와 관련된다. 인구는 기하급수적으로 증가하고 식량은 산술급수적으로 증가하기 때문에 만성적인 식량부족 상태에 놓이게 된다는 맬서스의 주장은, 1929년에 식량위기에 대한 위기의식을 대변하는 하는 은유였다. 맬서스적인 위기에 대한 대응방식 가운데 하나가 인조식량이었다. 여기에 대해서는 졸고, 「1920~30년대 대중잡지에 나타나는 음식 표상」, 『한국학연구』 43, 2017, 648~652면 참조.

성에 대한 문학적·사회적 인식의 변화가 수반되는 지점에 이르러서야, 끼니의 문제 또는 먹고사는 문제가 소설에서 주제화될 수 있었다.

> 생존비生存費(이 사람네들에게는, 생활비는 고사姑捨하고 다만 목구녕만을 축이고, 몸동아리만을 가리우는 힘, 고만한 재력財力, 즉 생존비만이 필요하다. 생활비라는 것은 여유잇는 사람들의 쓴는 말이다.)는 얼마나 되느냐 할 것 가트면, 4식구 잇는 가정에서 일례一例를 들면, 미米 1원圓50전錢, 잡곡 5원圓85전錢, 신薪 60전錢, 담배 30전錢, 석냥 3전錢, 육肉 75전錢, 푸성귀 36전錢, 선어鮮魚 10전錢, 두부 5전錢, 떡 30전錢, 전차비電車費 15전錢, 합계 10원圓12전錢이다. 여기에 악가 말한 3원圓90전錢[방세房貰 3원圓과 전등료電燈料 90전錢 – 인용자] 을 합하면 14원圓2전錢이다. 이 금액은 생존비로서의 최저액最低額이다.[14]

팔봉 김기진은 1924년 6월 『개벽』을 통해 끼니의 문제 또는 빈민 문제와 관련된 두 편의 글을 발표한다. 그는 최저생계비의 관점을 통해 빈곤을 담론적 대상으로 구성하고 사회변혁 이론의 장에 위치지우고자 한다. 「경성京城의 빈민貧民 – 빈민貧民의 경성京城」은 당시 서울에 있었던 빈민촌의 분포를 실증적으로 제시하면서 4인 가족 기준의 최저생계비를 산정하고 있다. 생활과 생존을 개념적으로 구분하면서, '다만 목구멍만을 축이고, 몸뚱아리만을 가리우는' 데 드는 생존비를 계산하고 있다. 그의 보고에 따르면 1924년 서울에 거주하는 4인 가족의 최저생계비는 14원 2전이다. 최저생계비 14원 2전 가운데 끼니를 해결하기 위한 식품비는 8

14　김기진, 「京城의 貧民 – 貧民의 京城」, 『개벽』 48, 1924.6, 104면.

원 91전으로 약 63.5%의 비중을 차지하고 있다. 생존의 최저차원에 대한 사회적 인식이 구성되는 과정에서도 끼니의 위기가 중요하게 제시되고 있는 것이다.

같은 지면에는 김기진의 시 「백수白手의 탄식」이 함께 수록되었다. 이 작품은 농민계층의 끼니 문제와 지식인의 취향 사이의 대립이 혁명을 수행하는 과정에서 매우 중요한 문제라는 사실을 지적하고 있다. 3연과 4연을 살펴보도록 하자.

너희들은 '백수'
가고자 하는 농민들에게는
되지도 못한 '미각'이라고는
조금도, 조금도 없다는 말이다.

Cafe Chair Revolutionist
너희들의 손이 너무도 희구나!

아아! 육십 년 전의 옛날
노서아 청년의 '백수의 탄식'은
미각을 죽이고서 내려가 서고자 하던
전력을 다하던 전력을 다하던 탄식이었다.

Cafe Chair Revolutionist
너희들의 손이 너무도 희어![15]

문화적 위계질서는 사회적 위계질서와 상응하며, 문화적 취향은 무엇보다도 중요한 계급적 지표이다.[16] 이 시에서 '끼니'는 미각취향의 결핍 또는 미달 상태로 제시되며, 끼니의 위기는 타자의 근원적인 표지로 나타난다. 끼니와 취향미각의 대립이 지식계급과 농민계급을 구분하는 기준 내지 원리로 제시되고 있다. 농민에게 미각이 없다는 말은, 농민에게는 밥을 먹을 수 있는가 없는가가 문제이지, 어떤 밥을 먹을까는 문제가 되지 않는다는 의미이다. 따라서 끼니의 위기는 농민계급이 처한 비참한 현실이자, 농민계급의 의식을 규정하는 최종 심급이며, 혁명의 향방을 규정할 핵심적인 조건이다. 끼니의 위기에 휩싸여 혁명은 꿈에도 생각지도 못하고 있는 농민들과 어떻게 최초의 관계를 맺을 것인가. 끼니의 위기는 혁명의 가능성 및 불가능성과 동시에 만난다.

> 모든 인간적 실존의 첫 번째 전제, 따라서 '역사가 만들어지기' 위해서는 인간은 우선 살아 있어야 한다는 모든 역사의 전제로부터 출발해야 한다.
>
> 그런데 살기 위해서는 무엇보다도 먼저 음식, 주거, 의복, 기타 여러 가지가 필요하다. 따라서 최초의 역사적 행위는 이들 욕구를 충족시키는 수단의 생산, 즉 물질적인 생활 자체의 생산이었다. 이것은 참으로 단지 인간의 생명을 유지시키기 위해서, 오늘날에도 수천 년 전과 마찬가지로 시시각각 충족시켜야만 하는 것이다. 이는 하나의 역사적 행위, 모든 역사의 기본 조건이다.[17]

---

15 김기진, 「백수의 탄식」, 『개벽』 48, 1924.6, 136~137면. 현대어 표기로 바꿈.
16 「백수의 탄식」에 나타나는 취향과 스타일의 사회적 의미에 대해서는 졸고, 「비평가 tympan씨의 하위문화 만유기(漫遊記)」, 『냉소와 매혹』, 문학과지성사, 2002, 253~255면 참조.
17 칼 마르크스(Karl Marx), 박재희 역, 『독일 이데올로기』, 청년사, 1988, 56면. 이 글의 강조는 모두 인용자의 것.

끼니의 문제는 마르크스가 말한 바 있는 '물질적인 생활 자체의 생산'의 위기이다. 인간의 '물질적인 생활 자체의 생산' 자체를 문제적으로 바라본다는 것은, 인간의 사회역사적 조건에 대한 근본적인 성찰을 요구한다. 인간이 역사를 만들기 위해서는 무엇보다도 살아 있어야 하며, 살아 있기 위해서는 의식주와 관련된 문제를 해결해야 한다. 마르크스는 이 지점에서 최초의 역사적 행위를 본다. 인간이 '물질적인 생활' 자체를 생산하는 것은 생물학적인 욕구를 충족시키는 일이면서 그와 동시에 인간이 역사를 만드는 최초의 행위인 것이다. 끼니의 문제는 생물학적 욕구와 역사적 행위가 교차하는 지점에 놓여 있는 것이며, 1920년대 초중반의 한국 근대문학이 이 문제에 대해서 집중적으로 고찰하고 있었던 것이다.

2. 사회계약의 기원적 상황과 사회주의의 자생적 근거

1920년대 초반 끼니의 위기를 전면적으로 다룬 최서해의 작품은, 끼니의 위기만큼이나 놀랍고도 충격적인 것이었다. 최서해 이전의 작가들이 대부분 학생 및 인텔리 출신이었던 반면에, 최서해는 "중으로, 방랑객으로, 아편장이로, 인부로, 기아 때문에 죽음에 직면한 가련한 존재로 별별 경력을 다 지낸 사람이었다".[18] 그 스스로 6일 동안 아무 것도 먹지 못한 적이 있다고 토로한 바 있거니와, 최서해에게 있어 생존과 생활은 궁극적으로 끼니의 문제였다.[19]

---

[18] 김동인, 「소설가로서의 서해」, 『동광』, 1932.8; 곽근 편, 『최서해전집』 (하), 문학과지성사, 1987, 370면.

「탈출기」의 주인공 박군은 5년 전에 고향을 떠나 가족을 이끌고 간도로 이주했다. "농사를 지어서 배불리 먹고 뜨뜻이 지내자. 그리고 깨끗한 초가나 지어놓고 글도 읽고 무지한 농민들을 가르쳐서 이상촌을 건설하리라. 이렇게 하면 간도의 황무지를 개척할 수 있다. 이것이 간도 갈 때의 내 머릿속에 그리었던 이상이었다."[20] 그의 상상 속에서 간도는 토지 소유가 확정되지 않은 공간이었던 것이다. 하지만 간도에는 주인 없는 땅이 없었다. 농사를 짓기 위해서는 땅을 사야하는데 돈이 없었고, 도조賭租나 타조打租의 방식으로 소작을 짓고자 해도 농사 경험이 없는 주인공에게는 땅이 주어지지 않았다. 어쩔 수 없이 장터에서 온돌을 고치거나, 남의 밭에서 김을 매며 삯일을 하거나, 꼴을 베어 시장에 내다 판다. 그는 누군가가 자신의 노동을 필요로 할 때에만 자신의 노동을 판매하는 노동자가 된 것이다.[21]

H장은 좁은 곳이다. 구들 고치는 일도 늘 있지 않았다. 그것으로 밥 먹기가 어려웠다. 나는 여름 불볕에 삯김도 매고 꼴도 베어 팔았다. 그리고 어머

---

19 최서해 소설의 빈궁에 초점을 맞춘 선행연구로는 임종국, 「빈궁문학의 기수」, 『한국문학의 사회사』, 정음사, 1974, 106~121면; 김우종, 「철학이 없는 가난의 문학—최서해 '탈출기'」, 『문학사상』 366호, 1978.3, 131~135면; 이재선, 「최서해와 기아의 딜레마」, 『한국현대소설사』, 홍성사, 1979, 239~246면 참조. 신경향파 문학의 '생활' 개념에 주목한 선행 연구로는 홍정선, 「신경향파 비평에 나타난 '생활문학'의 변천과정」, 서울대 석사논문, 1981, 5~123면 참조.

20 최서해, 「탈출기」, 곽근 편, 『최서해전집』 (상), 문학과지성사, 1987, 17면. 최서해의 작품은 상하권으로 편집된 『최서해전집』에서 인용했으며, 이후의 주석에서는 『전집』 (상)과 『전집』 (하)로 줄여서 표기한다.

21 주인공의 처지는 한 주인의 재산인 노예도 아니고, 수확의 일부나 노역을 제공하는 농노도 아니고, 장인(匠人)을 위해 노동하는 수공업 직인도 아니고, 대자본가에 고용된 매뉴팩처 노동자도 아니었다. 고전적인 의미에서의 프롤레타리아라고 할 수 있다. 산업혁명 이전의 노동자 계급들에 대해서는 프리드리히 엥겔스(Friedrich Engels), 최인호 역, 「공산주의의 원칙들」, 『칼 맑스·프리드리히 엥겔스 저작 선집』 1, 박종철출판사, 1991, 323~325면 참조.

니와 아내는 삯방아 찧고 강가에 나가서 부스러진 나뭇개비를 주워서 겨우 연명하였다. 김군! 나는 이때부터 비로소 무서운 인간고를 느꼈다. 아아, 인생이란 과연 이렇게도 괴로운 것인가 하는 것을 나는 생각하게 되었다.[22]

노동자는 그를 사용하는 자와는 반대로 자유로운 판매자의 상태에 있지 않다. 노동이 매순간 판매되지 않는다면, 노동의 가치는 파괴거나 소멸된다. 노동은 상품들과는 달리 축적될 수 없으며 비축되지도 않는다. "노동은 생명이며, 만일 이 생명이 날마다 생활 수단과 교환되지 않는다면, 생명은 고통을 당할 것이며 금방 소멸하게 될 것이다."[23] 노동의 판매가 안정적이지 않은 상황에서 끼니의 위기는 생명의 고통으로 가족에게까지 전이된다. 가부장 혼자의 힘으로는 끼니의 위기를 감당할 수 없는 수준에 이르게 되고, 어쩔 수 없이 가족구성원들어머니와 아내까지 노동에 내몰리게 된다. 끼니의 위기는 가부장의 권위 약화와 함께 가족 전체의 노동자화를 동시에 가져온 것이다. 하지만 가족이 모두 노동자화되었다고 해서 끼니의 위기는 해소되지 않는다. "빈곤은 날로 심하였다. 이틀 사흘 굶은 적도 한두 번이 아니었다."[24]

한번은 주인공이 일자리를 찾다가 이틀을 굶고 집에 들어가 보니, 임신한 아내가 부엌 앞에서 뭔가를 먹다가 아궁이에 버리는 것이었다. 몰래 숨겨놓고 뭔가를 먹는 줄 알고 의심하였으나, 아궁이를 살펴보니 거기에

---

22 최서해, 「탈출기」, 『전집』 (상), 18면.
23 으젠느 뷔레(Eugène Buret), 『영국과 프랑스에 있어서 노동자 계급의 빈곤에 대하여』 1권, 파리, 1840, 49~50면; 칼 맑스, 최인호 역, 「1844년의 경제학 철학 초고」, 『칼 맑스·프리드리히 엥겔스 저작 선집』 1, 39면에서 재인용.
24 최서해, 「탈출기」, 『전집』 (상), 19면.

는 귤껍질이 있었다. 주인공의 가족들은 콩으로 두부를 만들어서 팔고자한다. 두부를 팔아서 남는 20~30전으로 가족들의 끼니를 해결하고자 한것이다. 하지만 팔이 빠지게 맷돌을 돌려서 만든 두부는 쉬어 버린다. "그날은 하는 수 없이 쉰 두부물로 때를 메우고 지낸다. 아이는 젖을 달라고 밤새껏 빽빽거린다."[25]

끼니의 위기는 먹을 수 있는 것과 먹을 수 없는 것 사이의 경계를 흐트러뜨린다. 아내가 먹다 버린 귤껍질은 일반적으로 먹는 것과 먹지 않는 것 사이의 경계에 놓여 있다. 음식 문화의 관점에서 보자면 귤껍질은 일반적으로는 사람이 먹지 않는 것으로 분류된다. 하지만 끼니의 위기는 먹는 것/먹지 않는 것 사이의 경계 또는 문화적 분류체계를 뒤흔들어 놓는다. 또한 쉰 두부물은 사람이 먹을 수 있는 것/먹을 수 없는 것 사이의 경계에 놓여 있다. 끼니의 위기는 일상적으로 먹지 않는 것을 먹게 하고, 사람이 먹을 수 없는 것을 먹도록 만든다. 달리 말하면 음식과 쓰레기의 일상적인 분류체계를 모호하게 만들고 있는 것이다. 끼니의 극한적 위기에 처한 인간에게는, 그리고 굶주림에 지친 인간에게는 음식의 인간적 형식이 존재하지 않는다. 귤껍질과 쉰 두부물은 주인공의 가족이 음식의 인간적인 형식을 유지하지 못하고 동물적인 영양營養활동의 수준에 놓여 있다는 것을 보여준다.[26]

「탈출기」에서 임신 중인 아내는 버려진 귤껍질을 몰래 먹고, 가족들은

---

25 위의 글, 21면.

26 "굶주림에 지친 인간에게는 음식의 인간적 형식이 존재하지 않으며, 오로지 음식으로서의 추상적 현존재만이 존재할 따름이다. 이처럼 음식은 가장 조야한 형식으로 존재하는 바, 우리는 이러한 영양활동이 무엇에 의해 '동물적인' 영양활동과 구별되는가를 말할 수 없다."(칼 맑스, 김대웅 역, 『경제학·철학 초고』(1844); L. 박산달·S. 모라브스키 편, 『문학예술론』, 한울, 1988, 81면)

만들다가 쉬어버린 두부물로 끼니를 때운다. 「박돌의 죽음」에서 박돌은 "뒷집에서 버린 고등어 대가리를 삶아 먹고서는"[27] 고통스럽게 죽는다. 귤껍질, 쉰 두부물, 버려진 고등어 대가리는 음식과 쓰레기의 경계에 놓여 있다. 음식/쓰레기 또는 인간이 먹을 수 있는 것/인간이 먹을 수 없는 것이라는 대립항은, 더 나아가서는 인간/비非인간인간 이하, 또는 동물이라는 대립항을 연동시킨다. 인간은 인간이 먹을 수 있는 음식을 먹는다. 하지만 인간이 먹을 수 없는 것을 먹는다면 인간일 수 없는 것이다. 음식과 쓰레기의 경계에 놓인 귤껍질, 쉰 두부물, 상한 고등어를 먹는다는 것은, 인간과 음식 사이에 구성된 상징적 질서 바깥에 놓여져 있음을, 인간과 비非인간인간 이하, 또는 동물의 경계에 놓여 있음을 의미한다.[28]

끼니의 위기는 인간으로서의 정상성normality을 보장할 수 없는 상황, 스스로를 인간이 아니라고 또는 인간이 아닐지도 모른다고 생각하게 되는 상황을 초래한다. 인간이라는 자기 표상 체계의 붕괴가 이어지면서 소유와 관련된 기존의 법률, 도덕, 윤리 등이 주체의 내부에서 허물어지는 양상을 보인다. 「탈출기」에 의하면, 끼니의 문제를 해결하지 못한 주인공은 도둑질에 나서게 된다. 아내와 낫을 들고 땔나무를 마련하기 위해 캄캄한 밤에 남의 산에 가서 땔나무를 훔친다. 끼니의 위기가 절도로까지 이어진 것이다. 엥겔스의 표현을 빌자면 극심한 궁핍 때문에 소유에 대한 존경심이 흐려졌던 것이다.[29] 하지만 이 대목을 두고 인간적인 가치의 붕

---

27 최서해, 「박돌의 죽음」, 『전집』 (상), 61면.
28 "동물은 그들이 생활과 직접적으로 일치된다. 그것은 동물이라는 존재와 생활이 구별되지 않는다는 말이다. 즉 존재가 바로 '생활'이다. 인간에게 있어서 생활 그 자체는 인간의 의지와 의식을 대상화한 것이다. 인간은 의식적으로 생활을 영위해 나간다."(칼 맑스, 앞의 글, 79면)
29 "이러한[노동자들의─인용자] 폭동의 아주 조야하고도 무익한 최초의 형태는 범죄였

괴라는 관점에서만 보는 것은 일면적인 해석을 면하기 어렵다. 끼니의 위기로부터 인간이라는 자기 표상의 붕괴가 초래되고 소유와 관련된 기존의 가치들이 상대화되는 일련의 장면들은, 인간적인 가치의 붕괴인 동시에 부르주아적 가치에 대한 거부이기도 하기 때문이다. 끼니의 위기는, 음식을 정당한 비용과 교환하는 것만이 법적·도덕적·인간적인 가치를 실현하는 것이라고 생각하는 관점을 상대화한다. 부르주아적 가치와는 구별되는, '또 다른 인간적 가치'의 영역이 있을 수 있는 것이다.

「먼동이 터올 때」에는 가족을 부양하기 위해 회사돈을 빼돌린 사람이 등장한다. 회사는 횡령한 돈은 회수했지만 어느 정도의 퇴직금은 지급한 터였다. 주인공작가의 관점은 다음의 말에서 알 수 있다. "그것은 악의에서 나온 행동이 아니요 목전에 닥쳐오는 부득이한 사정 — 월급은 적고 식구는 많고 — 을 누가 알아주랴? (…중략…) 그렇다고 그 사람들이 저 사람을 좀 보아 주지 못할 것이 무엇이랴?"[30] 횡령을 범죄나 비리로 보지 않고, 적은 월급에 식구는 많아서 생긴 '부득이한 사정' 즉 끼니의 위기에 주목하면서 온정적인 태도를 취한다. 끼니의 위기와 직결된 생활의 곤란이기 때문에 이해해 주지 못할 이유가 없다고 말하고 있는 것이다. 횡령과 같은 비리를 두둔하는 것은 결코 아니지만, 횡령이 끼니의 위기와 같은 '부득이한 사정' 때문이라면, 그 대목만은 충분히 온정적인 이해의

다. 노동자는 궁핍과 빈곤 속에서 살았으며 다른 사람들이 자기보다 잘 살고 있다는 것을 깨달았다. 하필 왜, 부유한 게으름뱅이보다 사회를 위해서 더 많은 일을 하는 자신이 이러한 상황 아래에서 고통받아야 하는지가 노동자의 지성으로는 납득되지 않았다. 게다가 궁핍은 대대로 전해 내려 온, 소유에 대한 존경심을 압도해 버렸다 — 그는 도둑질을 하였다."(프리드리히 엥겔스, 김보영 역, 「잉글랜드 노동 계급의 처지」, 『칼 맑스·프리드리히 엥겔스 저작 선집』1, 155~156면)

30 최서해, 「먼동이 터올 때」, 『전집』(하), 89면.

대상이 될 수 있다는 주장이다.

「만두」는 굶주리던 주인공이 청인淸人의 음식점에서 만두를 훔치는 이야기이다. 만두를 훔친 주인공은 '오오, 살았다!'라고 환호하면서 "두려움에 떨면서도 알 수 없는 새 힘과 기꺼움에 가슴이 뛰고 기운이 들었다"[31]고 느낀다. 단순히 훔친 만두로 끼니를 때울 수 있게 되어서 가슴이 뛰는 것은 결코 아닐 것이다. 역설적으로 절도 행각은 억압되어 있던 자기보존 본능을 스스로 확인하는 계기로 기능하고 있다. 보다 정확하게 말하자면, 절도를 자기보존 본능을 확인하는 제의적인 행위로 구성되면서 자기정당성을 확보한다. 반면에 다른 사람의 소유물노동의 결과물을 훔치는 행위가 범죄나 비도덕적인 행위라는 인식은 상대적으로 약화된다. 끼니의 위기를 내세워 범죄나 비도덕적인 행위를 그 자체로서 정당화하는 것은 아니다. 끼니의 논리에 근거해서 배고픈 사람이 음식을 먹는 행위의 정당함을 주장하고 있는 것이다.

「누가 망하나」에는 음식 도둑으로 몰린 거지가 등장한다. 그는 말한다. "인의仁義? 염치? 그거 다 지금 세상에는 소용없는 말이에요!"[32] 그리고 당당하게 음식과 도둑질에 대한 자신의 생각을 제시한다.

나를 도적놈이라구 하지만 나는 이때까지 도적질한 일이 없어요. 나는 달라고 해서 먹고 달래서 안 주면 그 사람 보는데 집어는 먹지만 남 못 보는데 훔치지는 않았습니다. 글쎄 있는 음식을 먹는 것두 죄요? 없어서 배고파서 먹는단 말을 하고 그 사람 보는데 먹는 것이 무슨 도적이며 못 할 짓입니까?[33]

---

31 최서해, 「만두」, 『전집』(상), 271면.
32 최서해, 「누가 망하나」, 『전집』(상), 267면.

도둑질이란 무엇인가. 일반적인 부르주아적 경제관념에 입각해서 말하자면 다른 사람의 소유물 노동의 결과인 음식에 대해 정당한 비용을 지불하는 것만이 정상적인 교환이다. 예외적인 경우가 없을 수 없겠지만, 그 나머지의 경우에는 대부분 도둑질로 규정할 수 있다. 최서해의 주인공들이 도둑질을 부추기거나 옹호하고 있는 것은 아니다. 다만 음식과 화폐의 교환만이 도덕적으로 정당하다는 사회계약을 거부하고 있을 따름이다. 배고픈 자, 끼니의 위기에 노출된 사람이 음식을 먹는 경우에는, 소유에 대한 일반적인 법률과 도덕의 적용이 잠정적으로 중단 내지는 유보되어야 한다는 것이다. 끼니의 위기 상황에서 다른 사람 소유의 음식을 먹는 행위에 대해 최서해의 소설이 부정적인 견해를 내보이지 않은 이유를 여기에서 찾을 수 있다.

끼니의 위기는 소유와 관련된 일반적인 법률이나 도덕이 적용되지 않는 공백의 상태 또는 무차별의 상태와 연동된다. 그리고 끼니의 위기는 돈을 매개한 음식의 교환(만)이 정의라는 관념을 상대화시킨다. 배고픈 사람이 음식을 먹는 일은, 소유나 교환의 일반적인 규정만으로는 판단할 수 없다. 최서해의 소설이 주장하는 사회적 정의에 의하면, 음식은 돈 있는 사람이 먹는 것이 아니라 배고픈 사람이 먹는 것이기 때문이다. 끼니의 위기에 노출된 배고픈 사람이 음식을 먹는 것은 자본주의적 소유와 교환의 방식을 넘어서 있는 사회적 정의와 관련된다. "한 사회에서 인간은 먹고 살아야 할 권리를 갖는다. 이것은 사회적 정의 이전의 문제이다. 사적인 소유에 의해서 산출된 궁핍에서 출발하여 사적 소유를 부정한다."[34]

---

33 위의 글, 268면.
34 칼 맑스, 최인호 역, 「신성가족」, 『칼 맑스·프리드리히 엥겔스 저작 선집』 1, 101면.

「탈출기」에서 끼니의 극단적인 위기로 내몰린 주인공은 결국 땔나무 도둑질에 나선다. 캄캄한 밤에 아내와 함께 낫을 들고 남의 산에 가서 땔나무를 훔친다.

> 나는 이렇게 나무를 하다가 중국 경찰서까지 잡혀가서 여러 번 맞았다.
> 이때 이웃에서는 우리를 조소하고 경찰에서는 우리를 의심하였다.
> ―흥, 신수가 멀쩡한 연놈들이 그 꼴이야, 어디 가 일자리도 구하지 않고 그 눈이 누래서 두부 장사 하는 꼬락서니는 참 더러워서 못 보겠네. ×알을 달고 나서 그렇게야 살리?― [35]

도둑질이 발각나자 주인공의 가족들은 신수가 멀쩡한데도 몸을 써서 일하지 않는 자들로 지목된다. 달리 말하면 물질적 재생산의 책임을 방기하고 있는, 인간 이하의 존재로 규정된 것이다. "×알을 달고 나서 그렇게야 살리?"라는 이웃들의 비아냥거림에서 알 수 있듯이, 한 가족의 생계를 책임지고 있는 주인공은 이제 상징적 차원에서 거세를 당하는 지점에 이른다. 끼니의 위기는 가족 내부에 국한될 경우에는 가부장의 권위 약화를 가져오지만, 사회적으로 알려지게 되면 가부장의 상징적 거세라는 외상적 경험을 초래한다. 가부장의 절대적인 위기가 도래한 것이다.

> 김군! 이러구러 겨울은 점점 깊어가고 기한은 점점 박두하였다. 일자리는 없고……. 그렇다고 손을 털고 앉았을 수도 없었다. 모든 식구가 퍼러퍼레서

---

35 최서해, 「탈출기」, 『전집』(상), 21~22면.

굶고 앉은 꼴을 나는 그저 볼 수 없었다. 시퍼런 칼이라도 들고 하루라도 괴로운 생을 모면하도록 쿡쿡 찔러 없애고 나까지 없어지든지, 나가서 강도질이라도 하여서 기한을 면하든지 하는 수밖에는 더 도리가 없게 절박하였다.[36]

아내와 노모까지 노동에 나서도 끼니의 위기는 해소되지 않았고, 가족들은 귤껍질이나 쉰 두붓물처럼 인간이 먹을 수 없는 것을 먹으며 마치 짐승처럼 살아왔다. 결국 다른 사람 소유의 물건을 도둑질하다가 발각되었고, 가족의 빈궁이 사회적으로 알려지자 가부장은 상징적인 차원에서 거세되는 지경에 이르게 되었다. 이제 끼니의 위기로부터 벗어나기 위해서는 두 가지의 방법 가운데 하나를 선택하도록 강요되는 상황이 벌어진다. 하나는 가족을 살해해서 끼니의 위기 상황 자체를 해소하는 것이고, 다른 하나는 강도질을 하여 끼니의 위기로부터 벗어나는 것이다.[37] 존속 살해와 강도 상해 중에서 그 어느 쪽을 선택하더라도 인간으로서의 존엄을 유지하기란 불가능하다. 이를 두고 끼니의 위기가 가져온 인간의 위기라고 할 수 있을 것이다. 바로 이 지점에서 주인공은 다른 가능성을 찾게 되는데, 자신의 머릿속에서 저절로 생겨난 사회주의 사상이 바로 그것이다.

이때 머릿속에서는 머리를 움실움실 드는 사상이 있었다.
'오늘날에 생각하면 그것은 나의 전 운명을 결정할 사상이었다.'
그 생각은 누구의 가르침에 의해 일어난 것도 아니려니와 일부러 일으키

---

36 위의 글, 22면.
37 최서해의 다른 작품인 「기아와 살육」에서 경수는 가족들을 죽이고 광인이 되어 거리로 나섰다가 경찰의 총에 맞아 죽는다.

려고 애써서 일어난 것도 아니다. 봄 풀싹같이 내 머릿속에서 점점 머리를 들었다.[38]

누가 가르쳐준 준 것도 아니고 마치 봄 풀싹처럼 그의 머릿속에서 생겨났다고 표현되고 있는, 사회주의 사상의 자생성이란 무엇인가. 위의 인용문은, 끼니의 위기와 관련된 무의식이야말로 사회주의 사상의 자생적 토대였다는 사실을 인상적으로 보여주고 있다. 인간이 먹을 수 없는 음식을 먹을 수밖에 없었고, 도덕적 죄의식 없이 타인의 소유물을 절도하는 행위를 했고, 가부장이 상징적으로 거세당하는 외상적 경험을 겪었고, 결국 가족을 죽이거나 강도짓을 해야 할지도 모르는 극한 상황에 처했다. 이 모든 비인간화의 과정이 끼니의 위기가 반복되면서 형성되었던 것이고, 사회주의 사상은 끼니의 극한적인 위기 상황에서 마치 봄 풀싹처럼 생겨났던 것이다. 사회주의 사상의 자연적인 발생이란, 끼니의 위기와 관련된 무의식에 근거한 것이었다.

그렇다면 왜 그는 사상을 실천하기 위해서 가족으로부터 탈출하려는 것일까. 끼니의 위기로부터 연유한 가부장의 위기를 돌파하기 위함일까. 그렇지만은 않을 것이다. 이들 가족은 프롤레타리아인 동시에 '벌거벗은 생명Homo Sacer'이다. 최서해 소설의 가족에게는 국가가 없다. 따라서 그들은 국민일 수 없다. 간도가 총독부의 식민지배 아래에 있지 않기 때문에 피식민인도 아니다. 또한 간도를 장악하고 있던 장작림張作霖 정권에 의해서 난민이나 이민자의 지위를 온전하게 부여받은 것도 아니다. 국민도, 피

---

38 위의 글, 22면.

식민인도, 이민자도, 난민도 아닌 존재들. 그들은 벌거벗은 생명이고 자신의 노동력을 팔아서 살아가는 사람들일 따름이다. 간도라는 공간에 몸을 의탁하고 살아가고는 있지만, 그들은 사회의 바깥에 놓인 예외적인 존재이다. 「기아와 살육」에서 보듯이 가족이 기아의 선상에서 허덕이고 개에 물려 죽을 지경에 이르러도 어떠한 보호도 받지 못한다. 오히려 타인의 재산을 폭력적으로 강탈할 수도 있는 잠재적인 범죄자로 여겨질 따름이다.

최서해의 소설에서 가족이 놓인 상황은, 공동체의 보다 더 큰 이익이나 중요한 가치를 위해 희생하는 표준적인 희생적 상황에 해당하지 않는다. 그들은 생명을 유지하고 재생산하는 '벌거벗은 삶^{zoe}'을 살아갈 따름이다. 열심히 일 할수록 생명을 유지하기가 더 어려워지는 사람들, 세상의 도덕률에 충실했지만 세상에 의해 기만당하고 사는 사람들이다. 그들이 죽더라도 사회적 살인이라는 의미가 구성되지 않는다. 사회가 책임져야 할 일이 아니기에 그들의 죽음은 희생으로서의 의미도 갖지 못한다. 그들은 희생제의의 제물이 되지 못하는 것이다. 이 지점에서 요청된 이념이 다름 아닌 '민중'[39]이다. 혈연집단에서 민중으로 나아감으로써, 끼니의 위기에서 사회주의 사상으로 나아감으로써, 최서해 소설의 가족은 신성한 제물로서의 자격을 얻는다. 인류구제의 이념과의 관계 속에서 그들은 신성한 제물이 될 자격을 갖게 되고 인간이 정치적 동물로서 추구하는 '가치 있는 삶^{bios}'과 최소한의 연관을 맺게 되는 것이다.[40]

하지만 변하지 않는 측면이 있으니 그것은 끼니의 위기와 관련된 무의

---

39   위의 글, 23면.
40   조르조 아감벤(Giorgio Agamben), 박진우 역, 『호모 사케르』, 새물결, 2008, 33~52
      면 참조.

식이다. 최서해 소설에서 민중은 사회주의 이념에 의해 상상적으로 호명되는 집단적인 주체이다. 그와 동시에 자신의 가족들처럼 끼니의 위기를 함께 겪고 있는 사람들이다. 최서해의 사회주의가 가난한 사람에 대한 인도주의와 겹쳐져 있는 이유가 여기에 있다. 이 지점에서 끼니의 위기에 노출되어 있는 '민중'을 어떻게 할 것인가라는 물음이 제기될 수밖에 없고, 자연스럽게 끼니의 위기는 사회계약에 대한 초기적인 사회적 상상력의 문제로 이어진다. 따라서 「탈출기」의 주인공이 가족을 버리는 이유도 어느 정도 분명해진다. 그는 단순히 ××단에 가입하여 주의자가 되고자 하는 것이 아니라, 사회정의와 관련된 윤리적 판단을 내릴 수 있는 곳으로 자신의 주체를 이동시키고자 하는 것이다. 달리 말하면 주체의 기원적인 상황을 새로운 사회계약의 가능성 속에 위치짓고자 하는 것이다.[41] 끼니의 위기는 단순히 배고픔의 문제가 아니다. 끼니의 무의식은 교환과 소유에 대한 사회계약을 다시 그리고 다른 가능성 속에서 사고하게 한다. 최서해의 소설은 끼니의 무의식과 더불어 새로운 사회계약을 상상하는 문턱에까지는 이르렀다. 그의 소설이 새로운 사회계약을 향해 문턱을 넘어서 더 나아갔는지 아니면 문턱 앞에서 다시 되돌아왔는지를 살피는 일은 문학사적인 과제에 해당한다. 거듭 말하거니와 최서해는 새로운 사회계약을 상상하는 문턱에까지는 이르렀다. 그렇다면 그를 문턱 앞에서 되돌려 세운 것은 무엇이었을까. 새로운 사회계약의 문턱 앞까지 그를 데려다 준, 바로 그 끼니의 무의식이었다.

---

41 슬라보예 지젝(Slavoj Žižek), 주은우 역, 『당신의 징후를 즐겨라』, 한나래, 1997, 132~134면 참조.

3. 끼니의 무의식, 또는 밥의 유물론

1920년대 초반 최서해와 김기진을 중심으로 도입된 끼니의 무의식은 생활의 영도零度 또는 최저 수준과 관련된다. 끼니의 무의식은 인간과 동물의 경계, 문화와 본능의 경계선과 겹쳐져 있다. 그와 동시에 비평사의 맥락에서 보자면, 끼니의 논리는 프롤레타리아 계급을 규정하는 식민지 조선의 맥락이었고, 유물론적 문예이론의 핵심인 상하부구조론에 개입하는 무의식이기도 했다.

> 우리들의 생활 의식은 우리의 정신에 있는 것으로 결정되는 것이 아니다. 생활 상태가 우리의 생활 의식을 결정하여주는 것이다.[42]

1920년대 초반 유물론적 예술관의 핵심은 상하부구조론의 기초적인 적용 및 도입에 있었다. 당시의 대표적인 비평가 김기진의 언급은, 의식이 존재를 규정하는 것이 아니라 존재가 의식을 규정하며 경제적 토대가 이데올로기적 상부구조를 규정한다는 마르크스주의의 상하부구조론을 문학예술에 적용한 것이다. 상하부구조론을 통해 예술의 사회성과 역사성을 강조하고, 그 물질적 토대를 확인함으로써 문학의 위상을 확인하고 있다. 문학이 상부구조에 해당하는 것이 확실하다면, 문학을 규정하는 토대는 무엇인가, 문학을 발생하게 하는 토대는 무엇인가, 상부구조인 문학이 반영하고 있는 토대는 무엇인가. 여기에 대한 대답은 '생활'이다.

---

42 김기진, 「프로므나드 상티망탈」, 『개벽』 37, 1923.7; 홍정선 편, 『김팔봉문학전집』 1, 문학과지성사, 1988, 413면.

① 참말로 생활을 떠나서 문예라는 것이 존재하지 못한다. 그러면 생활이라는 것은 무엇이냐. 그것은 침식寢食하고 의욕하고 활동하는 사람의 생명의 현재의 실재를 일컬음이요 이곳에서 말할 필요도 없는 것이다. 생활은 실재요 실재 이외의 아무것도 아니다. 그리하여 문예는 실로 이 실재인 생활을 그 기초로 하였다는 것이다.[43]

② 생활을 떠나서는 문예를 생각할 수 없다. (…중략…) 우리는 우리의 생활이 없이는 문예를 산출하지 못하는 것이다. 한 개의 작품이 있다는 것은 그 작품의 배후에 그 작품을 산출할 만한 생활이 있다는 것을 말하는 것이니 우리가 어떠한 문예품을 보는 때에 한 개의 문예품으로서만 보지 않고 그 문예품을 통하여 인류 생활의 한 국면을 보게 되는 것은 그 때문이다. 여기서 '문예는 생활의 반영'이라는 말을 우리는 믿게 되는 바이다.[44]

김기진과 최서해의 초기 유물론적 문학론은 그 표현이나 이론적 구도에 있어서 매우 흡사한 측면들이 많다. 생활은 문학의 토대이며, 문학은 생활의 반영이다. 생활과 문학의 매개항으로 김기진은 감각을, 최서해는 인격을 제시한다. 감각과 인격이라는 용어의 차이는 있지만 주관적인 차원을 중요한 매개항으로 설정하고 생활의 차원에 본능의 요소를 도입하고 있다는 점에서 유사한 양상을 보인다. 김기진이 '생활−감각−예술'의 도식을, 최서해는 '생활−인격−예술'의 도식을 제시하고 있는 셈이다. 중요한 것은 '생활'에 대한 개념 규정일 터인데, 김기진이 생활을 "침

---

43 김기진, 「감각의 변혁」, 『생장』 2, 1925.2; 『김팔봉문학전집』 1, 36면.
44 최서해, 「문예와 시대」, 『동아일보』 1928.7.2~3; 『전집』 (하), 346~347면.

식寢食하고 의욕하고 활동하는 사람의 생명의 현재의 실재"[45]라고 보는 것과 같이, 최서해 역시 생활의 중심에 "식食과 성性에 대한 요구"[46]를 설정하고 있다. 생활 개념의 저변에는 끼니의 문제가 핵심적인 영역으로 가로 놓여 있음을 알 수 있다.

> 인간은 그들 생활의 사회적 생산에서 그들의 의지와는 독립된 일정한 필연적 관계, 즉 그들의 물질적 생산력의 일정한 발전단계에 조응하는 생산관계 속으로 들어간다. 이러한 생산관계의 총체는 사회의 경제적 구조를, 즉 현실적 토대를 이루고 있는데, 이 위에 법적, 정치적 상부구조가 자리잡고 있으며, 이 토대에 일정한 사회적 의식 형태들이 조응한다. 물질적 생활의 생산양식은 사회적, 정치적, 지적(혹은 정신적) 생활과정 일반을 규정한다. 인간의 의식이 그들의 존재를 규정하는 것이 아니라, 오히려 그들의 사회적 존재가 그들의 의식을 규정하는 것이다.[47]

맑스의 설명에 의하면 주체의 차원에서는 사회적 존재가 의식을 규정하고 사회적인 차원에서는 토대가 상부구조를 규정한다. 토대는 생상력과 생산관계의 결합을 포괄하는 물질적 생활의 생산양식으로 제시되고 있다. 흥미로운 점은 김기진과 최서해의 '생활'이 의식을 규정하는 사회

---

45 김기진, 「감각의 변혁」, 『생장』 2, 1925.2; 『김팔봉문학전집』 1, 36면.

46 최서해, 「문예와 시대」, 『동아일보』 1928.7.2~3; 『전집』 (하), 347면. "생활과 문예의 관계는 위에 말한 바와 같거니와 우리의 그 생활은 고정불변하는 그것이 아니라 시대를 따라 항상 변하고 있는 것이다. 그런데 시대를 따라서 온갖 것이 변하더라도 인류가 있는 한에서 변치 않는 것은 생활에 대한 문제와 식과 성에 대한 문제라 하여 그 생활은 영원히 불변한다는 것을 말하는 이가 있으나 그런 것은 아니다."

47 칼 맑스, 김대웅 역, 「『정치경제학비판』 서문」, 『문학예술론』, 115면.

적 '존재'와 상부구조를 규정하는 '토대'물질적 생활의 생산양식를 대체하고 있다는 점이다. 달리 말하면 생활이 의식을 규정하고 생활이 문학을 포함한 상부구조를 규정하고 있는 것이다. 그리고 생활 개념은 끼니의 무의식과 함께 구성되어 있다. 이 대목은 1920년대의 문학비평이 상하부구조론을 어떠한 방식으로 이해하고 있었는지, 상하부구조론을 둘러싼 무의식은 어떠한 것이었는지를 선명하게 보여준다.

생활은 단순히 인간의 의식과 문학예술의 토대에만 그치지 않는다. 끼니의 문제, 생활의 문제는 자생적인 사회주의의 토대이기도 하다. 끼니와 생활은 사회주의와 관련된 선이해先理解 구조로 제시된다.

> 어떤 사람은 삼대 요건[나뭇바리, 의복, 쌀―인용자]이 그 돗수에 넘어서 걱정인데 어떤 사람…… 나 같은 놈은 돗수에 못 차기는 고사하고 아주 텅 빈 판이며 X스[맑스―인용자]의 자본론을 읽지 않아도 X스의 머리를 가지게 된다. 프롤레타리아 운동자와 접촉을 못 해도 자연 그렇게 된다. 이래서 이 세상은―소위 자본 문명 중심의 이 제도는 제이세 제삼세―백세 천세의 많은 X스를 만드는 것이다.[48]

인용문은 사회주의가 수입되거나 학습된 사상이 아니며, 조선의 생활 속에는 사회주의를 위한 발생적 근거가 마련되어 있었음 주장하고 있다. 달리 말하면 생활은 사회주의 사상의 토대인 것이다. 앞에서 살핀대로 「탈출기」에서 사회주의 사상의 자연발생에 대해 언급한 바 있거니와,

---

48 최서해, 「아내의 자는 얼굴」, 『전집』 (상), 318~319면.

「아내의 자는 얼굴」에서도 끼니의 위기 즉 생활의 위기에 처한 사람은 자생적으로 '맑스의 머리'를 가지게 된다고 말하고 있다. 맑스의 자본론을 읽지 않아도 맑스의 머리를 가질 수 있었던 데에는 생활이라는 토대가 있기 때문이다. 생활은 이제 의식과 문예의 토대일뿐만 아니라 사회주의의 현실적인 토대이기도 하다. 끼니의 무의식은 생활이라는 포괄적인 용어를 매개하면서 상하부구조론의 아랫부분으로 미끌어져 들어가 자리를 잡고 있는 것이다.

> 배고플 것을 염려하여 이빨을 닦지 않았다는 것은 푸로가 아니면 느껴 보지 못할 처참한 고백이다. 만일 나의 상상을 허용한다면 작자는 자기 체험의 일부분을 그리지 않았는가 싶도록 구구절절에 곡진한 묘사는 독자의 가슴에 실감을 부여해 준다. 그런데 작자가 표현하려는 것은 무엇인가? 모든 의식意識과 체면體面은 의식衣食이 족足한 연후의 일이다. 푸로에게는 오직 밥이다. 주린 이의 선결 문제는 밥이다. 새날─새날은 그러나 배부른 사람은 그것을 상상치도 못한다. H와 같이 술은 사주되 밥은 생각지도 않는다. 요건만은 푸로에게는 그저 주림이다. 이것이 작자가 이 작作을 쓴 정신이라고 믿는다.[49]

끼니의 무의식과 연동되어 있는 생활 개념은 계급을 이해하는 중요한 준거가 된다. 최독견의 「푸로 수첩」『신민』, 1926.8에 대해 최서해의 월평을 잠시 살펴보자. 「푸로 수첩」은 ××주의자이고 프롤레타리아인 H가 주린 배를 채우려고 세 번이나 계획을 세웠으나 모두 허사로 돌아가고 결

---

49 최서해, 「7·8월의 소설」, 『동아일보』, 1926.8.7~17; 『전집』 (하), 321면.

국 친구를 만나 밥이 아닌 술을 얻어먹고 돌아온다는 내용이다. 최서해가
이 작품에 반응한 이유는 분명하다. 끼니의 무의식은, 프롤레타리아와 부
르주아지의 계급 구분을 생산양식의 소유 여부가 아니라 끼니의 충족과
결핍이라는 대립항에 근거해서 이해하도록 만든다. 프로/부르의 대립은
끼니의 위기에 종속된 계급과 끼니의 위기로부터 자유로운 계급으로 재
편성된다. 아무리 프로문학의 초기라고 하더라도 부르와 프로의 고전적
인 정의를 몰랐을 까닭이 없다.[50] 하지만 '노동력'과 '생산수단의 결여'와
관련된 프롤레타리아의 고전적 정의는, 끼니의 위기에 노출되어 있는 계
급이라는 규정으로 대체된다. "모든 의식意識과 체면體面은 의식衣食이 족足
한 연후의 일이다. 푸로에게는 오직 밥이다"라는 구절에서 알 수 있듯이,
'존재/의식'의 문제와 '경제적 토대/상부구조'의 문제로 대변되는 사적
유물론의 기초적인 도식은 밥의 문제 즉 끼니의 문제로 수렴된다. 끼니가
계급을 규정하는 것이다. 이 대목은 결코 최서해나 김기진의 유물론에 대
한 이해가 낮은 수준에서 이루어졌다는 사실을 의미하는 것이 아니다. 오
히려 유물론의 기초 공식을 둘러싸고 있는, 끼니의 위기와 관련된 무의식
이 얼마나 뿌리 깊고 얼마나 강고한 것이었는지를 보여주는 것이다.

　「먼동이 틀 때」는 끼니의 관점에서 볼 때 매우 흥미로운 작품이다. 작품
의 주인공 허준은 직업이 없으며, 무직자들이 결성한 상조회에서 활동
하고 있다. 비슷한 처지의 노동자들끼리는 직업을 두고 경쟁하지 말고 함

---

[50]　엥겔스의 고전적인 정의에 의하면, "부르주아지란 사회적 생산 수단의 소유자이면서 임
　　금 노동을 사용하는 현대 자본가 계급을 말한다. 프롤레타리아트란 현대 임금 노동자
　　계급을 말하는 바, 그들은 자기의 생산 수단을 전혀 갖고 있지 않은 까닭에, 살기 위해
　　서는 자신의 노동력을 파는 것에 의존해야만 한다". 프리드리히 엥겔스, 최인호 역,
　　[1888년 영어판에 붙인 엥겔스의 주], 『공산주의당 선언』, 『칼 맑스 · 프리드리히 엥겔
　　스 저작 선집』 1, 박종철출판사, 400면.

께 연대해야 하는 것이 작품의 주제이다. 하지만 작품의 주제의식보다 더 주목해야 할 것은, 이 시기의 소설 가운데 이처럼 배고픔에 대한 의식이 지속적으로 제시되어 있는 작품을 발견하기는 쉽지 않다는 사실이다. 작품의 전편에 걸쳐 허준은 끼니를 해결하지 못한 상태로 도시를 배회한다.

① 허준이도 아침 걱정을 안 할 수 없었다. 가슴과 배가 수축이 되고 등이 휘이는 듯하였다.[51]

② 그의 눈에 비치는 모든 것은 그의 뱃속같이 허전허전하고 그의 가슴속 같이 갑갑하였다.

③ 왼편 길가에 있는 설렁탕 집에서 흘러나오는 누릿한 곰국의 냄새가 그의 비위를 몹시 흔들었다. 그는 입안에 서리는 군침을 다시금 삼키면서 안동 네거리로 나와서 회동 골목으로 접어들었다.

④ 몇 걸음 걸으려니까 창자가 텅 비고 다리가 허청거리기 시작하였다.

⑤ 검은 문장을 늘인 저편으로 흘러나오는 기름 냄새와 무엇을 지지는지 찌르륵찌르륵하는 소리는 허준의 비위를 슬근이 건드렸다.

⑥ 한 개의 호떡이 그의 주리고 주린 창자를 충분히 녹이지 못한 탓도 되겠지만 어쩐지 온몸의 기운은 그 자리에서 아주 빠져버리는 듯도 하였다.

허준이 경로는 아침을 굶은 상태에서 시작된다. 직업을 알선해 주겠다는 사람을 만나기 위해 거리로 나선다. 그가 거리에서 만나게 되는 음식의 계열은 호떡, 설렁탕, 중국 요리이다. 호떡은 끼니로 충분하지 못하고,

---

[51] 최서해, 「먼동이 틀 때」, 『전집』 (하), 69면. 이하의 인용은 위의 책, 70 · 71 · 75 · 83 · 84면.

설렁탕을 사 먹기에는 돈이 부족하며, 중국 요리는 직업을 알선해주겠다는 사람이 제공한다.[52] 배고픔과 관련된 의식의 흐름이라고 불러도 좋을 것이다. 거리의 음식들은 허준을 배고픈 사람으로 호명하며, 허준의 의식에는 배고픔이 지속적으로 현전한다. 최서해에게 프롤레타리아는 항상 배고픔을 의식하고 있는 계층이다. 달리 말해서 그의 의식이 끼니의 무의식과 함께 구조화되는 계층인 것이다. 배고픈 배회자가 조직을 이탈하지도 않고 동료를 배신하지도 않고 동시에 자본주의 체제에 포섭되지도 않을 수 있었던 근거는 무엇인가. 소설에 따르면 의식에 현전하는 배고픔이 아닐 수 없다. 최서해의 소설에서 배고픔에 대한 의식은 프롤레타리아 계급의식이자 계급무의식이다. 최서해는 1929년의 수필에서 다음과 같이 말한 바 있다.

사람은 밥을 무시할 수 없는 것이다. 무시할 수 없는 것이 아니라 무시하

---

52 최서해의 소설에서 알 수 있듯이 1920년대 소설에 나타나는 음식의 공간적 배치는 집안의 끼니와 집밖의 요리로 대별된다. 끼니의 위기 속에서도 남자들에게는 음식점에서 만든 요리와 만나게 될 가능성이 주어진다. 이 경우 음식에 굴복했다는 자괴감과 혼자만 좋은 음식을 먹었다는 죄의식이 찾아든다. "배곯던 동무들을 뒤두고 혼자 잘 먹은 것이 미안도 하고 술을 주지 말고 돈으로 주었으면 얼마나 좋으랴 하는 생각도 일어났다."(『전집』(하), 77면) 동시에 집밖의 요리를 끼니로 전환할 수 있다면 좋겠다는 생각을 갖게 된다. 그렇다면 집밖의 요리를 집안의 끼니로 전환할 수는 없는 것일까. 여기에 대해서는 현진건의 「사립정신병원장」을 살펴볼 필요가 있다. 「사립정신병원장」은 주인공 W가 요릿집에서 먹고 남은 음식(약식, 송편)을 집에 싸가려고 한다. 집에 있는 아들에게 음식을 먹이기 위해서이다. 하지만 그의 행동은 모욕만을 불러올 따름이다. 요릿집의 접대부가 비아냥거리기도 했지만, 음식 값을 계산한 친구 K가 그것을 허락하지 않는다. K 자신의 체면이 무색해 진 이유는, 자신의 손님 W에 의해서 요리가 끼니로 환치되었기 때문이다. 결국 K는 요리가 끼니로 환치되는 것을 허락하지 않는다. 요리는 부유함, 접대, 관대함 등과 같은 사회적 가치를 표상(representation)한다. 하지만 끼니는 결핍(결여, 부족함)의 의미론에 근거하여, 요리의 사회적 가치를 잠식한다. 요리가 집으로 운반되려면, 집에 도달해서도 끼니가 아니라 요리의 위상을 유지할 수 있어야 한다. 하지만 그것은 불가능하다. 끼니는 요리의 사회문화적 의미를 위협한다. 그리고 그와 동시에 억압된다.

여지지 않는 것이다.[53]

끼니의 무의식은 상하부구조론의 선이해 구조를 형성하며, 사회주의 사상의 자연발생적 근거이며, 프롤레타리아의 계급의식을 구조화한다. 하지만 토대가 상부구조를 규정하듯이, 끼니와 생활이 사회주의를 규정하는 일이 발생한다. 끼니의 문제가 해결되지 않을 때, 상부구조 영역에 위치한 사회주의에는 어떠한 영향이 미칠 것인가. 끼니의 위기는 자생적인 사회주의의 근거토대이다. 하지만 사회주의가 끼니의 위기를 해소하는 방법이 되지 못할 때, 사회주의는 또다른 방식으로 끼니의 위기에 의해 규정될 수밖에 없다.

> "뭘 암만 떠들었대야 무슨 소양이야! 허허! 첫째 이것이야! (하고 그는 왼 손가락으로 입을 가리켰다.) 첫째 먹어야지요! ××[사회 – 인용자]주의는 먹잖고 된답디까? 흐흥!"
> 그는 술을 먹었는가? 그 목소리는 흐린 듯하고도 흥분이 되었다.
> "그래 ××주의는 굶고 싶어서 한답디까?"[54]

인용문에 나타난 말들을 두고 사회주의에 대한 상투적인 불만이라고 볼 수도 있다. 하지만 최서해의 소설과 비평에 따르면 단순한 불만으로 그치지 않는다. "××주의는 먹잖고 된답디까?" "××주의는 굶고 싶어서 한답디까?"라는 말은, 사회주의의 자생적 토대였던 끼니의 위기=생활가 사

---

53   최서해, 「근감」, 『전집』(하), 238면.
54   최서해, 「容身難」, 『전집』(상), 387면.

회주의의 위기를 가져온 원인이라는 사실을 보여주고 있다. 끼니의 위기는 사회주의의 자생적 토대인 동시에 사회주의와 관련된 위기를 초래하는 근거가 된다. 끼니의 무의식이 상하부구조론을 감싸고 있는 것이다.

최서해의 소설에 따르면, 사회주의 이념을 견지하면서 생활끼니의 문제를 해결하는 현실적인 방법 중의 하나가 글쓰기와 관련된 직업을 갖는 것이다. 「전아사錢迓辭」의 주인공 '나'는 여러 모로 작가 최서해를 연상하게 하는 인물이다. '나'는 만주로 이주했다가 다시 서울로 돌아왔고, 사회주의 이념을 신봉하며 저널리즘 관련된 직업에 종사하고 있다. 그는 생활의 문제를 해결하고 밥벌이를 하기 위해 닥치는 대로 글을 쓴다.

> 나중에 소위 절개까지 변하게 되었습니다. 나와 주의주장이 틀린 어떤 단체나 개인의 기관지에 절대 쓰지 않는다던 맹세도 변하여,
>
> "쓴다. 어디든지 쓴다. 돈만 주면 쓴다." (…중략…)
>
> 나는 이때에 맘에 없는 글을 쓴 것은 물론이요, 맘에 없는 웃음도 웃어 보았습니다. 나의 작품이 상품으로 변하는 것은 벌써부터 느낀 바이지만, 차츰 나의 태도를 반성할 때 신마찌[新町]의 매춘부를 생각 아니치 못하였습니다. 누가 매춘부 되기를 소원하겠습니까마는 생활의 위협은 그녀로 하여금 그러한 구멍으로 들어가게 만듭니다. 그와 같이 나도—나의 예술도 매춘부가 된다는 생각을 하게 되었습니다.[55]

끼니의 위기와 관련될 때 매문賣文과 매춘賣春은 상징적 유사성을 갖는

---

55 최서해, 「전아사(錢迓辭)」, 『전집』(상), 340면.

다. 인용문에 의하면, 글쓰기의 진정한 주체는 끼니의 위기이다. 주인공이 매문을 하는 이유는 원래부터 절개가 없거나 신념이 약하기 때문은 아니다. 사회주의 이념을 지향하는 것과 끼니생활를 해결하는 것 사이에 해소되지 않은 문제가 가로 놓여 있기 때문이다. 사회주의를 지향한다고 해서, 경제적 토대가 변화한다거나 끼니의 위기가 해소되거나 하지는 않는다. 눈은 사회주의를 바라보지만 배는 여전히 고픈 상태인 것이다. 문제는 혁명이 이루어지기 전까지 끼니의 문제생활의 문제를 어떻게 할 것인가이다. 끼니는 사회주의와 관련된 위기의식을 구성하는 근원적인 무의식으로 기능한다.

> 이렇게 곰곰이 생각하던 끝에 나는 ××주의의 행동에 크게 공명이 되었습니다. (…중략…) 나는 처음에 이삼 일 안으로 이상적 사회나 건설할 듯이 만장 기염을 토하고 다니었으나, 그것도 하루나 이틀에 될 일이 아니라는 것을 생각하는 때에 내 기염은 차차 머리를 숙였습니다. (…중략…) 방법을 세우는 동안의 밥은 먹어야 하리라는 생각이 머리를 친 까닭이었읍니다.[56]

끼니의 위기는 최서해의 주인공들을 사회주의 사상으로 나아가게 한 핵심적인 계기였다. 하지만 그와 동시에 끼니의 위기는 사회주의의 위기를 가져오는 계기로도 작동하고 있다. 최종심급의 단계를 상정한다면 사회주의 사상보다는 끼니의 위기를 해결하는 일이 우선적인 문제였던 것이다. "이렇게 선결 문제는 결국 밥으로 돌아가고야 만다."[57] 물론 혁명이 끼니

---

56 위의 글, 340면.
57 최서해, 「근감」, 『전집』(하), 239면.

의 문제를 해결하는 근원적인 방법이다. 하지만 혁명을 준비하는 동안의 끼니는, 여전히 문제로 남는다. 끼니는 사회주의에의 입사와 사회주의 이념의 완수 사이에 개입해 있는 차이화의 논리이다.

끼니의 위기는 최서해 소설의 주인공들을 사회주의 사상으로 이끌었다. 하지만 동시에 끼니의 무의식은 사회주의 사상을 자신의 논리 내부에 포괄한다. 이 장면은 최서해의 사상적 취약성을 보여주는 것이기도 하지만, 그와 동시에 끼니의 무의식이 사회주의 사상의 유물론적 토대라는 점을 보여주는 것이기도 하다. 밥의 우선성, 끼니의 유물론이야말로 1920년대 중반 한국 근대문학에 내재되어 있던 소박한 차원에서의 '유물론의 유물론'이었던 것이다. 최서해의 소설과 김기진의 비평은 최소한 식민지 조선의 상황에서 사회주의의 토대를 바라보는 시선을 가지고 있었다. 물론 그 시선과 함께 사상적 유약성이 구조화되었던 것 또한 분명한 사실이다. 비평사의 맥락에서 보자면 카프의 1차 방향 전환 이후 유물론의 이론적 지위가 조선의 현실을 '규정'하는 수준에 설정되고 이러한 경향은 카프의 해산까지 지속적으로 강화되는 양상을 보인다. 그리고 카프가 해산된 1930년대 중반에 이르면 다시 김남천, 이기영 등과 같은 카프 작가들을 중심으로 '생활'의 문제가 제기된다. 그렇다면 이러한 문학사적 장면들을 두고, 1차 방향 전환과 대중화논쟁을 거치면 억압된 끼니의 무의식이 카프 해산 이후에 귀환한 것이라고 볼 수는 없을까. 아마도, 최서해의 소설과 김기진의 비평이 한국 근대문학사에서 마르크스주의 문학이론의 성격을 가늠할 수 있는 시금석일 수 있는 이유도 여기에서 찾을 수 있을 것이다.

텍스트로서의 주체와 '리얼리즘의 승리'

김남천 비평에 관한 몇 개의 주석

1. 카프 소설반 연구회에 대한 소묘―테제, 카프, 정치적 병졸

여기에 한 가지 사람을 가상하자! 그는 스물이 되기 전, 학생시대에 "나는 한 개의 적은 정치적 병졸로서 싸워질 때, 모든 예술을 집어던져도 좋다!"하고 외쳤다고 하자.[1]

정치적 혁명에 모든 것을 걸었던 젊은 시절을 김남천은 이렇게 회고하고 있다. 그에게 마르크스주의는 곧 볼셰비즘이었고, 전위 당을 매개한 정치적 실천은 소부르조아 출신의 인텔리겐차의 존재론적 근거 또는 정체성의 근거를 바꾸는 핵심적인 기제였다. 1930년대 초반의 김남천은 정치적 병졸로서 평양고무공장 파업에 참여했고, 그 경험을 바탕으로 「공제생산조합」1930, 「공장신문」1931 등과 같은 작품을 카프 소설반 연구

1 　김남천, 「창작과정에 대한 감상」, 『조선일보』, 1935.5.19; 정호웅·손정수 편, 『김남천 전집』 1, 박이정, 2000, 78면. 앞으로 『김남천 전집』의 1권은 『전집』 1로, 2권은 『전집』 2로 표시하고, 콜론(:) 뒤에 인용페이지를 명기함. 본문 중에 인용된 경우에는 (1 : 78)처럼 괄호 속에 전집의 권수와 인용 면수를 표시함. 이 글에 사용된 강조표시는 모두 인용자의 것임.

회에서 발표했으며, 동성동본의 여학생과 사회주의 이념에 근거한 붉은 연애를 하고 있었다.[2] 하나의 원칙이 그의 삶과 의식을 지배하고 있었고, 그의 주체는 흔들림이 없었다. "사회주의적 프롤레타리아트는 (…중략…) 시종일관 어떠한 예외도 없이 그 속에 살아있는 프롤레타리아 대의에 삶의 흐름을 주입시켜야만 한다"[3]는 레닌적 교의에 충실한 것이었다.

정치를 위하여는 예술을 버려도 좋다. 예술의 대가가 되는 것보다 정치의 병졸을![4]

'정치적 병졸'은, 프롤레타리아의 대의를 향해 실천정치과 문학과 연애가 하나의 흐름을 형성하고 있었던 김남천의 주체를 유표화하는 은유이다.[5] 정치적 병졸이 소속된 정치적 조직이 없을 수 없는데, 2차 방향전환

---

2 「어린 두 딸에게」(1934)는 엄마를 잃은 두 딸에게 보내는 안타까운 부정(父情)이 드러난 글이다. 김남천의 연애와 결혼이 사상적·동지적 결합에 근거한 것이었음을 밝히고 있다.(『전집』 2 : 8) 김남천과 교제한 여학생은 동성동본이었고, 그로 인해 결혼이 난관에 처하게 되었다. 여학생이 결혼을 포기하려고 했을 때, 김남천은 "역사의 바퀴를 후퇴에로 이끌려는 가장 반동적인 봉건적 잔재의 최후의 발악 밑에 머리를 수그리고 굴복하는 것"(『전집』 2 : 10)이라는 편지를 보낸 바 있다. 그리고 연인을 향해 "여태껏 가지고 있는 소부르주아적 근성을 근대로 발로한 일화견주의(日和見主義)에 사로잡힌 가장 악한 동물"(『전집』 2 : 10~11)이라고 말한 적이 있음을 고백한다.
3 V. I. 레닌(Vladimir Il'ich Lenin), 이길주 역, 「당 조직과 당 문학」, 『레닌의 문학예술론』, 논장, 1988, 53면.
4 「몽상의 순결성」, 『조광』, 1938.3; 『전집』 2 : 57.
5 1934년까지 김남천의 글에는 군대와 관련된 용어가 많이 등장한다. 볼셰비키적 수사학의 특징이라 할 것이다. 「반 카프 사건의 계급적 의미」(1931.9)에서는 "정치적 청산파의 예술 부문에의 파견졸(派遣卒)"(『전집』 1 : 3)이나 "계급진영에서 탈주병이 일증하고"(『전집』 1 : 6) 등과 같은 구절이 여러 곳에서 사용된다. 이러한 수사학적인 특징은 출옥 후에 씌어진 1933년의 글 「문학시평 – 문화적 공작에 관한 약간의 시감」에서도 그대로 유지된다. "어째서 이 곤란한 사업에 몸써 투신하여 일신을 문화부대의 일 병졸로서 참가하려고 하지 않을 것인가?"(『전집』 1 : 9)

볼셰비키화을 감행한 카프가 바로 그것이다. 이 시기에 발표된 평문 「반 '카프' 음모 사건의 계급적 의의」1931.9, 「경제적 파업에 관한 멘셰비키적 견해」1931.10 등에서 확인할 수 있듯이, 거의 모든 논의들이 전위 당黨 또는 조직 문제에 집중되는 양상을 보인다. 반면에 마르크스주의의 일반적인 주제인 유물론에 대한 철학적 논의나 프롤레타리아에 대한 계급적 인식과 관련된 논의는 거의 이루어지지 않고 있다. "강철 같은 조직적 규율에 의하여 카프는 전진하지 않으면 안"[6] 되며 카프를 중심으로 "모든 잡지가 정렬된 세력으로 전진"[7]해야 한다는 것이 그의 신념이었다. 이러한 신념의 저변에는, 신문과 잡지를 비롯한 문학 관련 매체가 당의 통제 아래 두어져야 한다는 「당 조직과 당 문학」1905의 문제의식이 투영되어 있다.[8]

① 작가 이기영 자신도 물론 회상할 줄 믿는다. 소설반 연구회가 훌륭한 발동發動을 갖고 있을 때에 반종교反宗教에 대한 주제내용으로 이기영에게 소설제작을 명령했을 때 그 속에서 생산한 「최전도사」라는 작품을! (…중략…) 나는 이 작품이 벌써 만 2년 전의 것임에도 불구하고 작가 이기영의 가장 최고점을 지은 것이라고 믿는다.[9]

② 주요한 씨 주간의 『동광』에 이기영 씨가 원고를 팔았다가 다시 찾아온 일도 있고, 심지어는 최승희 씨와 안막 씨(당시 카프 중앙위원이었다)의 결

---

6   「반'카프' 음모 사건의 계급적 의의」, 『시대공론』, 1931.9; 『전집』 1 : 6.
7   「잡지문제를 위한 각서」, 『신계단』 9, 1933.6; 『전집』 1 : 32.
8   V. I. 레닌, 앞의 글, 54면. "신문은 다양한 당조직들의 기관지가 되어야만 하며, 그 필자들은 반드시 이들 조직의 성원이 되어야만 한다. 출판과 배포의 중심, 서점과 독서실, 도서관 및 그와 유사한 시설들은 모두 당의 통제 아래 두어져야만 한다."
9   「문학시평 – 문화적 공작에 관한 약간의 시감」, 『신계단』 8, 1933.5; 『전집』 1 : 18~19.

혼까지 반대 결정한 일까지 있었으니 가히 당시의 예술단체의 면목을 알 수 있을 것이다.[10]

김남천의 회고에 의하면, 카프의 소설반 연구회는 활발한 상호비판을 통해 개인적인 오류를 집단적인 차원에서 교정하는 공간이었다. 또한 작가에게 주제를 제시하고 작품 생산을 명령할 수 있었고, 부르주아 매체에 기고하는 일은 금지되었으며, 심지어 개인적인 결혼에 대한 논의까지도 이루어지고 있었다. 소설반 연구회의 분위기는 "문학은 프롤레타리아트의 공동 대의의 일부분이 되어야 하며, 전 노동계급의 정치의식화된 전 전위에 의해 가동되는 단일하고 거대한 사회민주주의적 기계장치의 '톱니바퀴와 나사'가 되어야만 한다"[11]라는 레닌적 교의를 실천하고 있었던 것이다.

소설반 연구회의 이와 같은 분위기 속에서 김남천이 개인주의적인 작가 개념을 철저하게 거부한 것은 지극히 당연한 일이었다. "훌륭한 작가를 그의 재능으로 돌리지 말라…… 카프 작가의 진정한 전진! 그것은 카프라는 그것의 진정한 발동發動을 떠나서 있을 수 없는 것이다."[12] "작가들과 조직과는 떼어서 생각할 수는 없다."[13] 훌륭한 작가는 개인적 재능을 가지고 태어나는 것이 아니라, 조직적 훈련과 정치적 실천을 통해서 만들어진다는 것이다. 김남천에게 작가는 조직카프과의 변증법적 관계 속에서 성장하고 완성되는 존재였고, 조직은 작가의 문학적 실천을 정치적 실천으로 전회轉化하는 매개항이었다.

---

10 「『비판』과 나의 십년」, 『비판』, 1939.5; 『전집』 2 : 332.
11 V. I. 레닌, 앞의 글, 52면.
12 「문학시평 – 문화적 공작에 관한 약간의 시감」, 『전집』 1 : 15.
13 위의 글, 『전집』 1 : 21.

특히, 카프가 결혼과 같은 개인적인 삶생활의 영역에 이르기까지 영향력을 행사할 수 있었다는 것은 주목의 대상이다. 단편 「물!」1933을 사이에 두고 임화와 논쟁을 벌였을 때 김남천이 기억하고 있었고 포기하지 않으려 했던 카프의 핵심적인 이미지가 이 지점에 놓여 있기 때문이다. "단순한 작품상의 지적을 가지고는 작가는 그의 오류에서 구출될 수 없다. 비평가는 「물!」의 오류의 근원을 「물!」의 작가의 실천에서 찾아서 그것을 해명하는 데까지 그의 분석을 칼을 아껴서는 안 된다."[14] 문학비평이 작가의 실천 더 나아가서는 삶의 방향성까지 제시해야 한다는 김남천의 주장은, 일견 상식을 넘어선 억지처럼 보일 수 있다. 하지만 그 배후에는 김남천이 기억하고 있는 1930~31년 시기의 카프 소설반 연구회의 풍경이 자리 잡고 있다.

그렇다면 카프의 정치적 방향성은 어디에서 주어지는가. 또한 문학적 실천이 지속적으로 참조해야 할 정치적 규범은 어디에서 제공되는가. 코민테른에서 발신되는 테제들의 환유적인 운동성이 그것이다.

> '1928. 12월' '1930. 9월 18일' 그리고 '1930. 11월' 하리코프에서 열린 제2차 작가동맹 국제회의의 일반 활동방침에 관한 결의와 기타 각종의 테제 등등 ─ 작가는 여기에 대하여 절대적인 관심을 가져야 한다. 관심이 아니라 그것의 예술상의 실천! 이것과 분리하여 제기되는 일체의 논의는 완전히 이에 대한 배반의 실천이다.[15]

---

14 「창작과정에 대한 감상」, 『조선일보』 1935.5.17; 『전집』 1 : 76. 인용된 부분은 1933년에 발표된 「임화적 창작평과 자기비판」에는 없는 부분이다. 「창작과정에 대한 감상」에서 김남천이 직접 인용하고 있는 「임화적 창작평과 자기비판」의 문장들이다. 김남천이 가지고 있던 원고에서 인용한 것으로 보인다.

1933년 공산주의 협의회 사건으로 기소되어 2년의 수감 생활을 마친 후에도 김남천은 볼셰비키적인 정치적 실천과 전위 당을 중심으로 하는 조직론을 굳건하게 유지한다. '코민테른의 테제-카프-정치적 병졸'로 집약되는 도식 속에 김남천의 주체가 놓여 있었다고 해도 과언이 아니다. 코민테른의 테제로 대변되는 사회주의 운동의 국제성, 국내 사회주의 운동의 집단적 조직체인 카프, 그리고 '바퀴와 나사못'의 자리에 자신의 주체를 구성하고 있는 정치적 병졸. 지젝이 지적한 것처럼 이 시기의 김남천은 정치적 텍스트를 개인적·조직적 실천으로 전환하는 메타정치사회주의 혁명의 역사적 필연성이라는 상징적 질서의 틀 안에서 자기말소를 통해 주체를 정립하고 있었던 것이다. 개인으로서의 나를 집단적인 주체로 고양하는, 자기말소 또는 자기삭제의 과정을 통해서 마련되는 주체의 자리, 이를 두고 주체의 도착倒錯적인 구성이라고 할 수도 있을 것이다.[16] 하지만 소시민 인텔리겐 차에서 혁명적 사회주의자로의 주체 구성자기개조은 도착적인 면모 없이는 도저히 불가능한 것이기도 했다. 김남천에게 주체의 문제는, 정치적 억압이 가중되었던 1930년대 후반에 이르러서 제기된 것이 아니라, 정치적 주체로 자신을 정립하고자 했던 1930년대 초반부터 이미 내재화되어 있었던 것이다.

---

15 「문화시평-문화적 공작에 관한 약간의 시감」, 『신계단』 8, 1933.5; 『전집』 1 : 16.
16 슬라보예 지젝(Slavoj Žižek), 이성민 역, 『까다로운 주체』, 도서출판b, 2005, 308면. "과학적 인식에 의해 접근가능해지는 역사적 필연의 한낱 순수한 도구라는 고유하게 도착적인 자리를 차지하는 것은 자코뱅 당원이 아니라 오로지 레닌주의적 혁명가다."(위의 책, 313면)

2. 고리키적 방황과 '의도하지 않은 무서운 결과' ─ 「물!」 논쟁

김남천이 단편 「물!」을 발표한 것은 병보석으로 감옥에서 풀려난 1933년의 일이다. 임화는 「6월 중의 창작」에서 비속한 경험주의, 생물학적 심리주의, 우익적 일화견주의 등의 용어를 사용하며 「물!」을 비판하게 되고, 여기에 대해 김남천은 「임화적 창작평과 자기비판」을 통해 반론을 제기한다. 겉으로 드러난 문면에 주목할 때 「물!」 논쟁은 작가의 실천과 「서화」에 대한 평가를 중심으로 전개되는 양상을 보인다. 하지만 그 배후에는 보다 복잡한 맥락이 가로 놓여 있다. '작가가 의도하지 않은 무서운 결과'와 '레닌적인 응시 아래에 놓인 작가의 위상'이 그것이다.

「6월 중의 창작」에서 임화는 「물!」에 대해 물 담당이 물을 통제하는 과정은 사상범을 감옥제도에 순응시키기 위한 것으로 읽힌다며 "작자도 의도하지 않은 무서운 결과"[17]를 가져왔다고 평한 바 있다. 반면에 「서화」에 대해서는 레닌의 관점에서 농민의 소유자적 특성을 문학적으로 형상화한 작품이며, 향후 프로문학의 획기적인 발전을 가져올 작품으로 기대를 표시하고 있다. 김남천의 항의는 외견상 「서화」에 대한 임화의 과중평가에 맞추어져 있지만, 실질적으로는 「서화」와 관련된 '의도하지 않은 무서운 결과'에 그 초점이 맞추어져 있다.

> 물론 이기영이가 농민을 복잡성에 있어서 취급하였으며 소유자적 특성을
> 그린 것은 사실이다. 그러나 이것으로 곧 농민문제에 있어서의 레닌적 설정

---

17 임화, 「6월 중의 창작」, 신두원 편, 『임화문학예술전집 4 ─ 평론』 1, 소명출판, 2009, 262·264면.

을 예술상으로 적용하였다고 볼 수 있는가? 레닌은 사실에 있어서 농민의 소
유자적 특성을 강조하였다. 그러나 그는 문학자에게 그것을 도박이라든가 투
전을 가지고 묘사하기를 희망하지 않았을 것이다. (…중략…) 농민의 복잡성
을 '도박'과 '간통'(아름다운 술어를 쓰자면 자유연애라고 한다)의 긍정에서
묘사하는 것은 과연 레닌적 파악이며 원칙적으로 정당한 예술적 방법인가?[18]

「물!」 논쟁의 배후에는 '작가도 의도하지 않은 무서운 결과'에 대한 치
열한 공방이 가로놓여 있다. 김남천은 "대저 「서화」를 노력군중에게 가
지고 가면 여하한 이해가 생길 것을 생각하여 보았는가?"(1 : 50)라고 임
화에게 반문한다. 「물!」에서 물 담당의 통제와 관련된 부분이 작가가 '의
도하지 않은 무서운 결과'를 가져왔다고 한다면, 「서화」는 특히 농민 대
중화 문제와 관련해서 도박과 강간을 긍정적으로 인식하게 만드는 '의도
하지 않은 무서운 결과'를 가져오게 될 것이라는 지적이다. "「서화」는 농
민의 소유심을 생생한 생산관계를 통하여 묘사하지 못하고 '도박'이라는
비생산적 유희적 수단을 통하여 도박의 긍정이라는 결과"를 가져올 터인
데, 이것은 작가 이기영이나 비평가 임화가 '의도 하지 않은 무서운 결과'
가 아니겠는가 하는 반론인 것이다.[19] 달리 말하면 「서화」가 도박투전을
통해서 농민의 소유자적 성격을 드러낸 것이나, 「물!」이 감옥 내의 물 부
족과 관련하여 지식인의 이중적인 성격을 드러낸 것은, 등가가 아닌가라
고 김남천은 말하고 있는 것이다.
　'작가도 의도하지 않은 무서운 결과'는 텍스트가 작가의 의도와 비대칭

---

18 「임화적 창작평과 자기비판」, 『조선일보』, 1933.8.3; 『전집』 1 : 49~50.
19 위의 글, 『전집』 1 : 49.

적인 관계를 맺을 수 있으며 작가의 의도를 초과할 수 있다는 사실을 전제한다. 이러한 맥락에서 보자면 「물!」 논쟁은 작가의 의도를 초과하여 작동하는 텍스트의 효과를 거론한 본격적인 논쟁이라는 점에서 그 비평사적 의의를 찾을 수 있다. 발자크의 리얼리즘의 승리와 대비해서 보면 '의도하지 않은 무서운 결과'의 의미는 보다 선명하게 드러난다. 정치적 실천에 투신해서 감옥까지 다녀온 김남천의 작품 「물!」이 지식인의 기회주의적 심리를 부각시키는 '의도 하지 않은 무서운 결과'를 가져왔다면, 왕정복고를 꿈꾸었던 왕당파 보수주의자인 발자크의 『인간희극』은 역사의 객관적 법칙을 형상화하는 '작가가 의도 하지 않은 놀라운즐거운 결과'를 가져온 경우에 해당한다. 작품에 작가의 의도를 벗어나 작동하는 부분이 있을 수 있으며 작가의 의도와 무관하게 형성 되는 텍스트적 효과가 있을 수 있다는 것, 이 지점은 「물!」 논쟁을 거쳐 온 김남천이 1935년 이후 발자크의 리얼리즘의 승리에 주목하게 되는 무의식적인 계기라 할 수 있다.

> 작품을 결정하는 것은 작가이며 작가를 결정하는 것은 어떤 혹자의 이론보다도 그 당자의 실천이다. 그러므로 작품을 논평하는 기준은 그의 실천에 두어야 하는 것이다. 이것에 대하여 무이해한 비평가는 그가 변증법적 유물론을 백만 번 운운하여도 진실한 맑스주의 평가評家는 될 수 없는 것이다.[20]

「물!」 논쟁에서 김남천이 제기한 또 다른 항의는, 임화의 비평이 정치적 실천보다 문학적 실천을 우위에 두고 있는 것이 아닌가 하는 것이었다.

---

20 위의 글, 『전집』 1 : 45.

카프의 서기장 임화가 쓰는 월평은 비평가 임화의 개인적인 견해여서는 안 되며, 전위적 문학단체의 지도와 강령이어야 한다는 것이 김남천의 지적이다.[21] 김남천에 의하면, 문학작품은 작가의 정치적 실천의 반영이다. 만약 작품에 오류가 있다면 그것은 실천에 문제가 있다는 방증이다. 따라서 카프는 작품에 나타난 오류를 지적하는 데 그쳐서는 안 되고, 작가의 실천이 프롤레타리아의 대의에 합류할 수 있는 방도를 제시해야 한다. 만약 임화가 이와 같은 책임을 방기하고 있다면 정치적 실천에서 물러나서 문화운동으로 나아간 것이라고, 김남천은 비판하고 있는 것이다.[22]

작가가 범한 정치적 과오와 실천 상의 오류를 바로잡아 줄 수 있는 비평을 요구한다는 것은 대단히 무리한 일에 해당한다. 하지만 김남천이 너무나도 당당하게 이를 요구할 수 있었던 데에는, 그가 생각하고 있는 전범적인 모델이 있었기 때문으로 추측된다. 레닌적 교의에 대단히 충실하고자 했던 당시의 김남천을 고려할 때, 우선적으로 참조할 수 있는 모델은 레닌과 고리키의 관계이다. 널리 알려진 대로 레닌은 고리키를 가장 중요한 프롤레타리아 작가로 생각했고, 고리키 역시 레닌의 논문들을 읽으며

---

21 「임화에 관하여」, 『조선일보』, 1933.7.25; 『전집』 1 : 41. "[1931년 1차 검거 당시−인용자] 임화의 출감을 들었을 때에는 그를 신뢰하는 탓에 '카프'의 앞에 안심과 낙관을 가지고 홀로 떨어진 나 자신을 위안하면서 있었다. (…중략…) 나는 면회 오는 처를 붙들고 몇 번인가 임화의 위독[맹장염−안용자]의 보(報)에 수심 지었으며 그가 기적으로 쾌도(快度)를 전할 때에는 한종일 눈물을 흘리도록 가슴의 고동을 억제치 못하였던 것이다."

22 김남천은 「임화에 관하여」의 끝부분에서 임화가 1932년 이후 산적한 문제에도 불구하고 침묵을 지키고 있음을 우려하며 그와 동시에 그의 활동에 대한 기대를 표시한다. 그러면서 "우리들은 지금 결단적인 전향의 앞에 도달하고 있다. 이 전향을 위하여는 정책적인 모든 문제뿐만 아니라 우리가 일찍이 범한 중요한 정치적 범오(犯誤)에 대한 엄격한 자기비평도 절대로 필요한 것이다"(『전집』 1 : 41)라는 말로써 글을 끝맺고 있다. 행간의 의미에 주목할 때 레닌주의=볼셰비즘으로부터의 조직적 이탈을 지적하고 있는 것이라고 보아도 크게 틀리지 않을 것이다.

존경해 왔다. 하지만 그 이후로 고리키는 레닌의 기대와는 달리 부르주아 매체들과 관련을 맺거나 관념론적인 일탈을 거듭했고, 그때마다 레닌은 서한을 통해서 고리키의 오류를 비판하면서도 고리키에 대한 기대와 애정을 유지했다. 김남천이 고리키에 대해 보여준 지속적인 관심에 주목할 때, 김남천은 자신과 임화의 관계를 고리키와 레닌의 관계와 유비적으로 사고했을 가능성이 적지 않다.[23]

> 만일 일리치가 그의 「러시아 ××[혁명−인용자]의 거울로서의 톨스토이」 중에서 지시한 바와 같이 톨스토이[가−인용자] 가장제적 농촌에 있어서의 농민 일규一揆의 약점, 결함의 거울이고 가장제적 농촌의 연약과 '경제적 소농민'의 의고한 겁나怯懦와의 반영이라면, 고리키는 노동자 계급, 소시민, 인텔리겐트의 강점과 약점을 반영하고 동시에 그것을 자기 자신의 것으로 극복한 위대한 예술적 천재가 아닐 수 없다.[24]

레닌이 혁명 이전 러시아 농민의 모순적인 상황에 대한 반영이라는 관점에서 톨스토이 소설을 분석했고, 고리키의 경우에는 사상적 오류들을 비판하면서 사회주의 혁명에 동참하도록 지도하는 태도를 취했다는 것은 널리 알려진 바와 같다. 김남천의 입장에서 말하자면, 레닌의 비평적 시선 아래에 톨스토이와 고리키의 소설이 자리를 잡고 있었듯이, 카프의 대표자인 임화의 시선 아래에는 톨스토이의 자리를 대변하는 이기영과 고

---

23 김남천은 고리키에 대한 4편의 글을 발표한 바 있다. 「고리키에 관한 단상」, 『조선중앙일보』, 1936.3.13~16; 「고리키를 곡(哭)함」, 『조선중앙일보』, 1936.6.22~24; 「고리키의 사후 1주년」, 『조광』, 1937.6; 「고리키의 세계문학적 지위」, 『현대일보』, 1946.6.18.
24 「고리끼에 관한 단상」, 『조선중앙일보』, 1936.3.13~16; 『전집』 1:160.

리키의 자리를 대변하는 김남천이 배치되어 있어야 하지 않겠는가라는 무의식판타지이 작동하고 있었던 것이다.

특히 「고리키에 관한 단상」은 물 논쟁에 투영된 김남천의 무의식을 엿볼 수 있는 자료라고 생각된다. 이 글에서 김남천은 레닌에 대한 고리키의 회상을 주요하게 다루면서 두 사람 사이의 관계를 고찰하고 있다. 고리키에 대한 단상이라고 제목을 붙였지만 실제적으로는 레닌에 대한 고리키의 추억을 김남천이 다시 더듬어가고 있는 글이다. 고리키의 레닌 회상기에서 김남천이 주목하고 있는 지점은 다름 아닌 레닌의 시선 아래에 놓인 고리키의 내면이다. 1918년에 레닌과 재회한 고리키는 그때의 광경을 레닌 회상기에 기록해 놓았고, 김남천은 이 장면을 매우 중요하게 인용한 후 자신의 생각을 덧붙이고 있다.

> 우리들은 친히 얼굴을 마주 대하였으나 물론 친애하는 일리치의 찌르는 듯 날카로운 눈은 '길 잃은 나'[고리키－인용자]를 연민의 정을 가지고 바라보았다. 그 눈초리는 내가 늘 보아 온 것이었다. 일찍이 30년 동안이나 그 눈으로 나를 보고 있다. 결국 이 눈초리로 나를 묘지에까지 전송하여 주리라고 확신하면서 그때를 기다리고 있다.[25]

체홉, 톨스토이, 에세닌 등 대문호를 만났을 때에도 정신적으로 굴복하는 일이 없었던 고리키가 레닌의 시선 아래에서는 '궤배跪拜'의 유혹을 느끼며 압도당했다는 것이다. 고리키는 레닌의 시선 아래에서 자신의 동

---

25 위의 글, 『전집』 1 : 156.

요와 일탈을 부끄러워하면서도, 레닌의 시선과 맞서 "은근한 저력을 가지고 심중에 솟아오르는 반발과 항의"를 느낀다. 이 지점을 김남천은 정치와 문학의 근원적인 관계를 상징적으로 대변하고 있는 장면으로 읽어 간다. 김남천이 고리키에서 보았던 것은 무엇인가. "정치와 문학의 기점을 방황하다가 그 완전한 통일적인 융합을 발견"(1:158)하는 과정이 그 것이다. 김남천의 논지에 의하면, 정치를 향한 고리키의 의욕이 사상적 일탈과 문학적 방황으로 이어졌고, 그러한 고리키의 모습을 레닌은 신뢰와 비판이 함께 깃든 시선으로 바라보았으며, 정치와 문학 사이에서 방황하던 고리키는 마침내 정치와 문학의 완전한 통일사회주의 리얼리즘에 이르렀다는 것. 고리키는 시련과 방황을 통해서 완성되는 자율적인 주체를 상징하는데, 김남천이 욕망하던 주체의 이미지 또는 주체의 드라마를 압축적으로 대변하고 있다.

단편소설 「물!」이란 무엇인가. 김남천에게 「물!」은 정치와 문학 사이에서 벌어진 고리키적인 방황의 기록이다. 따라서 김남천의 입장에서 보자면 고리키적인 방황에 부합하는 레닌적 시선을 임화에게 요청할 수밖에 없었던 것이다. 고리키는 1930년대 초반카프 해산 이전 김남천이라는 주체의 위상학을 상상적·상징적으로 재현하고 있는 기호이다. 달리 말하면 레닌적 응시 속에서 김남천은 고리키의 자리를 욕망하고 있었던 것이라고 보아도 크게 틀리지 않을 것이다.[26] 하지만 김남천의 이러한 내밀한 욕망이 문학적 언어로 표현되었을 때, 아이러니컬하게도 그는 문학 작품

---

26 응시(gaze)는 단순히 "보여지는 응시가 아니라 타자의 장 속에서 내가 상상하는 응시"라는 의미로 사용되었다. 여기에 대해서는 자크 라캉(Jacques Lacan), 이수련 역, 『라캉의 세미나 11 – 정신분석의 네 가지 근본 개념』, 새물결, 2008, 107~123면 참조.

과 정치적 실천 사이의 괴리를 보여 주는 대표적인 사례로 자리를 잡게 된다. 이것이야말로 김남천이 의도하지 않은 가장 무서운 결과였다.

3. '몸'의 유물론에 근거한 마르크스주의 예술학

「물!」 논쟁 이후 김남천은 임화의 지적처럼 '작자도 의도하지 않은 무 서운 결과'에 둘러싸이게 된다. 볼셰비키화에 근거하여 작가의 정치적 실 천의 중요성을 이야기한 것이 그의 의도였지만, 비평가에게 작가의 사생 활까지 알고 비평하라는 것이냐 라는 예상하지 않았던 비아냥까지 듣는 처지에 이르게 되었다.[27] 감옥을 다녀올 정도로 정치적 실천에 투철했던 사람이 기껏해야 생물학적 심리주의로 귀결되는 작품을 내놓았다는 것. 김남천은 정치적 실천과 문학적 성취 사이의 상위相違와 괴리를 보여주는 대표적인 사례로서 자리를 잡게 된다. 이 지점에서 그가 할 수 있는 것은 자신의 사상적 불철저함을 대중적으로 고백하며 자기비판을 수행하거 나,[28] 정치주의를 거듭해서 천명하며 카프의 재건과 주체의 재건을 주장 하는 일이 가능했을 따름이다.[29] 1934~5년경의 김남천은 여전히 '테제

---

27 량은, 「김남천 군에게」, 『조선일보』, 1933.8.16. "적어도 작가의 실천은 그의 친우가 아 니면 종이에 올릴만치 정확히는 알 수 없는 것이 아닌가. 정확히 알지도 못하는 작가의 실천을 작품과 대조하야 평함은 말할 수 없이 더 큰 오류이[가-인용자] 아닐 것인가?"

28 「문학적 치기를 웃노라-박승극의 잡문을 반박함」, 『조선일보』, 1933.10.12; 『전집』 1 : 57. "나는 나의 고민을 자백한다. 소부르주아 출신 그리고 미완성적인 인텔리겐차의 일(一) 분자인 김남천 자신의 세계관의 불확고를 대중의 앞에 발표함에, 그리고 그것을 엄격한 자기비판에 의하여 청산하고자 노력함에 아무러한 수치도 또한 정치가적 불안 도 느끼지 않는다."

29 「당면과제의 인식」, 『조선일보』, 1934.1.9; 『전집』 1 : 62. "×[당-인용자]의 과제를

−카프−정치적 병졸'의 주체성 도식을 재건하고 유지하고자 했던 것이다. 하지만 '테제−카프−정치적 병졸'의 주체성 도식이 유지되기는 어려웠다.[30]

김남천의 변화는 사회주의 리얼리즘이 본격적으로 논의되기 시작했던 1934년부터 카프의 해산이 있었던 1935년 사이에 가시화되어 나타난다. "각종의 테제 등등−작가는 여기에 대하여 절대적인 관심을 가져야 한다."[31]라고 말하며 코민테른 테제의 중요성을 역설하던 모습과는 달리, 김남천은 사회주의 리얼리즘이라는 테제 앞에서 머뭇거리는 모습을 보인다. 사회주의 리얼리즘의 핵심이 조직의 문제에 있음을 지적하며 날카로운 모습을 보여주기도 하지만, 정작 사회주의 리얼리즘의 수용 여부에 대해서는 유보적인 태도를 취하고 있다. 사회주의 건설 단계에 돌입한 소련과 사회주의가 비합법의 단계로 접어들고 있는 식민지 조선의 간극이 너무도 크게 다가왔기 때문이다. 사회주의 리얼리즘이 테제로서 제시된 마당에 종전의 유물변증법적 창작방법론을 고수할 수도 없는 노릇이었고, 그렇다고 해서 조선과 소련의 역사적 단계를 무시하고 사회주의 리얼리즘

그려라' 'XX[전위−인용자]의 눈으로 보아라' 등의 여태까지의 슬로건 대신에 '진실을 그려라'란 그것 자체로 보아 동의구(同義句) 같이 생각되지마는 엄밀한 의미에서 그것은 정치주의의 일탈로밖에 볼 수 없습니다."

30 김남천은 1936년까지 정치주의에 대한 신념을 저버리지 않는다. 「춘원 이광수 씨를 말함」에 의하면 프로문학으로부터 이미 전향한 사람들이 모멸하겠지만 "유일한 나의 건전한 상식 '문학과 정치와의 관계에 있어서의 정치의 우위성'의 관점을 고집하"(『조선중앙일보』, 1936.5.8; 『전집』 1 : 165)겠다고 말한다. 그는 춘원 이광수에 대한 글에서 절반 이상을 할애하여 문학과 정치의 관계에 대한 고민 없이 전향해 버린 카프 맹원들을 비판하고 있다. 이러한 주장은 「물!」 논쟁 이후 그가 받은 상처에 대한 원한(ressentiment), 2차 검거 이후 적극적으로 전향에 나서고 있는 구 카프 맹원들에 대한 비판과 관련된 것이다. 보다 정확하게는 문학에 대한 정치의 우위를 고민하며 정치주의와 결별하는 과정으로 보는 것이 합당할 것이다.

31 「문화시평−문화적 공작에 관한 약간의 시감」, 『신계단』 8, 1933.5; 『전집』 1 : 16.

을 복창할 수도 없었던 것이다.[32]

또한 1935년 카프의 해산과 함께 사회주의 문학운동을 펼쳐나갈 집단적 조직도 사라지고 만다. 달리 말하면 '테제-카프-정치적 병졸'의 주체성 도식에서 테제와 카프가 불안정하게 된 것이다. 코민테른 테제는 사회주의 운동의 국제성을 확보하는 상징적 대타자였고, 카프는 레닌의 교의에 따라 운영되어야 할 '바퀴와 나사못'이었다. 1934~5년의 김남천은 사회주의 리얼리즘이라는 테제와의 국제적 동시성을 유지하지 못한다. 설혹 사회주의 리얼리즘과의 동시성을 유지하더라도 그 양상은 지극히 간접적이고 암시적인 방식으로 이루어진다. 게다가 사회주의 운동의 '바퀴와 나사못'이었던 카프는 김남천 자신의 손으로 해산계를 제출한 터였다. 따라서 정치적 실천에 매진하는 병졸이라는 자기 이미지는 더 이상 유지되지 못한다. 그렇다면 국제성테제, 조직카프, 실천병정의 문제는 어떻게 재편성되어야 할까. 김남천의 경우 국제성테제은 문예학예술학으로, 조직카프은 소시민성에 대한 반성으로, 정치적 실천은 창작과정이후에는 리얼리즘으로 치환되는 양상을 보인다.

새로운 창작방법의 설립을 조선의 문학사와 조선의 현실생활에서 찾으려하지 않고 헛되이 모스크바와 동경 이론의 서투른 이식에서만 탐구하려는 조선적 비평가에서만 볼 수 있는 현실이 아니라 동경은 물론 모스크바의 논의에서까지도 용이하게 간취할 수 있는 상태인 만큼 외국 이론의 이식에서 일어나는 '창피'를 면하려는 양심적인 학도가 한가지로 관심을 가져야 할 문

---

32 「창작방법에 있어서의 전환의 문제」, 『형상』 2, 1934.3.; 『전집』 1 : 63~72.

제이라고 생각한다.[33]

김남천이 코민테른의 테제를 대신할 새로운 국제성의 차원을 발견한 지점은 문예학의 영역이었다. 1935년에 발표된 「예술학 건설의 임무」는 짧지만 중요한 글이다. 김남천은 사회주의 리얼리즘이 제기된 이후 창작 방법과 세계관의 문제가 극심한 혼란 상태에 빠져있음을 지적한다. 그와 더불어 동경과 모스크바에서도 이 문제와 관련해서 혼란을 겪고 있는 상태이기 때문에 외국의 이론을 이식하려고 해서는 문제가 해결될 수 없음을 지적하고 있다. 이 글에서 김남천은 예술학 건설을 위해 관념론으로 치부되던 미학체계까지 포용할 필요가 있음을 역설하고 있다.

> 텐느, 크로체는 물론 칸트, 헤겔의 관념론 미학체계에서 또는 더 올라가 희랍 미학에서부터 우리 인류가 가지고 있는 일체의 미학적 재산을 토대로 하여 진정한 예술 과학의 건립 공작은 시작되어야 할 것이다.[34]

1930년대 초반에 간행된 마르크스 엥겔스의 미학적 논의들을 보다 광범한 맥락에서 독해하여 예술학의 체계화를 도모하겠다는 언명이다. 세계관과 창작방법의 문제 해결을 조선의 문학사와 현실에서 찾자고 주장하면서, 관념론 미학까지도 포괄적으로 살피겠다고 하는 김남천의 언급은 주목의 대상이다. 이 지점은 단순히 사회주의 리얼리즘의 수용 여부를 논하는 문제가 아니라는 점에 주목을 요한다. 달리 말하면 코민테른으로

---

33 「예술학 건설의 임무」, 『조선중앙일보』, 1935.7.2; 『전집』 2 : 263~264.
34 위의 글, 『전집』 2 : 264.

부터 테제가 주어지고 거기에 복종하는 수준의 문제가 아니라 마르크스와 엥겔스가 단편적으로 남겨 놓은 미학적 논의들을 종합적으로 해석하는 차원이 펼쳐진 것이다. 마르크스와 엥겔스의 사상을 준거로 삼아 그들의 미학적 논의들을 해석하고 실천적으로 적용하는 주체가 요청되는 지점인 것이다.

서구에서 1920년대 중반부터 1900년대 초반은 마르크스와 엥겔스의 저작들 특히 『경제학 철학 수고』1932년 발굴나 『독일 이데올로기』1932년 발간와 같이 초기 저작들이나 미간행 원고 및 서한들의 발굴과 간행이 이루어지면서 마르크스주의 내부에서 새로운 철학적 논의들이 왕성하게 이루어지던 시기이다.[35] 또한 사회주의 체제하의 소비에트 마르크스주의와 자본

---

35 마르크스의 초기 저작들의 발견 및 간행은 마르크스주의의 역사에서 매우 중요한 의미를 갖는다. 마르크스의 초기 저작들이 재발견되자 그때까지 마르크스 사상의 본질적인 견해라고 알려진 것들 대부분이 불안정해지는 양상을 낳았던 것이다. 마르크스의 가장 중요한 저술 가운데 하나인 『헤겔 법철학 비판』은 1927년에, 『독일 이데올로기』는 1932년에 간행되었다. 「경제-철학 수고」의 경우 1932년에 발견되었고, 러시아에서 마르크스-엥겔스의 저작집이 출간된 것 역시 1933년의 일이다. 마르크스주의의 저작을 전·후기로 구분하고 고전적인 정식화를 수행한 사람은 레닌이었다. 하지만 『1844년 경제학-철학 수고』, 『헤겔법철학 비판 서문』, 『독일 이데올로기』 등과 같은 주요한 초기 저작은 레닌의 사후에 초판이 발간되었다.(쉴로모 아비네리(Shlomo Avineri), 이홍구 역, 『칼 마르크스의 사회사상과 정치사상』, 까치, 1983, i-17면.) 마르크스가 생전에 출판한 저작물은 다음과 같다. 『헤겔 법철학 비판 서설』(1844), 『신성가족』(1845), 『철학의 빈곤』(1847), 『공산당 선언』(1848), 『프랑스에서의 계급투쟁 1848~1850』(1850), 『루이 보나파르트의 브뤼메르 18일』(1852), 『프랑스의 내전』(1871), 『정치경제학 비판을 위하여』 제 1책(1859), 『자본론』 1권(1867). 마르크스 사후(1883)에 엥겔스에 의해 『자본론』 2권(1885), 『자본론』 3권(1894)이 출간되었다. 『자본론』 3권의 4부에 해당하는 『잉여가치 학설사』는 1905년부터 1910년 사이에 발간되었다.(정문길, 『니벨룽의 보물』, 문학과지성사, 2008, 27~30면) 페리 앤더슨에 의하면, 마르크스의 방대한 저술 중에서 적어도 4분의 3 이상이 그가 사망할 때까지는 미출판 상태였다. 그의 미발표 저술이 공개되는 과정은 마르크스주의 변천 과정에서 중요한 요소로 작용한다. 마르크스의 미발표 저술의 간행과 서구 마르크스주의의 역사적 관계에 대해서는 페리 앤더슨(Perry Anderson), 장준오 역, 『서구 마르크스주의 연구』, 이론과실천, 1987, 11~16면 참조.

주의 아래의 서구 마르크스주의가 분기되는 시기, 달리 말하면 정치적·경제적·지역적 차원에서 마르크스주의의 분화가 구조화되는 시기였다. 이 시기에 새롭게 출간된『독일 이데올로기』,『경제학 철학 수고』등은 청년 마르크스의 사상과 학문에 대한 관심을 불러일으키기에 충분했다.

미학사상과 관련된 마르크스와 엥겔스의 텍스트들이 최초로 발간된 것은 1933년의 일이다. Ob iskusstivje, ed. A. Lunacharsky, M. Lifshitz, F. Schiller, Moscow, 1933. 이 편집서는 학자들로 하여금 적절한 주의를 요하도록 하는 출발신호였으며, 문학과 예술에 대한 플레하노프Plekhanov, 메링Mehring, 라파르그Lafargue 및 기타 후계자들의 저작들과 구별되는 마르크스주의 창설자들의 미학사상에 대한 인식의 척도가 되었다.[36] 1933년에 간행된 문학예술론의 경우 마르크스주의 미학·문예학·예술사회학에 대한 새로운 근거들을 제시했던 것이다. 사회주의 리얼리즘 제창과 더불어 마르크스 엥겔스의 문예학 자료들이 함께 논의된 배경도 여기에 있다. 식민지의 지식인 김남천에게 마르크스 엥겔스의 문학예술론집은 코민테른의 테제와는 구별되는, 또 다른 국제성의 차원을 열어

---

[36] 스테판 모라브스키(Stefan Morawski), L. 박산달·S. 모라브스키 편, 김대웅 역, 「머리말」,『마르크스·엥겔스 문학예술론』, 한울, 1988, 18면. 마르크스의 초기 저작들은 종종 마르크스주의 내부의 모순과 혼란을 불러일으켰는데, 플레하노프의『일원론적 역사관』는「독일 이데올로기」와 일정 정도의 중요한 차이를 드러내며, 레닌의『유물론과 경험비판론』은「경제학−철학 수고」와 대비된다. 마르크스의 초기 저작들은 단순히 늦게 출간된 것이 아니라, 마르크스주의 내부에 이론적인 충격으로 다가왔던 것이다. 또한 마르크스의 사상이 정치경제학 또는 혁명이론에 국한되어 있다는 기존의 통념을 불식시키고 마르크스의 사상에 담겨있는 풍부한 철학적 주제들이 조명되는 계기가 되었다. 러시아의 마르크스주의 외에도 루카치, 그람시, 코르쉬, 프랑크푸르트학파 등 서구 마르크스주의가 활발한 논의를 펼쳐나간 것도 이 시기부터이다. 마르크스의 초기 저작과 관련된 마르크스주의 내부의 문제의식은, 인식론적 단절과 징후적 독해를 제안한 알튀세의『마르크스를 위하여』에서도 확인된다.

준 주요한 계기였다.

김남천의 경우, 1935년 6월 「지식계급 전형의 창조와 『고향』 주인공」에서 엥겔스가 민나 카우츠키에게 보낸 편지1885를 직접 인용하고 있으며, 1935년 12월에 쓰여진 「건전한 사실주의의 길」에서는 엥겔스의 「운문과 산문에 나타난 독일사회주의 II」1847의 내용을 서지를 밝히지 않고 소개한 바 있다. 이미 1934년경에 사회주의 리얼리즘이 소개되는 과정에서 마르크스와 엥겔스의 미학 자료들이 간접적·부분적으로 소개되었는데, 김남천은 카프의 해산 이후 마르크스와 엥겔스 문학론을 텍스트의 차원에서 접근해가기 시작한 경우라 할 수 있다.[37]

1935년 김남천의 변화를 보여주는 두 번째의 계기는 생활의 발견이다. 1931년 투옥되어 1933년에 출옥한 김남천은 같은 해 12월에 아내를 잃는다. 그에게는 마땅히 돌아갈 조국도, 조직도, 가정도 없는 상황이 펼쳐진 것이다. 1935년부터는 『조선중앙일보』의 기자로 일하게 되는데 이 시기에 쓰여진 수필 「귀로－내 마음의 가을」『조선중앙일보』, 1935.9.23은 눈여겨 볼 필요가 있다. 담당하고 있던 경찰서 출입을 마치고 밤 11시 반이 넘어 전철을 갈아타고 집으로 돌아가는 과정의 감상을 적은 글이다.

---

37 김남천은 자신이 이용한 마르크스－엥겔스 문학예술론집의 간략한 서지를 밝혀놓은 바 있다. "이들의 예술에 대한 문제를 말한 편지와 프라그먼트는 개조사(改造社)판으로 모아서 나온 것이 있고 또 에프 쉴렐과 게오르그 루카치의 평석(評釋)이 붙은 것으로 암파(岩波)문고판이 있다."(「창작방법의 신국면」, 『조선일보』, 1937.7.13;『전집』 1 : 239) 정문길의 연구에 의하면 소련에서 구MEGA가 발간된 것은 1927년부터 1935년까지이다. 같은 시기에 일본에서는 개조사에서 마르크스 엥겔스 전집이 발간되었다.(『マルクス エンゲルス全集』 1~27, 山本美 編纂, 改造社, 1928~1933) 콤 아카데미에서 편집했고 김남천이 참조했다고 밝힌 책은 다음과 같다. コム・アカデミー文学芸術研究所 編集, 『芸術論マルクス、エンゲルス』, 外村史郎 翻訳, 改造社, 1935. 쉴러와 루카치의 평석이 있는 암파문고본은 조사 중에 있다. 레닌의 문학예술론은 藏原惟人이 번역한 바 있다. レーニン, 『レーニン 文化・文学・芸術論 上・下』, 藏原惟人・高橋勝之 編訳, 大月書店, 1969.

그리고 내가 지금 가는 곳이 하숙방—아무도 없는 쇠 채운 채 희미한 전등이 기다리고 있을 한 간 방이라는 것을 생각한다. 땀내 나는 낡은 세탁꾸러미, 흩어진 책, 종이조각, 사발시계, 칫솔, 비누, 맥없이 걸려있는 때묻은 여름 양복 그리고 유일의 장식인 죽은 아내의 사진 액면額面—나는 이때에 나 자신의 생활을 생각해 본다. 그리고 언제부터 자전거와 버스의 충돌에 흥미를 가지게 되고 언제부터 나의 신경은 절도竊盜의 명부名簿를 노려보기에 여념이 없어지고 언제부터 나의 붓은 음독飲毒한 젊은 여자를 저열한 묘사로 갈겨쓰는 것에 취미를 가지기 시작하였던고? 그리고 언제부터 수상한 청년의 검거가 울렁거리는 흥분과 마음의 아픔 아닌 과장된 구조口調를 넣어서 사단四段을 만드는 정열로 바꾸어졌던가? (…중략…)

이것이 생활이란 것이었다. 그리고 수많은 사람이 이것을 생활로 하고 있었던 것이다. 나는 하숙 문을 열고 방안에 들어서매 너저분한 신문지를 발로 밀고 이불을 막 쓴 채 숨막힐 듯한 적막을 가슴속으로 깨물고 있었다.[38]

이 글은 수감생활을 마치고 물 논쟁을 겪고 가정을 잃어버린 1935년 당시 김남천의 내면을 여실하게 보여준다. 나의 몸이 놓여 있는 곳은 어디인가라는 물음이 전면화되어 있다. 자기 자신의 물적 토대를 재생산하기 위해서 경찰서와 신문사와 여관방을 옮겨 다녀야 하며, 정치적 대의와는 전혀 무관한 일을 하며 먹고 살아야 한다는 사실에 대한 자각. 하숙방의 너저분한 모습들은 일상적인 삶의 토대가 붕괴되어 버린 상황을 상징적으로 대변하고 있다. 이 지점에서 김남천이 '생활'을 발견하고 있음이 매

---

38 「귀로-내 마음의 가을」, 『조선중앙일보』, 1935.9.23; 『전집』 2 : 37~38.

우 인상적이다. 정치적 혁명이란 사회경제적 토대를 근원적으로 바꾸는 일에 해당하지만, 무수히 많은 사람들은 일상생활의 토대를 유지하기 위해 모든 노력을 기울이며 살아가고 있다는 것. 김남천에게 생활의 발견은 곧 생활에로의 귀환이기도 했다. 감옥을 나와 물 논쟁을 거치고 아내를 잃은 상태에서 자신의 발밑토대을 보니 '생활'이 입을 벌리고 있는 형국이었다. 분명한 사실은 생활의 발견이 소시민성에 대한 자각과 일정 정도 대응관계를 이루고 있다는 점이다.

1935년에 김남천이 마련한 세 번째의 전기는 창작과정이라는 매개항의 설정이다. 「창작과정에 대한 감상」1935.5에서 김남천은 물 논쟁에서 '비평과 작품과 작가의 실천의 결합'(1 : 76)을 주장했음을 고백한다. 달리 말하면 작가의 정치적 실천과 작품과 비평이 무매개적인 동일성의 차원에 놓여있었다는 의미이다. 그렇다면 1935년에 제기하는 창작과정은 어떠한 성격을 갖는 것일까.

비평 방식의 일면의 타개로서, 작품만이 아니라 작품 이전 작가의 창작과정(이것이야말로 가장 중요한 작가의 인간적 실천이 예술로 담아지는 과정이다)에 대한 추구 — 이것이 이야기될 순서에 도달하였다.[39]

창작과정은 정치적 실천이 예술적 실천으로 전화되는 매개과정이다. 창작 과정의 제시가 주목의 대상이 되는 이유는, 김남천이 견지하던 정치적 실천의 일원론 내부에 균열의 계기가 도입되는 장면이기 때문이다. 정

---

39 「창작과정에 대한 감상」, 『조선일보』, 1935.5.19; 『전집』 1 : 78.

치적 실천은 실천의 하위범주가 아니라 그 자체로 실천 일반이며 따라서 정치적 실천은 예술적 실천을 규정할 수밖에 없다는 정치주의에서 눈을 돌려, 정치적인간적 실천을 예술로 전화하는 창작과정의 특수성에 주목하게 된 것이다. 김남천이 새롭게 주목하게 된 창작과정은 어떠한 모습일까. 흥미롭게도 관념의 차원과 대비되는 육체의 차원이 제시된다. 테제를 관념으로 치부하면서 몸의 차원을 열어가고 있다. 그것은 유물론의 토대를 테제의 차원이 아니라 몸신체의 차원에서 사고하고 감각하고자 하는 것이다. 김남천이 창작과정의 유물론적 근거를 몸에서 찾는다.

> 30년대 전후의 작가가 경형經亨한 바 작가는 당면과제의 형상화에 급급하였다. 그리하여 붓을 들 때 테제를 생각하고 붓을 놓을 때 다시 명제를 회상하였다. 그러나 한 개의 인물, 한 개의 진실을 추구하여 머물 줄을 모르는 리얼리스트 작가의 열정은 그것이 객관적 현실을 향하여 용서 없는 칼을 둘러 열중할 때에, 그의 앞에는 공허한 테제도, 실질을 떠나고 육체를 떠난 슬로건도 보이지 않고 자기 자신을 찾을래야 찾을 수 없는 혼미한 안개의 연속만 있을 것이다. 이 혼미의 속에서는 작가의 전 실천이 뭉쳐지고 빚어준 사회적 인간으로서의 전모가 적나라한 몸을 가지고 모든 관념적인 명제 앞에 거인과 같이 나서서 광분에 가까운 춤을 출 것이다.[40]

몸이 유물론적 근거이자 무의식의 장場임을 보여주는 매우 인상적인 장면이다. 유물론의 근거로서 몸을 발견하게 되자, 몸과 무의식이 동시적

---

40   위의 글, 『전집』 1 : 81~82.

으로 제시되고 있다. 그렇다면 창작과정의 적나라한 몸, 또는 창작과정의 유물론적 근거로서의 몸이란 무엇인가. 몸은 관념화된 테제와 슬로건의 효력이 정지되고 더 나아가서는 자기 자신마저도 찾을 수 없는 차원이다. 창작과정은 관념이데올로기들이 자리하고 있는 곳이며, 관념이데올로기들에 대한 싸움이 벌어지는 곳이며, 사회와의 교섭을 통해서 형성된 사회적 인간의 벌거벗은 몸이 드러나는 곳이다. 또한 자기 자신을 찾기 어려울 정도의 혼미와 광분광기의 파토스가 분출하는 곳이다. 외부세계로 향했던 정열이 내부세계로 퇴각하는 자기-철회의 과정에서, 김남천은 혼돈과 광기와 벌거벗은 몸을 만난다. 김남천의 입장에서 보자면 창작과정의 혼돈, 광기, 육체, 무의식은 주체 형성을 위한 또 다른 계기일 수밖에 없다. 창작과정에 내재된 광기의 파토스로부터 김남천이 고발문학의 단초를 마련한 것은 당연한 귀결이라 할 것이다.[41]

---

41 김남천의 고발문학은 1935년의 「창작과정에 대한 감상」과 「지식계급 전형의 창조와 『고향』 주인공에 대한 감상」에서 논의되었다가, 1937년의 「고발의 정신과 작가」와 「창작방법의 신국면」에서 다시 집중적으로 논의된다. "지식계급의 일 전형의 가면을 박탈하는 용서 없는 리얼리스트적 정신에 의하여 작가 자신의 내면적 가면까지를 잡아 찢음에 주저치 않는 육체적 열정"(『전집』 1:81)에서 볼 수 있듯이, 고발문학론은 가면 박탈 및 자기고발의 정신으로 요약된다. 필자가 조사한 범위 내에서 가면박탈과 리얼리즘이 함께 논의된 텍스트로는 레닌의 「러시아 혁명의 거울인 레프 똘스또이」(1908)가 있다. 해당 구절은 다음과 같다. "한편으로, 자본주의적 착취에 대한 무자비한 비판, 정부의 불법행위와 우스꽝스런 법정 및 국가행정에 대한 폭로, 그리고 이의 심각한 모순에 대한 폭로가 있다. 다른 한편, "악에 저항하지 말라"는, 복종에 대한 얼빠진 설교가 있다. 한편으로, 냉정한 리얼리즘, 온갖 잡다한 가면들을 찢어 발기는 행위가 있다. 다른 한편, (…중략…) 구역질나는 교권주의를 장려 하려는 노력이 있다."(『레닌의 문학예술론』, 59면)

4. '유다적인 것의 승리'와 '리얼리즘의 승리'―소시민의 계급 무의식

김남천은 카프 시절에 대해 '칸트의 비둘기'를 중심으로 회고한다. 『순수이성비판』에 등장하는, 공기의 저항이 없는 진공이라면 더 높이 날 수 있을 것이라고 생각하는 비둘기가 그것이다. 공기의 저항이야말로 날 수 있는 물질적 근거인데, 그 사실을 몰각하고 공기가 없다면 더 높이 날 수 있을 것이라고, 비둘기는 생각한다. 여기에는 카프가 보여주었던 관념론적 오류에 대한 자기비판과 현실적 조건을 초월하고자 했던 열정에 대한 자기긍정이 함께 자리하고 있다. 이것은 카프 작가들의 초상이었다.[42]

김남천이 보기에 카프의 해산은 카프의 계급적 기반을 명확하게 보여준 사건이었다. 카프 해산 이후 구 카프 작가들은 사상 전향을 거쳐 '소시민으로의 귀환'에로 나아가고 있었다. "하루 아침 역사의 행정行程이 이러한 것의 일반적인 퇴조적 현상을 우리의 앞에 강요할 때에 집단성의 밑에 종속되었던 작가와 비평가는 자신의 출신 계급을 따라 일개의 독립된 자기로 귀환하고 말았다."[43] 「고발의 정신과 작가」에서 김남천은 조선사회의 미성

---

42 임마누엘 칸트(Immanuel Kant), 「(再版의) 들어가는 말」, 최재희 역, 『순수이성비판』, 박영사, 2005, 59면. "경쾌한 비둘기는 공중(空中)을 헤치고 날아서 공기의 저항을 느끼는 사이에, 진공(眞空) 중에서는 더 잘 날 줄로 생각한다. 이와 마찬가지로 플라톤은, 감성계가 오성에 대해서 답답한 제한을 하기 때문에, 이념의 날개에 의탁하여 감성계를 떠나 피안(彼岸)에 즉 순수 오성의 진공 중에 감히 뛰어 들어갔다. 그러나 그는 오성을 움직이기 위해서 그 기초가 되는 지점(支點), 즉 자기의 힘을 쓸 수 있도록 하는 지점인 저항을 가지지 않았기 때문이다." 칸트의 비둘기가 인용된 김남천의 글로는 「최근의 창작」, 『조선중앙일보』, 1935.8.4; 『전집』 1 : 110. 김남천과 칸트의 관련성에 대해서는 손유경, 「김남천 문학에 나타난 '칸트적'인 것들」, 『프로문학의 감성구조』, 소명출판, 2012, 227~257면 참조.

43 「고발의 정신과 작가―신창작이론의 구체화를 위하여」, 『조선일보』, 1937.6.3~5; 『전집』 1 : 221.

숙시민계급의 기형적 발전과 근로계급의 상대적 유약성으로 인해 인텔리겐차가 프로문학의 담당자로 출현할 수밖에 없었음을 지적하고 있다. 조선의 프로문학자들은 '시민계급의 서자'였던 것이고, 결과적으로는 계급적인 한계를 벗어나지 못하고 말았다는 진단이다. '시민계급의 서자'들의 집단인 카프의 오류는 유물론의 관념론화공식화 및 리얼리즘의 주관주의화로 집약 되는데, 이러한 오류의 저변에는 소시민 지식인의 나약함과 조급함이 가로놓여 있을 수밖에 없었다.

이러한 시민계급의 방탕한 불효 자식들은 이 과분한 그러나 남자 일생의 천직으로 할 만한 새로운 문학의 개척자의 임무를 띠고, 역사의 위에 등장하면서 장구한 시일 동안의 생활적 교양과 관습으로 인하여 뼈와 살을 이루고 있는 시민적인 혹은 소시민적인 자의성과 우유부단성을 그대로 가져다가 집단성의 밑에 종속시키고 이 문학적 실천을 통하여 완전히 자기 자신의 고유한 유약성을 극복하려는 노력에 전심하지 않으면 안 될 것을 각오하고 있었다. 그러나 이러한 노력에 전심하기 십 유여 년, 오늘날의 이 개인적 문학경향의 혼란 상태를 앞에 놓고 엄정히 자기 자신을 검토한다면 무엇보다도 먼저 우리들 문학가들이 파지把持하였다는 문화사상이라는 것이 얼마나 미약한 것이고 또한 우리들이 입으로 지껄이던 문학이론이라는 것이 온전히 빌려온 물건에 불과하였다는 것을 스스로 인정하지 않을 수 없을 것이다.[44]

이 대목을 단순한 후일담적인 회한의 기록으로 읽어서는 곤란하다. 고

44 위의 글, 『전집』 1 : 223.

발문학론의 외시적인 메시지 배후에는 또 다른 문제틀이 설정되어 있는데 그것은 다름 아닌 소시민성의 재/발견이다. 왜 10년간의 조직적 훈련과 실천에도 불구하고 소시민성은 극복될 수 없었던 것일까. 왜 소시민에서 마르크스주의에로의 전향자기개조은 실패하였던가. 이유는 간단하다. 소시민성은 "장구한 시일 동안의 생활적 교양과 관습으로 인하여 뼈와 살을 이루고 있"기 때문이다. 마르크스주의의 상하부구조론에 빗대어 설명하자면, 소시민성은 토대하부구조에 해당하고 계급주의는 상부구조에 해당한다. 소시민성은 단순히 계급적 지형으로부터 연역될 수 있는 문제가 아니라 관습과 교양에 의해 뼈와 살의 차원을 형성하고 있다. 김남천은 소시민성의 육체적 차원 또는 무의식의 차원을 문제삼고 있는 것이다. 따라서 고발의 의미도 분명해진다. 고발은 지식인의 단순한 자기반성일 수 없다. 고발은 소시민적 무의식과 벌이는 처절한 싸움이다. 김남천이 술회하였듯이 고발문학이 자기고발을 본령으로 하는 이유가 여기에 있다. 자신의 몸뼈와 살과 무의식을 형성하고 있는 소시민적인 것 "일체를 잔인하게 무자비하게 고발하는 정신, 모든 것을 끝까지 추급追及하고 그곳에서 영위되는 가지각색의 생활을 뿌리째 파서 펼쳐 보이려는 정열"(1 : 231)이기 때문이다. 따라서 소시민성과 대결할 수 있는 고발의 정신을 제외한 모든 것이 고발의 대상이 될 수밖에 없다.

　　이[고발의−인용자] 정신 앞에서는 공식주의도 정치주의도 폭로되어야 한다. 영웅주의도 관료주의도 고발되어야 한다. 추醜도, 미美도, 빈貧도, 부富도 용서 없이 고발되어야 한다. 지식계급도 사회주의자도 민족주의자도 시민도 관리도 지주도 소작인도 그리고 그들이 싸고도는 모든 생활과 갈등과 도덕

과 세상관이 날카롭게 추궁되어 준엄하게 고발되어야 할 것이다.[45]

고발의 정신은 모든 도덕적·미학적 가치나 사상적 지향성을 영도의 지점으로 되돌린다. 소시민성을 고발의 대상으로 정립하는 과정에서 필요한 주체화의 제스처이기도 하다. 자기-안으로의-철회는 모든 것에 대한 의심과 코기토로의 환원 속에서, 달리 말하면 근본적인 광기의 계기를 통과하는 과정을 통해서, 인간화의 토대를 마련하는 몸짓이다. "이 철회의 제스처 없이는 어떠한 주체성도 없다."[46] 고발문학론의 의의 가운데 하나는 소시민적 무의식과의 대결을 설정함으로써 주체화의 방향을 분명하게 설정했다는 점에 있다.

골육화된 소시민성에 대한 고발을 지식인의 모랄 차원으로 끌고 가는 과정에서 제시된 비유가 다름 아닌 '유다적인 것'이다. 「유다적인 것과 문학」에서 김남천은 유다에게서 소시민의 혈연적 육체적 친연성을 발견한다. "유다의 속에는 우리들 현대의 소시민과 가장 육체적으로 근사近似한 곳이 있"(1 : 306)다는 언급에서 알 수 있듯이 유다적인 것은 소시민적인 것을 의미한다.

이곳에 유다를 성서에서 뺏어다가 우리들의 선조로 뺏어다 세우려는 가공할 만한 현실성이 있는 것이다. 실로 현대는 그가 날개를 뻗치고 있는 구석구석

---

45 위의 글, 『전집』 1 : 231.

46 슬라보예 지젝, 앞의 책, 64면. "명심해야 할 것은 대상이 '자아로부터 태어나기' 위해서는 말하자면 백지상태에서 출발하는 것이—'세계의 밤'을 통과함으로써, '자아로부터 태어난' 것이 아직 아닌 한에서의 현실 전체를 지워버리는 것이—필요하다는 점이다. (…중략…) 셸링의 기본적 통찰—이에 따르면, 주체는 (…중략…) 자기 밖의[제외한—인용자] 모든 존재를 부정하는 폭력적인 모순의 제스처다."(위의 책, 62~63면)

까지 유다적인 것을 안고 있다는 것으로 고유의 특징을 삼고 있다. 이러한 대상의 전속 포위진을 향하여 리얼리스트 작가가 그의 필검을 휘두르기 전에 우선 무엇보다도 자기심내自己心內에서 유다적인 것을 발견하려는 태도가 작가의 최초의 모랄이 되는 것에 대하여는, 그러나 이곳에 약간의 문학적, 사회적 해명이 필요할까 한다.[47]

유다적인 것은 안과 밖에 동시에 존재하고 있다. 유다적인 것은 몸에서 몸으로 유전되는 소시민의 유전자인 동시에 소시민의 의식을 규정하는 현대사회의 일반적 특징이다. 유다적인 것은 지식인의 내부에는 소시민성을 형성해 놓았으며, 외부에는 지식인을 전방위적으로 포위하고 있는 환경이다.

유다는 그의 마음을 은 삼십으로 바꾸는 것으로써 범한 유다적인 것의 승리를 민사憫死에 의해 승화하였다. 이리하여 유다는 겨우 죽음이란 최후의 수단을 가지고서야 그의 심내心內에 있는 유다적인 것을 극복할 수 있었다.[48]

카프의 해산이란 '유다적인 것의 승리' 달리 말하면 소시민적이 것의 승리이다. 죽음을 통해서만 유다적인 것을 극복할 수 있다는 표현은, 유다적인 것은 의식 수준에서 해결될 수 있는 문제가 아니라, 몸과 무의식의 문제라는 점을 말하고 있는 것이다. 몸을 소멸에 이르게 하지 않고서는, 달리 말하면 죽지 않고서는 도저히 극복할 수 없는 것이 '유다적인

---

47 「유다적인 것과 문학」, 『조선일보』, 1937.12.15; 『전집』 1 : 306.
48 위의 글, 『전집』 1 : 312.

것'이다. 유다적인 것은 카프적인 주체 아래에 억압 내지 은폐되어 있던 주체이며, 카프적인 주체가 인식하지 못했던 또 다른 주체이다. 의식 차원에서 마르크스주의를 지향하던 카프적인 주체와 오랜 시간 동안 뼈와 살에 각인된 소시민적인 주체유다적인 것의 모순적 결합. 이 지점에서 '유다적인 것'은 주체의 분열을 명징하게 보여주는 기호가 된다.

　　우리는 지난날의 일체의 문학적 실천의 과오와 일탈을 소시민적 동요에 기인하는 것이라고 개괄해 본다. 주관주의적 내지는 관조주의적인 창작상의 제 결함을 주체의 소시민성에 귀납시켜 본다. 이러한 때에 어찌하여 「주체의 재건과 문학세계」의 논자[임화—인용자]는 주체 그 자신의 속에서 분열과 모순을 발견하려 하지 않는가! 주체 자신의 소시민성을 어찌하여 뚜껑을 덮은 채 훌훌히 지나치려 하는가!⁴⁹

김남천에게 있어 주체의 분열이란 '소시민의 몸—무의식'과 '의식 수준의 마르크스주의' 사이의 분열이다. 의식 수준에서 마르크스주의를 강화하거나 변화시키거나 하는 방법으로는 주체의 재건자기개조은 이루어지지 않는다. "유다적인 것을 발견하려고 하고 이것과의 타협 없는 싸움을 통과"(1:308)해야 한다는 김남천의 말은, 의식 수준에서 이루어지는 자기반성이나 자기비판을 의미하지 않는다. '소시민 지식인의 몸—무의식'과 '의식 수준에서의 마르크스주의'의 대결 구도에서라면, '유다적인 것의 승리'는 또다시 반복될 수밖에 없다.

49　「자기분열의 초극」, 『조선일보』, 1938.1.25; 『전집』 1:325.

그러나 물론 소시민 지식인 일반이 문제라는 것보다도 구체적으로 우리에겐 문학자가 문제였다. 소시민 지식인으로서의 문학자, 시민사회의 서자로서의 문학자! 이것의 성찰 뒤에 오는 문제를 우리는 집요하게 따라가야만 한다.[50]

유다적인 것은 주체이자 타자이다. 유다적인 것＝소시민적인 것을 '가공할 만한 현실'로서 승인하게 되면서 김남천의 문학적 태도에는 커다란 변화가 나타나게 된다. 김남천의 입장에서 보자면, 유다적인 것은 주체의 육체적·유물론적 근거였다. 동시에 유다적인 것을 넘어서야만 새로운 주체의 건설이 가능하다. 그렇다면 유다적인 것이 지배하고 있는 소시민의 몸과 무의식이 아닌, 다른 장場이 필요할 것이다. 그것은 다름 아닌 문학이다. 1935년까지 정치적 실천 일원론을 강고하게 주장했던 김남천은 1937년에 이르면 문학자에게는 문학적·예술적 실천만이 존재할 뿐이라고 말한다. "대체 문학자에게 있어서의 생활적 실천이란 무엇이며 작가에게 있어서의 사회적 실천이란 무엇일 것이냐? 나는 그것을 문학적 예술적 실천이라고 말하려고 하며 또한 이것 이외에는 있을 수 없다고 단언한다."(1 : 329) 따라서 소시민적인 것＝유다적인 것과 관련된 주체의 분열을 넘어서 주체의 재건은 문학의 장에서 이루어질 수밖에 없다. 김남천은 이 대목을 "자기분열의 문학적 초극"(1 : 324)으로 요약한다.

그렇다면 몸과 무의식이 소시민성＝유다적인 것에 의해 규정되고 있더라도 '자기분열의 문학적 초극'을 통해 새로운 주체에 도달할 수 있다

---

50 위의 글, 『전집』 1 : 326.

는 최소한의 희망을 가질 수 있었던 근거는 무엇일까. 1935년 이후 정치적 억압이 가중되면서 문학을 도피처로 삼을 수밖에 없었을 것이라는, 또는 예술을 내팽개치고 혁명에 헌신하는 정치적 병졸을 꿈꾸었던 젊은 청년이 끝내 정치적 억압을 견디지 못하고 예술의 영역으로 귀환한 것이라는, 일종의 억압가설에 근거한 추정은 잠시 괄호에 넣고자 한다. 그 대신에 소시민성=유다적인 것의 문학적 초극이라는 가능성을 유비적으로나마 추론할 수 있었던 긍정적인 근거를 '발자크의 리얼리즘의 승리'에서 찾고자 한다.[51]

김남천이 발자크의 리얼리즘의 승리를 집중적으로 소개한 것은 「비판하는 것과 합리화하는 것과」1936.8에서이다. 이 글에서는 몇 가지 중요한 변화를 읽어낼 수 있다. 첫 번째는 세계관과 창작적 실천의 관계이다. 작가의 정치적 실천이 작품을 규정한다는 관점에서 벗어나, 창작적 실천에 의해 세계관이 변화할 수도 있음을 인정하고 있다.[52] 두 번째는 세계관이라는 용어가 현저하게 이중적인 의미로 사용된다는 점이다. 역사적 · 과학적 진리로서의 마르크스주의를 지칭하는 세계관정당한 세계관과 개별 작가

---

51 김남천이 1935년부터 수사적으로 사용한 '나파륜의 칼'은 발자크의 서재에 있던 나폴레옹의 조상(彫像)이 들고 있던 칼에 새겨져 있던 글귀와 관련된 것이다. "그가 칼로 이루었던 것을 나는 펜으로 이룰 것이다."(Georg Brandes, *Main Currents in nineteenth century Literature V : The Romantic School in France,* London : William Heinemann Ltd, 1923, p.179) 브란데스에 따르면 발자크는 나폴레옹 숭배 세대였으며 그의 소설에서 10페이지마다 나폴레옹의 이름이 등장한다고 기술하고 있다. 김남천은 발자크 연구노트에서 브란데스의 『19세기 구주문학 주조사』를 인용하고 있다. 영역본에서 발자크와 관련된 페이지는 5권의 158~204면이다.

52 김남천, 「비판하는 것과 합리화하는 것과」, 『조선중앙일보』, 1936.8.2; 『전집』 1 : 186. "세계관이란 본질적으로는 예술가의 생활에 의하여 규정된다. 그가 여하한 사회 계급에 속하여 어떠한 실천을 하고 있는가에 의하여 결정된다. 그러나 예술가의 세계관은 창작적 실천에 의하여 서도 완성 혹은 변경되는 것이니."

들의 계급의식과 관련되는 인식의 구조로서의 세계관예술가의 세계관이 그것이다. 또한 세계관은 이질적인 요소들이 모순적으로 구조화될 수도 있으며 대상과 시간에 따라 다른 양상을 보일 수 있음을 지적하고 있다.[53] 세 번째는, 이 점이 무엇보다도 중요한데, 발자크론을 통해 마르크스주의의 지평에서 카프의 문학활동을 비판하고 반성할 수 있는 좌표가 제시되었다는 점이다. 리얼리즘의 승리는, 유물론자는 곧 리얼리스트라는 종전의 관습적 사고를 근본적으로 뒤흔들어 놓은 이론적 계기였다.

발자크의 리얼리즘의 승리는 세계관관념론/유물론과 창작방법아이디얼리즘/리얼리즘 사이에서 생겨나는 4가지의 조합을 자연스럽게 생각하게 만든다. 김남천의 비평에 근거하여 4가지의 조합을 제시하면 다음과 같다. ① 보수적 관념론적 세계관 – 아이디얼리즘, ② 보수적 관념론적 세계관 – 리얼리즘, ③ 진보적 유물론적 세계관 – 아이디얼리즘, ④ 진보적 유물론적 세계관 – 리얼리즘.

그가 설혹 보수적이고 관념적인 세계관에 서 있는 자라고 할지라도 그가 리얼리스트일 때에는 창작적 실천에 의하여 반동적인 세계관의 제방을 넘을 수가 있다. 다시 그가 정당한 세계관의 파지자이면서도 아이디어리즘의 창작 방법에 의하여 창작한다면 그의 세계관은 창작적 실천에 의하여 심화 확

---

53 위의 글,『전집』1 : 187~188. "다시 말하면 예술가에 있어서의 세계관은 어떤 부면에 있어서는 유물론적이고 어떤 부면에 있어서는 관념론적 그리고 어떤 시대에 있어서는 진보적이고 어떤 시대에 있어서는 반동적이듯이 그것은 오히려 균정(均整)되지 않고 불통일되어 있는 일이 많은 것이 사실일 것이다. 괴테가 자연에 대하여는 유물론적이면서 역사에 대할 때엔 반드시 그렇지도 못하였고 쏠라 하웁트맨 또는 박씨의 말과 같이 입센 등은 처음에는 유물론적이던 것이 후년에는 관념론적 색채를 농후하게 하였고 톨스토이의 후년은 진보적인 견지와 반동적인 견지와의 쌍방을 작품에 반영하고 있는 등등."

대되지 못하고 작품 그 자체가 공식화될 수가 있다. 발자크가 그의 반동적 사상에도 불구하고 오히려 그가 사상적으로 지지하는 계급의 내면적인 제모순을 능히 폭로하고 해부할 수 있었음은 이것에 의하여만 설명될 수 있으며 종래의 카프 작가들이 정당한 세계관의 파지에도 불구하고 공식적인 작품만을 생산하였던 것도 그가 철저한 리얼리즘을 그의 창작 방법으로 하지 못하였던 때문인 것이다.[54]

위의 지형도에서 발자크는 보수적 세계관과 리얼리즘(2)이 결합된 경우이고 카프는 진보적 세계관과 아이디얼리즘(3)이 결합된 경우에 해당한다. 그렇다면 여기서 물어야 할 것이 있다. 카프가 진보적이고 정당한 세계관을 파지했음에도 불구하고 창작방법에 있어서 리얼리즘에 불철저함으로 해서 공식주의에 귀결되고 말았다면, 세계관에 대한 정당한 파악을 유지하면서 창작방법의 측면에서는 리얼리즘을 강화하는 것이 가장 손쉽고 확실한 방법이 아니겠는가, 하는 물음이 그것이다. 달리 말하면 리얼리즘을 강화하여 진보적 세계관과 리얼리즘의 결합(4)으로 나아가는 것이 가장 확실한 방법인데도 불구하고, 김남천은 이 가능성에 대해서는 침묵으로 일관한다. 그 대신에 왕당파였던 발자크가 소설을 통해 리얼리즘의 승리에 이르는 과정을 매우 인상 깊게 주목한다. 왜 그랬을까. 왕당파 보수주의인 발자크가 리얼리스트가 되는 전도顚倒와, 리얼리스트라고 자처한 카프가 아이디얼리즘적 과오를 범하게 되는 전도가, 서로 마주 보고 있었기 때문이다.

---

54 위의 글, 『전집』 1 : 187.

리얼리스트로 자처한 우리들이 창작과정에서 혹은 아이디얼리스트적인 과오를 범하지는 아니하였는가. 그리고 이런 것이 있다면 그것은 무엇에 기인되어서인가. 우리가 우리들의 장구한 시일 동안의 창작태도의 내적 과정을 한번 돌이켜 생각해 본다면 우리는 실로 의외의 결론을 가지게 됨에 놀라지 않을 수 없을 것이다. 우리들은 리얼리스트라고 하면서 사실은 다분히 아이디얼리즘의 침범을 받아왔으며 이것은 실로 우리들이 가지고 있는 철학적 사상적 진리에 대한 지극히 공식적인 파악에 의하여 발생하였던 것이다.[55]

김남천은 역사적 진리로서의 마르크스주의를 지칭하는 세계관과 소시민 지식인 계급이 갖는 인식의 체계로서의 세계관이 자신을 비롯한 카프 작가들에게 불안정하게 혼재되어 있고 모순적으로 구조화되어 있음을 무의식적으로나마 감지하고 있었다. 이 지점에서 발자크의 리얼리즘의 승리는 자기분열의 문학적 초극의 긍정적인 모델로 다가오게 된다. 부르주아 출신이면서도 왕당파였던 발자크의 자기분열이 리얼리즘을 통해서 초극될 수 있었다고 한다면, 그 과정 속에는 마르크스주의를 욕망하는 소시민 작가가 자기분열을 문학적으로 초극할 수 있는 방법론적 가능성이 내재되어 있을 것이라는 기대가 작동하고 있기 때문이다. 발자크의 리얼리즘의 승리는 그 자체로 마르크스주의 미학의 중요한 계기이기도 했지만 그와 동시에 김남천에게는 주체 재건자기 분열의 문학적 초극의 가능성을 내재하고 있는 드라마이기도 했던 것이다. 1930년대 후반 김남천이 「발자크 연구 노트」를 진행시켜 나갈 수밖에 없었던 이유 또한 바로 이 지점에서

---

55 「창작방법의 신국면 – 고발의 문학에 대한 재론」, 『조선일보』, 1937.7.11; 『전집』 1 : 237.

찾을 수 있을 것이다.

소시민 지식인의 한계＝카프의 공식주의＝아이디얼리즘적 경향에 대한 비판은 문학자로서의 주체형성의 출발점이 된다. 흥미로운 것은 카프의 공식주의란 발자크의 리얼리즘의 승리가 전도顚倒된 양상이라는 사실이다. 왕당파를 자처한 발자크가 리얼리즘의 승리에 도달한 것과는 반대로, 유물론자이자 리얼리스트를 자처한 카프의 작가들은 아이디얼리즘에로 귀착되고 말았다는 것이다. 카프의 오류는, 카프와 자신을 동일시했던 김남천의 오류이기도 하다. 그렇다면 '유물변증법의 관념론화'와 '리얼리즘의 주관주의화'로 집약되는 오류를 어떻게 바로 잡을 것인가. 여기에 대한 김남천의 모색은 몸 또는 육체의 자리에서 이루어질 수밖에 없다. 또한 그것은 어떠한 방식으로든 골육화된 소시민적 '무의식'과의 대결일 수밖에 없다. 그와 동시에 리얼리즘이 단순히 주관적인 선택으로 이루어지는 태도가 아닐 수 있는 근거를 찾아야 한다. 이 지점에서 김남천은 모랄－풍속론을 제기한다.[56]

김남천의 상황은 어떠했던가. 상하부구조론에 기대어 김남천의 주체를 그려본다면, 이데올로기적 상부구조에는 마르크스주의를 지향했던 의식이 놓이고, 토대에는 소시민의 몸과 무의식이 놓여 있는 양상이다. 카프의 해산이란 토대에 놓인 소시민적인 몸과 무의식이 상부구조의 이데올로기인 마르크스주의를 규정한 결과에 지나지 않는다. 그렇다면 토대에 놓인 소시민적인 몸과 무의식을 바꾸어야 할 것이다. 두 가지의 방향

56　김남천의 모랄－풍속론은 일본의 철학자 도사카 준(戸坂潤)의 『사상으로서의 문학』, 『도덕론』, 『문학과 풍속』과 관련이 있다. 戸坂潤, 『戸坂潤全集』 4, 勁草書房, 1966. 김남천의 풍속론과 도사카 준의 관련성을 검토한 논문으로는 차승기, 「임화와 김남천, 세태와 풍속의 거리」, 『현대문학의 연구』 25, 2005 참조.

에서 주체 재건을 위한 논의가 전개된다. 하나는 소시민의 몸─무의식과 대결하는 새로운 무의식을 구성해나가는 것이고, 다른 하나는 유다적인 것의 승리를 뛰어 넘을 수 있는 문학적 초극을 도모하게 하는 것이다. 새로운 무의식을 만들고자 하는 시도는 과학의 혈육화를 추구하는 모랄론으로 전개되며, 유다적인 것의 승리와 맞서고자 하는 문학적 시도는 리얼리즘의 승리를 통해서 추구된다. 왕당파인 발자크가 그의 견해 여부에도 불구하고 리얼리즘의 승리에 도달했듯이, 소시민인 김남천 역시 견해 여부에도 불구하고 리얼리즘의 승리에 도달할 수 있는 방법적 가능성이 그 속에 내재되어 있을 것이기 때문이다.

5. 무의식과 잠재성으로서의 마르크스주의─과학·모랄·풍속

김남천이 강조하고 있듯이 고발문학은 소시민적 현실에 대한 리얼리즘적 태도를 촉구하고 문학적 열정의 자리topos를 재확인하는 주체화의 출발점이다. 고발문학이 소시민 지식인 작가의 자기고발의 일환으로 제기되었고, 그 대상이 골육骨肉화한 소시민적 몸─무의식이라는 점은 앞에서 살핀 바와 같다. 따라서 자기고발은 소시민적 몸─무의식으로부터 '고발하는 의식'을 분리해서 이끌어내고, 고발하는 의식을 리얼리즘으로 나아가는 단초로 삼은 것이다. 하지만 여기에는 난점이 도사리고 있다. 일체를 고발하여 그 근원까지 추급하는 고발정신은, 그 논리를 조금만 더 밀고 나가게 되면, 고발정신 자체를 고발해야 하는 지점에 도달하게 된다. 고발문학은 고발하는 자아마저도 다시 고발해야 한다는 논리를 피할

수 없고, 그렇게 되면 자의식의 과잉과 관념적 유희에 빠져드는 상황을 면하기 어렵다.[57]

　고발문학을 통해 리얼리즘이 도입될 수 있는 주관적 계기는 마련되었다. 하지만 리얼리즘의 근거를 찾는 일의 필요성은 여전히 남아있다. 작가의 창작 과정에 한정되어 있을 때 리얼리즘의 근거는 여전히 관념적일 수 있기 때문이다. 이 경우에 리얼리즘은 소시민 작가가 주관적으로 선택할 수도 있고 선택하지 않을 수도 있는 태도나 방법의 수준에 머물게 되는 것이다. 작가의 주관적 영역 바깥에서 리얼리즘의 근거를 찾는 일이 필요하게 되는 바, 이를 해결하는 방법으로 모색된 것이 모랄론이다. 도덕이 아니고 굳이 모랄이어야 하는 이유는, 한국어에서 도덕이란 말이 주체 외부에 이미 자리 잡고 있는 이데올로기적 관념이라는 고정적 의미를 갖는 반면에, 모랄의 경우 주체의 구성 및 위상과 관련해서 새로운 의미 부여가 가능한 말이었기 때문이다.[58] 모랄론은 「도덕의 문학적 파악 − 과

---

57 「체험적인 것과 관찰적인 것(발자크 연구4)」, 『인문평론』, 1940.5; 『전집』 1 : 609. "이렇게 생각하여 보면 필자 왕년의 자기고발문학은 일종의 체험적인 문학이었다. 그것은 주체재건(자기개조)을 꾀하는 내부 성찰의 문학이었으니까. 이러한 과정은 나와 같은 작가에게는 필연적 인 과정이었던가. 추상적으로 배운 이데, 현실 속에서 배우지 않은 사상의 눈이 현실을 도식화하는 데 대하여, 자기 자신의 눈을 통하여 현실 속에서 사상을 배우고, 이것에 의하여 자기를 현실적인 것으로서 인식하자는 필요에 응하여서였다. 자아와 자의식의 상실이 리얼리즘을 오히려 그 반대의 경향에 몰아넣어 돌아보지 않는 문학정신의 추락을 구출하기 위하여서였다. 그러나 나는 아무러한 경계나 용의가 없이 이것에 시종(始終)한 것은 아니었다. 자의식 자체가 문학의 목적이 되는 것, 자의식의 관념적 발전이 문학적 자아를 건질 수 없는 자기혼미 속에 몰아넣는 것 − 이것은 내가 극도로 경계한 바이었다."

58 김남천이 말하는 도덕은 주체의 외부에 이미 형성되어 경화(硬化)된 관념이자 이데올로기를 말한다. "아이디얼리스트들이 도덕을 간판처럼 내걸고 속중의 인기를 낚으려 하지만 누구나 수신교과서적 덕목이나 권선징악을 문학이라 부르지는 않는다. 우리 문단의 한두 분이 불교적 교설을 걸고 소설을 구성한 것을 친히 보았으나 불행히 그것은 현대문학이 아니었다."(「문학과 모랄」, 『조선일보』, 1939.4.27; 『전집』 2 : 290~291) 또한 1930년대 후반에 관심을 끌었던, 앙드레 지드로 대변되는 모랄론 역시 자신의 모

학·문학과 모랄 개념」, 「일신상—身上의 진리와 모랄」 등으로 이어진다.

김남천은 모랄론의 시작을 과학과 문학의 구별에서 시작한다. 과학이나 문학이 진리를 추구한다는 점에서는 동일하다. 하지만 "과학은 개념에 의한 인식이고 문학은 형상表象에 의한 인식이다".(1 : 342) 문학의 표상形象적 인식이 과학에 적용될 때는 혼란을 일으키지만, 과학의 개념적 인식이 문학에 삼투되는 것은 가능할 뿐만 아니라 필수적이다. 그렇다면 과학과 문학의 만남은 어떠한 방식으로 이루어지는가.

① 과학적 개념은 공식에 의한 법칙 이상에까지 그의 인식 목적을 연장할 때 그것은 벌써 과학의 성능은 아니라는 것, 이리하여 과학이 이 한계를 넘는 곳으로부터 인식 목적은 문학의 권내로 연장된다는 것이다. 실로 이 과정이 다름 아닌 주체화의 과정이었다.[59]

② 과학적 진리가 작가의 주체를 통과하는 과정—이곳에 설정된 것이 문학적으로 파악된 도덕 모랄이었다. 이것을 바꾸어 세계관과 창작방법의 관계에서 본다면 전자가 후자를 거쳐 문학적 표상에까지 구상화되는 중간 개념으로서 모랄을 설정한다는 것이다.[60]

문학개론의 일반적인 상식에 해당하는 과학과 문학의 구분이 중요한 이유는 무엇인가. 과학과 문학의 구분이 중요한 것이 아니라 양자의 관계

랄론과는 무관하다고 말한다.

59 「도덕의 문학적 파악—과학·문학과 모랄 개념」, 『조선일보』, 1938.3.11; 『전집』 1 : 346.

60 위의 글, 『전집』 1 : 347.

가 주목의 대상이다. 모랄은 과학과 문학의 경계이자 접점이며 매개항이다. 과학을 혈육화하는 영역이 모랄이며 모랄이 풍속과 만나 형성되는 것이 문학이다. 그렇다면 '과학-모랄-풍속문학'의 도식의 유용성은 어디에 있는가. 세계관과 창작방법의 재정식화라는 점에서 의미를 갖는다. 앞에서 살펴보았듯이, 엥겔스의 발자크론을 검토하면서, 김남천은 세계관이 함ᆞ모순적이고 가변적일 수 있으며 리얼리즘은 창작주체가 선택한 방법 내지 태도라는 수준에서 논의를 정리한 바 있다. 문제는 세계관이라는 용어가 ① 과학적·합리적이며 정당한 세계인식마르크스주의 ② 유물론적 계기와 관념론적 계기가 모순적으로 구조화될 수 있는 주관성의 영역이라는 두 가지의 의미로 혼란스럽게 사용될 수밖에 없었다는 점이다. 그런데 과학과 모랄의 구분은 세계관이라는 용어와 관련된 혼란을 제거한다. 합리적 세계인식은 과학으로 주관성과 관련된 차원은 모랄로, 보다 변별적인 위상을 제공하기 때문이다. 또한 과학이 주관의 바깥에 위치한 외부성 또는 외부의 타자로 설정됨으로써 리얼리즘은 작가가 주관적으로 선택할 수 있는 태도라는 종전의 규정을 넘어설 수 있게 된다.

그렇다면 모랄은 어디에 위치하게 되는가. 김남천의 소론을 종합하여 말하면, 모랄은 '자기'와 '풍속'에 그 위상이 배분되어 있다.

③ 사회를 특수화하면 '개인'이 된다. 이곳까지는 확실히 과학의 영역이다. 그러나 '개인'을 아무리 특수화하여도 '자기'로는 안 된다. 이 '개인'이 '자기'로 되는 과정, 다시 말하면 과학적 개념의 기능이라 하여 문학적 표상 앞에 자리를 물려줄 때 모랄은 제기된다.[61]

④ 풍속이란 사회적 습관과 밀접한 관계를 갖고 있다. 그리고 사회적 습관, 습속은 사회의 생산기구에 기본한 인간생활의 각종의 양식에 의하여 종국적으로 결정을 본다. 이라하여 이것은 일방으로 '제도'를 말하는 동시에 '제도의 습득감習得感'을 의미한다. 풍속, 습속은 생산관계의 양식에까지 현현되는 일종의 제도예컨대 가족제도를 말하는 동시에 다시 그 제도 내에서 배양된 인간의 의식인 제도의 습득감(예컨대 가족의 감정, 가족의 윤리의식)까지를 지칭한다.[62]

김남천은 도사카 준戶坂潤의 논의를 따라서 '개인'과 '자기'를 구분한다. '개인'이 일반성의 범주라면 '자기'는 개별성단독자의 범주이다. 일반성의 범주인 개인은 몸을 추상화하지만, '자기'는 몸身에 근거할 수밖에 없다는 차이에 주목한 것이다. 과학이 일반성의 범주인 개인을 이야기하는 데 그친다면, "문학은 일신一身상의 진리를 지향하며 일신상의 진리란 과학적 개념이 주체화된 것이다".(1 : 354) 반면에 풍속은 사회적 제도 및 제도의 습득감으로 규정된다.[63] 풍속론은, 경제적 토대와 이데올로기적 상부

---

61 위의 글, 『전집』 1 : 347.
62 「일신상의 진리와 모랄」, 『조선일보』, 1938.4.22; 『전집』 1 : 359.
63 앞에서 밝힌 바 있듯이 풍속 개념이 모랄과 관련되는 지점은 도사카 준의 논의에 기댄 바가 크다. 또한 풍속 개념의 배후에는, 기자생활 당시의 감각과 고현학에 대한 관심이 가로놓여 있다. "필자 역시 2년 전[1937 – 인용자]년부터 끊임없이 시정을 배회하였다. 필자가 세태와 고현학을 구별하여 문학적 개념으로서 '풍속'을 토구한 것이 로만 개조론 전후다. 그리고 '풍속'을 '모랄'과 밀접히 관련시킨 까닭도 만연한 산보나 편력으로 하여 되려 소설정신이 시정 세계 속에 몰입되어 버리거나 상실되어 버릴 것은 경계하기 위하여서였다."(「소설의 당면과제」, 『조선일보』, 1939.6.24; 『전집』 1 : 506) 김남천은 여성, 도시 어린이의 놀이 공간, 커피, 음악의 유행, 교육열 등 다양한 문화적 주제에 관한 글들을 남겼다. 특히 여학교에서 동성애가 유행이라는 그의 지적은 당대 풍속에 대한 김남천의 관심이 어느 정도였는지를 보여주는 것이다. 의상, 두발, 신발에 대한 「풍속시평(風俗時評)」(『조선일보』, 1939.7.6~11)과 지참금, 유행, 골동(骨董)에 대

구조를 사회적 제도 및 몸의 차원에서 매개하고자 하는 시도事由라는 점에서 비평사적 의미를 갖는다. 몸을 가진 개인이 사회경제적 토대와 이데올로기적 상부구조 속에서 살아가면서 사회를 어떠한 방식으로 육체화하고 있는지를 묻고자 하는 것이다. 따라서 풍속론의 주요한 매개항인 사회제도가 몸의 차원과 관련되는 것은 매우 자연스럽다고 할 것이다. "사회기구의 본질이 풍속에 이르러서 비로소 완전히 육체화된 것"(1 : 359)이기 때문이다. 그렇다면 과학─모랄─풍속은 어떠한 관련을 맺는가. "과학적 탐구를 답대踏臺로 한 작가의 도도道道한 일신상 진리화는 풍속 속으로 들어가 개념의 표상화를 얻을 것이다."(1 : 361)

리얼리스트가 가지는 로만에 대한 이상적 원망願望은 무엇일까? 그것은 여러 가지 말로써 표현할 수 있음에도 불구하고 역시 이렇게 개괄하여 봄이 본질적이 아닐까. 과학이 가진 이론의 합리적 핵심─바꾸어 말하면 이론적 모랄이 심리를 통하여 윤리를 통하여 성격을 통하여 풍속에까지 뚜렷하게 나타나기를, 다시 말하면 작가가 이론적으로 파악하고 인식한 결과 얻은 사상이 뼈

해서 이야기하고 있는 「풍속수감(風俗隨感)」은 매우 뛰어난 문화론이다. 「풍속수감」에서는 발자크의 소설과 관련해서 지참금의 문제(자유결혼의 퇴조)에 대해서 이야기하고 있다. 고현학적인 방법으로 글을 쓴 경우로는 「가로(街路)」(『조선일보』, 1938. 5.10)와 「현대여성미」(『인문평론』, 1940.1) 등이 있다. "이야기의 주인공을 거리로 끌고 나오면 그를 가장 현대적인 풍경 속에 산보시키고 싶은 충동을 느낀다. 대체 어디로 그를 끌고 갈 것인가? 종이 위에 붓을 세우고 생각해 본다."(『전집』 2 : 65) "때로 용의 주도한 산보인이 되어본들 어떨 것이냐."(『전집』 2 : 175) "인제 고현(考現)산보는 그만하고 수첩을 공개한다"(『전집』 2 : 177) 김남천은 고현학적인 세태를 보여주는 경풍속과 제도적 습득감 및 역사성에 근거한 중풍속으로 구분한 바 있는데, 중풍속을 잘 보여주는 사례가 연애문제이다. 「조선문학과 연애문제」에서는 소설에 등장하는 연애를 관찰하여 현대의 모랄, 현대인의 윤리와 성도덕의 기준을 발견할 수 있을 것이라고 전망하고 있다.

다귀째로가 아니고 활짝 풀어져서 독자에게 어느 것이라고 잡아낼 수 없을 만큼 충분히 감성화되어 풍속에까지 침윤된 것으로 표상화되기를 우리들은 항상 희망하고 있는 것은 아닌가. 실로 주체화가 이 외의 별다른 것이 아니었고 과학적 방법과 예술적 방법의 상호침투나 세계관과 창작방법의 성찰이 이것을 토구한 것임에 틀림없다. 이 자리에서 우리는 엥겔스가 경향소설에 대해서 말한 바 예술작품 가운데는 작가의 의도나 사상이 명백하게 나타나지 않으면 않을수록 더욱 아름답다는 의미의 말을 연상할 필요가 있다. 이 말은 이론적 모랄이 완전히 감성화 하여 풍속에까지 풀어져 나오기를 희망한 말 이외의 별다른 것이 아니다. 그러므로 그것은 결코 모랄에는 이론적 핵심이 없어도 좋다든가 또는 없어야 한다는 것을 의미하지 않음은 물론이다. 사상이 주체화되기를, 다시 말하면 세계관이 일신화─身化한 것으로 되기를, 또다시 바꾸어 말하면 이론적 모랄과 풍속이 완전히 융합되기를 희망한 것뿐이다. 과거의 위대한 문학은 모두가 이러한 것들이었다.[64]

위의 인용문은 과학─모랄─풍속에 대한 김남천의 사고가 압축되어 제시된 부분이다. 먼저 문제 삼아야 할 점은 김남천이 말하는 '과학'이 어떠한 성격을 가지고 있는가 하는 것이다. 과학은 마르크스주의를 말하는 것인가, 아니면 합리적·논리적 지식 체계를 말하는 것인가. 또는 여러 이데올로기 가운데 하나로서 마르크스주의를 생각하고 있는 것인가. 고발문학론을 제창하면서 김남천은 공식주의, 정치주의, 미와 추, 사회주의자, 민족주의자 등을 가리지 않고 고발해야 한다고 말한 바 있다.[65] 또

---

64 「세태·풍속 묘사 기타」, 『비판』 26, 1938.5; 『전집』 1 : 364.
65 「고발의 정신과 작가─신 창작이론의 구체화를 위하여」, 『조선일보』, 1937.6.3~5;

한 세계관이라는 용어가 반드시 마르크스주의를 지칭하지 않을 수도 있음을 암시한 적도 있다.[66] 하지만 '합리적 핵심', '세계관', '사상' 등의 용어에서 감지할 수 있듯이, 그리고 엥겔스의 편지가 중요한 참조reference의 대상이 되어 있는 데서 알 수 있듯이, 과학은 마르크스주의라고 보는 것이 타당하다. 특히 『자본론』에서 흔히 인용되는 구절인 '합리적 핵심'은 이후의 글에서도 반복되어 나타난다.[67] "모랄 탐구의 뒤에는 과학적인 합리적 핵심을 두어야 한다."[68] 마르크스주의의 저작이나 용어에 대한 참조의 틀은, 김남천이 말하는 과학이 마르크스주의를 지칭한다는 사실을 은유화하고 있는 것으로 볼 수 있다. 김남천은 "과학은 실천과 실험을 통해서 검증되어야 한다"(1 : 610)고 말하고 있는데, 이 대목은 마르크스주의에 대한 이중의 신뢰를 표현하고 있는 것이다. 달리 말하면, 지극히 회의적인 시선으로 검증하더라도 나타날 수밖에 없는 진리가 과학마르크스주의이라는 믿음인 것이다. 과학의 이와 같은 성격은 발자크의 리얼리즘의 승리와 논리적으로 등가이다. 작가의 주관에도 불구하고 현실의 객관적 법칙이 작품에 형상화되듯이, 과학적 진리는 실험과 검증의 단계의 회의의 시선을 뚫고도 자신을 입증할 것이라는 생각이 그것이다.

모랄-풍속론을 통해서 분명해진 것은 과학=마르크스주의가 작가의

『전집』1 : 231.

66 「자기분열의 초극」, 『조선일보』, 1938.2.1; 『전집』1 : 326. "(흔히 세계관이라면 어떤 특정된 주의 학설을 연상하는 모양인데 이것은 그렇게 협착하게 생각할 것이 아니라 역시 호판윤(戶板潤)류로 세계직관이라고 넓게 생각해 봄이 좋지 않을까)"[괄호는 김남천의 것-인용자].

67 '합리적 핵심'과 관련된 부분의 오늘날의 번역은 다음과 같다. "헤겔에게는 변증법이 거꾸로 서 있다. 신비한 껍질 속에 들어 있는 합리적인 알맹이를 찾아내기 위해서는 그것을 바로 세워야 한다." 칼 마르크스(Karl Marx), 김수행 역, 「제2판 후기」, 『자본론』1권 상(제2개역판), 비봉출판사, 2001, 19면.

68 「체험적인 것과 관찰적인 것」, 『인문평론』, 1940.5; 『전집』1 : 609.

몸속에 모랄로서 내재하는 동시에 외부세계의 풍속에 잠재되어 있다는 점이다. 모랄은, '유다적인 것'이 지배하는 소시민의 몸－무의식에 맞서서, 과학을 혈육화血肉化·일신화－身化해서 구성된 몸－무의식이라는 의미를 갖는다. 또한 풍속은 마르크스주의가 역사의 법칙으로 잠재되어 있는 영역으로 설정된다. 모랄－풍속론의 의의는 이 지점에 있다고 해도 과언이 아니다. 모랄론은 단순히 과학마르크스주의을 내면화의식화하는 수준이 아니라 마르크스주의를 무의식화체화, 일신화하고자 하는 기획이며, 풍속론은 자신이 몸담고 살아가고 있는 경험적 현실에 잠재되어 있는 역사적 법칙마르크스주의을 재발견하고자 하는 기획인 것이다.[69]

또한 문학이 형상表象을 통한 인식이며 과학이 개념을 통한 인식이라는 구분 역시 새로운 의미를 부여받게 된다. "작가가 이론적으로 파악하고 인식한 결과 얻은 사상이 뼈다귀째로가 아니고 활짝 풀어져서 독자에게 어느 것이라고 잡아낼 수 없을 만큼 충분히 감성화되어 풍속에까지 침윤된 것으로 표상화 되기"를 원한다는 구절에서 알 수 있듯이, 과학의 합리적 핵심을 무의식화혈육화하게 된다면 과학의 개념적인 언어를 사용하거나 작가가 과학적 진리의 담지자라는 사실을 노골적으로 드러내지 않고도 작품 속에서 과학적 진리를 문학적으로 형상화해낼 수 있게 된다. 헤겔적인 논리가 반영되어 있고, 어느 문학개론에서든 쉽게 발견할 수 있는 이 대목이 각별한 의미를 부여받고 있는 이유는 다른 곳에 있지 않다. 이어

---

69 단순화의 위험을 무릅쓰고 김남천의 논의를 도식화해 보면 다음과 같다. 김남천의 문학론은 크게 3가지의 선으로 고리를 이루고 있다. ① 과학은 현실(풍속) 속에서 진리를 개념으로 표현한다. ② 문학자는 과학의 진리를 일신상의 모랄로 혈육화한다. ③ 문학자는 모랄을 통해 풍속(현실) 속의 모랄을 발견하고 형상화한다. 따라서 모랄은 과학을 통해서 습득되며 풍속 가운데서 발견된다. 모랄을 사이에 두고 과학과 풍속(현실)은 반영의 관계에 있는 것이다. 모랄의 자리가 문학의 자리이고 주체의 자리가 되는 이유도 여기에 있다.

서 제시된 '발자크의 리얼리즘의 승리'와 관련된 인용 때문이다. "이 자리에서 우리는 엥겔스가 경향소설에 대해서 말한 바 예술작품 가운데는 작가의 의도나 사상이 명백하게 나타나지 않으면 않을수록 더욱 아름답다는 의미의 말을 연상할 필요가 있다." 과학과 모랄의 관계 설정을 통하여, 그리고 '발자크의 리얼리즘의 승리'를 매개하여, 비非마르크스주의적 언어로 모랄과 풍속에 잠재되어 있는 합리적 핵심마르크스주의을 반영해낼 수 있음을 확인하게 된 것이다. 이 지점에서 과학 – 모랄 – 풍속은 언어의 차원 또는 텍스트의 차원과 연계된다.

> 왕왕이 '모랄'이 도덕상 덕목을 주제로 했거나 어떤 도덕적 입장을 제재로 한 작품에 뚜렷이 나타나는 것처럼 알고 있는 속된 견해가 유행하고 있는 것을 보지만 '모랄'이란 오히려 작가가 의식적으로 도덕적이지 않으려 할 때에 더 많이 작품 속을 관류하고 있는 법이다. '모랄'은 표면에 얼굴을 내놓고 이러저러한 '아트랙션'에 이용되는 것보담은 작품의 근저에 깊숙이 들어앉아서 작가와 작품을 모세관처럼 둘러싸는 것을 더욱 즐긴다.[70]

글의 문면에서 알 수 있듯이 모랄은 작가가 의식적으로 드러내는 도덕적 입장이나 태도가 아니라 작가와 작품을 둘러싸고 있는 일종의 무의식이다. 작품에 의식적으로 제시되지 않을수록 더 많이 작품 속을 관류하게 되는 무의식이 바로 모랄이다. 이 글에도 엥겔스가 말한 리얼리즘의 승리가 참조되어 있다. '의식적으로 드러내려하지 않는다'는 리얼리즘의 규정

---

70 「문학과 모랄」, 『조선일보』, 1939.4.27; 『전집』 2 : 290.

은 일종의 억압으로 작용하고 있는 동시에, 모랄을 '작가와 작품을 관류하는 무의식'으로 형성하고 배치하는 원리로서 기능하고 있다. 김남천의 모랄론이 실존적인 주체의 문제를 해결하면서 텍스트의 층위로 그 강조점이 옮겨가고 있음을 알 수 있다.

모랄−풍속론에 근거한 리얼리즘론은, 작가의 주관성 차원이 아닌 외부성타자의 차원에서 리얼리즘에 정당성을 부여한다. 하지만 여기에는 여전히 해결되지 않은 문제가 있다. 모랄이 과학의 합리적 핵심을 일신상의 진리로 육체화무의식화하는 과정이라고 할 때, 과연 모랄을 통해 과학이 어느 수준까지 육체화되었는지를 가늠할 수 있는 근거는 무엇인가, 라는 물음이 제기될 수밖에 없기 때문이다. 모랄이 풍속을 경유하여 표상감각적 형상을 얻는다는 주장만으로 충분할까. 그렇지는 않다. 과학의 육체화 정도는 리얼리즘에 근거해서 생산된 소설 또는 텍스트에 의해서만 확인될 수 있다. 소시민 지식인의 몸−무의식을 대체하며 마르크스주의를 육체화하여 형성된 몸−무의식, 달리 말해서 주체재건자기개조의 표지로서의 모랄은, 리얼리즘에 근거한 소설텍스트 이후에 출현하게 되는 것이다. 또한 주체 재건과 관련해서, 마르크스주의를 육체화하여 형성된 몸−무의식을 소설 텍스트의 영역으로 반영 또는 사상寫像하는 예술적 방법이 중요해질 수밖에 없다. 리얼리즘이 바로 그것이고, 여기에서의 리얼리즘은 작가가 해보겠다고 덤벼들면서 의욕하다고 해서 성취될 수 있는 성질의 것이 아니다. 이 지점에서 소설 텍스트의 규약, 또는 리얼리즘의 규약은 주체 재건의 문제와 내밀한 관련성을 갖게 된다. 리얼리즘의 재再규약화와 주체의 재건은 동시에 그리고 함께 논의될 수밖에 없다. 리얼리즘이 주체 재건과 관련될 수밖에 없는 사정이 여기에 있는 것이다.

6. 텍스트의 효과로서의 주체,
   또는 리얼리즘을 통한 마르크스주의의 승리

1935년 이후 김남천은 마르크스 엥겔스의 문학예술론에 근거하며 리얼리즘을 위한 규약들을 새롭게 정돈해 간다. 김남천이 문제 삼고 있는 것은 리얼리즘을 둘러싸고 있는 정치적-미학적 견해의 복합물들이다. 그는 리얼리즘에 대한 관습적·암묵적으로 승인되던 규약들을 지적하고 균열을 만들며, 암묵적인 규약 아래에 억압되어 있던 리얼리즘의 가능성들을 복원하고자 한다. 감성의 재배치 또는 재분할이라고 할 수 있을 정도의, 문학적이면서도 동시에 정치적인 기획이다. 특히 그는 정치적 견해와 미학적 관습 사이의 암묵적인 공모관계를 문제 삼는다. 김남천은 이러한 공모관계를 소시민의 주관주의적 경향이 침전되어 형성된 것으로 파악하고 있다. 따라서 리얼리즘의 규약을 새롭게 확인하는 작업은, 작품에 소시민성이 개입할 수 있는 통로를 차단하는 방식으로 전개된다. 소시민성이 리얼리즘의 주관주의화를 가져왔기 때문에, 리얼리즘의 규약은 소시민성을 제어하는 것이 되어야 한다고 생각한 것이다. 리얼리즘의 재규약화 또는 탈규약화의 과정에서 김남천은 문학예술에 관한 마르크스와 엥겔스의 글을 지속적으로 참조하고 있다.

예술가가 이러고[계급이론에 부합하는 현실을 찾아다니고-인용자] 있는 동안에도 현실은 유전하여 그칠 줄을 모른다. 객관적 현실은 흘러서 정지할 줄을 모를 때에 작가의 공식과 추상적 주관을 고정하여 왜곡된 현실을 피상적으로 개괄하고 있다. 유물변증법이 공식으로 사용될 때엔 그의 대립물로 진화[전화의 오기 – 인용자]되고 만다. 문학은 시대의 거울이 되는 대신에 '주관의 전성기傳聲機'가 되어 버린 것이다.[71]

김남천은 발자크의 리얼리즘의 승리를 비롯하여, 그리스 비극의 문제, 아시아적 생산양식론, 민나 카우츠키 · 파울 에른스트에게 보낸 편지, 괴테와 입센에 관한 글들 등을 참조하고 있다. 위의 글에서도 엥겔스가 파울 에른스트에게 보낸 편지와 마르크스가 라살레에게 보낸 편지의 일절들이 인용되어 있다.[72] 김남천이 리얼리즘의 관습을 재규약화하고 있는 지점들을 개략적으로 항목해 보면 다음과 같다.

첫 번째는 주인공을 이상화하는 경향이다. 김남천이 「지식계급 전형의 창조와 『고향』 주인공에 대한 감상」에서 문제삼았던 것은 "주인공의 이상화" 또는 "자기 계급 출신 주인공에 대한 익애溺愛"(1 : 88)에 있었다. 소시민 지식인 계층의 작가가 지식인 주인공을 내세우며 관념적으로 이상화하면서 애정을 표현하는 것이다. "작자가 자기와 가장 근접한 육체적인 연계連繫를 가진 지식계급의 전형을 적극적인 방향에서 찾고자 할 때에 나는 작자가 흔히 작중인물에 대한 익애와 관념적인 이상화에 빠질 위험성이 있다."(1 : 88) 그 결과 과거의 프로문학이 "일꾼과 투사"라는 추상적인 인간만을 양산했다는 것이다. 이러한 비판은 엥겔스가 민나 카우츠키에게 보낸 편지의 한 구절 "그러나 어쨌든 작자가 자기가 그리고 있는 주인공에 반하여 버리는 것은 언제 보아도 보기 흉한 일입니다"(1 : 90)

---

71 「창작방법의 신국면」, 『조선일보』, 1937.7.14; 『전집』 1 : 241~242.
72 김대웅 역, 「엥겔스, 파울 에른스트에게 보내는 편지」, 『마르크스 · 엥겔스 문학예술론』, 한울, 1988, 117~118면; 조만영 역, 「맑스가 베를린의 라살레에게 – 1859년 4월 19일 런던에서」, 『맑스주의 문학예술논쟁』, 돌베개, 1989, 37~42면.

에 의해서 뒷받침되고 있다.

두 번째는 작가의 경험한 세계만을 형상화하거나 계급이론에 들어맞는 현실을 찾는 것으로 리얼리즘을 이해하는 것이다. 김남천은 『고향』이 수준 높은 전형성에 도달할 수 있었던 것은 작품이 작가의 "체험에 속하는 세계"(1 : 241)였기 때문이라고 평가한다. 작가에게 익숙한 세계를 다룰 경우에는 체험이 공식을 압박하여 비교적 높은 수준의 리얼리즘에 도달할 수 있다. 하지만 작가의 경험이 뒷받침되지 않는 경우에는 계급이론에 따라 현실을 재단하는 공식주의가 작품을 압도하게 된다. 따라서 작가의 경험 영역을 벗어나거나 계급이론으로 포착할 수 없는 경우에는 문학적으로 형상화하지 못하는 무능력을 보여 줄 수밖에 없게 된다. "이여爾餘의 광범한 세계에 몸을 던지자 그들은 파탄하지 않을 수 없었다."(1 : 241)

> 우리는 우리가 가지고 있는 몇 개의 계급이론에 들어맞는 현실의[을의 오기 − 인용자] 찾아서 지주와 소작인과 빈궁의 사이를 하루같이 팔방八方도를 하는 결과를 낳은 것이다.[73]

세 번째는 주인공은 작품의 주제를 압축적으로 제시할 뿐만 아니라 작가의 세계관을 대변한다고 보는 관습적 사고이다. "주인공이 진보적인 인간인가 아닌가"를 "주제의 적극성을 결정"(1 : 262)하는 기준으로 삼고, 주제의 적극성을 작중인물의 사상으로 환원시키고 더 나아가서는 작가의 세계관에 대한 평가로 수렴시키는 경향을 말한다. 마르크스는 라살레의

---

[73] 「창작방법의 신국면」, 『전집』 1 : 241.

희곡 『프란츠 폰 지켕엔』에 대해 작중인물이 작가의 사상을 대변하는 전성기傳聲機가 되었음을 지적하면서 쉴러적인 경향아이디얼리즘을 견제하고 셰익스피어적인 경향리얼리즘을 강화할 것을 충고한 바 있다. 김남천은 마르크스의 견해에 근거하여 주인공이 작가의 사상을 대변하는 경우에 대해서 매우 비판적인 태도를 유지 한다. 1930년대 후반 임화와의 논쟁에서 '주인공−성격−사상'의 도식을 거부한 것 역시 같은 맥락에서이다.

> 속된 비평가들은 이런 때에 곧잘 엉터리 삼단논법을 사용한다. 이 작품에는 주인공이 양심적이다. 그러므로 작품도 양심적이다. 그러니까 작가도 양심적 작가라고.[74]

네 번째는 전형의 편협함이다. 김남천은 전형적 인물은 혁명적 사상과 실천을 담지한 적극적인 인물이라는 암묵적인 견해에 대해서 비판하고 있다. 햄릿과 돈키호테가 중세의 몰락을 대변하는 전형적인 인물이듯이, 혁명을 말하는 적극적인 인물뿐만 아니라 소극적인 인물을 통해서도 전형이 구현될 수 있음을 말하고 있다. 또한 김남천은 자본주의에 대해 비판적·냉소적인 태도를 미리부터 취하고 있는 인물을 거부한다. 그러한 인물의 경우 소시민 작가의 관념이 투영되기 쉽기 때문이다. 오히려 자본주의에 대해 광기어린 집착의 관계를 맺고 있는 인물들에 주목하면서 전형의 폭을 확장할 것을 제안하고 있다. 이성적인 인물양심적인 인물에서 벗어나 비이성적인 인물을 향한 가능성을 열어 놓고 있는 것이다. "시대정신

---

[74] 「현대 조선소설의 이념」, 『조선일보』, 1938.9.16; 『전집』 1 : 400.

을 체현한 자, 영웅, 천재, 사상가들만이 주인공 될 자격이 있겠고 성격의 피라미드 기저에 깔린 자들은 하나도 성격이 될 가치가 없는 것"[75]인가라며 반문하며, 특정 인물유형영웅, 천재, 사상가 등이 주인공이 되거나 전형으로 제시될 수 있다는 관습적 견해를 거부한다.

김희준은 사상을 말하고 고민도 하고 사회적으로 좋은 일도 한다. 그러나 이 인물 속에 구현된 작가의 사상이란 지극히 안가安價한 것이다. 그것은 대부분 배운 사상이고 얻어들인 사상이고, 입술만의 사상인 때문이다. 그러나 사상도 지껄이지 않고 도박만 하고 술만 먹고 다니는 '돌쇠'가 인물로서는 생체가 있고 살아 있다. 이것은 인물로 된 이데아다. 당해 시대정신을 듬뿍이 몸과 행동에 지니고 나와 다니는 인물이다.[76]

김남천의 이러한 지적이 1930년대 중반 이후에 발표된 소설들의 실제적인 경향을 겨냥하고 있다고 볼 필요는 없을 것이다. 오히려 김남천이 자신에게 침전되어 있었던 리얼리즘의 규약들을 스스로 드러내면서 탈규약화하고자 하는 시도라고 보는 편이 정확할 것이다. 분명한 사실은 김남천이 작가의 계급적 기반을 소시민 지식인으로 생각하고 있다는 점이며, 소시민 작가가 범할 수 있는 주관주의적 오류들을 차단하려는 전략을 제시하고 있다는 것이다. 작가와 주인공의 관계를 차단하고, 작가의 사상을 대변할 수 있는 주인공의 설정을 경계하고, 작가의 경험적 한계에 함몰되는 것을 거부함으로써, 김남천은 작품에 대한 작가의 영향력을 최소화시

---

75 「명일에 기대하는 인간 타입」, 『조선일보』 1940.6.11; 『전집』 1 : 612~613.
76 「현대 조선소설의 이념」, 『전집』 1 : 400.

키고 있다. 또한 작품의 구성에서 주인공이 차지하는 주도적인 위상과 역할을 탈중심화하고 있다. 단적으로 말하면 소시민 지식인과 유사하게 혼돈스런 자의식을 가진 인물보다는, 소시민 작가가 자신의 주관을 투영시키기에 곤란한 성격들, 달리 말하면 색정한, 악당, 편집광 등과 같은 비이성적 인물에 주목하고 있다. 조금 거친 표현이 되겠지만, 작가 중심주의와 주인공 중심주의의 공모관계로부터 벗어나는 양상을 보이고 있는 것이다.

> 여기에서 나는 전형적 성격 창조에 있어서의 리얼리스트의 최대의 교훈을 다음과 같이 정식화하련다. 자본주의 사회의 화폐의 위력과 그의 법칙을 폭로하는 데 소설가는 청빈주의淸貧主義와 빈궁문학貧窮文學을 택하지는 않았다고! 황금을 기피하고 그것을 경멸하는 샌님을 그려서 시민사회가, 그리고 그 사회에서의 화폐의 죄악이 묘파된 것이 아니라, (…중략…) 발자크의 수법에 의하면 작가는 속물성을 비웃는 인간이 아니라, 속물 그 자체를 강렬성에서 구현하고 있는 인물을 창조하는 것이 리얼리즘의 정칙定則이었다.[77]

자본주의에 대해 비판적인 주인공을 내세우거나 속물형 인간에 대한 냉소적인 태도를 취하여 작가의 양심적인 태도를 암시하는 것은, 소시민 지식인 작가의 주관주의적 오류이며 동시에 리얼리즘에 도달하는 길을 스스로 차단하는 일이다. 김남천은 리얼리즘에 도달하고자 한다면 역설적으로 자본주의적 속물형 인간에 육박하는 것이 중요하다고 말하고 있

---

77 「성격과 편집광의 문제(발자크 연구노트 2)」, 『인문평론』 3, 1939.12; 『전집』 1 : 550.

다. 귀족 계급에 무한한 애정을 가진 발자크가 소설에서 귀족 계급의 몰락을 노래하는 비가elegy를 제시했듯이, 김남천은 자본주의에 광기어린 집착을 가진 인물을 통해서 자본주의의 역사적 법칙과 운명을 제시할 수 있을 것이라고 보았던 것이다. 리얼리즘은 자본주의에 대한 소시민 작가의 비판적인 포즈pose를 넘어선 지점에 자리를 잡고 있는 것이다.

작가와 주인공의 내밀한 공모관계에 대한 비판, 비이성적인 인물을 향한 개방적 태도 등을 통해 김남천이 도달한 지점은 사회 계층을 대표하는 전형들을 단수가 아닌 복수로 제시하는 것이었다.

① 그러면 우리의 취할 바 길은 어디 열려 있는 것일까. '전형적인 성격'에 대한 별개의 해석을 가져야 한다고 나는 대답한다. 다시 말하면 전형적 성격 내지 타입이란 것을 한 사람의 피라미드의 상층으로 이해하지 말고 당해 시대가 대표하는 각층의 각 계층의 타입으로 파악할 필요가 있다고 생각한다. 지도자나 사상가나 돌격대원만을 시대정신의 구현자라 보지 말고 그리고 이러한 한 사람의 주인공의 운명을 통하여서만 사상을 읽으려고 하지 말로 역사적 전환기가 산출하는 각층의 대표자의 개별적 성격 창조를 통하여 역사적 법칙의 폭로에 도달하는 문학적 방법을 배워야 할 것이다.[78]

② 그러나 발자크에 이르면 더욱 철저하다. 그에게 있어서는 작품의 하나하나 또는 작중 인물의 주인공이란 것도 무의미하여진다. 『인간희곡』은 백 편에 가까운 소설로서 형성되어 있다. 여기에 등장하는 각층 각 계급의 각양각색한

---

78 「소설문학의 현상」, 『조광』, 1940.9; 『전집』 1 : 635.

수천의 인물들이 죽는가 죽이는가의 맹렬한 생존투쟁을 통하여 불란서의 특정한 역사적 시대의 내적 행진의 모순의 양태째로 폭로하고 있는 것이다.[79]

김남천이 지향했던 작가 중심주의 및 주인공 중심주의에 대한 비판이 조금 명료해지는 지점이다. 오늘날의 문학이론이 도달한 지점에서 보자면 바흐친의 다성성 이론에 이미 친숙한 상태이기 때문에 그다지 새로울 것도 없을지 모른다. 하지만 이 대목은 소시민 작가의 사상이 한 사람의 주인공에게 이입되는 것을 차단하기 위해서, 주인공의 사상이 작가의 사상으로 환원되는 것을 차단하기 위해서, 서로 다른 사회적 계층에 소속된 복수의 주인공들을 전형으로 제시하자고 제안하고 있는 장면이다. 작가 ─주인공의 공모관계를 차단하기 위한 김남천의 고민과 그 진정성이 느껴지는 대목이다.[80] 시대정신은 인물의 입을 통해서 표출되는 것이 아니라 생존경쟁에 매달리는 각 계층의 인물들의 관계를 통해서 표현되어야 한다는 것이다. 따라서 장편소설의 주인공은 사회의 계급적 관계를 반영할 수 있을 정도로 복수화되어야 하며 한 명의 주인공을 중심으로 하는 위계적 인물구성은 해체되어야 한다.

---

79 「명일에 기대하는 인간 타입」, 『조선일보』, 1940.6.12; 『전집』 1 : 615.

80 김남천의 생각은 작품의 완결적 구성을 문제시하는 지점에까지 미치고 있다. 그는 '구성력의 결여'를 당시 소설문학의 문제점으로 지적하는 비평가들에게 다음과 같이 말한다. "장편소설이 가진 바 모든 문학적 본질의 제시를 억압하고 제한하는 낡은 구성력은 소설의 미학에서 잠영(潛影)하여야 한다. 19세기 이래 20세기 우금(于今)까지 어떠한 위대한 장편 작가도 그의 작품 가운데서 희곡과 극이 가지는 구성미를 발휘한 자는 없었다. (…중략…) 20세기에 들어와서도 우리들이 지금 친히 애독하고 있는 『티보 일가』나 『붓덴부르크 일가』 등이 어떠한 구성미를 가지고 있는지 우리는 알지 못한다. 전체성의 제시, 다양성의 포용, 이것과 모순되고 질곡을 느끼게 하는 여하한 구성도 장편소설의 줄거리를 둘러싸지는 못할 것이다."(「소설문학의 현상」, 『전집』 1 : 636~637)

「물!」 논쟁이 있었던 1933년은 말할 것도 없고 카프 해산 당시였던 1935년경 까지도 김남천은 작품은 작가의 소산이라는 입장을 굳건히 가지고 있었다. "작품을 결정하는 것은 작가이며 작가를 결정하는 것은 (···중략···) 그 당자의 실천이다."(1∶45) 작품에 이르는 매개항이 정치적 실천이든 문학적 실천이든 작품은 작가의 소산이며 리얼리즘은 작가의 태도방법이었다. 하지만 리얼리즘의 승리, 지켕엔 논쟁, 민나 카우츠키와 마가렛 하크니스에게 보낸 편지 등과 같은 마르크스 엥겔스의 문학예술론과 매개되면서, 또한 1937년 이후 소시민의 계급적 무의식을 가공할만한 현실로 받아들이게 되면서, 리얼리즘에 대한 김남천의 인식과 태도는 근원적으로 변화하게 된다. 1938∼9년의 김남천에게 리얼리즘은 소시민 작가가 선택하거나 또는 선택하지 않을 수 있는 태도나 방법일 수 없다. 리얼리즘은 소시민 작가의 주관적 차원의식, 의도, 계급의식 등을 넘어선 지점에 그 위상이 마련된다. 작가는 리얼리즘의 최종 심급일 수 없다.

발자크의 리얼리즘의 승리에서 알 수 있듯이 리얼리즘이란 작가가 선택할 수 있는 예술적 방법이나 태도로 환원되지 않을 뿐만 아니라 작가의 계급(무)의식을 초월하는 그 어떤 마술적인 힘을 가지고 있다. 리얼리즘은 작가의 의도나 태도로 규정되지 않는 텍스트적 효과와 관련되거나, 그러한 텍스트적 효과를 만들어내는 소설글쓰기의 근원적인 힘과 법칙과 관련된다. 리얼리즘을 하겠다는 태도를 취하거나 방법으로 삼겠다고 의욕하는 것만으로는 리얼리즘은 성취되지 않는다. 리얼리즘은 주관적인 의욕을 넘어서 있다. 따라서 리얼리즘은 소시민 작가가 선택할 수 있는 예술적 방법이 아니다. 리얼리즘의 규약에 따라 자신의 주체를 재구성해야 하는 것은 오히려 소시민 작가이다. 단순화의 위험을 무릅쓰고 말하자면, 리얼리즘의 승리를 위해서는 리얼리즘의 텍스트적 규약에 맞게 주체 구성의 원리를 재조정해야 한다. 소시민 작가와 리얼리즘의 관계가 전도顚倒된 것이다. 바로 이와 같은 전도에 의해서 리얼리즘은 주체성의 원리로 자리를 잡게 된다. 이와 같은 전도의 지점에 투영된 김남천의 욕망은, 소시민적 지식인의 무의식을 리얼리즘의 영역으로 전치displacement하는 것이었다.

「관찰문학소론(발자크 연구노트 3)」에서 김남천은 "작가 중심의 신변소설, 심경소설, 정치情痴문학, 또는 낭만주의적 개성문학 등이 개인적인 기호나 주관을 중심으로 하는 일종의 '자아문학自我文學'"(1:597)을 비판하고 있다. 그가 말하는 자아문학이란 작가 중심주의의 다른 말에 불과하다. 그리고 리얼리즘을 위한 규약으로 '몰아성沒我性'을 제시하고 있다. '여하한 계급이나 신분의 인물도 성격도 창조할 수 있는 문학'을 위해서는 몰아성이 견지되어야 한다는 주장에는 개인의 경험적 한계에 함몰되는 소시민 작가에 대한 비판이 투영되어 있다.

여하한 계급이나 신분의 인물도 성격도 창조할 수 있는 문학, 어떠한 사회와 인간의 생활과 마음의 세계에도 자유자재로 들어가고 나오고 할 수 있는 문학, 그것은 작자의 몰아성沒我性과 객관성의 보지保持가 없이는 전연 불가능한 일이다.[81]

몰아성은 고발문학만큼이나 오해가능성이 많은 말이다. 분명한 사실

---

81 「관찰문학소론(발자크 연구노트 3)」, 『인문평론』7, 1940.4; 『전집』1:597.

은 몰아성이란 사회의 총체성을 재현하는 리얼리즘에 이르는 예비적 전략이자, 소시민 작가의 무의식을 차단하고 리얼리즘을 준비하기 위한 예비적 전략이라는 점이다. 유다적인 것을 없애기 위해서는 죽음이 최종적인 해결책이라고 했던 대목과 상응을 이룬다. 소시민 지식인의 몸ー무의식을 리얼리즘으로 환치하는 것, 그 과정에서 요청되는 예비적 전략이 몰아성이다. 김남천은 지속적으로 몰아성이 세계관의 포기를 의미하지 않는다고 말한다. "관찰자의작자의 주관의 관찰의 대상현실 세계에 대한 종속ー그러나 이러한 명제 가운데서 작자의 사상이나 세계관이 몰각되었다고 생각하는 자는 우매한 이해력이다."(1 : 598) 이 말은 매우 수사학적인 것 같지만 김남천의 다른 글들과 함께 보면 매우 독특한 장면을 연출한다. 몰아성은 작가의 주관을 객관에 종속시킨 것이지 세계관의 몰각을 의미하는 것은 아니다. 김남천 비평의 맥락에 따른다면, 객관에 종속시킨 작가의 주관은 다름 아닌 소시민적 몸ー무의식이기 때문이다. 그렇다면 세계관은 어디에 있는가. 다름 아닌 리얼리즘, 소설, 텍스트 속에 자리를 잡게 되는 것이다. 단적으로 말하면 소시민적 몸ー무의식은 몰아되고 리얼리즘 텍스트 속에 새로운 주체, 재건된 주체, 세계관, 사상, 모랄이 자리를 잡게 된다. 달리 말하면 소시민적인 것을 극복한 새로운 주체는 리얼리즘의 텍스트적 효과인 것이다.

이러한 추정을 가능하게 하는 글이 '발자크 연구 노트 4'에 해당하는 「체험적인 것과 관찰적인 것」이다. 이 글의 앞부분에서 김남천은 문학자의 사회적 생존방식을 두 가지로 나누고 있다. 하나는 체험적인 것에서 자기를 살리려는 작가이고, 다른 하나는 관찰적인 묘사를 자신의 사회적 존재 이유로 삼으려는 작가이다. 이 부분을 읽어나가는 데 있어 유념해야 할 점은, 작가의 생존방식에 대한 분류 체계 바깥에 김남천이 위치하고 있는 것이 아니라, 김남천 자신이 그 내부에 포함되어 있는 분류 체계를 제시하고 있다는 점이다.

전자[체험적인 것에서 자기를 살리려는 작가-인용자]에 있어서는 작품은 하나의 수단이오 차라리 인격에서 자기를 도야하는 것이 일의적一義的이 될 것이다. 그러므로 그에게서 만약 문학적 작품의 거개擧皆를 박탈해 버린다고 하여도 그는 종교가나 혹은 도덕가나 또는 인새의 하나의 고행자로서 훌륭히 살아있을 수 있을 것이다. 그러나 후자[관찰적인 묘사를 존재 이유로 삼는 작가-인용자]에 있어서는 문학작품을 떠나서는 아무 것도 없어질 것이다. 그러므로 그는 끝까지 작품의 속에서만 살려고 하고, 그곳에서 한 보를 물러서면 자기는 전혀 무의미하여져도 후회하지 않으려 할 것이다. 그가 사회적으로 생존한다는 이유를 우리는 그의 문학작품을 떠나서는 알아볼 건덕지가 없을 것이다.

전자에 속하는 작가에 있어서는 그의 작품을 그의 개인적 행동으로부터 분리할 수는 없다. (…중략…) 그러나 후자에 속하는 작가에 있어서는 문학작품은 작가 개인의 행동이나 체험을 떠나서도 훌륭히 살아있을 수 있을 것이다. 그에게는 자기의 문제보다 대상을 관찰 묘파描破하는 것이 중요하였고, 자기를 무無로 하여 대상 가운데 침잠하는 것만이 소중하였기 때문이다. 예를 들어 보면 체험적인 것에서 문학적인 생존방식을 살고 그의 최후를 비극으로 장식한 레오 톨스토이는 전자요, 관찰적인 것에서 문학을 관철하여 그것으로 자기의 생존을 훌륭히 취급한 작가, 오노레 드 발자크는 후자이다. 톨스토이로부터 『부활』을 뺏어 버리고 『안나 카레리나』를 뽑아버린다고 하여도 그는 하나의 위대한 체험가, 인생의 고행자로서 수많은 톨스토이안의 숭앙을 받을지는 알 수 없다. 그러나 발자크에서 『인간희곡』을 뺏어버리면 그곳에 남는 것은 무엇일까. 하나의 비열한 속물 — 귀족생활에 연연하여 사교계의 여왕의 발밑에 꿇어 엎데이는 자, 은광銀鑛에 홀려서 수천 리의 고난에 찬 여행을 감행하는 황금의 익애자溺愛者, 왕통파의 고루한 이상을 품고 채귀債鬼에 쫓겨서 전전하는 불쌍한 파리의 시민이 남을 뿐일 것이다.[82]

김남천이 말한 몰아성의 의미가 부각되는 장면이다. 김남천이, 경험에 근거하는 톨스토이의 후예가 아니라, 관찰에서 존재 이유를 발견하는 발자크의 후예라는 것은 명확하다. 관찰과 묘사를 작가의 존재이유로 삼는 경우 작가 자신은 무無가 되더라도 작품은 독자적인 삶을 살 것이라고, 김남천은 말하고 있다. 이 말이 단순히 작가와 작품의 분리나 독자적 세계로서의 작품을 말하고 있는 것은 아니다. 작가와 작품 사이의 근원적인 교환 내지는 대체에 대해서 말하고 있는 것이다. 김남천 역시 자신에게서 소설을 빼앗는다면, 발자크가 파리의 속물로 환원되는 것처럼, 경성의 소시민에 불과할 것임을 말하고 있는 것이다. 이 지점에서 보자면 소설=리얼리즘 텍스트는 주체이면서 동시에 타자이다. 유다적인 것이 소시민 지식인에게 주체이면서 타자였듯이, 소설=리얼리즘 텍스트는 새로운 주체이면서 타자이다. 암시적이고 비유적인 방식이기는 하지만 김남천은 자신의 주체가 소설=텍스트 속에서 형성될(수밖에 없을) 것임을, 달리 말하면 주체가 텍스트의 효과임을 말하고 있는 것이다.

---

[82] 「체험적인 것과 관찰적인 것」, 『인문평론』, 1940.5; 『전집』 1 : 601~602.

산문정신은 불사신의 정신이다. 그러므로 필요한 것은 공연한 비관론의 되풀이가 아니다. 비관이나 절망은 시인의 주관적인 고백으로선 재미도 있지만 비평정신으로서는 자기파산에 지나지 않는다. 소설은 살아야 한다. 살려야 한다. 그러기 위해서는 써야 한다.[83]

김남천은 왜 "소설은 살아야 한다. 살려야 한다. 그러기 위해서는 써야 한다"고 절규하듯 외치고 있는 것일까. 이 대목은 단순히 문학정신 또는 소설정신을 앙양하고자 하는 말일 수도 있다. 하지만 김남천의 비평이 형성하고 있는 맥락에서 읽게 되면 또다른 의미로 다가온다. 1940년을 전후하여 김남천이 소설 양식의 붕괴를 역사철학적인 차원에서 진단하고 있었다는 것은 널리 알려진 사실이다. 「소설의 운명」이 대표적인 비평에 해당한다. 이 시기 김남천의 독법은 소설 양식의 변화를 역사적인 '징후'로 읽는 것이었다. 소설 양식이 근대 시민계급을 대표하는 양식인 만큼, 소설 양식이 붕괴하고 있다는 것은 근대적인 세계질서가 역사적인 전환점에 도달한 징후라는 것이다. 따라서 소설 양식은 근대적 질서의 몰락과 동시에 사라질 수도 있고, 불균등발전이론에 근거한다면 문학양식으로서의 생명은 유지할 수도 있는 상황이었다. 소설 양식의 역사철학적 운명을 지속적으로 점검하는 와중에, 김남천은 "소설은 살아야 한다. 살려야 한다"고 말하고 있는 것이다. 이미 우리는 김남천의 비평에서 소설=리얼리즘 텍스트가 주체가 되고 작가는 무無의 위치를 차지하게 됨을 확인한 바 있다. 소설이 죽는다면 주체가 위치할 가능성의 공간도 사라지게 되

---

[83] 「명일에 기대하는 인간 타입」, 『전집』 1: 615.

며, 그것은 곧 주체의 사멸을 의미하는 지점에 이른 것이다. 루카치의 소설론을 참조하여 씌어진 평문의 제목이 「소설의 운명」이 될 수밖에 없는 이유도 여기에 있다. 김남천 스스로 평론의 제목을 '소설의 운명'으로 지은 이유를 설명하고 있어서 대단히 인상적이다. 소설 양식리얼리즘 텍스트의 가능성은 주체를 초월한 타자이자 동시에 주체 그 자신이다.

소설의 장래를 말하려고 하면서 내가 이곳에 운명이란 말을 사용하는 것은 소설의 당면한 문제가 주체를 초월하여 외부적으로 부여된 문제이면서 동시에 내재적 요구에 의하여 주체에 부여된 문제인 것을 진심으로 자각하고자 생각한 때문이었다. 소설의 장래를 자기의 문제로서, 운명으로 초극하려는 데 의하여서만 문학은 그의 정신을 유지 신장할 수 있으리라고 생각하기 때문이었다.[84]

소설양식의 붕괴를 고민하는 상황에서, 달리 말하면 소설양식이 글쓰기 내지는 텍스트의 차원에서 고려되고 있는 상황에서, 김남천은 발자크적인 리얼리즘의 승리로 버틴다. 동아협동체론을 고려하는 자리에서도, 전환기의 문제를 고민하는 자리에서도, 그는 리얼리즘의 승리를 자신의 입장으로 제시한다. 그에게는 리얼리즘이 사상思想 즉 주체의 자리였기 때문이다.[85] 그렇다면 이제 김남천에게 리얼리즘이란 무엇이었던가를 다시 물어야 한다. 그에게 리얼리즘은 마르크스주의로 대변되는 과학을 텍

84　「소설의 운명」, 『인문평론』, 13, 1940.11; 『전집』 1: 660.
85　"문학에 있어서의 사상성의 진수를 오히려 객관적 사실적(寫實的) 방법에 두고, 구체적으로 현순간의 우리의 문학의 상태에 있어서는 '세태=사실=생활'의 표현이 오히려 가당하리라."(「체험적인 것과 관찰적인 것」, 『전집』 1: 608)

스트의 무의식으로 배치하는 방법이었다. 모랄론을 통해 그가 꿈꾸었던 주체, 과학적 진리를 육체화=일신화하고 있는 주체와 상동相同적인 텍스트 리얼리즘의 승리를 통해 그는 자신의 소설=리얼리즘 텍스트 속에 마르크스주의가 무의식으로 자리 잡게 되기를, 달리 말하면 리얼리즘을 통한 마르크스주의의 승리를 욕망하고 있었다.

> 피안被岸에 대한 뚜렷한 구상을 가지고 있지 못한 우리가 무엇으로써 이것
> [개인주의의 극복 – 인용자]을 행할 수 있을 것인가. 작자의 사상이나 주관 여
> 하에 불구하고 나타날 수 있는 단 하나의 길, 리얼리즘을 배우는 데 의하여서만
> 그것은 가능하리라고 나는 대답한다.[86]

김남천은 마르크스 엥겔스의 문학예술에 관한 단편적인 서한들을 해석하면서, 보다 정확하게는 그 내용을 작품 창작의 전략으로 전환하면서 1930년대 후반과 일제 말기를 보냈다. 마르크스·엥겔스의 문예학 관련 자료는, 아도르노의 '한 줌의 도덕'에 빗대어 말해도 좋다면, 최소한인 동시에 최대한의 마르크스주의였다. 김남천에게 리얼리즘은 마르크스주의라는 초월적 기표를 숨기는 동시에 드러내는, 비非마르크스주의적 기표들의 집합적 연쇄이다. 리얼리즘은 마르크스주의의 은유였고, 마르크스주의는 리얼리즘의 무의식이었다. 만약 마르크스주의의 정통성이 정치주의 볼셰비즘에 있다는 점에 동의를 한다면, 1935년 이후 김남천의 행적은 마르크스주의로부터의 전향이 될 것이다. 하지만 마르크스주의의 정통성이

---

86 「소설의 운명」, 『전집』 1 : 668.

정치주의볼셰비즘에 있다는 것을 잠시나마 괄호 속에 넣어도 좋다면, 김남천의 경우 마르크스주의 문학운동으로부터 텍스트로서의 마르크스주의에로 전향한 경우라고 볼 수 있다.[87]

　김남천은 리얼리즘의 승리를 중심으로 마르크스주의 문예학 텍스트에 내재된 가능성을 집요하게 탐색한 비평가이자 소설가이다. 그는 리얼리즘의 승리에 대한 해석과 사유를 거듭하면서, 그 과정에서 리얼리즘을 통한 마르크스주의의 승리를 욕망하고 있었다. 일견 당연해 보이는 이러한 평가가 그 나름의 중요성을 갖는 이유는, 아마도 김남천의 비평이 임화의 비평과 함께 한국근대문예비평사에서 마르크스주의의 역사적 의미를 다시 사유하도록 하는 시금석이기 때문일 것이다.[88]

87　'마르크스주의로의 전향'과 '텍스트로서의 마르크스주의'에 대한 생각은 『현대 일본의 비평』을 읽어가는 과정에서 얻은 것이다. 가라타니 코오진(柄谷行人) · 노구치 다케히코(野口武彦) · 미우라 마사시(三浦雅士) · 아사다 아키라(浅田彰) · 하스미 시게히코(蓮實重彦), 송태욱 역, 『현대 일본의 비평』, 소명출판, 2002, 99~104 · 201~205면 참조.
88　'리얼리즘의 승리'와 관련된 1930년대 임화의 비평에 대해서는 졸고, 「1930년대 비평과 주체의 수사학」, 『한국현대문학연구』 24, 2008; 졸고, 「'리얼리즘의 승리'와 텍스트의 무의식」, 『민족문학사연구』 38, 2008 참조.

비평과 주체

김기림·최재서·임화의 비평 겹쳐 읽기

1. 1930년대 비평의 문학사적 표정—비평과 주체성

　식민지 시기 동안 지식인들의 가장 첨예한 강박관념 가운데 하나는 정치적인 것에 대한 말할 수 없는 그리움이었다. 정치적 행위가 불법으로 규정되고 문학적·문화적 행위만이 최소한의 합법적인 영역이었던 상황에서, 정치에 대한 욕구는 내면화되어 보편성을 지향하는 언어로 표출되었던 것이다.[1] 1920년대 이후의 문학비평은 문학에 대한 논의의 장을 구성하면서, 그와 동시에 정치적인 논의가 가능한 담론의 장을 중층적으로 재생산해 왔다. 한국 근대문학비평이 문학적 공론장public sphere이자 정치적 공론장의 성격을 동시에 갖게 된 연유를 이 지점에서 확인할 수 있다.[2]

　오늘날까지 조선의 문예비평은 작가, 작품과 심미학적으로 관계하는 대신에 더 많이 사회학적 또는 정론적으로 교섭한 것입니다. 이것이 조선적 비평

---

[1]　김윤식, 『임화연구』, 문학사상사, 1989, 12면.
[2]　문학적·정치적 공론장에 대해서는 위르겐 하버마스(Jürgen Habermas), 한승완 역, 『공론장의 구조변동』, 나남, 2001, 245~285면 참조.

이 다른 제諸 외국의 문예비평과 본질적으로 그 성질을 달리하는 주요점일 것입니다. 즉, 정론적 성질을 다분이 가진 사회적 비평 그것입니다.[3]

정치와 문학의 근접성은 1930년대 중반에 이르러 심대한 위기에 처하게 된다. 그 저변에는 카프의 해산으로 대변되는 계급주의 문학의 위기가 가로 놓여 있다. 1934년의 전주사건과 그 뒤에 이어진 카프 해산은, 합법과 불법의 경계선의 사상이었던 마르크스주의 자체를 불법화한 사건이었고, 사상의 자유에 대한 억압과 군국주의 파시즘의 대두를 알리는 징후였다. 또한 국외에서는 전체주의의 대두에 맞서서 지성옹호를 내세운 국제대회가 열릴 정도로 지식인의 불안 사상과 위기의식이 확산되던 상황이었다.[4] 경계의 사상이었던 마르크스주의가 불법의 사상이 되었고, 지식인이 역사의 방향성을 고민하며 존재론적인 위기에 빠져들 수밖에 없었다는 사실은, 1930년대 중후반의 전형기 비평을 이해하는 데 있어서 가장 기본적인 항목이라 할 것이다.

1930년대의 비평가들인 김기림·최재서·임화는 전형기의 위기의식을 어떠한 방식으로 넘어서고자 한 것일까. 김기림·최재서·임화는 각자의 주제적인 관심에 따라 실제비평을 수행하는 동시에 문학적 주체의 근거를 지속적으로 탐색했던 비평가들이다. 이들은, 원초적으로 소여된 자아나 생명이나 개성이 아니라, 비평의 상징적 질서 속에서 구성 및 재구성되는 주체를 한국근대문예비평사에서 본격적으로 문제 삼은 최초의 비평가

---

3   임화, 「조선적 비평의 정신」, 『문학의 논리』, 학예사, 1940, 687면.
4   1935년의 지적협력국제회의에 대해서는 최재서, 「지성옹호」, 『문학과 지성』, 인문사, 1938, 145~167면 참조.

들에 해당한다. 존재론적 불안의식과 함께 역사적 변증법의 정지 상태를 감지하면서, 비평적 글쓰기를 통해서 주체의 재/구성을 치열하게 모색하기. 그들에게는 역사의 변화를 관찰하는 일, 비평의 원리를 성찰하는 일, 주체성의 원리를 점검하는 일이 나란히 놓여 있었던 것이다.

① 어째서 문학을 하느냐? 무엇 때문에 문학이 필요하냐? 정亚히 문학하는 인간에게 있어서 피할 수 없는 생사의 문제가 근본적으로 해결되지 않은 채 창작하는 방법을 논의함은 명백한 요설이다. 그러나 문학하는 태도가 작가에 있어서 어째서 사느냐는 근원적인 생활 이유의 극히 집중된 첨단이 아닐까?[5]

② 문학자는 적어도 문학을 필생의 사업으로 삼는 사람이다. 그에 있어서 문학은 결코 소한지구消閑之具거나 체면치레의 일 자료로서 주물거리기엔 너무도 엄숙한 물건이다.[6]

③ 조선의 진보적인 「인텔리겐차」도 다시 한번 「우리는 왜 글을 쓰는가」 하는 근본적인 의문에 확신있는 단안을 내림으로써 그리고 또한 자신의 시대적·사회적 사무를 반성함으로써 병자와 같이 힘버린 문학을 걸머지고도 새 시대의 새벽에로 향하여 땀을 흘리며 거꾸러지며 다시 일어나면서도 꾸준히 걸어갈 것이다.[7]

---

5   임화, 「주체의 재건과 문학의 세계」, 『문학의 논리』, 43면. 단락 조정은 인용자의 것.
6   최재서, 「취미론」, 『문학과 지성』, 223면.
7   김기림, 「현문단의 부진과 그 전망」, 『김기림 전집』 3, 심설당, 1988, 103면; 『동광』 4
    권 10호, 1932.10.

그들은 고백한다. 왜 문학을 하는가, 이 시대에 문학은 왜 필요한가 등과 같은 원론적인 문제는 여전히 미해결 상태에 있거나 불확정적인 상태에 있다고. 그들에게 중요한 것은 정치적으로나 문학적으로나 불확정성이 지배하는 바로 이 시기에 그들이 문학비평을 쓰고 있다는 사실이었고, 그들에게는 문학비평 이외의 다른 가능성이 주어지지 않았다는 사실이었다. 정치적으로도 문학적으로도 혼란스러운 시대에 문학비평을 쓰고 있거나 쓸 수밖에 없는 주체가, 그 자체로 문제될 수밖에 없는 상황이었던 것이다. 그런 의미에서 이들에게 있어 비평은 작가와 작품에 대한 글쓰기인 동시에 비평가 자신의 주체를 구성하는 과정이었다. 작품과 작가에 대한 비평을 쓰는 동시에, 자신이 쓰고 있는 비평의 주체적 근거에 대한 물음을 마치 심문하듯이 지속적으로 자신에게 던질 수밖에 없는 글쓰기. 이러한 문제의식은 합평이나 월평을 중심으로 하던 1920년대의 감상비평이나 사회주의 문학운동의 슬로건을 복창했던 카프의 비평과는 뚜렷하게 변별되는 것이다. 비평과 주체에 대한 모색, 이를 두고 1930년대 비평의 문학사적 표정이라고 불러도 좋을 것이다.

서울의 종로에서 태어나 보성학교를 중도에 그만 두고 전위예술과 마르크스주의를 향해서 두려움 없이 움직여 갔던 임화, 경성제국대학 영문과 졸업생으로서 정밀한 비평적 문체로 문학적 주제들을 고찰해 나간 최재서, 1930년대 모더니즘문학의 뛰어난 시인이자 이론적 후견인으로서의 역할을 충실하게 감당했고 해방 후에는 한국 최초로 『과학개론』을 번역하기도 했던 김기림. 이들이 1930년대의 비평 공간에서 어떻게 만나고 대화하며 어떠한 문제의식들을 서로 나누어 가졌는가를 살피는 일은, 한국근대문예비평사의 흐름을 풍요롭게 하는 계기가 될 것으로 생각한다. 상식적으로 생각할 때 한 편의 글에 세 사람의 비평가를 함께 살핀다는 것은 참으로 무모한 일이 아닐 수 없다. 그럼에도 불구하고 이 글이 가능했던 것은, 1930년대부터 본격적으로 꽃을 피운 한국근대문예비평의 역사가 이 글의 안과 바깥에서 글쓰기를 추동하고 있었기 때문이다. 이 글의 글쓰기 주체는 한국근대문예비평사의 역사성이다.[8]

2. 주지적 태도의 방향 전환과 감정의 재발견

시인은 시를 제작製作하는 것을 의식하지 않으면 안 된다.[9]

김기림이 「시작에 있어서의 주지적 태도」를 발표한 것은 1933년 4월의 일이다.[10] 주지적 태도에 근거한 시는, 자연발생적인 시나 낭만주의적인 시와 대립된다. 시는 물이 흐르는 것처럼 자연스럽게 씌어져서는 안 되며, 감정이 자발적으로 흘러넘쳐서 저절로 시가 되어서도 안 된다. 주지적인 시는, 시적 가치를 지향하는 의식적인 방법론에 의해서 만들어지는 것이다. 주지적 태도는 최소한 두 가지의 단계를 거치게 되는데, 첫 번째는 낭만주의적 시 작법에 대한 반성적 의식이 시 창작과정에 개입되어야 한다는 요청이다. 두 번째는 지적인 태도에 의해서 창작과정을 의식적

---

8   이 글은 임화, 김기림, 최재서, 백철이 탄생한 지 100년이 되는 해였던 2008년에 씌어졌다.
9   김기림, 「시와 인식」, 『김기림 전집』 2, 72~73면; 『조선일보』, 1931.2.11~14.
10 김기림의 생애와 비평에 관해서는 문혜원, 「김기림 문학론 연구」, 서울대 박사논문, 1990; 김유중, 「1930년대 후반기 한국 모더니즘 문학의 세계관 연구」, 서울대 박사논문, 1995; 조영복, 『문인기자 김기림과 1930년대 '활자-도서관'의 꿈』, 살림, 2007 참조.

으로 통제하며 새로운 가치를 구성해야 한다는 요구이다. 창작과정에 대한 반성적인 거리 두기를 통해서 지성의 관찰가능성을 확보하고, 지성에 근거하여 시의 제작에 필요한 요소들을 선별하고 조합하여, 새로운 가치를 구성하는 것. 자기반성적인 거리 두기와 필요한 요소들의 조합적인 재구성, 이 두 가지 측면은 김기림이 파악한 주지주의에 국한되는 것이 아니라 김기림 비평에 내재된 주체성의 주요한 원리이다. 위에서 인용된 김기림의 글을 원용하자면, 비평가는 주체가 구성되는 과정을 의식하지 않으면 안 된다.

김기림의 비평에서 주지적 태도는 창작과정에 대한 반성적 의식에 국한되지 않는다. 주지적인 것은, 단순히 시 창작의 태도나 방법에 그치지 않고, 시대적인 가치전환을 가져온 근원적인 원리로 작동하기 때문이다. 주지적인 것은, 이전의 비非주지적인 것들과 단호하게 구분된다. 김기림에 의하면, 19세기적인 감수성, 낭만주의적인 것, 자연스럽게 노출되는 감정, 동양적 우울과 애매성 등이 주지적이지 않은 시적 태도의 산물에 속한다. 또한 19세기의 사상적 유산인 자유주의, 개인주의, 낭만주의를 격렬히 부정하며, 동양적인 우울의 미학에 대해서는 극단적인 혐오를 표시한다.

① 나는 19세기를 옹호할 아무런 말도 알지 못한다.[11]

② 인간의 결핍이 아니라 지성의 결핍은 동양적 목가적 성격의 결함인 것 같다. (…중략…) 이러한 퇴영적인 패배주의적 호소 속에서는 믿을만한

---

11 김기림, 「오전의 시론」, 『김기림 전집』 2, 155면; 『조선일보』, 1935.4.20~25.

아무 것도 찾아내지 못한다.[12]

③ 우리는 새삼스럽게 중세기에 애착할 수도 없다. (…중략…) 우리는 믿을 수 있는 아무러한 신도 가지고 있지 않다.[13]

주지적인 태도에 근거해서 19세기적 과거와의 단절, 기존 가치의 전면적인 부정, 전통에 대한 혐오가 격렬하게 구성된다. 기존의 모든가치가 의미를 상실하거나 부정당하는 지점에서, 김기림은 새로운 시의 가능성을 보고 있는 것이다. 모든 가치가 무화되어 아무 것도 없는 벌판에 홀로 우뚝 서 있는 지성은, 새로운 시를 위한 기원이 될 수 있을 것이다. 하지만 이 지점에서 생겨나는 문제는, 창작과정에 개입하는 반성적 의식만으로는, 기존의 가치와 전통에 대한 단절과 부정만으로는, 생산적인 차원을 개진할 수 없다는 점이다. 자신 이외의 모든 것을 부정하는 지성은 대단히 전복적이다. 하지만 그와 동시에 무척이나 공허할 수밖에 없다. 김기림이 말하는 주지적인 것은 그 자체로는 내용을 갖지 않는 태도 또는 형식의 차원이기 때문이다. 따라서 주지적인 태도를 구성하는 과정에서 부정하고 단절해 버렸던 것들과의 새로운 관계 설정을 모색하지 않을 수가 없다. 주지적인 태도에 의해서 부정된 가치·전통·역사의 지평으로부터 긍정적인 지점들을 재발견하고 호명해서 새로운 관계성을 부여하는 일은, 주지적인 태도가 담당해야 할 또다른 역할이었다. 이 지점에서 주지적 태도는 문명비판으로 확장된다.

---

12 위의 글, 162면.
13 위의 글, 166면.

「리얼리티」의 뒤에 오는 문제는 「모랄」의 문제다. (…중략…) 작품 속에서 사람의 행동이나 인생의 위치에 대하여 가지는 태도─그것이 곧 「모랄」을 의미한다.[14]

주지적 태도를 문명비판으로 확장하는 과정에서 김기림이 주목한 가치는 무엇이었을까. 리얼리티와 휴머니즘이었다. 기성의 모든 가치와 전통을 모조리 부정한다고 하더라도, 현대를 살아가는 인간의 현실만큼은 주지적 태도의 대상으로 재전유해야 했던 것이다. 김기림의 비평에서 리얼리티와 휴머니즘은 인생의 진실, 즉 모랄의 차원으로 수렴되는 양상을 보인다. "문학의 문제는 차라리 그 작가가 얼마나 깊이 인생의 진실에 육박하여 그것을 형상화할 수 있었느냐에 있다."[15] 현대사회의 병폐를 치유하기 위해서는 대안적 가치인 모랄이 필요하고, 모랄을 획득하기 위해서는 현대인의 삶에 잠재된 리얼리티와의 만남이 불가피하다. 현대의 리얼리티와 대결하는 과정에서 문명비판의 지평이 열릴 것이기 때문이다. 리얼리티와 휴머니즘은, 문명비판을 통해서 제시될 새로운 가치체계 즉 모랄의 기반으로서 새로운 위상을 부여받는다.[16]

---

14 김기림, 「예술에 있어서의 '리얼리티'・'모랄' 문제」, 『김기림 전집』 3, 117면; 『조선일보』, 1933.10.21~24.

15 김기림, 「새 인간성과 비평정신」, 『김기림 전집』 2, 89면; 「신휴머니즘의 요구, 태만, 휴식, 탈주에서 비평문학의 재건」, 『조선일보』, 1934.11.16~18.

16 리얼리즘에 대한 김기림의 긍정적인 인식은 다음과 같은 언급들에서 엿볼 수 있다. "우리 중의 아무도 단순한 꿈꾸는 「로맨티스트」여서는 아니된다. 우리야말로 현실 속에서만 미래를 발견할 줄 아는 참된 「리얼리스트」여야 될 필요를 세계의 누구보다도 가장 잘 느끼는 사람들이고자 한다."(김기림, 「새 인간성과 비평정신」, 『김기림 전집』 2, 93면) "예술에 있어서 영구히 또는 결정적으로 우리에게 육박해오는 생생한 힘은 「리얼리티」의 박력이다. 그것은 모든 위대한 예술의 성격이다."(김기림, 「예술에 있어서의 '리얼리티'・'모랄' 문제」, 『김기림 전집』 3, 119면)

1934년에 이르면, 주지적 태도에 근거한 리얼리티와 휴머니즘의 결합, 인생의 진실에 대한 추구로서의 문명비판이 보다 분명한 양상으로 제시된다. 흥미롭게도 이 과정에서 새로운 문제가 나타나는데, 영문단의 주지주의 이론과 김기림의 주지적 태도 사이에서 불일치가 노정된다. 대표적인 사례가 주지주의의 대표적인 비평가인 흄T. E. Hulme과의 대립이다.

흄에 의하면, 낭만주의 이전의 세계는 신·인간·물질로 구분된 불연속적 실재였는데, 낭만주의가 인간의 무한확장을 조장함으로써 실재들 간의 경계가 허물어졌고, 현대는 모든 실재가 뒤죽박죽이 된 혼돈의 시대가 되었다. 현대의 혼돈과 위기는 낭만주의가 조장한 인간의 무한확장에 그 근본적인 원인이 있다. 따라서 현대는 낭만주의·인간중심주의·연속적 실재관에 대한 근원적인 비판을 수행하면서, 反낭만주의·反인간중심주의·불연속적 실재관을 새롭게 구성해 나가야 한다. 반낭만주의는 신고전주의로 수렴되며, 인간적·생명적 예술은 비잔틴 예술과 같은 비非인간적이고 기하학적인 예술로 대체되고 있다는 것이다.[17] 김기림이 주지적 태도에 근거하여 리얼리티와 휴머니즘을 재발견하고 있었다면, 흄은 주지주의의 이름 아래에 신고전주의와 반인간주의를 주장하고 있었던 것이다. 김기림의 주지적 태도와 흄의 주지주의가 어긋나 있는 상황.

④ 근대문명은 인간에서 출발해서 이미 인간을 무시하는 경지까지에 이르렀다.[18]

---

17 흄의 문학이론에 대해서는 최재서, 「현대주지주의문학이론」, 『문학과 지성』, 1~11면 참조. 흄의 반인간주의는 낭만주의가 가져온 인간의 무한확장에 대한 비판의 성격이 강하다. 흄의 반인간주의 즉 인간중심주의에 대한 비판을, 김기림이 인간적 가치에 대한 전면적인 무시로 이해한 측면이 있다.

⑤ 오늘의 문명은 그것이 너무나 인간의 소리와 육체를 무시함으로써 가장 병적 고전주의의 시대를 이룬 것처럼 생각된다.[19]

김기림은 흄의 주지주의·반인간주의·신고전주의를 거부할 뿐만 아니라 근대문명의 병리적 징후로까지 간주한다. 이유는 명료하다. 주지주의가 인간을 무시하기 때문이다. 주지주의 이론에 내재된 반인간주의적 요소에 대한 자각은, 김기림으로 하여금 휴머니즘 쪽으로 이끄는 중요한 요인으로 작용한다. 주지적 태도는 시 창작과 비평의 준거로서 승인하지만, 아무리 주지주의라고 하더라도 반인간주의는 거부한다는 것. 영문단의 주지주의에 대해 반성적 거리를 설정하고 인간주의와 주지적 태도를 근접하게 함으로써, 김기림은 비평적 주체의 좌표를 이동시키고 있었던 것이다. 인간주의와 주지적 태도를 결합하는 과정에서 김기림 비평에는 아주 놀라운 변화가 나타난다. 인간주의와 낭만주의 사이의 선택적 친화성이라고도 볼 수 있을 텐데, 종전까지 그가 부정해 마지않았던 낭만주의와의 화해가 그것이다. 이를 두고 주지적 태도의 방향전환이라고 불러도 좋을 것이다.[20]

그렇다면 흄이 말한 비인간적이고 기하학적인 예술, 인간의 소리와 육체와 무관한 지점에서 아라베스크처럼 동일한 패턴이 반복되는 예술은 무엇이라고 부르면 좋을까. 주지주의의 부정적인 측면들을 통괄해서 어떤

---

18 김기림, 「새 인간성과 비평정신」, 『김기림 전집』 2, 89면.
19 김기림, 「고전주의와 낭만주의」, 『김기림 전집』 2, 164면.
20 김기림의 문명비판에 관해서는 방민호, 「김기림 비평의 문명비평론적 성격에 관한 고찰」, 『우리말글』 34, 2005 참조. 1934년에 발표된 「새 인간과 비평정신」은 주지적 태도에서 문명비판 쪽으로 중심을 옮겨갈 때의 문학론이 압축적으로 제시된 글이다. 이 시기의 김기림은 휴머니즘과 낭만주의를 동질적인 범주로 사고하기 시작한다.

이름을 부여할 것인가. 기교주의가 바로 그것이다. 낭만주의와의 화해에 이르고, 주지주의 계열의 시를 기교주의로 인식하게 된 지점에서, 자신의 비평이론을 한국근대시사의 맥락에 적용해 본 것이 「시에 있어서의 기교주의의 반성과 발전」이다. 이 글에서 김기림은 기교주의가 내용 중심의 구식 로맨티시즘을 극복한 측면은 역사적 의의로 인정되지만, 근대시의 순수화 과정은 일종의 편향화이며 시의 상실 과정과 같다는 견해를 밝힌다. 시의 상실 과정이란 인간의 음성과 육체를 무시하고 비인간적인 기교에 치중했다는 의미이다. 따라서 향후의 시는 기교주의를 극복하고 '전체로서의 시'를 향해 나아가야 한다는 것이다.[21]

「시에 있어서의 기교주의의 반성과 발전」은 기교주의의 성과와 한계를 논하고 향후 시의 방향성을 진단하고 있는 글이기 때문에, 경향시에 대한 명시적인 언급은 발견되지 않는다. 하지만 김기림의 관점을 적용하여 행간을 보충하는 것이 그다지 어려운 일은 아닐 것이다. 경향시가 지성 이전의 시이고 내용중심의 구식 로맨티시즘에 해당한다면, 그와 달리 기교파는 주지적 태도가 반영된 시이다. 따라서 역사적으로 볼 때 경향시는 기교파에 의해서 극복된 과거의 유물로 규정된다.

> 금일에 이른 시의 발전사상 「푸로」시의 도정을 무시한 일점을 논란한 것은 기림씨 자신도 긍정하고 있는 바와 같이 결코 나의 무고가 아니다.[22]

---

21 김기림, 「시에 있어서의 기교주의의 반성과 발전」, 『김기림 전집』 2, 99면; 『조선일보』, 1935.2.10~14.
22 임화, 「기교파와 조선시단」, 『문학의 논리』, 655면.

김기림의 비평에 대한 임화의 비판은 "경향시의 역사적 지위와 근대시의 발전과정"[23]과 관련된다. 한국근대시의 역사적 발전 과정에서 경향시의 역할과 위상에 관한 논의가 김기림의 비평에 누락되어 있다는 것이다. 임화에 의하면, 경향시는 한국근대시사의 적통을 잇는 적자이다. 기교주의는 경향시를 지양·극복한 것이 아니라, 경향시의 일시적인 퇴조 상황에서 나타난 19세기 문예사조의 복고적 출현에 지나지 않는다.[24]

임화의 비판 이후에 김기림은 경향시/기교파라는 도식을 버리고, 편내용주의/편기교주의라는 새로운 대립항을 마련하게 된다. 그리고 내일의 시는 내용과 기교가 종합되는 전체성의 시여야 한다는 점에서 임화와 김기림은 의견의 일치를 본다.[25] 일반적으로 기교주의 논쟁으로 알려져 있지만, 임화와 김기림에 초점을 맞추어서 본다면 '논의'에 해당하는 것이었다.[26] 김기림의 입장에서 보자면 시대정신과 리얼리티를 통해서 주지적 태도를 보완한 상태에 있었고, 또한 흄의 신고전주의에 내재된 반인간주의에 대한 반대를 분명히 하며 휴머니즘을 낭만주의와 더불어 승인한 상태에 있었기 때문에, 자신의 논의를 일부 수정하는 데 별다른 어려움이 없었다고 볼 수 있다. 기교주의의 순수시 지향을 극복하고 전체시로 나아간다는 단

---

23 위의 글, 663면.
24 위의 글, 664면. "경향시가 갖는 근대시사상의 지위와 성질은 그것이 창작적으로 자기를 아직 완성치 못하고 있음에 불구하고, 고전주의 시로부터, 근대낭만주의, 「떼카다니즘」 등의 역사적 발전의 일정한 달성과, 그 과정 가운데서 필연적으로 생성한 것이라는 말이다."
25 김기림, 「시와 현실」, 『김기림 전집』 2, 102면; 「시인으로서 현실에 적극 관심」, 『조선일보』, 1936.1.1~5.
26 임화, 「기교파와 조선시단」, 『문학의 논리』, 646면. "정확히 말하자면 기림씨가 우리와 논의하고 있는 대신, 박용철은 우리들에게 대항하고 있는 것이다." 일반적으로 임화, 김기림, 박용철이 가담한 기교주의 논쟁으로 이야기되고 있지만 임화와 김기림만 보자면 서로의 주장을 존중하며 이루어진 논의라 볼 수 있다.

선적인 도식보다는, 경향시의 내용주의와 기교파의 기교주의를 종합하여 전체시로 나아간다는 변증법적인 구도를 갖출 수 있는 계기가 되었다.[27]

그렇다면 기교주의와 관련된 논의를 통해서 임화가 얻은 것은 무엇일까. 임화는 모더니즘의 대표적 이론가인 김기림과의 논의를 통해서 경향시의 역사적 위상에 대한 상호인증이라는 소득을 얻었다. 하지만 보다 중요한 소득은 주지주의에 결여되어 있는 요소를 발견하고 낭만주의를 다시 사유할 수 있는 계기를 마련했다는 점에 있다. 그것은 감정의 (재)발견이라고 할 만하다.

① [김기림 — 인용자] 씨의 이론은 지성과 감성의 절대적 분리, 또 사유하는 두뇌와 감각하는 신경을 기계적으로 절단한, 바꾸어 말하면 A씨의 신경과 B씨의 두뇌에 의하야 생산된 사상이다. 허나 감정이 없는 곳에는 시도 문학도 없는 것이다. (…중략…) 감정이란 정관적 감상이 아니라 행동에의 충동인 것이므로 행동하지 안으랴는 인간에게는 감정(진실한 의미의)은 없는 것이다.[28]

② 그러므로 그들은 감정을 노래함을 경멸하고 감각(감정이 아니라!)을 노래한다. 감정이란 곧 사상에 통하는 것이므로……

따라서 그들은 사상 없는 시, 즉 그들은 시의 대상인 자연이나 인간생활이 사유를 통하야 시적 표현의 길을 밟는 것이 아니라, 감각된 현상을 신경부을

---

27 임화는 김기림의 『오전의 시론』과 장시 『기상도』에 대한 충실한 독자인 동시에 예리한 평자이다. 임화는 김기림의 변화와 한계를 정확하게 지적하고 있다. "전체주의라는 씨의 개념 가운데는 내용과 형식을 동렬에 놓는 등가적 균형론의 여훈(餘薰)이 적지 않음에 불구하고 시 가운데 생활현실이 차지할 중요한 자리를 작만하고[원문대로 — 인용자] 있음은 사실이다."(위의 글, 645면)

28 임화, 「曇天下의 시단 1년」, 『문학의 논리』, 635~636면. 이 글의 강조는 모두 인용자의 것.

[를―인용자] 통하야(두뇌로 가저 오는 것이 아니라) 그것을 그대로 말초부분에 적재해 두고 시의 제작만을 위해서 사유한다는 것이다.[29]

임화는 주지주의 이론에서 지성에 대한 강조가 감각의 특권화로 귀결될 수밖에 없음을 지적하고 있다. 주지주의는 지성과 감각의 분열, 두뇌와 신경의 분리로 이어지기 때문에 인간의 종합적인 표현으로서의 시에는 도달하지 못한다. 지성에 의한 감각의 특권화는 통합적인 주체의 건설을 근원적으로 방해한다. 그렇다면 임화가 내세우는 통합적이고 매개적인 인간 능력은 무엇인가. 감정이 그것이다. 주지주의의 지성이 비행동의 행동을 내세우며 한낱 감각의 차원으로 치닫고 말았다면, 감정은 인간적 진실의 토대이며 행동의 원천이며 사상으로 이어지는 통로이다. 임화의 감정은 내면적으로는 사상으로의 통로이며 외부적으로는 행동의 토대로 그 위상이 마련된다. 거칠게나마 비유를 하자면 칸트의 감성적 직관에 가까운 양상으로 제시된다. "감정이 없는 곳에는 시도 문학도 없는 것"이라는 말에서 알 수 있듯이 감정은 생활과 사상을 통합하여 문학적 표현에 이르게 하는 인간의 능력이다. 달리 말하면 임화는 감정에서 통합된 주체성의 근거를 발견하고 있는 것이다.[30] 기교주의와 관련된 논의는 김기림에게 모랄의 획득 및 문명비판과 관련된 리얼리티의 중요성을 가져다 주었고, 임화에게는 감정에 근거해서 주체성의 근거를 다시 고찰할 수 있는 계기를 제공해 주었다.

---

29 위의 글, 626면. 행간 일부 조정.
30 기교주의와 관련된 논의에서 보이는 '감정의 발견'을 위대한 낭만정신과 관련지을 수 있다는 견해에 관해서는 오형엽, 『한국근대시론의 구조적 연구』, 태학사, 1999, 65~75면 참조.

3. 분열된 주체의 자기관찰

김기림이 풍자에 대해서 의견을 표명한 것은, 주지적 태도를 바탕으로 문명비판을 모색하던 1933년의 일이다. 전 세계적으로 정치적 억압이 가중되고 있었고 서구의 지식인들이 문화적 연대를 모색하는 상황이었다. 정치적 억압과 문화적 야만이 예견되는 상황을 두고, 김기림은 지식인에게 주어질 수 있는 세 가지의 가능성을 검토한다. 정치적 권력에 굴복하고 추종하는 것, 억압적 현실로부터 도피하는 것, 지성을 억압하는 현실로부터 도망가지도 않고 대결하지도 않으면서 거리를 두고 냉정히 관찰하는 풍자의 방법.[31] 대상과 거리를 두고 객관적인 관찰을 견지하는 주지적 태도가 고스란히 풍자의 방법으로 이어져 있음을 한눈에 알아 볼 수 있다. 김기림은 가장 현실적인 대안으로 풍자를 제시하고 있지만, 그의 글에서는 조선문단과의 연결고리가 발견되지는 않는다. 세계문학의 차원에서 제출된 제안이었기에 구체성을 확보하기 어려웠던 것이다.

최재서의 「풍자문학론」은 1935년의 문단위기와 관련된다. 1935년의 문단위기론은 카프 해산과 관련된 정치적·문학적 상황의 변화를 말한다. 최재서는 당시의 문단 저널리즘에서 거론되던 문단위기론의 공허함을 지적하고, 문단의 위기가 아니라 문학의 위기가 어느 지점에서 연원하는지를 고찰한다.

사회적 위기와 문학적 위기를 혼동하는 이론을 우리는 흔히 본다. 사회적

31　김기림, 「수필·불안·'가톨리시즘'」, 『김기림 전집』 3, 111~113면; 『신동아』, 1933.3.

위기가 문학적 위기의 주요한 원인이 됨은 다시 말할 것도 없다. 그러나 사회적 위기가 그대로 문학적 위기가 되는 것은 아니다. 사회적 위기가 문학적 위기가 되려면 모든 신념의 상실이 의식화되어야 한다. 즉 사람의 감정생활이 의거할만한 모든 지주가 붕괴하여 무신념이 사람들의 생활태도로 화할 때에 비로소 문학의 위기는 도래한다.[32]

최재서에 의하면, 문단위기론은 두 가지의 측면에서 문제가 있다. 하나는 문단위기론이 폐쇄적인 이분법에 근거하고 있기 때문에 처음부터 해결책이나 탈출구를 제시할 수 없는 논의라는 점이다. 기존의 문단 분류에 의하면 조선문단은 민족주의 문학과 사회주의 문학의 대립구도인데, 민족주의 문학은 사회주의 문학의 압박을 받아 잠식되었고, 사회주의 문학은 사회정세의 변화로 말미암아 활동 불능 상태에 빠졌으니, 조선 문단 전체가 위기에 처한 것이 아닌가라는 것이 문단위기론의 요체이다. 하지만 이분법적인 문단구도를 전제한 상태에서 문단위기론이 논의된다면, 위기의 타개책은 처음부터 논의될 수조차 없다.

문단위기론과 관련된 또 다른 문제는, 문학에 대한 정치사상의 지위를 과대시過大視하여 정치적 위기를 곧바로 문학적 위기라고 승인하는 사고방식이다. 만약 정치사상을 우위에 두고 문학을 하다가 정치가 위기상황에 처하게 되어 문학의 위기가 발생하게 되면, 문학은 위기의 원인인 정치적 위기가 해소될 때까지 속수무책의 상황에 놓이게 될 것이다. 정치적 위기와 문단의 위기와 문학적 위기를 뭉뚱그려서 생각하면, 문학적 위기

---

32 최재서, 「풍자문학론」, 『최재서 평론집』, 청운출판사, 1961, 186~187면.

의 원인과 양상에 대해 객관적인 인식을 가질 수 없게 된다. 정치적 위기가 문학적 위기의 주요한 원인인 것은 분명하지만, 문학적 위기와 사회정치적 위기를 등치시킬 수는 없다는 것이 최재서의 입장이다. 그렇다면 정치의 위기도 아니고 문단의 위기도 아닌, 문학의 위기는 어떠한 것일까. 최재서는 문학적 위기를 창작의사를 가지고 있지만 실제적으로는 창작이 불가능한 상태에서 찾을 수 있다고 진단한다.

작가가 충분한 창작의사를 가지면서도 성실하게 창작할 수 없는 모순상태 —이것이 즉 진정한 의미의 문학적 위기이다. 이 위기에 비한다면 일반적 사회적 위기의 한 변종에 지나지 못하는 문단적 위기—독자가 줄고 책이 팔리지 않고 작가가 빈궁하고 등등—는 오히려 용이한 문제라고 생각한다. 그러면 이상과 같은 문학적 위기가 조선에도 도래하였느냐? 그렇다고 나는 대답한다. 인생 삼십을 지나고서도 오히려 문학 밖에는 없다는 순직하고 강렬한 신념을 가지고 문학에 종사함을 가능케 할 신념과 지지支持가 조선에 있는가? 그는 믿을 뿐 아니라 사랑하고 말할 뿐만 아니라 실천할 만한 대의명분을 가지고 있는가? 그의 순간 순간의 부분적 자아뿐만 아니라 자아 전체를 통일할 만한 태도와 그의 사색생활 뿐만 아니라 생활전체를 규율할 만한 주의나 원리를 가지고 있는가? 아무것도 없다. 그리고 이것을 나는 작가의 허물로 돌릴 생각은 조금도 없다. 이 같은 자아의 파산은 결국 사회적 위기에서 생겨나는 것이기 때문에, 하여튼 조선의 문학적 위기는 창작 불능 내지 좌절의 상태를 가져오기에까지 이르렀다고 나는 본다.[33]

---

33 위의 글, 188면.

피에르 부르디외는 문화가 제도로 자리를 잡기 위해서는 두 가지 차원의 재생산 구조가 마련되어야 함을 지적한 바 있다.[34] 하나는 문화의 물질적 재생산 구조로서, 새로운 작품들이 지속적으로 생산될 수 있는 구조를 말한다. 다른 하나는 문화와 관련된 사회적 신념 또는 정당화 담론의 재생산 구조이다. 문화를 향유할 만한 것이라고 느끼게 하는 사회적 신념의 체계가 지속적으로 재생산되어야 한다는 것이다. 「풍자문학론」에서 최재서는 1930년대 중반의 조선 문단이 문학의 물질적 재생산 구조와 문학적 신념의 재생산 구조에 있어 모두 위기에 처해있음을 지적한다. 최재서가 문학의 위기를 보다 심각하게 감지하는 지점은 문학에 대한 신념의 재생산 구조와 관련된 측면이다. 사회적으로 문학적 신념의 재생산 구조가 위기에 처했고, 개인적으로는 문학적 신념과 열정을 유지할 수 없는 상태에 이르렀다. 결과적으로 "작가가 충분한 창작의사를 가지면서도 성실하게 창작할 수 없는 모순상태"로 대변되는 문학적 위기에 도달한 것이다.

최재서가 말하는 문학적 위기의 본질은 작가가 충분한 창작의사를 가지고 있는데도 창작할 수 없는 모순상태이다. 창작 의욕이 작품의 생산으로 이어지지 않는 단절과 분열의 상태. 그렇다면 타개책은 무엇인가. 최재서는 풍자문학을 제시한다. 최재서의 풍자문학은, 사실을 과장·왜곡하여 대상을 우스꽝스럽게 만들어 웃음 또는 비웃음을 유발한다는, 풍자에 관한 일반적인 규정과는 거리가 멀다. 최재서가 말하는 풍자의 핵심은 자기풍자이며, 자기풍자는 자의식의 분열과 과잉에 대한 자기관찰을 의미한다. 분열된 의식에 대한 자기관찰을 풍자라고 한 것은, 분열된 의식

---

34 Pierre Bourdieu, *The Field of Cultural Production*, London : Polity Press, 1993. 서문과 제1장 참조.

을 관찰하는 과정에서 자신을 비웃을 수밖에 없는 풍자적 상황이 발생하는데, 자신에 대한 조소와 냉소를 넘어서 자기 분열에 대한 자기관찰을 수행해야 한다는 요청을 투영한 것이다.

> 자기풍자는 무엇보다도 현대의 산물이다. 전대엔 생겨날 수 없었던 현대의 독특한 예술형식이다. 왜 그러냐 하면 자기풍자는 자의식의 작용이고 자의식은 자기분열에서 생겨나는데 이 자기분열은 현대에 와서 비로소 결정적으로 형태화하였기 때문이다. 즉 밥을 먹고 장가를 들고 애를 낳고 친구와 교제하는 자아와 가끔 이 자아를 떠나서 먼 곳에서 혹은 높은 곳에서 최고하고 관찰하는 또 하나의 자아—이 두 자아가 대부분의 현대인 속에 동거하면서 소위 동굴의 내란을 일으키고 있다.[35]

자의식, 자기분열, 자기관찰에 관해 이처럼 명료하게 이론적으로 해명한 비평을 찾기란 결코 쉽지 않다. 주지주의문학론이 1930년대의 비평에 도입한 중요한 주제들 가운데 하나가 자의식과 자기분열을 중심으로 하는 심리적 영역에 대한 정당화일 것이다. 「풍자문학론」은 주체에 대한 새로운 모델을 제시하고 있는데, '두 개의 자아로 분리 또는 분열된 주체'가 그것이다.

「풍자문학론」의 핵심은, 현대는 자기분열을 강요당하는 시기이고, 자기분열은 현대인이 벗어날 수 없는 운명이며, 자기분열에 대한 자기관찰자기풍자은 현대예술의 근본적인 조건이라는 점에 있다. 최재서에 의하면,

---

35 위의 글, 194~195면.

분열된 주체는 현대에 들어서서 나타나게 된 현대의 특징이다. 현대가 자기분열로 대변되는 이유는 어디에 있는 것일까. 현대의 과도기적 혼돈성이 그것이다. "현대는 말할 것도 없이 과도기이다. 전통을 그대로 수용할 수도 없고 또 그렇다고 실질적으로 거부할 수도 없는 곤란한 시대이다."[36] 달리 말하면 현대의 가치 혼란, 허무, 무질서가 현대인을 자기분열로 이끈다.[37]

현대가 강요하는 가치혼란으로부터 벗어날 수 있는 방법은 없는 것일까. 현대가 강요하는 혼돈과 허무로부터 탈출하기 위한 방법이 다름 아닌 자기풍자이다. "인생에서 모든 것을 잃어 버렸다 할지라도 그가 만일 그 실망을 해부하여 그 허무를 폭로하고 아울러 그 무가치를 냉소할 지성을 가졌다면 그는 아직도 그 자신의 주인이라고 할 것이다."[38] 자기풍자는 주체성을 확인하기 위한 최저 수준의 방법이자 절차인 것이다. 데카르트가 더 이상 의심할 수 없는 철학적 원리(사유하는 주체)에 도달하기 위해 방법적 회의를 적용했듯이, 최재서는 자기분열에 대한 자기관찰의 과정을 통해서 주체의 최소 근거를 확인하고자 한다. 자기풍자(자기분열에 대한 자기관찰)는 주체의 최저 차원을 확인하고 주체 구성의 자발성과 자생성을 확보하기 위한 방법이다. 1930년대 모더니즘 비평의 원점이, 자기풍자라는 조금은 어색한 명칭 아래에서 마련되고 있었던 것이다.

「풍자문학론」은, 1930년대 비평공간에 주체의 위기와 자기분열의 관

---

36   위의 글, 189면.
37   위의 글, 192면. "현대인의 심리를 짙으게 물들이고 있는 공통적 특색은 인생에 대한 실망, 그리고 거기에서 생겨나는 허무감과 무가치감이다. 그들의 대부분은 겨우 생존하여 나가는 외엔 아무런 희망도 갖지 못하였다."
38   위의 글, 193면.

찰이라는 문제의식이 도입되는 장면을 명료하게 보여주고 있다는 점에 매우 큰 의미를 갖는다. 최재서가 도입한 자기분열의 수사학은, 1936년 이후 임화의 비평에서는 '말 하려는 것과 그리려는 것의 분열'이라는 비평적 주제로 재구성된다. 한때 리얼리즘을 사이에 두고 최재서와 대척적인 지점에 서기도 했던 임화는, 자기분열의 현실적 토대를 제시하며 다음과 같이 설명한 바 있다.

① 다시 말하면 외향外向과 내성內省은 본래 대립되는 방향임에 불구하고 한 시대에 두 경향이 한 가지로 발생하는 때는 그 종자種子들을 배태하는 어떤 기초에 단일성을 생각하지 않을 수 없는 것이다. 나는 이것을 작가의 내부에 있어서 말할려는 것과 그릴랴는 것과의 분열에 있지 않은가 하고 생각한다. 더 자세히 말하자면 작가가 주장할랴는 바를 표현할랴면 묘사되는 세계가 그것과 부합되지 않고, 묘사되는 세계를 충실하게 살리려면 작가의 생각이 그것과 일치할 수 없는 상태다.[39]

② 자기분열이란 것을 심리의 분열이라 생각할 것이 아니라 실상은 분열된 세계, 과도적 이중 세계의 심리적 반영으로 파악하지 안흘 수 없다. (…중략…) 그러므로 자기분열의 극복은 결코 내부의 상극相剋, 양심의 가책, 고발의 쾌감으로 달성되는 것이 아니다. 분열된 자기에 의한 자기분열에의 항쟁 그것은 한 개의 순환논리이다.[40]

---

39 임화, 「세태소설론」, 『문학의 논리』, 346면. 단락 구분 적용하지 않고 인용.
40 임화, 「현대문학의 정신적 기축─주체의 재건과 현실의 의의」, 『문학의 논리』, 115~116면.

임화는 자기분열의 수사학을 작가나 문단의 차원이 아니라 현실세계의 차원으로 확대·심화하고 있다. 의식이란 의식된 존재 이외에 아무 것도 아니라는 마르크스주의 인식론의 테제에 입각하여, 임화는 자기분열이 단순히 심리의 분열이 아니라 현실 세계의 반영이라고 파악한다. 자기분열은 분열된 현실 세계의 심리적 반영이다. 분열된 세계의 심리적 반영이 주체의 분열로 나타났다는 주장은, 「세태소설론」과 「본격소설론」 등을 통하여 작가의 의도와 묘사되는 대상의 불일치라는 논의를 통해서 지속적으로 제기된다. 최재서가 제기한 자기분열의 문제의식은, 1930년대 중반 임화의 비평에서 주체의 재건과 리얼리즘 논의를 통해서 심화 확대된다.

4. 실재주의로서의 리얼리즘, 또는 리얼리즘의 탈脫중심화

1936년은 모더니즘의 해였다. 김기림의 『기상도』, 이상의 「날개」, 박태원의 『천변풍경』이 발표되었고, 최재서는 세 작가의 작품에 관하여 두 편의 탁월한 비평을 제출했다. 최재서는 「현대시의 생리와 성격」에서 『기상도』가 여러 현대시와 마찬가지로 통일된 주제를 가지지 않는다는 점을 지적하면서, 시의 주제를 파악하고자 하는 전통적인 접근방법으로는 이해하기가 어려우니 시에 적용된 기교에 주목할 것을 요청한다. 또한 『기상도』의 사실성은 신문 기사의 사실성이며, 작품에서 보이는 심리적 이동은 접속사의 생략을 통해서 제시된다는 점을 지적하면서, 날카로운 비평적 감각을 드러낸 바 있다.

시인은 대상과 독자 사이에 시인 자신의 주관의 베일을 될 수 있는대로 거두어 치워버리려고 한다. '그래서'라든지 '그러니까'라든지 '그리고'라는 등속의 접속사를 생략함은 물론, 한 심리상태에서 다른 심리상태로 이동하여 가는 경로에 대한 설명까지도 절약하여 버린다. 이것은 현대파 시인들이 즐겨 사용하는 수법이어서 가장 유명한 실례는 영국의 엘리웃트이다.[41]

이상과 박태원의 소설에 대한 최재서의 비평적 반응은 매우 민감한 것이었다. 『조광』에 「날개」가 발표된 것은 1936년 9월의 일이었고, 『천변풍경』은 같은 해 8월부터 10월까지 같은 지면에 연재되었다. 「날개」와 『천변풍경』이 발표되자마자, 최재서는 비평 「리얼리즘의 확대와 심화」『조선일보』, 1936.10.3~11.7를 내어놓는다. 그의 배후에 주지주의 문학이론이 자리를 잡고 있었기에 가능한 일이었다. 누가 보더라도 「날개」와 『천변풍경』은 모더니즘 계열의 작품이다. 이상을 신심리주의나 초현실주의와 관련해서, 박태원을 제임스 조이스와 관련해서, 논의할 수 있다는 사실을 최재서가 모르지 않았을 것이다. 그런데 그는 두 작품을 모더니즘이 아니라 리얼리즘으로 묶어서 비평을 발표한다.

『천변풍경』은 도회의 일각에 움즉이고 있는 세태인정을 그렸고 「날개」는 고도로 지식화한 소피스트의 주관세계를 그렸다. 그러나 관찰의 태도와 및 묘사의 수법에 잇어서 이 두 작품은 공통되는 특색을 갖이고 있다. 즉 그들은 될 수 있는 대로 주관을 떠나 대상을 보랴고 하였다. 그 결과는 박 씨는 객관

---

41 최재서, 「현대시의 생리와 성격 – 장편시 『기상도』에 대한 소고찰」, 『문학과 지성』, 79면; 『조선일보』, 1936.8.21~27.

적 태도로써 객관을 보았고 이씨는 객관적 태도로써 주관을 보았다. 이것은 현대 세계문학의 2대 경향—리아리즘의 확대와 리아리즘의 심화를 어느 정도까지 대표하는 것이니 우리에게 대단히 흥미있는 문제를 제공한다.[42]

최재서가 「날개」와 『천변풍경』을 함께 논의할 수 있었던 근거는 크게 두 가지이다. 하나는 현대 세계문학과의 관련성이다. 「날개」와 『천변풍경』은 현대 세계문학의 경향(리얼리즘의 심화와 확대)을 동시적으로 반영하고 있는 조선문학이다. 다른 하나는 객관적 태도이다. 이상과 박태원은 주관을 떠나서 대상을 관찰하려는 태도 즉 객관적 태도를 공유하고 있다는 것이다. 그렇다면 「날개」와 『천변풍경』을 아우르는 리얼리즘이란 어떠한 것인가. 최재서에 의하면, 리얼리즘이란 소재나 재료의 문제가 아니라 관찰 태도의 문제이다. 두 작품이 '카메라의 눈'과 같은 객관적 관찰의 태도를 가지고 있기에 리얼리즘으로 포괄할 수 있다는 것이다. 「날개」가 지식인의 심리를 리얼하게 그려냈다면, 『천변풍경』은 천변 주변의 일상적인 삶의 모습을 리얼하게 그려냈다는 것. 이를 두고 최재서는 엉뚱하게도 리얼리즘의 심화와 확대라고 불렀던 것이다.

예술적 리아리티는 외부세계 혹은 내부세계에만 한(限)해 있는 것이 아니다. 그 어느 것이나 객관적 태도로서 관찰하는 데 리아리티는 생겨난다. 문제는 재료에 있는 것이 아니라 보는 눈에 있다.[43]

---

42 위의 글, 98~99면.
43 최재서, 「'천변풍경'과 '날개'에 관하야—리얼리즘의 확대와 심화」, 『문학과 지성』, 100면; 『조선일보』, 1936.10.3~11.7.

누가 보더라도 리얼리즘으로 분류될 수 없는 작품들을 두고 버젓이 리얼리즘이라고 말하기. 최재서의 비평적 전략은 무엇이었을까. 무엇보다도 카프1925~35가 10년 동안 조선의 문단에서 주도적인 역할을 담당했다는 사실을 감안할 필요가 있다. 카프는 창작방법으로서 리얼리즘을 지속적으로 제기해 왔고, 소설 방면에서는 『고향』, 『황혼』, 『인간문제』 등의 문학적 성취를 제출한 바 있다. 그 과정에서 리얼리즘은 계급문학의 성역이며, 리얼리즘의 목록은 카프에서 제시하는 현실의 목록빈궁, 파업, 착취, 계급투쟁 등이라는, 지배적인 비평 규약이 자리를 잡았다. 최재서는 계급문학만이 리얼리즘이라는 규약, 리얼리즘의 세부적 현실성은 빈궁·파업·착취·계급투쟁 등으로 제시된다는 규약, 더 나아가서는 카프가 리얼리즘을 배타적 독점적으로 규정하고 있는 상황에 대해, 비평적 개입을 시도하고 있는 것이다.

> 우리는 「날개」에서 우리 문단에 드물게 보는 리아리즘의 심화를 갖었다. 현대의 분열과 모순에 이만큼 고민한 개성도 없거니와 그 고민을 부질없이 영탄치 않고 이만큼 실재화實在化한 예를 보지 못한다.[44]

그렇다면 비평적 개입의 지점은 어디인가. 리얼리즘에 관한 번역어의 문제가 가로놓여있다. 조선어의 어떤 단어를 머릿속에 떠올리면서 리얼리즘이라는 비평 용어를 사용하고 있는가 하는 문제. 리얼리즘과 관련된 번역의 무의식을 문제 삼고 있는 것이다. 임화의 경우 리얼리즘의 번역어

---

44 위의 글, 111면.

에 대한 자의식을 노출하지는 않았지만, 1930년대 중반의 「사실주의의 재인식」과 같은 글에 주목한다면 그가 리얼의 번역어로서 '사실' 또는 '현실'을 채택하고 있음을 알 수 있다. 반면에 김기림의 경우에는 뉘앙스의 복잡성을 고려하면서 리얼의 번역어로 '진실'에 무게를 두고 있음을 고백한 바 있다.[45] 그렇다면 최재서가 선택한 리얼의 번역어는 무엇일까. 다름 아닌 '실재'이다.[46]

리아리즘을 말하는 그들에게 웨그리 제스츄어와 악센트가 많은가? 그것은 리아리즘이 무엇보다도 존엄한 문학이기 때문이다. (…중략…) 그들에게 있어서 리아리즘은 일종의 「타부」이다. (…중략…) 리아리즘은 실재를 그리는 문학이라 드럿다. 그러나 그들은 결코 실재주의實在主義라곤 한번도 불르지 않었다. 그것은 너무도 실재적하게 들리닛까 즉 비속하게 들리니까.[47]

「리얼리즘의 확대와 심화」는 카프 비평가들의 격렬한 비판을 받게 되는데, 그 저변에는 카프의 리얼리즘이 상정하고 있던 유물론적 전제를 최

45　김기림, 「예술에 있어서의 '리얼리티'·'모랄' 문제」, 『김기림 전집』 3, 116면. "굳이 역하려고 하면 내가 의미하는 「리얼리티」는 현실이라는 말보다 진실이라는 말에 더 가까운 것 같다."

46　최재서의 글에서 실재라는 용어가 중요하게 사용된 것은 T. E. 흄의 불연속적 실재관 (discontinuity in reality)에 대한 소개에서이다. "흄은 이 같은 혼란한 우주관을 버리고 실재를 있는 그대로 즉 자연 가운데에 있는 단절을 엄연한 사실로서 보라고 한다. 그는 이 같은 그의 「불연속적 실재관」을 맨드러 낸 것이다."(최재서, 「현대 주지주의 문학이론」, 『문학과 지성』, 3면) 흄의 불연속적 실재관에 의하면 세계는 수학적·물리적 영역, 생명과 심리의 영역, 윤리와 종교의 영역으로 나뉘어져 있다. 물론 최재서의 리얼리즘론이 흄의 실재론을 직접적으로 적용한 것은 아니다. 하지만 실재가 물질적 세계에 한정되지 않고 수(數), 심리, 도덕 등 관념과 의식의 영역을 포함한다는 생각의 저변에 흄의 실재관이 가로 놓여 있었던 것은 분명한 사실이다.

47　최재서, 「리아리즘의 羽化登仙」, 『문학과 지성』, 297면.

재서가 심각하게 건드렸다는 이유가 가로 놓여 있다. 레닌의 『유물론과 경험비판론』에서 알 수 있듯이, 의식 바깥에 위치한 제3의 실재로서의 사물을 인정하는가의 여부를 따져서 관념론과 유물론을 구별하는 방식은, 시각과 촉각에 근거하여 현실을 규정하게 된다. 달리 말하면 심리, 언어, 관념 등은 유물론적인 현실성 바깥에 놓이게 된다. 최재서의 비평은 「날개」에 등장하는 지식인의 심리를 유물론적인 근거를 가진 현실이나 사실로 인정할 수 있는가라는 문제를 제기하고 있는 것이다. 심리나 의식은 현실이나 사실일 수 없다는 태도에 대한 문제 제기인 셈이다. 최재서는 묻는다, 심리나 의식이 실재하지 않는다는 말인가?

최재서 비평이 문제적이었던 이유는, 상하부구조론에 근거하여 문학작품을 독해하는 방식과 관련해서, 카프와는 다른 독해가능성을 지속적으로 환기하고 있었기 때문이다. 상하부구조론에 의하면, 사회는 경제적 토대와 이데올로기적 상부구조로 이루어져 있으며, 경제적 토대는 상부구조를 포괄적으로 규정하고 상부구조는 각자의 형식에 따라 토대를 반영한다. 최재서의 비평은 말한다. 지금 우리의 현실 속에 이상의 「날개」라는 작품이 엄연히 존재하고 있다. 이 작품은 조선의 현실이라는 토대를 반영하고 있는 이데올로기문학작품이다. 자의식 과잉과 의식의 분열로 점철된 작품이 출현했다면, 그 작품이 반영하고 있는 현실이 조선의 그 어딘가에 존재하고 있을 것이라고. 따라서 카프의 비평가들이 인정하지 않는 현실이라고 해서, 리얼리즘에 대한 유물론적 목록에서 제시되지 않은 현실이라고 해서, 아예 조선의 현실이 아니라고 부정할 수는 없다는 것이다.

최재서는 상부구조에 속하는 문학작품을 하부구조인 경제적 토대를 반영하고 있는 징후로서 읽어내고 있다. 일종의 전도를 끌어들이고 있는 것이다. 객관적인 현실이 먼저 있고 그 반영으로서 작품이 씌어지기도 하지만, 어떤 작품이 존재한다면 그 작품이 지시하는 현실이 조선사회의 그 어느 곳에 실제로 존재하고 있지 않겠는가. 한 편의 작품은 그 작품이 반영하고 있는 현실이 존재한다는 것을 드러내는 징후가 아니겠는가. 「날개」처럼 지식인의 심리를 그린 작품이 있다면, 『천변풍경』처럼 청계천 부근의 일상을 그린 작품이 있다면, 그러한 작품들의 존재는 그 작품들이 반영하고 있는 현실이 실재한다는 증거 내지 징후가 된다는 것.

현대의 분열과 모순에 이만큼 고민한 개성도 없거니와 그 고민을 부질없이 영탄치 않고 이만큼 실재화한 예를 보지 못한다.[48]

최재서의 논의 저변에는 리얼리즘의 번역어로 실재주의를 적용하는 문제와 경제적 토대의 징후로서 문학작품을 바라보는 시선이 가로 놓여 있다. 최재서에 의하면, 그 동안 리얼리즘은 사실주의나 현실주의로 번역되어 왔지만, 실재주의로도 번역될 수 있다. 또한 한 편의 작품은 경제적 토대의 이데올로기적 반영이기도 하지만, 그 어떤 작품의 존재는 그 작품이 반영하고 있는 현실이 실재한다는 사실에 대한 징후이기도 하다. 최재서가 왜 이런 주장을 해야 했을까. 계급문학의 리얼리즘을 비평의 기준으로 승인하게 되면, 모더니즘 작품들은 비非현실 내지 비非사실이라는 평가를 받을 수밖에 없다. 이러한 상황에서 그는 모더니즘 작품에 현실성 또는 실재성을 부여하고자 했던 것이다. 「날개」와 『천변풍경』은 현실적 근

---

48   최재서, 「리얼리즘의 확대와 심화」, 『문학과 지성』, 111면.

거를 가지고 있는 작품이라는 사실. 단순히 관념이나 기호의 유희도 아니고, 서구 문학작품을 모방한 것도 아니고, 조선의 현실과 관련이 있다는 점을 입증하고자 한 것이다. 괴상한 심리와 무의식을 다룬 작품과 너절한 일상풍경을 다룬 작품의 근거가, 조선의 현실 속에 이미 언제나 자리잡고 있다는 것. 이를 두고 리얼리즘의 탈중심화를 통한 모더니즘 문학의 위상 정립이라고 불러도 크게 틀리지 않을 것이다. 조선의 문학적 편협성리얼리즘을 둘러싼 이론적 엄숙주의을 뚫고 모더니즘을 정위하는 일, 최재서의 비평이 이루어낸 성취 가운데 하나이다.

> 경우에 따라서는 터문이없는 주관 엉뚱한 관념주의를 「레알이즘」 형식 가운데 포장할 수가 있다. 이상씨의 순수한 심리주의를 「레알이즘」의 심화 박태원씨의 파노라마적인 트리뷔알이즘을 「레알이즘」의 확대, 선양하는 것과 가튼 「레알이즘」론이 대도를 활보하지 않는가?[49]

최재서의 리얼리즘론이 가져온 파장은 적지 않았다.[50] 카프 비평가들의 입장에서 보자면 리얼리즘과 관련된 유물론적인 원칙을 흔들어 놓고 리얼리즘의 무정부주의 상태를 초래한 사건이었다. 최재서의 논의를 승인한다면, 「날개」의 심리묘사도 리얼리즘이고 『천변풍경』의 세태묘사도 리얼리즘이어서, 리얼리즘 아닌 것을 찾기가 어려운 상황이 될 터였다.

---

49 임화, 「사실주의의 재인식」, 『문학의 논리』, 73면. 『조선일보』 1937년 10월 9일 자에 처음 발표되었을 때는 "박태원 씨의 순수히 형식적인 정서의 소설을 「레알이즘」의 확대라, 선양하는 사이비 「레알이즘」론이 대도를 활보하지 않는가?"로 되어 있다.

50 최재서의 리얼리즘 논의는 1937년의 신년 문학문제좌담회의 주제로서 다루어졌다. 「문학문제좌담회-레알리즘에 대하야」, 『조선일보』, 1937.1.1 참조. 이 좌담회에는 최재서·유진오·이원조가 참여하였다.

1937년에 제출된, 임화의 최재서 비판은 격렬하다. 관념론적 오류로 점철된 사이비 리얼리즘론이라는 것이다. 하지만 최재서가 제기한 문제는, 그 이후에 씌어진 임화의 비평들 특히 「세태소설론」과 「사실주의의 재인식」에 뚜렷한 흔적으로 남아 있다.

> 이 소설[『천변풍경』 — 인용자]에 대하여는 최재서씨의 논문을 위시하여 이삼의 비평이 씌워졌으나 결국은 『천변풍경』이 「리알이즘」의 확대가 아니냐 하는 「도구마」론에 머무러 버렸다.
> 오히려 문제는 「리알이즘」이 작자의 생각을 떠나 존재할 수 있느냐 없느냐에 있었다.
> 왜 그러냐 하면 『소설가 구보씨의 일일』을 쓴 심리주의자 박태원씨가 『천변풍경』을 쓴 「레알이스트」 박태원씨 — 그것은 어떤 「리알이즘」이든 간에 — 로 변하는 데는 어떤 정신적 이유가 따랐는가를 당연 드러야 한 것이었으므로이다. 그러나 나는 『구보씨의 일일』과 『천변풍경』과의 사이에는 작자 박태원씨의 정신적 변모가 잠재해 있다고 생각지 않는다.
> 똑같은 정신적 입장에서 씌워진 두 개의 작품이라고 보는 게 가장 타당한 관찰일 것이다.[51]

널리 알려진 대로 임화는 1930년대 중반 문학의 위기를 세태소설과 심리소설의 분열에서 찾는다. 최재서가 말한 리얼리즘의 심화와 확대를 심리소설과 세태소설의 분열로 환치시켜 놓은 것이기도 하다. 흥미로운

51　임화, 「세태소설론」, 『문학의 논리』, 350면.

대목은 임화가 『소설가 구보씨의 일일』을 쓴 박태원은 심리주의자로, 『천변풍경』을 쓴 박태원은 리얼리스트로 파악하고 있다는 점이다. 임화는 박태원이 심리주의에서 리얼리즘으로 변모했다고 보지 않고, 박태원에게 심리주의와 리얼리즘이 공존하고 있다고 보아야 한다는 입장을 표명한다. 작가의 세계관 내부에 모순된 세계관들이 공존할 수 있다는, 당시에 사회주의 리얼리즘과 관련해서 널리 거론되던 논변을 박태원에게 적용하고 있는 것이다. 임화가 어느 정도까지 자각하고 있었는지는 알 수 없지만, 1939년의 임화는 『천변풍경』을 리얼리즘으로 인정하고 최재서적인 리얼리즘에 관한 문제를 사유하고 있었던 것이다. 가장 주목해야 할 대목은 "「리알이즘」이 작자의 생각을 떠나 존재할 수 있느냐 없느냐"라는 임화의 물음이다. 이 장면은 임화의 리얼리즘론에 있어서 가장 중요한 방향전환에 해당한다.[52]

5. 현대의 혼돈과 자기형성적 주체―최재서

1934년 8월 최재서는 「현대주지주의문학이론」과 「비평과 과학」을 발표한다. 널리 알려진 대로 흄T. E. Hulme, 엘리엇T. S. Eliot, 리드H. Read, 리처즈I. A. Richards의 이론들을 매우 요령 있게 소개한 글들이다.[53] 반反낭만주

---

52 여기에 대해서는 이 글의 8장 참조.
53 최재서가 참조한 책은 다음과 같다. Hulme의 *Speculation*의 'Humanism and Religious Attitude'와 'Romanticism and Classicism', Eliot의 경우에는 *Sacred Wood*의 'Tradi -tion and the Individual Talent', Read의 경우 *Reason and Romanticism*의 'Psychoanaly sis and Criticism'과 *Form in Modern Poetry*, Richards의 경우에는 *Science and Poetry*와 *Principle of Literary Criticism*이다. 김흥규, 「최재서 연구」, 『문학과 역사적 인간』, 창작과

의 · 불연속적 실재관 · 기하학적 예술 등에 관한 흄의 이론이 제시되었고, 개성멸각 · 정서로부터의 도피 · 전통과 역사적 의식에 관한 엘리엇의 논의가 소개되었다. 또한 리드의 논의를 우회해서 프로이트의 심역론心域論과 억압된 것의 귀환이 한국근대비평에 도입되는 계기를 마련했으며, 리처즈와 관련해서는 행동에 대한 준비로서의 태도 형성이 실제의 행동을 대신한다는 비非행동의 행동을 소개하였다. 주지주의로 대변되는 영문학의 이론이 낯설었을 뿐만 아니라, 난해한 이론을 소개하는 단정한 문체와 논리적 구성 또한 낯선 것이었다.[54] 다른 무엇보다도 영문학의 최신이론인 주지주의 문학이론을 세계적 동시성의 수준에서 다루고 있다는 사실 자체가, 식민지 조선의 문학에서는 현대성이었고 또 다른 놀라움이었다.

알려진 것과는 달리, 최재서가 주지주의 문학론을 조선의 문단에 발표한 것은 「현대주지주의 문학이론」과 그 속편인 「비평과 과학」 두 편의 글밖에 없다. 그 이후 주지주의에 관한 논의는 당시 일본에서 간행되었던 『영문학연구』, 『사상思想』, 『개조改造』 등에 발표된 글들을 통해서 이루어진다.[55] 조선에서 발표된 「현대주지주의 문학이론」과 「비평과 과학」이 소개의 수준에 해당한다면, 일본에 발표된 비평과 논문은 비평이론의 수립을 통한 완

비평, 1980, 276~322면 참조.

54 김윤식은 최재서의 비평 문체에 대해 다음과 같이 말한 바 있다. "간결 · 명확한 비평문체의 확립을 들 것이다. 그의 문체 속에는 의미전달을 저해하는 일체의 요소가 배제되어 있다. (…중략…) 최재서의 문장은 건축미를 지닌 간결체로서 정확성에 철(徹)해 있다." 김윤식, 「최재서론」, 『현대문학』, 1966.3, 288면.

55 「T. E. 흄의 비평적 사상」(『사상』, 1934.12), 「영국평단의 동향」(『개조』, 1936.3, 『최재서 평론집』에서는 「문학과 모랄」로 개제), 「현대비평에 있어서의 개성의 문제」(『영문학연구』, 1936.4), 「헉슬리의 풍자소설」(『개조』, 1937.2), 「비평과 모랄의 문제」(『개조』, 1938.8), 「현대비평의 성격」(『영문학연구』, 1939.4) 등이 있다. 이 글들은 1938년에 간행된 비평집 『문학과 지성』에는 수록되지 않았고, 1960년에 출간된 『최재서 평론집』에 김활의 번역으로 수록되었다.

전한 개성 추구라는 최재서 고유의 문제의식이 고스란히 드러난다.[56]

> 그러나 [현대문학現代文學의 혼돈성渾沌性의—인용자] 대원인大原因은 결국結局
> 현대사회現代社會 자체自體의 특질特質—과도기적過渡期的 혼돈성渾沌性이라고 나는
> 생각한다. 그리고 혼돈渾沌 가운데로부터 주지주의主知主義 문학이론文學理論이 일
> 보일보一步一步 건설建設되어 갈 것을 우리는 믿는다.[57]

최재서는 조선에서 발표한 「현대주지주의 문학이론」에서도 흄을 첫
머리에서 다루었고, 일본에서 발표된 주지주의 관련 논문 「T. E. Hul-
me의 비평적批評的 사상思想」에서도 흄의 사상을 집중적으로 다룬 바 있다.
최재서에게 흄의 사상은 현대의 역사철학에 해당하는 것이었다. 현대란
어떠한 성격의 시대인가라는 물음에 대해서만큼은 최재서는 흄의 사상에
거의 전적으로 동의하고 있는데, 최재서가 읽은 흄에 의하면 현대는 모랄
moral이 부재하는 과도기적 혼돈성의 시대로 규정된다. 현대의 과도기적
혼돈 때문에 "우리는 지금 아낌없이 생을 낭비하고 있다".[58] 현대의 과도
기적 혼동성으로부터 비평의 과제가 연역되는데, 최재서에 의하면 비평
은 현대의 모랄 결핍을 보충하는 동시에 삶의 낭비를 최소화할 수 있는
심리적 조직을 모색하는 과정에 해당한다. 비평을 통한 모랄의 획득은,
현대의 혼돈과 결핍을 보충하는 과정인 동시에, 삶의 통일적 원리를 정립
하는 과정이며, 비평의 원리를 수립하는 과정이 된다. 모랄의 발견을 통

---

56 졸고, 沈正明 譯, 「崔載瑞の批評と東アジアモダニズムのコンタクト・ゾーン」, 『言語
　　社會』14, 一橋大學院 言語社會研究科, 2020, 42~63면 참조.
57 최재서, 「현대주지주의문학이론」, 『문학과 지성』, 1면.
58 최재서, 「비평과 과학」, 『문학과 지성』, 39면.

한 주체의 정립이 최재서 비평의 목표였다.

그렇다면 최재서의 비평론은 어떠한 양상으로 구성되어 있을까, 핵심만 추스르면 다음과 같다. 최재서 비평론의 첫 번째 단계는 '전통'이다. 전통에는 엘리엇의 영향이 감지된다. 전통은 조선이 형성하고 있는 상징적인 질서이며, 창작이나 비평 이전에 존재하는 초월적 실재이다. 두 번째 단계는 전통의 학습과 체득 과정으로서의 '교양'이다. 교양이 형성되는 과정에서, 감성적 차원에서는 취미가 양성되고, 이성적 차원에서는 가치의식이 배양된다. 세 번째 단계는 취미와 가치의식이 합리화논리화되는 '비평'이다. 비평은 지성의 작용에 의해서 이루어지며, 전통·교양·취미·가치의식이 함께 자리를 하는 상징적 장소 개념이다. 네 번째 단계는 비평의 반복적인 수행 결과로서 획득되는 '도그마'이다. 도그마는 문학의 현재와 미래에 대한 신념의 결정結晶이다. 전통·교양·비평·도그마에 이르는 모든 단계들은, 현대사회의 결핍을 보충하고 과도기적 혼돈을 잠재울 수 있는 모랄로 수렴된다.[59] 모랄로 수렴되는 비평의 수사학적 원리를 추동하는 원동력은, 현대적이고 보편적인 주체에 대한 욕망에 있다. 최재서 비평의 수사학적 원리를 요약하면 다음과 같다.

$$
모랄 = \frac{전통-교양-비평(취미와 \ 가치의식)-도그마}{현대적 \cdot 보편적 \ 주체에 \ 대한 \ 욕망}
$$

최재서의 비평에 드리워진 욕망, 삶의 중심적 원리인 모랄을 지닌 자기형성적 주체. 최재서는 자신의 실제비평에서 모랄에 도달할 수 있었을

---

59 졸고, 「최재서 문학비평 연구」, 서울대 석사논문, 1993, 55~57면 참조.

까. 아쉽지만 그렇지 못했다. 최재서의 실제비평에는 동시대 세계문학과의 유비analogy가 작동하고 있다. 김기림의 『기상도』와 엘리엇의 『황무지』, 이상의 「날개」와 초현실주의, 『단층』의 소설과 심리주의 소설, 김남천의 『대하』와 토마스 만의 『붓덴부르크 일가』, 임화의 시집 『현해탄』과 휴머니즘 등에서 최재서는 세계문학과 조선문학의 유비를 읽어낸다.[60] 세계문학과 조선문학의 유비 관계는 조선문학의 세계적 동시성을 입증하기 위한 수사학적 장치였던 셈이다. 하지만 조선의 문학에서는 현대적 지성과 모랄이 발견되지 않았다. 『기상도』는 작품에 전체적인 질서를 부여하는 지성이 부족하고, 「날개」는 탁월한 심리묘사에도 불구하고 모랄이 발견되지 않는다. 『단층』의 소설들에서는 마르크스주의와 프로이트주의를 결합하려는 의도가 실패한 기법 실험의 모습으로 나타날 뿐이었다.

우리는 언제든지 륜돈[런던 - 인용자]이나 파리의 청년을 만나 악수하고 환담할만한 의식만은 가지고 싶은 일이다. 어학력이야 부족하든 의복이야 초라하든 그를 만나 십년지기와 같은 공감성을 가지고 정신적 교우를 맺을 만한 수준엔 올라서고 싶다. 지성의 진보와 지적 양심의 순화를 떠나서 작가의 모랄을 상상할 수 없다. 세계에 지식을 구하고 그 전체적 설계도 안에 자기의 지위를 설정하고 이리하야 자기의 비소한 자아를 역사적 진전의 코-스위에 올려놓려는 지적 노력을 떠나 작가의 모랄도 따라서 생명도 없다.[61]

---

60 최재서, 「현대시의 생리와 성격 - 장편시 『기상도』에 대한 소고찰」, 『문학과 지성』, 75~97면; 「고 이상의 예술」, 위의 책, 113~119면; 「'단층'파의 심리주의적 경향」, 위의 책, 181~187면; 「가족사 소설의 이념 - 현대소설연구 2」, 『인문평론』, 1940.2; 「시와 휴머니즘 - 임화의 시집 현해탄'을 읽고」, 『동아일보』, 1938.3.25.
61 최재서, 「메가로포리타니즘」, 『문학과 지성』, 283면.

지성은 현대의 모랄 결핍과 과도기적 혼돈을 극복하기 위한 주요한 근거이다. 세계문학의 보편성을 동시성의 수준에서 확보하려는 태도와, 세계문학의 과제에 충실하려는 지적 성실성을, 최재서는 현대적 지성이라는 용어로 표현한 바 있다. 세계문학과의 동시성을 현대성이라고 한다면, 세계문학적 주제와의 소통을 보편성이라고 한다면, 최재서는 지성에 근거하여 현대성과 보편성을 통합하는 주체를 욕망했다. 그러한 주체에서만이 현대의 모랄이 가능할 것이기 때문이다.

최재서로서는 지성을 통한 모랄의 추구가 조선의 문학작품에 나타나기를 간절하게 욕망했겠지만, 당시의 작품 창작은 최재서의 논의를 뒷받침해주지 않았다. 특히 초기의 모더니즘 경향에서 이탈하여 동방정취에로 관심을 옮겨간 정지용과 이태준은 문제적인 작가들이었다. 최재서는 이들에 대해 기본적인 지력은 갖추었지만 세계문학의 과제와 동시적으로 소통할 수 있는 현대적 지성을 결여하고 있다고 비판한다.[62] 최재서의 바람과는 달리, 정지용과 이태준은 세계문학과의 동시성을 유지하던 입장에서 이탈하였고, 동양정취의 세계 또는 풍류인간의 수준으로 퇴행하고 있다는 것이다.

그렇다면 백철의 풍류인간과는 다른 인간, 현대성과 보편성을 추구하는 인간형은 어디에서 찾을 수 있을까. 최재서가 발견한 것은, 지적협력국제회의의 지성 옹호와 문화 옹호의 이념이었다. 최재서는 1935년 4월 니스에서 개최된 지적협력국제회의의 보고문을 「이상적 인간에 대한 규정」『조선일보』, 1937.8.23~27이라는 제목으로 번역한 바 있다. 원래의 회의 제

---

[62] 최재서, 「문학·작가·지성」, 『최재서 평론집』, 311면.

목은 "현대인의 형성"이었다. 그렇다면 회의가 개최된 지 2년이나 지난 1937년에 이르러 뒤늦게나마 당시의 보고서를 번역한 이유는 무엇일까. 단순한 발췌 번역문에 지나지 않는 이 글이 비평사적인 의미를 지니는 이유는, 1930년대 후반의 휴머니즘론에 대한 비평적 개입의 성격을 지니기 때문이다. 최재서는 지적협력국제회의의 보고문을 번역하면서 휴머니즘론의 맥락과 연관을 지었는데, 이것은 최재서의 비평이 지향하는 근원적인 가치가 현대성과 보편성에 근거한 주체의 건설에 있다는 사실을 스스로 재확인하려는 제의祭儀적인 몸짓에 가깝다. 새로운 인간형 탐구를 위해 조선적 풍류정신에로 백철이 눈을 돌렸을 때,[63] 이와는 반대의 방향 즉 현대성과 보편성에 입각해서 새로운 인간을 탐색해 보려는 시도가 최재서의 「이상적 인간에 대한 규정」이었던 것이다. 백철이 풍류인간이라는 고대인을 불러냈다면, 최재서는 지성 옹호의 깃발을 내건 현대인을 내세웠던 셈이다.

최재서의 바람과는 달리, 지성 옹호의 이념은 조선의 창작계에 성공적으로 반영되지 않았다. 이태준은 상고尙古주의로, 정지용은 가톨리시즘으로 움직여 나갔다. 이 지점에서 최재서는 "오늘날 지성은 지력의 문제보다는 오히려 태도의 문제"라면서 "지적 노력 – 서구적 의미에서의 교양"을 강조한다.[64] 달리 말하면 지성 옹호라는 세계문학적 동시성으로부터 한 걸음 뒤로 물러나서 교양적 노력을 제시하면서 일종의 버티기에 돌입한 형국이다. 최재서의 버티기는 1년가량 지난 1938년에 이르면 완전히 파탄에 이르고 만다. 지성의 빈곤으로 대변되는 조선의 상황과 대면하게

---

63 백철, 「풍류인간의 문학」, 『조광』, 1937.6.
64 최재서, 「단편작가로서의 이태준」, 『최재서 평론집』, 168~180면.

되고 지성 옹호의 의미 자체를 부정하게 되는 지점에 도달하게 된다.

　　우리에게 절실한 문제는 지성을 어떻게 옹호할가가 아니라, 옹호할 지성
　　이 있느냐 하는 것이다. 정치사정도 유롭과 다를 뿐 아니라 지적 전통에 있
　　어서도 우리는 그들과 사정을 달리한다는 단순한 사실을 고의로 혹은 무의
　　식적으로 무시하는 데서 금일의 지성론의 혼란은 생긴 것이다. (…중략…)
　　우리는 오늘날의 지성론이 지성옹호에서 자극된 것을 솔직하게 시인하면서
　　도 우리는 그 보다도 뒤진 곳에서 (…중략…) 출발치 않으면 안될 것이다.[65]

　최재서에 의하면, 그 동안 우리에게도 당연히 지성이 있다고 전제하고
서구의 지식인들처럼 지성을 어떻게 옹호할 것인가를 고민했다. 그런데
지성 옹호의 이념에서 이탈해 가는 조선의 상황을 보니, 서구의 지식인들
처럼 지성 옹호의 방법을 모색했던 일은 일종의 지적 허영에 불과했다는
것을 자인하지 않을 수 없게 되었다. 왜 이런 상황에 이르게 되었을까. 이
유는 단순하다. 조선에는 애초부터 옹호할 지성이 없었기 때문이다. 최재
서는 고백한다, 조선에서 지성론이 가능했던 것은 서양과는 지적 전통을
달리한다는 명백한 사실을 고의로 무시했기 때문이라고. 조선에서의 지
성론의 시작과 종결이 그러하다면, 최재서의 비평에서도 사정은 마찬가
지일 것이다. 세계문학과의 동시성을 주장했던 최재서의 비평 역시, 서양
과 조선의 차이를 의도적으로든 무의식적으로든 무시하는 데서 가능했을
것이기 때문이다. 세계문학과의 동시성은 근원적으로 불가능한 것이었거

65　최재서, 「문학·작가·지성」, 『최재서 평론집』, 304~305면.

나, 어쩌면 상상의 산물에 불과한 것이었을 지도 모른다. 최재서 비평이 자신의 맨얼굴과 맞닥뜨리게 되는 장면이자, 최재서의 비평이 다시 원점에 서게 되는 장면이다.

우리에게는 애초부터 옹호할 지성이 없다. 따라서 서구와 대등하게 지성 옹호를 운운한다는 것은 애초부터 말도 안 되는 일이었다. 그렇다면 어디에서 다시 시작할 수 있을까. 최재서는 두 가지를 제안한다. 첫 번째는 지금부터 조선적 전통과는 단절한다는 것이고, 두 번째는 지성 옹호 "그 보다도 뒤진 곳"에서 다시 출발한다는 것이다. 지성 옹호보다 뒤진 곳이란 어디일까. 조선의 후진성을 승인하고, 세계적 동시성 추구가 근원적으로 불가능하다는 사실을 인정하고, 옹호할 지성부터 만드는 것. 지성을 옹호하기 위해서 옹호할 지성부터 만들어야 한다는, 비평적 곤경에 최재서가 도달한 것이다.

최재서의 비평 원리를 '전통─교양─지성─모랄'로 압축하여 제시할 수 있다면, 실제비평에서 최재서는 '모랄의 결여─지성의 부재─교양의 결핍─전통부재'를 확인하는 수순을 밟았던 것이다. 이 지점에서 최재서에게 주어진 가능성은 크게 세 가지이다. 첫 번째는 지적 전통을 수립하기 위해 서구적 교양을 축적하는 것이고, 두 번째는 새로운 전통을 탐색하는 것이고, 세 번째는 생리生理적 차원으로 나아가는 것이다.

1943년 8월 제2회 대동아문학자대회를 마치고 돌아오는 길에 유시마湯島의 성당유교를 신앙하는 곳을 보고 최재서는 다음과 같이 말한다. "나는 이제까지 논어를 깊이 읽은 적도 없거니와 유교를 신봉한다고 생각한 일도 없다. 그러나 이 건축과 분위기는 나의 마음에 꼭 들었다. 유교는 나의 혈관을 흐르고 있을 것이다."[66] 세계사적 동시성에 대한 상상적 동일시를 포기한 지점에서 그가 발견한 것은 지성과 전통의 부재였다. 지성과 전통이 부재하는 곳에서 지성과 전통을 만들 수 있을까. 생리적 차원 앞에서 서성거릴 수밖에 없지 않았을까.

6. 세계적 동시성과 노마드적 주체─김기림

이리하여 우리는 가장 결정적인 문제의 하나를 밝혀야 되겠다. 그것은 현실의 문제다. 개념의 정당한 내포內包에 있어서 현실이라 함은 주관까지를 포함한 객관의 어떠한 공간적·시간적 일점을 의미한다. 바꾸어 말하면 그것은 역사적·사회적인 일초점一焦點이며 교차점이다. 현실은 시간적으로 부단히 어떠한 일점에서 다른 일점에로 동요하고 있다. (…중략…) 다만 상대적 의미에서 이렇게 부단히 추이하고 있는 현실을 여실히 포착할 수 있는 주관은 역시 움직이고 있는 주관이 아니면 아니 된다.[67]

1931년에 쓰여진 「시와 인식」에는 김기림의 비평이 전제하고 있는 주체의 자기 이미지 또는 주체의 위상이 제시되어 있다. 먼저 김기림은 현실과 주체의 위상을 설명하기 위해서 시간과 공간을 좌표축으로 하는 평면을 상상할 것을 제안한다. 김기림이 말하는 현실은 사회나 세계나 세태 등의 개념들로 환원되지 않는다. 현실은 시간과 공간을 좌표축으로 하는 평면에

---

66 최재서, 「대동아의식의 눈뜸」, 『국민문학』, 1943.10, 137면; 김윤식, 『한국근대문학사상연구』 1, 일지사, 1984, 280~281면에서 재인용.
67 김기림, 「시와 인식」, 『김기림 전집』 2, 77면.

마련된 하나의 초점이거나, 시간의 선과 공간의 선이 교차하는 점으로 표상된다. 현실은 시공간 평면 위의 교차점에 머물러 있지 않고, 하나의 점에서 다른 점으로 끊임없이 움직인다. 따라서 현실은 요동하면서 움직이는 선 또는 그래프의 모습으로 표상된다. 현실은 주체의 장소이다. 따라서 주체주관 역시 현실과 같은 위상, 즉 시공간 평면에 마련된 하나의 점이라는 위상을 갖는다. 현실이 하나의 점에서 다른 점으로 지속적으로 움직여가기 때문에, 현실을 관찰하는 주체 역시 끊임없이 이동하고 운동한다. 시간과 공간의 좌표축 위에서 끊임없이 움직이는 현실을 관찰하며 스스로의 위상을 지속적으로 이동하는 주체. 시간과 공간의 좌표축 위에 궤적을 남기며 이동하는 점點은, 김기림이 상상하는 주체의 자기 이미지이다.[68]

우리는 한 개의 종점終點이오 동시에 출발점이다. 과거는 이 한 점에서 퇴각하고 내일은 이 한 점에서 밝아 올 것이다 우리에게는 지금까지의 역사상의 모든 수확를[을의 오기 – 인용자] 소유할 권리가 있다. 동시에 그 위에 무엇이고 「프라스」할 의무도 있다. 이는 시의 나라에 입적하려는 시민의 최초의 권리요 의무다.[69]

시공간 평면 위의 점으로 표상되는 주체는 역사에 의해 규정되거나 과

---

68 전체시의 방향성을 점검하는 글에서도 좌표 위의 그래프와 관련된, 김기림 특유의 사고 방식을 발견할 수 있다. "1930년 직전의 경향시는 암만해도 내용편중에 빠졌던 것 같고 그것이 기교를 의식하고 내용과 기교를 통일한 한 전체로서의 시에 도달하는 것은 오히려 그 뒤의 과제가 아니엇던가 생각한다. 나는 물론 우(右)로부터 기울어지는 전체성의 시를 그려보았다. 경향시가 만약에 금후 전체성의 선을 좇아서 발전을 꾀한다고 하면 그것은 물론 좌(左)로부터의 선일 것이다. 이 두 선이 어떠한 지점에서 서로 만날까, 또는 반발할까는 그 뒤의 과제다." 김기림, 「시와 현실」, 『김기림 전집』 2, 102면.
69 김기림, 「시의 시간성」, 『김기림 전집』 2, 157면; 『조선일보』, 1935.4.21~23.

거에 종속되지 않는다. 하나의 점으로서의 주체 내부에는 과거와의 종결단절과 미래를 향한 시작출발이라는 계기가 잠재적으로 공존한다. 운동하는 현실을 동시적으로 관찰하기 위해서 주체는 끊임없이 자신의 과거와 단절하고 미래를 향해 출발한다. 김기림의 주체는 시공간 평면 위에 그 위상이 마련되기 때문에 국가나 민족의 경계에 의해 분할되지 않으며 자신의 역사에 종속되지 않는다. 따라서 김기림의 주체는 인류 역사상의 모든 수확을 소유할 권리를 가지며, 인류의 수확 위에 무언가를 더할플러스할 의무를 지닌다.

시공간 평면 위를 움직이는 주체로 대변되는 김기림적 주체의 위상학은 그의 실제 비평에서도 확인된다. 앞에서 살펴보았듯이, 1930년대 초반의 김기림은 제1차 세계대전과 관련된 문명사적 위기의 원인으로 낭만주의의 연속적 세계관을 지목한 바 있다. 따라서 흄의 신고전주의가 표방하는 주지적 태도와 불연속적 세계관을 수용한다. 하지만 흄의 신고전주의가 기하학적 예술과 반인간주의를 표방하며 생명이나 감정과 같은 인간적인 주제를 배제하게 되자, 이번에는 신고전주의에 대해서는 거리를 두고 휴머니즘과 낭만주의에 밀착하는 모습을 보인다. 이와 같은 이론적인 변모는 김기림이 자신의 주체 이미지, 즉 현실과 함께 끊임없이 움직이는 주체에 대단히 충실했음을 방증하는 것이기도 하다. 김기림은 세계를 시공간을 좌표축으로 하는 평면으로 치환하고, 세계라는 시공간 위에 주체의 위상을 설정한다. 따라서 김기림의 주체는 세계와의 동시성 및 공속성이라는 원리에 의해 구성된다.

세계와의 동시성과 공속성을 유지한 주체는, 김기림 문학과 비평의 근원적인 사유 이미지이다. 김기림의 주체는 현실대상과의 비판적인 거리를 확보하고 현실을 세심하게 관찰한다. 그리고 관찰대상인 현실에서 긍정적인 요소와 부정적인 요소를 분리하고, 그 가운데에서 긍정적인 요소들을 조합 또는 종합하는 방법을 취한다. 현실대상에 대한 관찰, 지성에 의한 가치 분석, 가치들의 조합을 통한 모랄의 수립 등은 김기림 비평의 수사학적 원리이다.

주체의 자기 이미지가 시공간의 평면 위를 끊임없이 움직여가는 하나의 점으로 표상되는 것에서 알 수 있듯이, 하나의 점으로서의 주체가 인류 역사상의 모든 수확을 소유할 권리를 가지는 데에서 짐작할 수 있듯이, 관찰 대상에서 추출한 긍정적인 요소를 조합하여 모랄을 수립하고자 하는 비평의 전략에서 알 수 있듯이, 김기림의 비평에는 내면화를 위한 주체의 장소가 발견되지 않는다. 최재서에게 지성이 주체 형성을 위한 가능성의 중심이었다면, 김기림에게 지성은 현실과 사물을 객관적으로 관찰하는 태도와 방법이다. 최재서의 비평이 지성에 근거하여 내면적 축적의 논리를 추구했다면, 김기림의 지성은 원리상으로는 내면화 또는 신념화와 관련성을 갖지 않는다. 최재서를 두고 정주민定住民의 지성이라고 한다면, 김기림의 지성을 두고 유목민遊牧民적인 지성이라 불러도 좋을 것이다. 그렇다면 김기림의 움직이는 주체를 이끌었던 근원적인 지평은 무엇이었을까. 세계적 동시성, 조선문학과 세계문학의 동시성이 그것이다.

① 문학은 이미 그것을 산출한 한 민족만을 영향함에 그치지 않는다. 사실 문학은 방금 급한 「템포」로 모든 국경을 넘으면서 있다.

문명의 급격한 발전—「라디오」·전송사진·「코메트」의 신기록·장단파의 이용 등등—은 세계의 거리를 날로 단축시키면서 있다. 그래서 세계는 어떤 종류의 정신이든지 어느새 공통하게 소유하고 향유할 수가 있도록 편리하게 되었다. 따라서 각 민족의 문학과 문학 사이에는 통일되는 것, 공통되는 것이 차츰 증가되면서 있는 것은 속일 수 없는 사실이다. (…중략…) 금후 세계의 문학은 더욱더욱 유사성을 많이 나타내는 반면에 어떤 민족의 독특한 문학 성격 같은 것은 차츰 형성되면서 있는 세계문학 속에 해소되고 말지나 않을까.[70]

② 혹은 이 신인[오장환 등 – 인용자]들을 가리켜서 그들의 시작이 선진제국의 다른 시인[장 콕토 – 인용자]들의 모방이라고 하여 비난하는 것을 들은 일이 있다. (…중략…) 같은 모방이라면 「브라우닝」의 모방과 「브르통」의 모방과는 시대적 의미가 다르다. 또 거기에 2년 혹은 3년의 차이가 있다고 하여 곧 늦은 편을 모방자라고 고발하는 것은 너무 경솔한 일이다.

세계문학의 최후의 단계로 향하여 각국의 문학이 서로 서로 국경을 무너뜨리면서 가까워가고 있을 때에 거기에 공통하게 움직이는 어떠한 세계양식을 모방이라고 오진하는 일에는 나는 반대한다.[71]

김기림은 미디어에 근거하여 세계문학을 상상한다. 라디오, 전송사진, 무선통신 등의 전기電氣미디어는 민족문학들 사이의 유사성을 증대시키는 쪽으로 기능한다. 미디어의 발달에 의해서 세계의 시공간 압축이 가속화되고 있으며, 그 결과 세계 각국의 민족문학에서는 공통성과 유사성이 증가하고 있다는 것이다. 이를 두고 김기림은 세계문학이라는 말로 제시한

---

70 김기림, 「장래(將來)할 조선문학은」, 『김기림 전집』 3, 132~133면; 『조선일보』, 1934.11. 14~15.
71 김기림, 「신춘의 조선시단」, 『김기림 전집』 2, 362면; 『조선일보』, 1935.1.2~5.

다. 세계적 수준의 공통적인 문학 양식 즉 세계양식이 확대되는 양상을 보이고 있으며, 그 과정에서 개별 민족들 사이의 문학적 경계는 허물어질 것으로 전망된다. 따라서 조선문학과 세계문학의 관계는 세계양식을 공유하는 관계이지, 발신과 수신의 관계로 환원되지 않는다. 장 콕토의 작품과 오장환의 작품이 유사한 것은 두 작가가 세계양식을 공유하고 있고 세계양식에 근접해 있기 때문이다. 장 콕토가 오장환보다 먼저 발표되었다고 해서 오장환을 서구문학의 모방이라고 볼 수는 없다. 조선문학과 세계문학 사이에 약간의 시차가 있을 수는 있지만, 조선의 신문학은 서구의 문학과 모방적인 영향관계가 아니라, 비트겐슈타인의 용어를 사용하자면 가족유사성을 갖는다.

> 결론으로서 조선문학도 금후 더욱 활발하게 그 자체 속에 세계의식, 세계양식을 구비하면서 세계문학에 가까워질 것이 아닐까. 우리는 또한 조금치도 세계에 대하여 비겁할 필요도 인색할 필요도 없다. 문을 넓게 열고 세계의 공기를 관대하게 탐욕스럽게 맞아들여도 좋을 게다.[72]

전기 미디어와 가족유사성에 근거한 세계문학, 그리고 세계문학과의 동시성과 공속성의 관계에 있는 조선문학, 김기림에게는 시대정신이자 주체의 구성 원리이다.

사실 오늘에 와서 이 이상 우리가 「근대」 또는 그것의 지역적 구현인 서양

---

72 김기림, 「장래(將來)할 조선문학은」, 『김기림 전집』 3, 134면.

을 추구한다는 것은 아무리 보아도 우스워졌다. 「유토피아」는 뒤집어진 세음이 되었다. 구라파 자체도 또 그것을 추구하던 후열의 제국도 지금에 와서는 동등한 공허와 동요와 고민을 가지고 근대의 파산이라는 의외의 국면에 소집된 셈이다.

(…중략…) 이런 의미에서 우리는 오늘을 단순한 서양사의 전환이라고 부르지 않고 보다 더 함축있는 의미에서 세계사의 전환이라고 형용한다. (…중략…) 왜 그러냐 하면 종점에서는 선후의 구별 없이 한데 모여 서게 되는 것이고 동시에 새로운 출발점에서는 한 열에 설 수 있기 때문이다. 우리의 초조와 흥분은 실로 여기 유래하는 것이다.

(…중략…) 차라리 우리는 전보다 더 주밀한 관찰과 반성과 계량計量을 준비할 때다. 우리는 지나간 30년 동안의 우리 자신의 체험을 토대로 「근대」 그것을 다시 은밀하게 검토할 필요가 있겠다. 개인주의·자유주의·민주주의 등등 「근대」의 기초에 가로누운 이른바 근대정신 그것 속에는 물론 버릴 것도 많겠으나 한편 추려서 새 시대에 유산으로 넘길 부분은 무엇 무엇일까.[73]

김기림이 근대의 파산에 대해 매우 민감하고 예리하게 반응할 수 있었던 것도, 세계문학과의 동시성에 대한 추구가 배후에 가로 놓여 있었기 때문이다. 조선문학과 세계문학은 병행적인 관계이지만, 양자 사이에는 약간의 시차 또는 위계가 있는 것이 분명한 사실이었다. 보다 구체적으로 말하자면 김기림의 세계문학은 비동시적인 것의 동시성에 대한 요청이었던 셈이다. 그렇다면 근대의 파산이란 무엇일까. 근대의 파산은 세계문학

---

73   김기림, 「우리 신문학과 근대의식」, 『김기림 전집』 2, 49면; 「조선문학에의 반성」, 『인문평론』, 1940.10.

이 실질적으로는 서구문학이었다는 사실을 보여준 사건이었고, 서구문학 중심의 세계문학에 텅 빈 공백이나 채워야할 결핍이 존재한다는 사실을 보여준 사건이기도 했다.

근대의 파산이란 서구=세계라는 등식이 더 이상 유지될 수 없는 상황을 말한다. 서구문학과 세계문학의 동일성을 승인할 수 없고, 세계문학과 조선문학의 동시성을 상상할 필요가 없으며, 세계문학과 조선문학의 가족유사성을 상상할 근거가 사라진 시대이다. 역설적인 사실은, 근대의 파산에 이르러서 서구문학과 조선문학 사이에 내밀하게 개재되어 있던 시차時差와 위계가 무화되고, 서구문학과 조선문학이 '출발점에서는 한 열에' 서게 되는 동시성의 차원이 펼쳐졌다는 것이다. 김기림은 근대의 파산에서 서구와의 동시성이 종전과는 다른 차원에서 확보되었다는 사실을 읽어내고 있다.

서구와의 상상적 동일시가 붕괴되었을 때 최재서가 지적 전통의 부재를 확인하며 주체성의 붕괴를 경험했다면, 김기림은 근대의 파산을 냉정하게 바라보며 근대의 유산 중에서 버릴 것과 추릴 것이 무엇인지 면밀하게 검토할 것을 제안하고 있다. 근대의 파산에 이르렀지만 김기림의 비평의 원론적 측면들은 변화한 것이 없다.

서양문화가 일정한 거리에까지 물러선 것처럼 동양문화도 한번은 어느 거리 밖에 물러가서 우리들의 새로운 관찰과 평가에 견디어야 할 것이다. 그래서 그것은 우리들의 새로운 태도와 방법으로써 다시 발견되어야 할 것이다.[74]

---

74 김기림, 「동양에 관한 단장」, 『문장』, 1941.4, 214면.

근대의 파산에 이르러 서양이 근대의 특정한 지역적 단위로 그 위상이 재조정되었다면, 이제는 동양 역시 근대의 지역적 단위로서 새롭게 정립되어야 할 것이다. 그렇다면 동양은 어떻게 재발견되어야 할 것인가. 주지적 태도의 다른 이름이라고 할 수 있는, 과학정신이 그 요체이다. 동양의 우울과 허무를 극렬하게 비판했던 김기림이 하나의 가치로서 동양을 재발견하는 장면이다. 1935년에 "지성의 결핍은 동양의 목가적 성격의 결함"이며 동양의 "퇴영적 패배주의적 호소 속에서는 믿을 만한 아무 것도 찾아내지 못 한다"[75]고 말했던 김기림을 기억한다면 모순적이라고 느낄 수도 있을 것이다. 하지만 그의 글에서는 동양에 대한 가치평가가 이처럼 달라진 것에 대한 별다른 자의식이 발견되지 않는다. 김기림의 비평에는 내면화되는 주체의 장소가 마련되어 있지 않으며, 시공간의 좌표축 위에 마련된 하나의 점 위에 현재와 주체를 겹쳐놓았음을 기억한다면, 그다지 새삼스러운 일도 아니다. 임화가 김기림의 비평을 두고 너무나도 시적이며 A씨의 두뇌와 B씨의 신경에 의해 생산된 사상이라고 평가했던 것[76] 또한, 김기림의 비평에는 내면화를 위한 기원起源의 신화가 구성되어 있지 않음을 직관적으로 포착한 것일 수 있다. 시공간의 좌표축 위를 '움직이는 주관', 궁극적으로는 내면화 또는 신념화와는 관련성을 갖지 않는 주체, 이를 두고 탈중심화된 주체성 또는 노마드적 주체성이라고 볼 수도 있지 않을까. 김기림의 비평적 주체는 기원의 신화를 승인하지 않는다. 1930년대 비평에 잠재되어 있던, 또다른 문학사적 풍경이 아닐 수 없다.

---

75 김기림, 「동양인」, 『김기림 전집』 2, 161면; 『조선일보』, 1935.4.25.
76 임화, 「담(曇)천하의 시단 1년」, 『문학의 논리』, 636면.

7. 변증법의 정지 상태와 리얼리즘의 승리

그러나 인간의 역사에 있어서 필연적인 것을 실현하는 것도 인간의 힘이라 할 제, 역사 진행이 마치 필연성을 중단하는 것과 같은 「코오스」를 수풍할 제, 필연성이란 어떻게 되는가? 바꾸어 말하면 이런 경우엔 사실상에 있어 필연성이 중단되는가, 그렇지 않으면 필연성의 행방은 어디서 찾아야 할 것인가?[77]

역사적 변증법의 정지 상태. 1935년 카프 해산 이후 임화의 비평에 나타나는 현실 인식의 핵심이다. 역사의 필연성이 중단되었다고 받아들일 만한 과정코스을 현실에서 생생하게 목도하고 있다고, 임화는 고백하고 있다. 마르크스주의를 통해서 제시된 역사의 필연적 법칙자본주의의 위기, 프롤레타리아 혁명, 사회주의 건설이, 1930년대 중반 조선의 현실에서는 체감되지도 않고 관찰되지도 않는다는 것. 그래서 임화는 묻는다. 역사적 필연성은 어디에 있는가. 역사적 필연성의 행방을 어디서 찾아야 할 것인가. 마르크스주의로 대변되는 역사적 필연성은, 적어도 조선의 현실에서는 그 작동을 중단한 것처럼 보인다. 이러한 상황이 헤겔이 말한 바 있는 이성의 간지에 해당하는 것인지, 아니면 정말로 역사의 필연성이 중단 상태에 이르렀는지, 임화는 판단을 내리지 못하고 있다. 그는 다만 역사적 변증법의 정지 상태와 대면하고 있었던 것이다. 그렇다면 변증법의 정지 상태에서 무엇을 해야 할 것인가. 역사의 변증법이 다시 작동하게 하려면 어떻게 해야 하

---

[77] 임화, 「역사·문화·문학」, 『문학의 논리』, 739~740면. 단락 조정은 인용자의 것.

는가. 인간의 힘이 역사의 필연성과 변증법적으로 관련되어 있는 만큼, 궁극적으로 역사의 필연성을 실현시키는 것은 인간의 힘실천이다. 역사적 변증법의 정지 상태와 마주하고 있기에, 역사적 변증법을 재작동시킬 수 있는 계기는 우선적으로 인간으로부터 주어질 수밖에 없다. 바로 이 지점에서 주체의 재구성재건이 임화 비평의 주제로서 제기된다. 역사의 필연성을 작동시키는 변증법적 계기로서의 인간은, 임화의 비평에 투영되어 있는 주체의 근원적인 자기 이미지이다.

> 나는 최근의 소설이 세태소설과 내성소설로 분열되고 있음을 분석하면서 그 통일을 위하여 구체적으로 무엇을 작가들에게 제시해야 할지 실로 막막하지 않을 수 없었다. 물론 나는 그것을 소위 '본격소설'의 길을 개척함에 있다고 결론하였으나 유감인 것은 그 논리가 작가들로 하여금 창작하는 붓대에 흘러내리는 산生 혈액이 될 만한 것이 아니라는 것을 아무래도 부정할 수가 없다.[78]

역사적 변증법의 정지 상태는 문학의 지형에서도 반복되어 나타난다. 1930년대 중반의 임화는 리얼리즘을 마르크스주의의 예술적 태도로 정의하고, 리얼리즘을 기법이나 수단으로 파악하는 입장들에 대한 비판을 수행해 간다. 이러한 문제의식을 담고 있는 비평들이 「세태소설론」, 「통속소설론」, 「본격소설론」 등이다. 세 편의 비평의 주요한 내용을 요약하면 다음과 같다. 세태소설과 심리소설로 분열되어 본격소설의 전통은 망

---

78 임화, 「사실의 재인식」, 『문학의 논리』, 121면.

실되어 버렸다. 문학이 정치나 사상의 영역과 분리되면서 문학은 문단 내부의 사건으로 국한되었고, 그 결과 문학시장에 포섭된 상업소설이 득세하고 있다. 심리소설과 세태소설의 분열, 정치와 문학의 분열. 임화가 주목하고 있는 두 가지의 분열은 변증법의 정지 상태에 대한 문학적인 반영인 동시에, 주체의 근원적인 분열을 암시하는 문학적 징후이기도 했다. 그렇다면 분열 이전의 상태로 되돌아가는 것은 가능할까. 「본격소설론」을 집필한 이유가 여기에 있다. 하지만 임화가 스스로 인정하고 있듯이 본격소설은 타개책으로는 유효하지 않았다.

> 문학의 두 조류[심리소설과 세태소설 – 인용자]에의 분열은 또한 인간 생존 자체의 자기분열의 당연한 반영에 불과하다 할 수 있다.[79]

왜 이런 일이 벌어지고 있는가. 임화는 심리소설과 세태소설로의 분열이 인간 생존의 자기 분열이 반영된 것에 불과하다고 말한다. 인간 생존이란 무엇인가. 인간이 생활하는 현실이라고 보아도 크게 틀리지 않을 터이다. 임화에 의하면, 생활 – 현실의 분열이 소설에서 심리소설과 세태소설의 분열로 반영되어 나타난 것이다. 생활 – 현실의 분열이 "작가가 주장하려는 바를 표현하려면 묘사되는 세계가 그것과 부합되지 않고, 묘사되는 세계를 충실하게 살리려면 작가의 생각이 그것과 일치할 수 없는 상태"[80]로 작가들을 밀어 넣은 것이다. 생활 – 현실이 분열되었기 때문에 개인의 차원에서는 자기분열이 나타나며, 현실의 분열과 자기 분열이 문

---

79 위의 글, 124면.
80 임화, 「세태소설론」, 『문학의 논리』, 346면.

학의 영역에 반영되어 세태소설과 심리소설로의 분열을 가져왔다는 것. 임화는 왜 생활-현실이 분열되었는지, 또는 어떻게 현실이 분열될 수 있는지에 대해서는 설명하지는 않는다. 다만 분열된 현실인간 생존 자체의 자기분열이 변증법적 통합과 대척적인 상황이라는 점을 고려할 때, 소설의 분열과 주체의 분열과 역사적 변증법의 정지 상태가 임화의 비평 텍스트에 중층적으로 자리하고 있음을 확인할 수 있다.

1930년대 중반 이후 임화의 비평은 변증법의 정지 상태를 뛰어넘을 수 있는 주체적인 근거를 탐색하고 역사의 필연성이 표상될 수 있는 예술적·매개적 방법을 모색하는 도정이다. 임화의 고민과 노력은 주체의 건설과 리얼리즘이 통합되는 지점으로 수렴된다. 변증법의 정지 상태를 극복할 계기는 주체의 재건에서 주어질 수밖에 없으며, 역사적 필연성의 형상화는 리얼리즘에서 찾을 수밖에 없다는 것이, 임화의 입장이다. 따라서 리얼리즘과 관련된 구 카프의 오류를 지양하고 세계관과 창작방법의 문제를 규명해야 한다는 과제가 임화에게 부여된다.

1차 방향전환부터 1932년까지 카프의 창작 슬로건은 프롤레타리아 리얼리즘과 유물변증법적 창작방법이었다. 프롤레타리아 리얼리즘은 부르조아 리얼리즘에 대한 역사적 극복이라는 함의를 지니고 있는 것이었다. 프롤레타리아 리얼리즘에서 유물변증법적 창작방법으로 전환하게 된 데에는, 프롤레타리아 리얼리즘이 부르주아 리얼리즘의 대타적인 명칭으로 오인될 여지를 불식시킬 필요가 있으며, 세계관과 창작방법으로 일원화하여 마르크스-레닌주의를 선명하게 제시한다는 이유가 가로 놓여 있었다.[81]

유물변증법적 창작방법의 핵심은, "창작방법은 실제에 있어서 세계관"[82]이라는 명제와 '유물변증법＝세계관＝창작방법'이라는 일원론적인 도식으로 압축된다. 원론적으로 세계관과 창작방법은 동일한 것이며, 둘 사이에서는 모순이 발생할 수 없다. 유물변증법은 철학적으로 올바를 뿐만 아니라, 계급적으로는 혁명의 담지자인 프롤레타리아를 대변하며, 정치적으로는 당의 강령에 복무하는 것이고, 예술적으로는 작품 활동이 정치적 실천이 되는 길이었다. 다른 무엇보다도 유물변증법은 사회주의 문학자의 주체성의 근거이자 원리였다.[83] 따라서 리얼리즘은 독자적인 가치나 논리를 가진 예술적 방법이라기보다는, 유물변증법에 근거하여 현실의 사물을 인식하고 예술적으로 표현하는 과정이나 그 결과물로 여겨졌다.

1933년 이후 사회주의 리얼리즘 수용 문제와 함께 세계관과 창작방법의 관계에 대한 새로운 논의가 전개되면서, 유물변증법적 창작방법에 대한 비판이 집중적으로 제기된다.[84] 유물변증법적 창작방법은, 세계관과 창작방법을 동일시하여 창작과정의 특수성을 정당하게 인식하지 못하게

---

81 백철, 「문예시평」, 『조선중앙일보』, 1933.3.4. 카프의 창작방법론에 대해서는 졸고, 「'리얼리즘의 승리'와 텍스의 무의식」, 『민족문학사연구』 38, 2008, 95~101면을 참조.

82 루나찰스키(A. V. Lunacharskii) 외, 김휴 편역, 『사회주의 리얼리즘－세계관과 창작방법의 문제』, 일월서각, 1987, 12면.

83 프롤레타리아 리얼리즘과 유물변증법적 창작방법에 관련된 주요한 논의로는 안막, 「프로예술의 형식문제－'프롤레타리아 리얼리즘'의 길로」, 『조선지광』, 1930.3~6; 한설야, 「사실주의 비판」, 『동아일보』, 1931.5.17~7.29; 송영, 「1932년 창작의 실천방법」, 『조선중앙일보』, 1932.1.3~16; 백철, 「창작방법문제」, 『조선일보』, 1932.3.6~20; 신유인, 「예술적 방법의 정당한 이해를 위하여」, 『신계단』 1, 1932.1 참조.

84 유물변증법적 창작방법에 대한 비판과 관련해서는 백철, 「문예시평」, 『조선중앙일보』, 1933.3.2~8; 추백, 「창작방법 문제의 재토의를 위하여」, 『동아일보』, 1933.11.29~12.7; 권환, 「사실주의적 창작 메쏘데의 서론」, 『중앙』 2, 1933.12; 안함광, 「문예평단의 이상타진－건실한 비평정신의 옹호」, 『비판』 6권 12호 1935.12; 이동규, 「카프의 새로운 전환과 최근의 문제」, 『동아일보』, 1934.4.6~8; 김우철, 「재토의에 오른 창작방법 문제」, 『조선일보』, 1933.12.15~16; 한효, 「1934년도의 문학운동의 제 동향」, 『조선중앙일보』, 1935.1.2~11 등 참조.

하였고, 창작과정을 세계관유물변증법이 예술적 형상으로 이식되는 과정으로 파악함으로써 세계관과 창작방법에 대한 기계론적인 이해를 가져왔다는 것이다. 유물변증법적 창작방법에 대한 다양한 비판은 결국 유물변증법의 형이상학화로 집약된다. 유물변증법이 현실과의 변증법적 관계 속에서 이해되지 않고 형이상학적인 위상절대적 진리을 점유하였다는 것이다. 세계관을 기계적으로 적용하면 창작의 문제가 해결되리라고 생각하고, 현실에 대한 변증법적 인식보다 유물변증법에 대한 학습이 먼저 요구되었던 것도, 유물변증법의 관념론화 및 형이상학화 과정에서 생겨난 결과에 지나지 않는다.

> 만약 유물론적 방법이 역사적 연구의 실[사絲－인용자]이 아니라 역사적 사실을 재단하는 형지型紙로 사용되면, 유물론은 자기의 반대물로 전화한다.[85]

엥겔스에 의하면, 유물론은 바느질 할 때 쓰는 실과 같이 변증법적 운동과 관련되어야 하며, 만약 유물론이 만물의 척도로 기능하게 되면 자신의 반대물인 관념론이나 형이상학으로 전화될 위험성이 있다. 문제는 그동안 카프가 엥겔스의 우려를 고스란히 답습하는 오류를 범해왔다는 데에 있다. 카프 문학인들의 초상은 뒤늦게 도착한 엥겔스의 편지에 의해 여지없이 비판받는 속류 마르크스주의자들과 크게 다르지 않았다. 이와 같은 혼란이 소련과 서구 등에서도 나타나는 일반적인 현상이었다고 하

---

[85] 파울 에른스트에게 보낸 엥겔스의 편지는, 추백(萩白), 「창작방법 문제의 재토의를 위하여」, 『동아일보』, 1933.12.3; 프리드리히 엥겔스, 김대웅 역, 「엥겔스, 파울 에른스트에게 보내는 편지」, L.박산달·S.모라브스키 편, 『마르크스·엥겔스 문학예술론』, 한울, 1988, 177~118면.

더라도, 몇몇 카프 비평가들의 입장에서는 어떠한 방식으로든 정체성의 혼란을 경험할 수밖에 없는 상황이었다. 만약 한 사람의 비평가가 마르크스주의자이고자 한다면, 마르크스주의자로서의 정체성 위기를 마르크스주의적으로 극복하는 노력이 요청될 수밖에 없었다.[86] 이 지점이야말로 1930년대 중반 임화의 비평에 드리워진 사상사적 고민이라고 할 수 있을 것이다.

유물변증법적 창작방법에 대한 비판이 가져온 중요한 문제의식은 '과연 리얼리즘이란 무엇인가'라는 물음으로 집약된다. 너무나도 잘 알고 있다고 여겼던 리얼리즘이 갑자기 낯선 기호로 다가오게 된 것이다. 유물변증법적 창작방법과 관련된 공식주의적 오류가 인정되면서, 유물변증법으로 현실을 규정해서는 안 되며 그와는 반대로 현실에서 출발하여 역사발전의 변증법을 형상화해야 한다는 생각이 널리 공감을 얻었다. 따라서 현실에서 출발하여 역사발전의 변증법을 그려내는 리얼리즘에 어떻게 도달할 것인가를 두고 고민에 빠지지 않을 수 없었다. 리얼리즘은 새로운 방식으로 설명되어야 할, 친숙하면서도 매우 낯선 기호였던 것이다.

임화의 입장에서 보자면, 카메라의 눈으로 대변되는 객관적인 관찰을 거치면 리얼리즘이 될 수 있다는 최재서의 주장을 승인할 수도 없었고, 사회주의 리얼리즘 이후에 대두된 슬로건인 '사실을 그리라'에 내포된 객관주의적 편향을 인정할 수도 없었다. 특히 리얼리즘을 둘러싼 세계관과 창작방법의 문제에 있어서 김남천의 「물!」『대중』, 1933.6과 관련된 논쟁 역시 각별한 의미를 지니는 것이었다.[87] 정치적으로 왕당파였던 발자크

---

86 '마르크스주의에 대한 마르크스주의적 반성'에 대해서는 페리 앤더슨(Perry Anderson), 김필호·배익준 역, 『역사유물론의 궤적』, 새길, 1994, 25면 참조.

가 반동적인 세계관을 뛰어넘어 역사의 리얼리즘에 도달한 반면에, 볼세비키화의 강령에 따라 정치적 실천에 나서서 감옥까지 다녀온 김남천이 생리주의적·경험주의적 오류에 빠진 작품을 내어놓았다는 것은 문제적인 장면이 아닐 수 없었다.

리얼리즘은 현실을 있는 그대로 묘사하는 자연주의에 의해서 성취되지 않으며, 세계관을 창작과정에 기계적으로 적용한다고 해서 저절로 리얼리즘이 주어지지도 않는다. 「물!」과 관련된 논쟁에서 알 수 있듯이 작가의 정치적 실천이 예술적 실천리얼리즘을 보장하지도 않는다. 그렇다고 해서 엥겔스의 발자크론을 내세우며 세계관유물변증법을 멀리 할수록 리얼리즘의 성취가 가능하다고 주장할 수도 없는 일이었다. 이처럼 복잡한 상황과 맥락 속에서 임화는 주체의 문제와 리얼리즘의 문제를 결합시킨다. 여기서 리얼리즘은 현실을 발견하고 세계관을 확립해서 주체를 재건하는 근원적인 방법으로 제시된다. 임화는 세계관이 리얼리즘의 선결조건이었던 단계에서, 리얼리즘이 작가의 세계관을 올바른 방향으로 인도할 것이라고 생각하는 단계로 움직여 나간다. 그와 같은 변화의 저변에는, 발자크의 리얼리즘의 승리에 대한 엥겔스의 편지가 놓여 있다.

분명 발자크는 정치적으로 왕당파였습니다. 그의 위대한 작품은 좋은 사회의 불가피한 몰락에 대한 끊이지 않는 비가elegy입니다. 몰락의 판결을 받은 계급에게서 그는 온갖 공감을 느끼고 있습니다. 그러나 이 모든 것에도

---

87 임화, 「6월중의 창작」, 『조선일보』, 1932.7.12~19; 김남천, 「임화적 창작평과 자기비판」, 『조선일보』, 1933.7.29~8.4; 김남천, 「문학적 치기를 웃노라―박승극의 잡문을 반박함」, 『조선일보』, 1933.10.10~12; 임화, 「비평의 객관성의 문제」, 『동아일보』, 1933.10.13.

불구하고 그가 그렇게도 깊게 공감하는 바로 그 선남선녀들 – 귀족들을 활동하게 하는 순간 그때만큼 그의 풍자가 더 날카로운 때는 없으며, 그때만큼 그의 반어법이 더 통렬할 때는 없습니다. (…중략…) 발자크는 자신의 계급적 공감과 정치적 선입견에 반해서 행동하도록 강요되었다는 것, 발자크는 자기가 애호하는 귀족의 몰락의 필연성을 보았으며 더 나은 운명을 맞이할 가치가 없는 인간들로서 그들을 서술했다는 것, 그리고 발자크가 진정한 미래 인간들을 오직 당대에서 찾아질 수 있는 곳에서만 보았다는 것 – 이 모든 것을 저는 리얼리즘의 가장 위대한 승리 중의 하나로서, 우리 발자크 선생의 가장 위대한 특징 중의 하나로서 간주합니다.[88]

8. 신성한 잉여와 텍스트의 무의식 – 임화

카프 해산 이후 사회주의 리얼리즘 논의와 관련해서 임화가 제기한 주제는 위대한 낭만정신 또는 혁명적 로맨티시즘이었다. 글의 부제에서 잘 드러나듯이 「낭만적 정신의 현실적 구조 – 신창작이론의 정당한 이해를 위하야」1934.4가 사회주의 리얼리즘과 관련된 비평적 모색이었다면, 「위대한 낭만정신 – 이로써 자기를 관철하라」1936.1는 암시적인 방식으로 주체의 문제를 맥락화하고 있다.

임화에게 낭만정신은 주관성의 여러 영역을 압축적으로 제시하는 은유로서 사용된다. 임화는 "문학상에서 주관적인 것으로 표현되는 모든

---

88 프리드리히 엥겔스, 김대웅 역, 「마가렛 하크네스에게 보낸 엥겔스의 편지」, 『마르크스 엥겔스 문학예술론』, 149~150면.

것을 낭만적인 것"[89]이라고 규정하며, 주체의 능동성을 낭만적인 것 또는 주관적인 것에서 찾고자 하였다. 임화의 입장에서 보자면 낭만적인 것은 변증법의 정지상태를 뛰어넘을 수 있는 원천적인 동력이자, 사회주의적 미래와 전망을 꿈꿀 수 있는 내밀한 영역이었고, 문학적·정치적 실천을 의욕 할 수 있는 주체적인 근거였다.

이 시기의 임화는 낭만주의를 자신의 비평적 문맥 속에서 재전유하고 자 하는데, 특징적인 것은 낭만적 상상력과 현실의 변증법적 운동을 결합 시키고자 한다는 점이다. 임화는 현실이 낭만적 정신의 출발점이자 목표 적이라는 점을 분명히 밝히면서, 낭만정신을 "현실을 위한 의지"나 "현실 적인 몽상"으로 규정하고 있다.[90] 낭만정신을 통해서 주체와 현실을 매개 하는 변증법적 상상력을 복원하고, 기존의 리얼리즘 논의를 변증법적으 로 지양하기 위해서 도입한 이론적 계기였다. 이상의 「날개」와 박태원의 「천변풍경」을 두고 최재서가 내세운 카메라적인 관찰이나, '사실을 그리 라!'라는 사회주의 리얼리즘의 테제를 내세우며 문학사의 수레바퀴를 자 연주의 단계로 돌리려는 시도들에 대한 안티 테제였던 것이다. 임화의 낭만주의론은 작가의 주관성이 작용하지 않고도 리얼리즘이 성취될 수 있다고 생각하는 경향에 대한 비판인 동시에, 작품의 창작 과정을 철학적 세계관을 이식하는 과정으로 파악했던 공식주의적 오류에 대한 자기비판 의 함의를 지니는 것이었다.[91]

---

89 임화, 「낭만적 정신의 현실적 구조」, 『문학의 논리』, 7면.
90 위의 글, 20면.
91 「사실주의의 재인식」에서 임화는 낭만주의론에 대한 자기비판을 수행하고 있는데, 낭 만주의론이 주관주의적 일탈로 이어질 수 있기 때문이라는 주장은 표면적인 이유에 불 과하다. 낭만주의론이 "시적 리얼리티를 현실구조 그곳에서 찾는 대신에 정신을 가지 고 현실을 규정할라는 역도(逆倒)된 방법"(『문학의 논리』, 86면)이었다는 것이 자기비

물론 「레알이즘」은 현실의 있는 그대로를 그리는 것이다. 그러나 주의할 것은 현실이란 고정한 것이 아니라 부절히 변하고 발전하며 소멸하는 긴 과정임을 이해하는 것이다. 그러므로 우리의 「사실주의」는 과거의 것이 고정적 정력학적이었음에 반하여 그것은 동적 「따이나믹」한 것이다. 따라서 현실의[에─인용자] 만족치 않고 명일과 미래에로의 부단한 전진을 위하여 활동하는 것이다.[92]

임화가 낭만정신에 부여한 역동성은 기존의 반영론에 내재된 수동성을 보충한다는 의미를 지닌다. 현실이 인간의 의식에 반영된다는 반영론과 관련된 일반적인 규정에서 임화가 문제 삼았던 것은, 크게 두 가지였다. 하나는 반영이 수동적 또는 피동적인 성격을 갖는다는 점이고, 다른 하나는 현실과 반영 사이에 시간 지체비동시성가 개재해 있다는 점이었다. 따라서 끊임없이 변화하는 현실을 수동적으로현실보다 한 발 늦게 반영하는 주관성이 아니라, 현실과 동시성을 유지하거나 현실을 앞질러서 역동적으로 움직이는 주관성이 리얼리즘에 요청된다. 변증법의 정지 상태를 넘어 사회주의적 미래와 전망을 꿈꿀 수 있는 근거가 낭만정신의 역동성에 있었다. 따라서 임화가 말한 위대한 낭만정신이란, 낭만주의에 대한 복고적 회귀와는 무관하다. 위대한 낭만정신은, 현실에 대한 변증법적 관계 속에서 역사의 필연성을 형상화하는 예술적 방법, 위대한 리얼리즘을 가능하게 하는 주체적 근거에 붙여진 이름에 다름 아니다. 「사실주의의 재인식」[1937]

판의 핵심인데, 유물변증법을 관념론화하면서 공식주의적 오류가 생겨났듯이 낭만주의론 역시 '정신을 가지고 현실을 규정'하려고 한 관념론적인 경향이 있다는 것이다. 이 지점은 임화가 공식주의적 오류에 대해 매우 자의식적이었음을 보여주는 대목이다.

92 임화, 「낭만적 정신의 현실적 구조」, 『문학의 논리』, 20면.

에서 낭만주의론이 주관주의적 편향을 불러올 가능성이 있음을 우려하면서 자신의 의견을 철회하였지만,[93] 임화의 비평에서 낭만주의작가의 주관는 포기된 적은 없었다.[94] 「의도와 작품의 낙차와 비평」1939이 씌어지기 전까지는, 그러하다.

당시에 우리는 「엥겔쓰」의 「바르작」론을 읽고 있음에도 불구하고 세계관과 예술적 사상과 「레알이즘」의 관계에 대하야 명백한 이해를 가졌었다고는 말할 수가 없었다. 요컨대 공식주의를 진실로 높은 입장에서 지양할 준비가 우리들에겐 충분치 못했든 것이다.[95]

임화의 낭만주의론에서 눈여겨 봐두어야 할 대목은 발자크의 리얼리즘의 승리가 지속적인 참조의 틀로 작동하고 있다는 사실이다. 임화의 여러 글들에서 발자크는 '현실적 몽상'의 성공적인 예로서 부각되거나 '문학은 인간 정신적 활동의 소산'이라는 명제를 확인하게 해 주는 문학적 사례로서 제시되고 있다.[96]

---

93 임화, 「사실주의의 재인식」, 『문학의 논리』, 85~86면.
94 임화는 낭만정신에 대한 주장을 공식적인 차원에서는 철회하지만 자신의 리얼리즘 논의에서 주관성을 배제한 적이 없다. "리얼리즘을 창작과정 중에서 일체의 주관적 활동을 배제하려는 경화한 객관주의로부터 엄격히 구별해야 한다. 반대로 리얼리즘이야말로 대규모로 과학적 추상과 결합하고 작가의 주관이 치연(熾然)히 활동하는 문학인 것이다." 임화, 「주체의 재건과 문학의 세계」, 『문학의 논리』, 65면.
95 임화, 「사실주의의 재인식」, 『문학의 논리』, 86~87면.
96 "「빠르작」「스탕달」「톨스토이」의 사실주의 문학은 호수에 의하여 씌워지지 않고 인간적인 작가의 머리를 통해서 씌워졌다."(임화, 「낭만적 정신의 현실적 구조」, 『문학의 논리』, 6면) "「스탕달」의 「에고이즘」「메리메」의 객관주의적 협애성, 「바르작」의 해부학적 방법 부분에 대한 편애 등에 있어 주관은 빠짐없이 작용하였다."(위의 글, 16면)

① 「나폴레옹이 칼을 가지고 성취한 일을 나는 펜을 가지고 정복하리라」,
「바르작」는 이러한 꿈을 그의 대작 『인생희극』 가운데서 문학화 하였다.
이것은 꿈으로서 산[±] 성공한 예이다.[97]

② 즉 행동과 함께 있는 꿈…… 이것만이 창조의 꿈으로서 이러한 꿈으로 현
세기를 대표하는 저작은 『카피탈』일 것이다. 이러한 과학상 저작에 수준과 어
깨를 나란히 할 문학적 몽상의 기념비는 아직 건설되지 않았다. 『카피탈』의
저자가 과학과 행동을 가지고 성취한 사업을 나는 펜을 가지고 정복하리라」고
제2의 「바르작」는 과연 누구일까? 나는 이러한 몽상의 낭만주의를 전력을 가
지고 찬동한다.[98]

나폴레옹이 칼을 가지고 성취한 것을 자신은 펜으로 정복하리라고 발
자크가 의욕했던 것과 같이, "자본론의 저자가 과학과 행동을 가지고 성
취한 사업을 나는 펜을 가지고 정복하리라"라는 창조적 몽상을 가진 두
번째 발자크가 출현하기를 임화는 대망하고 있다. 위대한 낭만정신은 사
회주의 리얼리즘을 환유하는 기호이기도 하지만, 그와 동시에 발자크로
대변되는 리얼리즘의 승리에 대한 욕망을 은유화하는 기호이기도 했다.
임화는 발자크가 보여준 리얼리즘의 승리가 조선의 문학에서 반복되기를
기대한다. 『자본』의 논리적·개념적 진리를 예술적으로 형상화하고 있는
소설의 출현. 임화가 낭만정신을 통해서 말했던 현실적 몽상이란 위대한
리얼리즘의 승리에 대한 의욕과 중첩되어 있었던 것이다.

---

97 임화, 「위대한 낭만적 정신」, 24면
98 위의 글, 28면.

엥겔스가 말한 발자크의 리얼리즘의 승리에 대한 임화의 입장은 「사실
주의의 재인식」과 「주체의 재건과 문학의 세계」에서 집중적으로 나타난
다. 이 글들은 리얼리즘을 통한 주체의 건설이라는 임화의 문제의식이 집
중적으로 표현된 평문이며, 또한 당시의 임화가 발자크의 리얼리즘의 승
리에 대해서 얼마나 깊이 고민하고 있었는지를 보여주는 글들이다. 1937
년 10월에 발표된 「사실주의의 재인식」에서 리얼리즘의 승리와 관련된
부분을 살펴보도록 하자.

> 엥겔스가 규수작가 하크네스에게 보낸 짧은 서간이 우리에게 예상치 않았
> 던 해독을 끼쳤다는 것은 가소로운 사실이 아닐 수 없다.
> 그러나 왕왕 작가의 세계관과도 모순하면서 위력을 발휘하는 리얼리즘이
> 란 것은 결코 문학으로부터 세계관을 거세하고 일상생활의 비속한 표면을
> 기어 다니는 리얼리즘과는 하등 상관이 없는 것이다.
> 이러한 리얼리즘은 작가의 그릇된 세계관을 격파할 만큼 현상의 본질에
> 투철하고 협소한 자의식과 하등의 관계없이 현실이 발전해 가는 역사적 대
> 도를 조명하려는 작가의 고매한 정신의 표현이다.
> 그러므로 발자크적 리얼리즘이란 죽은 현실과 타협하려는 주관에 항하여
> 산 현실의 진정한 내용을 잡울雜鬱한 현상의 표피를 뚫고서 적출해 논 천재적
> 방법을 가리키는 이름이다.[99]

임화의 서술 방식에 애매한 대목이 있기는 하지만, 핵심적인 내용은

---

[99] 임화, 「사실주의의 재인식」, 『문학의 논리』, 77~78면.

리얼리즘의 승리란 역사적 대도를 조명하는 작가의 고매한 정신의 산물이며, 보수적인 세계관을 뚫고 현실의 법칙에 도달한 천재적 방법이라는 것이다. 작가의 고매한 정신과 천재적 방법이라는 말에서 알 수 있듯이, 임화는 리얼리즘의 승리를 가져오는 주체를 작가에게서 찾고 있다. 작가의 정치적 세계관에 대한 예술적 세계관의 승리로 파악하고 있는 것이다. 한 달 정도 뒤에 씌어진 「주체의 재건과 문학의 세계」에서도 리얼리즘의 승리를 작가의 문제로 바라보는 관점은 유지되고 있다.

① 일상적 외적 실천이 작가의 세계관의 형성과 개변을 자극하고 촉진하나, 예술적 실천이 그것을 체계화하고 확인하지 않는 한, 그 사상은 작가의 기본 실천인 예술 창작까지를 지배할 만큼 강한 것이 되지 못한다. 그러므로 어떤 때 작가와 예술은 세계관과 모순하게 되고 때로는 세계관 그것을 개혁할 수까지 있는 것이다.

이 모순은 생활 실천에 대한 예술적 실천의 승리를 의미한다. (…중략…)

따라서 작가에게 있어서는 예술적 실천이란 것이 '매개하는 중심 계기'라는 데 작가의 세계관이 형성되는 과정의 특수성이 있는 것이다.[100]

② 리얼리즘의 승리, 그것은 사상에 대한 예술의 승리에 그치는 것이 아니라 그릇된 사상에 대한 옳은 사상의 승리다. 리얼리즘은 그릇된 생활실천에 의하여 주체화된 작가의 사상을 현실의 객관적 파악에 의한 과학적 사상을 가지고 충격한 것이다.[101]

---

100 임화, 「주체의 재건과 문학의 세계」, 『문학의 논리』, 53~55면.
101 위의 글, 56면.

「주체의 재건과 문학의 세계」에서 임화는 작가의 세계관과 실천의 범주를 명확하게 구분하고, 실천이 세계관을 형성한다는 관점에 근거해서 리얼리즘의 승리를 규명하고자 한다. 이럴 경우 리얼리즘의 승리는 정치적 왕당파로서의 생활 실천에 대해서 발자크의 예술적 실천이 승리한 것으로 해석된다. 여전히 임화는 리얼리즘의 승리를 작가의 문제로서 파악하고 있었던 셈이다. 사회주의 리얼리즘 논의에서 자주 등장하는 주요한 논변이지만, 실천과 세계관을 둘러싼 마르크스주의의 근본적인 물음을 제기하는 논변이기도 하다. 적어도 몇 가지의 물음들, 예를 들면 다음과 같은 물음들에 대해서는 명확한 답변을 제시하기가 어려운 논변이다. 작가의 세계관이 어떻게 정치적 세계관과 예술적 세계관으로 나누어질 수 있는가, 정치적·예술적 세계관 말고 종교적 세계관 등과 같은 또 다른 세계관도 있을 수 있지 않은가, 그렇다면 작가는 과연 세계관을 몇 개까지 가질 수 있는가, 작가에게는 정치적·예술적 세계관들을 갖는 동시에 이들을 통합하는 상위의 세계관을 따로 갖는다는 말인가 등등의 같은 물음에 임화도 봉착할 수밖에 없었을 것으로 보인다.[102]

수사나 비유가 정돈되어 있지는 않지만 임화의 주체재건론에서 핵심은 리얼리즘에 있다. 리얼리즘은 무엇을 할 수 있는가. 단적으로 말하자면 리얼리즘은 작가의 왜곡된 세계관을 넘어서 현실의 변증법을 포착할 수 있다는 것이다. 임화가 엥겔스의 리얼리즘의 승리에서 주체 재건의 가능성을 엿보았던 것도 바로 이 지점이었다. 왜곡된 세계관을 가진 와해된 주체

---

102 발자크의 리얼리즘의 승리를 둘러싼 다양한 논의에 대해서는 루나찰스키(A. V. Lunacharsky) 외, 김휴 역, 『사회주의 리얼리즘—세계관과 창작방법의 문제』, 일월서각, 1987 참조.

이지만 리얼리즘의 승리를 매개한다면 작품을 통해서 현실의 변증법을 포착하게 된다는 것. 그리고 작품에 반영된 현실 변증법은 작가의 왜곡된 세계관을 격충하여 바로 잡고, 그 결과로 올바른 세계관에 의해 주체가 재건될 수 있다는 것. 따라서 임화의 주체재건론을 논리적인 순서에 따라 재구성하면 다음과 같다. ① 현실의 억압적 상황 아래에서 주체는 와해되거나 미완의 상태에 있다. ② 예술적 실천을 집중해서 작품을 만든다. ③ 작품의 리얼리즘을 통해서 현실의 변증법을 포착한다. ④ 리얼리즘을 통해서 포착된 현실은 과학적 세계관과 동일하다. ⑤ 리얼리즘을 통해서 포착된 현실변증법＝과학적 세계관은, 와해된 주체의 그릇된 세계관을 교정한다. ⑥ 과학적 세계관이 내면화되고 생활 실천에 근본적인 변화가 일어나면서 주체가 재건된다.

여기서 짚고 넘어가야 할 문제는, 자신의 예술적 실천이 집약된 작품에 의해서 발자크가 종전까지 자신이 지녔던 정치적 견해를 수정하거나 교정했다는 내용은 다른 곳에서는 찾아보기 어렵다는 사실이다. 이 대목은 주체 재건에의 의지가 리얼리즘의 승리에 대한 해석독해을 견인하는 과정에서 나타나는 일종의 과잉 또는 과도함에 해당한다. 임화가 말하고 있는 '작가의 그릇된 세계관을 바로 잡고 작가를 올바른 세계관으로 인도하는 리얼리즘'이란, 리얼리즘의 승리와 주체 재건론이 중첩되면서 생겨난 잉여와도 같은 것이다.

예술가의 의도에 반하야…… 라는 말은 물론 의도하지 않았든 결과가 작품 우에 나타난다는 의미다. 수학적 도식을 빌면 작품에서 작가의 의도를 감減하고도, 아직 한 뭉치의 잉여물을 발견할 수 있는 상태다. 이 잉여물이 실상

은 작품과 작가와의 사이를 갈라놓는 것으로 작품을 중간에 두고 작가와 이 잉여물이 대립하게 된다.[103]

작가를 중심에 둔 리얼리즘의 승리에 대한 해석이 일정 정도 한계에 부딪혔을 때, 그리고 리얼리즘의 승리에 기반한 주체 재건의 과제가 부메랑처럼 자신에게 되돌아 왔을 때,[104] 임화가 내놓은 글이 「의도와 작품의 낙차와 비평」 1938.4이다. 리얼리즘의 승리에서 핵심적인 구절인 "예술가의 의도에 반하야"에 대한 임화의 해체론적인 읽기가 돋보이는 비평문. 이 글에서 임화는 처음으로 리얼리즘의 승리가 작가 발자크의 의도와 관련되는 사건이었는지를 묻고 있다. 그리고 리얼리즘의 승리를 바라보는 시선을, 작가의 실천과 세계관의 문제로 보지 않고, 작품을 둘러싼 변증법적 운동성의 영역으로 옮겨 놓는다.

잉여물이란 글자대로 작가와 의도가 작품 형성 가운데 미치지 못한 틈을 타서 침입한 여분의 요소이니까. 의도란 창작하는 주체가 작품을 통하여 표현하려는 특종의 관념으로 어느 작품에든 작품 전체를 지배하는 최대의 힘이다. (…중략…)
문학이란 감성적 형식을 빌리지 않으면 안 되는 지적 활동의 영역일 뿐 아니라, 오히려 감성적 세계 가운데 지성은 자기를 용해함으로서만 형성되는

---

103 임화, 「의도와 작품의 낙차와 비평」, 『문학의 논리』, 705면.
104 임화, 「사실의 재인식」, 『문학의 논리』, 120면. "만일 참말로 작가들에게 주문하고 싶은 말이 있다면 그것은 당연히 비평가들에게도 요구되는 조항이 아닐까? 나는 작가들에게 보내고 싶은 말을 생각하면서 머지않아서 그 말이 되려 나 자신에게 돌아올 것을 느끼고 두려움을 금할 수가 없었다. (…중략…) 내게 없는 것을 남에게 권할 수는 없는 일이다."

독자의 세계다. 그러므로 의도하지 않았든 여분의 요소가 작품 가운데 들어오는 통로는 지성이 감성의 와중을 통과할 때 생김을 상상할 수가 있다.

다시 말하면 작가의 지성과 감성의 차이가 잉여물이 생기는 계기라 할 수 있으며 작가의 지성이 채 지배해 버리지 못한 감성계의 여백이 곧 잉여물이 들어앉는 영역이라 할 수 있다.[105]

가히 평지돌출이라고 해도 좋을 것이다. 종전까지 임화는 리얼리즘의 승리를 작가=주관성의 차원에서 고찰해 왔다. 하지만 「의도와 작품의 낙차와 비평」에 이르면 작가의 의도가 완전히 지배하지 못한 여분의 요소 즉 잉여剩餘의 논리에 대해 탐색하고 있다. 외견상 리얼리즘의 승리와 별다른 관련이 없어 보이지만, 이 글은 리얼리즘의 승리가 작가의 의도를 벗어나는 잉여와 무의식에 의해 성취되는 것이라는 주장을 담고 있다. 작가와 상관없는 리얼리즘의 승리의 가능성.

「의도와 작품의 낙차와 비평」은 대단히 놀라운 글이다. 오늘날의 관점에서 보자면 텍스트의 무의식에 대한 후기구조주의적인 시각을 미리 보여준다고 판단할 만한 근거를 가지고 있는 글이다. 이 글 역시 발자크의 리얼리즘의 승리에 대한 고찰을 담고 있다. 중요한 변화는 더 이상 작가를 향해서 리얼리즘의 승리를 의욕하라고 말하지 않는다는 점이다. 리얼리즘의 승리란 작가의 문제가 아니라, 적어도 텍스트가 생산되는 과정의 문제이며, 작가가 의도하지 않았던 부분에 비평가엥겔스가 개입하여 얻어낸 산물이라는 사실을 임화가 알아차리고 있었던 것이다.

---

105 임화, 「의도와 작품의 낙차와 비평」, 『문학의 논리』, 706~707면.

「의도와 작품의 낙차와 비평」에 의하면, 감성적 직관에 주어진 내용들이 지성에 의해서 통합되는 순간 현실의 질료들은 변화하게 되고 지성의 영역 바깥에 놓이게 된다. 이를 두고 임화는 '잉여'라고 부르고 있다. 잉여라는 말 속에는 작가의 의도와 반하거나 무관한 영역 그리고 작가의 무의식적인 차원이 전제되어 있다. 달리 말하면 작품에는 작가의 의도에 의해 씌어진 부분과 작가의 의도와는 무관하게 현실에 의해서 씌어지는 부분이 공존하고 있다는 것이다.

> 그러므로 우리가 작가의 의도한 것보다 작품이 짜놓는 객관적 결과를 중시한다면 잉여의 세계를 가진 작품은 「베라스케스」의 화면과 같이 작품의 중핵가['은'의 오기 – 인용자] 작품 가운데 있는 것이 아니라 작품 밖에 있게 되는 것이다.[106]

'신성한 잉여'는 어디에 있는가. 임화는 잉여의 세계는 작품 가운데 있지 않고 작품 바깥에 있다고 말한다. 잉여의 영역이란 "작가의 의도에 반하는 것이며 의도에 의식성에 비하야 그것은 무의식성을 띠"며, "작가의 의도와 대등하는 하나의 독자한 사상"이다.[107] 작가의 의도에 반하여 무의식성을 띠며, 작가의 의도와 대등한 독립적인 사상을 가지는 잉여란 무엇일 것인가. 다름 아닌 작품의 무의식 또는 텍스트의 무의식이 잉여다.[108] 의도지성의 차원이 만들어내는 무의식적 잉여, 이를 두고 텍스트의

---

106 위의 글, 714면.
107 위의 글, 711 · 713면.
108 피에르 마슈레(Pierre Macherey), 배영달 역, 『문학생산이론을 위하여』, 백의, 1994, 111면. "우리는 (작가의 무의식이 아닌) 작품의 무의식(inconscient de l'œuvre)에

무의식이라고 불러도 좋을 것이다. 잉여물은 "의도된 작품세계에 대하야 하나의 독립한 질서를 형성하는 데 고유한 의미가 있다. 즉 작가의 의도란 것이 작품 가운데서 현실을 구성하는 하나의 질서의식이라면 잉여의 세계란 작품 가운데 드른 작가의 직관작용이 초래한 현실이 스스로 만들어낸 질서 자체란 의미에서이다".[109] 작품이 현실을 반영하는 것이 아니라, 현실이 작품 내부에 무의식적 잉여를 기입한다. 리얼리즘의 승리는 작가의 의도 바깥에 놓인 잉여의 영역, 달리 말하면 변증법적 계기를 내포하고 있는 현실에 의해 씌어지는 잉여의 영역과 관련되는 것이다. 또한 리얼리즘의 승리는 작가에 의해서 주어지는 것이 아니라 비평가가 읽어내는 것이다. 1930년대 후반의 임화는 "작가의 내부에 있어서 말하려는 것과 그리려는 것과의 분열"[110]에서 출발해서 '작가의 의도 바깥에 놓인 잉여의 영역'에 도달하는, 비평사적 장관을 연출한다.

따라서 임화가 「창조적 비평」을 내놓은 것은 지극히 당연한 귀결이다. 이 글은 이원조의 제3의 입장, 달리 말하면 일반적으로 승인되는 상식에 비평의 기준을 설정하자는 주장에 대한 반론이다. 비평정신이 시대정신 속에서 반려를 발견할 수 없는 상황이며, 비평이 작가에게 리얼리즘을 통해서 주체를 재건하라거나 또는 위대한 낭만정신을 갖고 가능한 현실을 꿈꾸라고 충고할 처지에 있지 못하다는 것이다. 이유는 단순하다. 비평정신 자체가 붕괴하고 있기 때문이다. 따라서 임화는 말한다. "먼저 보고적,

---

의지함으로써 필연적으로 존재하는 이 잠재적 인식 — 이 인식이 없다면, 작품은 명백한 조건들이 실현되지 않는 것보다 더 완성되지 못할 것이다 — 을 설명할 수 있을 것이다. (…중략…) 왜냐하면 이 무의식은 완전히 다른 어떤 원리에 속하기 때문이다."

109 임화, 「의도와 작품의 낙차와 비평」, 『문학의 논리』, 713면.

110 임화, 「세태소설론」, 『문학의 논리』, 345면.

설명적인 비평으로부터의 깨끗한 분리요, 일찍이 내가 해석비평이라고 부른 것의 아낌없는 포기다. 새로운 정신과 새로운 논리의 획득을 위하여, 불필요하게 친절한 안내자 의식과 수다스러운 요설과 깨끗이 결별할 일이다."[111] 해설적 비평은 현실에 대한 사후 정당화로 기능할 수밖에 없는 상황이기 때문이다. 이 지점에서 임화는 작가의 작품보다는 비평가 자신의 사상에 의해서 수립되는 자립적이며 창조적인 비평을 꿈꾼다. 어쩌면 1940년의 임화는 문학비평의 전통적인 영역을 넘어서 텍스트 또는 글쓰기에크리튀르의 경계에로까지 나아갔던 것인지도 모른다.

> 그러므로 현대에 있어 비평가는 부단히 이 잉여의 세계를 탐색하고 잉여세계의 의식화를 통하여 자기 자신을 대변하려는 작가의 노력을 돕는 데 커다란 임무가 있다. 비평은 적어도 잉여의 세계를 사상의 수준으로 앙양함으로써 작품의 의도와 결과와의 대립을 격성激成하고, 잉여의 세계란 작가의 주체를 와해瓦解로 밀치면서까지 제 존재의 가치를 협위脅威적으로 시인해 달라는 새 세계의 현실적 힘임을 인식해야 할 것이다.[112]

리얼리즘의 승리와 신성한 잉여의 논리는, 임화라는 비평적 주체를 어디까지 이끌고 간 것일까. 주체의 재건을 외치던 임화가 주체의 와해를 감수하면서까지 잉여의 논리를 존중하고 있다는 것, 참으로 눈부신 장면이 아닐 수 없다. 놀랍게도 임화는 리얼리즘의 승리를 통해서 비평과 작품의 경계가 허물어지는 장면을 목도했고, 텍스트의 무의식을 발견했을

---

111 임화, 「창조적 비평」, 『인문평론』, 1940.10, 32면.
112 임화, 「의도와 작품의 낙차와 비평」, 『문학의 논리』, 720면.

뿐만 아니라 텍스트의 무의식을 배려하는 글쓰기의 차원에로 나아갔으며, 작가의 주체를 와해의 지점까지 밀어붙이며 자신의 존재를 주장하는 잉여를 승인하는 지점에 이른다. 이를 두고 과연 에피소드적인 사건이라고 할 것인가.

1938년의 임화는 텍스트를 발견했으며 에크리튀르와 마주하고 있었던 것이다. 마치 발자크가 자신의 정치적 견해와는 달리 소설을 통해서 리얼리즘의 승리에 이르렀듯이, 임화는 리얼리즘의 승리를 통해 마르크스주의적인 주체를 재구성하고자 하는 과정에서 자신의 의도와는 달리 텍스트의 무의식을 배려하는 에크리튀르의 차원으로 움직여왔던 것이다. 아마도 신성한 잉여가 마련해 놓은 무의식의 통로 때문이었을 것이다. 리얼리즘의 승리를 해석하는 과정에서 임화의 텍스트가 펼쳐놓은 비평사적 장관, 잠시 모자를 벗어 그의 비평적 열정에 경의를 표한다.[113]

---

113 임화의 「의도와 작품의 낙차와 비평」에 대해서는 졸고, 「리얼리즘의 승리와 텍스트의 무의식 — 임화의 「의도와 작품의 낙차와 비평」에 관한 몇 개의 주석」, 『민족문학사연구』 38, 2008, 121~129면 참조.